Barbara Kingsolver

LA LAGUNA

Barbara Kingsolver nació en Kentucky en 1955 y es la autora de siete libros de ficción, entre los cuales destacan *La Biblia envenenada*, nominada para el Premio Pulitzer, *Los sueños de los animales* y *Árboles de judías*. Sus obras han sido traducidas a más de veinte idiomas y han ganado varios premios literarios, a la vez que disfrutan de lectores devotos tanto en Estados Unidos como en el resto del mundo. En el año 2000 fue galardonada con la National Humanities Medal, la distinción estadounidense más alta para el servicio a través del arte.

LA LAGUNA

LA LAGUNA

Barbara Kingsolver

Traducción de Elisa Ramírez Castañeda

Vintage Español
Una división de Random House, Inc.
Nueva York

PRIMERA PARTE

México, 1929-1931
(VB)

Isla Pixol, México, 1929

En el principio fue el aullido. Comenzaba con el alba, cuando la orilla del cielo estaba por clarear. Al principio, solo había uno: un gemido ronco y rítmico, como el de un serrucho. Este despertaba a los que estaban cerca, azuzándolos para aullar todos juntos en un tono terrible. Pronto los aullidos de las gargantas pardas respondían como un eco desde unos árboles más alejados de la playa, hasta que toda la selva se poblaba de árboles aulladores. Tal y como fue en el principio, así sigue siendo cada mañana en el mundo.

El niño y su madre creían que en los árboles gritaban diablos con ojos de plato, luchando por un territorio donde alimentarse de carne humana. A lo largo de su primer año en México, en casa de Enrique, todavía despertaban cada día al amanecer, aterrados por los aullidos. A veces ella corría por el pasillo de losetas hasta el cuarto del hijo, recortándose en el umbral con el pelo suelto; los pies helados como peces fríos dentro de la cama, donde se arropaban con una colcha tejida, los dos envueltos como en una red, escuchando.

Todo iba a ser como un libro de cuentos. Eso le prometió en

el cuartito frío de Virginia, Estados Unidos: si escapaban a México con Enrique, ella se casaría con un hombre rico, y su hijo sería el joven patrón de una hacienda rodeada de plantaciones de piña. La isla estaría rodeada por un aro de mar brillante, como un anillo de boda y en algún lugar de tierra firme estaría la joya: los pozos petrolíferos donde Enrique había hecho su fortuna.

El libro resultó ser, en cambio, *El prisionero de Zenda*. Muchos meses después aún no era paje de la madre ni ella la novia. Enrique, el carcelero, examinaba con mirada fría su terror mientras desayunaba: «Los gritos son de *aullaros* —decía al sacar una servilleta blanca del aro de plata y colocarla en sus muslos mientras comía rebanando su desayuno con cuchillo y tenedor, con los dedos llenos de anillos de plata—. Se aúllan uno al otro para delimitar su territorio antes de salir a buscar el sustento».

El sustento bien podríamos ser nosotros, pensaban madre e hijo al agazaparse juntos bajo la telaraña de la colcha, escuchando los gritos escalofriantes elevarse como la marea. *Deberías escribir todo esto en tu cuaderno*. Le decía ella, *la historia de lo que nos ocurrió en México. Para que alguien se entere adónde fuimos, cuando ya no queden de nosotros sino los huesos*. Dijo que empezara así: En el principio, los *aullaros* clamaban por nuestra sangre.

Enrique había vivido siempre en esta hacienda, desde que había sido construida por su padre, quien a punta de latigazos obligaba a los indios a sembrar los campos de piña. Había sido criado para entender las ventajas del miedo. Por eso no les dijo la verdad hasta casi un año después: los que aúllan son monos. Ni siquiera levantó la vista, fija en lo único importante de la mesa: los huevos de su plato. Disimuló una sonrisa tras el bigote, que no es un buen lugar para el disimulo. «Hasta el indio más ignorante de por aquí lo sabe. También ustedes lo sabrían si salieran temprano, en vez de esconderse en la cama como un par de perezosos.»

Era cierto: las criaturas eran monos de colas largas que se alimentaban de hojas. ¿Cómo pueden lanzar semejantes aullidos unas criaturas tan absolutamente comunes y corrientes? Pero así era. El niño salió a hurtadillas temprano y aprendió a localizarlos en lo alto de las copas, recortados contra el cielo blanco. Los cuerpos lanudos y encogidos se balanceaban con las extremidades extendidas, mientras con las colas intentaban tocar las ramas como si fueran cuerdas de guitarra. A veces la mona madre llevaba a cuestas crías nacidas en las precarias alturas, que se aferraban a ella para sobrevivir.

Resultó que no eran demonios arbóreos. Ni Enrique un rey malvado, sino simplemente un hombre. Se parecía al novio que corona los pasteles de boda: la cabeza redonda, el pelo brillante partido en medio, el mismo bigotito. Pero la madre no era la noviecita. Y claro, en semejante pastel no había sitio para el niño.

Desde entonces, cuando Enrique quería dejarlo en ridículo no necesitaba siquiera mencionar a los diablos: le bastaba voltear los ojos hacia los árboles. «Aquí el diablo es un niño con demasiada imaginación», solía decir. Parecía un problema de matemáticas, y al niño le preocupaba no poder descubrir cuál era la incógnita: ¿el niño?, ¿la imaginación? Enrique creía que un hombre de éxito no necesita en absoluto imaginación.

Esta es otra manera de comenzar la historia, y también es válida.

Los peces se rigen como se rigen los pueblos: si un tiburón se acerca, todos escapan y lo dejan a uno como cebo. Comparten un corazón asustadizo que los hace moverse al unísono, huyen del peligro justamente antes de que aparezca. Los peces saben, de algún modo.

Debajo del mar hay un mundo sin gente. El techo del mar se balancea por encima de quien flota sobre los bosques de coral con sus árboles morados, rodeados por un cuerpo de luz celestial formado por peces brillantes. El sol entra en el agua con sus dardos encendidos, toca los cuerpos escamosos e incendia cada una de las aletas. Miles de peces forman un cardumen que se mueve al mismo tiempo: una enorme unidad, brillante y quebradiza.

El mundo de allá abajo es perfecto, excepto para quien no puede respirar en el agua. Se aprieta la nariz y cuelga del techo plateado como un enorme y horrendo títere. Sus brazos están cubiertos de vello que parece pasto. Es pálido, la luz acuática ilumina la piel erizada de un niño y no la plata escamada y resbaladiza que desearía tener, como una sirena. Los peces lo esquivan y se siente solo. Sabe que es una tontería sentirse solo por no ser pez, pero eso es lo que siente. Sin embargo, se queda allí, atrapado por esa vida inferior, con deseos de vivir en aquella ciudad, con una vida líquida y brillante fluyendo a su alrededor. El cardumen relampagueante va de un lado a otro, la multitud de manchas entra y sale como si una gran criatura respirara. Cuando una sombra se aproxima, la masa de peces retrocede al instante hacia su propio centro, juntándose en un núcleo denso y seguro que excluye al niño.

¿Cómo pueden saber que deben dejarlo a él de cebo para salvarse? Los peces tienen un Dios propio, un titiritero que maneja su mente común y tira de los hilos atados al corazón de cada uno de los habitantes de este mundo populoso. Todos los corazones excepto uno.

El niño descubrió el mundo de los peces cuando Leandro le regaló un visor. Leandro, el cocinero, se apiadó del escuálido niño estadounidense que pasaba el día metido entre las rocas de la playa, jugando a cazar algo. El visor era de goma, con cristal y casi todas las demás partes que tienen las anteojeras de los pilotos. Leandro le contó que su hermano lo usaba cuando vivía. Le enseñó a escupir en el vidrio antes de ponérselo, para que no se empañara.

—Ándele. Métase al agua ahora. Va a quedarse sorprendido.

El niño pálido se quedó temblando, con el agua hasta la cintura, pensando que estas eran las palabras más terribles en cualquier lengua. *Va a quedarse sorprendido.* El momento en que todo está a punto de cambiar. Como cuando Mamá iba a dejar a Papá (ruidosamente, vasos estrellados contra la pared), llevándose al niño a México, sin que pudiera hacer nada sino quedarse parado en el pasillo de la casita fría, esperando que le dijeran algo. Los cambios nunca fueron buenos: subirse al tren, un padre, ningún padre. Don Enrique del consulado en Washington, luego Enrique en la cama de Mamá. Todo cambia *entonces*, cuando se espera que un mundo se deslice hacia el siguiente, en un pasillo.

Y luego esto, esperándolo al final de todo: quedarse parado en el mar, con el agua hasta la cintura, con un visor puesto y Leandro observándolo. También habían venido algunos niños del pueblo, balanceando los brazos morenos, con largos cuchillos para sacar ostiones. La arena blanca, pegada a los lados de sus pies, parecía calzarlos con mocasines pálidos. Se detuvieron a ver, el balanceo de sus brazos se interrumpió, congelado, a la espera. No le quedaba sino tomar aire y zambullirse en ese lugar azul.

Y allí estaba, *ah, Dios*, la promesa cumplida, un mundo. Peces enloquecidos con color, rayas y puntos, cuerpos dorados, cabezas azules. Sociedades de peces, un público suspendido en su mundo acuático, metiendo la nariz puntiaguda en los corales. También se metían entre dos troncos peludos, sus piernas, que para ellos no eran sino parte del paisaje. El niño se quedó rígido, tan asustado estaba, tan feliz. Después de esto terminaron las zambullidas inconscientes en el mar. Nunca más creería que solo hay agua azul dentro del mar.

Se negó a regresar hasta que terminó el día y los colores comenzaron a oscurecerse. Por suerte, su madre y Enrique habían bebido bastante, sentados en la terraza con hombres de Estados Unidos que manchaban el aire de azul con sus puros, comentaban el asesinato de Obregón, se preguntaban quién atajaría ahora las reformas agrarias para que los indios no se apoderaran de todo. Si no hubiera sido por tanto mezcal con limón, su madre se habría aburrido con esta plática de hombres y ya empezaría a preguntarse si su hijo se habría ahogado.

El único que se lo preguntó fue Leandro. A la mañana siguiente, cuando el niño entró en el lugar donde estaba la cocina para verle preparar el desayuno, Leandro le reclamó: «Pícaro, me la vas a pagar. Todos pagan por sus faltas». Leandro se había pasado toda la tarde preocupado, pensando si el visor que había traído a la casa no sería un instrumento mortal. El pago fue despertar con una quemadura del tamaño de una tortilla, ardiente como una brasa. Cuando el de la falta se quitó el camisón para enseñar la piel tostada de la espalda, Leandro se rió. Como él era más moreno que los cocos, no había pensado en la quemadura. Pero por una vez no dijo: «Me la va a pagar», con el usted que usan los sirvientes al dirigirse a los patrones. Dijo: «Me la vas a pagar», con el tú familiar de los amigos.

El culpable no se arrepentía. «Tú me diste el visor, es tu culpa.» Y se fue de nuevo casi todo el día al mar, con la espalda tostándose como chicharrón en un cazo. Leandro tuvo que untarle manteca esa noche, diciéndole: «Pícaro, ¿por qué haces tonterías? No seas malo», con el tú de los amigos, los amantes, de los adultos con los niños. A saber con cuál.

El sábado anterior a la Semana Santa, Salomé quiso ir al pueblo para escuchar la música. Su hijo debía acompañarla porque ella necesitaba colgarse del brazo de alguien para dar vueltas por la plaza. Prefería llamarle por su segundo nombre, William o simplemente Will, que está unido en inglés al futuro e indica todos los futuros: *serás*. Claro que, con su acento, *güil* sonaba como *wheel*, rueda en inglés, algo que solo es útil cuando está en movimiento. El nombre de ella era Salomé Huerta. Cuando era joven había huido a Estados Unidos, donde su nombre se convirtió en Sally; luego, por un tiempo, fue Sally Shepherd. Pero nada es eterno, y el Sally de Estados Unidos se desvaneció.

Aquel era el año del capricho de Salomé, el último en la hacienda de Isla Pixol, aunque nadie podía saberlo entonces. Aquel día el berrinche contra Enrique era debido a que no había querido acompañarla a caminar por el Zócalo para que luciera su vestido. Tenía mucho trabajo. Trabajar quería decir sentarse en la biblioteca mesándose el cabello con ambas manos, beber mezcal, mojar el cuello de la camisa de sudor mientras repasaba columnas de números. Era así como se enteraba si estaba embutido en dinero hasta el bigote o si le llegaba más abajo.

Salomé se puso el vestido nuevo, trazó un corazón sobre los labios, tomó a su hijo del brazo y caminó hacia el pueblo. Antes de ver el Zócalo lo olieron: vainilla seca, cocadas de leche, café de olla. El Zócalo estaba lleno de parejas que caminaban con los brazos entrelazados como enredaderas que trepan por los árboles, sofocándolos. Las muchachas llevaban faldas de lana a rayas, blusas de encaje y novios de cintura estrecha. El ambiente de la fiesta estaba perfectamente delimitado: cuatro hileras de luces colgadas de los postes de las esquinas, cercando un cuadrado luminoso de noche por encima de la gente.

Iluminados desde abajo, el hotel y otros edificios de la plaza tenían cejas de sombra sobre los balcones de hierro. La pequeña catedral parecía más alta y amenazadora de lo que realmente era, como cuando alguien entra en una habitación con una vela encendida en la mano. Los músicos estaban en un kiosco pequeño y redondo con barandales de hierro recién pintados de blanco como todo lo demás, incluidos los gigantescos laureles que bordeaban la plaza. Los troncos relucían en la oscuridad, hasta cierta altura, como la marca de una inundación reciente de cal.

Salomé parecía feliz de flotar en ese río de gente que daba vueltas a la plaza, aunque era diferente a todos los demás con sus zapatos de piel de lagarto y el vestido *flapper* de seda corto que dejaba ver las piernas. La multitud se apartaba para dejarle paso.

Muy probablemente le complacía ser española de ojos verdes entre indios; criolla más bien: nacida en México y sin embargo pura, sin gota de sangre india. Su hijo, medio americano y de ojos azules, se sentía menos cómodo con lo que le había tocado en suerte: un alto junco entre pueblerinos de cara ancha. Hubieran sido una buena ilustración de «Las Castas de la Nación» que aparecían en los libros de texto de esa época.

—El próximo año vendrás con tu novia —le dijo Salomé en inglés, atenazándole el codo con ese amor que se parece a las pinzas de cangrejo—. Esta es la última Noche de Palmas que querrás pasar con este vejestorio. —Le gustaba hablar en caló inglés, sobre todo cuando había mucha gente. «*Posalutely the berries*: de lo más suave», decía, encerrándolo con sus palabras en un cuarto invisible con la puerta atrancada.

—No tendré novia.

—El próximo año cumplirás catorce. Ya eres más alto que el presidente Portes Gil. ¿Cómo voy a creer que no tengas novia?

—Portes Gil ni siquiera es presidente legítimo. Entró solo porque se cargaron a Obregón.

—A lo mejor tú también llegas así al poder, cuando una muchacha corte con su primer novio. No importa cómo consigas el puesto, cariño. Ella seguirá siendo tuya.

—Si quisieras, el próximo año podrías tener el pueblo a tu disposición.

—Pero tú tendrás novia. Solo te digo eso. Te irás y me dejarás sola. —Era un juego que le gustaba empezar, y resultaba difícil ganarle.

—Si no te gusta este, Mamá, podrías irte a otro. A una ciudad elegante donde la gente tenga algo mejor que hacer que dar vueltas alrededor del Zócalo.

—¿Y qué? —insistió—. Igual allí estaría la novia. —No solo una novia, sino *la* novia. Ya era su enemiga.

—¿Y a ti qué te importa? Tú tienes a Enrique.

—Lo dices como si fuera la peste.

La multitud había abierto un hueco para bailar frente a la banda parapetada tras el barandal de hierro. Viejos con huaraches colocaban los brazos tiesos alrededor de esposas con cuerpos de barril.

—Mamá, pase lo que pase, el próximo año todavía no serás vieja.

Al caminar, ella posaba la cabeza en su hombro. Él había ganado.

A Salomé no le gustaba nada que su hijo fuera ya más alto que ella: al principio se enfureció, luego se tornó lánguida. Según su cómputo de la vida, ya habían pasado dos terceras partes: «La primera parte es la infancia; la segunda, la infancia de tu hijo; la tercera, la vejez». Otro problema matemático sin solución posible, sobre todo tratándose del niño. Crecer hacia atrás, volverse nonato. Eso sí que hubiera sido, precisamente, la mejor solución.

Se detuvieron a mirar a los mariachis de la plataforma, hombres guapos con labios apretados besando largamente sus trompetas de bronce. Botonaduras de plata a lo largo de las perneras de los pantalones negros y angostos. El Zócalo ya estaba lleno; seguían llegando hombres y mujeres de los sembradíos de piña, con el polvo del día acumulado en los pies, dejando la oscuridad para entrar en el cuadrado que iluminaban los focos. Frente al pecho plano de la iglesia de piedra, algunos se sentaban en el suelo, en pequeños campamentos hechos de sarapes desplegados, donde el padre y la madre se acomodaban recostando la espalda contra la piedra fresca mientras los niños dormían arropados en fila. Eran los vendedores que llegaban en Semana Santa, cada mujer con el atuendo distintivo de su pueblo. Las del sur llevaban extrañas faldas como cobertores enredadas con pliegues, y delicadas blusas bordadas y con cintas. Las usaban aquella noche, en Semana Santa, y todos los días, tanto si iban a una boda como a dar de comer a los puercos.

Habían llegado con cargas de ramas de palma, y ahora estaban desatándolas y separando las hojas. Toda la noche, en la oscuridad, sus manos tejían las tiras hasta formar inusitadas formas de resurrección: cruces, coronas de flores, palomas y hasta Cristos. Debían hacerlo todo en una noche, para la misa prohibida del Domingo de Ramos, pues luego se quemaban: los iconos no estaban permitidos, ni los curas, ni decir misa. Prohibidos todos por la Revolución.

Aquel año los Cristeros habían entrado en el pueblo a caballo, con sus cartucheras cruzadas sobre el pecho como joyas, galopando por la plaza en protesta por la prohibición de cultos. Las muchachas gritaron vivas y les arrojaron flores, como si fueran la reencarnación de Pancho Villa, salido de su tumba sobre el caballo que había reencontrado.

Las viejas arrodilladas se balanceaban con los ojos cerrados, abrazando sus cruces y besándolas como si fueran niños. Al día siguiente estos pueblerinos llevarían sus imágenes a la iglesia sin curas, encenderían sus velas y se moverían juntos, impelidos por un estado de gracia común, como los peces. Tan fieles a lo que consideraban correcto que podían infringir las leyes, proclamar la salvación de sus almas y luego ir a sus casas y deshacerse de toda prueba incriminadora.

Ya era tarde, las parejas comenzaban a ceder el espacio de baile a un grupo más joven: muchachas con el pelo trenzado con estambres rojos y en rodetes sobre la cabeza, como anchas coronas. Los vestidos blancos se agitaban como espuma, con las faldas tan amplias que al tomar la orilla entre los dedos, levantarlas y dar vueltas de pronto parecían aleteos de mariposas. Las botas de tacón de los hombres golpeteaban el suelo con fuerza, como potros encerrados. Cuando la música se detenía, se inclinaban ante sus parejas como animales en un cortejo nupcial. Atrás, adelante: las muchachas movían rítmicamente los hombros. Los machos colocaban los pañuelos bajo el brazo y luego los blandían bajo las barbillas de las hembras.

Salomé decidió que iba a retirarse de inmediato.

—Tendríamos que volver caminando, Mamá. Natividad no vendrá a recogernos hasta las once. Eso le dijiste.

—Pues caminamos.

—Espérate aunque sea otra media hora. Si no, tendremos que andar en la oscuridad. Pueden asesinarnos los bandidos.

—Nadie va a asesinarnos. Todos los bandidos están aquí, tratando de robar bolsas en el Zócalo. —Salomé era práctica hasta cuando se ponía histérica—. Te molesta caminar.

—Lo que me molesta es ver a estos primitivos luciéndose. Aunque la mona se vista de seda, mona se queda.

Y entonces la oscuridad cayó como una cortina sobre todos. Alguien debió de apagar las luces. La multitud lanzó un suspiro.

Las muchachas mariposas habían colocado vasos con velas prendidas sobre las cabezas coronadas por trenzas. Cuando bailaban, las luces flotaban sobre una superficie invisible, como la luna reflejada en un lago.

Salomé estaba tan decidida a regresar andando que ya había enfilado en la dirección equivocada. No era fácil darle alcance. «Las indias —dijo con desprecio—. ¿Qué clase de hombres las seguirán? Una tamalera no pasa de tamalera.»

Las muchachas que bailaban eran mariposas. A cien pasos de distancia, Salomé podía verles la mugre de las uñas, pero era incapaz de ver sus alas.

Enrique esperaba que los hombres del petróleo llegaran a un acuerdo, pero eso tomaría tiempo. Habían venido con sus esposas a Isla Pixol; todos se hospedaban en el pueblo. Enrique trató de convencerlos para que se quedaran en la hacienda, pues una hospitalidad cómoda podría favorecer las negociaciones. «El hotel es antediluviano. ¿Ya vieron el elevador? Una jaula de pájaros sostenida por una cadena de reloj. Y los cuartos son más pequeños que una caja de puros.»

Salomé le lanzó una mirada fulminante. ¿Cómo lo sabía él?

Las esposas llevaban pelo corto y trajes elegantes, pero todas ellas habían entrado ya en lo que Salomé llamaba la tercera de las Tres Etapas de la Vida. O tal vez ya habían alcanzado la cuarta. Después de la cena los hombres fumaron puros tuxtleños en la biblioteca y las mujeres se quedaron fuera, con sus zapatos de tacón de aguja sobre las losetas de la terraza, los sombreritos afianzados con alfileres para que no se los llevara el viento y ondas de pelo retorcido pegadas a las mejillas. Con su copa de vino tinto en la mano miraban la bahía, hablando del silencio submarino: «Algas que se mecen como palmeras —asentían todas—, callado como una tumba».

El niño, sentado en la pared baja de un extremo de la terraza, pensó: Estas tipas se decepcionarían si supieran lo animado que es aquello. Extraño, pero no callado. Como en alguno de los mundos misteriosos de los libros de Jules Verne, lleno de sus propias cosas, sin prestar la menor atención a las nuestras. Muchas veces sacaba el aire de los oídos y solamente flotaba, escuchando el coro infinito de chasquidos leves y ruiditos. Al observar que un pez sorteaba el camino alrededor de un coral, lo vio hablar con otros. O al menos, hacer ruido en esa dirección.

—¿Cuál es la diferencia entre hablar y hacer ruido? —le preguntó a Leandro al día siguiente.

Salomé todavía no había aprendido el nombre de Leandro. Le llamaba «el muchacho nuevo de la cocina». Ofelia, la última galopina, era una muchacha bonita que le gustaba bastante a Enrique, y Salomé la echó. Leandro ocupaba más espacio, parado con los pies descalzos y separados, firme como los pilares de estuco que sostenían los techos de tejas en los corredores de esta casa amarillo ocre. Una fila de limoneros puestos en grandes macetas de barro bordeaban el corredor entre la casa y el ala de la cocina. Y Leandro estaba allí plantado casi todo el día, cortando los chayotes con un machete sobre una mesa grande. O pelando camarones, o haciendo sopa de milpa: granos de elote con flor de calabaza en trozos y aguacate. Sopa Xóchitl de caldo de pollo y verduras. Su arroz tenía algo que le daba un deje dulzón.

Todos los días le decía: *Podrías agarrar un cuchillo y dejar de dar lata.* Pero con una sonrisa, no ese «dar lata» de Salomé. No como cuando ella le decía: «Si entras aquí con esos pies llenos de arena, tu nombre tendrá lodo», regañándolo en inglés.

Respecto a la diferencia ente hablar y hacer ruido, Leandro contestó:

—Depende.

—¿De qué depende?

—De la intención, si quiere que el otro pez entienda lo que le quiere decir. —Leandro estudió con solemnidad su montón de camarones, como si antes de su ejecución hubieran pedido una última gracia—. Si el pez solo quiere mostrar que anda por allí, es ruido. Pero tal vez sus chasquidos quieran decir «Vete», o «Esa comida es mía, no tuya».

—O: «Tu nombre tendrá lodo».

Leandro se rió. Sonaba tan raro en español: tu nombre tendrá lodo.

—Exacto —respondió.

—Entonces para el otro pez es plática —dijo el niño—, pero para mí no es más que ruido.

Leandro necesitaba ayuda, pues había muchas bocas que alimentar en la casa: a los gringos les gustaba comer. Y también era el cumpleaños de Salomé, y se le antojaron unos calamares. Los ojos de las mujeres de los petroleros se movían como péndulos de reloj bajo los sombreros acampanados al ver los calamares a la veracruzana. En cambio, los hombres podían comerse los tentáculos sin fijarse, enfrascados en sus propias historias. Comentaban cómo sus mercenarios habían terminado con la rebelión en Sonora, obligando a Escobar a correr como un perro. Mientras más mezcal vaciaban de sus vasos, más rápido corría Escobar.

Tras la cena, Leandro dijo: «El flojo trabaja el doble», porque el niño intentó llevar todos los platos juntos a la cocina. Dos platos blancos cayeron al suelo haciéndose añicos en las losetas. Leandro tenía razón: barrer toma el doble de tiempo que dar otra vuelta. Leandro salió y ayudó a recoger el tiradero, hincándose bajo la mirada de los estadounidenses, que se quejaban de la torpeza de los criados. Habían encontrado por fin algo que es siempre igual en cualquier país.

Después, Salomé intentó que todos se animaran a un bailongo. Hizo girar la manivela de la Victrola y ondeó una botella de mezcal ante los hombres, pero todos se fueron a dormir, dejándola que diera vueltas en la sala, como quien suelta un globo de gas. Era su cumpleaños, y ni siquiera el hijo que echó al mundo se animaba a un bailecito con ella. «Por el amor de Dios, William, eres un aburrido —diagnosticó—. La nariz siempre metida en tus libros, no eres bueno para nada.» *Flaco*, *verde*, *estorbo* eran apenas un mínimo ejemplo del repertorio que le dedicaba cuando la tenía hasta la coronilla. Intentó bailar con ella después de eso, pero era demasiado tarde: ya no se tenía en pie sobre los tacones.

Salomé es hermética, les gustaba decir a los hombres. Alegre, despampanante, encantadora de serpientes. También un peligro andante. Eso fue lo que le dijo a su esposa uno de los comensales cuando los demás estaban fuera, para explicar su situación. «Peligro andante» quería decir «todavía casada» con un esposo en Estados Unidos. Tanto tiempo y no se había divorciado del pobre diablo de D. C., contador del gobierno. Tuvo una aventura con el agregado mexicano en sus narices, no tendría ni veinticinco años y ya con un hijo. Dejó plantado al otro tipo. Cuidado con la elegante Salomé, le advirtió a su esposa. Es tramposa.

El 5 de mayo el pueblo celebraba con cohetes la derrota de los invasores de Napoleón en la batalla de Puebla. Salomé tenía jaqueca, último regalo de la noche anterior que la postró todo el día en la pequeña habitación del final del corredor. La llamaba «Elba», su lugar de exilio. De un tiempo para acá Enrique se retiraba temprano y cerraba la pesada puerta de su habitación. Hoy no estaba de humor para ruidos y decía quejumbrosa: «Hay más estallidos en el campo que todos los disparos que se hicieron para sacar a las tropas napoleónicas».

El niño no fue al festejo del pueblo. Sabía que a la larga los generales de Napoleón habían regresado, apresado a Santa Anna y tomado el país. Tanto tiempo, que bastó para que todos aprendieran francés y usaran pantalones ajustados, hasta 1867 o algo así. Ya debería haber terminado el libro sobre Maximiliano de la biblioteca de Enrique. Fue el programa que le había impuesto Salomé: Leer Antigüedades Mohosas, porque en Isla Pixol no había una escuela que pudiera albergar a un niño que ya era más alto que el presidente Portes Gil. Pero el mejor lugar para leer era la selva, no la casa. Bajo un árbol junto al estuario, a veinte minutos de distancia, caminando por el sendero. Y el libro sobre Maximiliano era enorme. No valía la pena y, en vez de ese, mejor llevaba *El misterioso caso de Styles*.

Las salientes del amate más grande eran como velámenes colgadas de los troncos, y lo dividían en cuartitos adornados con cor-

tinas de helechos y hierbas fragantes. Una casa amplia que albergaba libélulas, zorzales hormigueros y por una sola vez, una cule-
brita enroscada. Muchos de los árboles de esta selva tenían troncos tan gruesos como las chozas del pueblo de Leandro, y las ramas
eran tan altas que no se alcanzaba a verlas. No había manera de saber quién habitaba ahí arriba. Alguna vez aullaron desde allí los
diablos ojos de plato que clamaban sangre, pero tal vez esas ramas
no eran sino el balcón de un hotel de monos, y los lugares donde
anidaban las oropéndolas, cuyo canto borboteaba como agua ser-
vida desde una cantimplora de metal.

En la biblioteca de Enrique, todas las paredes estaban cubiertas de
estantes de madera. El cuarto no tenía ventanas, solo entrepaños,
y todos los libreros tenían rejillas de metal cubriéndoles el frente,
como celdas, clausurando los anaqueles llenos de libros. Las rejillas de metal dejaban espacios cuadrados donde apenas cabían los
dedos finos y largos del muchacho, que metía la mano como si se
pusiera una pulsera de metal. Podía meterlas y tocar los lomos del
libro, tal y como Dantès tocaba la cara de su prometida entre los
barrotes cuando lo visitaba en la cárcel, en *El conde de Montecristo*. Podía deslizar un libro y sacarlo de entre los demás con cuidado; podía manosearlo y examinarlo. A veces hasta podía abrirlo si
el entrepaño era profundo, pero nunca sacarlo. Las rejas tenían ce-
rraduras de metal.

Todos los domingos Enrique tomaba una llave anticuada,
abría el estante y sacaba exactamente cuatro libros, que dejaba
apilados sobre la mesa sin pronunciar palabra. Invariablemente
históricos y con olor a moho: serían la educación del niño. Algu-

nos estaban bien, como *Zozobra* o el *Romancero gitano*, de un poeta joven enamorado de los cíngaros. Cervantes prometía, pero debía adivinarse tras un español que parecía antiguo. Una semana para Don Quijote antes de que regresara a su lugar, bajo llave, para ser cambiado por otra pila semanal. Fue apenas como un atisbo por el ojo de una cerradura.

De cualquier modo, ninguno de estos libros podía compararse con ocho minutos de Agatha Christie o los demás que tenía desde antes, cuando vinieron en tren. Su madre le permitió dos valijas: una de libros y otra de ropa. La de ropa fue un desperdicio, muy pronto le quedó chica. Debió de haber llenado ambas de libros: *El misterioso caso de Styles, El conde de Montecristo, La vuelta al mundo en 80 días, Veinte mil leguas de viaje submarino*, libros en inglés que no apestaban a humedad. Ya los había leído casi todos, más de una vez. *Los Tres Mosqueteros* aún esperaban, blandiendo sus espadas, pero siempre los devolvía a la valija. ¿Qué quedaría cuando todos esos libros pertenecieran al pasado? Pasaba noches en vela anticipándolo.

Según el parecer de Salomé, el programa de las escuelas verdaderas era incierto y, para ser francos, compartía su opinión: recuerdos de abrigos de lana húmedos, niños rudos, y *deportes*: terribles, obligatorios, todos los días. Una señora con un suéter café solía regalarle libros, y ese era el mejor recuerdo de su hogar. «Pero ya no lo llamamos hogar a eso —decía Salomé—. Estamos aquí y no hay escuela, así que tendrás que leerte todos los libros de esa pinche biblioteca si nos dejan quedarnos.» Y si no, el programa era aún más indefinido.

La biblioteca apestaba con frecuencia a puro de Tuxtla porque los petroleros se pasaban noches enteras fumando allí. Salomé lo odiaba todo: los puros y las pláticas de hombres. También los libros bajo llave, o en cualquier otra forma, y a los niños escuálidos que no sacan las narices de los libros. Sin embargo, le compró un cuaderno en la tienda del muelle de los transbordadores el día que intentaron escaparse de Enrique y lloró, porque no tenían ningún lugar en el mundo adonde ir. Se dejó caer desfallecida en la banca de hierro, con su vestido de crepé de seda, sacudiendo los hombros. Tanto rato, que él se paró a mirar el puesto de tabaco y a hojear revistas. Y allí vio el cuaderno de tapas duras: el mejor libro que existía, pues podía convertirlo en cualquier cosa.

Ella se le acercó por detrás cuando lo estaba examinando. Puso la barbilla sobre el hombro de él y se limpió la mejilla con el dorso de la mano: «Nos lo llevamos». El hombre lo envolvió con cuidado en papel de estraza y lo ató con un cordel.

Ella quería que empezara contando lo que les había ocurrido en México, antes de que se los tragaran los aulladores, sin dejar rastro. Luego, muchas veces manifestó una opinión contraria y le ordenó que dejara de escribir. La ponía nerviosa.

Al terminar ese día, tras escaparse, comprar el cuaderno y comer camarones hervidos que sacaban de un cucurucho de papel, parados en el muelle viendo salir los transbordadores, volvieron con Enrique, por supuesto. Eran prisioneros en una isla, como el conde de Montecristo. La hacienda tenía puertas pesadas y gruesos muros que se mantenían frescos todo el día. Y las ventanas dejaban entrar el susurro del mar toda la noche: *hush, hush*, como un latido de corazón. Adelgazaría hasta quedar en los puros huesos y, cuando terminaran todos los libros, moriría de inanición.

Pero ahora no, ya no. El cuaderno de la tabaquería era el inicio de una esperanza: el plan de escape de un prisionero. Sus páginas vacías serían un libro de todo, milagroso e interminable como el mar de noche, un latido que no cesa.

A Salomé, en cambio, no le preocupaba que se terminaran los libros, sino que su ropa pasara de moda. *No se puede comprar nada en esta isla, si no quiere que me vista como la mona, de seda y con faldas que me lleguen hasta el suelo.* Un baúl con sus cosas más elegantes había sido enviado por tierra el año pasado desde Washington D. C., según el abogado que supuestamente se encargaba de sus asuntos. Pero tanto el baúl como el divorcio parecían haberse extraviado. Enrique decía que algún día, ojalá, verían el baúl. Si Dios quiere. Y si no quiere, significaría que los zapatistas habían detenido el tren y se lo habían llevado todo. El niño exclamó: «Sí. Imagínate a los zapatistas con sus carrilleras leyendo a la señorita Christie a la luz de las fogatas, comiendo en la porcelana de Limoges de Mamá, usando sus camisones».

Enrique se atusó el bigote y dijo: «*¡Imagínate!* Lo malo es que fantasías como esa no pueden venderse, no dan dinero».

«En México la Revolución es una moda —les informó a los invitados la cena de la última noche—. Como los estúpidos sombreros que usan nuestras esposas. No importa qué les hayan dicho en Washington, este país trabajará con tesón para ganarse los dólares extranjeros. —Alzó su copa—. El corazón de México es como el de una mujer fiel, casada con Porfirio Díaz hasta que la muerte los separe.»

Se cerró el trato, y los petroleros se fueron. Al día siguiente

Enrique permitió que Salomé se sentase en su regazo durante el desayuno y que le diera un beso de trompetista. «Señal de progreso —declaró cuando él se fue a revisar un nuevo almacén de embalaje—. ¿Oíste que dijo "los sombreros que usan nuestras esposas"?» Su proyecto prioritario era el retorno a la recámara de Enrique. El siguiente era despedir a la sirvienta.

Para el niño, el mejor proyecto, cualquier día, era desaparecer. Se escurría detrás de la cocina, por el sendero bordeado de palos mulatos de piel roja y troncos descascarados que mostraban una piel negra y suave en la capa de abajo. Cortar por el camino de arena que cruzaba el campo de piñas hasta una pared baja de roca y hacia el mar con un libro, unas tortillas para almorzar, el visor y un traje de baño en la mochila. Nadie lo veía sino Leandro, cuyos ojos, al seguirlo por la vereda arenosa, le hacían sentirse desnudo aunque no lo estuviera. Leandro, a su vez, llegaba descalzo cada mañana desde su pueblo, oliendo al humo del fuego encendido para el desayuno, pero con una camisa recién lavada por su mujer. Salomé comentaba que Leandro ya tenía esposa, un hijo y un bebé. «Y tan jovencito», cacareaba feliz de que alguien hubiera arruinado su vida en menos tiempo que ella la suya. Si Leandro ya estaba en la Segunda Etapa de la Vida (la parte de los hijos), esta iba a ser corta.

Los peces del arrecife se acercaban todos los días por los restos de tortilla que el niño traía de la cocina y despedazaba, echándolos al agua. Un pez de boca de pico de loro y panza como fuego era el primero de la fila para la entrega cotidiana. No podía considerársele, por lo tanto, un amigo. Era como los hombres que venían a cenar porque la comida era gratis, así como el espectáculo de Salomé con su vestido de satén con escote en V.

Salomé trazó su plan de ataque. Primero dio instrucciones a Leandro. Todos los días le servimos a Enrique las comidas que más le gustan, empezando por el desayuno: café de olla con canela, tortillas recién hechas y calentitas, jamón con piña y lo que conoce como «huevos divorciados»: estrellados juntos, y servidos uno con salsa roja con poco chile y el otro con salsa verde muy picante. En cuestiones románticas, Salomé tenía opiniones muy firmes.

La cocina estaba unida a la casa por un corredor bordeado de limoneros. Las paredes eran bajas y de ladrillo, tablones como mesas de trabajo y la cocina abierta en los cuatro costados para que se fuera el humo del fogón desde la estufa también de ladrillo. El techo estaba sostenido por cuatro pilares, y en un rincón se veía la joroba de un horno de barro. Natividad, el sirviente más viejo y casi ciego, llegaba al amanecer para sacar la ceniza y volver a encender la lumbre; encontraba los tizones a tientas y ponía los leños uno junto a otro, como quien mete los niños en la cama.

Cuando Leandro llegaba, apartaba la lumbre a un lado para que la llama no estuviera en el centro del pesado comal de hierro, y lo limpiaba con un trapo embebido en manteca para que las tortillas no se pegaran. Junto al tarro de manteca tenía una batea con la masa, y de allí sacaba bolitas que torteaba a mano. El calor pintaba un collar de cuentas negras en la cara blanca de las tortillas al cocerlas. Él pellizcaba la orilla de las gorditas, más pequeñas, levantando los bordes para que no se escurriera la pasta de frijol. Para las quesadillas o empanadas, hacía una tortilla delgada, doblándola sobre el relleno y deslizándola en una sartén con manteca caliente.

Lo que más le gustaba a Enrique era el pan de dulce hecho con masa de harina de trigo. Estas empanadas eran dulces, infladas y blandas, con una costra de azúcar gruesa encima, rellenas de piña y un dejo agrio por el humo del horno. Enrique había despedido a muchos cocineros antes de que llegara, como caído del cielo, el tal Leandro. El pan dulce no es cosa simple. La vainilla debe ser de Papantla. La harina se remuele en metate. Y no es como la masa de las tortillas, de maíz remojado que se muele con agua. Cualquier mexicano puede hacer eso, según Leandro. La harina seca para el pan europeo, en cambio, es otra cosa. Debe ir molida tan finamente que se levante en el aire como una nube. La parte más difícil es mezclarla con el agua, sin prisa. Si el agua se echa de golpe, se vuelve un masacote grumoso.

—Dios mío, ¿qué has hecho?

La excusa del niño fue que la cubeta pesaba mucho.

—Flojo, ya eres de mi tamaño y no aguantas una cubeta.

Tiró la masa para comenzar todo de nuevo. Leandro caído del cielo, ángel de paciencia, se lavaba las manos con calma en otra cubeta y se las secaba en los pantalones blancos.

—Déjame enseñarte cómo se hace. Comienza con dos kilos de harina. Haz una montaña sobre la mesa y échale en el centro la mantequilla troceada con los dedos, junto con sal y carbonato. Luego lo remueves y haces un hueco en el centro, como si fuera un cráter rodeado por montañas. Échale un lago de agua fría en medio. Poco a poco acercas las montañas al lago; el agua y la playa juntos forman pantanos. Despacio, sin islas. La pasta crece hasta que ya no quedan ni montañas, ni lago, ni agua: solo una bola de lava.

»¿Ves? No todos los mexicanos logran hacer esto, muchacho.

Leandro golpeaba suavemente la masa contra la tabla hasta que quedaba suave, sólida y tersa a la vez. Luego la dejaba reposar toda la noche en un traste tapado. Por la mañana la extendía con un rodillo y la cortaba en cuadros con un machete, echaba un poco de relleno de piña en cada recuadro con una cuchara y los doblaba en triángulos, espolvoreándolos con azúcar embebida en vainilla.

—Ahora ya sabes el secreto para tener al jefe contento —decía Leandro—. Cocinar en esta casa es como una guerra. Yo soy el capitán panadero y tú eres mi sargento mayor. Si el patrón corre a tu mamá, cuando menos haciendo pan dulce y blandas conseguirás trabajo.

—¿Cuáles son las blandas?

—Sargento, no pueden cometerse esos errores. Las blandas son las grandes y suavecitas que lo enloquecen. Tortillas tan grandes que puede envolverse con ellas a un bebé, y tan suaves que parecen alas de ángel.

—Sí, señor. —El niño alto saludaba a su superior—. Grandes como para envolver a un ángel y suaves como las nalgas de un bebé.

Leandro se rió.

—Solo que los bebés fueran angelitos.

El 21 de junio de 1929 una iguana gigante se subió al palo de mango sembrado en el patio, Salomé dejó su almuerzo y se levantó gritando. Y ese mismo día terminaron los tres años de prohibición de cultos, aunque la iguana no tuviera nada que ver en el asunto.

Una declaración presidencial cancelaba, después de tres años, la prohibición de decir misas. Terminaba la Guerra Cristera. Ese domingo las campanas repicaron todo el día llamando a los curas que habían conservado intactos sus anillos de oro, sus propiedades y su impunidad. Enrique lo tomó como una confirmación: México se postraba de rodillas en el altar, dispuesto a regresar a los tiempos de don Porfirio. Los verdaderos mexicanos entenderían siempre las ventajas de la humildad, la piedad y el patriotismo. «Y las mujeres decentes —añadió dirigiéndose a Salomé—, dentro de su casa como mariposas en vitrinas, cultivando cada día más la virtud.» Esperaba que fuera al pueblo con su hijo a oír la Misa de Reconciliación.

«Si quiere una mariposa, debería dejar que me quedara en casa, en una maldita vitrina», renegaba en el carruaje camino de la iglesia. Salomé estaba completamente de acuerdo con la prohibición de los tres años anteriores. Su opinión era que lo único más tedioso que la misa era la obligación de escucharla usando medias de algodón. También ella había vivido en el reinado del Porfiriato, regida por la oscura supremacía de monjas que no mostraron la menor clemencia con la descarada hija de un comerciante que llegaba a la escuela enseñando los tobillos desnudos. Salomé se las ingenió para lograr una escapatoria milagrosa, casi igual a la del conde de Montecristo: un viaje de estudios a Estados Unidos, donde se metió con el contador de cobranzas de una empresa de su padre, inerme ante sus encantos. Resolvió el problema matemático que se le presentó a los dieciséis años diciendo que tenía veinte. Como alegaba lo mismo a los veinticuatro, la ecuación se equilibraba. Se convirtió en Sally y se confirmó en la Iglesia del Oportunismo. Incluso ahora, al aproximarse a la catedral del pueblo, alzaba los ojos y exclamaba: «El opio del pueblo», a la manera de los hombres del gobierno cuando intentaron derrocar a los curas. Pero no lo dijo en español, para que el cochero no la entendiera.

La catedral estaba atiborrada de niños solemnes, campesinos y viejas de piernas gruesas. Algunos empujaban para completar la Siete Estaciones, dando vueltas alrededor de la multitud, tan decididos como planetas en su propia órbita. Una larga fila de personas del pueblo esperaban la comunión, pero Salomé caminó hasta donde empezaba la cola y aceptó en su lengua la hostia, como si estuviera en la fila de la panadería y todavía tuviera que hacer muchas diligencias.

El cura vestía un brocado de oro y llevaba un gorro puntiagudo. Había logrado cuidar muy bien su ropa durante los tres años que había pasado escondido. Todos los ojos lo seguían, como plantas que buscan la luz, menos los de Salomé. Salió tan pronto como pudo y se encaramó directamente en el carro, azuzando a Natividad para que apurara y hurgando con furia en su bolsa bordada con cuentas en busca de sus aspirinas. Para Salomé, todo provenía de un frasco o una botella: primero el talco y el perfume, la pomada para su cabello rizado; después, el dolor de cabeza que procedía de una botella de mezcal; y también, la cura de un frasco de Remedios Bellan solubles en agua caliente. Tal vez su baile *flapper* provenía de otro recipiente, una Victrola de manivela Skidoo 23. Escondido bajo una mesita con cortinas de su cuarto, otro frasco con algo que le permitía seguir adelante.

Si Enrique no la quería, anunciaba ahora en el carro, no era culpa de ella. Y no veía cómo Dios podría resolverle el problema. La madre de Enrique no congeniaba con los divorcios, así que ella debía cargar con la culpa. Y los sirvientes, que todo lo hacían mal. Le hubiera gustado culpar a Leandro, pero no podía. Su masa de trigo era perfecta, tan sedosa que casi podía verterse desde una jarra, como el vestido blanco con el que Salomé esperaba casarse nuevamente.

El problema de Salomé debía de ser el hijo de piernas largas, que se bamboleaba sacudido por los baches, se levantaba el pelo caído sobre la cara y miraba el mar. No había sitio en el pastel para un niño ya casi tan alto como un presidente que, además, ni siquiera había sido electo.

Para llegar a los pozos petroleros de la Huasteca, Enrique debía tomar el transbordador a tierra firme, luego la panga a Veracruz, y desde allí el tren. Para estar allá un día, debía ausentarse una semana o hasta un mes. Salomé quería acompañarlo a Veracruz, pero él opinaba que su único interés era ir de compras. Por eso solo les permitió llevarlo hasta el muelle del pueblo en el carro y verlo partir en el transbordador. Salomé agitaba su pañuelito desde el muelle bajo la favorecedora luz matinal, dándole un codazo al hijo para que hiciera lo propio. Ambos tenían papeles decisivos en la obra de teatro titulada *Enrique se decide*. «Pronto dirá la palabra y podremos soltarnos el pelo, chamaco. Y entonces, ya veremos qué se hace contigo.» Enrique había mencionado un internado en el Distrito Federal.

Las páginas del cuaderno estaban por terminar; el título era *Lo que nos sucedió en México*. Le pidió que le comprara otro en la tabaquería, pero Salomé dijo: «Primero debemos saber si habrá algo más, algo digno de contarse».

Ya no se veía el transbordador. Almorzaron en el malecón, frente a un barquito camaronero, viendo cómo las aves marinas daban vueltas con la intención de robar comida. A lo lejos, hombres en barquitas de madera lanzaban sus redes al agua, haciendo que los bultos grises se elevaran a cada tirón como nubes de tormenta. Más tarde, en la mañana, los pesqueros de arrastre estaban ya todos alineados en el muelle con los cuerpos oxidados en la misma dirección, los mástiles dobles ladeados como matrimonios, ambos igualmente borrachos. En el aire había aroma de pescado y sal. Las palmeras agitaban sus brazos enloquecidos por el aire marino, sin que nadie percibiera su gesto desesperado. El niño dijo: «Siempre habrá algo digno de contarse. La parte que sigue será este almuerzo». Pero Salomé dijo lo que siempre decía desde hacía un tiempo: *Deja de hacer eso, guarda el cuaderno. Me pones nerviosa.*

Camino a la casa, le pidió al cochero que parara en un pueblito cerca de la laguna. «Déjanos aquí y regresas a las seis. Y no me preguntes nada», ordenó. El caballo sabía cómo llegar a todas partes y era cosa buena, porque el viejo Natividad ya casi no veía. También era bueno para Salomé. No quería testigos.

El pueblo era tan chico que ni siquiera tenía mercado, solo una cabeza de piedra enorme en la plaza; estaba allí desde el siglo en que los indios todavía tenían grandes aspiraciones. Salomé bajó del carruaje y caminó pasando la enorme cabeza, con barba de pasto creciéndole en el mentón. Al final del camino dijo: «Es por aquí, ven». Y dio la vuelta por un sendero de la selva, caminando deprisa sobre sus altos tacones, los labios apretados, la cabeza agachada con su pelo corto y rizado que le caía sobre la cara como cortina cerrada. Llegaron a un puente colgante de tablas sobre un barranco. Quitándose los zapatos puntiagudos y balanceándolos en el dedo por las trabillas, caminó por el puente solo con las medias puestas, sobre las aguas agitadas. Luego se detuvo y volteó. «No vengas, espérame aquí», ordenó.

Tardó horas. Él se sentó en la orilla del puente con el cuaderno en el regazo. Una araña enorme de vientre muy rojo se acercó posando una pata tras otra, y metió lentamente todo el cuerpo en un agujerito de una de las tablas. Qué cosa más terrible, saber que cada huequito podía hospedar algo semejante. Entre las hojas se alborotó una bandada de loros. Un tucán miraba tras su largo pico llamando *A mí, a mí*. Acuclillado junto a la quebrada, volvió a creer en los demonios arbóreos. Y al atardecer llegaron aullando.

Cuando Salomé regresó, volvió a quitarse los zapatos para cruzar el puente, se los calzó de nuevo y marchó hacia el pueblo. Ya estaba esperándolos Natividad, como otra cabeza de piedra. El caballo pastaba. Subió al carruaje sin decir palabra.

Robar el reloj de bolsillo fue una forma de vengarse. Algo que ocultarle a su madre, por haberse negado a decir por qué había entrado en la selva. Lo robó el día en que vino el sastre desde el pueblo, apurado por saber la opinión de Salomé sobre la tela para el traje nuevo de Enrique. Enrique no estaba. El sastre no podía sino mostrar sus buenos modales aceptando un vaso de chinguerito ofrecido por Salomé, y luego otro. El niño tuvo tiempo de sobra para meterse a hurtadillas al cuarto y ver la Caja de Papá. Estaba cubierta de polvo, escondida bajo el tocador donde se guardaba la bacinica. Tal era el odio contra el hombre.

De nada sirve llorar por un padre abandonado, le decía ella siempre. Una sola vez le dejó ver las cosas de la caja: la foto del hombre que, de algún modo, había sido su padre. Un montón de monedas viejas, cadenitas, un par de mancuernillas con piedras preciosas y un reloj de bolsillo. Le gustó el reloj. La primera vez, cuando dejó que se sentara en el suelo y revolviera el contenido de la caja, estaba echada en la cama, apoyada en un codo, mirándolo. Balanceó la cadena ante sus ojos, como un hipnotizador:

—*Sientes mucho sueño.*

—El tiempo nos cura, pero luego nos mata —contestó ella—. En honor a la verdad, estas cosas son tuyas —le dijo. Pero, en honor a la verdad, ni siquiera eran de ella: las había agarrado deprisa, sin pedirlas, salió y se escapó a México. «En caso de que luego necesitemos vender algo, cuando lleguen los tiempos difíciles.» Si nos pasa algo peor que Enrique, debió de haber dicho.

Ahora el reloj volvía a ser robado: doble hurto. Se había metido en su cuarto y se lo había llevado mientras ella reía en la sala de los chistes del sastre, echando la cabeza hacia atrás sobre el sofá de seda. De todos los tesoros de la caja solo necesitaba ese. El tiempo que primero cura y luego detiene todo cuanto sucede en el corazón.

La niebla azul de los puros tuxtlecos salía de la biblioteca extendiéndose por toda la casa. Enrique volvió esta vez con dos estadounidenses para que fumigaran las costas de México con su humo y sus pláticas interminables: la campaña electoral de Ortiz Rubio, el desastre de Vasconcelos. Los gringos siempre ponían nervioso a Enrique y agitada a Salomé. Les servía coñac en las copas para que le vieran el pecho cuando se agachaba. Uno miraba y el otro no. Se decía que ambos tenían esposas. A medianoche salieron a caminar por la playa, con zapatos de cuero y los sombreros puestos. Salomé se dejó caer en una silla, seca ya la última gota *flapper* de su cuerpo.

—Debías estar en la cama —ordenó.

—Ya no soy un niño. Eres *tú* quien debía estar en la cama.

—No rezongue, señor. Le damos otro disgusto a Enrique y nos pondrá de patitas en la calle.

—¿Y adónde iríamos? Las patitas no pueden caminar sobre el agua.

Uno de los hombres era el señor Morrow, embajador, y el otro era petrolero, como Enrique. Según Salomé, el segundo era el que de verdad importaba, pero ella podía sacarle la lana si se le antojaba.

—Es más rico que Dios.

—Entonces ha de tener el amanecer en los bolsillos y la clemencia en los pies.

Se lo quedó mirando.

—¿Eso viene en alguno de tus libros?

—No del todo.

—¿Qué quiere decir «no del todo»?

—No sé. Suena como si viniera en el *Romancero gitano*, pero no es de allí.

Abrió mucho los ojos. Se había rizado el cabello horas antes como una concha y comenzaba a perder fuerza, los ricitos de la frente se separaban de los demás. Parecía una niña que entrara en casa después de jugar.

—¿Tú inventaste eso del amanecer en los bolsillos y la clemencia en los pies? Parece un poema. —Sus ojos claros como el agua, la punta de sus rizos tocando apenas las cejas. La luz de la vela iluminaba las largas líneas satinadas en la tela de su vestido con un diseño que nunca mostraría a la luz del día. Se preguntó qué se sentiría al tener una verdadera madre, una mujer hermosa, sorprendida, así, que te mirara por lo menos una vez al día.

—Necesitas otro cuaderno, ¿verdad? Para escribir tus poemas.

Pero era ya la última página. La escena de la madre y la luz de la vela la abarcaba casi toda, el final no era bueno. Cuando los hombres regresaron, le dieron cuerda a la Victrola y el que habían nombrado «podría sacarle la lana» intentó bailar el charlestón con Salomé, pero sus zapatos no se mostraban clementes. Se notaba que le apretaban.

NOTA DE LA ARCHIVISTA

Las notas precedentes dan cuenta de los primeros años de Harrison William Shepherd, ciudadano de Estados Unidos nacido en 1916 (Lychgate, Virginia) y llevado a temprana edad por su madre a México. Me consta que las palabras son de H.W. Shepherd. Pero está claro que las páginas no proceden de una pluma infantil. Si bien su talento fue precoz, como es bien sabido y con frecuencia se ha hecho notar, aún no se había desarrollado a la temprana edad de trece años. Tenía esa edad, ciertamente, cuando adquirió el cuaderno empastado donde comenzó un diario, hábito que habría de conservar en el transcurso de su vida. Esta empresa me fue transferida por el autor de la manera más insospechada y la apunto aquí ahora.

En enero de 1947 el hombre inició sus memorias, basadas en los diarios tempranos. Las páginas precedentes me fueron entregadas en mano para ser mecanografiadas y archivadas como «Capítulo uno». Supuse que se trataba del inicio de una obra. No había motivos para dudarlo, puesto que por entonces contaba ya con otros títulos de su autoría. Tras haber abrevado cuanto pudo del mencionado cuaderno empastado que adquirió en el muelle de Isla Pixol, es muy probable que lo desechase. Tenía la costumbre, al reescribir, de deshacerse de todas las versiones anteriores. Se preciaba de no acumular nada.

Meses más tarde abandonó toda intención de continuar dichas memorias. Las razones aducidas para ello fueron diversas. He aquí una de ellas: faltaba el cuadernito donde continuaba la historia, el segundo diario de su juventud, y abandonó todo intento de reconstruir su contenido. Creo que debía de recordar gran parte, pero me abstendré de comentar el asunto. Le desasosegaba.

Hay detalles precisos acerca de este segundo diario. Alegaba que estaba perdido, y no faltaba a la verdad. Salió a la luz en 1954, cuando apareció un baúl con sus pertenencias, almacenado hasta entonces, a lo largo de muchos años, por una persona de su confianza en la ciudad de México. Fue hallado al remover el ajuar de la antedicha persona, tras su deceso. El diario es un cuadernito más pequeño que un emparedado (7 por 12 centímetros) con tapas de cuero, ciertamente fácil de perder. Estaba envuelto en un pañuelo, en el bolsillo de un pantalón. Nunca estuvo con los diarios posteriores, y por un lapso dilatado de tiempo se dio por perdido. Él nunca llegó a verlo nuevamente. No llevaba su nombre, solo un encabezado y la fecha en la primera página, como podrá constatarse. El baúl fue identificado por razones azarosas y, gracias a una carta con instrucciones específicas, me fue remitido. Pero para entonces, por supuesto, él ya no estaba entre nosotros. De no haberse dado tan providencial resurrección, sin el fragmento que falta, tampoco existiría este relato. Mas helo aquí. La escritura lleva su autoría sin lugar a dudas: la caligrafía, el estilo, el encabezado. Comenzaba de manera semejante sus cuadernos, incluso siendo bastante mayor.

El lector encontrará pronto las diferencias de estilo entre las memorias del autor y el diario del niño. Las páginas previas provienen de un hombre de treinta y un años, y las subsecuentes de un mozalbete de catorce. Todos los diarios posteriores dan cuenta del progreso normalmente aparejado con la edad. En todos ellos muestra una costumbre que le caracterizó a lo largo de su vida: el afán por minimizar su propia persona. Cualquier otro sujeto hubiese escrito en su diario: «Cené tal o cual». A su entender, si había una cena sobre la mesa, esta tendría su propia razón de existir. Escribió como quien lleva una cámara en todas y cada una de las circunstancias de su vida y, en consecuencia, no aparece en ninguna de ellas. Las razones para ello son muchas y, debo repetir, no es de mi competencia enunciarlas.

El cuadernito empastado en cuero, perdido y recuperado, es el diario escrito entre 1929 y el verano de 1930, cuando abandonó Isla Pixol. Transcribirlo no fue tarea fácil: la mayor dificultad radicaba en sus dimensiones. Fue escrito a lápiz en los huecos no utilizados de un libro casero de contabilidad. Se trata, evidentemente, de un cuaderno común en los años veinte, robado al ama de llaves, tal y como él reconoce abiertamente. Carecía aún del hábito arraigado de fechar cada nota.

El tercer diario abarca desde junio de 1930 hasta el 12 de noviembre de 1931. En él se toma más en serio la tarea de fechar cada entrada, porque entonces ya estaba inscrito en la escuela.

Se trata de un cuaderno de pasta dura usado por los escolapios de la época, adquirido en una papelería de la ciudad de México.

El resto de los diarios es un conjunto de cuadernos de la más diversa índole en lo que se refiere a formas y tamaño, pero con un contenido prístino. Nadie ha puesto más empeño en las palabras, ya fuesen propias o ajenas. Yo me he esforzado por hacer lo mismo. Su caligrafía puede calificarse entre media y buena, y yo estaba familiarizada con ella. Estos textos me parecen fieles y apegados a los originales, salvo por pequeñas correcciones a una ortografía y una gramática juveniles. Pero es poca la enmienda que requiere un muchacho cuya escuela son *El misterioso caso de Styles* y otros semejantes. Solicité ayuda fidedigna respecto al español, que usa recurrentemente, pues no parece haberlo distinguido puntualmente del inglés en su temprana juventud. Hablaba cotidianamente ambas lenguas, inglés con su madre y español con todos los demás. Hasta su regreso a Estados Unidos. A veces los mezclaba, y en algunos casos tuve que interpretar el sentido.

Este tipo de nota suele colocarse al principio de los libros. Opté por dejar que su Capítulo uno abriera el texto. Él tuvo la intención expresa de que ese escrito funcionara como tal y, en este caso, yo lo sostengo y suscribo sin la menor duda.

Tuve muchos años para ponderar la sensatez de esta determinación. Esta pequeña advertencia pretende explicar lo que sigue a continuación. He añadido algunos encabezados con el propósito de organizar los materiales. Van siempre marcados con mis iniciales. Mi única intención es poder ser útil.

VB

Diario privado de México, Norteamérica

Prohibido leer. El delito acusa

2 de noviembre, Día de Muertos

Leandro fue al panteón a dejarles flores a sus muertos: su madre, su padre, sus abuelas, su bebé que se murió un minuto después de haber nacido y su hermano, que murió el año pasado. Leandro dice que está mal que uno diga que no tiene familia. Aunque estén muertos, todavía son familia. No es agradable pensar algo así, un pueblo de fantasmas parados en fila detrás de la ventana, esperando a ser presentados.

Leandro, su esposa y los muertos van a festejar en el camposanto que está detrás de la playa de rocas del otro lado. Tamales en hoja de plátano, atole y pollo en pipián. Leandro dice que es la única comida que puede hacer que su hermano se separe de la dama. La dama es la Señora de los Muertos llamada Mictlanquién-sabe-qué-más, porque Leandro no puede deletrearlo. No sabe leer. Pero esos tamales no los hizo él. En su casa, la capitana de las tortillas es su mujer, y las sargentas son sus sobrinas. Cuando sale de aquí se va a su casa de barro con techo de zacate y allí le cocinan las mujeres. Tal vez se siente en una silla a quejarse de nosotros. Nadie se le acerca a quitarle las botas, porque no tiene botas.

También se fueron al Día de Muertos todas las criadas, y Mamá tiene que calentarse el caldo para almorzar. Se queja de los sirvientes mexicanos que se van con cualquier pretexto. ¿A quién se le ocurriría en Washington D.C. que el jefe de la cocina desaparezca para ir a echarle caléndulas a una tumba? Según ella, los indios tienen tantos dioses solo para faltar diario a su trabajo. *Estas muchachas mexicanas.* Aunque Mamá también sea una de ellas. Basta que se le recuerde para recibir un revés en el hocico.

Esta mañana dijo: «No soy mestiza, señor, y que no se te olvide». Don Enrique está orgulloso de no tener sangre india en las venas, solo española, y ahora Mamá también está orgullosa de lo mismo. Pero tampoco tiene nada que celebrar sin dioses indios. Ni siquiera al dios de los españoles puros, porque tampoco ese le gusta. Dijo chingado al quemarse la mano porque las sirvientas salieron a su fiesta. Pinche, malinche. Mamá es un arsenal de palabrotas.

Don Enrique se trajo los libros de contabilidad del almacén de su negocio en Veracruz para estar al tanto de la verdad. «Desconfía de tu amigo como de tu peor enemigo —le dijo a Mamá—. Apúntalo. Todo. Por escrito.» Y golpeaba con los libritos el tocador, y ella saltaba del susto y le temblaban las mangas de la bata. Le dijo que se llaman Libros de la Verdad.

Pero la verdad es esta. Uno de los libros fue robado por el ratero de la casa. Mamá ya lo había terminado, de cualquier manera. Comenzó ella, pero luego le dieron a Cruz el encargo de apuntar lo que Mamá paga. Porque si no, cuando está borracha, Mamá dice que ya les pagó aunque no les haya pagado. Don Enrique le pidió a Cruz que llevara las cuentas mientras él estaba en La Huasteca. Dice que en esta casa el dinero se va como el agua.

7 de noviembre

Setenta y dos segundos. Es el tiempo más largo. Si Mamá retuviera tanto rato la respiración, haría tiempo que estaría divorciada. Pero este tiempo no vale porque fue fuera del agua. En la cama, rodeado de tierra. Arrodillado junto a la almohada con la nariz tapada, con el reloj cerca de la vela para poder ver los segundos. En el agua es más difícil aguantar por el frío. Para lograrlo hay que respirar antes mucho, muy aprisa y luego tomar bastante aire y aguantarlo. Leandro dice: *En el nombre de Dios, no intentes eso debajo del agua, es la mejor manera de desmayarse y ahogarse.* Antes de ser cocinero, Leandro sacaba langostas y esponjas para ganarse la vida.

Y vaya que es un paso atrás en el escalafón: de una vida de soldado buceador a galopín. «Pinche de cocina. Ningún peligro, como niño pegado a la chichi.» Fue una majadería decirle eso a Leandro por la mañana, porque no puede enojarse de regreso. Volvió del Día de Muertos con el cabello recogido, con una cola de caballo amarrada con un mecate. Tal vez lo peinó su esposa.

Leandro contó que el hermano que hizo el visor se ahogó el año pasado, buscando esponjas. Tenía trece años. *Más chico que tú y ya mantenía a su madre.* Leandro lo dijo sin darse la vuelta, mientras picaba cebollas, golpeando la tabla con fuerza.

Natividad entró en ese momento con el jitomate y el epazote que trajo del mercado y no hubo oportunidad de decirle: «Nunca lo supe». Casi siempre hay algo terrible que no se sabe.

Ni tampoco de que Leandro dijera: «No sabes nada».

Por emocionante que sea bucear, su hermano perdió la vida. *Esa es la verdad sobre la vida de los soldados, por si querías saberlo. Cocinar no mata.*

Esta mañana la marea bajó temprano. Los niños del pueblo que sacan ostiones llegaron a la caleta y dijeron que son los dueños de la bahía. Vete, güero, gritaban. Lárgate, como un cangrejo sobre las rocas de coral. El camino que está junto a la laguna y lleva hasta el otro lado de la punta forma un túnel oscuro en el mangle. Allí la playa es apenas una franja delgada de rocas que desaparece cuando sube la marea. Pero esta mañana la marea estaba más baja que nunca. Trozos de coral salían del agua como cabezas de animales marinos que se quedan mirando. Esa parte es muy rocosa para los barcos. Nadie va por allí. Ni siquiera los niños de los ostiones que le gritan a un güero que no es rubio, sino que tiene el pelo igual de negro que Mamá. No ven nada, cuando se molestan en ver.

Flotar sobre el mar es como volar: ver desde arriba la ciudad de los peces, ver cómo van de compras. Volar como pez volador. El suelo se hunde, y en el agua más profunda se puede planear, más allá de donde los corales se amontonan en lo más bajo, hasta el azul oscuro y tranquilo. En el fondo se ve la sombra de los cazadores.

Detrás de la caleta, al otro lado, un saliente de piedra se eleva sobre el agua. Puede verse esa roca desde el *ferry*. Tiene largas franjas blancas de guano, que anuncian como banderas los lugares huecos donde los pájaros se sienten muy escondidos. En la base de esa roca hay algo, debajo del agua, que tampoco puede verse desde un barco. Algo oscuro o más bien una nada oscura, un gran agujero en la piedra. Es una cueva de tamaño suficiente para bucear y entrar en ella. O para sentir los bordes y entrar un poco. Es muy honda. Un camino acuático, un túnel en la roca como el del mangle.

Una visita inesperada del señor Sacarle la Lana. Mamá estaba de malas cuando se fue. También a ella le apretaban los zapatos. Entabló un pleito contra don Enrique.

24 de noviembre

Hoy desapareció la cueva. El sábado pasado allí estaba. No apareció, aunque se buscara a lo largo de toda la roca. La marea subía, y las olas eran muy fuertes para seguir buscando. ¿Cómo es posible que se cierre y se abra un túnel en la piedra? Hoy la marea debe de haber sido mucho más alta, alejándola mucho de la superficie, por eso no se encuentra. Leandro dice que las mareas son complicadas y las rocas son peligrosas de ese lado, y que hay que quedarse cerca, en el arrecife bajo. No le gusta oír hablar de esa cueva. Ya lo sabía, así es que no cuenta como descubrimiento. Tiene su nombre: Laguna, aunque Leandro lo pronuncia *Lacuna* y dice que es otra cosa.

No es una cueva realmente, sino una apertura, como una boca que se traga las cosas. Abrió la boca para mostrarlo. Llega a la barriga del mundo. Dice que en Isla Pixol hay muchas. En la antigüedad, Dios hizo que las rocas se disolvieran y corrieran como agua.

—No fue Dios, fueron los volcanes. Don Enrique tiene un libro sobre volcanes.

Leandro dice que algunos hoyos son tan profundos que llegan al centro de la tierra, y allá abajo se puede mirar al diablo. Pero algunos solo atraviesan la Isla de lado a lado.

—¿Cómo se sabe cuál es cual?

—No importa, porque un niño que cree que sabe más que Dios solo porque lee libros se ahoga en cualquiera de las dos. —Leandro estaba muy enojado. Le dijo que si no se apartaba de allí, Dios iba a enseñarle al niño quién hizo los hoyos.

El Trágico relato del Señor Pez

Había una vez un pececito amarillo con una franja azul en la espalda llamado Señor Pez que vivía en un arrecife. Un día, para su desgracia, un niño monstruoso, el Dios de la Tierra, lo apresó con las manos. El Señor Pez quería comerse las tortillas que le ofrecían las manos de su Dios: el pedigüeño causa su propia ruina. Fue llevado a la casa en un visor y colocado a la orilla de la ventana de la Recámara del Dios en una copa de coñac con agua salada. Durante dos días, el Señor Pez dio vueltas en la copa con las aletas temblorosas, extrañando el mar.

Un noche, el Señor Pez deseó la muerte, y por la mañana su deseo le fue concedido.

Iba a recibir cristiana sepultura bajo un palo de mango al fondo del jardín, pero el plan fue estropeado por la encargada de la limpieza. La criada contratada esta vez por la Mamá se llamaba Cruz, y eso es lo que era, casi todo el tiempo. Entró en la Recámara del Dios a recoger los Calcetines Apestosos del Dios mientras Él estaba fuera leyendo. Seguramente vio el cuerpo flotando y decidió tirarlo. El Dios regresó a su cuarto y no encontró el cadáver ni la copa. El Señor Pez había ido a parar al bote donde se ponen las sobras de la cocina que comen los puercos. Leandro lo confirmó. Vio cuando Cruz lo tiró.

Leandro ayudó a revolver la basura, buscando al Señor Pez. El Muchacho Dios tuvo que taparse la nariz por la peste, y se sintió estúpido y débil pues estuvo a punto de echarse a llorar porque no lo encontraron. Trece años y llorando por un pez muerto. Y no tanto por eso, sino porque estaba enterrado en una mescolanza de telas de cebolla y semillas babosas de calabaza. La otra parte de estas cosas podridas sirve de alimento. La comida debe pudrirse igual dentro de uno, y nada es del todo bueno ni permanece aquí porque todo lo que vive acaba pudriéndose. Qué razón tan estúpida para llorar.

Pero Leandro dijo: «Ya, mira, no te preocupes. Seguro que el Señor Pez está por allí». Luego se le ocurrió una idea muy buena: ¿por qué no hacemos un agujero grande en el jardín y lo enterramos todo junto? Eso harían. Los dos amigos hicieron juntos un funeral digno de un rey azteca en sus tiempos; el bote de desperdicios dio al Señor Pez todo lo que necesitaba para su viaje a un segundo mundo, e incluso más.

25 de diciembre

El pueblo despierta deprisa mientras que al sol parece costarle más trabajo, como a Mamá. Anoche fue la cena de Navidad. Hoy dormirá hasta mediodía. Y luego despertará con la mano en la frente y las orillas de las mangas de la bata temblando. Su voz sonará como rifle Browning, hará correr a las muchachas para traerle sus polvos para la jaqueca. Todos los demás fuera de la casa.

Grupos de familias pasaban camino al pueblo para oír misa de Navidad; morenas, juntas y cerradas ante los demás como vainas. Un hombre con una mujer embarazada sobre un burro, como María y José. Tres muchachas de piernas largas que salían de sus vestidos montaban una yegua gris, con las piernas colgando como un enorme insecto. Un gallo alebrestado que debería estar de mejor humor, porque si te fijas, amigo, en el puesto del carnicero al borde del camino todos tus camaradas cuelgan patas arriba listos para que los cocinen. De la cuerda colgaban también salchichas que parecían calcetines y el cuero blanco y entero de un puerco, colgado como si hubiera salido sin ponerse el abrigo. Su esposa la cerda seguía viva, amarrada a un palo de papaya del patio. Los cochinillos la rodeaban por todos lados. Hubieran podido escapar, pero no lo harían mientras su madre estuviera amarrada en ese lugar.

La iglesita del pueblo no tiene campana, solo incienso de copal que humea por la ventana abierta y se mezcla con el olor a pescado podrido que llega del mar. Leandro estaba allí con su familia y tenía una mano sobre la cabeza de cada uno de sus hijos, como si fueran toronjas. Luego, en la fiesta, ni siquiera dijo *Feliz Navi-dad*, ni *Hola, amigo, yo voy diario a tu casa*. Solo hacía que el hijo aplaudiera con sus manitas a la piñata colgada de una higuera. Para el Niño hubo cohetes que dejaban huellas de humo azul en el camino. Y entre las familias color de nuez, un niño invisible.

1 de enero de 1930. Primer día del año y de la década

Todas las cabezas de la casa están llenas de polvos para la jaqueca. En la terraza, vasos rotos y charquitos que centellean. No se escucha decir nada al guajolote que perseguía a los niños en el jardín en diciembre. Recibe el Año Nuevo en la cocina, un esqueleto sin más acompañante que las moscas.

Es un buen día para salir a buscar túneles hacia otro mundo. Tal vez para toparse con el diablo. Mamá gritó: *Cállate, malinche. Dios mío, no azotes la puerta*. Ni siquiera la advertencia de siempre sobre los tiburones que comen carne de niño cuando están hambrientos. Cielo claro, playa vacía y el agua como un par de manos frescas pidiendo limosna. Hoy ni siquiera los peces del arrecife hablan.

Allí estaba la boca oscura de piedra. Otra vez la laguna. En esta ocasión la entrada estaba mucho más abajo, pero todavía era posible hundirse y sentir entre los labios de piedra las fauces que se abrían hacia la oscuridad. Era el último día del mundo, tiempo de entrar nadando y de pensar en el hermano muerto de Leandro. Braceando en el agua fría, contando los latidos del corazón: treinta, cuarenta, cuarenta y cinco, hasta completar la mitad de noventa. Esperar hasta entonces y regresar, a tientas, hacia la entrada, nadando con los pulmones doloridos nuevamente hacia la luz.

Sol y aire. Respirar. Vivo, al menos. La manecilla del reloj volvió hasta arriba señalando un año más robado a la vida.

5 de enero

Mañana es el día de Reyes. Solo que aquí será la Fiesta de las Hermanas y de la Madre de Don Enrique, que llegaron en el *ferry*. Leandro tiene que cocinar para todos. Cruz y los demás se fueron a pasar la fiesta a sus pueblos, pero Mamá está dispuesta a festejar a sus huéspedes, con o sin sirvientes. Finge que ella y don Enrique están casados, y a la señora debe llamársele abuela. Una dizque abuela de traje elegante que enciende un cigarro, cruza las piernas y echa humo azul por la ventana.

Mamá quiere chalupas rojas y verdes y una torta dulce de huevos batidos. Leandro quisiera estar con su familia. Está enfadado con Mamá porque lo obligó a quedarse, así que se burla de la señora. Un escándalo, pero sabe que no será delatado. El capitán y su sargento están de acuerdo.

La rosca de Reyes es lo más difícil de hacer, es un pan hecho con harina de trigo, la misma que se usa para las tortillas como nalgas de bebés. Una bola de masa digna de un rey, estirada en la mesa, tan larga y tan gruesa como una babosa de mar. Como un pene. Picándola y riéndose, bastos de baraja. Leandro casi nunca es tan poco piadoso.

¡Pinga! ¡Palo! ¡Picha!

¡Pínchale su pinga!

Rey de bastos, *el rey con su pinga-palo.*

Leandro tenía lágrimas en los ojos y dijo que Mamá iba a matarlos. Se persignó dos veces y rezó por sus dos almas. Formó la rosca uniendo los extremos de la pasta del rey para formar un óvalo. Adentro lleva una prenda, un niñito Dios de barro que es igualito a un puerco. Leandro dijo que ni siquiera es Jesús, es un dios niño llamado Pilzintecutli. Muere cuando los días se hacen más oscuros en diciembre, y vuelve a levantarse el 2 de febrero, día de la Candelaria. Los antiguos ponían mucha atención a la luz y la oscuridad. «Estos días son los más oscuros —dijo—. Quien encuentre la prenda tendrá buen agüero cuando regrese la luz.»

La prenda se queda guardada el resto del año en un frasco de la alacena, esperando a que la metan en otra rosca. Leandro sacó al cerdito-Jesús del frasco y lo besó antes de meterlo en la masa. Lleva frutas cubiertas en tajadas redondas encima, pero puso una cuadrada donde estaba la prenda; era su marca secreta para saber dónde queda.

—Tú agarra esa cuando pasen el plato con la rosca —dijo.

—¿Trae suerte aunque se haga trampa, aunque no te toque?

—*Mi'jo* —contestó Leandro—, tu madre no se acuerda ni del día en que te parió. Para que un huérfano tenga suerte, debe dársele una ayudita.

—¿Qué clase de huérfano tiene vivos a sus papás? Dijiste que todos tenemos familia, aunque sean fantasmas. Aunque se les olvide tu cumpleaños.

Leandro puso las dos manos en las mejillas del huérfano y lo besó en la boca. Luego le dio una nalgada como si fuera un niño pequeño y no un muchacho tan alto como un hombre. Un muchacho con pensamientos terribles: un hombre que besa a otro hombre. Pero Leandro no le da importancia. Un beso a un niño.

Después de la fiesta Leandro se fue a su casa. Todos los sirvientes huyeron dejando sobras en la cocina, mal humor y polvo. ¿De qué sirve el buen agüero en una casa vacía?

2 de febrero. Día de la Candelaria

Leandro se fue diecinueve días y ya ha regresado. Tiene que hacer cien tamales para la Candelaria, sin ayuda de su sargento. Es mejor pasarse el día escondido, leyendo en el amate. Un libro no se va con su familia cuando se le antoja. Leandro ni siquiera sabe leer. Que trabaje todo el día haciendo los tamales.

Hoy comienza un año de suerte perfecta bajo la protección de Pilzintecutli, el cerdo-Jesús.

13 de febrero

Hoy apareció la laguna un poco por debajo de la superficie. Está cerca del centro, bajo la piedra salida donde crece un macizo de pasto. Va a ser fácil volver a encontrarla, pero lo mejor es buscar temprano, cuando apenas amanece y la marea está baja. Dentro de la cueva hacía mucho frío y estaba oscuro, como la vez pasada. Pero al fondo se ve una lucecita azul, como una ventana empañada. Debe de ser el otro extremo. Al final, no hay un diablo, sino una salida del otro lado, un pasadizo. Pero está muy lejos para llegar nadando, y da mucho miedo.

Un día Pilzintecutli dirá: *Adelante, muchacho con suerte, vete güero, nada hacia la luz, encuentra el otro lado del mundo, donde tendrás cabida.*

Esto sí que es raro: Mamá cree en la magia. Volvió al pueblo de la cabeza gigantesca de piedra. Tras despedir a Natividad y al carruaje dijo: «Esta vez vamos a ir los dos». Se quitó otra vez los zapatos para cruzar el puente y se metió por un camino de la selva que bordea el lago. Jacanas de alas amarillas aleteaban en el agua y en la orilla dormitaba un cocodrilo cubierto con algas hasta los ojos saltones. Luego nos adentramos en la selva bajo árboles gigantescos: «Vamos a ver a un brujo —dijo por fin—, porque alguien nos echó mal de ojo y por eso no puedo tener otro hijo. Seguro que fue la madre de don Enrique.»

La casa de carrizo del brujo está en un claro, rodeada por un círculo de piedras. Parecía como si la hubieran hecho hace mil años. La puerta era una cortina de hilos de conchas ensartadas que hacían ruido de madera al apartarse con la mano. Dentro hay un altar repleto de figuritas de barro y ramas con hojas dentro de unos frascos. El copal se quema en conchas grandes y es el mismo que en la iglesia. Dijo que se desnudaran el torso, y Mamá obedeció de inmediato, quedándose en ropa interior de seda. El brujo no la miró, alzó la cabeza hacia el techo y comenzó a cantar, así es que de verdad ha de ser brujo y no un hombre cualquiera.

Parecía lo más viejo que alguien pueda llegar a ser, y seguir con vida. Su canto era quedo y rápido: *Échate, échate*. Caminó primero alrededor de Mamá, vareándola suavemente con una rama con hojas empapada con agua de otro frasco con otras hojas, rociando gotas en su pelo, sus pechos, su vientre y luego todo lo demás, hijo incluido. Luego la sahumó soplando sobre el copal encendido en la concha. Con las viejas manos nudosas sostuvo en alto una figura de papel muy delgado y recortado, parecido a un hombre gato, y la quemó en la llama de la vela. Algunas piezas labradas de su altar parecían órganos de hombre, cosas. Pichas de piedra.

Al terminar, Mamá le dio unas monedas. No habló hasta después de haber cruzado el puente, rumbo al pueblo. La plaza estaba desierta, con excepción de la enorme cabeza. Natividad no había regresado.

—Enrique no debe saber nada de esto —dijo—. Ya lo tenías claro, ¿verdad?

—¿Él quiere que tengas un hijo?

Se alisó el vestido, estiró la parte de atrás de sus medias.

—Bueno, las cosas cambiarían, ¿o no?

La hijita de Leandro murió en enero, después de la fiesta de Reyes, y nadie se había enterado. Cruz se lo contó hoy a Mamá. No se fue tres semanas porque estuviera enojado con el sargento, sino para enterrar a su hija. De las dos toronjitas de la iglesia solo le queda una. Cruz se peleó con Mamá porque la paga de don Enrique no alcanza ni para alimentar a un pollo. Dijo que la esposa de Leandro no tenía leche, por eso se murió la niñita.

¿Cómo puede regresar a una casa donde la familia no tiene qué comer y luego venir acá y hacer cien tamales? Se comporta como si no se le hubieran muerto los hijos. El verdadero Leandro nunca viene para acá. Solo finge hacerlo.

9 de marzo

La cueva desapareció. Justamente debajo del saliente de roca no hay nada. Y si hay algo, está sepultado bajo demasiado océano. El macizo de pasto en la cara de la roca está muy cerca del agua. O más bien, el mar está más alto.

Don Enrique se fue a la Huasteca, y Mamá sacó los cuchillos de la cocina. Esta mañana blandió uno. No para picar cebollas, sino para asegurarse de que lo de respetar sus secretos va en serio. No solo el del brujo, sino el del señor S. L. Lana. Así que ni una palabra acerca de la visita inesperada cuando el patrón no está. De cualquier modo, Mamá es demasiado débil para levantar el colchón y encontrar este cuadernito.

13 de marzo

Otra vez apareció la laguna. Por la tarde la roca abrió la boca y se tragó al niño que entró en sus fauces. Pero era difícil nadar, porque el agua salía. Fue igual que antes, los pulmones estallaban, había que volver muy rápido. El hermano de Leandro susurraba *vente a vivir acá conmigo*, pero el cerebro, con hambre de oxígeno, se acobardó y pidió aire.

Mañana es el día.

Última Voluntad y Testamento

Se notifica. Si HWS se ahoga en la cueva, nadie heredará nada. Sus bienes terrenales son fruto del robo. El reloj. Este cuaderno.

El año de buen agüero.

Deja su cuerpo como alimento para los peces.

Deja a Leandro la pregunta de qué sería de él.

Deja a Mamá y al señor Sacarle la Lana para que disfruten en compañía del diablo.

Dios habla por el que calla.

14 de marzo

Dentro de la cueva hay huesos. ¡Huesos humanos! Cosas en el otro lado.

Esto es lo que se siente cuando uno está a punto de ahogarse: el cerebro late con punzadas rojas y negras. El agua salada quema los ojos, y la luz casi deja ciego al alcanzar el aire, la respiración.

Al final del túnel, la cueva se abre hacia la luz, un pequeño estanque de agua salada en la selva. Un círculo casi perfecto. Del ancho de una habitación, y encima el cielo moteado por las hojas y limpio detrás. Los árboles de amate se paran alrededor del agua, como hombres curiosos que se asoman a ver a un niño de otro mundo que aparece de pronto en su estanque. Un árbol, un pombo, se agacha para mirar mejor, con las rodillas leñosas saliendo hasta el agua. Una garza atigrada se sostiene en la roca con una pata, lanzando una mirada poco amistosa al intruso. Un martín pescador pasa alternadamente de una rama a otra gritando *quiljín, kill him, quiljín.*

Pilas de bloques de piedra desordenada a orillas del estanque, ruinas de algo construido con coral rocoso. Enredaderas desplegadas sobre toda la ruina hundiendo sus raíces en la piedra como si fueran dedos en la arena. Era un templo o algo muy antiguo.

La luz filtrada por los árboles era tenue a mediodía, pero el agua era clara. Arrastrándose de panza sobre una piedra plana, sentado en el borde, volvió a mirar: el fondo de la cueva era claro y bajaba hasta formar allá abajo algo parecido a un cuarto grande y profundo. Las piedras apiladas como un castillo de arena submarino con pedazos de algo brillante en el centro. Tal vez eran hojas amarillas o monedas de oro. Era como salir en medio de un libro de cuentos: un templo antiguo en la selva y un tesoro pirata en el fondo. El tesoro era casi todo conchas y cerámica rota cubierto de lama, casi todo demasiado lejos para alcanzarlo buceando.

Tomó horas explorarlo todo. Algunos de los pedazos de la ruina tenían diseños labrados. Una hilera de líneas y círculos, y tal vez retratos de los dioses. Uno parecía un esqueleto con los brazos abiertos y tenía una gran sonrisa en la calavera. Una serpiente de agua bajó de una piedra y dibujó eses en la superficie del estanque. Las lianas se enredaban como redes de pescador. Era la selva que crece en un suelo acuoso, y no había modo de salir caminando fácilmente. Ni tampoco modo de salir nadando fácilmente. Ni modo de salir de esta historia, según parece. No quedaba más que deslizarse hasta el estanque como una tortuga, hundirse, quedarse sentado en las rocas cubiertas de lama sobre un tesoro de tiempos lejanos.

¡Allí es donde estaban los huesos! Huesos de pierna hundidos entre las rocas. La sorpresa fue tal que costaba respirar después de verlos. No era fácil flotar en la laguna porque la marea chupaba hacia abajo, descendiendo y arrastrando las piedras de la orilla del hueco que susurraban una canción para los ahogados: *ahogarse, ahogarse*. El mar tiraba con fuerza, arrastrando al explorador cobarde lejos del lugar secreto, a través del túnel, y escupiéndolo en el mar abierto.

Un vez fuera, recuperado el aliento, resultaba claro que la marea había cambiado y bajaba. Ahora estaba en su punto más bajo. Los nudos del coral se asomaban como cabezas. En el horizonte oriental colgaba una gran luna redonda, que apenas se separaba del mar, blanca como un ostión. Y entonces parecía que los huesos y el templo no eran reales, que la cueva volvería a desaparecer. Solo la luna era de verdad, tan real y tan grande como una bocanada.

Un libro de la biblioteca de don Enrique dice que los antiguos paganos construyeron sus castillos en esta isla. No tan altos como las grandes pirámides aztecas, solo pequeños templos escalonados con plataformas para el sacrificio. Hacían retratos en piedra de sus dioses, que eran muchos. El libro dice lo mismo que Leandro: que los antiguos observaban la luz y las señales que les indicaran cuándo sembrar maíz, cuándo casarse. Pero también hablaba de cosas más terribles: hacían sacrificios aventando oro y a veces muchachas (vivas) a los aguajes de la selva. Esta cueva debe de ser un cenote, la boca abierta al cielo de un río subterráneo. Por los huesos.

El libro fue escrito por un fraile. No es muy bueno, pero algunas partes son interesantes. Hernán Cortés mandó una fuerza expedicionaria a destruir la ciudad pagana y construir allí una catedral. Si la ruina de la selva forma realmente parte de esa ciudad antigua, entonces es seguro que en el cenote hay oro y tiene tesoros en el fondo, junto a los huesos de las pobres muchachas. Leandro ha de saber más sobre eso, pero no se le puede preguntar. No hay modo de confiar en su silencio, podría contárselo a Mamá. Así es que nunca sabrá de la entrada a la laguna.

24 de marzo

Primero, hoy la cueva no esta allí. O eso parece. En realidad sí está, pero casi dos metros bajo la superficie, cubierta por la marea, y una fuerte corriente sale de su interior.

La última vez, por la mañana, la cueva arrastraba hacia adentro, hacia el hueco-selva. Durante las horas de exploración la marea cambió, así que por la tarde fue fácil salir nadando. Era justamente cuando salía la luna. Es por las mareas. El momento para entrar es justamente antes de que cambie la marea. Si no, la pila tendrá más huesos.

25 de marzo

La marea no se comportó como debía, la corriente salió de la cueva todo el día. El día de luna llena todo era correcto.

Don Enrique dice que la luna llena jala hasta su tope las mareas del mes a mediodía y a medianoche, y las baja a su nivel mínimo al salir y al ponerse. Eso dice un hombre con levita y pantalón que, si tratara de remar en un barco, caería y se ahogaría en un instante. Pero Leandro dice lo mismo de la luna, así que ha de ser cierto.

¿Pero cómo saber si la luna es creciente o menguante?

Esta tarde la luna estaba a la mitad, y Leandro dijo que se estaba muriendo. Se sabe porque tiene la forma de la letra C, y no hacia adelante como en la letra D. Dice que si la luna es una D como Dios es creciente, porque va a llenar el cielo de Dios. Y al morir es una C como Cristo en la Cruz. Así que no habrá buena marea durante muchos días.

12 de abril

Hoy hay luna llena, marea perfecta y la mala suerte de cortarse la punta de un dedo con el cuchillo de cocina. Sangre por todos lados, hasta en la masa que se pintó de rosa. Tuvieron que tirarla. *No, debía servírseles a don Enrique y a Mamá. Una* clayuda*, una tortilla con sangre de su hijo como los sacrificios de los aztecas a sus dioses.*

Leandro dijo:

—Que Dios te perdone por decir esas cosas. Ocúpate en algo y prepara la masa.

Esta noche la luna se levantó y la playa estaba tranquila, pero nadie nadó hasta la laguna. Los tres mosqueteros lo hubieran hecho, zambulléndose con las vainas de las espadas entre los dientes y sin dedos vendados. Pero eran tres, todos para uno y uno para todos.

Hoy una sombra pasó sobre la luna, don Enrique le llama eclipse. Leandro dice que Dios y Cristo juntan las cabezas para llorar por lo que sucede aquí abajo.

2 de mayo. *Cumpleaños de santa Rita de Casia*

Mamá necesita cigarrillos, pero hoy no hay mercado, por la fiesta. Todas las mujeres fueron a la procesión con faldas largas muy plisadas, el pelo trenzado con listones y flores. Los niños llevan velas de cera de la altura de un hombre. La vieja que vende nopales en el mercado iba enfrente, vestida como una novia arrugada. Su viejo esposo se agitaba junto a ella, cogiéndola del brazo.

Leandro dice que la fiesta no pudo hacerse el año pasado por la prohibición, pero que santa Rita de Casia no fue una santa verdadera sino simplemente una buena mujer. Nada es nunca lo que se dice. Nadie es del todo santo.

12 de mayo

Hoy la marea es perfecta. A la cueva y de vuelta. El agua empujó hacia adentro para que fueran tocados otra vez los huesos. Mañana la marea será casi perfecta otra vez, pero cada mes apenas lo será unos días para buscar el tesoro que le ocultaron a Hernán Cortés.

13 de mayo

Mamá dice que esta noche. Dentro de unas horas nos vamos en el *ferry*. No es posible irse así, sin más, pero ella dice:

—Sí, sí lo es. Déjalo todo.

»No se lo digas a nadie —pide—. Don Enrique se pondrá furioso. No debe saberlo ni siquiera Cruz, no empaques nada para que no se dé cuenta. Espérate a que sea casi la hora. Llévate solamente lo que quepa en una mochila. Solo dos libros. Esas huaraches no, no seas ridículo. Tus zapatos buenos.

»Bueno, está bien —dijo—. Si quieres quedarte aquí, quédate en esta isla estúpida, tan lejos de todo que hay que gritar tres veces para que Dios te oiga. Te dejo con gusto, y te enciendo una vela en la enorme catedral de allá, cuando llegue. Porque cuando don Enrique se entere, te matará a ti y no a mí.

El señor Sacarle la Lana nos espera en tierra firme.

—No debes decirle ni una palabra a Leandro. ¡Ni una palabra, señor!

Querido Leandro, aquí está una nota que no leerás porque no sabes leer. El reloj de bolsillo está en el frasco de la alacena con el Pilzintecutli de barro: es un regalo que encontrarás el próximo año cuando tengas que hacer la rosca sin que el sargento te ayude con la masa. El reloj es de oro. Tal vez puedas llevarlo al Monte de Piedad y que te den dinero para tu familia. O conservarlo como recuerdo del latoso que se fue.

Ciudad de México, 1930 (VB)

11 de junio

Primera luna llena de junio, buen día para bucear en busca de tesoros. Pero aquí lo más parecido al mar es el olor de las sobras podridas de pescados cocinados por las mujeres del callejón el día anterior, esperando a que los sábados pase el basurero.

El último sueño antes de que entre el ruido de la mañana es el mar. Carros, policía montada ahuyentan la marea, y el prisionero despierta en una nueva isla. Un departamento en la parte alta de una panadería.

Mamá dice que *casa chica* significa que es muy probable que la esposa esté enterada pero que no le importa, porque, como es chica, cuesta poco. La sirvienta no duerme aquí, no cabe. El excusado y una estufita de gas están en el mismo cuarto. La cocina principal está abajo, en la panadería, que debe cruzarse para entrar desde la calle, usando una llave. Aquí no hay jardín ni biblioteca, la ciudad huele a camión. A Mamá le parece todo maravilloso y le recuerda su infancia, aunque eso haya sido hace mucho y en otra ciudad. Y si era tan maravilloso, ¿por qué nunca visitó a su padre o a su madre antes de que murieran?

«Ya no se queje, señor, por fin salimos de esa isla donde nunca iba a pasar nada. Aquí no tenemos que gritar tres veces para que Dios nos oiga.» Tal vez porque después del segundo grito, cuando volteara para vernos, nos encontraría aplastados por un tranvía.

Pero Dios, continúa, tiene aquí una buena casa, la catedral más grande del mundo. Es una de las cosas notables del Distrito Federal. Hasta ahora, la única cosa importante que se ha visto ha sido La Flor, donde el señor Sacarle la Lana y sus amigos van a tomar café. Solos, y contra sus órdenes. Sus amigos empresarios todavía no saben nada de su nuevo negocio, el secreto se guarda en una cajita, en una casa chica. La tapadera de la cajita es de dinero para que la madre calle, y según dice no es mucho. Así es que tal vez no va a quedarse tan callada.

Necesitaba ir a La Flor para echar un vistazo y ver cómo se visten por aquí, para no quedar como una anticuada ignorante de la Isla. En la calle se nota quiénes son los campesinos que están de paso por la ciudad, porque llevan los calzones blancos de manta arremangados hasta la rodilla. Los que toman café en La Flor son todos hombres de pantalones negros. Las mujeres usan sombreros *cloché* y elegantes vestidos cortos, como los de Mamá, pero cubren sus piernas con pudorosas medias negras. Las meseras usan delantalitos blancos y abren mucho los ojos, con miedo. Esta ciudad se parece y no se parece a Washington. Es difícil distinguir en el recuerdo los lugares de verdad de los lugares de los libros. En el patio hay helechos gigantes, como los de los bosques de *Viaje al centro de la Tierra*, y el chocolate es muy rico. Las pastas se llaman lenguas de gato. Maullidos, dice Mamá, o más bien ya-no-maú-

llan. En el callejón hay tantos que con un rifle podrían conseguirse bastantes lenguas.

Mamá estaba de muy buen humor, y por fin aceptó entrar a
una papelería en el camino de regreso para comprar un cuaderno
nuevo. Hizo pucheros: ese cuadernito te gusta más que yo, te en-
cerrarás en tu cuarto, te olvidarás de mí.

Pero justamente ahora entra y dice: Pobrecito. Eres como un
pez que necesitaba agua. Y yo sin saberlo.

Hoy toca la catedral. Para llegar al Zócalo del centro desde las
afueras de la ciudad hay que tomar dos camiones y un tranvía, y
tarda casi toda la mañana. La casa chica está en un barrio poco
elegante al sur de la Plaza de Toros, en un callejón mugroso que
desemboca en Insurgentes. Según Mamá, vivimos a medio camino entre la capital de México y Tierra del Fuego.

El Zócalo es una plaza enorme con palmeras como sombrillas.
De un lado está el Palacio Nacional, largo y de piedra roja, lleno
de ventanitas como agujeros de flauta. Las calles empedradas que
salen del Zócalo son angostas como cuevas de animales entre los
pastizales altos. Los edificios cierran la vista en ambos lados. Abajo hay tiendas, pero arriba vive gente: pueden verse mujeres apo-
yadas en los codos que miran todo desde sus balcones de fierro.
Bicicletas, carretones, caballos y autos, en largas filas, a veces en
doble sentido por la misma calle.

La catedral es inmensa, tal y como se había prometido, con
puertas tan gigantescas que, si se cerraran, dejarían fuera para
siempre. El frente está todo adornado de figuras: el navío de la iglesia de encima de la puerta parece un galeón español, y sobre la

otra se ve a Jesús entregando las llaves del reino. Tiene la misma cara afligida que el hombre de la panadería cuando le dio a Mamá las llaves para que pasara por su tienda para subir al departamento. El señor Sacarle la Lana es el dueño del edificio.

Ya dentro de la catedral hay que cruzar frente al enorme Altar del Perdón, todo de oro y rodeado de angelitos que vuelan. El Cristo del Veneno es negro, y está crucificado allí con ropajes negros. Lo rodean nichos, tal vez para que se posen los ángeles cuando están cansados. La figura acusa de tal manera, que hasta Mamá agacha la cabeza al pasar y los pecados parecen empaparle los zapatos cuando camina sobre la nave, dejando charquitos invisibles sobre las losas limpias. Tal vez Dios le dice que su nombre tendrá lodo. Pero debería gritárselo más de tres veces para que lo escuchara.

Detrás de la iglesia, por fuera, había un museo pequeño. Allí un señor dijo que los españoles habían construido la catedral justamente encima del Templo Mayor de los Aztecas. Lo hicieron a propósito, para que los aztecas perdieran toda esperanza de que sus dioses los salvaran. Solo quedan unos cuantos restos del templo. El señor contó que los aztecas llegaron aquí en la antigüedad después de caminar durante varios cientos de años buscando su verdadero hogar. Al llegar vieron un águila parada en un nopal devorando una serpiente, y esa fue la señal. Razón de sobra para llamar su hogar a ese sitio, mejor que cualquiera que Mamá haya encontrado hasta ahora.

A una cuadra estaba lo mejor de todo lo que había por allí, un calendario de los aztecas, que es una piedra labrada más grande que una cocina, redonda, colocada contra la pared del museo como un reloj gigante. Desde el centro mira una cara furiosa, como si saliera de la piedra desde otro lado para enfrentarnos. Y no le gusta lo que ve. Saca una lengua puntiaguda, y en las manos con garras tiene dos corazones humanos. A su alrededor, unos jaguares sonrientes bailan en el círculo de un tiempo que nunca termina. Tal vez era el calendario que conocía Leandro. Le alegraría saber que los españoles lo conservaron a pesar de haber destruido todo lo demás. Pero Leandro no puede leer una carta, así que es absurdo escribirla.

El señor S. L. Lana vendrá lunes, jueves y sábados. Mamá debería poner un letrero en su puerta, como los de la panadería de abajo.

Discuten el Futuro del Muchacho: S. L. opina que la Preparatoria en septiembre, pero Mamá dice que no, no podrá entrar. Parece que es difícil: latín, física y cosas por el estilo, ¿Cómo podría entrar un niño que durante cinco años no ha tenido más escuela que Jules Verne y *Los Tres Mosqueteros*? Su idea es alguna escuelita de monjas, pero S. L. Lana le dice que está soñando, la Revolución acabó con esas escuelas cuando los curas huyeron del país. Y las monjas que enseñaban allí, si fueron listas, ya están casadas. Mamá insiste en que vio una en la avenida Puig, más al sur de esta casa. Pero la Preparatoria es gratuita y la escuela católica, en caso de que todavía se encuentre una, cuesta dinero. Veremos quién gana: el señor Sacarle la Lana o la señorita No Tengo un Quinto.

24 de junio

Día de San Juan. Todas las iglesias repican en martes. La sirvienta dice que es la señal para que se bañen los leprosos. Hoy es el único día del año que se les permite tocar el agua. Con razón huelen a lo que huelen.

Hoy, al regresar de una casa de modas de la Colonia Roma, nos agarró un aguacero y compramos gorros de papel a los periodiqueros. Cuando comienza a llover dejan de vocear el Nuevo Plan Burocrático, y los doblan para que sirvan de algo. Nos perdimos, y Mamá se rió, el pelo le caía sobre la cara como cintitas negras. Por una vez, solo una, era feliz porque sí.

Paramos bajo un techito para resguardarnos de la lluvia, vimos una librería y entramos. Era fantástica, tenía todo tipo de libros, hasta de medicina con dibujos de disecciones del ojo y del aparato reproductor. Mamá vio una vaga posibilidad de asegurar la entrada a la Preparatoria, que es sin costo. Le dijo al vendedor que quería algo para Enderezar al Muchacho, y este le enseñó una sección donde tenía los libros muy viejos y usados. Luego se apiadó de Mamá y dijo que si después los devolvía le reembolsaría el importe casi completo. Bra-aa-avo, algo nuevo que leer. Para tu cumpleaños, dijo, pues aunque ya había pasado, se arrepentía de no haberlo celebrado. Así que escoge algo por cumplir catorce años, dijo. Pero que no sean novelas de aventuras. Escoge algo serio, como historia; que no sea Pancho Villa, señor. Según ella, nadie es histórico si no lleva muerto por lo menos veinte años.

Y como los aztecas murieron hace siglos, compramos dos libros que tratan de ellos. Uno son las cartas que Cortés le mandó a España a Su Majestad que le encomendó conquistar México. Mandó informes muy amplios que comenzaban siempre así: «Muy alto y muy poderoso y excelentísimo príncipe muy católico invictísimo Emperador». El otro es de un obispo que vivió entre los paganos y los dibujó, hasta desnudos.

Más lluvia. Buen día para leer. La gran pirámide que está debajo de la catedral fue construida por el rey Ahuítzotl. Por suerte, los españoles escribieron montones de cosas sobre la civilización azteca antes de destruirla completamente y usar sus piedras para las iglesias. Los paganos tenían sacerdotes y vírgenes en sus templos, y templos hechos con bloques de piedra adornada por todas partes con serpientes labradas. Tenían dioses del agua, la tierra, la noche, el fuego, la muerte, las flores y el maíz. También muchos de la guerra, que era su ocupación favorita. El dios de la guerra Mextli era hijo de una Santa Virgen que vivía en el templo. El obispo escribe que es curioso que los sacerdotes quisieran matarla cuando quedó embarazada, igual que a nuestra Santa Virgen, pero escucharon una voz que decía: «No tengas miedo, madre, tu honra está intacta». Y nació el dios de la guerra, con plumas verdes en la cabeza y el rostro azul. Su madre debe de haber pasado ese día un susto de aquellos.

Por todo eso, le dieron un templo con un jardín para los pájaros. Y a su hijo un templo para sacrificios humanos. La puerta era una boca de serpiente, una laguna hacia el interior, donde una sorpresa esperaba a los visitantes al final del túnel. Se construían torres con sus calaveras. Los sacerdotes andaban con el cuerpo tiznado con ceniza de alacranes quemados. Ojalá Mamá se hubiera venido aquí hace quinientos años.

Llueve a cántaros todos los días. El callejón se vuelve un río, y allí lavan las mujeres. Cuando se seca queda lleno de basura. La sirvienta dice que por ley todos deben limpiar su parte de la calle, y que se le puede pagar a su esposo para que la limpie. Mamá dice que de ninguna manera, aunque tengamos que quedarnos arriba, como palomas. No va a pagarle a ningún maldito barrendero.

El cuarto de Mamá tiene un balcón que da al callejón, y el otro, junto con el de ella, da a un patio interior común a varios edificios. La familia de enfrente siembra plantas allí, lejos de la calle. El abuelo usa calzones de manta arremangados hasta la rodilla, y tiene matas de calabaza y un palomar, que es una torre redonda de ladrillo con huecos arriba donde anidan las palomas. El viejo espanta con una escoba a los pericos que se comen sus flores. Cuando la luna tiene una D como Dios, las palomas lloran toda la noche.

La historia de Cortés es una aventura más buena que la de *Los Tres Mosqueteros*. Fue el primer español que llegó a esta ciudad, que entonces se llamaba Tenochtitlán, capital del Imperio azteca. No se sabe cómo, pero entonces estaba sobre un lago. Tenían calzadas que atravesaban el agua, tan anchas que Cortés y sus jinetes podían cabalgar por ellas. Se enteró de que había una gran ciudad, y envió mensajes para que los aztecas no lo mataran en cuanto llegara. Buen plan. El rey Moctezuma lo recibió con doscientos nobles, todos ellos con capas muy elegantes, y le regaló a Cortés un collar hecho con camarones de oro. Y entonces se sentaron a discutir su posición. Moctezuma explicó que hacía mucho que su antiguo señor había regresado a su lugar de origen, donde nace el sol, y que ellos esperaban que de un momento a otro llegara uno de sus descendientes para someterlos como a sus legítimos vasallos. Cortés decía en el mensaje que lo había enviado un Gran Rey, así que creyeron que se trataba de ese legítimo señor. Suerte para Cortés, que se alegró mucho y descansó de las muchas fatigas que le había provocado el viaje. Moctezuma le dio más regalos de oro y también a una de sus hijas.

Pero los aztecas de otras ciudades no fueron tan amistosos y mataron a algunos españoles. Qualpopoca era uno de los más revoltosos. Cortés pidió que se lo trajeran para castigarlo y, para asegurarse, encadenó a Moctezuma. Pero en plan amistoso. Qualpopoca llegó hecho una furia, insistía en que él no era vasallo de ningún Gran Rey de ninguna parte y que odiaba a todos los españoles. Así es que lo quemaron en la plaza pública.

Mamá está harta de escuchar pedazos de historia. Alega que ni que fuera la pinche reina de España, y que la vela debe apagarse antes de que se acabe y se caiga sobre la cama, ¡vas a quemarte vivo!

Dice que no puedo quedarme el libro aunque sea la mejor aventura que exista, aunque sea un regalo de cumpleaños. La historia es muy larga para copiarla toda, solo se pondrán las partes principales. Cortés vuelve a dejar libre a Moctezuma y siguen siendo amigos, lo cual suena un poco raro. Le enseñó a Cortés los edificios y mercados, tan buenos como cualquiera de los de España, y los templos de piedra, más altos que la Gran Catedral de Sevilla. Dentro, algunas de las paredes estaban cubiertas con sangre de los sacrificios. Pero la gente era muy instruida y tenía muy buenos modales, y había buen gobierno en todas partes y acueductos de piedra para traer agua de las montañas.

Moctezuma tenía un gran palacio y casas enrejadas donde vivían toda clase de aves, desde las acuáticas hasta las águilas. Eran necesarios trescientos hombres para cuidarlas a todas.

Pero lo que Cortés realmente quería que le enseñaran era las minas de oro. Haciéndose el tonto, dijo que sus tierras parecían muy fértiles y que a Su Majestad le gustaría sembrar allí (en las minas de oro). Sería una construcción muy bien hecha, con milpas, y la casa de su rey muy grande y hasta con un estanque de patos. Muy listo, el tal Cortés.

Luego el gobernador de Honduras se puso muy celoso, y mandó a México ochenta mosqueteros declarando que España le había dado a él los derechos para conquistar y sojuzgar a los nativos. Cuando mejor se lo estaba pasando Cortés, tuvo que salir corriendo al puerto de Veracruz a defenderse y luego volver otra vez rápidamente para salvar a los hombres que había dejado en Tenochtitlán. Porque por fin se habían dado cuenta de quién era Cortés y de que su nombre estaba manchado. El pueblo avanzó contra su fortificación, y tuvieron que defenderse para salvar la vida. El rey Moctezuma subió a una torre y les gritó a todos que se detuvieran, pero le dieron una pedrada en la cabeza y se murió a los tres días. Cortés salió del lugar y por poquito no se salva. Tuvo que dejar todos sus escudos de oro, penachos y otras cosas tan maravillosas que no se puede dar cuenta ni descripción de ellas. Eso dice, pero a lo mejor le daba vergüenza dar cuenta y descripción porque se suponía que la quinta parte del botín le correspondía a su Muy Católica Majestad.

Casi toda la noche leyendo y copiando, hasta que la vela se consumió. Esta mañana Mamá despertó y dijo: No estés de flojo y corre al mercado. Necesitamos café, masa y fruta, pero lo que realmente necesitaba eran tabacos. Mamá puede pasarse un año sin comer, pero no aguanta ni un día sin chupar tabaco.

No había cigarros en el mercado de la Piedad. La vieja fumaba, pero dijo que no tenía porque era viernes. Y añadió: Pruebe en el que está más al sur, el mercado Melchor Ocampo. Caminen para arriba de Insurgentes hasta el siguiente pueblito, Coyoacán. Tomen la calle de Francia. Ese mercado tiene de todo.

Mamá tiene razón cuando dice que vivimos donde se acaba la ciudad al sur. No es América del Sur, pero las calles son de tierra y parece un pueblo, las familias viven en chozas de varas con patios sucios donde los niños gatean en el barro y las madres encienden lumbre para hacer tortillas. Las abuelas sentadas en sarapes están tejiendo sarapes para que se sienten otras abuelas. Entre las casas hay milpas de maíz y frijol. Dos milpas después de la última parada de camión está Coyoacán, como dijo la mujer, y en el mercado hay de todo. Cigarros, pilas de flor de calabaza, chiles verdes, cañas, frijoles. Loros verdes en jaulas de carrizo. Una banda de leprosos se encamina rumbo al norte a pedir su limosna mañanera, como esqueletos con la piel estirada sobre los huesos y harapos colgados como banderas que se rinden. Piden limosna con los pedazos de manos que aún conservan.

Lo siguiente era una iguana tan grande como un lagarto que caminaba malencarada y con un collar en el cuello. Del collar salía una cuerda larga, y sosteniendo la cuerda un hombre sin dientes que cantaba.

—Señor, ¿la vende?

—Todo se vende, joven amigo. Hasta yo me vendo, si me compran.

—¿Su iguana es para comer o es mascota?

—Más vale ser comida de rico que perro de pobre —dijo.

Pero hoy el dinero solo alcanzaba para fruta y cigarros. De por sí la sirvienta ya se queja bastante, y eso que no tiene que guisar iguanas para el almuerzo. La caminata de regreso era larga, pero Mamá no estaba enojada. En la bolsa de su vestido amarillo había un par de tabaquitos.

El domingo es el peor día. Todos los demás tienen familia o a donde ir. Hasta las campanas de las iglesias platican, repicando todas juntas. Nuestra casa es como una cajetilla de cigarros vacía que se quedó por ahí, un recuerdo de lo que ya se acabó. La sirvienta se fue a misa. El señor Sacarle la Lana con su esposa y sus hijos. Mamá enjuaga sus fajas y sus pantaletas, los cuelga en la reja del balcón a secar y se acabó su misión en la vida. A veces, cuando no hay nada de comer en la casa, dice: «Bueno, chamaco, cena de tabaquitos». Eso significa que compartiremos sus cigarrillos para engañar el hambre.

Hoy cogió el libro de Cortés y lo escondió porque se sentía sola.

—Te la pasas leyendo libros y te vas a kilómetros de distancia. Me ignoras.

—Tú también me ignoras cuando viene Sacarle la Lana. Ve a buscarlo.

Azotó la puerta de su cuarto y los cuadritos de vidrio tintinearon. Volvió a abrir. No puede estar enjaulada.

—Alguien que lee tanto puede quedarse ciego.

—Entonces has de tener muy buena vista.

—Me matas, chamaco respondón. Y ese cuaderno me pone de nervios. Para. Deja de escribir todo lo que digo.

T-o-d-o l-o q-u-e d-i-ce.

Finalmente, por la noche tuvo que regresar a Cortés a cambio de cigarros, porque se iba a morir sin ellos.

El mercado de Coyoacán no es como el Zócalo; en el centro todo viene ya preparado. Las muchachas con rebozos azules se sientan en sus sarapes ante una pila de mazorcas que cosecharon una hora antes. Mientras esperan que vengan los clientes las desgranan. Si pasa más tiempo, remojan el maíz en cal. Luego muelen el nixtamal húmedo y lo tortean. Cuando termina el día, todo el maíz se ha convertido en tortillas. El nixtamal es la única masa que se usa aquí. Ni siquiera nuestra sirvienta sabe hacer pan blanco.

Mientras las muchachas hacen tortillas, los jóvenes cortan carrizo en los canales que bordean el camino y hacen jaulas. Si nadie las compra, trepan a los árboles y sacan a los pájaros de sus nidos y los meten en las jaulas. Para comprar mazorcas o jaulas vacías hay que llegar antes de las diez de la mañana. Al cabo de una semana, seguro que volvían a hacer el mundo, y al séptimo día descansarían, como Dios.

El viejo de la iguana viene todos los días. Se parecen, con la piel blancuzca y escamosa, con los ojos arrugados. El viejo se llama Cienfuegos, y su animal Manjar Blanco.

En la plaza que está cerca del mercado Melchor, todavía está en pie el palacio de Cortés. Después de la conquista de los aztecas, gobernaba desde aquí. Primero fue una fortaleza donde reunió a sus mosqueteros y allí hizo los planes de cómo tomar Tenochtitlán. Lo cuenta una placa de la plaza. Este es el mismo lugar que Cortés describe en la Tercera Carta a Su Majestad. Es extraño leer sobre un lugar en un libro y luego pararse encima de él, escuchar piar a los pájaros, hasta escupir sobre las piedras si se tienen ganas. Pero en aquel entonces estaba a orillas del lago. La ciudad tenía diques para contener las aguas, y a veces los aztecas quitaban piedras para causar inundaciones que arrastraran a Cortés y sus hombres cuando estaban dormidos. Tenían que nadar para salvarse.

21 de julio

Queda pendiente el asunto de la escuela. Faltan algunas semanas para el examen de admisión de la Preparatoria, mañana hay que regresar a la tienda a por más Textos de Mejoramiento. Las Cartas de Cortés serán cambiadas por otra cosa, y de nada sirve hacer berrinche para quedarse con el libro. Hoy es la última oportunidad para terminarlo y copiar las partes buenas.

El último sitio de Tenochtitlán: Cortés intentó bloquear las calzadas que llevan al lago y matarlos de hambre. Pero la gente «le aventó tortas de pan de maíz diciéndole que no tenían necesidad de alimentos, y cuando la tuvieran, se los comerían a ellos».

Ordenó a sus hombres construir trece barcos en el desierto y cavar un canal para llevarlos al lago, con el fin de atacar por tierra y por agua: el asalto final. Enfiló los barcos contra una cuadrilla de canoas desde donde disparaban dardos y flechas. «Les perseguimos por tres leguas matando y ahogando al enemigo, el más poderoso del mundo entero», dijo a Su Majestad, mencionando que Dios se mostró complacido y elevó el estado de ánimo de sus hombres, debilitando el del enemigo. Y además, los españoles tenían mosquetes.

La gente los combatió como al enemigo más feroz, mujeres incluidas. Cortés estaba desconcertado por su negativa a rendirse. «Me costó gran esfuerzo urdir una forma de aterrorizarles para que conocieran sus pecados y el daño que podía causarles.» Así que lo incendió todo, hasta los templos de madera donde Moctezuma tenía sus aves. Le dio un gran pesar quemar las aves. Dijo: «Pero como a ellos les pesaba mucho más, determiné quemarlas».

La gente lanzaba tales gritos y alaridos que parecía que se iba a terminar el mundo.

22 de julio

El nuevo libro no es, ni de lejos, tan bueno: *Atlas Geográfico de México*. La ciudad de México está a dos mil quinientos metros sobre el nivel del mar. En la antigüedad estaba formada por varias islas con cimientos construidos sobre el lago salado, conectado por calzadas. Los españoles drenaron el lago con canales, pero sigue siendo un pantano, y los edificios viejos están todos inclinados. Algunas calles todavía se llenan como canales cuando llueve. Los automóviles se convierten en canoas antiguas, y la gente circula entre una isla y otra. Y los gobernantes hacen aún grandes edificios con pinturas en el exterior. Los periódicos los llaman los Templos de la Revolución. La gente de ahora es como la de la antigüedad, solo que son más.

4 de agosto

Salir a la luz del día y ser vista con el señor S. L. Lana. Una victoria para Mamá. Nos llevó en su coche a almorzar a Sanborn's, en el centro, en la Casa de los Azulejos, cerca de la catedral. El gran comedor del centro del restaurante tiene un techo de cristal tan alto que dentro aletean los pájaros que entraron accidentalmente. Una de las paredes está cubierta con una pintura de un jardín, pavos reales y columnas blancas. Mamá dice que representa a Europa. Tenía la cara encendida porque iba a encontrarse con Amigos Importantes.

Meseras con faldas largas y rayadas traían un carrito con jugos que parecían un arco iris; de granada, piña y guanábana. Los Amigos Importantes no prestan atención a los hermosos jugos, discutían el Plan Federal de Inversión y las razones por las que va a fracasar la Revolución. Mamá se puso su vestido más elegante de *chiffon* de seda, un sombrero azul y aretes largos. El hijo usaba un saco de vestir muy apretado y muy corto. El señor S. L. Lana llevaba un traje a cuadros y tenía una expresión nerviosa. Presentó a Mamá como una sobrina que estaba de visita. Los amigos petroleros usaban brillantina en el pelo, y había un viejo doctor llamado Villaseñor. Su esposa era una auténtica antigualla, con un cuello alto de encaje y unos lentes llamados impertinentes. Todos gringos, excepto el doctor y su esposa.

Los petroleros opinan que cuanto más pronto quiebre la industria petrolera, mejor, así podrán tomarla y echarla a andar como es debido. Uno de ellos expuso una teoría acerca de por qué Estados Unidos está adelantado y México atrasado: cuando los ingleses llegaron al Nuevo Mundo no les vieron utilidad alguna a los indios y los mataron. En cambio, los españoles descubrieron que la población indígena estaba acostumbrada desde hacía tiempo a servir a sus patronos (aztecas), y el imperio ató su arado a esa servidumbre voluntaria para crear la Nueva España. Dijo que ese había sido el error, permitir que la sangre de los nativos se mezclara con la de ellos, pues se creó una raza contaminada. El doctor estuvo de acuerdo, opinaba que los indios de sangre mixta habían gobernado tan mal porque habían mezclado en una sola forja herencias conflictivas.

«El mestizo se desgarra entre impulsos raciales encontrados. Su intelecto sueña con reformas sociales de gran alcance, pero sus deseos brutos dan al traste con cualquier paso encaminado a desarrollar el país. ¿Entiende eso, jovencito?»

Sí, pero ¿cuál es la parte del cerebro mestizo que lo convierte en un bruto egoísta? ¿La india o la española?

Mamá dice que su hijo tiene la intención de ser abogado, y todos se ríen.

Pero no era una broma. Cortés y el gobernador de Honduras luchaban a muerte desde el principio. Cortés quemó a la gente y a los pájaros para aterrorizarlos. Los sacerdotes aztecas embarraban sus iglesias de sangre, también para aterrorizarlos.

Un petrolero llamado Thompson le dijo a Mamá que debía optar por el ejército y no por la mal afamada abogacía. El presidente Ortiz Rubio mandó a sus dos hijos a la Academia Gettysburg de Estados Unidos; es lo que se estila.

Mamá preguntó a la esposa del doctor si quedaban escuelas de monjas. Aquella auténtica antigualla casi se echa a llorar, mientras comentaba que casi todas habían desaparecido con la Revolución.

Pero aún quedaban lugares para quienes no eran tan listos o para los que no podían entrar en la Preparatoria. El gobierno dejó a la Acción Católica la escuela para sordomudos, cretinos y menores de mala conducta.

La señora del doctor contó que la Revolución ha perjudicado la moral de todos y ha convertido las iglesias en sedes de periódicos o en cines. Le dijo a Mamá que antes había leyes para controlar cosas como las apuestas, los conciertos, el divorcio y los cirqueros. En tiempos de don Porfirio no se veían esas cosas.

A Mamá no le importan cosas como el circo y el divorcio. Su canción favorita es *Anything Goes*: todo se vale. Pero pone la mano en la manga de encaje de la esposa del doctor. Como madre indefensa y sola que intenta sacar adelante a un muchachito, necesitaba consejo.

13 de agosto

Fiesta de San Hipólito y examen de ingreso a la Prepa. Es durísimo: lo más terrible de todo, las matemáticas. El latín era pura adivinanza. Por la tarde, tras las ventanas, los loros verdes y ruidosos llegaron a destruir las flores amarillas que parecen trompetas.

25 de agosto

Hoy comienza el tormento anual en la Escuela para Cretinos, Sordomudos y Menores de Mala Conducta en la avenida Puig. El aula es como una celda llena de convictos inquietos, y tiene ventanas con barrotes de metal en los dos lados. Los alumnos son niños pequeños y monos. Ninguno de los asistentes debe de tener más de catorce años, ni de lejos: son del tamaño de un macaco. La Santa Virgen se apena mucho, pero se queda fuera, sobre su pedestal de cemento en un jardincito muy cuidado. Mandó a su hijo Jesús con los demás gañanes, pero tampoco él puede escaparse. Está fijo en su cruz sobre la pared, muriendo todo el día, entornando los ojos detrás de la señora Bartolomé, y ni siquiera él tolera sus piernas flacas de flauta ni *esos* zapatos.

Enseña una sola materia: «¡Estricta moralidad!». Opina que el clima tropical propicia que los jóvenes con herencia mexicana sean de moral relajada.

Señora Bartolomé, perdón: estamos a 2.300 metros sobre el nivel del mar, esto no es tropical, hablando con propiedad. La temperatura oscila entre los 12 y los 18 grados centígrados. Viene en el *Atlas Geográfico*.

Castigado por insolencia. Se logra la Mala Conducta el primer día del curso. Tal vez mañana, Sordomudo. Después de eso, puede aspirarse a ser Cretino.

1 de septiembre

Prohibido leer en clase, la señora Bartolomé dice que los libros distraen de las lecciones de higiene, moral y voluntad. *Ya cambiarás de actitud en la oficina del administrador.* Su tono insinúa que allí se encontrarán grilletes y potros de tortura.

Tras el almuerzo los niños más grandes juegan a espadazos, los más pequeños juegan al lobo. La señora no puede mostrarse más a gusto que cuando uno de sus niños escapa por la tarde de este manicomio. Tampoco Mamá se da por enterada. Muy ocupada renegando de la casa grande de S. L. en la Colonia Juárez con diecinueve sirvientes que tal vez nunca veremos por culpa de la esposa de S. L. Los planes de Mamá arruinados. Como basura en el callejón tras el aguacero.

El sábado es el mejor día en el mercado Melchor de Coyoacán. Una vieja vendedora de cigarros llamada La Perla, la jefa del lugar, les ordena a las muchachas que adornen sus puestos con flores. *Guapo, ven aquí*, toma este dinero y ve a comprarme un pulque. Te veo aquí diario, novio. ¿Estás muy guapo para ir a la escuela?

¡Guapo! Y que lo diga una mujer con cara de lagartija.

13 de septiembre

S. L. Lana vino hoy a la casa chica pero se fue temprano. Todos de pésimo humor, Dios incluido. La lluvia caía como si el cielo entero se fuera a desplomar como una ola. Primero Mamá lloró, luego tomó té como si fuera extranjera, para ver si ahogaba allí sus pasiones mexicanas. Él gritó que está en las nubes, es un hombre y no una fuente de donde sale el dinero, el PNR se cae a pedazos y cuanto luchó por alcanzar se le escurre entre los dedos como el agua de las calles. Los empresarios de Estados Unidos cruzaron la frontera corriendo, igual que Vasconcelos. Mamá sabe que esta casa chica puede derrumbarse en cualquier momento. Y entonces seríamos limosneros y buscaríamos sobras en el mercado. Y nos bañaríamos el día de San Juan.

15 de septiembre

Día de la Independencia. El lugar brilla con desfiles para celebrarlo. En la Escuela de Cretinos hubo una función con disfraces, danzas tradicionales deslucidas por falta de niñas. Los maestros ofrecieron un Banquete Patriótico: arroz de los colores de la bandera, salsa roja y verde. Vasos de horchata, peladillas. Poco de todo, nada alcanza. En la cabecera la señora Bartolomé puso una nota junto al traste de granadas: toma solo una, ¡Jesús te observa!

En la otra cabecera apareció otra nota junto a las peladillas: toma las que gustes, Nuestro Señor Jesucristo está cuidando las granadas. Todos los niños reían escupiendo la horchata. El chiste fue muy celebrado, y mereció un castigo. Pero la mano del administrador es débil para los azotes. A la mitad se detenía a descansar diciendo: *Esta es una escuela pobretona, ¿no tienes nada mejor qué hacer?*

16 de septiembre

De pinta antes del turno de la mañana en la escuela. Al norte de la avenida Puig y derecho, por el Hospital de Leprosos. Por la plaza de Santo Domingo donde los escribanos hacen cartas a los que no saben escribir. Muchos edificios de departamentos con balconcitos como los nuestros, pintados de rosa, azul y ocre. Los tranvías de madera corren en líneas directas: de norte a sur y de oriente a poniente. Así construían los aztecas, el Templo Mayor en el centro de todo. Los españoles no pudieron cambiar lo que había debajo.

El Zócalo estaba lleno de hombres que vendían nieves, mujeres que vendían verduras, merolicos que vendían milagros. Aroma de copal, música de cilindros. Un hombre vendía carnitas, y los niños lo seguían como perros hambreados. Unos estudiantes de Preparatoria hacían una parodia callejera sobre Ortiz Rubio y Calles: el presidente era un títere, y el viejo dictador Calles el titiritero con las cuerdas. También los estudiantes de la Prepa estaban de pinta.

El camino más corto a la casa es por el Canal de la Viga, lleno de periódicos que flotan y un perro muerto, hinchado como una sandía amarilla.

29 de septiembre

Hoy, una visión fantástica en el mercado de Coyoacán. Una sirvienta joven con una jaula llena de pájaros en la espalda. La cargaba con un rebozo azul atado en la frente y alrededor de la jaula. La jaula de carrizo debe de haber sido muy liviana porque no se agachaba aunque sobresalía de su cabeza, como la torre de una pagoda japonesa. Y llena de pájaros: verdes y amarillos, aleteando como un sueño que intentara escapársele de la cabeza. Parecía un ángel moviéndose entre los corredores tras su patrona, sin ver a nadie.

La patrona se había detenido a regatear otro pájaro con un hombre. Era tan pequeña que de espaldas parecía también una sirvienta joven. Al voltear, giraron su falda larga y sus aretes de plata, y su cara era sorprendente: una reina azteca de ojos negros y feroces. Su cabeza estaba coronada por trenzas, como las de las muchachas de Isla Pixol, y su porte era de reina, aunque llevara una falda plisada igual que la de su sirvienta. Le pagó al vendedor el dinero y tomó dos pericos, metiéndolos con cuidado en la jaula que la muchacha llevaba en la espalda. Salieron deprisa hacia la calle.

La Perla, la vieja del mercado, dijo:

—No te enamores de esa, guapo, tiene dueño. Y el dueño carga pistola.

¿Cuál está casada, la sirvienta joven o la reina?

La Perla se rió, igual que su amigo Cienfuegos, el hombre de la iguana.

—¿Cuál reina? —dijo—. Más bien la puta —opinó La Perla.

Pero Cienfuegos no estaba de acuerdo. «El que persigue a las mujeres es el marido, no al revés.» Los dos discutían si la reina azteca era o no era puta. La iguana encontró un trozo de tortilla en la calle y se lo comió. Por fin, Cienfuegos y La Perla estuvieron de acuerdo en algo: la majestuosa mujercita está casada con un *muy discutido pintador*.

¿Y quién lo discute tanto?

—Los periódicos —contestó Cienfuegos.

—Todos, guapo, porque es comunista —añadió La Perla—. Y también es el hombre más feo de cuantos se hayan visto.

Cienfuegos preguntó que cómo sabía que era tan feo. ¿Alguna vez se le acercó a coquetearle? La Perla contó que una vez lo vio en la plaza del Caballito con los revoltosos, cuando los obreros estaban en huelga. Era gordo como un gigante y horriblemente feo, con cara de rana y dientes de comunista. Dicen que come tacos de carne de jovencita.

—Es un caníbal. Y mírala nomás a ella, la noviecita también tiene facha de almorzar niños.

—Por la pinta que tenía hoy, van a almorzar perico en caldo.

—No, guapo —dijo La Perla—. ¡No son para comer! Esos pájaros son para los cuadros de su marido. Pinta las cosas más raras. Si amanece con antojo de pintar el sombrero de un inglés, la esposa tiene que hallarle el sombrero de un inglés. Chico o grande, si quiere pintar eso, ella tiene que venir al mercado corriendo y comprárselo.

—Ha de tener bastante dinero en la bolsa —dijo Cienfuegos—, porque los periódicos dicen que ahorita está pintando el Palacio Nacional.

6 de octubre

Mamá llegó a un acuerdo diplomático con S. L. Lana. Visitará su casa de Cuernavaca la próxima semana y tal vez algunas fiestas. Mamá quiere aprender nuevos bailes. El charlestón es para anticuadas, dice, solo los decadentes lo siguen bailando. En esta ciudad las muchachas que están al día se ponen faldas largas y bailan la sandunga y el jarabe.

Ahora las muchachas mariposa con faldas largas y pelo trenzado están de moda. El señor Lana no está de acuerdo, dice que solo los nacionalistas y los delincuentes dejan que sus novias bailen esas cosas. Pero Mamá compró un disco para practicar la sandunga. Por fin la Victrola fue desempacada y salió de su caja dejando oír su voz pecadora.

15 de octubre

Mamá en Cuernavaca toda la semana con S. L. Lana. Ya aceptó la idea de que buscar un trabajo es mejor que quedarse en la escuela de cretinos. Porque el dinero del petrolero se está yendo como agua por la frontera. Aún no hay nada más que de mandadero para La Perla, que es chamba pero no trabajo. Intentar un contrato como escribano de cartas ajenas en la plaza de Santo Domingo fue mala idea. Los hombres de los puestos aullaron como monos defendiendo sus territorios. Aunque las colas sean largas, la gente espera todo el día. El panadero de abajo necesitaba a alguien que lo ayudara a hacer la masa, pero solo dos días, porque su esposa no estaba. Ya regresó y él dijo vete, ya no necesitamos limosneros.

18 de octubre

Mamá regresó de buenas y con un poco de dinero para mantenerla en silencio. Compró uno de los periódicos que traen la larga aventura de Pancho Villa. Cuentan una parte de la historia cada domingo para que uno tenga que comprar otro periódico. Pero cuando la gente lo termina, puede recogerse en la calle, gratis. Los héroes de ayer quedan bajo los pies de la ciudad.

Los sábados, los estudiantes universitarios hacen sus carpas callejeras, títeres que pelean y que son Vasconcelos y el presidente. Vasconcelos salva el país en nombre del pueblo mexicano. En las escuelas rurales, bajo las cruces de las paredes, echa a las monjas y enseña a leer a los hijos de los campesinos. Debía venir a la avenida Puig. El presidente Ortiz Rubio tiene papeles más variados: es títere de los gringos, o un bebé en su moisés o un perro escuincle sin pelo. Cualquier cosa, menos una iguana con correa. Algunos periódicos coinciden con los estudiantes en que el presidente es el culpable, y otros dicen que nos salvó de Vasconcelos, los extranjeros y los rusos. Todos los periódicos están de acuerdo en una sola cosa: el muy discutido Pintor cubre las paredes de nuestros edificios de colores, como un árbol que se llenara de flores. Su fotografía salió en uno de los periódicos. La Perla tiene razón: ¡feo!

Dicen que está haciendo una gran pintura en la escalera del Palacio Nacional, el edificio largo y rojo del Zócalo con ventanas como agujeros de flauta. Cienfuegos y La Perla no se ponen de acuerdo en si se puede ir a verlo o no. El viejo iguana dice que deben dar permiso porque allí están los juzgados y oficinas públicas.

—Diles que te vas a casar.

La Perla contesta:

—Viejo estúpido, eso no funcionaría, ¿de dónde va a sacar la esposa?

—Bueno —dice Cienfuegos—. Diles que te vas a divorciar.

24 de octubre

Dios mío. La pintura te jala hasta las paredes. Cienfuegos tiene razón: están dentro, pero se puede pasar por la puerta principal, por el patio con la fuente del Pegaso se llega hasta los pasillos de alrededor. En todas las oficinitas hay hombres en mangas de camisa que apuntan los matrimonios y las cuentas de los impuestos. En las paredes del edificio, fuera de esas puertas, México se desangra y ríe, cuenta toda su historia. Las personas de las pinturas son más grandes que las de las oficinas. Mujeres de color moreno-oscuro entre los árboles de la selva. Hombres cortando piedras, tejiendo telas, tocando tambores, llevando flores más grandes que escobas. En el centro del mural está sentado Quetzalcóatl, con su enorme penacho de plumas verdes. Todos están allí: indios con pulseras de oro en los brazos morenos. Porfirio Díaz con el pelo blanco abombado y una espada francesa. En un esbozo del rincón, un perro escuincle gruñe a los carneros y el ganado recién llegado de España, como si anticipara los problemas que vendrían después. También está Cortés sobre la puerta del Registro de la Propiedad. El Pintor lo hizo con cara blanca de mono, con un yelmo con cresta dentada. Moctezuma se arrodilla mientras los españoles hacen el mal. Curas gordos roban bolsas de dinero, los indios son convertidos en esclavos.

Pero Cortés no es ni el principio ni el fin de México, como dicen los libros. Estas pinturas dicen que México es algo antiguo que durará para siempre, contando su historia en pinceladas de color, hojas y frutos, y orgullosos indios desnudos en una historia sin vergüenza. Su gran ciudad de Tenochtitlán está aún bajo nuestras suelas, y la historia siempre fue tal y como es ahora, llena de mercados y de deseos. Una hermosa dama sube su falda y muestra su tobillo tatuado. Tal vez sea una puta, tal vez una diosa. O tal vez solamente alguien como Mamá, que necesita un admirador. El Pintor permite ver que tal vez esas tres clases de mujeres son iguales, porque los diversos ancestros se conservan en nuestro interior y no mueren realmente. ¡Imagínense, ser capaz de contar esas historias, de susurrar esos milagros a los oídos de la gente! Vivir solamente de la imaginación, y que la paguen. Don Enrique estaba equivocado.

¿Dónde estaba el tan discutido Pintor? El guardia dijo que casi siempre está aquí, de día o de noche, a cualquier hora si logra que sus yeseros y coloristas se presenten. Pero hoy no es casi siempre.

El mural de la pared de la gran escalera es enorme. Y no lleva ni la mitad. Escaleras y andamios cubren casi todo el muro, para que alcance los lugares más altos. El guardia volteó hacia la tarima un rato, como si esperara que el Pintor estuviera dormido allí. Pero hoy no.

—Tal vez mató a alguien —dijo el guardia—. Regresa mañana. Tiene muchos amigos acá en el ministerio. Siempre logra salir de la cárcel.

25 de octubre

Hoy el Pintor sí vino a trabajar. A las nueve de la mañana ya estaba en los andamios. En las tarimas más altas, casi no se lograba ver, pero seguro que estaba allí porque los obreros se reunían a su alrededor como abejas en un panal. Los jóvenes asistentes corrían por todo el patio con agua y yeso, tablas y escaleras. Mezclan el yeso en cubetas y las suben con cuerdas. No es solo una pintura, explican con desprecio los muchachos, es un mural. No se trata de una pintura y de una pared, sino de una combinación de las dos, hechas al mismo tiempo de tal manera que la pintura no se caerá hasta que el muro se derrumbe. En lo alto del andamio, al lado del Pintor, trabaja todo el tiempo un maestro yesero, aplanando la última capa fina de mezcla blanca. Ni muy deprisa ni muy despacio, para que el Pintor pueda poner los pigmentos en el yeso antes de que se seque.

—Esos dos han trabajado juntos desde que Dios era niño —decían los muchachos. Al parecer le tenían más miedo al Maestro Yesero que al Pintor, aunque los dos gritaban órdenes desde las alturas como dioses: mucha agua en el yeso, le falta agua. Hoy todos los muchachos parecían alelados.

El problema era que no se presentó Santiago, el hombre encargado de mezclar el yeso, y su nombre tenía lodo. Dicen que le rompieron la cabeza en un pleito por una mujer. Y, según el Pintor, sin Santiago ningún muchacho lograba mezclar el yeso mejor que su pinche madre.

Yo sé hacer yeso.

Ándale, a ver.

Era como mezclar la harina para el pan dulce: no podía ser tan distinto. Llamaban cal al polvo, y tiene un molido fino que hace nubes blancas alrededor de las cubetas para mezclar cuando los muchachos vacían las bolsas. Tenían blancas las pestañas, el dorso de las manos y el borde de las fosas nasales, por respirarlo. Echaban el polvo al agua, no al revés.

Espérense. Pongan una tela gruesa en el piso, hagan una montaña con el polvo. Échenle el agua en el centro, un lago en un volcán. Mezclen las lagunas para formar pantanos, con los dedos: que esté espeso. Despacio, o se hace grumos.

Hasta el viejo maestro yesero dejó de trabajar para mirar desde lo alto. Daba mucho miedo.

—¿Dónde aprendiste eso?

—Es como hacer masa de pan dulce.

A los muchachos yeseros les dio risa. Los muchachos no hacen pan. Pero como tenían problemas volvieron a callarse. Uno preguntó:

—¿Como nixtamal para tortillas?

—No, masa de pan blanco. Se usa para pan blanco y pan dulce.

¡Ja, ja, ja, Pancito Dulce! Así es que con el nuevo trabajo viene un nuevo nombre. Pero el maestro yesero y el Pintor se fijaron en el yeso. El maestro yesero es el señor Alva. El pintor es el señor Rivera. Él es más gordo todavía que en los periódicos, y los muchachos le tienen miedo, así que ha de ser cierto que come carne humana. Pero cuando bajó del andamio para ir a mear, dijo:

—Oye, Pancito Dulce, ¡ven acá! Déjame que le eche un ojo al muchacho que hace buen yeso.

»Regresa mañana —dijo—. A lo mejor volvemos a necesitarte.

29 de octubre

El Pintor hace trabajar a los muchachos hasta que sale el último tranvía. A veces se hace mezcla, o se amarran los mecates, o se suben cosas al andamio. El Palacio tiene lámparas de hierro con picos en el techo, y hay que cuidar la cabeza para no coronarse. El mural de la escalera es del alto de dos paredes, una sobre la otra, y debe estar terminado antes de fin de año.

Primero ponen un aplanado grueso con arena para emparejar las grietas y los grumos de la pared de ladrillo. Luego tres capas más, cada una más blanca y más lisa, con más polvo de mármol y menos arena. Se borran todas las irregularidades, como si no hubieran existido, y el Pintor pinta nuevamente la historia. Cada día hay más historia en el muro. Y a los muchachos les quedan más pesos en los bolsillos.

Hoy el señor Alva bajó rápidamente del andamio, como un mono, para pelearse con uno de los guardias. Porque atacan las pinturas. Cuatro muchachos con sombreros tejanos entraron y amenazaron con lanzar chapopote contra el muro cuando el Pintor se vaya, para defender a México y desagraviar a los símbolos patrios del insulto. El señor Alva llamó a los guardias, para que alejaran a los jóvenes. Pero al Pintor parece que no le importa lo que digan. Sigue pintando.

10 de noviembre

El señor Rivera se fue. Y la pared, a medio hacer. Los indios y los jinetes están sobre el aire en blanco. Las montañas no tienen tierra debajo. Los bosquejos en carboncillo sobre el blanco burdo permanecen vivos a medias, esperan. Esto no puede ser el final, pero el señor Alva dice que así es: se fue. A San Francisco, a pintarles a los gringos. El único trabajo que queda es quitar los andamios y limpiar las manchas de yeso del piso. Es todo, muchachos, dijo. Los pesos también se fueron a San Francisco.

18 de enero de 1931. Fiesta de San Antonio

El cura bendijo a los animales. Las damas de sociedad trajeron a la iglesia sus loros y canarios, apretando las jaulas contra el pecho cubierto de brocado, hablándoles a sus pájaros como si fueran bebés y con boquitas fruncidas como pico. O abrazando a gatos que se retorcían con violencia, con ganas de comerse un loro. O escuincles pelones, que observaban con ojos grandes, saltones y desaprobadores desde sus calaveras de perro. Y detrás de la iglesia, la gente del pueblo esperaba con cabras y burros amarrados con mecates. Cuando los perros y los loros fueron correctamente bendecidos, se permitió a las mujeres del campo llenar los pasillos con sus bestias, todos los ojos pendientes de las bendiciones que el burro soltaba sobre el piso.

Un viejo llegó con un costal de tierra al hombro, lleno de hormigas y gusanos. Al caminar hacia el altar, todas las mujeres de elegantes sombreros se alejaron del pasillo, y sus collares de perlas se columpiaron todos hacia el mismo lado como si todas estuvieran paradas sobre un mismo barco. El cura con su sotana limpia retrocedió un paso cuando el campesino soltó el saco en el altar y las hormigas negras corrieron por todas partes. «¡Ándele, vuelva cristiana a esta plaga! —exclamó el campesino—. Me los llevaré para que conviertan a las demás y ya no dañen mis cultivos: que me dejen algo que comer.»

Cienfuegos vino con Manjar Blanco y su correa. Las damas no sabían cómo rezar por una iguana cristiana. Y los perros todavía se ladran unos a otros pregonando el acontecimiento.

31 de marzo

La única opción es trabajo o escuela, según Mamá. Así es que de nuevo a la escuela mortífera. ¡Hoy había un cadáver! Envuelto en una tela negra, tendido sobre cuatro sillas de madera alineadas una junto a otra en la oficina del administrador. El administrador estaba fuera todavía, almorzando, cuando el Penitente fue enviado allí por una infracción menor con saliva y obligado a permanecer allí mucho rato, examinando El Cuerpo. Sus pies sobresalían debajo de la tela, y evidentemente se trataba de los pies de un muerto. Era imposible distinguir si era hombre o mujer, pero no respiraba bajo la tela. Tampoco se olían los gases que emana un cadáver. Es algo que casi siempre aparece en las novelas de detectives. Pero tal vez acababa de morir y aún no había comenzado a descomponerse. O tal vez apestaba, pero como toda la escuela olía a orines, los olores se confundían. Fue un hora espantosa, medida en inhalaciones contenidas.

Veinte minutos. La de debajo del trapo negro no podía ser la señora Bartolomé. Demasiado flaca. Ni el administrador: todos lo vieron salir a almorzar. ¿Qué clase de escuela es esta, donde se castiga a los alumnos sentándolos en un cuarto junto a un cadáver?

Cincuenta minutos. La Santa Virgen afuera, en el sol, parada sobre su pedestal del jardín, se aflige pero no se muestra solidaria. Actitud típica de las madres.

Cincuenta y ocho minutos: regreso del administrador de muy buen humor y un ligero olor a pulque. Al ver al Penitente se dejó caer en su silla, deprimido de repente. Últimamente no se muestra muy dispuesto a las palizas.

—Ah, es Shepherd, el forastero revoltoso. Y hoy, ¿de qué se trata?

—Otra vez leyendo en clase, señor. Y participación en algo así como una competencia.

—¿Competencia de qué?

—Escupir para darle a una marca en el suelo, señor.

—Algo que alimente tu espíritu. La lectura, quiero decir.

—No, señor, Booth Tarkington.

El administrador inclinó la silla tan atrás, que por un momento pareció que caería o comenzaría a cabecear. Ni siquiera mencionó la forma cubierta. ¿Qué sería? Parecía más alto que lo que suelen ser los chaparros que vienen a esta escuela. Difícil de calcular, porque estaba acostado.

—Señor, permítame una pregunta: ¿alguno de los profesores ha estado enfermo?

Estaba sentado tan cerca del cuerpo, que bien podría alcanzarlo y jalarle las orejas. El administrador contestó:

—Todos tan robustos como es posible, dada su edad y temperamento —suspiró—. Lo cual quiere decir tal vez que son eternos. ¿Por qué la pregunta?

—¿O alguno de los alumnos? ¿Alguno de los alumnos se ha puesto, ah, muerto?

Ahora el administrador mostraba poca inclinación al sueño:

—¿*Muerto*?

—Tal vez falleció accidentalmente, sobreexpuesto a un castigo muy largo.

El administrador se enderezó:

—Eres un muchachito con imaginación. Y ahora resulta que también eres suspicaz.

Un vistazo a los pies que sobresalían bajo la tela:

—No, señor.

—Deberías escribir cuentos, muchachito. Tienes disposición para las novelas románticas.

—Y esa disposición, señor, ¿es buena o es mala?

El administrador sonreía, aunque a la vez parecía triste:

—No estoy muy seguro. Pero sí estoy seguro de que esta escuela no es para ti.

—No, señor. Se comparte esa opinión.

—Ya hablé de eso con la señora Bartolomé. Dice que tu habilidad para el latín supera lo que ella puede enseñarte. No es justo para los demás que te enseñe tanto. Ellos apenas conjugan zapatos con calcetines.

Una pausa larga.

—Hablamos de pasarte el próximo año a la Preparatoria.

—Señor, los exámenes de admisión son terribles. Al menos para quienes no aprendieron todo lo que se enseña después del sexto año de primaria.

—Es cierto. ¿Qué sucedió?

—Una vida familiar dramática, señor. Casi como una novela.

—Bueno, pues espero que la estés escribiendo.

—No, señor, solo una parte. Los días interesantes. Pero casi todos los días parecen parte de una mala novela, los personajes no aportan ninguna moraleja.

El administrador puso los codos sobre la mesa y juntó los dedos curvados de las manos como si hiciera un capullo. Pero la interrogante del cadáver tendido junto a él quedaba pendiente. Este era un día más interesante.

—Regresa al salón ahora, joven Shepherd —dijo por fin—. Le diré a la señora Bartolomé que tienes mi autorización para leer todas las novelas que quieras, como preparación para tu carrera de escritor. Pero te recomiendo que pongas atención durante la clase de matemáticas. Te resultarán más útiles de lo que parece.

—Sí, señor.

—Otra cosa. Hemos notado que tu asistencia es inconsistente.

—Había un poco de trabajo, señor. Pero ya se terminó.

—Bueno, supongo que poco podemos hacer para retenerte, pero por favor ven el viernes. Antes de las vacaciones de Semana Santa nuestra escuela encabeza la procesión por la calle de Santa Inés. Necesitamos a seis muchachos mayores para que lleven el Santo Cristo. Y tal vez tú eres el único capaz de recordar el camino.

—Para que lleven ¿el qué?

El administrador se agachó sobre el escritorio y le quitó el trapo de seda al cadáver, dejando al descubierto una cabeza sanguinolenta y unos hombros desnudos:

—Nuestro crucifijo. Apenas lo mandemos limpiar y barnizar, estará listo para llevarlo a la capilla.

—Ah. Cierto, señor, *corpus Deum*. Vivo para siempre.

La escuela cerró en Semana Santa, pero Mamá estaba de un humor muy inestable por los rumores acerca del colapso de la industria petrolera. Según S. L., la producción ha descendido a menos de la cuarta parte de lo que era cuando los Estados Unidos llegaron por primera vez. Creyeron que encontrarían un venero más profundo.

—También yo —dijo Mamá.

Confusa, pidió consejo a la esposa del doctor. Respondió lo de siempre: Dios proveerá, así es que la misa del Domingo de Ramos forma parte del Plan. El lugar era un bosque de hojas de palma erguidas, agitadas en el aire sin viento desde las manos de personas con ojos plañideros y niños hambrientos. La señora del doctor iba arreglada con un estola de zorro plateado estilo Dolores del Río. Jaló a Mamá hacia los reclinatorios del frente de la iglesia, lejos del olor a pobreza. Duró horas, pero Mamá logró aguantar hincada.

Fuera, las calles eran como un festival. Multitudes que llegaban de provincia, tal vez hasta de Isla Pixol. Todos los ojos fijos en la Virgen, llevada en andas por muchas procesiones distintas, ataviada con su diadema de joyas y muchos vestidos nuevos sobrepuestos.

Un sinfín de días sin interés. Un *National Geographic* de la librería. Traía una foto de un hindú con seiscientos alfileres clavados en el cuerpo y dos agujas más grandes atravesadas en el abdomen, y otra en su lengua. Vestirse le toma hora y media todos los días. Para sobreponerse a las desgracias de la vida camina sobre lumbre.

8 de mayo

El administrador llamó a Mamá para platicar con ella antes de que termine el curso. Preferiría caminar sobre lumbre, pero se pone su peor vestido y va. El administrador le dijo a Mamá que en interés del muchacho era mejor que al año siguiente lo inscribiera en otra escuela. Había varias opciones —técnicas y profesionales—, pero aconsejaba la Preparatoria. Dio a Mamá una lección sobre las muchas maneras de conjugar el verbo *preparar*. Prepararse para la Preparatoria. Pero Mamá no se prepara para nada. Informó al administrador de que la preparación no era de su competencia, y de que su hijo se iría a Estados Unidos a vivir con su padre, donde estaba segura de que las escuelas tendrían mejor nivel.

¿Será cierto? Se negó a decirlo, mientras caminaba enfurecida hacia la casa.

10 de junio

La muchacha-ángel de las jaulas se apareció otra vez en el mercado de Coyoacán. Esta vez no llevaba jaulas, pero seguía deprisa a la reina azteca, recibiendo todo tipo de compras que la mujercita morena echaba en sus brazos. Platos de barro, bolsas de frijoles, una cabeza de diablo hecha de cartón. La patrona cojeaba un poco pero, por lo demás, estaba igual que siempre, tronándole los dedos a la sirvienta y a todos los que circulaban por los pasillos. Medía cada objeto con sus amenazantes ojos negros.

También La Perla la reconoció:

—El escándalo, la esposa del Pintor —así le decía—. Se fueron y, ya ves, regresaron. Tal vez los gringos los corrieron a patadas. Ya saldrá en las noticias. Los comunistas siempre se meten en líos, nomás para poder salir en los periódicos.

24 de junio. Día de San Juan

Los leprosos vuelven a bañarse.

La Perla tenía razón. El Pintor salió en los periódicos. El presidente quiere que termine lo que comenzó en el muro de las escaleras de Palacio.

Ahora todos los hombres importantes quieren al Pintor, el embajador Morrow lo contrató para que pinte el Palacio de Cuernavaca. Mamá dice que lo vio cuando estuvo allá, y que ahora es senador de Estados Unidos. Dice que le habló en la calle, ¿por qué no, si es conocido suyo? El embajador Morrow visitó a don Enrique cuando obligó a S. L. Lana a bailar con ella, con aquellos zapatos negros y blancos. Ahora le parece que Morrow hubiera sido mejor negocio.

6 de julio, cumpleaños. Quince años

No hay fiesta de cumpleaños, pero Mamá dice que saque unas monedas de su bolsa para comprar carne asada o alguna cosa buena en el mercado. La cosa es que no hay monedas.

Hoy la esposa del Pintor compraba montones de comida; por

lo visto, prepara una fiesta en su casa. No llevaba sirvienta. La rei-necita parecía un burro cargada con tantos canastos. Al caminar en la calle se le cayeron dos plátanos. En la orilla del mercado, unos hombres bajaban elotes de una carreta, apilándolos en pirá-mides. La reina señalaba los montones y un hombre los echaba a un costal grande.

La Perla dijo:

—No te quedes ahí mirando, guapo. No porque sea tu cum-pleaños vas a tener a la primera muchacha que te guste. Se te van los ojos detrás de ella por la calle, como los plátanos.

—¿Cómo va a cargar los elotes? Seguro que se desploma.

—Pues ve y háblale. Dile que se los llevas por diez pesos. Ve-rás que te los paga, es rica. Vete, apúrale. —La Perla lo empujó con sus manos pequeñas como cuchillos. Cruzar la calle fue como cruzar el agua.

Señora Rivera, ¿quiere que le ayude a cargar algo?

Bajó dos canastas, tomó el gran bulto en el que sobresalían pi-cos y bolas, y se lo dio de golpe.

—Ándale. Todos pueden hacer de sus calzones un papalote.

Y no se dijo más. Seguirla era, en sí, una conversación: su fal-da ondeaba, sus piernas cortas caminaban tan deprisa como un pe-rrito, con su cabeza altiva coronada con un rodete de trenzas. Paso a la reina, que lleva detrás al muchacho como si jalara el hilo del papalote. Su casa quedaba a cuatro cuadras, cruzando, en Londres esquina con Allende. Cruzó el umbral alto de la puerta principal sin decir «Sígueme» ni «Espérame», ni nada, pasando junto a una vieja con el delantal enredado en un brazo que tomó el costal de elotes y se fue. Pero la Reina se quedó allí, enmarcada por el dintel y con una luz muy fuerte detrás de ella. El muro alto albergaba un hermoso patio interior, los cuartos de la casa estaban alrededor.

Era imposible apartar los ojos de esa extraña figurita, con higueras y palmas meciéndose como abanicos detrás de ella. El patio era un sueño. Pájaros enjaulados, fuentes, plantas que se desparramaban fuera de las macetas, yedra trepando a los árboles. Y en esa selva, ¡el Pintor! Apoltronado sobre una silla en el sol, con ropa más desastrosa que la de un limosnero y con anteojos de profesor. Fumaba un puro y leía el periódico.

—Ah, buenos días, señor.

—¿Quién es? —apenas volteó. Su esposa le lanzó una mirada de advertencia.

—Señor, la nación celebra su regreso.

—A la nación le importa dos cacahuates, si acaso.

—De todos modos, ¿no necesita que le haga yeso, señor?

Entonces el periódico le cayó hasta la panza redonda y volteó, quitándose los lentes de los ojos que parecían dos huevos duros en la enorme cabeza. Se fijó un momento y luego se animó:

—¡Pancito Dulce!, cómo te he extrañado. Los otros muchachos no tienen remedio.

La Reina se quedó mirando con un gesto furibundo, sus cejas oscuras dándose la mano sobre la nariz. Pero su boca parecía divertida al ver a su esposo levantarse y palmearle la espalda al muchacho, a quien contrató allí mismo.

El gran mural crece sobre la escalera día a día, como una raíz en el suelo. Presidentes, soldados, indios cobran vida. El sol abre sus ojos, el paisaje crece como pasto, y hoy salió fuego de los volcanes. El señor Alva dice que el Pintor trabaja encaminándose hacia el principio del mundo, al centro, donde el águila se posa en un nopal para comerse una serpiente, por fin en su hogar.

El señor Rivera hace bosquejos de carbón sobre el muro y comienza una nueva sección cada día. Enmarca la escena con largas líneas que se alejan hacia un punto distante en el horizonte: el punto de fuga. Tiene en mente la pintura al trabajar para hacer las sombras, luego el color, y termina un segmento a la misma velocidad con que mezclamos el yeso para el siguiente. La pasta de cal viva quema las manos, el polvo de mármol vuela en el aire que respiramos. Hoy regañó al de los pigmentos porque la pasta azul estaba demasiado azul. Pero el yeso era perfecto.

14 de octubre

El embajador y senador Morrow murió cuando dormía, mientras su esposa jugaba al golf. Todos los periódicos hablaban de él. El Mejor Amigo de México. El esposo de su hija es Charles Lindbergh, así que le basta agitar su gorra ante la multitud para que todos lo ovacionen o se conduelan. Mamá dice que el embajador la pegó desde el principio: el tipo de hombre que ama a su mujer y muere joven. Está amargada porque S. L. no sacó, a fin de cuentas, Lana.

26 de octubre. Luna de octubre

Algunos de los muchachos del trabajo dicen que el Pintor se va de nuevo. El señor Alva dice que quieren hacer una gran exposición de su pintura en un museo de Nueva York. Pero sus pinturas están en los muros de México. ¿Cómo pueden sacarlas de allí?

12 de noviembre

Se fue. Se llevó al señor Alva. En el terreno blanco, olvidado, hasta abajo de la pared, el águila no tiene nopal, ni serpiente para comer, ni lugar adonde llegar. La historia de México se queda esperando su principio.

SEGUNDA PARTE

Washington, D. C.
1932-1934
(VB)

1 de enero de 1932

Para el hijo descarriado, Mamá encontró otras vías y lo encarriló en ellas. Todo incluido, dijo levantando la copa, haciendo un giro con el brazo para abarcar cuanto señalaba a su alrededor.

El tren sale de la ciudad hacia el norte. En los pueblitos bravíos del desierto los niños corren junto a él, tratando de alcanzar las ventanillas. Luego siguen tierras planas y rocosas donde ya no hay pueblos. Los magueyes puntiagudos se levantan como manos alzadas desde el suelo. Una gran criatura con garras presa en el inframundo. Al atardecer la luz se desvanece y la tierra pasa del pardo al marrón, luego a sangre seca, luego a tinta. Al amanecer los pigmentos se revierten y los colores salen de la enorme planicie, parecida a un mural.

En el compartimento viaja solamente otra persona, un estadounidense llamado Green, que se subió en Huichapan. No es viejo, pero se asoma a la ventana como si lo fuera, balanceándose al mismo ritmo que la petaca sobre su cabeza y el agua del vaso en su mano. Toma un sorbito cada hora, como si fuera el último trago del mundo. A lo largo de toda la noche, aparecen llamaradas solitarias en la distancia, como si fueran velas. Pozos de petróleo quemando el gas.

Anoche pasó el conductor avisando que estábamos a tres horas de la frontera y que era medianoche; tenía el privilegio de desearnos un próspero Año Nuevo. Recorrió el vagón repitiendo la misma noticia y el mismo privilegio de desearles…

Feliz Año Nuevo, señor Green.

Justamente antes de la frontera había huertas de nogales, un conjunto oscuro de árboles con una mitad de las ramas brillante y la otra en la sombra, alumbradas por las luces eléctricas de las descascaradoras. La gente trabajaba a medianoche, en las primeras horas del Año Nuevo. El tren suspiró y se detuvo en la frontera, esperando a que subieran los agentes aduaneros. El cielo que clareaba dejaba ver una estrecha franja de río, y los perros que andaban por las orillas, el reflejo de sus colas enroscadas sobre la superficie gris. Las riberas son un basurero: tablas y metal, tiras de papel enchapopotado. Al amanecer los niños comienzan a caminar sobre las pilas de basura, y después resulta que no se trata de un basurero sino de alguna terrible ciudad. Luego también salieron de las chozas mujeres y por fin los hombres, estirándose para desentumecerse, colocando las manos tras la espalda, acomodándose los pantalones y orinando en las zanjas. Acuclillándose para mojarse la cara a orillas del río.

Viejos flacos como huesos caminaban a lo largo del tren, mirando por las ventanas. Se quedaron detrás hasta que la policía vino a alejarlos de los vagones a golpes de porra. Esta gente parece la más pobre que existe, porque a los limosneros y borrachos de la ciudad de México la Revolución les dejó cuando menos una canción para cantar a solas en algún zaguán. Este es el fin de México, el fin del mundo y del primer capítulo. Este viaje en tren es como una larga y honda cueva en el mar. Con suerte y al otro lado se abriría hacia algo nuevo. Aquí no.

6 de enero

Cinco días y el tren ha pasado a través de muchos mundos. Colinas de pasto, pantanos oscuros con árboles varados. Y ahora casi nada, salvo inmensos campos con varas muertas, inmensos como un mar. Ni una hoja verde por ninguna parte. Los gringos leen revistas sin notar siquiera que en su mundo no queda nada vivo. Solo los mexicanos se preocupan al mirar por las ventanillas. Los únicos que han llegado hasta aquí desde la ciudad de México, desde tan inmensa distancia, son una mujer y sus cuatro hijos. Hoy, mientras el tren cruzaba un puente sobre una gran barranca y un río, la mamá hizo su fiesta de Reyes para que los hijos cantaran y no lloraran. Sacó una bolsa arrugada de papel con una rosca de su equipaje, y la puso sobre los asientos gastados de terciopelo. La familia se encerró por dentro en su pequeño festejo.

7 de enero. Distrito Federal de los Estados Unidos

Todo incluido. La carga humana llegó hoy a la Union Station, haciendo la entrega a un frío tan atroz que bajar del tren era como ser lanzado al agua con órdenes de soportarlo. La madre mexicana sacó su piecito a la puerta del andén como si fuera el cuerno de un caracol. El aire helado le dio pánico y envolvió a sus hijos en chales, como tamales, empujándolos delante de ella por la estación, adiós.

¿Estaría allí? ¿Y si no? Mamá no había propuesto ningún plan en caso de que el padre no se presentara a reclamar el envío. Pero allí estaba: la dolorosa palmada en la espalda, los ojos azules examinándolo. Qué extraño, un pariente de ojos claros. ¿Quién habría imaginado a *ese*, a partir de una fotografía retocada? Desde luego, él debe haber sentido una decepción parecida a la del hijo.

—El tren llega con una hora de retraso.

—Lo siento, señor.

Jóvenes harapientos pasaban como gorriones asustados saliendo de un arbusto, tirando el equipaje de la gente con las rodillas.

—Un montón de vaguitos de la vía —le dijo.

—¿De la vía?

—Viajan a la ciudad fuera de los trenes.

El frío era mortal, cada inhalación se clavaba en la nariz como una aguja. Y la ropa picaba como roña después de tantos días. Personas con abrigos largos, el vapor de los trenes aullando. Por fin quedó claro lo que se le había dicho. Estos niños viajaban *fuera* del tren. Dios mío.

—¿Y adónde van ahora?

—A hundir las orejas en alguna selva de vagos. O tal vez se irán a escuchar a los «Cristos». Aceptan al Señor por una noche a cambio de un *mulligan*.

—¿El *mulligan* es dinero?

Su risa era un estallido ruidoso, como notas procedentes de una trompeta de mariachi. Le intrigaba esta alcancía vacía para el asombro: su hijo. El interior de la estación parecía una catedral, tanto espacio encima de la cabeza, una gran cúpula elevándose hacia el cielo, pero sin espacio debajo, donde tanta gente se amontonaba. Una gran puerta de mármol se abría hacia la calle, pero afuera el sol era frío, brillaba sin dar calor como un foco eléctrico.

Las multitudes apretadas seguían avanzando, sin importarles que su estrella no tuviera fuego.

—¿Adónde van todos?

—¡A sus casas, hijo! Es hora de comer un bocado y de la siesta del trabajador. Esto no es nada, tendrías que verlo un lunes por la mañana.

¿Cabría más gente en la calle? Los trenes rechinaban aún dentro de la estación, ruidos de digestión en la panza del monumento. Como un templo azteca que bebe sangre. Consejo de Mamá al salir: Trata de ponerle buena cara a las cosas, el hombre detesta las quejas, te lo advierto.

—Union Station parece un templo.

—Un templo. —Papá miró de reojo—. ¿Cuántos años tienes? ¿Catorce?

—Quince. Dieciséis en verano.

—Cierto. Templos. Construido por los estafadores de Hoover con dinero del gobierno.

Miró en la parada del trolebús con el ceño fruncido, como si la ciudad le hubiera hecho trampa, moviéndose a sus espaldas mientras estaba dentro de la estación. Un hombre rosáceo y pecoso, con bigote pálido que se decoloraba en la parte de abajo. La foto no daba cuenta de su cutis poco heroico, una piel que se achicharraría hasta quedar tiesa en México. Un misterio resuelto.

Se hundió en la multitud y se movía deprisa, sin dejar más opción que agachar la cabeza como un boxeador y cuidarse del estiércol de caballo, acarreando una molesta petaca. El chofer de Mamá la había subido al tren, y los mozos de andén la cargaron después. Ahora nadie la cargaba, en Estados Unidos creen que todos deben valerse por sí mismos.

—Planean poner una cadena de lo que tú llamas *templos* en el lado sur de Pensilvania. ¿Ves ese que deja el ojo cuadrado? Monumento de Washington.

Apuntó hacia un parque sin hojas, una piedra pálida que se levantaba sobre los árboles. Un recuerdo brotó de allí. Un pasillo angosto se elevaba como un túnel de ratón oscuro. En las escaleras resonaba una discusión, la mano de Mamá jalando hacia abajo, hacia un lugar seguro.

—Ya entramos allí, ¿verdad? Una vez, con Mamá.

—¿Te acuerdas de eso? Qué escena. Te tocó una buena regañada y gritos en la escalera.

Se detuvo en una esquina, sofocado, exhalando bocanadas con golpes de vapor, como una tetera.

—Ya pusieron un elevador que llega hasta arriba. Otro templo de los secuaces de Hoover, a mi entender.

Rió para sí, saboreando el comentario ingenioso tras decirlo, como un eructo. La gente se juntaba aquí, en la parada del trolebús. Los pasos del gran caballo bayo de un oficial golpeteaban.

—Mamá dijo que *tú* trabajabas para el presidente Hoover.

—¿Y quién dice que no?

Lo preguntó con un dejo de cólera que insinuaba que tal vez no. O en ningún puesto del cual el señor Hoover tuviera conocimiento. Cuentachiles en una oficina de gobierno, dijo Mamá, pero es uno de los pocos hombres que todavía conserva un empleo fijo en Estados Unidos, así que bien merecido tiene que le manden a su hijo por tren.

—El presidente Hoover es el hombre más grandioso que hay —dijo con voz ostentosa. La gente miraba—. Acaban de instalarle un teléfono en su escritorio, para que llame a su jefe de personal. Puede comunicarse con MacArthur tan rápido como si le tronaran los dedos. ¿Acaso tu presidente tiene un teléfono en su escritorio de México?

Se le guardará rencor a México, probablemente por razones vinculadas con Mamá. Ortiz Rubio tiene un teléfono; los periódicos dicen que no puede mover un dedo sin llamar antes a Calles a su casa de Cuernavaca, en la calzada de los Cuarenta Ladrones. Pero a Papá no le interesaba saberlo. La gente hace preguntas, pero no le interesan las respuestas. Subió al trolebús entre la mescolanza humana, empujando para poder llegar hasta un asiento. La valija no cabía debajo de la banca de madera y se quedó agachada sobre el pasillo: un estorbo. La gente que subía al trolebús tenía que rodearla, como un río que fluye a los lados de una piedra enorme.

La travesía fue larga. Él miraba por la ventana. Era imposible imaginar a este hombre y a Mamá en el mismo cuarto, en la misma cama. Podría haberlo aplastado como a una mosca. Y luego llamaría a la sirvienta para que limpiara lo que quedó embarrado.

Aquí los hombres usan trajes, como los hombres de negocios de la ciudad de México pero con más capas, por el frío. Las mujeres llevan prendas complicadas, largas bufandas y cosas donde meter las manos, que no sabría cómo se llaman. Una llevaba en el cuello un tocado hecho con un zorro completo que aún tenía la cabeza, se mordía la cola. Si Cortés viniera aquí, escribiría a Su Majestad un capítulo completo sobre el atuendo de las mujeres.

Tras muchas paradas, Papá dijo:

—Vamos hasta la escuela. Dijeron que, en tus circunstancias, lo mejor es comenzar cuanto antes. —Hablaba lentamente, como si la «circunstancia» se refiriera un hijo con daño cerebral—. Es un internado. Te adaptarás a tus compañeros, Harry.

—Sí, señor. (*Harry*. ¿Ahora será Harry?)

—Será de lo más divertido. —Se mordió el bigote y añadió—: Más te vale.

Lo cual quería decir que valía dinero. *Harry. Harry Shepherd miró por la ventana.* El que paga, bautiza.

Las escenas pasaban: edificios de mármol, parques con esqueletos de árboles, bodegas hechas de madera. Hombres pálidos con traje y sombrero negros y luego al revés: hombres negros con camisas y pantalones pálidos y sin sombreros. Cavaban largas zanjas con picos. Los brazos musculosos y desnudos incluso con este frío. En todo México no hay un indio tan negro como esos hombres. Sus brazos tenían el brillo de la madera pulida de las teclas negras de los pianos.

Al final de la ruta del trolebús, un autobús. La gran valija ya tenía su propio asiento, para contemplar el escenario de las mansiones ensartadas una a otra por un río. Papá hacía largas incursiones de pesca en su bolsillo para encontrar su reloj, lo sacaba y hacía gestos a la carátula. ¿Se acordaría de su otro reloj, el que se llevó Mamá y luego le robaron a ella? La memoria de la textura era ahora como una enfermedad, no por el pecado de la ratería sino por la terrible añoranza que traía aparejada. Por este hombre. Este padre.

17 de enero

Muy Excelsa y Excelentísima Majestad: el lugar llamado Academia Potomac es maravillosamente horrible. Un campo de prisioneros en edificios de ladrillos a modo de mansiones, donde los líderes nativos llamados oficiales rigen sobre los cautivos. El Dormitorio es una casa grande de camas, como un hospital, donde se exige a cada paciente que muera a las Veintiuna Horas. Luces Apagadas significa no más lectura ni nada. Por la mañana, los cadáveres se incorporan tras una voz de mando.

Lo más extraño: los muchachos cautivos no tienen ningún deseo de escapar. En clase reciben órdenes y se someten, pero en el momento en que el oficial abandona el cuarto comienzan a golpear las cabezas con tinteros y a arremedar las voces de dos locutores llamados «Amos and Andy». En el dormitorio se idiotizan con revistas prohibidas en las que aparece una chica llamada Sally Rand desnuda y con abanicos de plumas. Parece un pájaro recién nacido con frío.

Los cautivos son liberados los sábados por la tarde, cesan por el momento las clases y los ejercicios, y los dormitorios se vacían. Los niños van a sus hogares, si es que los tienen. Esa mañana toca primero Capilla, luego Chiquero Mayor (el comedor) y por fin Libertad.

Todos los demás niños de formación nueve son mas jóvenes. Pero cuando menos más altos que los cretinos, y con menos baba. Formación nueve fue una negociación por ser muy alto para regresar a formación seis. Los oficiales enseñan literatura, matemáticas y otras cosas. Prácticas militares y psicomotricidad. Lo mejor es literatura. El instructor recomienda el pase a formación once, Samuel Butler, Daniel Defoe y Jonathan Swift. ¿A quién le importa un cacahuate que sean Restauración o Neoclásicos? Nuevos libros en dotación interminable.

Prácticas Militares es limpieza y presentación de armas de fuego, casi como lavar trastes.

Matemáticas: lo peor. Dentro de la calabaza no cabe nada más allá de las tablas de multiplicar. Álgebra, lenguaje que se habla en la luna. A un muchacho que no tiene la menor intención de dirigirse para allá.

Domingo 24 de enero

Notas sobre cómo hablar en Estados Unidos

1. No se dice «Perdón». La gente lo usa siempre en los libros. Aquí preguntan quién te refundió en la cárcel.

2. Gritar «Vete a freír espárragos» no hace que te dejen en paz, como en español.

3. «Lárgate» es el equivalente de «vete a freír espárragos».

4. *Punk* quiere decir «vacilón». También «suave», padre y «seguro que no es YMCA».

5. México no es un país sino un nombre. (*Ei Mecsico, com'ier.*)

Estados Unidos es el país del trato justo y el trabajo duro. Aunque los periódicos digan que nadie tiene trabajo, y que los tratos no son muy equitativos.

Los niños se mueven en grupos nebulosos, como los cardúmenes de peces en el arrecife. En los pasillos los grupos se acercan, pasan y se vuelven a juntar, como si uno fuera una roca y no un ser racional. Una cosa con patas abiertas que se tropieza en este mundo equívoco.

21 de febrero

Tanta gente está furiosa con el presidente Hoover que tuvo que poner cadenas en las rejas de la Casa Blanca y encerrarse. Eso dice un muchacho llamado Boorzai, al que le dicen Bull's Eye, Ojo de Toro. Ayer un veterano manco trató de subirse a la reja, le dieron una paliza y fue llevado al tambo, donde el manco recibió el primer rancho en tres días.

6. Rancho es una ración.

Bull's Eye roba los periódicos y cigarros del Tiradero de los Oficiales. Luego saca los periódicos de debajo de su camisa en el baño, y los niños se amontonan junto a él. Están impacientes por que les lea sus encabezados inventados con gritos de voceador: ¡EXTROO! ¡EXTROOS! EL HÍGADO DE POLLO HOOVER ESCONDIDO BAJO LA CAMA PRESIDENCIAL. LA SEÑORA HOOVER POR FIN PUDO DORMIR EN PAZ.

El verdadero nombre de Bull's Eye es Billy Boorzai. No es un alumno regular. Lo era hasta que su jefe perdió el trabajo en una tienda de radios y su mamá perdió la chaveta. Ahora toma clases la mitad del día, y luego trabaja en la cocina y trapea los baños. De noche lee lo que saca del escritorio de los maestros, y se educa, según dice, en sus escapadas.

Bull's Eye tiene admiradores, pero no amigos. Dice que sus amigos están todos afuera. Sale del lugar porque trabaja en la cocina (*el chiquero*). Los cocineros lo mandan con el carnicero, el señor que repara las ollas, a veces hasta con el armero. Dice que los cocineros necesitan armas para la autodefensa, tan mala es la comida.

28 de febrero

Un problema de lógica: ¿Es mejor o peor el tedio de las clases de matemáticas que el tedio del castigo por la clase de matemáticas? Estar prisionero en una biblioteca con un libro de álgebra no supone ningún adelanto. Pero un gran salón lleno de libros tampoco es castigo. Lo cierto es que es más seguro que estar fuera con los otros muchachos golpeándose los hombros jugando a fútbol americano, gritando en el lenguaje del *Gee whiz* —Híjoles— o Tu Jefe.

13 de marzo

Bull's Eye se rasura en el baño, de pie y desnudo. Parece de veinte años. Dice que tiene la misma edad que todos más unas cuantas descalabradas. Dice que se crece deprisa cuando todo se te viene encima y a tu papá le dan una patada en el culo. Tampoco va a su casa. Tenemos eso en común: padres que no miran a sus hijos de frente. Dice que es tan buena razón para ser amigos como cualquier otra.

Hasta ahora es el único. El niño de la cama de al lado, llamado Pencil, habla si no hay nadie cerca. El niño griego llamado Damos dice: «Ei, Mecsico com'ier», pero también dice: «Ei, mono salvaje». Bull's Eye les dice que tengan cuidado, el niño de México es un as con las armas, a lo mejor andaba con Pancho Villa.

Ahora usan ese nombre. Pancho Villa. Costó trabajo reconocerlo porque lo pronuncian un poco como *Pants Ville*: «Ei, *Pantsville, com'ier*». Parece un lugar, uno de los barrios donde cuelgan los pantalones que se ven desde el tren a Huichapan.

14 de marzo

El hijo de Lucky Lind, el favorito de la fortuna, Lindbergh, fue secuestrado y todos tienen miedo, hasta los niños encerrados en una escuela de ladrillos. Terrible revés para alguien que cruzó el Atlántico volando. Todos los periódicos opinan que, si Lindbergh tuvo tan mala suerte, cualquier niño peligra. Pero el país ya tenía gente con mala suerte por todos lados, durmiendo en los parques, usando periódicos para abrigarse. La gente que tiene buena ropa se asoma por las ventanillas del trolebús y dice: *Esos vagos necesitan un sopapo*. El desafortunado Lindbergh les da tanto miedo porque esto le sucedió a un héroe.

20 de marzo

Bull's Eye huele a papas peladas, cigarros y cubeta de trapeador. Cuando los demás se van a sus casas el sábado dice: «Ei-Pancho-Villa, estás cor-dial-men-te invitado a ayudarme en mis faenas». Las cuales incluyen lavar el Chiquero tras almuerzo, correr con un trapeador húmedo por la comisaría y derraparse por el piso entre las mesas largas. Y así sucesivamente. Como única recompensa, el asistente recibe una llave con el brazo doblado en la cabeza o un restregón con los nudillos en el pelo. Es así como se tocan acá los muchachos, especialmente Bull's Eye.

27 de marzo

Estrategia Militar es interesante. Dirigir un ejército es como dirigir a los sirvientes de una casa. Mamá es buena en esa clase de guerra, tiene intuición para la exploración y un ataque sorpresivo. El oficial Ostrain dice que el ejército de Estados Unidos ocupó el lugar dieciséis entre los más grandes del mundo, por debajo de Gran Bretaña, España, Turquía, Checoslovaquia, Polonia, Rumania y muchos otros (no se menciona a México). El mal equipamiento de nuestro ejército ofende al oficial Ostrain hasta el límite de su tolerancia militar. Dice que es una vergüenza que el general MacArthur y el comandante Eisenhower tengan que pararse en la avenida Pensilvania a esperar el trolebús como cualquier otro ciudadano cuando se dirigen a Mount Pleasant, para asistir al Senado.

Los niños dicen que los han visto, y también al comandante Patton, jugando al polo los sábados en Myer Field. Quieren crecer para tener caballos y correrlos por los campos de polo los sábados, con Sally Rand montada en ancas, los pechos rebotándole como balones. Esta es la razón por la que nunca hacen planes para escapar de la academia.

10 de abril

El mercado de la calle K es como un pedacito de México. Los vendedores de pescado pregonan igual que en el malecón, en cierto caló: cuatro por una *maca-rela, seño-ora-as*. Viejas con yerbas y tés que prometen curar cualquier mal. El aire tiene un aroma de hogar: carne tatemada, pescado salado, estiércol de caballo. Ir allá hoy fue como salir por fin a la superficie del agua y respirar. Tras un túnel de oscuridad que duró trece domingos.

Fuera del mercado hay puestos que venden cosas de cuero, teteras y todo lo imaginable para quien todavía tenga un par de monedas tintineando en su palma. Lo que no es comestible está fuera del mercado, y lo comestible dentro. Los afiladores de cuchillos con los largos brazos desnudos están en la entrada del pasillo de los carniceros. Los vendedores de ostiones empujan sus carritos llenos desde el muelle y usan delantales blancos. Al hombre del cilindro le falta una oreja y tiene un mono con una gorra azul que baila al son de su música. Las mujeres venden higos y rosas, huevos y salchichas, pollos y quesos, ristras de conejos pelados y hasta pájaros enjaulados como en el mercado de Coyoacán. Una mujer vende conejillos de Indias. Bull's Eye dice que aquí se llaman cerdos de Guinea. No tiene una buena explicación para aclarar el nombre, y está de acuerdo en que tal vez parecen más conejos que cerdos.

Esta mañana le dijo a la mayora de la cocina que necesita un ayudante para traer los encargos del mercado. Apiádate, le pidió Bull's Eye, pides más de lo que puede cargar solo un pobre tipo. La primera parada fue en la Compañía de Té Atlántico y Pacífico, a la que llama A&P, donde no solamente venden té. La dotación semanal de arroz, carne, harina, café y cincuenta cosas más para la Academia Potomac se mete cada sábado en cajas que se llevan a un carro tirado por un caballo. Las variantes semanales de la lista deben acarrearse personalmente, y los dependientes necesitan un muchacho que las ponga en las cajas. Lo demás se compra en otras partes del mercado. El muchacho de los mandados es Bull's Eye, y ahora su asistente es Pancho Villa.

Se tarda horas en llegar a A&P. En el camino hay tantas cosas buenas que mirar, perros que alimentar, amigos a quienes palmear el hombro. Hombres negriazules que vemos cuando abren una trinchera a lo largo de la avenida Pensilvania. ¿De dónde son?

—De África, pu's claro —es la respuesta de Bull's Eye.

—¿De África? ¿Desde tan lejos nomás para abrir zanjas?

—No, *lob*. Primero fueron esclavos. Antes de que Abe Lincoln les diera su libertad. ¿Qué nunca habías oído hablar de los esclavos?

—Tal vez. Pero no de estos. En México no había.

Un *lob* es un pendejo. Pero Bull's Eye contesta las preguntas que no pueden hacerse a los demás. Estos hombres oscuros no pueden comprar nada aquí, ni subirse al tranvía, y tampoco sus esposas, dice. Va contra la ley. Ni comer su almuerzo en un restaurante. Si uno de ellos necesita mear mientras cava la zanja de la avenida Pensilvania o tiene que beber algo, debe caminar dos millas hasta la calle Séptima para encontrar un restaurante donde le dejen tocar un vaso o usar el excusado.

Qué extraña costumbre. Que sean sirvientes o les paguen mal no es novedad. Todos los hombres ricos de México fueron sacados de sus cunas por sirvientes. Pero todos beben de la misma jarra de agua que llena el vaso del patrón y usan la misma bacinica, tibia aún con sus orines. En México a nadie se le ocurre que deben mantenerse separados los flujos de ambos ríos.

17 de abril

La escuela se cierra dos semanas durante las vacaciones de Pascua. Luego, prácticamente termina el ciclo escolar y vendrá el verano. Casi todos los niños van a sus casas, pero no todos. Algunos deben quedarse a clases especiales de matemáticas y para repetir la historia de Virginia con el sudor de junio. Vivir aquí, en un dormitorio que apesta a calcetín y no con Papá. Lo explicó claramente en la carta donde hablaba de ir a visitarlo cuando cierre la escuela en Pascua. Estaría suave, dice, una visita a tu viejo. Suave durante dos semanas, con eso basta, no todo el verano.

Aquí nada vale la pena salvo los sábados en el mercado con Bill Boorzai. El resto se reduce a flotar con los ojos entrecerrados a lo largo de la semana.

3 de mayo

Las explicaciones de Papá nunca mencionaban a una dama. Debe haber salido corriendo de su departamento para dejar el campo libre a la visita de Pascua. Papá, a escondidas, está compartiendo con una dama. Medias color de polvo cuelgan como telarañas del radiador del baño, y en el buró un tubo de labios parpadea como un chisme. ¿Por qué la esconde? ¿Acaso no está enterado de Mamá y sus cerdos? Debería escuchar algunas noches tras las paredes si cree que su hijo no está acostumbrado a los jolgorios de recámara y a los pleitos entre cerdos.

O tal vez su notación para las negociaciones bajaría si se sabe en México de la dama. Él y Mamá no están divorciados, por los papeleos mexicanos. «Divorcio»: lo pronuncia con sabor a sopa muy salada. Dice el nombre de ella como si jurara el de Dios en vano. A veces dice México, y la palabra no contiene absolutamente nada. Una pared sin un solo color.

5 de mayo

Viaje al museo con la Figura Paterna. El clima pasó de helado a ardiente, con un intervalo de cerezos floridos en medio. La gente del trolebús empuja con el crujido de trajes de lino blanco de los hombres, chicas vestidas de marinero y turbantes de fieltro. El olor del sudor es diferente aquí. Cortés también podría escribir sobre eso. Muy Excelsa y Excelentísima Majestad, el sudor de la gente del Norte tiene un hedor fragante. Tal vez por las muchas capas de tela. El traje blanco de Papá cuelga suelto desde los hombros, se marchita por instantes como las flores-luna del jardín de Isla Pixol.

Smith Sonian es el nombre del museo en un castillo de tabiques que contiene cuerpos muertos y rellenos de todas las especies de la naturaleza, menos la nuestra. ¿Por qué no también algunos humanos? Papá rió de esto, como si fuera el actor de algún espectáculo con público. Su humor ha cambiado. Ahora parece considerar a su hijo un chiste más que una ofensa grave. El museo tiene salas con objetos de Tenochtitlán y otros sitios antiguos de México, obras de arte fabulosas de oro que Cortés no logró llevarse. Pero ahora están en Washington.

En el camino de regreso hacia el departamento de Papá el trolebús pasó por un parque largo sobre una fila de bodegas y, luego, un espectáculo de lo más sorprendente: una ciudad de tiendas de campaña y barracas llenas de gente. Fuego para cocinar, tendederos con ropa de niños, como un pueblo mexicano de los más pobres, colocado a la mitad de Washington y rodeado por edificios de oficinas. Un letrero escrito a mano decía, CAMPAMENTO DE EXPEDICIONARIOS DE LOS BONOS. La bandera de Estados Unidos se multiplicaba, colgada sobre las chozas como ropa recién lavada, confundiéndose con la que acababan de lavar realmente. Las banderas están desteñidas por el sol, igual que los pantalones colgados hacia abajo. El tamaño del campamento era asombroso, un pueblo completo de pordioseros llegados a la capital.

—¡Qué conjunto! —espetó Papá entre los bigotes—. Han extendido su selva de vagos hasta el final de la avenida Pensilvania. Debo pasar entre ellos todas las mañanas, para llegar al trabajo.

Una mujer con un pañuelo en la cabeza alzó un bebé desnudo hacia el trolebús. El bebé agitaba los brazos. El tugurio no se parece a otras selvas donde los monos aúllan en un aire lleno de follaje.

—¿Qué quieren?

—¿Qué es lo que quieren todos? Algo a cambio de nada, pu's claro —en ese momento Papá hablaba como Bull's Eye.

—¿Y por qué hay tantos? ¿Y todas esas banderas?

—Son veteranos de guerra. O eso dicen, porque a los veteranos les corresponde un bono del ejército. Quieren su bono.

Hombres harapientos parados en posición de firmes cada tanto, como postes de cerca alrededor de la orilla del campamento que da hacia la calle. Veteranos de guerra, se les reconoce por la colocación de los pies y los hombros. Pero sus ojos ven el trolebús que pasa con aterradoras miradas de hambre.

—¿Han estado aquí toda la semana? ¿De qué viven las familias?

—Al parecer, de sopa de cuero de zapatos.

—¿Estos son los hombres que pelearon en Francia, con gas mostaza y demás?

Papá meneó de arriba abajo la cabeza.

—Estudiamos el Argonne. En Estrategia Militar. Fue terrible.

Otra afirmación con la cabeza.

—¿Y por qué no les dan su dinero, si pelearon en la guerra?

—Yo habría estado allí también, en Argonne —dijo justificándose de pronto—, si hubiera podido ir. ¿Tu madre te contó que no estuve en la guerra?

Tema al que debía sacársele la vuelta.

—¿Y qué se supone que es un bono de guerra?

Sorpresivamente, Papá sí sabía la respuesta: 500 dólares por hombre. Es cuentachiles del gobierno. Quinientos billetes a cambio de arriesgar la vida en la guerra, para poder comenzar otra. El Congreso se los había negado, decidieron pagarles el bono cuando ya fueran viejos. Por eso llegaron de todas partes, con ganas de tratar el asunto con el presidente.

—¿Y el señor Hoover tiene la intención de recibirlos?

—En absoluto. Si quieren hablar con él, es mejor que le llamen por teléfono.

14 de mayo

Ir con Bull's Eye al mercado la primera vez fue como el primer cigarro mañanero de Mamá. Ahora, cada minuto era un trozo de espera agitándose entre los minutos, rascando el pupitre, intentando pensar en otra cosa hasta el sábado. Vivir bajo la amenaza de no volver a ser invitado. Los viernes por la noche los niños hacen brotar una nube apestosa en las barracas al echar el contenido sucio de los cajones a sus mochilas y prepararse para el fin de semana. Y luego se quedan dormidos. Se escucha solamente el sonido de los grillos que cantan, una pálida rebanada de luz de luna. Una hora o dos para pensar: Billy Boorzai. ¿Me invitará mañana?

Qué importa. Uno puede estar en la biblioteca en paz, para variar, encontrar un buen libro. Mejor que la ajetreada calle K. Alcanzarlo cuando se abre paso a codazo limpio es casi peor que el fútbol. Tardamos muchísimo en llegar a donde vamos, Bull's Eye conoce a todo el mundo y no solo muchachos, también hombres de todo tipo. Y debe darse palmadas en el hombro con cada conocido que se encuentra, intercambiar insultos mientras su *cola* se le queda viendo como un perrito faldero. ¿Qué importa si me invita o no?

17 de junio

Las barracas se han vaciado, casi todos los niños pasarán el verano en sus casas. Fueron recogidos por sirvientes en elegantes carruajes o por madres en taxis tirados por caballos. Fue divertido ver quiénes eran ricos y quiénes no. Cuando los padres no están, aquí todos se portan como Majestades Imperiales.

Mañana comienza un trabajo verdadero, con paga. Bull's Eye le llama bucear perlas. Lavar platos en el Salón Tiradero. Papá lo arregló para que pagara el internado durante el verano. Pero esta tarde, nada que hacer en la barraca vacía excepto sacar todos los pantalones del casillero y volverlos a doblar. O sentarse en la cama con *La Odisea*. Hasta que la cabeza de Bull's Eye aparezca en la puerta. Todo orejas y sonrisa, un corte de pelo mordisqueado.

—Ei, ratón de biblioteca, ¿muy ocupado *perezoneando,* pues?

—¿Ocupado como para qué? —El libro se cierra de un golpe.

—Jugo de fideo y galletas con la señora Hoover. ¿Qué creías? Una excursión a pata.

—¿Calle K?

La sonrisa desaparece porque todo él desaparece. *La Odisea* puede abrirse de nuevo en cualquier página, da igual. Y luego regresa la sonrisa. El despojo de una familia en ruinas, muy complacido consigo mismo. Es doloroso, duele en las ingles tener tantas ganas de ver su sonrisa y de seguirla a alguna parte. Es urgente, como cuando Mamá tiene ganas de otro cigarro. Es así, también, como Mamá ama a los hombres. Debe ser así. Pero, en este caso, no debe ser así.

A Bull's Eye le gusta comentar al restregar las ollas del tiradero:

—Lo que no mata, hará que te mees en los zapatos.

28 de junio

El presidente Hoover le pidió al secretario del Tesoro una moneda de cinco centavos para llamar a un amigo.

El secretario Mellon le dijo: «Toma diez y háblales a los dos».

Según Bull's Eye, hay dos millones de estadounidenses sin chamba. La mitad son probablemente muchachos que no tuvieron ni siquiera la suerte de restregar ollas por tres ranchos y un catre. O granjeros. Los que reparan radios, los profesores, las enfermeras o los que terminaron su escuela y no tienen trabajo en ninguna parte. «Me parte el alma, de veras me la parte», dice Bull's Eye. Le sulfura el decreto de consuelo que aprobó el Congreso y que luego paró el presidente, porque era un asalto *inejemplar* al Tesoro Público. Eso decía el encabezado del periódico. Hoover dice que no hay crisis, solo depresión, y que en los tugurios todos sienten lástima de sí mismos. Si la gente sombría se sobrepone y sonríe, el desorden desaparecerá.

16 de julio

Solo veintidós muchachos toman cursos de verano, la mayoría vive en sus casas. En la larga barraca resuena el eco, solo Bull's Eye y Pancho Villa en las camas de los dos extremos, todas las demás están vacías. Se siente como un hospital tras una epidemia.

Bull's Eye tiene un amigo que vive en el campamento del Ejército de los Bonos, Nickie Angelino, de Pensilvania; es primo de su madre. A veces Nickie puede ser rastreado en la aldea de tiendas, otras no. Hay tantas ahora, kilómetros de personas. Y la gente que vive bajo cartones enchapopotados tiende a mudarse mucho. Sin embargo, todos los del campamento conocen a Nickie Angelino. Es famoso porque escaló las rejas de la Casa Blanca para dejar en el umbral de Hoover un regalo sin que lo arrestaran: sus medallas de Argonne y una foto de su familia. Angelino tiene una novia que dice que es su esposa, aunque se ve muy joven con su vestido delgado y corto. Para cubrir sus pechos usa un suéter raído y verde, hasta cuando hace calor. En vez de pañales, su hijo lleva trozos de camisa viejos y rasgados. Nació el mes pasado aquí, en el campamento. La muchacha no habla de eso.

Al llegar al campamento del Ejército Expedicionario de los Bonos lo primero es el olor: olores de cocina, olores de letrina. Puug. Un coscorrón propinado por Bull's Eye, por decirlo.

—¿Qué? ¡Apesta!

—Nada. —En el campamento, Bull's Eye se enoja pronto.

—¿Nada qué?

—Dices *puug*. Aquí hay cien mil hombres que sirvieron a tu patria.

—Mi patria es México.

—Púdrete.

—Está bien, sirvieron a nuestro país.

—Y aquí están sus novias y sus hijos, sin nada, no tienen adónde ir. Lo único que quieren es que el gobierno reconozca lo que les prometió. Y tú dices *puug*.

—Bueno, la mierda apesta aunque la cague un héroe.

—¿Sabes lo que dicen los periódicos? Que los que luchan por los bonos no se conforman con la pensión que ya han recibido, que es siete u ocho veces lo que les dan en otros países. El chingado *New York Times*.

—¿Qué pensiones recibieron?

—Ninguna. No les han dado ni un quinto desde que los dieron de baja.

—¿Cómo pueden decir eso los periódicos, si es mentira?

—Tarado. Si el presidente miente, ¿por qué no han de mentir ellos?

Bull's Eye frunce el ceño. Busca con la mirada a Nickie entre la multitud.

—¿Cómo puede negarse el gobierno a pagar, si le han servido?

—Tienen certificados de veteranos y se supone que los podían cobrar. Pero ahora resulta que tienen que esperar otros diez años, por la crisis bancaria. Cuando los embarcaron, ese no era el trato. Si el Congreso no puede pagarles a sus soldados, no debieron haber declarado la guerra a los malditos germanos.

—Vaya.

—¿Ves a esos dos detrás del camión de pan? Son los hombres del Ejército de Veteranos revisando los papeles de la gente que espera un pan gratis. De todos modos no echarían a nadie de aquí. Pero dijeron que ya llega al noventa y cuatro por ciento.

—¿Noventa y cuatro por ciento de qué? ¿Estás chiflado?

—Tarado. Ayer hablé con ellos. Es el número de los que están dados de baja en el ejército o la marina. O esposas de los hombres con expedientes. Uno de cada cinco está lisiado.

Bull's Eye decidió buscar por el barrio de las bodegas. Los hombres con familia están empezando a mudar para allá a sus gentes, ocupando los viejos edificios abandonados de ladrillo en la avenida Pensilvania. Banderas blancas y azules de ropa tendida cuelgan de casi todas las ventanas de las bodegas. Los niños salieron a las enormes puertas abiertas igual que los olores: cocina, col, interior de un zapato. La mirada de Bull's Eye sigue la carreta de pan por la avenida Pensilvania, con la esperanza de localizar a Nickie entre la multitud que se apretujaba alrededor del camión.

El pan lo mandan de una panadería de Nueva York, dice, un grupo de veteranos que todavía tienen trabajo se reunió y lo da sin costo. Y a pesar de eso, los periódicos dicen que estos hombres son «agitadores». Y ayudar a los agitadores no es patriótico. Si algún reportero se asomara hasta acá vería que no hay agitación. Salvo Nickie Angelino trepando una cerca para dejar una fotografía de su bebé.

Por fin, Angelino fue localizado con una hogaza de pan y su hijo envuelto; casi son del mismo tamaño. Trató de saludar pero, al parecer, hubiera tenido que soltar a uno de los dos. Bull's Eye se apuró a agarrar al bebé. Le gustan las historias de Nickie sobre fusiles y trincheras, gas y hombres que se quedaron ciegos en la guerra. El Argonne es una historia fantástica que todos estos hombres vivieron juntos y que, por fin, los condujo hasta aquí.

22 de julio

Ya pasó más de la mitad del verano. Pronto el Ejército Infantil regresará y volverá a tomar el lugar, haciéndolo ruidoso. Pero por ahora todavía es el campamento de dos vagabundos en ruta. Bull's Eye finge ser un vago, saca sus banderas de Hoover, es decir, voltea al revés los bolsillos. A veces se cubre en broma con periódicos, como si fueran un cobertor. Cuando hace calor se sienta en la cama sin ponerse nada, moviendo los músculos como un luchador, charlando la mitad de la noche, fumando los tabacos que saca del Tiradero de Oficiales.

Han pasado cinco días, hoy, desde la luna llena que desangra su sangre blanca en el cielo. C como Cristo. Nadie más, solo Bull's Eye sentado desnudo como Sally Rand, comportándose también como si fuera digno de ser visto. Ojos que se encuentran con otros ojos, sostienen la mirada mientras se apoya en la pared. La luz de la luna ilumina el humo sobre su cabeza, como una nube de tormenta. Su piel es una estatua de mármol en cada fragmento tocado por la luz. Todo menos los vellos de su pecho.

—¿Qu'estás viendo?

—Nada.

—Entonces regrésate a México.

—Claro, está bien. Verás que sí.

Bull's Eye mira fijamente:

—¿Cuándo?

—¿Qué te importa?

Vino y se sentó en la cama, sacó el tabaco de su boca.

—Fúmate esto. Marea, pero luego se siente bien.

—Bueno.

Pero el mareo ya estaba allí. Mareo y dolor. De ver todo lo que la luna se da el lujo de tocar.

25 de julio

Quedarse en el período siguiente depende de si se pasan los cursos de verano, Bull's Eye dice que debían pagarnos más por bucear perlas.

—Debíamos ir y marchar con el Ejército de los Bonos.

Bull's Eye se ríe:

—Díselo a Sweeney.

28 de julio

Hoy fue terrible. El fin del curso de verano debía ser un buen día, pero ocurrió lo contrario: hubo gente asesinada. Si alguien piensa que fue un buen día es que no puso atención. Tal vez golpeaban a alguien hasta sangrarlo, mientras otros desayunaban. Pasó justamente enfrente de nosotros. El calor era terrible en la calle K, pero Bull's Eye no paraba de gritar *apúrate* mientras se metía en lo más poblado del campamento. Los hombres parados en la parte de atrás de un camión de pan pasaban las hogazas a todas las manos, como en la Biblia. Las hogazas flotaban, de mano en mano.

El campamento ha cambiado de forma a lo largo del verano; comenzó en la orilla del río y creció hasta llegar a las bodegas de la avenida Pensilvania, donde hoy comenzó todo. Con Bull's Eye abriéndose paso hacia la lucha, como una polilla hacia la vela, no hay modo, pu's claro, de quedarse junto a él. Pero la polilla muere en la vela. Él sobrevive siempre. Gritaba como un loco que se iba a armar un verdadero zafarrancho. Mandaron al supervisor de la policía en una motocicleta azul para sacar al Ejército de los Bonos de las bodegas. Se supone que van a demolerlas para construir más templos.

Bull's Eye dice que Glassford está en el enjuague. Es el supervisor, y Hoover está que trina porque permitió que la gente llegara hasta las bodegas, para empezar, y ahora quiere que los saquen a todos a patadas. Algunas personas que estuvieron de guardia desde temprano por la mañana dijeron que ya habían llegado dos compañías de infantes de marina con cascos para sacarlos, enviados por el vicepresidente Curtis… ¡en trolebús! Y Glassford los regresó, dispuesto a todo, porque el vicepresidente no tiene autoridad sobre las fuerzas armadas.

—¿Y es cierto?

—¿Cómo voy a saberlo? ¿Me has visto juntarme con la clase gobernante?

Ahora el supervisor sudaba dentro de su uniforme con botones de metal, se quitaba el casco y se limpiaba la frente con frecuencia mientras hablaba con los hombres del Ejército de los Bonos. Su trabajo está en el frente. Pero esas familias resultaban ser un frente más terrible. La fila de descontentos crecía. Dos hombres de traje blanco llegaron en una limusina, también sudando, y confrontaron a Glassford, señalando el edificio. Bull's Eye empujó para quedar más cerca, y casi tira a un viejo con una canasta en el brazo. El viejo estaba que se lo llevaba el diablo, gritándole furioso a los policías: *¿Tú estabas en Argonne, compadre?* Era increíble que el viejo tuviera tanta fuerza en los pulmones.

Otras personas repitieron la protesta, gritando también: «Dejaron la vida y los cuerpos en Francia. ¡Los están echando como a perros!». Pero la mayor parte de la multitud permanecía en silencio, esperando a ver qué ocurría. Una bandera pintada en una sábana en la ventana del segundo piso pregonaba: DIOS BENDIGA NUESTRO HOGAR.

«Está bien, pues, nos vamos a la calle K», dijo de repente Bull's Eye, y nos enfilamos hacia el A&P. Por una vez su detector de disturbios le había fallado, y metía sacos de maíz quebrado en una caja de la trastienda cuando todo comenzó. Una mujer llegó corriendo a la puerta de entrada gritando que le había disparado al oficial Glassford y estaba muerto. Bull's Eye salió al galope. Las versiones cambiaban mucho conforme nos acercábamos al lugar: Glassford había muerto, no había muerto. Por fin habían ordenado que despejaran, y un ladrillo lanzado desde una de las ventanas de la bodega lo golpeó. Eso era lo que sucedía, gente hablando y corriendo hacia el lugar y un manicomio en la bodega. Como un río, las mujeres corrían hacia la puerta con niños y cacerolas a cuestas, muchas llorando y gritando. Algunos hombres del Ejército de los Bonos tirados y sangrando en la calle. Con disparos, tal vez muertos.

Bull's Eye parecía dispuesto a asesinar. Más hombres empujaban hacia el campamento principal del río, se habían enterado y llegaban corriendo con ladrillos para defender a sus mujeres y niños, mientras las tropas de Glassford contraatacaban con balas. Ni siquiera les daba vergüenza, mucha gente los vio, la multitud gritaba. Como Cortés y los aztecas: un bando siempre mejor armado.

A lo lejos sonaba una ambulancia, tal vez atascada. La multitud era ahora un océano, moviéndose de un lado a otro. Nadie podía entrar, lo único que avanzaba con velocidad eran los rumores: Hoover le había pedido a MacArthur que se fajara los pantalones, fuera con sus tropas para allá y terminara con el Ejército de los Bonos. La mitad de la ciudad quedó atascada el día más caluroso del año; las oficinas se vaciaban. Todas las miradas intentaban ver lo que les sucedía a estos hombres y mujeres. Parados en un escalón del edificio en ruinas, aferrados a lo único que les quedaba en la vida contra el vientre. Y cada comprador, hombre de negocios, curioso o estudiante sintió crecer el terror preguntándose lo mismo: ¿Adónde se van a ir?

Un rumor de protesta, como un trueno, parecía llegar de la calle.

Un niño voceador se aferró al ángulo del edifico al dar la vuelta y se lanzó contra la pared gritando con voz entrecortada: «¡Un tanque! ¡Las orugas de las ruedas hacen papilla el asfalto!».

Era un buen momento para irse, pero la huida era imposible. La parte de enfrente de la multitud comenzó a retroceder en la calle, empujándonos contra la ventana de la oficina de telégrafos, apretados entre hombres con sombreros de paja y secretarias con zapatos con tacones de aguja. Dos muchachas con sombreros *cloché*, uno blanco y uno negro, salieron de la puerta del telégrafo y dijeron: «Uy, ¿qué jaleo es este?». La gente que se desparramaba desde los edificios no tenía adónde ir, daban vueltas en la calle frente a los Manifestantes de los Bonos.

Entonces llegó la caballería, los cascos resonando en la calle. Era el comandante Patton. Tal vez llegó antes que los tanques de MacArthur, porque los caballos podían pasar entre los automóviles embotellados en la avenida Pensilvania. Los caballos retrocedían y caminaban de lado, asustando a la multitud. Los jinetes llevaban largos sables, sostenidos en alto por la mano derecha. Tras ellos llegó un destacamento marcando el paso.

«Uy, oye», dijo otra vez la muchacha con el sombrero blanco. Aparecieron las bayonetas, agitadas sobre las cabezas de la multitud. La gente se apretó todavía más sobre el edificio mientras pasaban los tanques comiéndose el pavimento con las orugas. Los Manifestantes de los Bonos estaban alineados enfrente, en la calle, perfectamente plantados. Las mujeres se movían con los niños en brazos, pero todos los hombres estaban en posición de firmes, pues eran soldados a fin de cuentas. Saludaron al portaestandarte de caballería, y un niño harapiento en hombros de un adulto izó su propia banderita en el aire. Una mujer de la multitud de observadores lanzó un grito agudo que todos corearon: *¡Tres vivas para nuestros hombres que lucharon! ¡Viva! ¡Viva! ¡Viva!*

Los jinetes de Patton avanzaron y cargaron contra la multitud.

Todos se agacharon o esquivaron, la muchacha del sombrero blanco gritaba, caminando de lado con sus zapatos blancos y picudos, apuñalando con los tacones como cuchillos, y todos tropezaban. «Sácala, rápido», dijo Bull's Eye, ayudando desde su lado a jalarla por los codos, pero parecía estar plantada en la calle. Un hombre cayó sobre ella, otro contra el hombre, y hubo un choque y amasijo de secretarias y cuentachiles. Con las manos empujando contra la pared de piedra del telégrafo, era posible lograr ponerse de pie nuevamente. Bull's Eye comenzó a nadar a codazos *hacia* la calle, mientras todos presionaban hacia atrás y llegó el momento de separarse de Bull's Eye. Resultaba difícil respirar entre la pared de piedra y la presión de los soldados. Sobre el mar de cabezas y sombreros podían entreverse a trechos los caballos, blandiendo las hojas de los sables contra cualquier cosa que estuviera debajo de ellas.

Contra *la gente*. Fue una conmoción. Estaban golpeando a los hombres y mujeres del Ejército de los Bonos con sables de vainas afiladas como navajas.

Alguien avanzó hacia el grupo más cercano con la cara ensangrentada, la carne de la mejilla cortada y el hueso relumbrando. La multitud del frente bramaba una y otra vez; hacia atrás, solo se podía adivinar y temer la causa. Los hombres de la caballería gritaban todo el tiempo que despejaran, y la multitud respondía: *Shame! Shame!* ¡Qué vergüenza!, hasta que se convirtió en el estribillo. El Ejército de los Bonos había enlazado los brazos para hacer un cerco en la calle de enfrente, y la caballería lanzó sus animales contra la línea, quebrando huesos. La multitud aullaba, los gritos acompañaban cada carga de los jinetes contra la carne.

Bull's Eye volvió a aparecerse de pronto.

—Ven.

—No podemos pasar. Estoy hecho puré.

Bull's Eye dio un empujón a la puerta de la oficina de telégrafos y salió. Como si un mago pasara una pañoleta a través de un anillo, abrió paso para ambos entre el nudo de personas hasta la oficina. La gente atrapada en el interior volteó a ver, todos con caras sorprendidas.

—Atrás, por el callejón —gritó Bull's Eye, pero nadie más lo siguió mientras serpenteaba entre escritorios y empleados hacia el baño, trepó a un radiador y abrió de golpe una ventana. Fuera, el callejón estaba sorprendentemente vacío. Montes de desperdicio y cajones de lechuga podrida, la casa de al lado debía de haber sido un restaurante (una peste peor que ninguna otra). A ninguna otra persona se le había ocurrido escapar del zafarrancho por esa ruta. Bull's Eye siguió hacia el sur con trote agitado.

—La escuela es para el otro lado.

—Cierto —dijo sin cambiar de dirección.

Una peste quemadora comenzó a superar el olor del restaurante.

—Dios —graznó Bull's Eye—, es gas. Apúrate, por acá o nos funden.

La gente entraba en el callejón con las manos sobre la cara, llegando desde el río. Lo que siguió fue una visión de la ceguera misma, una sensación exactamente igual a la de intentar respirar agua de mar. Como nadar hacia la cueva, aguantar la respiración tanto tiempo como fuera posible. Cada bocanada de aire sabía a veneno. La gente pisoteaba los montones de basura y los montones de gente. Un niño voceador se enroscó como un feto sobre su gran pila de periódicos, de pronto convertida en noticias caducas.

—Apúrate —dijo Bull's Eye—, no está muerto. El gas no mata.

La cara de Bull's Eye estaba morada como un hígado, de sus ojos manaban ríos de lágrimas, pero aún se movía con un ritmo que no era fácil seguir. Una ambulancia entró en el callejón y la gente la despedazó. Entre dos edificios apareció un cuadro de la lucha: un soldado de infantería sacando de su cinturón una botella azul, destapándola y transformándola en niebla.

29 de julio

Salió todo en los periódicos de hoy. Sentado en su cama, Bull's Eye lee sin decir palabra, pasándolos cuando termina la sección.

El hospital Gallinger lleno a reventar con las bajas. Cualquiera de los Manifestantes de los Bonos que logró llegar al puente de la calle Once se reunió con los del campamento de la orilla del río. El señor Hoover ordenó que las tropas pararan en el puente, pero MacArthur «no podía ser distraído con nuevas órdenes», así que montó las ametralladoras en el puente y encabezó una columna de infantería contra el campamento del otro lado del Potomac. Echaron antorchas encendidas a los hogares de tela y cartón. Exactamente como dijo Cortés, muy apenado de quemar personas: pero como a ellos les pesaba mucho más, determiné quemarlas.

Era vergonzoso leer los periódicos, sentir tal deseo de saber cada uno de los terribles detalles de la masacre. Cómo avanzó la artillería sobre el campamento de la ribera, destruyendo el tugurio hecho con cajas de fruta, tela de gallinero, chozas de cartón con chapopote y las tiendas de tela color mugre. Dios bendiga nuestro hogar. Allí deben haberse hincado las familias, rezando para que ocurriera cualquier milagro que el Dios del puño más cerrado les había negado.

Las familias del Ejército de los Bonos habían plantado semillas en su campamento. Bull's Eye las había señalado cada sábado:

las matitas de maíz brotando en surcos junto al Potomac. Cómo nos gustaban. Hacían que el campamento se pareciera a México. Un pueblo real, donde la gente puede vivir y comer. Los niños hambrientos esperaban esos elotes, ya casi maduros: tras meses de engrudos, unos elotes tostados en las brasas. Pensar que los caballos de MacArthur lo habían pisoteado a propósito: no puede explicarse por qué un pequeño detalle como ese hacía que se humedecieran los ojos.

Bull's Eye no se acostó cuando apagaron las luces. Apareció escondido en la enfermería, sentado y agachado al lado de una cama, fumando. Con más periódicos.

—Mira esto. —Lo aventó.

El castigo por merodear después de que apagan las luces es severo, pero la enfermería estaba desierta. Un último extra: ayer por la tarde las llamaradas del campamento de Anacostia se elevaban hasta quince metros en el aire y se propagaron a los bosques circundantes. Fueron necesarias seis compañías de bomberos para que el fuego no alcanzara otras propiedades. Desde las ventanas de la Casa Blanca el presidente observó un destello inusitado en el cielo hacia el este, y declaró que MacArthur tenía razón cuando procedió al desalojo. En su opinión, el Ejército de los Bonos estaba formado por comunistas y personas con antecedentes penales.

El editorial elogiaba a MacArthur por salvaguardar el erario público: La nación es esquilmada por personas como estas que ofenden la más elemental decencia.

—¿Por qué dicen los periódicos que son criminales?

—Fueron tratados como criminales —replicó Bull's Eye—.

Por lo tanto, la gente debe considerarlos como tales. Los periódicos dicen lo que quieren.

De nada sirve leer más, pero es difícil evitarlo. El último extra tenía fotos. Una página de sociales. Mientras los soldados rociaban gasolina en las barracas, los encopetados hacían un crucero de yates por el río, viendo a MacArthur salvaguardar el erario público. Una tal señora Harcourt tuvo que recibir atención médica tras presenciar cómo un niño pequeño recibía un bayonetazo en la parte inferior del cuerpo. El senador de Connecticut Hiram Bingham fue zarandeado violentamente en la calle, frente a la bodega, cuando intentaba salir de su oficina. Sus heridas eran muy leves, pero recibieron el mismo espacio en los periódicos que todo lo demás junto, incluidos una mujer del campamento de Anacostia que se quedó ciega porque le lanzaron a la cara gasolina encendida y los veteranos de Argonne que murieron por balas disparadas por su propio país. Una docena de niños sufrieron fracturas de huesos o cráneo. Dos bebés murieron por inhalar gas.

—¿Crees que alguno de ellos sea el de Nick?

Bull's Eye seguía con la cara volteada.

—Por el amor de Dios —dijo—. Una bomba de gas cuesta lo que cien hogazas de pan.

NOTA DE LA ARCHIVISTA

El diario subsecuente no está a disposición del lector, ya que fue destruido en 1947. Esta nota es una intrusión, por la cual me disculpo. El cuaderno fue quemado una tarde de septiembre, cuando comenzaba un aguacero, en un cubo de metal para chapopote del exterior de la casa. El señor Shepherd observaba desde una ventana del segundo piso. Fui yo misma quien llevó a cabo la incineración.

Se trataba de un cuaderno delgado, de papel a rayas, y encuadernado en tela de algodón con el rótulo «Potomac Academy» grabado en la pasta, de los que se hacían para los alumnos, probablemente en grandes cantidades. Este cuaderno, en particular, fue utilizado como diario en 1933. No es de mi incumbencia expresar opiniones acerca de dicha incineración. Soy mecanógrafa. Pero él expresó claramente que no deseaba que dicho diario viera jamás la luz pública. Ni ninguno de los otros escritos personales, en honor a la verdad. Sentía aversión por la publicidad. Incluso cuando fue juzgado tan adversamente. Se solazaba en decir: «Dios habla por el que calla». Y lo sostuvo. Tras todo lo ocurrido, ignoro cómo lo lograba.

De esta suerte, ningún reclamo sobre la pérdida del «Potomac Academy» de 1933 procede de él. El cuaderno contenía algo que lo mortificaba, por lo cual decidió suprimirlo. Más adelante expresó la misma preocupación respecto a todos los demás cuadernos. Pero este, en particular, lo eligió antes de entre todos los libritos y páginas que conservaba en un anaquel de su estudio, encuadernados en estuches con asas. No intentaré aclarar por qué un hombre escribe páginas que no desea que otros vean y menos aún por qué las conserva tan bien encuadernadas. El único sitio donde permitía que vieran sus palabras era en libros publicados con su nombre en el lomo: HARRISON SHEPHERD. Y el lector podría considerarse su amigo al cerrar alguno de ellos. Muchos lo consideraron tal. Pero nunca permitió que apareciera su fotografía en las solapas para prohijar dichos sentimientos. A pesar de ser un hombre bien parecido, de pelo negro y rasgos romanos, de 1,95 de estatura aproximadamente. No tenía ninguna deformidad física, como se ha dicho. Solamente su elevada estatura era poco común.

Pero algunos tal vez ni siquiera han oído hablar de él, ni saben por qué deberían conocerle hasta leer esto.

Así pues, el cuaderno fue quemado. Las personas que estudian documentos antiguos tienen un nombre para este tipo de ausencias, de piezas que faltan: les llaman *lacuna*, en latín. Un hueco en la historia. Y este realmente ha desaparecido, falta y no será encontrado más tarde en un baúl, como el primero —pequeño y encuadernado en piel— que finalmente salió a la luz. El cuaderno quemado de la Academia Potomac probablemente describía sus amistades y acontecimientos hasta 1934, cuando abandonó la escuela a mediados del último ciclo, previo a su graduación. No lo leí antes de entregarlo a las llamas, de manera que no estoy encubriendo ningún escándalo. El señor Shepherd contaba que había conseguido que su carrera académica fuera un desastre, pero no añadía nada más. Regresó entonces a México a vivir con su madre, quien había terminado su relación con un norteamericano y trabajaba como costurera en una tienda de ropa de Coyoacán. El señor Shepherd y su madre vieron ahondarse sus desavenencias. Consiguió emplearse nuevamente con el señor Rivera, donde comenzó como yesero. A fines de 1935 recibía un salario como integrante de sus servidores domésticos.

Algunos de los escritos de su período en la Academia Potomac sobreviven: son páginas mecanografiadas que describen escenas de batallas y diálogos utilizados posteriormente en su novela *Vasallos de Su Majestad* (1945). Respecto al diario, fue su deseo expreso borrarlo de la faz de la tierra. Poco tiempo después, manifestó el mismo deseo de viva voz y en pleno uso de sus facultades respecto a los demás diarios, reunidos ahora en este volumen.

No lo aclaré al principio, pero lo hago ahora. Si quien lee esto es de quienes piensan que debe honrarse siempre la última voluntad de un difunto, sin la menor enmienda, sea ahora justamente advertido. Si considerase que es mejor o más generoso, abandónese este libro sin proseguir su lectura.

VB

TERCERA PARTE

San Ángel y Coyoacán
1935-1941
(VB)

Instrucciones para hacer empanadas dulces

Pueden ser triangulares o enrolladas como caracoles; van rellenas. La masa se hace igual en ambos casos: harina flor con manteca y una pizca de sal. Se baten las yemas con un poco de agua fría (tantos huevos como conceda Olunda) y se incorpora el líquido al centro de la montaña de harina, como un lago en un volcán. Exactamente como se prepara el yeso.

Se extiende la masa hasta formar un cuadro del tamaño que permita la plancha entera de esta cocina, tan chica que bastan dos hormigas en el azúcar para que el lugar se encombre. Se corta la masa con un machete limpio, en cuadritos del tamaño de un pañuelo. Se pone una cucharada de relleno a cada cuadro y se doblan a la mitad formando triángulos. Al carajo el cuadrado de la hipotenusa. Se rellenan con lechecilla o con piña. Para la lechecilla se calienta un litro de leche con una poca de azúcar y rajas de canela. Se baten siete yemas con maicena y se añaden a la leche, un chorrito continuo cuando suelta el hervor. Se menea hasta sentir entumido el brazo para que la mezcla amarilla quede muy espesa.

Para hacer el relleno de piña se cocina la fruta con miel de piloncillo y anís estrella.

Otra manera de hacerlas es extender el relleno de piña sobre la masa, luego se enrolla hasta formar un tubo largo y se corta en rodajas en forma de caracol. Se rellenan de piña. Los caracoles no pueden hacerse con la lechecilla porque se chorrean todas.

En una casa normal, se hornean. Pero cuando se trata de una casa supermoderna ideada por un cretino, se llevan a la de al lado, que es la posada San Ángel Inn. Montserrat, una de las cocineras, recibe las charolas en la puerta de atrás para hornearlas allá y, cuando están listas, manda a avisar con una de las muchachas del hotel.

Esas son las instrucciones. Si el jefe tiene apetito de elefante y cocina de insecto, esta es la receta para conservar la chamba. Debe hacerse todo puntualmente, hasta la última recomendación: «Escribe la receta mi'jo, por si te vas, igual que ella. Eres el único que sabe cocinar como mi esposa».

No sabe que ella no cocinaba, sino las sirvientas, desde el principio, cuando vivían todavía en casa de sus suegros. Luego se cambiaron para acá y ella mandaba traer la comida a escondidas del San Ángel Inn.

Candelaria es el ángel de las jaulas que vi hace años caminando deprisa detrás de su patrona en el mercado Melchor. Ya llevaba varios días trabajando aquí, pero no era seguro que se tratara de la misma sirvienta. Su cara no se olvida. Piel tersa, porte de muchacha provinciana y pelo que le llega hasta las corvas. Olunda la obliga a trenzárselo y recogerlo, dice que es más seguro y más limpio. Su patrona, la Reina Azteca, ya no está aquí, pero Candelaria se quedó.

¿Habrá casa más fea que esta en todo México? *Funcionalismo*, arquitectura tan fea como una cerca hecha de estiércol. Pero lo mejor de la casa es la cerca: una hilera de órganos que rodea el patio, sembrados tan cerca uno del otro que solo se ven cuarteaduras de luz entre los cactos. Desde el piso de arriba se ve el hotel del otro lado de la vereda y el campo donde pastan unas vacas. San Ángel está a dos paradas de camión de la orilla de la ciudad y a una de Coyoacán; sin embargo, un campesino trabaja aquí su milpa con un azadón de fierro que parece haberse forjado hace millones de años. Cuando el pobre viejo se detiene para descansar y levanta la vista, está obligado a mirar este estropicio moderno de vidrio y cemento pintado. Parece como si el hijo de un gigante hubiera dejado sus cubos cuando lo llamó su madre, sin terminar el juego, todo su tiradero sobre la calle de Altavista.

Dos bloques: uno grande de color rosa y otro más chico azul, separados, con cuartos amontonados unos sobre otros, atornillados con una escalera curva de cemento. El bloque más grande de color rosa es el reino del Pintor, y su estudio en el segundo piso no está tan mal. Tiene un ventanal del tamaño de un lago, toda una pared de vidrio que da hacia los árboles del vecino. Las duelas del piso son amarillas, como el sol sobre la cara. Da la sensación de que aquí se puede ser feliz. Todo lo demás parece encajonado, cerrado.

El bloque azul más pequeño estaba destinado a la pequeña esposa. A los sirvientes solo se les permite subir hasta la cocina (no vale la pena ni la subida). Los cuartos de la Reina, en el piso de arriba, fueron clausurados como criptas tras su partida. «Dios mediante —opina Olunda—. Apuesto que no regresa, ya verán. Si vuelve, me como un perro vivo. Fue después de haber sorprendido al Maestro desbraguetado, como de costumbre, pero esta vez ¡montaba a la cuñada!»

Qué extraña pareja. ¿Por qué vivir en casas separadas si son marido y mujer? Un puentecito de por medio con barandales de tubos rojos que unen los dos techos. Se ve desde el hotel de la calle de enfrente. *Tontería* funcionalista. *Él* es quien come, y la cocina está del lado de *ella*. Si se logra cocinar algo, debe bajarse por una escalera que parece el interior de una oreja, salir al rayo del sol, cruzar un patio de grava y volver a subir por otra oreja de cemento hasta llegar a donde está parado el Maestro con los pantalones fajados por encima de su enorme panza de globo, esperando a que lo ceben.

Ahora nos avisa que ella regresa, y quiere recibirla con empanadas, budines y enchiladas tapatías. Nunca ha puesto sus enormes patas en la cocina; si no, se hubiera dado cuenta de que es como hacer enchiladas en una cáscara de cacahuate. Mezclar yeso era más fácil. Pero vivir con Mamá no. Así es que tendrá sus enchiladas.

30 de noviembre

¡Cuídense de Olunda los perros, porque la patrona volvió, a pesar de todo! Regresó con sus muebles y cajas de extrañas colecciones a los cuartos que están arriba de la cocina. Fue una proeza pasar la cama por la escalera y los umbrales de cemento angostos sin romper los muros hechos con bloques de vidrio para tragaluz. Candelaria y Olunda subieron a ayudar y bajaron muertas de susto. Juran que trajo un mono como mascota. Se esconde para lanzarse encima de quienes suben la comida. Olunda sacó su catre de la salita de abajo de la cocina porque la patrona quiere que allí esté el comedor. De cualquier manera, Olunda prefiere dormir en el cuartito de planchar del sótano. El mono es lo de menos. El temperamento de la pequeña reina es como el de Mamá.

El lugar más seguro es tal vez el área de servicio, al otro lado del patio, aunque debe compartirse con César Flatulencias. Dice que esta casita nunca se planeó para los sirvientes: lo pusieron en el rincón del patio originalmente destinado al automóvil. Pero el Pintor decidió dejar el coche en la calle de Altavista para que el chofer pudiera dormir aquí. Dice que el arquitecto no planeó cuartos para el chofer y los sirvientes porque es comunista, como el Pintor. Olunda está de acuerdo. Dicen que debía ser una casa revolucionaria, sin lucha de clases ni cuartos para sirvientes porque no creen en la servidumbre de lavanderas y cocineras.

Eso creen, en teoría, pero no es cierto; en lo que de veras creen es en la ropa limpia, los pisos bien barridos y las enchiladas tapatías.

4 de diciembre de 1935. Audiencia con la Reina

Estaba en su trono, la silla en la cabecera del comedor de caoba. Lograr meter los muebles de sus padres en el cuarto, trastero incluido, fue una hazaña. Las viejas sillas labradas son tan grandes que parece una niña, los pies le cuelgan bajo la falda plisada, columpiándose sin tocar el suelo. Estaba de pésimo humor, estornudaba envuelta en un rebozo rojo y garabateaba nombres en una libreta donde pretende llevar un control de gastos y donde apunta los cuadros vendidos por su marido. Es otra de las cosas que le expropió a Olunda cuando llegó. En su libreta están todos los nombres de los empleados y la cantidad que se les paga, incluido el del nuevo ayudante de cocina.

—Já-rri-zon Chépjar. —Se le atoró en la garganta como espina de pescado—. ¿De veras así te dice la gente?

—No muchos, señora. Suena mejor en inglés.

—¡Lo dije en inglés!

—Perdón, señora.

18 de diciembre. *Segunda audiencia con la Reina*

Todavía está enferma, en cama. Olunda dice que a sus veinticinco años tiene más achaques que si tuviera noventa. Ahora son los riñones y una pierna. Sin embargo, se sienta apoyada en cojines y está ataviada como una novia india: blusa de holanes, labios pintados, aretes y al menos un anillo en cada dedo, la cabeza coronada con pelo y listones trenzados. Pero aun así parece medio muerta, mirando las ventanitas en lo alto del muro. Su cuarto es apenas más grande que su cama, parece un cajón de cemento.

—Perdone la molestia, señora. Olunda mandó traer los platos del almuerzo.

—Hizo bien en mandarte a ti, le da vergüenza su mugre jocoque. —Alzó la vista—. Olunda la Rotunda. ¿Todavía le dicen así?

—Nadie que viva para contarlo, señora.

—¿Cómo puede estar tan gorda con semejantes guisos? Mírame a mí, me falta apenitas nada para desaparecer.

—Pan frito con miel. Su secreto son las torrejas.

Hizo un gesto de duda:

—Y tú, flaquito, ¿cómo te llamas?

—No le gustó la primera vez. Cuando lo apuntó en su libreta.

—Ah, de veras. Mierda, eres ese. El impronunciable. —Pareció despertar, enderezándose un poco. Cuando mira, sus ojos parecen dos tizones bajo el hogar de sus impresionantes cejas—. ¿Y cómo te dice Diego?

—¡Muchacho, más yeso! ¡Muchacho, súbeme el almuerzo!

Se rió. La imitación era buena: sus ojos, el modo de abrirlos mucho, la manera de empinarse cuando grita.

—¿Así que le das de almorzar yeso a Diego?

—Nunca, señora. Palabra de honor. Me contrató al principio para hacerle la mezcla, y luego, hace meses, me trajo acá para que trabajara en la cocina.

—¿Por qué?

Ladeó la cabeza como una hermosa muñeca saliendo de los cojines. Una entre muchas, por cierto. El librero de atrás de la cama está repleto de muñecas de porcelana y de trapo. Y, como ella, todas están vestidas para asistir a una fiesta que promete ser de lo más rumbosa.

—Le gustan mi pan dulce y mis blandas, señora. En general, soy bueno con la masa. Los ayudantes me decían Pancito Dulce.

—¿Logras hacer blandas en esta casa? ¿En la estúpida cocinita de «fuego eléctrico»? Has de ser hijo de Dios. Dile a Olunda que te deje al frente de todo.

—Se lo tomaría muy a pecho.

—¿Qué te parece la cocina?

Una pausa para adivinar lo que se debía contestar. La casa le gusta mucho al Pintor, como todos saben, y una respuesta errónea podía ser fatal. Era como volver a la Academia, solo que con un oficial distinto.

—Todos opinan que es una casa notable, señora.

—Y también opinarían que la mierda de caballo huele a rosa, si se trata de quedar bien con el culo del caballo.

—¿Y cuál es su opinión, señora?, si permite la pregunta.

Frunció el ceño al mirar la pared blanca, la ventana de metal.

—Bauhaus —dijo, como si ladrara dos veces—. Es horripilante, ¿verdad? ¿A poco entras en esa cocinita?

—Igual que usted en su baño. Es del mismo tamaño, está justamente debajo.

—Pero ¡tú eres del doble de mi tamaño!

—Si se para uno en medio de la cocina, puedo tocar las cuatro paredes.

—El pendejo de Juan O'Gorman. Se cree la gran caca moderna. No sé en qué estaban pensando Diego y él. Parece un hospital. —Gesticuló con la palma de la mano cuajada de anillos—. ¡Y las escaleras! Para cruzar a donde está Diego se supone que debo treparme a ese pinche puente y salir por la ventana, subir escaleritas, como un cirquero, por fuera de la casa. Ah, qué la chifosca. Estaría pendeja para petatearme por su culpa, chulito. ¿Quién eres? Dímelo de nuevo. Te juro que voy a tratar de acordarme.

—Harrison. Shepherd.

—Válgame Dios. No creas que te voy a decir así. Repíteme, ¿cómo te dice Diego?

—Pancito Dulce.

—El equipo es muy llevado con los ayudantes. Te consta. Pero

Já-rrizon, ¡francamente! Suena como si te acogotaran. ¿De dónde sacaste ese nombre?

—Era un presidente, señora.

—¿De dónde? De algún lugar donde les falta el resuello.

—De Estados Unidos.

—¡No te digo!

Otro país que hará sentir rencor. La madre patria, la tierra paterna. Y solo hay dos. Mejor callarse y apilar los trastes en la charola. Dos minutos más tarde César y Olunda se pelearán las sobras de los platos.

—¿Así que eres de Gringolandia?

—Sí, señora, allá nací. Ciudadano a medias, por parte de mi padre. Luego mi madre me mandó a estudiar allá, pero no funcionó.

—¿Por qué?

Examen final y un último intento por resarcirme:

—Me corrieron de la escuela.

—*¿De veras?*

Salió bien. Ahora adelantaba los moños para escuchar mejor. Todas las muñecas me miraban.

—¿Y por qué te corrieron, chulito?

—Un escándalo.

—¿Por qué?

—Con otro estudiante.

—Otro estudiante, *y*... —El suspenso era mayúsculo.

—*Conducta insólita.* Irregular. Señora, no puedo decir nada más. Me echaría a la calle si supiera los detalles.

Se cruzó de brazos y sonrió:

—Así voy a decirte: Insólito.

Examen: pasé con la calificación más alta. El premio: un aliado posible en esta casa espantosa.

5 de enero de 1936

Después de meses en cama, subsistiendo de aire y plátanos manzanos, la Reina se ha levantado. Bajó llena de moños y volantes como oaxaqueña el día de su santo para reclamar su legítimo lugar en esta casa, para terror del personal. Anunció que mañana vendrían a cenar cien personas, a la fiesta de Reyes. Luego dijo: «La verdad nomás vendrán dieciséis, pero cocinen para cien, por si acaso». Chalupas, flautas, tacos, gaznates y macarrones. El comedor es el único lugar donde Candelaria y Olunda pueden sentarse a picar verdura sin sacarse los ojos una a otra. Y la rosca: la patrona comenzó a gritar cuando se acordó: «Dile a César que saque el coche y que te lleve a la ciudad a comprar una, de seguro ya se acabaron todas en las panaderías de San Ángel». Pero Candelaria le dijo que ya teníamos una.

—Este muchacho las sabe hacer.

La señora se quedó de una pieza, como si hubiera llegado a su casa un pescado con delantal.

—Insólito, tal y como dije. Eres un bicho de lo más raro. ¡Un chamaco que sabe hacer rosca!

—Bicho raro, sube a traerme un traste —ordenó Olunda, entornando los ojos. Se había resistido, desde el principio, a que se hiciera la rosca. (Mucho trabajo. Poco espacio.) Luego se obstinó en que no había un Pilzintecutli para ocultar en la masa. Cuando Candelaria regresó con una figurita de porcelana del baúl donde se guardaban cosas, Olunda cedió. El niño Dios mismo le llevaba ahora la contra.

Es un año nuevo en una casa volteada al revés. La patrona cuelga banderas de papel brillante en las ventanas estilo Bauhaus, abochornando a la casa, que parece una muchacha simple con demasiado maquillaje. Adorna con claveles rojos la cabeza de los ídolos aztecas de su marido, convirtiéndolos en adoratorios, y pone la mesa como los curas preparan su altar: tiende el mantel blanco de encaje, de Aguascalientes, que saca reverentemente del aparador; coloca platos azules o amarillos bendecidos por la punta de sus dedos, luego los cubiertos de su abuela Kahlo. Para terminar, flores y frutas apiladas como una escultura en el centro de la mesa: granadas, plátanos, pitahayas elegidos todos por su forma y color. Terminaba de hacer los arreglos esta mañana cuando el mono se coló y robó los plátanos. La señora aulló, pequeña como es, y lo persiguió con una vara de mimosa que usaba como centro de mesa: «¡Niño majadero!».

El diagnóstico de Olunda es que ese niño peludo es el único al que puede aspirar la señora. Tras seis años de casada solo se ha quedado embarazada dos veces, y en ambas ocasiones el resultado fue sangriento, uno en un hospital gringo y el otro aquí. Dicen que es por el accidente en el tranvía de hace años, que le dañó sus partes de mujer y «es demasiado terrible para hablar de eso», aunque Olunda y Candelaria siempre lo hacen. Según sus cuentas, en los dos últimos años ha tenido dos abortos, cuatro operaciones, treinta consultas médicas y un gran soponcio por la aventura de su esposo: rompió gran parte de la vajilla de Talavera antes de marcharse. Le tomó todo el año pasado perdonárselo:

—Y eso es solamente la aventura con Cristina, sin contar a las que no son de la familia. Oye, ¿y cómo le haces para que la masa brille así?

—Se barniza con mantequilla derretida y luego con clara de huevo.

—Mmm. —Olunda cruzó los brazos sobre la cordillera de su pecho.

—¿Dónde vivía la señora antes de regresar para acá?

—Un departamento en Insurgentes. Candelaria a veces tenía que ir a limpiarlo. Dame esos higos secos, mi'ja. Cuéntale del desorden, Candi, era todavía más difícil limpiar allá que acá.

—Por la pintura —explicó Candelaria.

—¿Él pintaba en el departamento?

—No, ella.

—¿La patrona Rivera también pinta?

—Si se le puede llamar así. —Olunda deshebraba pechugas para las chalupas, renegando mientras lo hacía, cobrándose viejos rencores con las gallinas.

Candelaria dijo que una vez fue al departamento de la señora y encontró un cuadrado de hojalata cubierta de sangre.

—Creí que se había cortado al ponerlo en el atril, o que había matado a alguien. A su marido, para el caso. Pero entonces la señora se sentó con sus pinturas rojas, chiflando y poniéndole alegremente más sangre al cuadro.

—Ya estuvo con el chismorreo —dijo Olunda, quien a todas luces estaba celosa por no haber podido presenciar por sí misma la escena—. Candi, tienes que pelar esa cubeta de jitomates, y tú, Bicho Raro, quiero ver que piques cebollas hasta que te salgan lágrimas del fundillo.

2 de febrero

Ocho clases de tamales para la fiesta de la Candelaria. Hasta César recibió órdenes de ayudar. Amenazó todo el día con renunciar, pues alega que es chofer, no peón de las mujeres. Está enojado desde octubre porque tiene que compartir su cuarto con un Bicho Raro, y ahora lo obligan a ponerse un mandil: pronto el mundo se va a voltear al revés. El Pintor dice que lo lamenta, pero así están las cosas, Frida manda en la casa. «Además, viejo camarada, te estás haciendo viejo para manejar, así que mejor te vas acostumbrando al peonaje.» Es cierto, ayer César se perdió cuatro veces camino de la farmacia. La patrona le llama el general Vueltachueca.

Este cuaderno le molesta todavía más que los delantales. Le llama «el espionaje». Es categórico, y apaga la luz al papel y a las plumas. Pero casi todas las noches, para cuando se han limpiado, secado y guardado los trastes, ya ronca como una ballena. El espía puede trabajar aquí, a menos que la ballena salga de su estupor. Es como si se estuviera de nuevo con Mamá en la casa chica. *Apaga esa pinche luz antes de que incendies la casa.*

19 de febrero

Candelaria no se acuerda del día en que llevaba a su espalda una jaula con un perico en el mercado Melchor. Dice que debe haber sido cuando apenas había llegado del pueblo y vivían en la casa de la calle de Allende. El Pintor y la Patrona la contrataron de recién casados, y vivían en la casa de los padres de la señora. Candelaria no se acuerda de los pericos ni de por qué los compraron ni de cuánto tiempo vivió la pareja en el lugar del jardín fantástico antes de que construyeran su propia casa. No podría decir si le gustaba más allá. Parece que se le olvida casi todo. Es el secreto para sobrevivir las tormentas de la servidumbre con los Rivera.

2 de marzo

La señora está pintando un cuadro en su pequeño estudio junto a la recámara. No es tanto cochinero, usa un trapo bajo la silla. Al final del día parece haber llovido azul, rojo y amarillo. Ella misma limpia sus pinceles y espátulas, cien veces más limpia que el Pintor, quien tira todo al suelo y lo pisa con sus botas de minero. Pero Candelaria y Olunda se niegan a subirle el almuerzo, alegando que tiene peor humor cuando pinta. Nunca dice gracias porque su vida está hecha de sobrevivencia, no de gracias, según dice, y a los sirvientes se les paga por lo que se les pide. Hoy exige chiles rellenos, más pigmento azul y, sorprendentemente, consejo.

—El cuadro se ve bien, señora. —Cuando alguien pide consejo, es lo que espera escuchar—. Va bien, hasta ahora. Lo veremos terminado para fin de mes.

—¿Lo veremos? —Mostró una sonrisa fiera y rápida de gato que se presenta ante otro gato—. Como dijo la mosca, parada en el lomo del buey en el campo: «Andamos arando».

—Disculpe.

—Está bien, Insólito. Si alguien me dice que está horripilante le voy a contestar que lo pintamos «nosotros».

En el cuadro hay personas flotando, unidas por listones. Preguntó:

—¿Te gusta el arte? ¿Siquiera lo entiendes?

—No mucho. Las palabras, sí. Esas sí son hermosas. Poemas y cosas por el estilo.

—¿Qué estudiaste en la escuela?

—Cosas horribles, señora. Estrategia Militar y Psicomotricidad. Era una academia militar.

—Dios mío, pobre escuincle. Pero no lograron hacerte esclavo, ¿o sí? A veces todavía te meas fuera de la bacinica.

—¿Perdón, señora?

—Te he visto allá abajo, en el comedor, cuando les lees el periódico a las muchachas. Cambias los encabezados para hacerlas reír. Tus insurreccioncitas. —Aún estaba enfrente del cuadro, hablando sin voltear. ¿Se anunciaba un despido?

—Es solo para pasar el rato, señora. Con todo y eso, cumplimos con el trabajo.

—No te preocupes. Yo también soy revoltosa. Estoy de acuerdo con las insurrecciones. ¿Adónde te mandaron a la escuela? ¿Chicago o algo por el estilo? ¿A uno de esos lugares helados?

—A Washington, D. C.

—Ah, al trono del imperio de Gringolandia.

—Más o menos. A las milpas de las afueras del trono del imperio. La escuela estaba entre granjas y campos de polo.

—¿Polo? ¿Qué clase de milpa es esa?

—Un juego. La gente rica juega béisbol montada a caballo.

Bajó su pincel y volteó.

—Qué locura. Los ricos de Estados Unidos ni siquiera saben gastarse bien el dinero. —Se asomó entonces a los platos del almuerzo, inspeccionando los chiles rellenos—. No les importa dar las grandes fiestas mientras la gente que está afuera se muere de hambre en la calle. Y ni por esas, ¡las porquerías que dan en las fiestas! Viven en casas puestas una sobre la otra como huacales de gallina. Y sus mujeres parecen nabos. Y cuando se emperifollan, nabos vestidos.

—Es cierto, señora. México está mejor.

—Ah, también a México se lo está llevando la tostada. Los gringos le roban un cachito cada semana. Y cambian la belleza del campo y de nuestros indios por el último adefesio de moda. Nomás les falta cambiar los magueyales por canchas para béisbol a caballo. Yo creo que no tiene remedio. El pez grande se come al chico.

—Sí, señora.

—Escuincle, no me vengas con tu «sí, señora». Me choca.

—Perdón. Lo que dice es cierto. Mi madre es mexicana, y lo único que siempre ha querido es vestirse como una dama de Estados Unidos y casarse con hombres estadounidenses.

Alzó las cejas:

—¿Con *muchos*?

—Bueno, uno a la vez. La verdad es que solo lo logró en una ocasión, con mi padre. Los otros se le escaparon como peces resbalosos.

Se rió sacudiendo la cabeza llena de moños como una bandera ondeando. Ella nunca se convertiría en un nabo.

—Insólito, deberías asomarte por aquí más seguido para que haya vacilón.

—Olunda me trae con el mecate muy corto, señora.

—Deja de decirme señora. ¿Cuántos años tienes?

—Veinte. Los cumpliré este año.

—¿Ves? Casi somos de la misma edad, yo tengo veinticinco. Frida a secas y de tú. César me dice así, y tú también puedes hablarme así, no es un crimen de Estado.

—César es como su abuelo.

Ladeó la cabeza:

—¿Me tienes miedo? Nomás eres penoso, ¿verdad?

—Tal vez.

—El problema es que tienes sangre de atole. No eres ni mexicano ni gringo del todo. Eres como esta casa, Insólito. Una persona doble, hecha en dos cajas.

—Tal vez sea cierto, señora, Frida…

—En casa de tu madre, el gusto por la belleza y la poesía. Y sospecho que pasiones secretas. Por el lado gringo, una cabeza siempre pensando para sobrevivir.

—Cierto, tal vez. Excepto que mi casa es apenas una cocina. Y muy chica, por cierto.

—Pero en la cocina de tu casa rige el sabor a México. Gracias a Dios.

4 de marzo

Nuestro Señor Jesucristo todavía no resucita. ¿Que cómo lo sabemos? Olunda reniega de un día más con comida de vigilia. Pero es de las mejores: caldo de habas, papitas en salsa verde, frijoles refritos. Hoy, a la hora de la comida, el Pintor insinuó que necesita más muchachos en su equipo de yeseros, y la patrona lo regañó: «Sapo-rana, pero fíjate en lo que comes, deberías darte por enterado de que es aquí donde necesitamos a tu yesero». Así le dice, luego se levanta, va hacia él y le besa la cara de sapo-rana. Son la pareja más extraña. Y a fin de cuentas, ¿por qué guardan la vigilia si son comunistas?

Los reporteros de los periódicos andan locos con el nuevo mural del Pintor en Bellas Artes, y sus reportajes queman. Está repitiendo el mural que hizo en Estados Unidos y causó tanto escándalo que tuvo que destruirse antes de ser terminado. Tal fue el susto de los gringos. Y espantar a los gringos convierte a cualquier mexicano en héroe. Todas las noches llegan a la casa artistas con pintura de dos colores en el pelo todavía y se arriman por montones a la mesa donde cenan los Rivera. Escritores, escultores, mujeres atrevidas con mucho maquillaje que luchan por el voto y estudiantes a los que se les nota que esperan el día de San Juan para bañarse, como los leprosos. Algunos ya no están en edad de ser estudiantes, así que es imposible saber lo que hacen (si es que hacen algo). Y un japonés con ropa de gringo que vino a México para hacer un mural en el nuevo mercado.

El único lugar donde se pueden lavar tantos trastes es el cuartito de planchado de debajo de las escaleras. Desde el patio, se les oye toda la noche bebiendo hasta que llegan a un acuerdo, como los hombres a los que acostumbraba recibir don Enrique, pero este grupo quiere echar a todos los petroleros estadounidenses. La señora grita: «¡México para los mexicanos! ¡Los mexicanos para México! ¡Las dos consignas de nuestra revolución!». Todos echan la cabeza para atrás, bebiendo tequila a la salud de México.

Esta noche el Pintor ha explicado, para que lo escucharan los sirvientes que intentan pasar por detrás de las sillas de los comensales para sacar los platos de la cena, que esta era una famosa frase de Moisés.

—Señor Rivera, ¿México sale en la Biblia?

Pobre Candelaria, a veces el Pintor se burla de ella. Tal vez en más de una forma.

Otro Moisés, le explicó. Moisés Sáenz, en 1926.

Diez años de Revolución tal vez no han salvado a todos los niños de México, pero al menos nos libramos del Papa y del Renacimiento italiano.

—El Renacimiento tenía lo suyo —sostiene la esposa.

—Francamente, Friducha. ¿Para qué queremos tanto querubín gordinflón revoloteando?

Es que ella, de hecho, está pintando ahora querubines. Parecen niños malcriados con alas. Nunca parece satisfecha con lo que pinta, y dice a solas: «Ay, Dios, esto es una porquería. Qué mierda. Este me salió pinchísimo». Candelaria ni se le acerca. Junto al Museo de Palabrotas de Mamá, la señora Frida podría construir una pirámide.

En cambio, tiene absoluta confianza en su marido. Siempre les dice a los invitados: «A la chingada con los demás pintores. Diego *es* la Revolución Cultural». Aunque algunos de los invitados se encuentren entre los maldecidos. Una vez dijo en su estudio: «Es grande. Que no se te olvide, cuando creas que tienes enfrente a una rana gorda que no recoge los pantalones del suelo. Su obra es lo que cuenta. Hace lo que nunca nadie había hecho antes». Tal vez escuchó quejarse a Olunda. Las voces se cuelan en esta extraña casa de cemento.

Dice que a los mexicanos les cuesta trabajo reconocerse en la historia porque son muchas naciones diferentes: toltecas, aztecas, mayas, oaxaqueños, sonorenses peleándose unos con otros desde el principio. Por eso los europeos y los gringos pudieron entrar pisoteándolo todo. «Pero Diego puede agarrar a todos esos pueblos diferentes y meterlos en una *patria* mexicanizada —dice—. Eso es lo que pinta en los muros, de tal tamaño, que ya no se pueda olvidar.»

Y sus palabras explican mucho. Por qué es tan reconocido y por qué algunas personas quisieran despedazarlo; no solo los gringos, sino también muchachos mexicanos con sombreros tejanos que no quieren que nadie les diga que nacieron entre las piernas de mujeres indias. Hace que la gente sienta. Qué emocionante ha de ser contar la historia de la Raza en colores tan atrevidos y sin pedirle perdón a nadie: indios que salen de la historia hasta el presente, todos en fila y con la nariz en forma de L, marchando por delante de Cortés hasta un punto de fuga en el futuro.

9 de abril

El presidente Cárdenas coincide con los invitados a las cenas de Rivera: ya es hora de echar a los petroleros. El petróleo mexicano para el pueblo mexicano, ya. Los periódicos dicen que, a partir de ahora, los obreros solo tendrán que trabajar ocho horas y habrá reparto de utilidades. Cárdenas incluso corrió a Calles, el Jefe Máximo, patrón de todos los presidentes mexicanos desde que el mundo es mundo. Ahora podrá disfrutar más que nunca la compañía de sus amigos negociantes gringos porque el presidente mismo lo mandó arrestar y lo metió en un avión para Nueva York. «Qué buen tipo, ese Cárdenas —dijo Olunda—, casi todos los demás se conforman con asesinar a los rivales.»

Es también un día de liberación para los peones de la cocina de Microscopia. La señora quiere una gran fiesta de Pascua, y decidió hacerla en una casa normal con una cocina de verdad: la casa de su padre en la calle Allende. Es donde vivían antes, cerca del mercado de Coyoacán, con el patio de selva. Ordenó a César que llevara allá a los sirvientes para que empezaran a hacer la comida del sábado, con ayuda de la vieja ama de llaves y dos muchachas. La mesa del comedor estaba llena de periódicos, el Pintor todavía recibe mucha correspondencia allí. Los demás rogaron que se les entretuviera con una lectura dramatizada mientras cortaban mil jitomates. Candelaria tiene un corazón blando, pero Olunda prefiere vehículos en las barrancas de Orizaba, por lo que las lecturas de cocina siempre requieren negociaciones. El personal doméstico de la calle Allende es un público más benévolo: la vieja Perpetua parece sorda, y las dos muchachas se ríen de todo: *A su llegada a la ciudad de Nueva York, Calles declaró a los reporteros: «Me echaron de México porque encontraron mis pantalones y mis carteras en el cuarto de una puta de la avenida Colón».* Candelaria y las muchachas chillan y se ríen bajito.

La patrona Frida apareció en la puerta, sin que nadie se lo esperara. Olunda soltó el tenedor que usaba para machacar los aguacates y se tapó las orejas carnosas con las manos. Las muchachas de la casa preparaban los nopales sin alzar los ojos.

—Me preocupa su ignorancia —le espetó la señora—. Este es un día histórico, léeselos correctamente.

—Sí, señora.

Se quedó allí parada, esperando.

—A su llegada a la ciudad de Nueva York, el antes Jefe Máximo dijo a los reporteros: «Fui exiliado porque me opuse a los intentos de crear una dictadura del proletariado».

—Muy bien, síguele.

Giró y salió para atender a su padre, dejando que el proletariado de la cocina se empapara de las noticias reales de ese día. La Cámara de Diputados del estado de Chiapas, en respuesta a las demandas del Sindicato de Obreros Indígenas, ha votado un aumento salarial para todos los obreros cafetícolas de ese estado. En un discurso oficial ante el Congreso, el presidente Cárdenas afirmó: «En la nueva democracia, los trabajadores organizados tendrán participación real en la conducción política y económica de nuestra nación».

Los ojos de Olunda iban con rapidez de los aguacates a la puerta, del periódico al traste. Soñaba, tal vez, con un sindicato de machacadoras de aguacates.

19 de abril

La patrona tuvo una recaída de sus problemas de espalda, una infección en los ojos, cálculos renales y una aventura con el escultor japonés. Eso dice Olunda, pero parece casi imposible. ¿A qué horas? Pero Candelaria tiene pruebas: la última vez que le abrió la reja al japonés, el Pintor bajó por las escaleras de caracol corriendo, pistola en mano. El escultor ya no es bienvenido en ninguna de las dos mitades de la casa doble.

22 de abril

La señora se fue con todo su equipaje al hospital, llevándose pinceles y muñecas. Hoy mandó decir que también necesitaba chiles rellenos, así que el Pintor envió al hospital el almuerzo con los sirvientes de sexo masculino. Tal vez para ver si merodeaba por allí el japonés, intentando amoríos con una mujer encorsetada en yeso. César se perdió dos veces por el camino y luego se quedó en el coche durmiendo la siesta, y así reponerse para el viaje de regreso.

—Insólito —gritó desde su cama de hospital—. Mira a tu pobre Friducha, toda dada al cate, muriéndose. Pásame la canasta.

Hoy usaba solamente la mitad del contenido del cofre de piratas, pero llevaba el pelo arreglado como siempre. Debe tener a sus órdenes a enfermeras y camilleros del Hospital Inglés.

—¿Pasaron por casa de mi padre para llevarle algo de comer?

—Claro. El señor Guillermo le manda todo su cariño.

—Ahora que se murió mi mamá, va a morirse de hambre. Era la única que lograba que las sirvientas levantaran las nalgas.

Sacó sus servilletas y sus cubiertos, arreglando su cama para comer con el mismo cuidado con el que ponía la mesa en la casa.

—Con todo respeto, señora, el ama de llaves es la misma que consiguió mantenerla viva durante su infancia.

—Precisamente por eso. Es una antigüedad. Es la ruina arqueológica del lugar.

—Todo está bien en la calle Allende, no se preocupe. Perpetua contrató a dos nuevas sirvientas, Belén y otra. Hoy estaban plantando azucenas en el patio.

—¡Azucenas! Lo que la casa necesita son composturas por todas partes y una buena mano de pintura. Yo le pondría azul añil con guardapolvos rojo. ¿Qué novedades hay por la casa? —preguntó atacando los chiles. Para estar moribunda, tenía un excelente apetito.

—¿Para qué quiere enterarse?

—¿Qué dices? ¿Diego ya metió a una lagartona en mi lugar?

—Ah, no, nada de eso. La misma gente llega a diario, en la noche.

—¿Los pintores?

—Los escritores y los de teatro, sobre todo.

—Los Contemporáneos. Ah, niño, tienes razón, mejor ni enterarse. Villaurrutia con su *Nostalgia de la muerte*. Ándale pues, muchachito, órale, tómate el veneno y déjate de cuentos. Creo que anda enredado con Novo, a los dos se les da la cuzquería. Y Azuela, tan taciturno.

—¿Mariano Azuela? ¿Es él? ¿El de *Los de abajo*?

—Ese. ¿No se te hace taciturno?

—Es muy buen escritor.

—Pero es un cínico, ¿no se te hace? Mira, fíjate en Demetrio, el de *Los de abajo*. ¿Qué clase de héroe es? Pelea en la Revolución y no tiene ni idea de *por qué*. ¿Te acuerdas de la parte donde su esposa le pregunta por qué luchan?

—Claro. Echa una piedra al barranco.

—Y se quedan allí paradotes, como un par de mensos, mirando la piedra que rueda montaña abajo.

—Es una escena muy conmovedora, señora Frida. ¿O no?

—Si eres la piedra, a lo mejor. A mí me gustaría pensar que lo que nos mueve en la historia es algo más que la fuerza de gravedad.

—Pero la gravedad nos está ganando. Mire usted lo chaparrita que es.

—No es chiste. Te lo advierto, Soli. Ten cuidado de que no se te enfríe el corazón. Los escritores mexicanos son cínicos y los pintores son idealistas. Toma mi consejo y, cuando quieras un vacilón para divertirte, invita a los pintores, no a los escritores.

Ladeó la cabeza como un gato que examina un ratón antes de comérselo:

—Pero… tú eres escritor, ¿qué no? Escribes por la noche.

Cómo se enteró de eso. Ahora lo prohibirá.

—Páginas y páginas. Al menos eso es lo que dice César. Cuenta que pareces poseído.

No habrá confesión.

—Y me parece que también estás *muuuy* interesado en que Villaurrutia y Novo se acuesten con muchachos y no con muchachas, ¿a poco no?

Ninguna.

—Que conste que no te estoy acusando de nada.

—No, no hay secreto, señora Frida.

—Qué montón de mierda. Siempre me dices señora cuando echas mentiras. A ver, dime, ¿cómo van las cosas en la radionovela *Los de Kitchen*?

—Igual, Frida. Somos nomás sirvientes chiquitos y aburridos.

—Soli, tú no eres ni chiquito ni aburrido. Tarde o temprano tendrás que confiar en mí, como un alma herida delante de otra. Piénsalo, Soli. Consúltalo con tu almohada.

4 de mayo

Una visita a Mamá, para llevarla a La Flor a celebrar su cumpleaños. Estaba despampanante, como siempre, con su vestido violeta y un *cloché* de lana teñido para hacer juego. Su nuevo plan es ganarse el corazón de un contratista del gobierno, ingeniero de Estados Unidos. Dice que está «de muy buen ver». Y de buen matrimonio también: se conocieron cuando fue a la tienda de vestidos a comprar un regalo. No es para la mujer, sino para la amante. «Ex amante», le llama Mamá esperanzada.

—Qué aleccionador, Mamá. Nunca te arrienda la competencia.

—¿Y tú qué? La semana pasada vino a la tienda esa muchacha. Rebeca, la que te conté, la amiga de la babosa que llevaste a las Posadas el año pasado. Rebeca me parece cien veces más bonita. Tuviste suerte de que la otra sonsa te plantara, era apenas un tentempié. La amiga está muy bien, por si quieres que te diga.

—No quiero que lo digas.

—Rebeca. Esa sí. Apúntalo, mi'jo, al menos haz como si estuvieras interesado. ¿O voy a tener que pagarle a una puta para meter una mujer en tu pinchurrienta vida?

—Pinchurrienta vida, pero llena de mujeres. Gracias de todos modos. Una más y revienta, como granada muy madura.

—Una mujer en tu cama, quiero decir.

—La casa está regenteada por una mujer en la cama. Completamente.

—Me exasperas, mi'jo. Esta Rebeca es lista como tú, figúrate. Quiere ir a la Universidad, pero por el momento es costurera. ¿Fue a verte? Le dije dónde trabajabas; pero claro que no le dije que en la cocina. Le conté que eras algo así como secretario. Con intenciones de ser abogado. No es mentira decir que tienes la *intención*.

—Volvamos a *tu* vida amorosa. Es más entretenida.

—Más vale que mejore pronto, para serte franca. ¡Cuarenta! Mírame nomás, hecha un vejestorio. —Se cubrió la cara con las manos. Luego espió porque ya había llegado su ensalada de sandía— Y tú, ¡ya casi veinte! Increíble.

—Medio vejestorio.

—¿Y qué va a hacer para sus veinte años, señor?

—Muy probablemente cocinar. La señora cumple años el mismo día. No lo sabe.

—Escúchame: si vamos juntos a algún lado, no se te ocurra decir que eres mi hijo, ¿oíste? Mira nomás, ¡un *hombre*! ¿Cómo pudiste hacerme eso? Ya estuvo, señor. Hoy en día, los hombres quieren crías y pollas tiernas, no gallinas cluecas.

Había abandonado a los petroleros, esa inversión ya no redituaba. Don Enrique lo había perdido todo con la nacionalización. Mamá contó que la hacienda de Isla Pixol fue expropiada y entregada a la gente del pueblo para que la conviertan en granja comunal. Transformaron la casa en escuela.

—Pues está bien. La escuela rural estará bien dotada de libros, cuando menos.

—Estás de su lado, ¿verdad? Mozo chico de los rojillos.

—El propósito de una ley de expropiación es la restitución, Mamá. Quiere decir que don Enrique o su familia deben haberles robado su tierra a los del pueblo, para empezar.

—Pero ¿a poco la usaban? Tal vez tu Leandro sea ahora el presidente de la comunidad y ya esté aprendiendo a ponerse un par de zapatos.

—¿*Mi* Leandro? Tenía esposa. Era el único hombre allí que tenía esposa.

—Ah, me matas. Pobre Enrique, al viejo le leyeron la cartilla, ¿o no? ¿Te imaginas la escena cuando sacaron al gran señor de su propia casa? ¡Y a su madre! ¡Jesús crucificado!, debe haberse necesitado un ejército. —Mamá tomaba bocaditos de su ensalada de sandía.

—Juntarte con gringos ha mejorado tu inglés.

—Para lo que me importa. Enrique y su familia pueden irse al carajo, que te quede bien claro. Más claro ni el agua.

—Y para que también te quede claro a ti, Mamá, lavar trastes de los rojillos no te convierte en rojillo. No es infeccioso, como la gripe.

—Solo te estoy vacilando. Me quedaría con un rojillo, en dos patadas, si fuera famoso y tuviera esa cantidad de dinero. La noviecita del artista es una tipa con suerte.

—Pues fíjate que la noviecita es su legítima esposa.

—¿No te digo? Pero qué corriente, toda emperifollada como una india. No es la Garbo, ¿cómo tuvo tan buena suerte?

—A él le gusta cómo se viste, son nacionalistas.

—Ay, sí. —Meneó la cabeza.— A mí se me hace que parece tamalera.

—Antes preguntabas qué clase de hombre las seguiría. En Isla Pixol, ¿te acuerdas? Pues ahora ya lo sabes.

—Oye, ¿traes un tabaco? —Tomó un cigarro, y lo prendió empujando el almuerzo sin terminar. Pobre Mamá, viviendo todavía entre una bocanada y la siguiente. Se quitó una hebra de tabaco de la lengua y anunció—: Una tamalera nunca sale de tamalera.

De nada sirvió recordarle su locura temporal de aprender la

sandunga. Si ahora las tamaleras están de moda en el México nacionalista, Mamá calculaba que pronto perderían la carrera frente a crías y pollas. La concurrencia vespertina de La Flor mermaba, pero ella seguía echando ojeadas al patio, siempre alerta.

—¿Y qué pasó entonces con don Enrique? ¿Anda pidiendo limosna por la calle?

—Ah, por Dios, no. Está viviendo en otra de sus casas. En los campos petroleros, por allá por la Huasteca. Enrique siempre fue capaz de sacar dinero de algún lado. A pesar de cómo se quejaba de lo que gastábamos.

Se inclinó hacia adelante y miró con sus grandes ojos por debajo de su sombrero acampanado, y allí estaba de pronto: la otra Mamá. La muchacha traviesa que conspira para atraer al niño:

—No te preocupes por don Enrique, mi'jo, Dios les da dinero a los ricos porque, si no lo tuvieran, se morirían de hambre.

1 de julio

La cantidad de dinero de los Rivera no ha de ser tanta como cree Mamá. La señora Frida tuvo que ingeniárselas para pagar su fiesta de cumpleaños: hizo el retrato de la esposa de un abogado y se lo vendió a él. La fiesta será en la calle Allende para que quepan todos, porque invitó a tres cuartas partes de la República, mariachis incluidos. Van a venir los pintores y los escritores taciturnos. Olunda está frenética. Escabeche de pollo, puerco y nopales en pipián, mole poblano. Camotes molidos con piña. Ensalada de jitomate y berros. Manchamanteles de costillitas de puerco y tomate. En el último momento también quiere camarones y manitas de puerco a la vinagreta. Tal vez la señora tenga que pintar retratos de los invitados y vendérselos a la salida, para pagarle al carnicero. Un cumpleaños número veinte muy ajetreado le espera al cocinero.

14 de julio

Limpieza general. Ocho cuadros amontonados en el estudio de la señora Frida se guardan en la bodega que está del lado del Pintor. Un cuadro muy hermoso de sus abuelos, uno muy raro de ella y el mono, y el sanguinolento del que nos habló Candelaria, de cuando vivía en el departamento de Insurgentes. Cada título debe anotarse en una libreta antes de que se los lleven arriba: el retrato sangriento de la muchacha apuñalada se llama *Unos cuantos piquetitos*. El cuadro viene de la historia de un hombre de la zona roja, que le dio veintiséis puñaladas a su novia. Y cuando llegó la policía y la encontró muerta, dijo: «¿Cuál es el problema? Solo le di unos cuantos piquetitos». Salió en todos los periódicos. La señora dijo: «Insólito, ¿te sorprende que la gente compre esas cosas?».

¿Se refería al cuadro o a la historia del hombre?

5 de agosto

Quienes llegaban a cenar con pintura en el pelo tienen ahora un nombre: Sindicato de Trabajadores Técnicos, Pintores y Escultores. Cuando se retiran los platos traen una máquina de escribir de la oficina del Pintor y comienzan un periódico en la mesa del comedor. El escritor a cargo, el señor Guerrero, era un pigmentista del equipo cuando pintaba el mural. Lo discuten todo: ¿Qué es mejor, el arte o la filosofía? ¿Arte de caballete para los burgueses o murales públicos? ¿Qué es más nacionalista: el tequila o el pulque? Los sirvientes lo escuchan todo, es mejor que cualquier escuela. Hoy discuten cómo derrotar al fascismo en España. México se opone al fascismo, aunque los gringos y los ingleses creen que un tipo firme como Franco es justamente lo que se necesita para enderezar a ese país. Un viejo amigo de los Rivera está allá ahora, peleando al lado de los españoles.

Pero David Alfaro Siqueiros era raro. Un tipo que encuentra pleito, haya o no haya guerra. Cuando acostumbraba venir a cenar, Olunda sacaba un crucifijo y decía: «Dios mío, no pongan la talavera buena, antes del postre quedará hecha pedazos». Rivera dice que es un artista de pistola, hace murales con pistola de aire y pintura de avión. Siqueiros llama a Rivera comunista de altos vuelos, porque le hacen encargos los gringos y los barones rateros. Luego Rivera contesta: «Mira a tu amigo Stalin si quieres ver al Barón Ratero Máximo», y es entonces cuando la talavera peligra.

Realmente el pleito entre los dos es otro: cuál de los dos es mejor pintor. ¿Siqueiros o Rivera?

19 de agosto

La señora toda la semana en el hospital; parece muy grave. La llevaron otra vez al Inglés. El trecho para llevarle la comida es largo. Hoy, de regreso, le trajimos al Pintor el almuerzo al Palacio de Bellas Artes, donde retoca el mural que hizo, porque metieron cables eléctricos en la pared. Es la recreación del que hizo en Nueva York y que tanto asustó a la gente de allá. El verano pasado los yeseros hacían apuestas: tenía monstruos con cabezas de diablos o algo peor. Al verlo ahora, es difícil imaginar qué les resulta tan amenazador. Tal vez obreros negros y blancos juntos. En Estados

Unidos tienen baños separados. Pero el Pintor dice que no, que fue la cara de Lenin, líder de la Revolución Proletaria. Los de la cuadrilla de yeseros son otros, no los del año pasado, así que ahora nadie reconoce a Pancito Dulce. Desapareció ese nombre. A veces el pasado puede borrarse.

25 de agosto

La señora Frida está todavía en el hospital. La casa es a la vez caótica y aburrida, con el lado azul regido por un mono que trepa por las escaleras en espera del regreso de su patrona. Se cuelga con una mano del barandal de la escalera, rascándose las nalgas. El Pintor, en su casa de al lado, hace más o menos lo mismo. Ella es el centro de todo.

29 de agosto

El Pintor trabaja como desquiciado en su estudio. Candelaria se niega a llevarle la comida o a limpiar el estudio si él está allí, por razones que no dice. Una razón aceptable sería que parece como si un perro gigante hubiera entrado en el cuarto tras haberse hartado de calcetines, pintura, pantalón y lápices y hubiera vomitado por todas partes.

Limpiar a su alrededor no es cosa fácil. El hombre ocupa mucho espacio. Parece que está pintando paisajes. A diferencia de su esposa, no pide opiniones sobre su obra a los sirvientes. Interroga. Ayer:

—¿Desde cuándo has estado en la casa?

—Todo el día, señor. Mi cama está en la cocherita, compartida con César.

—Eso ya lo sé. Y antes eras parte del grupo de yeseros, te decían Pancito Dulce. Lo que te estoy preguntando es cuándo llegaste a San Ángel.

—Viviendo aquí, desde octubre, señor. Antes de eso, pidieron que viniera dos veces en verano, cuando hacían reuniones y necesitaban otro cocinero. El contrato de tiempo completo fue desde que despidieron a la muchacha, Olunda me recomendó. Tal vez ya se arrepintió.

—¿Y eso por qué?

Una pausa.

—Modestia aparte, mi pan es mejor que el de ella. Y además, la actitud general de Olunda ante la vida es como de un contrato del cual se arrepiente.

—Ya te entendí. Con eso basta por ahorita.

Pero hoy se lanzó a un segundo interrogatorio todavía más directo:

—Tu nombre es Shepherd y eres extranjero, ¿no?

—Solo a medias, señor. De madre mexicana y de padre gringo.

—¿Vive en Estados Unidos? ¿Qué hace?

—Rastrea el dinero en una oficina del gobierno. Construcción y mantenimiento de carreteras.

—Bueno. ¿Y eres de confiar o no?

—Qué pregunta tan difícil, señor. Si se responde que sí sería cierto en los dos casos.

La respuesta pareció gustarle, sonrió un poco.

—Medio gringo no quiere decir de confianza a medias, señor Rivera. Su casa es generosa y estimulante. Ningún trabajador podría pedir más.

—Pero los obreros siempre piden más, en todo momento. Tengo entendido que eres escritor.

—Señor, ¿de dónde saca eso?

—De una persona llamada César.

—¿Él?

—Dice que garabateas todas las noches. ¿Le pasas informes de nosotros a alguien?

César es un chismoso persistente.

—No es eso, para nada. Solamente un diario de tonterías de cocina y cuentitos. Aventuras románticas que suceden en otros tiempos. Nada de importancia. Lo que escribo no es para que lo lea nadie.

—César dice que escribes en inglés. ¿Por qué?

—Con todo respeto por su viejo camarada chofer, ¿cómo sabe que es inglés?

El Pintor lo pensó:

—¿Para que no lo lea nadie incluye a César?

—Usted entiende la necesidad de tener intimidad.

Su cara de sapo se agrandó, sin remedio.

—Le estás hablando a un hombre que embarra su alma en las paredes de los edificios públicos. ¿Cómo quieres que te entienda?

—Bueno, señor, no. Pero piense en el arte como lo ve su esposa, como algo para ella misma. Es más de ese estilo. Y, claro, mis cuadernitos no son arte, no hay comparación. Lo que ella hace es muy bueno.

—No te espantes, no voy a correrte. Pero debemos comenzar a tener cuidado con la seguridad. No podemos tener un espía entre nosotros.

—Claro que no. —Una pausa larga. Es claro que no se debe preguntar por qué. ¿Desea estar más seguro, algo personal?—. Sobre el inglés, señor. Es una costumbre, desde la escuela. Nos enseñaron a usar máquinas de escribir, lo cual es muy cómodo, hay que reconocerlo. Pero no tenían teclados en español. Así que lo que empezó en inglés debe seguirse en inglés.

—¿Sabes escribir a máquina? —Parecía bastante sorprendido.

—Sí, señor. Cuando pedí una máquina de escribir en español, el oficial de la escuela me dijo que ninguna máquina de escribir, en ninguna parte, tiene más que los tipos que se usan en inglés. Pero no es cierto. La que dejan a veces en la mesa del comedor sí los tiene.

—Esos gringos, qué creídos.

—Ese era el problema en la escuela. No se puede avanzar en una historia sin acentos y sin eñes. Si comienzo la historia del señor Villaseñor que reflexiona sobre su experiencia en el baño a lo largo de los años, termino con el tipo repasando en el *bano* la experiencia de sus *anos*.

El Pintor se rió, echándose una pincelada de azul en la gran panza. Olunda prodigará unas cuantas maldiciones a los pantalones. El gran sapo tiene una risa maravillosa. Eso debe de ser lo que les gusta a las mujeres, además de su cantidad de dinero. Su cara no, de seguro. Pero su júbilo, su manera de entregarse por completo. Como dijo, un alma embarrada en los muros.

El sospechoso fue liberado del cuarto de interrogatorios con una pila de platos sucios a cuestas. Si César puede leer aquí su nombre, ojalá se preocupe. Que le dé vueltas todo el día al *senor Villasenor* en el *bano*, repasando las experiencias de sus *anos*.

3 de septiembre

La señora Frida regresó del hospital, pero no está bien. Ahora que están en la casa tanto el patrón como la patrona, hay quehaceres de día y de noche. Candelaria, forzada a elegir entre el diablo y el dragón, optó por quien necesita que le trencen el pelo. Tanto mejor, porque el otro diablo necesita que le escriban a máquina. El Partido Comunista lo ha expulsado, por una discusión interminable acerca de si Stalin es mejor que Stotsky, Potsky o como se llame. Los otros comunistas ya no vienen a cenar, y ya no le escriben a máquina. Y la señora parece enojada con él por algún asunto íntimo. Olunda tiene muchas teorías al respecto. Pobre sapo-rana Diego, las personas se le van más rápido de lo que tarda en pintar otras sobre la pared.

14 de septiembre

Hoy el general Vueltachueca se perdió camino a Coyoacán, donde vivió cuarenta y un años. Su mandado era el de siempre: llevarle comida al señor Kahlo. César comenzó a llevar por primera vez al señor Guillermo Kahlo a todos lados en carruaje, para que tomara fotografías. Ni un carro de motor en toda la ciudad de México, dice, los buenos tiempos. Es cierto que los caballos tienen sus ventajas: sobre todo una, conocen el camino a su casa.

Es raro, cada vez, regresar a la calle Allende, desde donde la señora Frida se dirigía a casa desde el mercado de Coyoacán en aquel cumpleaños, hace ya tantos. Un desconocido, un muchachito tímido llevándole los bultos porque cada cual tiene el derecho de hacer de sus calzones un papalote. Y adentro, el Pintor sentado bajo los árboles leyendo el periódico, esperando ser encontrado, todo por azar. Qué extraño que ese muchacho haya podido hacer de sus calzones un papalote, izándolos por el mundo, y luego volviera, de algún modo, a la casa donde todo comenzó.

1 de octubre

Un día cansado. Ser mecanógrafo del Pintor es más difícil que mezclarle el yeso. Lo peor no es la escritura, sino los interrogatorios. Dice que la educación no siempre es algo bueno en los sirvientes. Candelaria, por ejemplo, podría arreglar los papeles del escritorio sin enterarse de lo que está escrito, como Fulang Chang, el mono. Pero ni siquiera Fulang Chang está libre de sospechas. Solo Candelaria, de ojos muy abiertos y analfabeta.

—¿Y tú qué? —comenzó—. ¿Qué viste ahorita, mientras escribías las cartas pendientes?

—Nada, señor Rivera.

—Nada, ¿incluyendo el sello oficial de la Presidencia de la República? ¿O vas a decirme que no te fijaste en la carta de Cárdenas?

—Señor, debo admitir que me llamó la atención. Los sellos son llamativos. Pero usted es una persona importante. Los encargos del gobierno no son raros. Pero, la verdad, no me dieron ganas de leer la carta. Soy *no-curioso* respecto a la política.

Cerró el periódico, se quitó los lentes de la nariz y se quedó viendo el otro lado del cuarto desde el sillón donde le gusta sentarse cuando lee y dicta. *No-curioso*.

—Señor Rivera, usted da la cara por la gente, cualquiera se da cuenta de que eso es bueno. Pero los líderes parecen todos iguales, prometan lo que prometan. A fin de cuentas, echarán los perros sobre los pobres.

—¡Un cínico! Una rareza en el México revolucionario, al menos entre los de tu edad.

—No fui a la universidad. Tal vez eso ha ayudado a mantener esta postura.

—Un joven severo. ¿Y no haces excepciones?

—No se han presentado excepciones. Leo un poco los periódicos. He de confesar que los tomo de su estudio cuando ya los terminó, señor.

—Ten, aquí está este otro, pura basura. —Lo dobló y lo aventó sobre la mesa—. ¿Alguna vez has oído hablar de un hombre llamado Trotsky?

—No, señor. ¿Es polaco?

—Ruso. También hay una carta suya allí. En la misma pila que la del presidente.

—No me fijé en esa, señor Rivera. Le juro que es verdad.

—No te estoy acusando. Lo que quiero dejar bien claro es que estás equivocado, el idealismo sí existe. ¿Has oído al menos hablar de la Revolución rusa?

—Sí, señor. Lenin. Por su culpa tuvo problemas con los gringos, por el mural.

—Ese. Líder de los bolcheviques. Sacó a los reyes, junto con los ricos chupasangre que vivían de los obreros y de los campesinos. Llevó a obreros y campesinos al poder. ¿Qué te parece eso?

—Con todo respeto, señor, preguntaría: ¿cuánto duró?

—A lo largo de toda la revolución y siete años más. Hizo todo lo que hizo por el pueblo, hasta que murió. Y vivió siempre en un departamento chico y frío de Moscú.

—Admirable, señor. ¿Y cuándo fue asesinado?

—Murió de un infarto. Dos hombres podían ser sus sucesores; uno con escrúpulos y otro muy astuto. Supongo que opinarás que era predecible: el canalla tomó el poder.

—¿Lo tomó?

—Sí, Stalin. Un burócrata egoísta enloquecido por el poder, todo lo que en tu opinión es necesario para ser un líder.

—Lo siento, señor. Es pesado tener razón.

—Pues no la tienes. El otro, con escrúpulos, bien podría estar ahora en el poder. Era la mano derecha de Lenin y su mejor amigo. Fue elegido presidente del Sóviet de Petrogrado, a favor del pueblo, convencido de que sería el sucesor de Lenin. Distinto en todo a Stalin, que estaba engreído por su poder burocrático. ¿Cómo puede apoyar el pueblo a un burócrata y no a alguien que está a su favor?

—¿Y no lo apoyaron?

—Fue todo por un accidente histórico.

—Ah. ¿El que defendía al pueblo, con escrúpulos, fue asesinado?

—No. Para gran enojo de Stalin sigue vivo, en el exilio. Escribe sobre teoría estratégica y organiza el apoyo para una República Democrática Popular. Y escapa de los asesinos de Stalin, que se arrastran como hormigas por todo el planeta, buscándolo.

—Es una buena historia, señor. Hablando estrictamente desde el punto de vista de la trama, ¿podría saberse cuál fue el accidente histórico?

—Puedes preguntárselo a él mismo. Estará aquí dentro de unos meses.

—¿Aquí?

—Sí. Es Trotsky, del que te hablé. Es el de la carta que está allí en el escritorio, debajo de la de Cárdenas. Le pedí al presidente que le conceda asilo político, bajo mi custodia.

Vaya, para eso tantas preguntas y tanto misterio. El Pintor se quedó parado sonriendo, con un halo indomeñable de cabello en su cabeza, o tal vez eran cuernos de diablo. Su sonrisa resaltaba la papada.

—Bueno, mi querido amigo. ¿Todavía *no-curioso*?

—Señor, confieso que mantener tal postura resulta cada vez más difícil.

8 de octubre

A veces, cuando el Pintor está leyendo lo que se escribió a máquina durante el día, hay tiempo para mirar los libros de su biblioteca. Toda la pared tiene entrepaños. Debajo están las cajas de papeles con lomos de madera donde Frida archiva los papeles de la casa. Identifica cada una con un dibujo en el lomo: una mujer desnuda para las cartas personales de Diego. Un mal-de-ojo en las suyas. El de cuentas solo tiene un signo de pesos.

El resto son libros, una pared completa que abarca casi todo: teoría política, teoría matemática, arte europeo, hinduismo. Una tabla, de pared a pared, está dedicada a los antiguos habitantes de México: arqueología, mitología, revistas científicas sobre antigüedades que parecen aburridas. Pero otros son fascinantes. El Pintor sacó uno para enseñármelo: una réplica de un códice. Hecho hace cientos de años por quienes hacían copias exactas de los libros antiguos de los mexicas, pintados en papel grueso de corteza de árbol. No tiene páginas propiamente dichas, sino que es de una pieza larga, doblada como un acordeón. Está escrito con dibujos, con figuritas. Aquí, un hombre cercenado en dos; allí, hombres parados en barcas, remando.

Dice que es el *Códice Boturini*, sobre la Peregrinación de los Aztecas. Por consejo de sus dioses, dejaron Aztlán en busca de un nuevo hogar, y les tomó doscientos catorce años encontrarlo. La gran página tiene doscientas catorce pequeñas escenas que cuentan lo que sucedió durante ese año. Casi nada bueno. ¡Una cabeza colocada en un palo rostizándose sobre la lumbre! ¡Un hombre al que le cuelgan los globos de los ojos! Pero la mayor parte de los años solo muestran la búsqueda del hogar. Cualquiera puede notar la angustia de este libro: ¿qué deseo puede ser más apremiante que ese? Las pictografías muestran muchas personas agobiadas que caminan llevando a cuestas niños y armas. Pequeñas huellas de tinta son visibles a lo largo del libro, marcas tristes y negras del quebranto. Si se extiende completamente, el códice tiene casi la misma longitud que el estudio. Es posible que una caminata en busca de un hogar sea así de larga.

2 de noviembre

Día de Muertos. La señora puso altares por toda la casa en recuerdo de sus seres queridos: los ancestros, los niños nonatos. «¿Quiénes son tus muertos, Insólito?», pregunta varias veces.

Solicitan se suspenda todo escrito y se guarde este cuaderno. César se encargará de ver que se cumpla. Pusieron una trampa y se lanzaron contra la presa en el estudio del Pintor durante el almuerzo. Marido y mujer juntos, para la ocasión, en este cuarto. *Por seguridad. No más notitas. Prometimos medidas extraordinarias para el visitante. No te imaginas cómo está de asustado.* El diablo y el dragón en la misma madriguera, el Pintor sentado en su escritorio y ella recorriendo las tablas amarillas con sus faldas plisadas, una pequeña tempestad. *Ni siquiera una lista de mercado.* Alegaron que César está muy agitado, convencido de que duerme con un agente de la GPU. «Pobre General Vueltachueca, me consta que está ofuscado», dijo ella. Esta mujer que ha dicho tantas veces: *Soli, dejar de pintar me haría sentir como si estuviera muerta.* Entiende lo que está pidiendo. Dejar de escribir y morir.

—Es por seguridad —dijo él. Un hombre que embarra con pintura la cara de la seguridad.

¿Dónde están tus muertos, Soli? Aquí: que el diablo se lleve este cuaderno al altar de muertos de esta casa solitaria. Muerta, perdida la compañía de las palabras.

Reporte desde Coyoacán

Este reporte de acontecimientos será entregado a la señora Frida para su inspección semanal, o en cualquier momento que lo solicite por motivos de seguridad. De acuerdo con sus instrucciones explícitas no debe contener opiniones, confesiones ni ficción. Su propósito es «anotar para la historia cosas importantes que sucedan». La gentileza de la señora al solicitar que se escriba este reporte se le reconoce con agradecimiento. HWS, 4 de enero de 1937.

9 de enero. Llegada del visitante

Los únicos pasajeros del barco cisterna *Ruth* procedente de Oslo desembarcaron esta mañana al amanecer en el muelle de Tampico. Los viajeros fueron conducidos desde el barco en una pequeña lancha custodiada por guardias noruegos, y les dieron la bienvenida al suelo mexicano las siguientes personas: señora Frida, señor Novack (de Estados Unidos) y el general Beltrán en representación del gobierno mexicano. Diego R. aún hospitalizado por una infección en los riñones. El visitante y su comitiva viajaron a la capital en un tren del gobierno.

11 de enero. Llegada de los visitantes a la casa de Coyoacán

Se le debe conocer aquí como «Lev Davídovich». Su esposa, «Natalya». En virtud de un posible atentado, el comité de recepción se reunió en la casa de San Ángel para distraer la atención, mientras Lev y Natalya eran conducidos secretamente hasta aquí. La siguiente semana se espera la llegada a Coyoacán de un secretario, quien le ha servido durante muchos años. No viajó con ellos, sino vía Nueva York.

12 de enero

Los visitantes se instalaron en la casa. Lo que antes era el comedor les sirve de recámara, y el estudio de Lev está en el cuartito adyacente. Lev se encuentra de excelente humor, a pesar de los años de penuria, constantemente perseguido por Stalin, y de su reciente viaje de veintiún días por mar. Sale por las puertas de vidrio de su estudio al patio soleado, y se estira flexionando los brazos: un hombre compacto y musculoso, un verdadero campesino ruso digno de encabezar una revolución de campesinos. Parece hecho para una vida de trabajo más que para la reclusión. Cuando se sienta en su escritorio, su mano tosca empuña la pluma como si se tratara del mango de un hacha. Al sonreír, sus ojos brillan y sus mejillas muestran hoyuelos sobre la barbita blanca. El júbilo parece ser su estado natural. ¿Un hombre se vuelve revolucionario debido a la convicción de que el destino le depara júbilo en vez de sometimiento? Este hombre sorprendente voltea a contemplar el brillante cielo mexicano y comenta que está feliz de que el único país en la tierra dispuesto a recibirlo sea este.

Podría salir de la casa a pasear si quisiera, aunque, claro, iría custodiado. Estuvieron en arresto domiciliario en Noruega desde noviembre, según contó Natalya. Stalin amenazó a Noruega con sanciones comerciales si no revocaban el asilo. Y podemos estar seguros de que Stalin ya sabe que está aquí.

14 de enero

Llegada del secretario: en estas notas se le llamará «Van». Alto, rubio, hombros anchos de futbolista. Es bueno que viajaran separados. Un D'Artagnan como él difícilmente puede caminar por la calle sin llamar la atención; la señora podrá constatarlo pronto por sí misma.

El estudio y la recámara de Lev son la parte más segura de la casa, forman el ala interior que se alarga hacia el patio. Buena luz desde las puertas que dan al patio y el árbol de magnolia. Van se encuentra hoy allí, ocupado en desempacar libros.

16 de enero

La señora Frida quedará impresionada al constatar las transformaciones sufridas en la casa de su infancia. Fue una buena decisión enviar a su padre a San Ángel, todas las cosas del señor Guillermo están ya guardadas. Las paredes exteriores fueron pintadas con añil, por lo que será la Casa Azul que ella deseaba. O más bien la Fortaleza Azul. La pared del patio se elevó a una altura de siete metros, y ahora los albañiles cambiaron sus andamios para comenzar a tapiar las ventanas. Los hombres acordaron que dichas medidas de seguridad son necesarias. Los visitantes entran ahora por las altas puertas de la calle Londres a un vestíbulo custodiado, antes de pasar al patio.

El patio sigue siendo la selva que siempre fue; los albañiles no alcanzaron a pisotear todas las flores. La casa conserva su forma original en U; el cuarto delantero colindante con la calle Londres (las ventanas emplomadas y la chimenea intactas) será usado para cenas y reuniones políticas. En la otra parte larga están el cuarto y estudio de Lev. La fila de cuartitos de atrás, que conectan ambas alas largas, albergarán a los demás: Perpetua, las muchachas de la casa —Belén y Carmen Alba—, el secretario Van, el cocinero HS, los guardaespaldas Octavio y Félix. Las ventanas de estos cuartitos dan a la calle Allende por el exterior y los albañiles las están cerrando, por lo cual serán oscuros como roperitos. En la calle Londres hay un guardia permanente. El señor Diego ya se siente tan repuesto que nos trajo una ametralladora Thompson.

La cocina conserva buena luz y ventilación, y se extiende por fuera sobre la calle Allende para cerrar la parte trasera del patio. Los albañiles accedieron a dejar abiertas las ventanas para que puedan ventilarse los fogones de la estufa, tras muchas discusiones con Perpetua, quien advirtió de cocineras ahumadas como jamones. Perpetua está cansada y confusa con tantos cambios, resignada a su nuevo puesto de ayudante del cocinero principal, HS, quien hace votos para desempeñar al máximo de sus capacidades dicho cometido. La cocina es una maravilla, con el lujo de mosaicos azules y amarillos, estufas de leña grandes como divanes y la reconfortante presencia de enormes mesas de madera donde puede extenderse la masa. Será un placer preparar aquí los alimentos cotidianos de los visitantes, o cualquier manjar requerido en las reuniones nocturnas.

Se anotan a continuación las normas domésticas: No se servirá bajo ninguna circunstancia alimento alguno cuyo origen sea desconocido. No entrará en la casa ninguna persona desconocida. HS ayudará al visitante con la mecanografía y la correspondencia (recomendación de Diego R.), y también a llevar un diario escrito de todos los acontecimientos (solicitado por la señora Frida). El primer reporte de Coyoacán correspondiente a la semana del 9 al 16 de enero se completa así, y se remite para su inspección.

19 de enero

La casa de Coyoacán resultó ser buen lugar. Las casas viejas tienen su propia sabiduría. A pesar de su exterior tapiado, los cuartos principales reciben buena luz desde el patio. La selva cercada por altos muros es un mundo cómodo para los visitantes, aunque no tengan mucha libertad de movimiento. Perpetua cuida sus azucenas y los higos; sigue siendo un mundo alegre, y de ninguna manera parece una prisión. Perpetua cuenta que Guillermo mandó construir esta casa para su familia hace más de treinta años y que, en todo ese tiempo, nadie vio la menor necesidad de modificarla hasta ahora. (Es comprensible su resentimiento por la agitación reciente.) Las gruesas paredes de adobe conservan la temperatura todo el día. Son notables los contrastes entre esta casa y la moderna, en San Ángel, construida por los Rivera, sobre todo en lo que se refiere a las *cocinas*. Pero aquí no se dará ninguna opinión al respecto.

La elección del color de las paredes hecha por la señora Frida es comentada aquí, unánimemente, de manera favorable.

Nota sobre la preparación de las comidas: El visitante prefiere el té al café. Otras preferencias particulares son el pan sin azúcar cortado en rebanadas muy finas y tostado en el horno hasta que endurece, como si estuviera seco. Por otra parte, se conforman por lo general con la comida habitual. Natalya expresa claramente su disgusto hacia el pescado encurtido, pues durante el largo invierno noruego casi no comieron otra cosa. Solicitaron puré de nabos y un vegetal verde desconocido, que Van traduce como «colecitas de Bruselas». Perpetua irá mañana a la ciudad a buscarlos, ya que en el mercado de Coyoacán no hay ni té ni nabos. Por lo demás, se adaptan bien a las comidas de aquí: los buñuelos, el dulce de guayaba y la crema agria gustan a todos. Esta mañana desayunaron enchiladas con huevos y té.

Los días en que no se requieren comidas especiales todos ayudan a Lev a desempacar y arreglar su estudio. Tiene curiosidad por el país: la altura de las montañas, el número de habitantes de la ciudad, la historia y demás. Perpetua, al ir a la ciudad, debe traer el *Atlas Geográfico* propiedad de HS, que está en el departamento de su madre. Es viejo, pero servirá por ahora: la altura del pico de Orizaba no ha variado en la última década.

Lev se comunica con auxilio de su secretario Van, ya que su español y su inglés son rudimentarios y Van es listo, habla todas las lenguas imaginables: francés, holandés, ruso. Aduce que tanto el francés como el holandés son sus lenguas maternas. Insiste en mover las cajas más grandes, y expresa claramente que no necesita ayuda de nadie en el estudio de Lev. En realidad, no se le puede contradecir; Van es alto y fuerte como un buey (aunque más guapo). A veces se queja en inglés del «mecanógrafo nativo» sin darse cuenta, aparentemente, de que HS también tiene dos lenguas maternas. Pero Lev está conforme con tener a alguien más que lo ayude. Se nota que Van está acostumbrado a proteger a su jefe de los extraños, lo cual es natural. Comenzó como ayudante de Lev en Francia, donde vivieron entre 1933 y 1935. Eso fue antes de Noruega. Lev y Natalya se habían ocultado anteriormente en Estambul y Kazajstán. Lev Davídovich vive desde 1925 en el exilio y amenazado de muerte. «Soy un hombre en un vasto mundo —dijo hoy lentamente—, con muy poco espacio donde estar.»

México es de muy buen tamaño, señor, ya verá.

Van dijo:

—Habla metafóricamente. Quiere decir que vive en este planeta con un solo visado.

21 de enero

Esta mañana Diego trajo un telegrama; llevaba una cartuchera con pistola. El mensaje estaba en clave. Lev pasó muchas horas en su estudio descifrándolo, sin aceptar ni siquiera el ofrecimiento de ayuda de Van, mientras la muy nerviosa Natalya caminaba todo el tiempo entre el estudio y la cocina retorciéndose los dedos, haciendo que a Perpetua se le quemara la leche. El mensaje tiene que ver con su hijo que está en París. Van dice que le quedan dos hijos: el más joven fue apresado hace tres años, y es casi seguro que está muerto. Tuvo otras dos hijas, también muertas.

Lev solo está seguro de una parte esencial del mensaje: definitivamente es de Lyova, por lo tanto está vivo. Tiene una clave que lo identifica, que no conoce nadie más en el mundo, ni siquiera Natalya. Lev se imagina que los sicarios de la GPU intentaron asesinar a Lyova, y es de esperar que los periódicos anuncien su muerte. Para evitar la preocupación, quería que sus padres supieran que está vivo y oculto.

Pero no parece haberles ahorrado la preocupación sino en parte. Si esta vez el hijo ha escapado de los asesinos, dice Natalya, ¿lo logrará la siguiente? Lev vocifera: sus hijos no han hecho nada para que Stalin los sentencie a muerte. A Sergei, el menor, solo le importaban los libros, los deportes y las muchachas; terminó en un campo de concentración. «Y ahora Lyova. Su único crimen es ser hijo de su padre. ¿Y quién podría cambiar las circunstancias en que llegó al mundo?»

23 de enero

Diego vino temprano, descompuesto, con un montón de periódicos que recibe por correo especial. Dos reportes sobre la muerte de Lyova, como se había predicho y que ahora se sabe que son falsos. Y hay noticias todavía peores: los encabezados declaran que L. D. Trotsky fue declarado culpable de crímenes contra la Unión Soviética. Su proceso en Moscú había empezado semanas antes, en ausencia del reo. Van dice que Lev quería ir y presentarse ante los jueces, para defenderse, pero Stalin no revocó la orden de exilio. El objetivo de los procesos es desacreditar a todos aquellos que alguna vez se han mostrado contrarios a Stalin. Algunos amigos de Lev también fueron declarados culpables: Radek, Piatakov y Muralov fueron apresados en Moscú.

Los cargos son extraños y diversos: sabotaje a trenes, colaboración con Rudolf Hess y los nazis, ser agentes del emperador japonés, robo de pan, intentos de asesinato contra Stalin envenenado sus zapatos o su brillantina.

¿Stalin usa brillantina?

—Cuidado, muchacho —dice Lev—, el simple hecho de tener esa información te pone en peligro de terminar tus días ante un pelotón de fusilamiento.

Se sentencia a muerte a Lev por los cargos. Sin embargo, parece de buen humor a pesar de que los periódicos de Francia y Estados Unidos lo llaman «villano» y los mexicanos denuncian que «hay un traidor en nuestro seno». Los editoriales especulan acerca de las motivaciones para la traición de sus principios. Estos reporteros nunca han visto a Lev, y discuten con aplomo sus más secretas razones y sentimientos. Y creen, a ojos cerrados, que dichas traiciones se cometieron. Ni siquiera cuestionan cómo pudo haber descarrilado tantos trenes rusos un hombre que ya se había embarcado en un buque de carga hacia la isla Prinkipo.

Aquí, las reglas de seguridad se siguen estrictamente, ya que las noticias dejan claras las intenciones de Stalin: asesinar a Lev. La guardia de la calle cambia cada hora. Lorenzo organiza simulacros durante los cuales Lev y Natalya deben ocultarse rápidamente. Cuando Diego viene en coche, Lev debe meterse en los cuartitos interiores antes de que se abran las puertas para que entre el coche. Puede haber francotiradores en la calle de Allende, esperando la oportunidad de disparar hacia el patio. Cualquier desconocido que llega a la puerta, aunque sea el mandadero de la tienda que entrega huevos o harina, es cacheado: el intruso debe quitarse los zapatos y el cinturón, y se le obliga a abrir los paquetes para inspección. Es seguro que la GPU atacará y nadie sabe cómo lo hará. (Si bien entrar disfrazado de repartidor parece poco probable.)

Lev dice que ha sido revolucionario desde los diecisiete años y que, desde hace cuarenta, en algún lugar le espera una celda. Sus partidarios sabrán que los nuevos cargos en contra de él son falsos. «Y también los enemigos. ¿Alguno ha escrito algo novedoso?» Aventó a un lado los periódicos y llamó a Natalya para que viniera a sentarse en sus rodillas. Obedeció, pero con un gesto en el labio inferior parecido al de los perritos con mucho pelo sobre los ojos y la nariz chata. Lev se quitó los anteojos de aros redondos y le cantó en ruso. Pidió que se le cantaran canciones de la Revolución Mexicana. Perpetua se sabe una cantidad sorprendente. Tiene una voz firme, tratándose de una cocinera tan vieja.

24 de enero

Lev y Natalya fueron de paseo al mercado Melchor, su primera incursión fuera de la casa desde su llegada. Con tantos guardias y la ametralladora de Diego, la conmoción en el pueblo de Coyoacán debe de haber sido mayúscula. Pero el así llamado «traidor en nuestro seno» tiene la intención de mantener en alto la barbita blanca y presentarse sin vergüenza ante el mundo.

Al salir de paseo Lev, Natalya y todos los guardias, la casa quedó en silencio. Una tarde lenta ocupada en ayudar a Van a archivar las carpetas con cartas de Lev o sus escritos publicados. Es difícil creer que tal torrente de palabras procede de un solo hombre: «El Comisario», como le llama Van. Trabaja como si la hoja del calendario sobre su escritorio fuera la última (y bien podría serlo). Hoy, mientras estaban fuera, Van tuvo oportunidad de hacer muchas preguntas, poco amistosas. Lugar de nacimiento, educación, cosas por el estilo.

Reveló algunos fragmentos de su propia vida: infancia difícil, madre francesa que perdió su nacionalidad por casarse con un holandés, el cual murió poco después del nacimiento de su hijo. Van tiene debilidad por lo que llama orozuz holandés. Parecen cuentas de vidrio negro, y las saca de un paquete que guarda en el cajón de su escritorio y custodia con cierta angustia, pues está seguro de que no pueden comprarse en México.

He aquí a dos muchachos sin padre, pues, ansiosos de hacer cualquier cosa por Lev, con dos hijos tan alejados de él y tan amable. Lev recuerda ya qué asistente toma té con azúcar. Pone a todos a hacer ejercicios de estiramiento para evitar dolores de espalda cuando pasan a máquina lo que él mismo estuvo escribiendo la noche anterior, desvelándose. Pero Van será siempre, por supuesto, su hijo favorito. Ha servido a Lev durante mucho tiempo.

A Van le sorprendió saber que el mecanógrafo nativo también tiene orígenes híbridos y es gringo a medias. Después de eso, comenzó a hablar en inglés. Su español es muy deficiente, necesita ayuda para traducir en las reuniones políticas, sobre todo cuando la plática vuela de un lado a otro de la mesa como una bandada de cuervos. La noche anterior pasó del ruso al inglés (por mister Novack), al español (para los colegas de Diego) y luego otra vez al ruso, con un poco de francés que Van metió solo para presumir, pues no venía al caso. Perdón por la opinión, si es que lo es, pero como la señora Frida recordará claramente, no se requería para nada el francés en la reunión.

Todos los papeles archivados hoy son cartas de los últimos cuatro años, la mayoría en francés y algunas mecanografiadas en ruso, páginas enteras con letras con ese extraño alfabeto que parecen hombrecitos alineados haciendo calistenia. Así que es falso que las máquinas de escribir tengan solamente teclados en inglés. Van abandonó su compostura y sonrió con la historia del oficial gringo y las máquinas de escribir de la Academia Potomac. Entiende suficiente español para reírse del chiste del *senor Villasenor* y los *anos* en el *bano*. O hizo como si entendiera. Parece temeroso de perder el privilegio de ser intérprete único del Comisario.

Con disculpas aquí a la señora Frida, porque el último párrafo contiene sin duda alguna opinión, pero ninguna ficción. El segundo reporte doméstico semanal de Coyoacán se entrega para su inspección.

30 de enero

De París llegó un telegrama. Radek, Piatakov y Muralov habían sido ejecutados en Moscú. El humor de Lev flaquea —otros amigos muertos—, pero continúa enfrascado en su trabajo. Lo que dicen los periódicos acerca de Lev es terrible, cada día más increíble. Lev explica que cuando el ánimo público se encrespa, la capacidad humana más impresionante es su habilidad para mentir. Van dijo:

—Es bueno escucharlo indignado, Comisario.

Pero Lev aseguró que no estaba indignado en lo más mínimo. Sostenía un periódico ruso que le dejó los dedos tan entintados como una máquina impresora.

—Hablo como un estudioso de la naturaleza, constatando hechos. El impulso de mentir deriva de las contradicciones de nuestras vidas. Se nos obliga a declarar amor por la patria, aunque se pisoteen nuestros derechos y nuestra dignidad.

Van dijo:

—Los periódicos tiene el deber de decir la verdad.

Lev chasqueó la lengua:

—No dicen la verdad sino por excepción. Zola escribió que la falsedad de la prensa podía dividirse en dos clases: la prensa amarillista que miente todos los días sin titubeos. Los otros, como el *Times*, dicen la verdad siempre que sea trivial para poder engañar al público, cuando es necesario, con la autoridad requerida.

Van se levantó de la silla a recoger los periódicos abandonados. Lev se quitó los lentes y se frotó los ojos.

—No es mi intención ofender a los periodistas: no son distintos a las demás personas. Solamente son megáfonos de otras personas.

—Cierto, señor. Los periodistas son como los aulladores de Isla Pixol.

Lev se mostró interesado por la comparación y pasó del inglés al español:

—¿Quiénes *están* los aulladores? —preguntó.

—Una especie de monos aterradores. Gritan todas las mañanas: comienza uno y, al escucharlo, el vecino comienza con su propio aullido, como si no pudiera contenerse. Pronto el bosque entero es un griterío que resuena como un trueno. Es su naturaleza, tal vez tengan que hacerlo para mantener su territorio en el bosque. Para informar al otro de que nadie los ha vencido.

—También tú eres estudioso de la naturaleza —dijo Lev. Le costaba, pero estaba decidido a continuar la conversación en español. Van salió del cuarto—. ¿Dónde están esas criaturas?

—Isla Pixol. Una isla costera al sur de Veracruz.

—Los monos no nadan. ¿Por qué se volvieron *aislados*?

Probablemente no sabía la diferencia entre *aislado* y *en una isla*.

—No siempre fue una isla, estuvo conectada a tierra por un istmo de roca, pero lo quitaron para hacer navegable el canal. En tiempos de Maximiliano, me parece. Los monos que estaban allí ya no pudieron regresar.

22 de febrero

Floreó la jacaranda del patio. No puede ignorarse su morado, es como si el árbol cantara. La caminata hacia el mercado por la calle Londres es un concierto: la jacaranda pequeña de la esquina da el tono y la siguen las demás de esta cuadra. Hasta Perpetua tiene luz en los ojos, apretando la mano sobre el pecho envejecido y plano al sacar uno por uno los pepinos de la canasta.

Desde el estudio de Lev, el paisaje que se ve sobre la ventana es de un morado sin huecos. Van se sienta allí a transcribir el dictado del Ediphone, su perfil cuadrado enmarcado contra la ventana como Poseidón en un mar violeta. O como un dios teutónico que hiciera florear llamas moradas de cuanto toca, del aire mismo. No es ni ficción ni opinión constatar que la respiración se suspende. Perpetua no es la única que se lleva la mano al pecho al mirar los pepinos.

1 de marzo

Octavio aprehendió a un hombre armado en el callejón. Tras cada embate de los periódicos sobre el canalla que habita en Coyoacán aparecen estos hombres. Hasta ahora solo son pistoleros comunes que juran que se ha insultado a sus esposas. Lev tiene miedo de hombres más sofisticados, operativos del Partido Comunista dirigidos por mandos de la GPU de Stalin. Pero la bala de un soldado descalzo es tan mortífera como la de uno bien pagado. Ahora Lorenzo duerme frente al comedor. Estas hermosas ventanas tendrán que ser tapiadas con ladrillos. Los albañiles lo desordenaron todo, y Van tuvo que mudarse con HS al pequeño ropero, un lugar muy reducido para ambos, aunque dejó sus múltiples chaquetas de dril en un baúl de su cuarto.

Aunque apenas ha empezado la primavera, hace demasiado calor toda la semana. Y todo ese tiempo se prohibió al personal acercarse a la puerta de entrada, debido a las negociaciones que se llevan a cabo con oficiales del gobierno, hasta muy tarde. El calor en este ropero de ladrillos es intolerable. Van está desconsolado porque le impidieron asistir a las reuniones, pero Diego opina que eso es sensato. Se espera que se presente personalmente incluso el presidente Cárdenas, para ayudar con los preparativos de la Comisión Investigadora del caso de Lev.

Tras cocinar y servir la cena, lavar, guardar y barrer, no queda al personal nada que hacer salvo sentarse en los catres de los cuartitos en calzoncillos y camisetas blancas, fumando panetelas, contando historias exageradas para pasar el rato. Es como en la Academia. Los sentimientos que inspira Van no son fraternos. Como diría Mamá, Van está «de muy buen ver».

3 de marzo

Los guardias pasan juntos cada una de las largas noches en un cuartito, respirando el mismo aire y bebiendo la baba del otro de un jarro de pulque tibio. Juegan a las cartas y apuestan pesos, ocupaciones de aburridos. Esta noche, antes, un pasatiempo común: di un deseo, qué te gustaría hacer si fueras a morir mañana. En la escuela los muchachos jugaban a eso, y era seguro que incluirían poner las manos sobre algún célebre par de tetas. Van, desde su lugar en lo alto, añadió a la deseosa lista: «éxito a la Revolución del Comisario». Estaba en el catre y todos los demás en el suelo, pasando la cajetilla de cigarros.

—Tú, Shepherd, di el tuyo.

—Hacer algo hermoso, que le guste a la gente.

—Pendejo, eso lo haces a diario en la cocina.

—Quiero decir, una obra de arte que no esté al día siguiente en el excusado. Una historia, o algo por el estilo.

—Como los murales de Rivera, que son órdenes para que la gente arrodillada se levante y luche —dijo Lorenzo. Tomado o sobrio, es leal a la causa.

—O más chico, como los cuadros de ella. Algo que a la gente le parezca… preciado.

—¡Preciado! ¿Eso es todo lo que quieres, perro pastor?

—Nuestro pastor, Shepherd —dijo Van, agachándose a dar palmaditas a la cabeza revuelta como si se tratara de la de un perro. Frente a todos los demás hombres. El perrito jadeaba.

10 de marzo

Un telegrama del señor Novack, que ya está de regreso en Nueva York: convenció al profesor John Dewey para que presida la Comisión Investigadora. Algunos periodistas de Estados Unidos cubrirán la noticia en México. Diego y Lev están extremadamente felices, ya que brinda a Lev la oportunidad de responder públicamente, ante el mundo, los cargos de Stalin.

Nota: Tras revisar el reporte de los acontecimientos de la semana, la señora Frida repite que debe mantenerse la objetividad. Sobre todo en lo que compete al secretario Van.

6 de abril

El profesor John Dewey, de la Universidad de Columbia, llegó hoy por tren desde Nueva York. Presidirá la Comisión Investigadora sobre los cargos presentados contra Lev Davídovich Trotsky en los Procesos de Moscú. Él y siete reporteros se hospedarán durante un mes en el San Ángel Inn. Allí tendrá lugar la conferencia de prensa inaugural, honrando el deseo de imparcialidad del profesor Dewey, quien se niega a tener el menor contacto con el acusado antes de las audiencias.

Las sesiones serán aquí, dadas las medidas especiales de seguridad que requiere Lev. El señor Goldman, de Chicago, es el abogado defensor de Lev y llega mañana en tren. Se han puesto sacos de arena sobre la calle Londres para impedir el tráfico a los vecinos. Se espera que el juicio tendrá la máxima cubertura. Los periódicos de la ciudad de México han editado extras sobre el tema concerniente al «traidor en nuestro seno».

10 de abril. Primera sesión de la Comisión Investigadora Conjunta

Abrió el profesor Dewey. Agradeció al gobierno de México su política democrática, y declaró que ningún hombre debe ser condenado sin tener la opción de defenderse. «He consagrado mi vida a la educación. La concibo como una obra de esclarecimiento de los espíritus en beneficio de la sociedad. He aceptado las responsabilidades en esta presidencia por un solo motivo: de no aceptarlas, hubiera negado el trabajo de toda una vida.» Su responsabilidad consiste en investigar los cargos de sabotaje y sedición hechos por Stalin en contra del acusado.

El acusado es Lev Davídovich Trotsky, nacido en 1879. Luchó contra el zar desde los diecisiete años, encabezó la Revolución bolchevique, fue elegido presidente del Sóviet de Petrogrado en 1917. Autor del *Manifiesto de la Tercera Internacional* en 1919. Expulsado del Partido Comunista Soviético en 1927 y condenado al exilio forzoso en Kazajstán.

Están en la mesa con el acusado su esposa, su abogado y Van, quien tiene el cargo de mostrar los documentos necesarios. En una mesa cercana a esta, dos estadounidenses y HS, encargado de traducir y tomar nota de todas las preguntas hechas a Lev y sus respuestas. Un hombre llamado Glotzer (de Estados Unidos) es el secretario oficial de la corte, y conoce un alfabeto (taquigrafía) que le permite escribir a gran velocidad todo lo que escucha, siempre y cuando entienda lo que se dice. Todo el proceso se traduce al inglés para que él lo consigne y para que lo entienda el profesor Dewey, por supuesto. Por lo tanto, HS tiene la tarea de transcribir y traducir toda pregunta o respuesta hechas en español.

Hoy no hubo ninguna, solo testimonios. El careo comienza mañana.

12 de abril

Hoy el señor Pontón, de la Sociedad de Naciones, hizo una pregunta en español, traducida así: Señor, para ilustrar a nuestros corresponsales, le suplico me conteste: Acusa usted a Stalin con insistencia de obstaculizar la democracia, ¿correcto?

«Correcto —responde Lev—. Se ha creado en el Partido Obrero una burocracia de miembros que al ingresar al gobierno renuncian a cualquier postura crítica. O al menos, a la expresión pública de la misma. Cada una de las palabras emitidas desde sus escritorios proviene de las cúpulas del partido. Se comportan como si esta jerarquía fuera la creadora de todas las opiniones y decisiones del partido. En virtud de dicha jerarquía, toda decisión que afecta a la nación toma la forma de una imposición.»

Cuando Lev no habla, pone los pies sobre la mesa y recarga su silla hacia atrás. Hoy alcanzó tal ángulo que parecía que no sería necesaria la GPU para quebrarle la cabeza. Pero escucha. Se asoma sobre su nariz rusa, y toda la cara se arruga sobre el cuello cuando se concentra. No tiene la menor conciencia de su apariencia ante los demás, su mente se enfila con un foco tan feroz que podría encender los papeles de los burócratas. Tal debe ser el porte de un revolucionario.

Este es el recuento del día completo entregado: 12/4/37.

13 de abril

¡La pregunta del señor Pontón y la respuesta de Lev aparecen en la primera plana del *Washington Post*! Exactamente como fueron traducidas por HS y citadas después en la página editorial, donde se habla de los Procesos de Moscú y de la comisión. El artículo usa incluso la descripción del señor Trotsky recargado en su silla y un encabezado en tipografía negrita grande dice: EL PORTE DE UN REVOLUCIONARIO.

Se trataba solamente de algunas notas y garabatos entregados con la transcripción de la traducción, señora Frida. Fue un *shock*, y el terror. ¿El primer intento de traducción y notas hechas al vuelo son mostradas ahora ante los ojos del mundo? Resultaba difícil pensar esta mañana en el desayuno. Perpetua dijo:

—Siéntate y deja de temblar, mi'jo. Mal comienza la semana pa' quien es ahorcado el día lunes.

¡Ahorcado! ¡Así se siente! Un galopín de veinte años que no sabe nada de política y pudo haber confundido un sí con un no, renunciar con renacer, ¿y entonces qué? Tal vez de esto depende la historia. Pueden perderse vidas por una palabra equivocada. Con razón son taciturnos los escritores. Mejor ser cocinero, donde un error, a lo más, es razón para que alguien se quede con hambre o, en el peor de los casos, lo manda al excusado.

Van, sin embargo, alabó la traducción. Les leyó el artículo a Lev y Natalya mientras desayunaban, traduciéndolo al ruso. Escucharon las palabras del cocinero mientras comían el pan con el cual el mismo cocinero se había quemado los nudillos, al tostarlo.

14 de abril

Al cerrarse el día de hoy las audiencias, Lev salió a la puerta de entrada para saludar a la gran multitud que se había reunido allí. No solamente eran reporteros; había trabajadores de todos los ramos, hasta lavanderas. Ya no lo quiere matar ningún soldado descalzo, tras la feroz defensa de obreros y campesinos que reseñan los diarios. Ahora se teme que bajen a Jesús de las andas donde lo cargan en Semana Santa y pongan a Trotsky en su lugar. Un grupo del Sindicato Minero caminó hasta acá desde Michoacán.

Se dirigió a la multitud en español; despacio, pero bien:

—Estoy aquí porque vuestro país cree, como yo, en un gobierno democrático y en el control obrero de la producción. Nuestros esfuerzos no pueden triunfar en un espacio sin nada —probablemente quiso decir prosperar en el vacío—. El verdadero camino hacia la Revolución mundial lo señalarán las organizaciones internacionales obreras.

La multitud, que había permanecido callada todo el día, ovacionó sus palabras.

Casi todos los días hace pequeñas pausas en la escritura para practicar el español con el mecanógrafo nativo. A Van no le parece bien la distracción, y opina que siempre habrá traductores disponibles. Y Lev dice: «Confía en que un viejo revolucionario no confía por completo en nadie». Al parecer, estaba bromeando. Pero hoy, al hablar directamente a las masas, quedó clara su intención.

15 de abril

Un largo día de audiencias. El señor Dewey dice que ya casi termina, pero la multitud aumenta: tanto la de forasteros en el interior como la de mexicanos en el exterior. Lev pone tal pasión en esta audiencia que no le importaría que durara hasta el fin de los tiempos. Van parece complacido junto a su jefe, impasible ante el ejército de observadores: periodistas mexicanos y forasteros, con sombreros y camisas arremangadas, reporteros de revistas y hasta algunos novelistas observan a Van mientras mete sus dedos largos en la oscura caverna de archivos y saca cualquier página que Lev requiera y le indica solamente con una palabra, una fecha o un nombre. Son como padre e hijo: Lev y Van.

El día de hoy hubo pocas preguntas en español. Casi todas las formula el señor Pontón. Hoy hizo dos. Primera:

—Señor, en su opinión, ¿puede un Estado proletario ejercer realmente el sufragio y los demás derechos democráticos, tal y como se hace en una socialdemocracia?

La respuesta fue:

—¿Y por qué no habría de hacerlo? Incluso ahora, en todos los países capitalistas, los comunistas participan en la lucha parlamentaria. Cuando implantemos un Estado Obrero, no habrá diferencias de principio: habrá ejercicio del voto, libertad de prensa, de reunión y demás.

Segunda pregunta:

—Señor, usted afirma que la Unión Soviética regida por Stalin es un Estado Obrero degenerado, controlado por una burocracia no democrática. ¿Cree que la corrupción será derrocada por una revolución política que imponga la democracia de la clase obrera, o que seguirá deteriorándose bajo esa presión hasta llegar a ser un Estado puramente capitalista? En cualquier caso, ¿pueden racionalizarse los costos sociales de lo anterior?

Lev contestó:

—Joven, tiene usted razón. La humanidad no ha racionalizado su historia hasta el presente. Los líderes que insisten en que cada paso adelante obliga a alguien a retroceder han causado mucho daño. La dictadura del Comité Central de la Unión Soviética se debe al atraso y al aislamiento impuestos por el zar durante tanto tiempo a nuestro país. Estábamos acostumbrados a los cálculos de un déspota. El pueblo acepta lo que ya conoce. Cuando la humanidad está exhausta, surgen nuevos enemigos, nuevas religiones. Nuestra tarea más importante por ahora es avanzar sin que cada paso adelante implique un retroceso.

17 de abril

La comisión terminó hoy su trabajo, tras trece sesiones. Si hubiera durado más, el comedor se habría quebrado como un huevo. Lev hizo la clausura con su acostumbrada vehemencia:

—Las experiencias de mi vida, en las que no han faltado el éxito ni el fracaso, no solo no han destruido mi fe en un futuro claro y luminoso para la humanidad. Esta fe en la razón, en la verdad y en la solidaridad humana que me acompañó, a la edad de dieciocho años, hasta los barrios obreros de Nicolayev, se ha conservado entera y completamente. Mi fe ha madurado, pero no es menos ardiente.

Todas las manos se detuvieron; los reporteros parecía que pronto iban a sacar los pañuelos. El señor Dewey dijo:

—Cualquier cosa que añada, señores, sería superflua tras haber escuchado lo anterior.

El señor Dewey y sus colegas analizarán la evidencia y declararán inocente o culpable al acusado. Pasarán varias semanas antes de que entreguen su veredicto por escrito. Pero Lev está rozagante; ha contestado los cargos ante el mundo.

28 de abril

La casa se calma y recupera las rutinas previas. Si se puede llamar «calma» a un hombre que trabaja por tres, indicando al mecanógrafo que termine una carta y le traiga un libro, mientras dicta al micrófono de una grabadora de cilindros de cera. Aún hace mucho calor, aunque se trabaje en mangas de camisa. Van es siempre el último en quitarse el saco de tweed. Un roce de su mano al alcanzar un libro es como agua hirviendo. Van y Lev son ambos de temperamento boreal, pero Van se agita con el vívido sol y los paisajes mexicanos, mientras que Lev parece reanimado. Hasta le gustan los cactos.

1 de mayo

La señora Frida continúa sus visitas diarias desde que terminaron las audiencias, para asegurarse de que no le falte nada a Lev. Que quede constancia escrita: traer a Fulang Chang «para animar la casa» no ayuda mucho. Natalya odia al mono, y ayer, mientras Frida estaba en la cocina, le dio un periodicazo en la cabeza con un diario conservador.

Lev se llena de energía con la noticia del levantamiento obrero de Barcelona, considerándolo señal de que el acuerdo de la Tercera Internacional entre Stalin y los partidos comunistas se desploma en otras partes del mundo. Se le ha pedido a Lev que escriba un cuarto conjunto de principios internacionalistas. De allí el frenético caudal de palabras guardadas en los cilindros de cera de su Ediphone. La alternativa al Komintern estalinista reposa ahora en un frasco sobre el escritorio, y más tarde dependerá de las acciones de los hombres.

Para celebrarlo, el personal de la casa cumple las solicitudes de la señora Frida y prepara la «Fiesta de la Cuarta Internacional». El señor Rivera se preocupa más por la seguridad que por la decoración de la mesa.

2 de mayo. El baile

Lev ya estaba en su estudio cuando llegó la señora Frida y tomó el comedor, antes de que Natalya desayunara; tuvo que comer en la cocina. Con las debidas disculpas permítaseme anotar:

este es el único hogar de Natalya. Últimamente ha manifestado que se siente como una visita indeseable.

Con las debidas disculpas, por segunda vez: señora, es imposible no reírse cuando, parada ante la mesa, la decora para la fiesta con claveles rojos en ambas manos y en la boca. La señora se parecía a Carmen.

¿De qué te ríes? ¿Crees que es así de simple transformar la historia? Falda larga que barre el suelo como una escoba, moviéndose alrededor de la mesa, poniendo con cuidado los claveles de largos tallos sobre el mantel blanco. El diseño parecía un enorme ojo, los tallos como pestañas hacia afuera, como rayos de sol.

Cierto, las mesas para las cenas son parte de la historia. Los muros del Pintor y los cilindros de Lev no lo son todo. La señora frunció el ceño, recogiendo todas las flores antes de terminar el diseño. Ordenó: *¡Trae las tijeras!*, sin siquiera voltear. Troceó las corolas de los claveles, les quitó los tallos, trabajando tan deprisa que de sus dedos parecía manar sangre, como en su cuadro.

Luego, con una mano en la cintura y las tijeras en alto, amenazando al aire:

—Esta noche tenemos que bailar. Un montón de artistas guapos. Belén y Carmen Alba me dicen que bailas a la perfección la sandunga y el jarabe. No quiero ni enterarme cómo lo supieron. ¿Dónde aprendiste?

—Con mi madre.

—¿Tu madre nacionalista? Tenía otra impresión.

—Ahora lo negaría. Se metió un poco a eso recién llegada a la ciudad. Pero ya pasó de esta a la etapa de swing y de ingenieros bien pagados.

—¿Y tú también vas a dejarlo, o bailarías con una india? —Estiró la mano, y se movía como un líquido enroscándose sobre el brazo que la recibía, dando un coqueto tijeretazo como una bailarina de flamenco con castañuelas.

La señora Frida es una confusión de modelos: a veces un hombrecito obstinado, luego de repente una mujer o una niña, pero, en cualquiera de sus formas, exigiendo que se siga enamorado de ella. Mangonea incluso a su gigante marido, que escapa para que lo rescaten mujeres más dulces y mullidas. Esta es una verdad, no una opinión: su sonrisa de gato, sus manos, sus pinceles. Cualesquiera de ellos podría ser equivalente a un puñetazo en el pecho.

Queda satisfecha con el arreglo de flores rojas sobre el mantel blanco tras una hora de trabajo. «Este es el lugar de Lev —dijo bajito, y este el de Natalya.» Pronunció el segundo nombre como si sentarla a la mesa fuera una concesión.

¿*Celosa* de Natalya? ¿Cómo es posible, Frida?

Usar flores como si fueran pinturas es demasiado trabajo. Para cuando termine la fiesta serán un tiradero de pétalos marchitos y manchas en el mantel que podrían haberse evitado. Pero resiente el comentario, se pone furiosa: labios apretados, mano sobre el rebozo rojo, aretes de plata acariciándole los hombros.

—¡Manchas que evitar, flores marchitas! Perdóname, Soli, pero ¿dónde voy a dejar mi marca en la vida sino en lo absurdo y lo fugaz?

Quiso saber cómo decirlo en inglés. Lo absurdo es fácil. Lo otro es más difícil. *Fugaz*: que escapa, que desaparece con el tiempo. ¿Qué haríamos, sin lo absurdo y sin la escapatoria?

En ese momento la puerta se abrió, ¡bang!, y era Diego, claro.

Cargaba libros y un saco, y soltaba cosas al pasar, sus botas resonaban en las losetas como disparos de rifles al cruzar el cuarto, la besó, le quitó las flores y comenzó a arreglarlo todo de nuevo. Toda su obra, usted misma, todos los que están en el cuarto desaparecen con la presencia de Diego. Siempre tiene la razón porque siempre es fascinante. Para la Frida, el Diego. Nada más.

Hace mucho hubo un muchacho así, en la escuela: Bull's Eye, que siempre tenía razón aunque no la tuviera. Un día dijo que debía tenerle confianza, tarde o temprano. Frida: un alma herida frente a otra. Que tal vez podría ayudar. Como usted es la única que lee este reporte semanal, he aquí la confesión solicitada: el escándalo por conducta insólita. Para El Insólito, el Bull's Eye. Nada más. Insólito quiere decir «ridículo». Significa cuanto se dijo: absurdo, fugaz. ¿Dónde estaría sin lo absurdo, sin lo fugaz? Tal vez usted también llega a sentirse sola en esta casa y tal vez podría decir: «Amigo, ¿qué haría sin ti?».

16 de mayo

La prensa informa que vino a México el señor Browder, del Partido Comunista de Estados Unidos, para prevenir a los comunistas mexicanos sobre cualquier posible relación con Trotsky. Pide «unidad a cualquier coste», lo cual significa apoyar a Stalin. Lombardo Toledano y muchos otros líderes del partido mexicano han cenado en casa de los Rivera y han comido lo que se preparaba en su cocina. Pero ahora se ha revocado la membresía de Diego. Todos ignoran su invitación para venir a conocer a Lev.

El calor es insoportable. Van se va esta noche al bar El Arete de Oro. Solo para que le dé el aire, según dice. Le acompaña Lorenzo, con la esperanza de conocer muchachas. *¿No quieres venir también?*, invitó Van. Pero lo más probable es que solamente se trate de un lugar con aire igual de viciado.

1 de junio

El comisario en jefe del Ejército Rojo fue ejecutado por traición: Tujachevski expresó su apoyo a Trotsky y solo por eso está muerto. Lev teme una purga que afectará a miles de oficiales. Aquí, no hay nada que reportar.

4 de junio

Un telegrama de Lyova esta mañana, en clave como siempre. Las purgas en la Unión Soviética son terribles. El jefe de los Servicios Secretos soviéticos renunció a su puesto en señal de protesta por los asesinatos y dio a conocer su adhesión a Trotsky y la Cuarta Internacional.

Lev teme por la seguridad del jefe Reiss, pero le alegra la noticia de que haya roto con Stalin. Un día armonioso en la oficina a pesar del calor agobiante. Lev hizo que sacaran la mesa roja de trabajo al patio. Era algo digno de verse: el Comisario trabajando con un gran sombrero de paja y sus anticuados pantalones hasta la rodilla. Hasta Van renunció por fin a las camisas formales y optó por una camiseta sin mangas, y a lo largo del día sus enormes hombros holandeses comenzaron a brillar. Esta noche son casi del mismo marrón que el escritorio.

Esta tarde tiró el tintero pero, para variar, se rió. Su humor mejora. Acepta agradecido ayuda para cambiar el carrete de su máquina o, más tarde, para reparar el enchufe del Ediphone. Alabó una corrección mínima en una traducción, declarando que somos un buen equipo. ¿Dónde podríamos trabajar juntos, fuera de aquí, si es que logramos salir algún día?

5 de junio

El deseo de la señora Frida para esta noche fue una cena íntima con los Visitantes. Natalya no se sentía bien y se quedó en la cama. Van se tomó la noche libre.

8 de junio

Hágase notar: cada vez que la señora Frida saca la charola del té, el Comisario se enciende como el sol. Antes apenas aguantaba las interrupciones con tolerancia cortés. Ahora voltea con frecuencia a ver si ya es hora de la siguiente. Escucha con atención la llegada del tintineo de pulseras. Van está de acuerdo: el comportamiento de Lev es extraño. Hoy Lev y la señora fueron en automóvil a casa de la señora Cristina en misión no revelada, y se quedaron allá varias horas; no es la primera vez. La falta de seguridad es extremadamente preocupante, Frida. No se trata de una opinión.

10 de junio

Hoy, mientras Lev se pasaba toda la tarde fuera de la casa, por instrucciones suyas se limpió la oficina y volvió a meterse la mesa. Se esperan lluvias.

Es evidente que el Comisario no esperaba una limpieza tan escrupulosa. Van encontró una caja con cartas que le provocan gran preocupación. La naturaleza de dichas cartas tal vez ya es conocida por la señora Frida. *El nuevo proletariado no necesita solamente los murales de tu marido, sino también lo que tú ofreces: belleza, verdad, pasión. El verdadero arte y la revolución unen sus labios y sus corazones.* Algunas cartas, todavía más explícitas, han sido colocadas dentro de los libros que le presta la señora Frida. Es claro que tiene la intención de devolverlos después. Dejamos las cartas en su lugar.

Esta noche Van da vueltas a su catre en este cuarto pequeño como un ropero; parece prisionero. Cuando está nervioso chupa sus pastillas de orozuz; toma su ración de la noche, que acomoda en fila de principio a fin como Mamá acomoda sus cigarros.

—¿Podemos contarle esto a alguien?

—¡Claro que no!

Van se desespera por la seguridad de su jefe. Y también siente lealtad por Natalya; ha vivido con ellos durante muchos años. Quiere que le explique este comportamiento, pero no escucha la explicación.

—¡Por el amor de Dios! —dice sin parar, caminando y echándose sobre el catre alternadamente. Sus anchos hombros y su camisa de cuello en V brillan en la oscuridad de este cuarto con ventanas tapiadas—. Pensé que lo veía como a un padre. Por el amor de Dios, le dice El Viejo.

—El *viejo* es solamente cinco años mayor que Diego. Tal vez lo dice para disimular lo que siente.

Tapiados en una pequeña celda: dos hombres envueltos por el calor como si fuera sarape, azotados por dos angustias completamente diferentes. En la raíz del desasosiego de cada cual, aunque en dos canales distintos, están los daños infligidos por el amor, la crueldad de la atracción sexual.

No tiene ni idea. En un momento estará desnudo, como todas las noches. Ofrece su cuerpo con inocencia, trozo a trozo, como un banquete. Su vientre blanco y plano como una tortilla de harina. Sus hermosos pies rebasan, con mucho, el catre.

—¿Cómo pueden ser tan tontos? —sigue preguntando.

—El amor puede ser como una enfermedad, Van. Ellos no se la buscaron.

11 de junio

Cuatro cuadros de la señora Frida serán incluidos en una exposición de la Universidad Nacional. Debe sentirse feliz al respecto, pero no lo ha mencionado, ni nada de índole personal desde el último reporte. Viene a la casa para ver a Lev casi todos los días, pero evita a los empleados. Evita, sobre todo, a Van.

Las confidencias de su cocinero, tantas veces solicitadas con insistencia, han pasado desapercibidas o, al menos, no han sido motivo de comentarios.

12 de junio

Una salida inolvidable: extraña y fantástica, aunque terminó en una amarga humillación. Las confidencias de este reporte han sido usadas en contra de su autor. Y eso no es opinión, sino realidad.

El gobierno de una casa se parece al gobierno del mundo. Lev dice que los rusos toleran la tiranía de Stalin solo porque no conocen otra cosa, debido al aislamiento en que el zar los mantuvo durante siglos. Tal vez en este caso se trata de algo parecido. Tal vez eso le ocurre a la patrona, y su crueldad sea consecuencia de su pasado. De las crueldades que le imponen su marido o la vida misma.

Pero como Lev dijo en el proceso: por ahora, nuestra tarea más importante es avanzar sin que cada paso adelante implique un retroceso.

El reporte oficial de la historia, pues. La señora Frida propuso amablemente esta salida para «aliviar nuestro insoportable calor». Y Natalya, claro está, aún sigue indispuesta, y Diego demasiado ocupado para que se le informe siquiera. La escapatoria solamente incluye a su persona, Lev y dos secretarios (dos pares en la mano, su jugada). Arregló todo con el mayor secreto y manejó ella misma el automóvil porque César no sabe callarse la boca, según dijo. Lo cual es cierto.

Un largo y terroso camino a orillas de la ciudad hasta el embarcadero. Xochimilco es un pueblo extraño. Las milpas parecen estar flotando en el agua. Se trata en realidad de islas artificiales cultivadas desde tiempos de los aztecas, cuando la ciudad todavía estaba en un lago. Los canales y estas islas cultivadas y rectangulares son el último vestigio de aquella larga historia en el ajetreo que hoy llamamos ciudad de México. La señora Frida hacía el relato con gran ánimo mientras conducía, soltando a veces el volante para gesticular, diciendo que los antiguos, cuando hicieron estas islas, complementaban su dieta con ranas. Se construyeron dentro de cercos de carrizos entrelazados y capas de plantas acuáticas y lodo fértil apiladas hasta sobresalir del agua para que los campesinos pudieran sembrar.

Ahora es un laberinto enloquecido de colores y agua fresca. Calabazas y maíz, explosiones de flores. Con canales en cuadrícula perfecta entre los islotes donde floripondios color de rosa columpian sus campanas sobre el agua, garzas blancas paradas en una pata entre los juncos. Altos y viejos álamos nativos, los ahuejotes, arraigan delgados entre las orillas de las milpas y sombrean las veredas de agua. Y puede verse cómo lo hacen todo: comienzan sembrando los brotes de los árboles bajo el agua, en rectángulos, para amarrar los carrizos y los postes que forman el perímetro del islote. Ahora, los arbolitos plantados hace mucho han envejecido y son gigantes frondosos; los arbustos de colorines crecen entre ellos. Algunas islas tienen chozas con techos de palma, y los niños corren y nadan entre ellas como peces, desnudos. Las mujeres echan anzuelos al agua, o pasan jarras de pulque a quienes viajan en las embarcaciones. Cada orilla de los canales ofrece un panorama interesante, largos listones de agua verde y reluciente, bajo arcos con túneles de árboles.

Las trajineras son barcas para pasajeros, anchas y de piso plano. Vistosas como patos, están todas pintadas de azul, rojo y amarillo, y cada una tiene al frente un arco donde lleva escrito con flores el nombre de una mujer. Se escriben a la orden, cada vez que se alquilan. Frida y Lev disputan al alquilar la trajinera: ella quiere que se llame *Revolución*. No es lo mejor (señala Van), por razones de seguridad del camarada huésped. Triunfa Lev y el lanchero escribe *Carmen*, que es el primer nombre de la señora Frida. Se arremolina contenta en una banca con «el Viejo» a su lado. Van y HS en otra, dos parejas enfrentadas ante una mesa de tablas. Todas las embarcaciones tienen una mesa larga y angosta para comer, que abarca desde la proa hasta la popa. La nuestra estaba pintada de amarillo chillón, y parecía concordar con el humor de Frida.

Ella sabrá el nombre exacto de este color. Los canales estaban atascados de trajineras semejantes, pintadas todas con la misma imaginación violenta, columpiando a parejas y familias que escaparon del calor de la ciudad, y los lancheros las mueven con pértigas largas. Los campesinos con canoas llenas de verdura tienen problemas para pasar por entre este tráfico, en su ruta hacia los mercados de la ciudad.

Pasó una canoa con una marimba y dos hombres con camisa blanca; parados uno junto a otro ante el largo instrumento, sacan a cuatro manos notas de la madera. Frida les aventó unos cuantos pesos para que tocaran *La Internacional*. También pasaron otras barcas con músicos, había muchas en el lugar. Hasta un conjunto completo de mariachis que mantenía un precario equilibrio entre el entusiasmo de la canción y la determinación de mantenerse secos.

Era un mercado flotante y salvaje. Los hombres vendían flores en sus barquitas, mujeres con ollas gigantescas de aluminio se enfilaban para vender comida: elotes asados, pollo, mole, carne asada y tortillas entregadas en la propia barca, en loza que más tarde sería lavada en los canales mismos. Lev compró un ramo de rosas y las colocó una por una en las trenzas que coronaban a Frida. Sirvió un vaso de vino para cada uno, y luego volvió a llenarlos. Pagó a una banda para que tocara *Cielito lindo* y otras doce o catorce canciones, más relacionadas con el corazón que con la revolución. Cuando se agachó hacia el agua para pagarles a los músicos se le olvidó soltarle la mano que tenía entrelazada debajo de la mesa. Los amantes quedaron expuestos, haciéndose arremucos toda la tarde, el codito de ella bien doblado sobre el de él.

Van miraba hacia otra parte, lanzaba suspiros de incomodidad para no ver lo que pasaba entre ellos, de una manera tan infantil que resultaban inusitados. Hubiera dado lo mismo quedarnos viendo, armonizan mejor físicamente que la palomita y el saporana. Una alineación más placentera: la muchacha india y su compacto campesino ruso. Frente a ellos, el dios nórdico y el mecanógrafo nativo sentados tan juntos en la banca que, a cada giro, la barca juntaba alguna parte de sus piernas o de sus hombros. El aire era de una calma irrespirable, un rugido ardiente y algodonoso que lo devoraba todo: el calor, la música, el pulso acelerado. Van, tan cerca que podría tocarse su mejilla o aferrar su rodilla. Costaba no hacerlo.

Y de pronto, fuertes gritos quebrando el silencio. Nuestro adormilado barquero alzó la pértiga alarmado, pero se trataba simplemente de una embarcación repleta de muchachas en edad escolar. Venían por un lado remando con fuerza, mientras otra embarcación iba persiguiéndolas de cerca. Estaba llena, por supuesto, de muchachos salpicando y aventando flores a sus víctimas.

—Es una guerra florida —gritaban las muchachas, lanzando de regreso flores de largos tallos a través del agua. Nunca se alcanzaban, como las flechas de los guerreros aztecas que siempre fallaron ante Cortés, antes de que los cañones despedazaran sus corazones.

—*En garde!* —gritó Frida, aprovisionándose de las flechas de su cabeza y lanzando rosas en todas direcciones. Lev lanzó también algunas flores, tal vez por primera vez en toda su carrera militante. Frida se agachó hacia el agua para agarrar un clavel de tallo largo que enarboló como una espada, golpeando a Lev primero en la mejilla y luego en el pecho.

—¡Me dieron! —gritó, llevándose la mano al pecho en dramática parodia y cayendo hacia atrás sobre la banca—. Herido en el pecho por una florecita. ¿Cómo se llama esta?

—Encarnada.

—Descarnado por la encarnada —dijo. Golpes carnales. Heridas que podrían ser mortales.

Lo besó en la mejilla. Van miraba con atención los árboles. Los dos barcos repletos de guerreros se alejaron por un canal lateral, dejando tras ellos el agua manchada de coloridas municiones. Otra canoa se acercó, y subió a bordo un vendedor de juguetes, con los bolsillos repletos de objetos hechos de palma.

—¿Vienen niños?

—No —dijo Frida, y Lev: «Sí». Al mismo tiempo. Van explicó: «Me temo que los niños ya se fueron».

—Bueno, este es indispensable para personas de cualquier edad. —El hombre sacó de un bolsillo un tubo tejido largo—. *Atrapanovios*. Puede probarlo, señorita. —Y se lo alcanzó a Frida, quien obediente metió la punta del dedo en el tubo y demostró que no podía sacarlo. Cualquiera conoce el truco. Mientras más se jala para sacarlo, más se aprieta el tejido.

—Señor, ahora debe comprarlo y jalarle usted el otro extremo —dijo el hombre sonsacándole cinco pesos a Lev—. Si no, ella se quedará sola con este peligroso objeto con el que se pueden atrapar novios. ¿Quién más necesita novias por aquí? ¿Ustedes, jóvenes?

—A lo mejor ese —dijo Frida señalando al otro lado de la

mesa—. Anda desesperado, tratando de agarrar a un novio en especial.

No había necesidad de decirlo así, *novio*, en masculino.

—Pero olvídese del otro. —Quitó el dedo que le tenía atrapado Lev y apuntó con la tira larga hacia Van, como si fuera un niño mal portado—. Ese no necesita trampas para atrapar muchachas, parece que está bien equipado. ¿Qué hora es? ¿Las cuatro? Ahorita ya lo están esperando en fila, en El Arete de Oro.

—¿De qué estás hablando? —Lev se enderezó—. ¿Vas a la cantina de noche?

—No todas las noches, y las muchachas no hacen fila.

—Ah, pues yo he oído chismes —dijo Frida. Parecía bastante borracha, pero a lo mejor era teatro. Puede fingir cuando quiere, para aprovecharse. El hombre de los juguetes, viendo que había metido la pata, regresó en silencio a su canoa.

—¿De qué se trata, Van? —volvió a preguntar Lev, quien parecía más curioso que reprobatorio—. Nunca me habías hablado de tus muchachas.

Van se puso muy colorado.

—*Muchachas* no, es solo una. Se llama María del Carmen.

—María del Carmen —repitió Frida cantarina—. ¿Así que esta trajinera proclama más de una causa con su nombre? Cuéntanos. ¿Es cantinera?

—Mesera, pero con estudios universitarios. A veces me enseña español, por las tardes.

—Ah, bueno, bueno —dijo Frida con una sonrisa feroz, como un gato con un ratón entre las patas—. Con estudios universitarios y además chula, de seguro. ¡Te enseña español! ¿Y ya aprendiste esta: *esternón*? —Se tocó el esternón agachándose hacia adelante, agarrándose los pechos con las manos—. ¿Y también *pezones*?

La piel de Van se sonrojó por completo: cara, orejas y hasta la parte trasera del cuello.

—Conozco la palabra, si eso es lo que quiere saber.

Se paró, recargándose en la mesa para acercarse a su cara.

—¿Y besos suavecitos?

Lev la jaló de la mano.

—Frida, ya es mayor, no es un niño. Si tiene una amante en el pueblo, ¿a ti qué te importa?

—A mí todo me importa, viejo. Los amantes, sobre todo. —Las miradas que lanzaba a Van eran demoledoras. Se sacó el atrapanovios del dedo con suavidad, y lo examinó un momento antes de aventarlo a través de la mesa a quien no era el objeto de ningún deseo.

—Insólito, tú eres quien necesita esto. Mejor dedícate a agarrar otros peces.

14 de junio

La casa explotó. Diego y Natalya se enteraron de la aventura de sus consortes con el disgusto que era de esperar. Lev se fue esta mañana a una casa en el desierto de San Miguel Regla que le prestaron, sin previo aviso, unos amigos de confianza de Diego. Cuando la señora Frida llegó esta mañana a la casa, Natalya hizo una escena bochornosa. La pobre Belén estaba tan asustada que soltó un plato de buñuelos.

Van se fue con él, por supuesto; también Lorenzo, pero los

otros guardias se quedaron. Lev dijo que no podía abusar de la hospitalidad de los amigos de Diego llevándose un ejército, por muy simpatizantes de la Cuarta Internacional que fueran. Diego teme que el lugar no pueda ser bien resguardado. Y para complicarlo todo, Diego se cuenta ahora entre quienes forman filas con intenciones de asesinar al huésped amigo.

Frida parece desconsolada, pero sin cargos de conciencia. Mezcla extraña, señora, cuando es usted, por cierto, la única culpable. Era obvio que quería que la descubrieran. Recuerde lo que pidió en estas páginas: la verdadera historia, sin engaños.

17 de junio

Las historias, en la cocina, están más calientes que la estufa. Perpetua cuenta que la señora Frida se fue ayer a San Miguel Regla, con el pretexto de que necesitaba llevarle dinero a la familia Landeros para pagar el hospedaje de Lev. Perpetua chasquea la lengua:

—¿Qué tiene que hacer allá? El ridículo. Pero ya encarrerada, mejor agarrarse de la rienda, ¿verdad? Aunque el potro repare.

—Al viejo todavía ha de quedarle chile para la salsa —dijo Carmen Alba.

—¿Viejo? —dijo Perpetua con desdén—. Ni siquiera llega a los sesenta. Ustedes son niñas y todavía no saben nada. Mientras más hierve el caldo, más se sazona.

Belén miraba nerviosa la puerta de la cocina, con miedo a la esposa del caldo en cuestión.

30 de agosto

Ayer llegó un telegrama. Erwin Wolf, anteriormente secretario de Lev, había sido asesinado en España por la GPU. Natalya juzgó que alguien debía llevar la triste noticia a Lev. Fue un viaje tranquilo a San Miguel: César más suspicaz que nunca, aunque ya no comparta el cuarto con un espía que toma notas en su cuaderno.

El camino a Regla pasa cerca de las pirámides de Teotihuacán, luego por pueblitos de montaña, calles empinadas llenas de cantinas, burros y polvo entre mansiones coloniales de color rosa de los tiempos en que ser rico en México no era vergonzoso. Ahora todas las mansiones se alquilan y hay tendederos de ropa en los balcones.

Lev ocupa un pequeño departamento en la parte trasera de la gran hacienda de San Miguel Regla. Parece bastante seguro; hay una pared muy alta donde Lorenzo vigila desde una ventana. El lugar es desierto y visitado casi exclusivamente por zopilotes. Los Landeros rara vez van a la residencia, y se pidió a la familia y los sirvientes, de cualquier manera, que no se acercaran a la parte trasera de la casa. Sin mujeres a su alrededor, Van, Lev y Lorenzo comparten cuartos que parecen cajones de un ropero enorme; las camas cubiertas de cuadernos, pistolas, zapatos y tinteros. Si Lev se queda mucho más tiempo, podría ahogarse en su caudal de papeles.

Lev encuentra vigorizante el aire del desierto, y sale todas las mañanas a dar largas caminatas por las veredas vacías. Se ha enamorado de los cactos, y ha encontrado cientos de especies que abundan en los barrancos secos. Para desasosiego de Van los saca, excavando, los envuelve en sacos y los lleva a la casa sobre el hombro. Parece que pretende hacer un jardín con estos espinosos y extraños seres. Van también parece espinoso. Tal vez extraña la vida del Arete de Oro.

El viaje de regreso fue aún más lento por la forma sonámbula de conducir que tiene César y por la anticipación de la cara ávida de la pobre Natalya, como de pequeño bulldog que olfatea al amo ausente. Se le debe avisar que Lev no planea volver pronto. No desea abandonarla, pero está fascinado por la vida tal cual es, sea la que sea. Es un ejemplo maravilloso para cualquier vagabundo sin hogar: ahora que está exiliado de todo el planeta, excepto de este lugar desierto y salvaje, declara su pasión por los cactos.

Aquí hay poco quehacer. Cocinar para los guardaespaldas ociosos y Natalya, que casi no come. Ha sobrevivido seis semanas a base de tónicos de limón y Phanodorm. Todos los días, a las dos de la tarde, estaciona sus dos zapatos negros junto a la cama como si fueran pequeños automóviles, se acuesta completamente vestida y así sobrelleva el resto del día.

Uno de los mensajes que llevaron a Lev se refiere a la visita de Joseph Hansen, camarada del partido trotskista de Estados Unidos. Natalya le ve esperanzas. El verdadero motor de Lev, según dice, es su trabajo. La llegada de Hansen lo hará regresar.

8 de septiembre

Lev regresó, como se había previsto, y con él una marea de papeles, como una inundación. Terminaron los días de ocio. Van trabaja todo el día transcribiendo cilindros de cera grabados mientras Lev saca más. La escritura es interminable, interrumpida solamente por los simulacros de seguridad.

La casa está agitada como un perol hirviendo: Diego quiere que el señor Hansen y su esposa Reba ocupen uno de los cuartos del pasillo. Así pues, todos los guardias deben compartir un cuartito, a menos que alguno de los hombres acceda a dormir en la misma cama de la vieja Perpetua, que ronca como un jabalí. Las muchachas de la casa pusieron un catre bajo la higuera del patio, para tener un poco de paz.

Los miembros del personal se sienten cada vez más prisioneros por la aglomeración y las medidas de seguridad extremas. Las amenazas son reales; se entiende la situación, pero no es fácil. Belén y Carmen Alba no pueden visitar a sus madres. Rara vez se abren las puertas; hasta un viaje al mercado debe coincidir con el cambio de guardia, para alterar lo menos posible la rutina de Lev. Van interrumpió sus visitas nocturnas a la cantina. Los guardias duermen con las pistolas puestas, y cada vez que llaman a la puerta es posible que afuera espere la posibilidad de la muerte. El calor del verano ha cedido, pero ya nada es como antes.

12 de septiembre

Llegada de Joseph Hansen y su esposa Reba. Lev y Joe están tan felices de verse que pasaron la noche en vela, platicando. Reba ayudó a hacer las camas extras: colchonetas en el suelo del cuartito donde ahora duermen cinco hombres, cuando no están de guardia. Reba pide disculpas abochornada, y está dispuesta a compartir la cama con Perpetua. Diego no les había advertido de la cantidad de gente que vive aquí porque probablemente nunca se ha dado cuenta. La pobre se disculpa casi llorando: «¡Y mañana tendrán que darnos de comer! Deben estar cansados de salvaguardar a los hombres que van a salvar al mundo».

Hansen tiene la intención de escribir la biografía de Lev. En ese caso, este recuento de acontecimientos tal vez ya no sea necesario. El señor entiende perfectamente la situación política, a diferencia, con mucho, del cocinero ignorante; puede anotar perfectamente las conversaciones con objetividad sin alterarlas con sus prejuicios acerca de lo salado y de lo dulce. La historia puede quedar en manos más capaces.

En todo caso, cuando una historia depende de reglas impuestas por otra persona no es un consuelo real para el espíritu. Que conste aquí que el escritor entiende que esta tarea obedece a una generosidad que agradece. Pero es su deber decir que carece de libertad. Un recuento que se hace para ojos ajenos no es historia, sino espionaje.

16 de septiembre

Frida.

Carmen Frida Kahlo de Rivera, para ser exactos. Y Van.

Fueron descubiertos durmiendo juntos en el catre, debajo de la higuera donde suelen dormir las muchachas de la casa, que hoy fueron enviadas a pasar las fiestas patrias con sus familias.

Anotado aquí para la historia: la pareja estaba acostada, los miembros enlazados, el enorme brazo blanco de él protegiendo el pequeño y curvado cuerpo de ella. El cabello oscuro de ella los rodeaba a ambos, arraigándolos a la cama como si fueran una sola planta que creciera allí. Parecían consolados por el sueño sin notar al observador, quien tras haber consumido cerveza esa noche durante la fiesta de Independencia, pretendía echar una meada furtiva en el lecho de geranios. La pareja no se percató de haber sido descubierta. Al parecer, aún lo ignoran. Se reporta aquí el descubrimiento. Un celo de perros encerrados campea por este lugar.

7 de noviembre

La Comisión Dewey por fin exoneró formalmente a Lev de todos los cargos que se le imputaron en los Procesos de Moscú. Tras meses de deliberación han enviado su veredicto escrito a todas las naciones. Stalin desea su asesinato ahora más que nunca, por supuesto. Y los periódicos de Europa y Estados Unidos que lo declararon culpable antes apenas dan cuenta de la Comisión Dewey. Diego dice que los gringos ven a Hitler con ojos nerviosos, especialmente ahora con el *Anschluss* y el Eje Roma-Berlín. Dice que, si hay guerra, Gran Bretaña y Estados Unidos quieren a la Unión Soviética de su lado. Por lo tanto, no pueden darle la razón a Trotsky cuando declara que Stalin es un monstruo, porque van a necesitar al monstruo.

Sin embargo, el clima se ha despejado a tiempo para celebrar los aniversarios de Lev y de la Revolución de Octubre. Los Rivera hicieron una fiesta más grande que nunca, contrataron marimbas y llenaron la casa y el patio completamente. Los encargados de la seguridad casi mueren, víctimas de la tensión. Los invitados ya no son de la comunidad artística comunista, sino campesinos, hombres de calzón blanco y huaraches, sindicalistas que apoyan a Lev. Las mujeres entran modestas, con la cabeza baja, casi barriendo las piedras del patio con las trenzas. Algunas trajeron pollos vivos de regalo, las patas muy bien amarradas con mecates. Pero ya se había comenzado a cocinar una semana antes de la fiesta.

La señora Frida estaba particularmente extravagante con un huipil tehuano dorado, falda verde y rebozo azul. Llegó cargando un gran paquete envuelto en papel: un autorretrato como regalo de cumpleaños para Lev. Pero no pudo entregarlo, en medio de tanta celebración. La gente ya estaba dormida en las sillas y los marcos de las ventanas, ya era casi de mañana, cuando entró en la cocina:

—Por el amor de Petrogrado, ¿alguien puede decirme por qué carajo se celebra la Revolución de Octubre el pinche siete de noviembre?

—Belén acaba de preguntarle lo mismo a Van. Parece que al proletariado ruso le tomó más de un mes derrocar la labor de siete siglos de opresión.

—Bueno, dice Diego que ya pueden acostarse. Según él, no es justo que los sirvientes pasen más de un día haciendo tanta comida nomás pa' celebrar a diez millones de campesinos muertos de hambre.

—No se preocupe, todos los demás cocineros oprimidos ya se acostaron. Solamente lavaba las ollas del chocolate. Y lamento informarle de que el trabajo en la cocina comenzó hace una semana. ¿Qué pretende Diego? ¿Que haga usted este trabajo?

Se hundió con delicadeza en una de las sillas de madera de la mesa amarilla, posándose como un canario.

—Ay, Soli, ya sabes cómo somos yo y la rana. Podemos agarrarnos del chongo por cualquier pendejada.

—Sin contar con las que no sabe.

Volteó con cara de niña asustada, agarrando del rebozo como si fuera a protegerle de balas o de fantasmas. Qué interesante, descubrir la potestad de dominarla. Las posibilidades de la crueldad son espontáneas. Lev dice: *Cuando la humanidad está exhausta, surgen nuevos enemigos. Por ahora nuestra tarea más importante es avanzar.*

—Olvídelo, Frida. Nadie le dirá a Diego nada de lo de usted y Van. Solo se anotó en el registro para que supiera que los habían visto. Puede arrancar esa hoja. Pero tratándose de la esposa de un hombre que tiene la Luger junto a la pasta de dientes, ¿no podría ser más cuidadosa?

—Pensé que estarías furioso. Por Van.

—La furia requiere de fuego. Y con Van no hay la menor esperanza de fuego, como bien lo señaló aquel día del paseo en barco. ¿Ya había estado entonces con los dos?

—Me pintas como a un animal. «Celo de perros encerrados.» Suena cruel.

—No me sorprendió de usted, solo de Van. Y también de Lev. Parecen tipos muy morales. Perdóneme si planteo así las cosas.

Por una vez, miró usted fijamente a su interlocutor, arrinconada por la pregunta, sin fijarse en la puerta:

—¿Tú qué sabes del amor?

—Nada, según parece. Que se enciende y se apaga como un foco.

Parecía rebuscar en su alma para encontrar algo bondadoso.

—A la gente le gusta que la apapachen. Eres tan joven, tienes todavía tiempo de sobra para volverte tan moralista.

—Según dijo, no hay más que unos cuantos años de diferencia.

—Soy bastante mayor, sin embargo, por todos mis remiendos. Estoy condenada, como todos estos hombres, aunque por causas menores.

Ya estaban limpias todas las ollas. No quedaba nada más por hacer.

—Soli, en esta casa hay dolor. Mañana le pegan un balazo en la cabeza a cualquiera. Los hombres como Diego y Lev han hecho votos de sacrificio. Mejor morir de pie que vivir de rodillas, y todo lo habido y por haber. Pero detrás de su fatalismo, quieren vivir.

—¿Y quién no?

—Pero ellos más que otros. Lo desean con tantas ganas, que sacuden el mundo hasta atarantarlo. Por eso son lo que son.

—Y Frida los ayuda a estar vivos. Cuando se le antoja.

—Con Van fue solo esa noche. Creo que estaba muy borracho, pero con los grandotes y mudos nunca se sabe. Se muere de soledad.

—¿Quién? ¿Van?

—Sí. ¿Sabías que está casado?

—¿Van, casado?

—Lo estuvo. Con una muchacha de Francia. Los dos eran muy jóvenes, me parece, y trabajaban en el partido. Tuvieron un hijito. Ella se llama Gabrielle. Quería venirse para acá, pero Natalya no quiso. Parece que hubo un tremendo pleito. Ya sabes cómo es Natalya de protectora, se cree que Van es su hijo.

—Se entiende, después de todo lo que ha pasado, de sus pérdidas.

—Tienes razón. Olvídate de Diego, es Natalya la que me mataría si se entera de que me enredé con Van.

Una esposa. Van tiene una esposa llamada Gabrielle. Tienen un hijo. Esto es lo que significa estar solo: todos tienen vínculos con los demás, sus cuerpos son un líquido vital que fluye a su alrededor, comparten un corazón que los hace moverse al unísono. Si un tiburón llega, todos escapan y lo dejan a uno como cebo.

Este es el último informe. 7 de noviembre de 1937.

Cuaderno de Coyoacán

25 de abril de 1938

Mamá murió. Que el Dios en el cual nunca creyó le permita, por piedad, no estar sin hombres o sin música, en un cielo triste. Salomé, madre sin madre, que nunca fue sino una niña. Muerta, con el corazón fuera de lugar.

En el principio fue el aullido, madre e hijo unidos en el terror de los diablos clamando desde las alturas. No le importó cuántas veces los hombres le dijeran: «No es nada. Un asunto práctico». *Escribe la historia de lo que nos ocurrió, dijo. Prométemelo. Para que, cuando ya no queden de nosotros más que los huesos y jirones de trapo, alguien se entere adónde fuimos.* Dijo que lo comenzara así: Clamaban por nuestra sangre. ¿Cómo puede terminar la historia tan de golpe, de manera tan amarga? Salomé hecha trizas en un coche despedazado, con el corazón fuera de su lugar por última vez. Nada queda sino los huesos y jirones de trapo. ¿Quién puede decirme adónde se fue?

Su nuevo amigo era un corresponsal extranjero. Iban corriendo al campo aéreo, para echarle una ojeada al temerario piloto que se detendría allí durante algunas horas. Un audaz piloto que este año planea completar la vuelta al mundo. Estos hombres y sus grandes proyectos. El corresponsal es inglés, Lewis. Tal vez le prometió a Mamá que en el campo de aterrizaje encontrarían personajes famosos. Lo que encontraron fue un camión de frente, cargado de reses, que venía de Puebla rumbo al mercado. Algunos animales se salvaron. A Lewis se le fracturó una clavícula y el parabrisas roto le hizo algunas cortadas. Pero el motor del Studebaker cayó sobre el pecho de Mamá, causándole lo que el médico diagnosticó como «neumotórax espontáneo». Significa que le hizo un agujero en el pulmón, dejando salir todo el aire y jalándole el corazón hacia el lado derecho del pecho. Lo arrancó de donde estuvo situado durante cuarenta y dos años, sin encontrar nunca su lugar. Tal vez lo halló durante sus últimos latidos. Tal vez su corazón dejó de buscar algún lugar.

Lewis me contó lo que recordaba, ofreciéndome sus condolencias desde una cama del Hospital Inglés. Su cabeza estaba vendada como momia de película. «Eres el hijo —dijo la momia—. Me contó que tenías planeado ir a la universidad, para hacerte litigante.» La había conocido hacía poco. No se sintió obligado, realmente, a decir nada durante el entierro. Diego, con la generosidad de siempre, pagó el ataúd y una misa, a pesar de su ateísmo. Y del de ella. El equívoco fue pasado por alto por los escasos amigos que se reunieron, ninguno de los cuales la había conocido en vida. Solo el hijo, que llevaba a cuestas el peso de sus propios huesos y un pesar húmedo y poco viril. Qué herida desgarradora y salobre, ese paisaje triste y pequeño; qué arrogancia ejerce el mundo contra mujeres como Salomé. Acudió a tantos salones del brazo de su pareja, siempre dispuesta a seducir en este mundo a los burócratas que fuera necesario. Y al final, ninguno se mostró dispuesto a escoltarla hacia la salida.

¿Cómo se hizo tan pequeña su vida, antes tan llena de grandes esperanzas? Su último departamento: un cuarto sobre una mercería. Un baúl de ropa y discos de fonógrafo, donados a un colega. Cada casa chica era más chica que la anterior. ¿Eran los acompañantes cada vez menos generosos? ¿Sus virtudes tenían cada vez menos demanda? Si hubiera llegado a vieja, hubiera terminado viviendo en una taza, para ser bebida a sorbos, mojando algún bigote encanecido.

Por fin apareció en los periódicos por haber partido de este modo. Una pequeña nota en los Extras sobre un temerario piloto llamado Howard Hughes. «Entre la multitud de reporteros, un corresponsal resultó herido, y una conocida suya murió en un choque mientras se dirigían hacia el lugar por la avenida de la Piedad.» La marca en la historia: una conocida suya.

26 de abril

Lev no pudo asistir a la misa, claro, por razones de seguridad, y se sigue disculpando por ello. Todo su cuerpo se encogió la mañana de la noticia. Sus sentimientos y los de Natalya están a flor de piel desde el asesinato de Lyova, en febrero. En un hospital de París, donde por Dios que cualquier persona debía estar a salvo. Ya no les queda ni un hijo, solo el nieto Seva, de la hija mayor. Los seguidores de Lev caen en los pogromos, todos los del campo de trabajo Vorkuta fueron ejecutados en un mismo día. Y aun así, Estados Unidos alega que Stalin *todavía* es su aliado. Ofrecen ayudar en la extradición de Lev para que sea ejecutado.

Desde que Cárdenas expropió el petróleo a los extranjeros, los periódicos amenazan con futuras sanciones, y tal vez habrá guerra. La semana pasada la calle Francia se llenó de estudiantes que gritaban: «Que vengan los gringos. Ya sacamos a Napoleón».

Natalya toma Phanodorm por la mañana y por la noche, una taza de té tras otra: para ahogar sus penas, como diría Frida, o hasta que las malvadas aprendan a nadar. Pero tal vez algunas penas no puedan tolerarse. Cuando Lev interrumpe su trabajo y se queda mirando a través de la ventana, sus ojos son tan fríos como los cuerpos de sus hijos. El futuro nítido y brillante que alguna vez vio tan claramente debe de estar trazado ahora con carboncillo, con líneas que se pierden hacia un punto de fuga.

Ayer salió al patio a fumar una pipa y a charlar, solo recuerdos y no necesariamente en orden. Habló de una cena que tuvo hace muchos años con Stalin, cuando nadie le consideraba más que un burócrata ambicioso e irritante. Compartían una botella de vino con Kamenev y Dzerzhinsky, hablaban de tonterías como todos los jóvenes, y salió la pregunta: ¿Qué es lo que más les gusta en la vida?

Lev cuenta que la pregunta animó a Stalin: «Se inclinó sobre la mesa y, empuñando el cuchillo como si fuera una pistola, apuntándonos a cada uno, dijo: Elegir a la víctima, preparar todo, vengarse sin misericordia. Y luego, echarse a dormir».

11 de agosto

Teotihuacán es el lugar donde viven los dioses. Xipe Totec, que rige sobre los deseos y sobre los nacimientos. Tlaloc, de ojos redondos, que trae la lluvia. Esta ciudad misteriosa con pirámides ya era antigua en tiempos de los aztecas, sus ruinas reposaban al noroeste del lago cuando llegó Cortés. Los sacerdotes le mostraron los gigantescos templos y le dijeron que era allí donde vivían los dioses cuando crearon el mundo. Era lógico que necesitaran semejante lugar para llevar a cabo tal tarea.

La Calzada de los Muertos corre por el centro de la antigua ciudad, con la Pirámide de la Luna irguiéndose portentosa contra el cielo, y enfrente, aún más grande, la Pirámide del Sol. La calzada está flanqueada por templos en toda su longitud, algunas con serpientes de piedra onduladas en las fachadas. Los colorines brotan de entre las enormes piedras del camino, tratando de alcanzar el cielo con sus dedos floridos teñidos de sangre. Nadie sabe realmente quién vivió y murió en Teotihuacán, ni para qué. Pero al caminar como humano con ojos asombrados entre los grandes templos, puede imaginarse fácilmente sangre y carne, corazones arrancados para apaciguar un destino terrible.

Estar allí con Frida lo hacía parecer el lugar más adecuado para un sacrificio humano, costumbre que solía practicar al ir de picnic. Pero, extrañamente, fue al contrario. Un día digno de constar en la historia. Apareció después del desayuno en la Casa Azul, metiendo la cabeza en el dintel de la cocina y haciendo signos para que saliera rápido, como si se tratara de un secreto.

—Tienes que venir conmigo a Teotihuacán —anunció—. Ahoritita. Nos vamos todo el día. —Estaba ataviada para cualquier contingencia, con un overol de gabardina enrollado sobre los tobillos y la armadura completa de joyas.

—Tengo mucho quehacer, Frida.

—Soli, es importante. Nunca has visto las pirámides de Teotihuacán y quieres ser mexicano.

—Tampoco me he metido con toda la élite mexicana. Supongo que mi ciudadanía es rala.

—Pues fíjate que tú y yo tenemos que hablar.

—Así es, pero al parecer no será posible.

—Tengo el coche aquí afuera, en la calle de Allende. Nomás tú y yo, solitos. Manejo yo, no César. ¿Vas a ponerte de apretado?

—Lo siento, Frida. Tengo aquí un huachinango grande y, aunque sea un buen tipo, se niega a quitarse las escamas y a meterse solito al jitomate con alcaparras. Hoy hay cena. Van a venir doce personas a oír a Diego, Lev y el señor Breton que presentan su documento. Por si lo había olvidado.

—Para lo que me importa. Pueden recoger cagarrutas de perico con su documento. Y Perpetua puede cocinar el huachinango. Ni que fueras tan importante como crees.

—¿Me despide?

—Si es necesario para que me acompañes un día, ni modo. Voy aquí afuera a fumarme un cigarrito mientras te decides.

Se recargó en la pared y prendió un cigarro. Podían verla desde la ventana de Lev. Lev es anticuado y mojigato para algunas cosas, una de ellas es que las mujeres fumen; otra, que usen pantalones. Hoy Frida se salía del huacal.

—Bueno, la cosa está así. —Volteó hacia la ventana y exhaló una larga bocanada—. ¿Te acuerdas de Gamio? El amigo de Diego, ese experto en cachivaches antiguos que excavó las pirámides. Dice que descubrió algo increíble.

—Con ese humor, habría que estar loco para subir con usted al coche.

—Bueno, pues quédate aquí con Diego, con El Viejo y monsieur el poeta-melena-de-león, tan pagado de sí mismo que dan ganas de miarle en el vino. De seguro van a dejarte con la boca abierta con su Manifiesto del Arte Revolucionario para su pinche *Partisan Review*.

—Pues figúrese, lo que dice no resulta desconocido, lo pasé a máquina.

—¿Sí? —De pronto parecía interesada. A lo mejor no le habían dejado leerlo. Pero había que tener cuidado y no servir de trapecio entre Diego y Frida, podría resultar desastroso.

—Condena, sobre todo, las restricciones de Stalin a los artistas de un estado revolucionario. Ninguna sorpresa. Creí que Diego se lo contaba todo.

—La señora Breton, la señora Trotsky y la señora Rivera no participaron en tan histórica conversación. Desde que llegó esa cucaracha vieja se juntan en un club de machos.

—En eso, no exagera: se les nota.

Frunció los labios.

—Por lo menos, a Jacqueline le gusta fumar y chismear. Si no, nos hubiéramos muerto de aburrición en el lago de Pátzcuaro. Y nuestros maridos, trabajando todo el tiempo en su chingado documento.

—Lo hubiera podido escribir usted, Frida, ni que fuera el gran manifiesto: «En materia de creación artística, importa esencialmente que la imaginación escape a toda coacción. La libre elección de temas es para el artista un bien que tiene derecho a reivindicar como inalienable». Cosas por el estilo.

Chifló.

—¡Qué genial! Eso podría escribirlo hasta Fulang Chang.

—También hay un pedacito sobre el surrealismo. Y México como el lugar natural del arte surrealista-revolucionario, por su flora, su dinamismo y todo eso. La mezcla de razas. ¿Y cuál es el gran descubrimiento del profesor, pues?

—Bueno, ahí te va. Dijo que estaban restaurando la pared de un templo que se cayó, o algo así. Y por accidente descubrieron un entierro múltiple. Muy *viejo*, Soli. A Diego le gusta toda esa mierda antigua, Gamio lo sabe, así que nos invitó a verlo antes de que se lleven los huesos con todo y todo. Pero Diego tiene esta reunión y yo voy a ir cuando me termine este cigarrito. Tienes veinte segundos para decidirte.

El viaje en el coche fue agitado. Frida tenía más energía inquieta que otros días, saltarina, agitando sus collares y ofreciendo un caudal incesante de lecciones de historia medio inventadas que mezclaba con consejos personales urgentes. De pronto dijo:

—Soli, tengo que enseñarte a manejar este coche. César no va a vivir eternamente. A veces creo que hasta ya se petateó, este año lo veo algo momificado.

El coche avanzaba hacia el noroeste con un paso bastante mortífero. Las orillas de la ciudad fueron seguidas por pueblos bastante parecidos a los del sur, hundidos entre limonares y tramos pedregosos deshabitados. Las gallinas corrían entre la basura de las cunetas, y a veces aparecía a media carretera un gallo, como un policía autoritario. Los mangos abrían su follaje como paraguas. El coche se sacudió cuando Frida torció abruptamente el volante para evitar a un niño que corría tras una vaca flaca. La muerte de Mamá se presentó como una enorme aparición.

—En serio —dijo Frida cuando volvió a enfilar sobre el camino casi todas las ruedas del coche—, tienes que aprender a manejar. Te lo ordeno, soy tu patrona.

—¡Ascendido! De secretario asistente del teórico político más influyente del mundo a chofer de la señora Rivera.

—Te estoy haciendo un favor, tendrías más libertad.

—Saber manejar sin esperanza de tener un coche. Interesante manera de concebir la libertad. Es usted quien debía hacer los manifiestos.

—¿Cuando te pusiste tan sangrón? Antes eras a todo dar.

Se calló varios kilómetros, lo cual mejoró su manera de conducir. Manejar las velocidades de un Roadster con la palanca en el piso parecía simple, comparado con el modelo T, que tenía palancas de mano para el acelerador y el embrague. Y aun así, Frida mete las velocidades como un carnicero. El Chevrolet hasta tiene una carátula que muestra el nivel de gasolina, para no andar adivinando cuándo se acabará. A veces se le olvida a César y deja que el modelo T se la termine; y entonces tiene que voltearlo de subida, para exprimirle hasta la última gota del depósito que está debajo del asiento. Frida muy probablemente hace lo mismo.

Por fin se detuvo en un pueblo para que preguntáramos por dónde ir y regresó decidida, subiéndose al asiento del pasajero. La lección que siguió fue exitosa antes de convertirse en demasiado exitosa.

—No puedes ir tan aprisa —advirtió a pesar de que íbamos, por mucho, más despacio que cuando manejaba ella—. Tienes que cambiar antes la velocidad, para el otro lado.

—Ya estamos en la velocidad más alta.

—Pero algo no hiciste bien. Se supone que cuando pones la alta debe sonar.

—Si se le dan dos pedalazos al clutch no suena. Fíjese, se detiene en neutral, que está en medio de la H, se saca el clutch, luego se vuelve a meter, al cambiar la velocidad.

—¡Cabrón! ¿Y tú cómo sabes eso?

—De pasar miles de horas junto a César en el coche. Me aprendí las velocidades, cuando se pierde en el fin del mundo; no tengo otro quehacer. Eso, o escuchar por millonésima vez la historia de Pancho Villa en Sanborn's.

Frida rió.

—Pobre ruco. César se bebió una limonada purgante en presencia de Pancho Villa, y es la mejor historia que tiene de la Revolución.

—Maneja tan despacio que al menos se puede ver cómo funciona todo. Trata las velocidades como si fueran una mujer. Se dejaría cortar las manos antes de meter las velocidades como usted.

—¡No me chingues!

Alumno y maestra sintieron alivio al ver aparecer la punta de las pirámides por encima de los techos de teja y paja de San Juan Teotihuacán. El sitio arqueológico estaba cerrado por las excavaciones, y los trabajadores habían salido a un largo almuerzo. Sus tendidos y sus marcas se veían por todas partes. Mientras esperaba el regreso de Gamio, Frida decidió subir a la Pirámide del Sol para ver el lugar desde arriba. Tomó media hora, porque los escalones son muchos y muy empinados: doscientos veintiocho. Arrastraba en cada uno la pierna mala, y contaba entre una multitud de maldiciones: cuarenta y dos, chingado, cuarenta y tres, chingado. Algunos escalones eran tan altos que los trepaba a gatas, pero nunca aceptó ayuda. «Aunque sea una pinche coja, todavía estoy viva —espetó—. Si me da un infarto, entonces sí, me cargas de regreso.» Seguía enojada por la clase de manejo.

La vista desde arriba era para quitar el aliento: se ven claramente las complejas formas geométricas de la antigua ciudad; y más allá, la línea del horizonte con sus montañas volcánicas. Las pirámides de piedra parecen salir directamente del suelo, más que haberlo domeñado. Media hora más tarde, parados en la plaza Central de la ciudad y volteando a ver de nuevo la Pirámide del Sol, notamos lo que ella llamaba «la vacilada de los tipos de antes». El perfil de la Pirámide del Sol —sus escalinatas, sus balaustradas y la superficie superior— sigue exactamente la forma de la montaña que está detrás de ella. Un monumento gigantesco que arremeda a la montaña.

—Se burlaban. Es una vacilada que le hicieron a Dios —decía sentada en la plaza polvosa, haciendo un dibujo de la pirámide y la montaña.

—Si eso dice. Pero la broma requirió de años de cálculo y trabajo muy intenso. Tal vez muchas personas murieron para construirla. ¿Por qué sacrificar vidas solo para burlarse de Dios?

Tenía otro lápiz entre los dientes, y ni siquiera quitó los ojos del dibujo.

El doctor Gamio regresó y expuso muchas teorías al respecto. La gente buscaba la grandeza. Trabajaron duro para ser recordados por la posteridad. La alineación concordaba con un concepto sagrado, tan importante para ellos como el pan o el agua. Llevó a Frida por el sitio donde excavaban tomándola del brazo, previniéndola hasta del más pequeño guijarro para que no tropezara. Lo primero que dijo fue que lamentaba que Diego no hubiera ido, pero no lo lamentaba. Como todos, estaba enamorado de ella.

La excavación estaba abierta: un entierro múltiple protegido por un techo de lámina acanalada colocado temporalmente sobre postes. Se bajaban unos cuantos escalones de piedras y allí estaban: esqueletos humanos colocados en filas como peces empacados, los huesos cubiertos de tierra, apenas un poco más claros que el polvo rojizo donde yacían. Era extraño que los restos estuvieran completamente aplanados, como si los hubieran planchado. Tomaba un momento ajustar los ojos y distinguir entre tanto polvo lo que era humano y lo que no lo era. Los huesos tenían joyas que, a diferencia de la carne, se conservaban; las pulseras quedan muy holgadas en los brazos. Lo más peculiar de todo era que alrededor del cuello llevaban un collar como corbata, hecho de mandíbulas humanas descarnadas, aún con dientes. Era una visión que atraía, las extrañas y onduladas sartas de mandíbulas juntas, colgando más abajo de lo que había sido el pecho, moda que ni siquiera Frida hubiera adoptado. El profesor señaló marcas de golpes en los huesos, de carnicero; nos decía que eran prueba de que estos desafortunados seres habían sido sacrificados.

Cerca de nuestros tobillos sopló un aire fresco, haciendo que resonara el techo de lámina. Se veía una tempestad formándose en la distancia, pero el aire fresco parecía brotar del suelo. Y sí, confirmó el profesor, de allí brotaba. El lugar tiene tubos de lava, grandes cavernas en los lugares alguna vez ocupados por ríos. Abundan en el subsuelo del sitio y forman un encaje por debajo.

—¿Como túneles? ¿Como las cavernas acuáticas de la costa?

Explicó que se trataba de formaciones semejantes en rocas diferentes. Los antiguos recibieron de sus dioses la orden de buscar un pasadizo de la tierra al inframundo, y aquí lo habían encontrado.

El profesor hablaba y hablaba sin soltar el codo de Frida. Ella echó unas cuantas ojeadas prisioneras antes de escapar. Una huida rápida por la Calzada de los Muertos mientras un estudiante voluntario distrajo a Gamio. Para evitar el calor agobiante, Frida propuso que saliéramos de la antigua calzada y bajáramos a la orilla del pequeño río San Juan. Estaba casi seco, un hilito al final de una hondonada cubierta de pasto. Extendió un mantel bajo la sombra de un viejo pirul con tronco nudoso y pájaros piando en las ramas que caían como helechos. Se tiró en el piso, jadeando. «¡Auxilio! ¡Salvados! Creí que me iba a sacrificar, matándome de aburrimiento con sus Teorías sobre los Antiguos.» Y comenzó a desempacar la pesada canasta de comida que había traído.

—¿Por qué habrán hecho esos collares de mandíbulas?

Tocó su propio collar de grandes cuentas de jade, regalo de boda de Diego.

—La moda —dijo—. Diego ya me había enseñado ilustraciones de eso. La mayoría de las personas no era tan importante como para juntar dientes humanos de verdad, ya sabrás, los ciudadanos pobres. Así es que hacían dientes falsos de obsidiana y los metían en mandíbulas de barro. —Sacó una botella de vino de la canasta y la descorchó, sirviéndolo en dos vasos finos de cristal que tal vez no debieron de arriesgarse en la excursión. Pero así era Frida: usaba lo mejor y desechaba los despojos.

—¿No le parece tristísimo que toda la historia se resuma a eso, a seguir una moda estúpida?

—La moda no es estúpida —dijo pasando el vaso y chorreando la rodilla de su pantalón con una mancha rojo oscuro.

—Más que estúpida es dañina. Mi madre vivió y murió con temor de verse obligada a usar un vestido pasado de moda. Y fíjese el daño que le hace a Lev: cada vez que los periódicos lanzan una línea le llaman traidor. Cuando lo proclama uno, los demás lo repiten, por miedo a quedarse atrás. Es lo mismo, más o menos. Seguir la moda.

—La *moda* no es lo mismo que la *estupidez*.

Sacó de la canasta una comida impresionante: tamales de puerco en hojas de plátano, chayotes rellenos, tunas capeadas.

—No se lo diga a su amigo el arqueólogo, pero estoy de acuerdo con usted: la pirámide que copia la forma de la montaña es una broma. Eran gente común y corriente. Venimos y nos sorprendemos con las enormes serpientes esculpidas, oyendo que los antiguos las hicieron para nosotros, para ser recordados por la posteridad. A lo mejor nada más les gustaban las serpientes.

—¿Y cuándo tuviste tamaña revelación?

—Hoy.

—Te lo dije: todos los mexicanos deben venir acá.

—Frida, voy a contarle algo, y no me importa si le parece motivo de burla. Desde los catorce años leí a Cortés, y desde entonces estoy escribiendo una historia sobre los aztecas. Ya la tengo casi toda pensada y también llevo bastante escrito. Y ahorita voy descubriendo que es una mala historia, siempre equívoca. He pasado años escribiendo algo de veras estúpido.

Ladeó la cabeza mientras mordía un tamal.

—¿Y por qué es estúpida? Dime.

—Las historias vienen de los libros. Los antiguos parecen… como los del profesor. Aferrados en conseguir la grandeza. Héroes y batallas, reyes míticos.

—Bueno, como nadie sabe cómo fueron, puedes inventar lo que te de la gana. —Revolvió la canasta en busca de una servilleta y sacó unas azul-con-amarillo—. La historia es como un cuadro, Soli. No debe ser igualita a lo que ves por la ventana.

—Bueno, a lo mejor los antiguos ni fueron tan heroicos. Tal vez se parecían más a Mamá, agachados en algún lugar, viendo cómo hacían joyas falsas que parecieran mandíbulas de verdad.

—En honor a la verdad, esa historia es mejor —dijo—. La grandeza me viene guanga.

Las tunas eran deliciosas: rebanadas gruesas, ligeramente doradas con anís y azúcar.

—¿Cocinó todo esto por la mañana?

—Montserrat, del San Ángel Inn —dijo con la boca llena. Mascó pensativa—: De veras, tu idea para esa historia está suave.

—Igual no importa, porque no puedo ser escritor.

—Chamaco baboso, *eres* escritor. César trató de que te corriéramos porque te la pasabas escribiendo en tus cuadernos, y también Diego intentó detenerte. Me repatea que lo intenten todos. Y ahora estos, que quieren hacerte un secretario eficiente. Pero sigues escribiendo sobre corazones sensibles y escándalos. La cosa es: ¿por qué dices que no puedes ser escritor?

—Para ser escritor hay que tener lectores.

—Entonces yo tampoco soy pintora. ¿Quién ve mis cochinadas, mis mierditas?

—Para empezar, una estrella de cine. Diego me contó que ese tipo de Estados Unidos vio los cuadros y compró un par.

Servía más vino, pero alzó los ojos sombreados por las cejas oscuras.

—Edward G. Robinson. Compró cuatro, para que lo sepas. A doscientos billetes cada uno.

—Dios mío. ¿Ya ve?

—No veo nada. Veo a un chamaco que, cuando se muerde las uñas, le escurre tinta.

—Un chamaco baboso, según dijo antes.

—Volvamos a tu historia. Si la gente no quiere grandeza ni que la posteridad lo recuerde, ¿qué quiere?

Ya casi no quedaba nada del almuerzo más que los dedos grasosos y alguna semilla de anís entre los dientes. La botella de vino se había terminado.

—¿Qué quiere? Creo que a la gente le interesa comer cosas buenas y luego echarse una buena meada.

Revolvía la canasta y, quién lo iba a creer, sacó otra media botella de vino de alguna aventura previa, a la que había vuelto a poner el corcho.

—Y amor, Soli. No se te olvide eso. Somos cuerpos. A veces con sueño, pero siempre con deseos.

—Amor. Pero un amor puro, como el de Lev por la humanidad. No creo que se encuentre fácilmente. La mayor parte de nosotros somos comunes y corrientes. Si hacemos algo grande, es solamente para ser amados. Aunque sea diez minutos.

—El amor es el amor, Soli. Damos sobre todo para recibir. No te menosprecies todo el tiempo, como si fueras una semillita.

Cuando Lev tenía tu edad, a lo mejor era más parecido a ti de lo que te imaginas.

—Bueno, la gente se rige por el amor y por los riñones. Esa es una modesta opinión y de veras tengo que mear. No espíe, por favor.

—Oye, podrías haberte buscado un árbol más grande —gritó—. Tan flaco que estás y todavía te veo la mitad.

La empantalonada Frida se acostó en la ribera, mirando entre sus pestañas negras. Era imposible saber cómo o por qué, pero estaba completamente transformada. De culebra venenosa en amiga.

—Si quieres escribir una novela romántica sobre los aztecas —dijo—, si eso es lo que te mueve, órale.

Era una conversación en forma. ¿Los ancestros tuvieron vidas más importantes que las nuestras? Y si no, ¿cómo lograban engañarnos? Frida cree que les ayudaba no tener escritura. Según el doctor Gamio, la gente de Teotihuacán no tuvo lenguaje escrito.

—Así que no podemos leer sus diarios —señaló—, ni las cartas furibundas que les mandaban a los amantes infieles. Murieron sin que oyéramos sus quejas.

En eso tiene razón. Ni arrepentimiento ni celos tontos. Solo dioses de piedra y monumentos magníficos. Miramos solamente su arquitectura perfecta, no sus vidas imperfectas. Pero era un argumento extraño para una artista cuyos cuadros pregonan confesiones. Sin arrepentimiento ni celos sería un lienzo en blanco.

—Si quiere que la gente del futuro la crea heroica, debería quemar todas sus pinturas, Frida.

Tocó su collar y frunció las cejas. Alzó el vaso contra la luz y dio vueltas al líquido rojo, examinándolo.

—Creo que un artista debe decir la verdad —dijo por fin—. Y hay que tener mucho oficio y mucha disciplina; pero para ser un buen artista debes conocer, sobre todo, algo que sea verdadero. Los muchachitos que se le acercan a Diego para aprender a pintar, pa' qué te cuento. Saben pintar un árbol perfecto, una cara perfecta, lo que les pida. Pero no saben nada de la vida, ni una pizca. Y de *eso* es de lo que está hecho un cuadro. Si no, ¿para qué verlos?

—¿Y dónde aprende un artista esa pizca de vida?

—Déjame que te lo diga, Soli. Necesita uno restregar el alma contra la vida. Irse unos meses a trabajar a una mina de cobre o una fábrica de camisas. Comer tacos horribles y grasosos. Hay que experimentar. Acostarse con algunos muchachos mexicanos.

—Gracias por el consejo. Usted misma parece que prefiere a los extranjeros.

—Pero no estamos hablando de mí. Yo ya hice de todo, no me quedan más que los huesos pa' la tumba. —Vació su vaso—. ¿Por qué estás tan enojado conmigo? ¿Por qué?

—Por Dios, Frida, porque me trata como a un niño.

Se sorprendió de veras.

—Se entiende. No todos son tan importantes como ustedes. O para el caso, como Van. Pero cuando se trabaja para usted y para Diego, a veces ni siquiera se siente uno humano. Es uno un ratón que evita los zapatos gigantescos, para que no lo pisen.

—Mira, si no te coqueteo, tómatelo como un cumplido. Casi nunca siento respeto por mí misma, pero lo que es por los hombres, nunca. Son como flores: vistosos, con mucho color, mucho deseo. Los arrancas y luego los tiras. Pero a ti te respeto. Siempre te he respetado. Desde la primera vez que te vi.

—Ni siquiera recuerda la primera vez que me vio. Fue antes de que trabajara con ustedes en la casa. Años antes. El día de su cumpleaños.

—En el mercado. —Ladeó la cabeza sin sonreír con malicia—. Me dijiste que si me ayudabas a cargar un costal de elotes, y te contesté que todos tienen derecho a hacer de sus calzones un papalote.

Es una maravilla o una tramposa. Una amiga brillante y aterradora. Ve lo oculto. Nunca habrá otra Frida.

—Estoy de acuerdo con tu plan, Soli.

—¿Qué plan?

—El de Cortés y los aztecas. Escribir la verdadera historia de México. Creo que tienes razón, debes abrir de un solo tajo esa cultura muda, ponerles a esos héroes aburridos un poco de sudor y orines.

—¿Eso cree?

—Mira, no tiene chiste hacer como si la historia fuera una chingada Odisea homérica.

En lo alto se posó un hermoso pájaro rojo, del mismo tono de los colorines, y descansó brevemente balanceándose en la rama antes de irse. Frida guardó los restos de la comida.

—Qué bueno que nos echamos esta platicada de hoy. Ya no tenemos mucho tiempo.

—¿Qué quiere decir?

—Tengo que preparar una exposición. Me van a hacer una exposición de a de veras, solo con mis cuadros. ¿Tú crees?

—Es maravilloso.

—Es aterrador, Soli. Me siento como si estuviera en la tina

nomás viendo mis pelos rizarse a lo pendejo. Y de repente, detrás de la cortina van a asomarse cientos de personas aplaudiendo.

—Ah. ¿Y cuándo es la exposición?

—Deja tú cuándo, *dónde*. En Nueva York. Me voy a fines de verano. La exposición se inaugura en octubre, y después me voy a otra, a París. Fue el señor poeta melena de león el que me arregló la de París, en honor a la verdad. André. Debería portarme más decente con él. Bueno. —Parecía sofocada.

—¿Se siente bien?

—Un poco asustada, creo. Voy a dejar a Diego mucho tiempo. Bueno, a todos, pero a Diego voy a dejarlo de otra forma.

—No le creo. Usted y la rana no pueden ni respirar el uno sin el otro.

—Bueno, a ver. Sin embargo, quería componer algunas cositas antes de irme.

Se recostó y cerró los ojos. Un minuto después preguntó:

—¿Y cómo te acuerdas de que era mi cumpleaños cuando me conociste en el mercado?

—Porque también cumplo años ese día.

Se sentó con los ojos muy abiertos, como una muñeca.

—¿Cumplimos el mismo día?

—Sí.

—¿Todo el tiempo?

—Nada más una vez al año.

Se quedó mirando, recordando.

—Todas esas celebraciones y esas fiestas. ¿Has trabajado como un esclavo los días de *tu cumpleaños*?

Así es que no puede adivinarlo todo.

Volvió a recostarse y a cerrar los ojos.

—Mi vida. Ya no te guardes secretos, ni lo intentes. ¿Ya viste que estamos conectados? Salimos a la vida por el mismo pasadizo.

Una vez hecha esa compostura, según su entender, se durmió casi inmediatamente, dejando un paisaje extraño por otro: el de sus sueños. Pronto dejaría este del todo; Diego, México, la casa y cuanto había en ella.

Los huesos de la ciudad antigua irradiaban calor, pero el pequeño río corría por su vientre como un hilo fresco. En el pasto de la ribera corría una lagartija, metiéndose en la sombra de un borde y parándose cerca de una piedra redonda y brillante, aun en la sombra. La piedra era lisa al tacto, y al voltearla resultó que no era una piedra común, sino una pequeña figurita labrada. Un hombrecito antiguo hecho de jade o de obsidiana, que cabía en la palma de la mano. Un objeto notable. Debía habérselo entregado al profesor. Obviamente, no era correcto llevárselo.

Cada detalle de la figurita era perfecto: su panza redonda con una incisión en el ombligo, sus piernitas cortas, su cara feroz. Un tocado que parecía una pila exacta de panecillos. Ojos incisos bajo cejas arqueadas. Y dentro de sus labios redondos, el agujero de la boca, como un túnel hacia otros tiempos, hablando. *Busco la puerta hacia otro mundo. He esperado miles de años. Llévame contigo.*

The New York Times, 15 de abril de 1939

Rivera aún admira a Trotsky y lamenta discrepancias

El artista explica su renuncia a la Cuarta Internacional para no estorbar al líder. Revela carta causante del conflicto

por Diego Rivera

CIUDAD DE MÉXICO, 14 de abril. El incidente entre Trotsky y yo no es una querella. Se trata de un lamentable malentendido que al llegar muy lejos ha provocado lo irreparable. Eso me obligó a romper relaciones con el hombre por quien siempre he tenido y continúo teniendo la mayor admiración y respeto. Lejos estoy de tener la necia pretensión de entablar una querella contra Trotsky, a quien considero la cabeza y el corazón visibles del movimiento revolucionario que encarna la Cuarta Internacional.

El refrán mexicano dice: «Mucho ayuda el que no estorba». En el futuro, toda actuación u opinión personal que tenga no estorbarán ni el desarrollo personal de Trotsky ni el de la Cuarta Internacional.

El incidente entre Trotsky y mi persona deriva de una

carta que envié a mi amigo, el poeta francés André Breton. Dicha carta fue escrita a máquina en francés por uno de los secretarios de Trotsky. Trotsky vio por casualidad una copia que quedó en el escritorio del secretario, según me hizo saber en una declaración que me envió, y los conceptos generales expresados en mi carta, concernientes a la situación general de las fuerzas izquierdistas del mundo, el rol social de los artistas y su postura y derechos dentro de los movimientos revolucionarios, además de algunas alusiones a su persona, irritaron tanto a Trotsky que a su vez expresó sobre mí opiniones que me resultaron inaceptables y me obligaron a una ruptura.

Trotsky lucha sin descanso para contribuir incesantemente con su inteligencia a la lenta y ardua tarea de la preparación de la liberación mundial de los trabajadores de todo el mundo. Tiene a su alrededor un equipo personal compuesto por jóvenes secretarios, voluntarios de los cuatro rincones del planeta que le auxilian en su difícil tarea. Otros trabajadores voluntarios, mientras tanto, cuidan día y noche la seguridad del hombre que, con Lenin, llevó al proletariado ruso a la victoria. Estos, junto con los miles de otros héroes de Octubre que hoy, desde el exilio impuesto por la contrarrevolución de Stalin, continúan luchando por la futura victoria de los trabajadores del mundo entero.

Los enemigos, «los organizadores de la derrota», Stalin y su GPU persiguen al hombre de Octubre. Han tratado en todas partes de herirlo, de aniquilarlo psicológicamente, asesinando a su familia... Mientras tanto, sus amigos y colaboradores más cercanos son asesinados uno tras otro. Es natural que este estado de cosas y los sufrimientos acumulados hayan surtido su efecto sobre el hombre de Octubre, a pesar de su enorme fortaleza y certidumbre. Es natural que el carácter de Trotsky se vuelva cada vez más difícil, a pesar de su caudal de bondad y generosidad.

Lamento que el destino haya decretado que sea yo quien enfrente el lado difícil de su carácter. Pero mi dignidad como hombre impide que haga cualquier cosa por evitarlo.

Casa Trotsky, 1939-1940 (VB)

La mañana en que Lev y Natalya se mudaron de la Casa Azul bajó del cielo una garza con las grandes alas blancas extendidas como un paracaídas y se posó en el patio. Extendió la curva de la S de su largo cuello hasta alcanzar casi la altura de un hombre, volteando la cabeza con el largo pico de un lado a otro, observando a cada uno de los presentes. Luego caminó sobre los ladrillos de la puerta de entrada, levantando las patas largas desde las rodillas como un hombre en bicicleta. El jefe de los guardias entornó apenas la puerta, y cuatro hombres empistolados se quedaron viendo a la garza, que cruzó la calle de Allende y desapareció al doblar la esquina.

Frida hubiera dicho que era el augurio de la partida de Lev, pero no está aquí. Está en París, donde todos son idiotas, según sus cartas. Natalya, que no está acostumbrada a confiar en signos, iba ataviada con el mismo traje de lana que usó al llegar en el barco de Noruega. Lev, menos pertrechado, llevaba una camisa blanca con el cuello abierto. Cada cual cargaba una valija pequeña. Van, distraído desde que volvió a enamorarse (esta vez ella es de Estados Unidos), mantiene los ojos bajos y sigue ocupado metiendo cajas de papeles en el coche enviado por Diego. Diego mismo no se presentó.

Todos deben de haber sentido en la mirada de la garza una acusación, porque ¿acaso está libre de culpa alguno de los habitantes de la casa? Frida se fue, dejando a Diego y a Lev solamente los aguijones de la irritación para llenar el espacio vacío del deseo. Y Diego, pobre hombre, no puede ser sino lo que es. Un administrador que no logra llegar puntual a las reuniones, un secretario que olvida contestar las cartas. Tiene un corazón de anarquista, no de funcionario de partido.

Parte de la culpa corresponde, por supuesto, a Stalin: sus amenazas penden sobre esta casa, los asesinatos de los hijos, colegas y colaboradores de Trotsky, la aniquilación de toda una generación en la Unión Soviética. La crueldad de Stalin pesa sobre las almas de esta casa, aplastándolas como esqueletos antiguos en el polvo.

Pero el más culpable: el secretario descuidado que desencadenó todo esto.

Diego escribió en los periódicos acerca de su ruptura con Trotsky, declarando que no deseaba estorbar al gran hombre. «Los sufrimientos acumulados han surtido su efecto», escribió, pero sin mencionarlo todo: su aventura con Frida, por ejemplo, a pesar de que se dice que está perdonada. En la nota que mandó a Breton se quejaba: «El viejo chivo barbitas siempre está serio. Por el amor de Dios, ¿no puede dejar la Revolución aunque sea una noche y emborracharse con su amigo, que lo ha arriesgado todo? ¿Quién lo ha hospedado y le ha dado de comer a toda su gente desde hace dos pinches años? ¿Quién diablos aguanta los sombríos temperamentos rusos?».

Garabateó la nota en la oficina de Lev y la dio para que le pasaran a máquina cuando él no estuviera allí. Un acto de precipitada osadía. La carta debió haberse enviado de inmediato a Francia. Pero no fue así; el preocupado secretario, en su prisa por empezar a cocinar la cena, la dejó en la mesa del Ediphone, donde Lev la encontró. El Viejo entró más tarde en la cocina, sin lentes, frotándose los ojos, demasiado cansado para cenar, según dijo. Tal vez apenas una rebanada de pan. Temprano a la cama, planes que hacer para mañana.

Cómo puede anudarse de tal modo un error a la historia. Trotsky estaba destinado a ser el sucesor de Lenin como presidente del Sóviet, y Stalin se quedó con ese cargo por accidente. Diego nunca dijo cuál había sido el accidente. Un pequeño error bastó para alterar el destino. Una carta sin cerrar por accidente. Si Diego y Lev hubieran seguido siendo aliados, podría haberse forjado un movimiento que derrocara a Stalin. Los ejércitos de campesinos mexicanos adoran a Diego, pero requieren la inteligencia estratégica de Lev. Desde Michoacán, pasando por las brigadas españolas hacia toda Europa, el mundo podría haber retomado todavía el sueño de Lenin: una democracia socialista. Pero un descuido ha terminado con la alianza.

¿Por qué llamó Diego chivo a su amigo? Esperaba que el calificativo se desvaneciera en el correo vespertino. Por eso. Las palabras agrias suelen desaparecer tras un pleito, con el vaho del aliento. Para ser permanentes requieren quién las transcriba, reporteros de oscuros corazones corruptos. Diego no quiso decir nada con esa carta, su respeto por Lev sigue siendo el mismo. Esa semana tuvo una infección de ojos, un cólico por almorzar muchas tortas de puerco. Desde alguna parte de ese enfado surgieron las palabras venenosas. Ahora le pertenecen al mundo entero.

¿Y el secretario? ¿Pecó de pereza o de soberbia? La carta estaba en francés, ¿por qué no pidió ayuda a Van para cambiar las palabras y escribir una versión menos ofensiva? ¿Por qué no la envió de inmediato como le solicitaron? El recuerdo de la jacaranda del año pasado tras la ventana, el ruido de algo quebrándose en la cocina… (por alguna razón equívoca se olvidó la carta y la dejó en la mesa).

El error lo dejó sin aliento, como un choque: su lealtad por Lev doblada como una pieza de metal sobre el pecho. El motor roto de Rivera bañándolo en gasolina, poniéndolo en peligro de incendiarse. Tiene que desgarrarse haciendo una elección: Diego dice quédate como cocinero-mecanógrafo-mandadero, con las mismas monedas que te han llovido constantemente, desde el primer día hechizado cuando mezclaste yeso sobre el patio del Palacio Nacional. Lev también le pide que se quede. Necesita más que nunca un secretario de confianza, debido a la peligrosa mudanza y a las crecientes distracciones de Van. Lev ofrece un cuarto y un catre en una casa con sueños claros y brillantes que pueden caer asesinados cada mañana. El Pintor solo ofrece dinero, y pide ser venerado.

A las siete de la mañana, tras un breve aguacero, Lev Trotsky levantó su valija, pasó sobre los charcos del andador de ladrillo y salió de la Casa Azul por última vez. Él y su esposa subieron a la parte trasera del coche, con Lorenzo como guardia y el rifle sobre las rodillas. Van en el asiento delantero, también armado. El chofer iba sentado muy derecho, como si su cuerpo fuera el del hindú atravesado por mil agujas de remordimiento.

—Estamos listos, hijo. Maneja —ordenó Lev. Y el pequeño equipo viajó seis cuadras hasta una casa vacía y arruinada en la calle Viena, rentada a una familia de apellido Turati, donde fincarían su nuevo hogar.

Solamente en las películas se ven hombres descorazonados de tan buen humor. Los esfuerzos de Lev para sacarle el mejor partido a los nuevos arreglos han mantenido a flote a todos los demás. Natalya guardó su Phanodorm y comenzó a limpiar: quitó las telarañas de los altos techos color verde pálido de la mansión porfiriana, limpió los vidrios emplomados y acomodó los muebles. A veces se pone el delantal y ella misma prepara el desayuno a Lev. Hoy pintó los travesaños de las sillas y todos los trasteros del comedor con una hermosa combinación de amarillo y café que Frida hubiera calificado de aburrida. ¡Qué alivio que ya no lea estas páginas!

Los estadounidenses Joe y Reba Hansen vinieron desde el departamento donde se habían refugiado de la hospitalidad y los conflictos de Rivera. También llegó una nueva pareja, el señor O'Rourke y su desenfadada novia, miss Reed. Todos parecen aliviados de reunirse en el comedor, en el cuarto principal, ante comidas sencillas, con un mantel viejo de cuadros amarillos sobre la larga mesa; nadie se preocupa si el vino se derrama. Se discuten las noticias del día sin los nubarrones de tormenta ocultos tras una intriga doméstica. Van pone programas de música en la radio mientras escribe y chifla cuando está solo. Su felicidad, como siempre, parece estar vinculada a una muchacha.

Solamente Lorenzo está inquieto, pero tampoco eso es novedad. Se preocupa, esté o no de guardia: un monumento agitado que se jala los enormes bigotes negros, la cara quemada como un cuero rojo por las largas horas que se pasa escudriñando un mundo amenazador. Su frente es asombrosamente blanca sobre la línea marcada por el sombrero que se quita para comer. La protección de Lev ha sido un cargo aterrorizador, desde el día que cruzaron por los tablones sobre el muelle de Tampico. Lorenzo ha descubierto docenas de amenazas procedentes de los fríos cálculos de los estalinistas mexicanos, además de las que vienen de los enemigos descalzos. Últimamente Toledano ha estado asistiendo a reuniones sindicales, ofreciendo dinero a quien esté dispuesto a matar a Trotsky. Y la mayoría de estos hombres necesita dinero hoy en día.

Se lo reporta todo a Lev, no a Natalya. Ella solo se entera de lo peor, cuando la policía se ve obligada a arrestar a alguien y la noticia aparece en los periódicos, hilvanada con las conjeturas de rutina sobre el «traidor ruso en nuestro seno». Lorenzo y los tres guardias jóvenes hacen turnos de seis horas, día y noche, caminando por el perímetro del parapeto de ladrillo. La pared negra de alrededor del patio tenía, ya desde antes, tres metros de altura, y los albañiles las subieron más todavía, añadiendo dos torretas elevadas de ladrillos con huecos para los rifles. Sería bueno que Lev comprara esta casa, donde se han hecho ya tantas alteraciones. Joe Hansen dice que llegará dinero del partido trotskista de Estados Unidos, del Socialist Workers.

La cocina de aquí es muy cómoda: una estufa de gas con cuatro hornillas, un tablón de madera grande y una nevera. Y dentro de sus altas paredes el patio ofrece el grato descanso de sus árboles. Es un triángulo entre la casa principal y la angosta casa de ladrillos para los guardias, del lado opuesto. Por fin los guardias y los secretarios tendrán aquí un poco de intimidad. La casa de los guardias tiene cuatro cuartos enfilados abajo y cuatro arriba. El jardín está sombreado por una vieja jacaranda y algunas higueras. Lev quiere recuperar los ejemplares de cactos que recogió en San Miguel Regla, que esperan en las macetas en un rincón olvidado de la Casa Azul: va a hacer un cactario. Hoy, después del almuerzo, indicó dónde quiere plantar cada uno, con senderos de piedra para andar por el jardín: un parque en miniatura. El espacio es muy pequeño para un plan tan complejo. Pero este terreno de unos cuantos metros es la única patria que le queda a Lev.

Desde dentro parece bastante amplia. El extraño aspecto de encierro se nota solo desde el exterior, cuando se llega desde el mercado, por ejemplo. El conjunto ocupa un predio en Coyoacán en forma de plancha para ropa, donde se juntan la calle Viena y el río Churubusco. Las altas paredes que lo cercan se unen en ángulo y parecen exactamente la proa de un barco: el gran navío lento del destino de Trotsky enfilado hacia el río, un canal hacia la ciudad sobre el antiguo lago, como cuando lo vio Cortés. Como si aún pudieran hacerse barcos en el desierto y fijar la mirada en un nuevo mundo.

La madre de Lorenzo vino esta semana del campo trayendo otro par de ojos vigilantes para la guardia: el hijo de su hija, Alejandro. También dos pares de conejos y algunas gallinas pintas. Lev está contento como un niño con los nuevos animales. Los conejos ya tienen jaulas junto a la puerta de entrada, pero dijo que las gallinas son «viajeras emancipadas», libres para picotear por el patio. Natalya se opuso por razones de salud y por la seguridad de las gallinas.

—Nataloschka —le dijo el marido—, aquí no hay lobos. Las gallinas son las únicas que no deben preocuparse por los depredadores. Déjalas tener visa abierta. —Aceptó, por supuesto. En el nuevo estudio, Lev colocó su silla de manera que pueda ver por la ventana por dónde caminan, mientras aventan la cabeza contra los insectos entre la tierra.

Perpetua caminó deprisa desde la Casa Azul dos veces esta semana, para entregar unos platos que le gustan mucho a Natalya. Su favorito es un platón blanco glaseado con peces brincando que le regaló Frida cuando llegaron. Natalya dio las gracias a Perpetua y lo guardó en la alacena, pero hoy lo sacó y lo puso en la pared. En todos sus años de vida con Lev, su mundo ha sido constreñido y muy pocos objetos bellos tienen cabida en él. No es un bulldog, sino una mujer que tomó la forma del pequeño frasco donde la embutieron, posiblemente con intenciones de bailar en el interior. Se le nota en la forma de colocar un caracol sobre el vano de la ventana, la silla pintada de rojo en el rincón: tiene práctica en el arte de crear naturalezas muertas y meterse a vivir en ellas.

El sobrino de Lorenzo, Alejandro, es el guardia más joven, diecinueve o veinte años, tal vez. De algún lugar de Puebla, es el único de los guardias que no proviene de un movimiento político, pero Lorenzo avala su lealtad. Lev da la bienvenida al nuevo recluta.

Alejandro parece feliz de escapar de la miseria del pueblito. Es tímido, con modales peculiares, precisamente lo que Frida llamaría un bicho raro. Diría luego que está bien, y encargaría a todos que lo miraran como a un pez dentro de su pecera. Tal vez no pueda evitarlo, puesto que así la han visto a ella desde que se casó con Diego.

En Nueva York y París, cuando tenía altos vuelos, las historias de los periódicos intentaron bajarla a tiros. Ahora regresa, aparentemente agotada, pero lo que se cuenta de ella es mucho peor. Como Natalya, debe tener verdadera necesidad de recluirse en un lugar pequeño, creando naturalezas muertas en las que se pinta. Si bien ella no tiene que cuidarse de asesinos, ser muy afamada parece en sí mismo un nuevo tipo de reclusión.

Las gallinas no son las únicas emancipadas por aquí. Lev permite que se escriba cualquier cosa. Mientras él trabaja incansable en la biografía de Lenin y en una docena de artículos políticos a la vez, declara que ningún libro puede compararse con una novela. Dice que a él mismo le gustaría escribir una.

Qué extraño descubrimiento. Esta noche, ya tarde, llegó a la oficina a buscar un diccionario y descubrió asombrado que uno de los asistentes aporreaba todavía una máquina de escribir.

—¡Joven Shepherd! ¿Qué asunto te mantiene tan tarde en la sede?

Llama sede de la Cuarta Internacional a la oficina grande aledaña al comedor. Natalya puso allí tres mesas para las máquinas de escribir y su escritorio de cortina, el teléfono, libreros, archiveros y demás. Fue idea suya hacer una oficina aparte para que pudieran trabajar allí todos —ella, Van, los estadounidenses que vinieron a estudiar con Lev— sin volver loco al Comisario. Lev conserva su pequeño estudio en la otra ala, junto a la recámara, y escribe en paz hasta que requiere que alguien vaya a tomar dictado.

—Lo siento, señor. —*Agarra rápido todas las páginas, mételas en una carpeta. Ninguna confesión a menos que sea forzada*—. Nada que vaya a liberar a los pueblos.

Esperaba más, parado en el dintel de la puerta con los ojos muy abiertos, en mangas de camisa y corbata. Tenía el cabello revuelto tras la larga jornada. Cuando piensa, se mesa los cabellos.

—Señor, no quisiera contarlo.

—Ah, no. ¿Un reporte secreto a mis adversarios?

—Por favor, no insinúe siquiera algo tan terrible.

—¿Qué, entonces? ¿Una carta de amor?

—Más penoso que eso, señor. Una novela.

Su cara se relajó hasta convertirse en un panecillo, toda hoyuelos y ojos entrecerrados tras su barba y sus anteojos redondos. La sonrisa de Lev no se parece a ninguna otra. Jaló la silla del escritorio de Natalya y se sentó a horcajadas, montándola como si fuera un caballo, recargando los codos contra el respaldo y riéndose casi hasta las lágrimas:

—¡Ah, eso es *mechaieh*!

No quedaba sino esperar un veredicto más comprensible.

—Me preocupaba saber hacia dónde dirigías tu mente cuando vuelas, hijo. —Chasqueó la lengua, dijo unas palabras en ruso—. ¡Una novela! ¿Por qué dices que no va a liberar a nadie? ¿Adónde se dirige un hombre para sentirse libre: rico o pobre, incluso preso? ¡A Dostoievski! ¡A Gógol!

—Sorprende escucharle decir eso.

Su halo de pelo blanco estaba iluminado por detrás por el resplandor azulado del poste de afuera. Las ventanas que dan a la calle están tapiadas hasta la mitad, pero la luz entra por arriba. Parecía el escenario de una película de detectives. Se levantó y caminó hacia el librero de atrás, abriéndose paso entre las mesas y el gabinete de la máquina grabadora y los cables que serpenteaban por el suelo. Encendió la lámpara cercana a uno de los estantes.

—Quiero enseñarte algo. Mi primer libro publicado. El relato de un joven de apenas veintisiete años, encarcelado por el zar por ser revolucionario; logra una huida audaz y dramática a Europa, desde donde planea su retorno al Ejército del Pueblo. —Lev encontró el libro y lo golpeteó pensativo con el pulgar—. Era la sensación, lo más leído entre los trabajadores de San Petersburgo. De todo el Sóviet, más tarde. Si algún ruso sabe leer, ya lo leyó.

—¿Una novela, señor?

—No, por desgracia. Cada palabra que contiene es real. —Abrió el libro, pasó algunas páginas—. Y desde entonces, solo teoría y estrategia. Qué aburrido me he vuelto.

—Pero su vida es todavía de folletín: los asesinos de Stalin acechando, el Partido Comunista y Toledano envenenando su nombre. Molesta decir algo así, pero tal vez los periódicos se pondrían de su parte si lo escribiera. Podría publicarse la saga de su vida en entregas semanales, como salía la de Pancho Villa, durante la Revolución.

—Poner los periódicos de mi lado. Ah, muchacho. Esa es tarea de acróbatas de circo o de políticos insignificantes.

—Perdón, señor.

Sonrió.

—Bueno, pondría a los rusos de mi lado. Tenemos debilidad por las tramas largas y emocionantes. —Cerró el libro—. ¿Y de qué trata la tuya?

Escuchó con atención la idea de una aventura histórica entre los antiguos mexicanos, aunque sea más aventura que historia y nunca llegue a ser buena. Sacó una pila de libros de sus tablas, que podrían inspirar a un novelista principiante.

—¿Lees ruso? No. Bueno, Jack London seguro. Y Colette, una visión femenina. Ah, y este, Dos Passos, se llama *The Big Money*. —Ofreció también una de sus máquinas, la que está libre y necesita solamente una aceitada para funcionar y una mesita para que sirva de escritorio en el cuarto de la casa de guardias, por las noches—. Para que no tengas que venir a la sede a escondidas. Ya ves cómo es Lorenzo de nervioso, y a lo mejor te dispara por equivocación si te descubre a través de la ventana. Y entonces serías tú el del folletín, hijo. Y después, ¿quién escribiría tu historia?

Alejandro, el muchacho pueblerino, casi nunca habla. Pero dice que quiere aprender inglés. Una frase simple a la vez. Comienza: *I am, you are*… Su cuarto está del otro lado de la casa de los guardias, pero atraviesa hasta acá todas las madrugadas a las cuatro, cuando termina su turno caminando en la oscuridad de la azotea con el rifle listo. Hasta ahora este cuarto no albergó secretos, excepto la caja oculta bajo la cama: un idolito robado, una novela espantosa de principio a fin y apenas parcialmente escrita. Un juguete tejido llamado atrapanovios, recuerdo de una notable humillación.

Alejandro es el primero que ve el atrapanovios desde el día en que llegó de Xochimilco y no se rió al escuchar la historia. Respiró agitado con los puños delante de la cara, y lloró.

A las cuatro, cuando el mundo duerme y no juzga, llega puntualmente. *He has, they have.* Es una especie de amor extraño. O una especie, sin nada de amor. Un solaz para los tejidos blandos solamente; no es el primero ni tampoco el último. Alternadamente agradecido, urgente o aterrado. Después, a la vista de su desasosegado cómplice, Alejandro reza.

Frida se quedó un mes en su casa, deshilachada como una muñeca de trapo. Diego quiere el divorcio. Lo sospechaba desde el otoño pasado, pero su plan era quedarse fuera mucho tiempo, para que él se diera cuenta de que no podía vivir sin ella. Esa clase de planes rara vez prospera. Se salió de la casa doble y ahora vive en Coyoacán. Es raro ver cómo la Casa Azul se llena con sus cosas. Remozó la pintura de color sangre y hondura de mar. La recámara que ocuparon Lev y Natalya, sencilla entonces como la espalda de un sirviente, con un tapete de lana y la cama bien hecha, ahora está repleta con un tocador, joyas, entrepaños con muñecas y baúles de ropa. Lo que fue el estudio de Lev tiene ahora atriles y pinturas. No debía resultar extraño pues la casa siempre fue suya, y de su padre antes de nacer ella.

Esta mañana Perpetua mandó a Belén corriendo por la calle para pedir ayuda porque la patrona se había vuelto loca. Frida gasta la locura igual que el dinero, y ya no le quedaba nada cuando llegó el auxilio. Perpetua abrió la puerta, señaló sin pronunciar palabra y regresó a la cocina. Frida estaba sentada en una banca de piedra del patio con el cabello cortado. Reposaba alrededor de sus pies, como un espeso paréntesis negro sobre los ladrillos.

—Natalya manda decir que si no se le ofrece nada.

Frida sonrió con falsedad ante la mentira, mostrando nuevos casquillos de oro en los incisivos. Parecía tomada, a pesar de que era temprano por la mañana.

—Lo que se me *ofrece* es castrar a ese hijo de puta, nomás eso. —Dio tijeretazos amenazadores en el aire, espantando al gato negro que estaba oculto en el nido de pelo y que se levantó arqueando la espalda.

Era inútil recordarle que también ella había tenido aventuras en Nueva York y París. Al menos eran asuntos muy discutidos por la prensa. Un guapo fotógrafo húngaro.

—Perdón, Frida. Pero que Diego ande con mujeres no es novedad, ¿o sí?

—¿Y te molestaste en venir hasta acá para decirme esa retahíla de pendejadas? Como ya sufrí tanto tiempo, ya me debía haber acostumbrado, ¿no? Gracias, amigo.

—Perdón. —El gato se metió en los arbustos de laurel.

—Soli, ¿a que no sabes qué? Ahora tengo hongos en las manos. ¡Un nuevo achaque! Mil operaciones, corsés de yeso, medicinas que saben a miados, órganos que se me caen, y todavía hay cosas que se me pueden desconchinflar. Tal vez ahora pueda sufrir un poquito por eso. —Levantó las manos, con manchas color de rosa, despellejadas, terribles.

—Está bien, si requiere autorización.

Hasta en su desconsolada condición parecía un pavo real, perfectamente ataviada con una falda de seda verde y joyería suficiente para hundir un barco. Hasta ahogándose, Frida se aferraba a su vanidad.

—No se olvide de París y Nueva York, Frida. Su exposición fue la sensación. Ayer Van me enseñó una revista de moda donde sale en la portada.

—La sensación de París y Nueva York, por si quieres saberlo, fue la de un mono de cilindro. Imagínate, la muchacha mexicana que se viste tan chistoso, y maldice como un carretonero. Todos los días. Fue, ¿cómo dices tú? Como un pez en su traste.

Interpretar a Frida no es fácil.

—¿Una sartén con un pez, quiere decir que hubo problemas? ¿O una pecera con peces dorados quiere decir que la miraban todo el tiempo?

—Las dos cosas. Una sartén con peces dorados. La gente me señalaba en la calle.

—Porque es usted famosa. La gente vio sus cuadros.

—Oye, nunca vayas a volverte famoso. Te mata. Hubieras visto lo que decían las reseñas de los periódicos. Ni siquiera se molestaron en ver los cuadros, solo querían hablar sobre la pintora. Tenía que hacer cosas *monas* y no esas pesadillas. Y siempre *ella*, ¡ni que fuera tan guapa!

—Vimos las reseñas. Muchas fueron favorables. Diego nos contó que Picasso y Kandinsky dijeron que era usted más talentosa que ellos dos juntos.

—Bueno, pero la cucaracha de Breton ni siquiera se tomó la molestia de pasar por los cuadros en la aduana. Hasta que llegué yo a dar de alaridos. Y lo que te digo de las reseñas es verdad. Escriben sobre lo que *suponen* que debe pintar uno.

El patio parecía, más que nunca, una casa de cuento de hadas, con hojas de los árboles en los techos y el piso cubierto de yedra. Y de entre la yedra se levantaban los alcatraces y doblaban sus cabezas encapuchadas hacia Frida, como cobras encantadas.

—Obviamente la pasó mal, pero no puede culpar a nadie de que la consideren un espectáculo.

Parecía desconcertada. Hoy sus aretes eran unas culebras de oro repujadas, pero parecía una foca con el pelo recién tusado y brillante. Con dientes de oro.

—¿Un espectáculo?

Carmen Frida Kahlo de Rivera. ¿Quién podría explicarla, a ella misma menos que a nadie?

—Tiene un papel ya asignado. Debe admitirlo: campesina mexicana, reina azteca, lo que sea. No viste como para pasar desapercibida.

Sus incisivos de oro relampaguearon.

—Si yo no escojo, ellos escogieron por mí: esposa del reconocido pintor. Los periódicos me pintan entre algodones y me convierten en un ángel martirizado o en una esposa chinche y celosa. Sobre todo en víctima: de Diego, de la vida, de la enfermedad. Mira esta pata. —Alzó la falda para enseñar la pierna coja y desnuda. Era peor todavía que las manos infectadas. Flaca como un palo a consecuencia de la polio que tuvo de niña, chueca y llena de cicatrices por el accidente, años de cojear e incontables desgracias—. ¿A que nunca la habías visto?

—No.

—¿Y hace cuánto que me conoces?

—Casi diez años.

—Y en todo ese tiempo, ¿te habías imaginado *esto*?

Era horrible. La pierna de un leproso, de un limosnero de la calle, de un veterano de guerra. Lo que fuera, menos la pierna de una mujer hermosa.

—No.

Se volvió a bajar la falda, como si cubriera un cadáver.

—La gente siempre se quedará viendo a los bichos raros como tú o como yo. Lo único que nos queda escoger es si queremos que nos vean como tullidos o como destellos apenas de luz. Las joyas y lo demás dejan ciegos a todos. Los chismes cuentan millones de cosas, pero nadie me pregunta nunca: «Oye, ¿y por qué siempre usas faldas largas, mexicana-india-azteca?».

Con la punta de los dedos del pie se puso a acomodar con cuidado los rizos en una pila redonda. Para ella todo es arte: flores acomodadas en una mesa o hasta su propia destrucción. Dijo:

—Entonces, ¿cómo va tu maravillosa historia de los escándalos de los antiguos? ¿Trabajas a diario?

Era tentador contarle de la mesa en el cuarto de los guardias, de la máquina recién aceitada, de la pila de hojas que crecía noche tras noche. A Frida le entusiasmaría la complicidad. Pero es muy mala para los secretos.

—¿Por qué dice bichos raros como nosotros? El plural parece indicar que recibimos la misma atención.

—¿Y a poco no te incluye?

El gato dio vuelta inquieto por los pies, viendo el extraño pelaje negro.

—¿Y tu querido camarada Van? ¿Cómo le ha ido?

—Él no incluye a todos en su mirada, eso es seguro.

El gato decidió que el animal que estaba entre los pies de la patrona no era ni predador ni presa y se retiró por la yedra, alzando las patas como si caminara por la marea baja.

—Ser un pavo real no es la única manera de esconderse, Frida. También los gorriones se esconden.

—¿Así que ahora eres eso? ¿Un gorrioncito metido en su agujerito de ladrillos?

—No, mecanógrafo y cocinero. A veces hasta ser aseador de jaulas de conejo.

Suspiró.

—¡Qué pérdida de tiempo! Creí que tenías *chispa* o algo por el estilo. Y ahora resulta que eres un gorrioncito gris. —Se alisó la falda sobre la pierna, y cruzó el rebozo sobre los hombros, componiéndose para defenderse de lo que había dejado entrever.

—Lamento lo de la pierna. Había escuchado otras historias.

—Déjame que te diga, Soli: lo más importante de cualquier persona es lo que no sabemos acerca de ella.

Hay doce personas viviendo ahora en esta casa y un solo baño. Miss Reed lo llama La Danza de las Horas. Los cuatro estadounidenses se acuestan tarde; la extraña y graciosa miss Reed (que se viste siempre como un muchacho) y su esposo duermen en un cuarto del ala de guardias, pero rara vez se acuestan antes del amanecer, cuando Lev se levanta para hacer sus ejercicios matutinos. Joe y Reba todavía tienen su departamento y hacen incursiones de campo a aquel baño. Todos se rigen por el reloj de rápidas escapadas y tazas de café racionadas. Es sabido que Lorenzo y los otros cuatro guardias mean desde el techo, declarando que la GPU debe ser atacada con todas las armas disponibles. Pero otras armas deben conservarse. La competencia de las mañanas no permite debilidad de carácter.

La hora secreta es las siete cuarenta y cinco. Ya para entonces Lev ha terminado sus abluciones hace rato, también Natalya. Los que se levantan tarde aún no son una amenaza, y los de la guardia matutina esperan todavía, respetando la intimidad de Natalya. Es entonces cuando es posible escurrirse del comedor hacia el ala de Lev y Natalya, de puntitas por el estudio de Lev. Pronto regresará allí, tan seguro como que el mapa de México seguirá colgado de la pared. Pero a las siete cuarenta y cinco todavía está dándoles de comer a las gallinas.

El baño estrecho está junto al estudio de Lev y la recámara, bajo un techo de lámina acanalada, y fue añadido a la casa en algún tiempo entre Porfirio Díaz y la moderna plomería. Sus muebles están alineados como soldados en posición de firmes: la tina con sus patas de garra, el lavabo en su pedestal, el gabinete con las medicinas de Lev y el revoltijo de los instrumentos para rasurarse de los demás. Una jarra y una palangana en su base. Y un tapete horrible que alguien debería tirar a la basura. Lev debería escribir un artículo: «El Reto Político de la Propiedad Colectiva de un Baño: nadie tiene la autoridad requerida para deshacerse del tapete». Y al final, capitaneando el batallón: el cómodo. El tanque está arriba y la cadena se jala con un saludo militar.

En vez de salir por la puerta del estudio de Lev (tal vez ya está allí) es menos incómodo salir por el cuarto vacío del final que Natalya llama «el cuarto de Seva», con la esperanza de que algún día alguien pueda traer de París a su nieto huérfano. Por ahora alberga un ropero de madera con abrigos y sacos. Esta mañana también estaba allí Natalya, parada ante una mesa de planchar, doblando una pila de piyamas de seda rayadas de Lev. A veces la incomodidad no puede evitarse.

—Buenos días.

—Buenos días.

Parece necesario añadir algo.

—Lev tiene muchas piyamas.

—Sí.

—Son bonitas. Muchos no se visten tan elegantes ni siquiera de día.

Dijo:

—Muchos no tienen que pensar que van a morirse en piyama. Y que la foto saldrá en los periódicos.

—¡Por Dios!

—No se disculpe. Ya estamos acostumbrados. —Alzó los ojos por un momento: un par de piedras grises; regresó la mirada a su trabajo—. He querido informarle a alguien, y probablemente es mejor decírselo a usted que a Van. Su presión subió.

—¿La presión de Lev? ¿A cuánto?

—Mucho. Ayer el doctor estaba muy preocupado.

—¿Y Lev, está preocupado?

Dobla la última piyama.

—Lev cree que le darán un balazo antes de tener un infarto, si eso responde su pregunta.

—Pero quería que alguien lo supiera. Es comprensible.

—Tal vez no nada pueda hacerse. Le duele terrible la cabeza.

—Parece tranquilo.

—Sí. Lev es calmado. Calmado es Lev. Lo que le dije de tener una buena piyama al ser matado. No por fotografías se preocupa él. No por vanidoso. No sé esa palabra. Mi inglés…

—La palabra es «dignidad», tal vez.

—Sí, dignidad.

—Podría descansar un poco más. Todas las mañanas sale a cuidar a las gallinas. Cualquiera de nosotros podría hacerlo.

—Ah, loco por esos animales. No estaba tanto cariño de alguien desde Benno y Stella. Dos perros desde Francia. —Calló recordando a los perros, tal vez a los niños vivos—. Creo que le dan consuelo los animales —dijo por fin—. Algo del mundo que puede hacer seguro.

—Pero no estaría de más ofrecerle ayuda.

—Sí, a usted tal vez le oye. Le dice «hijo». Tú notaste, claro.

—Claro. Lev tiene un gran corazón. Es padre de todo el mundo, al parecer.

—Pero a usted encuentra calma.

—¿De veras?

—Usted parece de Sergei. No le dice, pero es verdad, Sergei estaba callado. Siempre pone atención. Estaba por el bien de otras personas.

—Debe extrañarlos, a todos.

Meneó la cabeza de un lado a otro, mirando por la ventana con los labios muy apretados.

Afuera, la mañana era fresca, todavía había charcos de la lluvia nocturna. En un rincón apartado, frente al resplandor de la buganvilla roja que cubría la pared, Lev estaba parado entre una rueda de gallinas. Les aventaba el grano y cloqueaba en una modalidad de ruso gallináceo, aparentemente abstraído. Volteó, sorprendido.

—Ah, ¿viniste a pedirles a mis amigas una prueba de solidaridad?

—No se necesitan huevos ahora, el desayuno está listo.

—Verás, estaba pensando: las gallinas solo hacen colaboraciones colectivas. Pero los conejos son completamente entregados cuando se solicita su colaboración. Tal vez tengamos dos facciones.

—Mencheviques y bolcheviques.

Hizo una mueca con la boca y afirmó con la cabeza:

—Los *omelet*cheviques y los *hassenpfeffer*viques.

—Natalya pensó que tal vez necesite ayuda con los animales.

—No, no. —La pala plana no estaba con las demás herramientas, sino recargada contra las conejeras junto a un cubo lleno de estiércol. Había limpiado el lugar donde las gallinas se meten durante la noche. Después se llevaba el estiércol y lo enterraba por el jardín.

—Señor, es usted un gran pensador. No debía hacer trabajos de granjero.

—¿Y qué tiene de malo, hijo? Todos deberían hacer trabajos de granjeros. Tú te llamas *Shepherd*, que significa pastor, ¿alguna vez has cuidado borregos?

—No, señor.

Tomó la pala mirando a las gallinas, en misión expedicionaria por el jardín.

—¿Sabías que ahora Stalin está exterminando a los granjeros?

—¿Por qué?

—Tiene la idea de crear enormes granjas para nutrir a las masas. Como fábricas. Con grandes maquinarias y ejércitos de trabajadores ineptos. En vez de confiar en la sabiduría de los campesinos. Encarcela a los pequeños granjeros, quiere destruir a esa clase.

Una de las gallinas cazó una lagartija, que se debatía enloquecida dentro de su pico. Corría desquiciada y celosa entre las otras, que la perseguían con empeño. Su aptitud carnívora es impresionante.

—Ya hemos hablado mucho de Stalin antes del desayuno, mi querido amigo, «pastor» sin ovejas. Lo que digo va en serio. Todos debían ensuciarse las manos: médicos, intelectuales, políticos, sobre todo. ¿Cómo pretendemos mejorar la vida de la clase obrera sin respetar su trabajo?

Lev dobló con cuidado la prenda que usa todos los días para saludar a los animales: un viejo suéter verde, abierto con hoyos en los codos. Evidentemente no tiene intención de ser asesinado mientras alimenta a las gallinas. O eso espera. Se quitó los lentes y alzó la cara al sol por un momento, las botas apartadas y firmes, su frente campesina hacia el cielo. Parecía la viva imagen de la Revolución del Pueblo en un mural de Diego. Luego, el antiguo presidente del Sóviet de Petrogrado guardó las palas del estiércol y entró a desayunar.

Hoy se casó Van. ¿Quién se hubiera imaginado este día hace dos años en la excursión, durante el almuerzo en una embarcación pintada de Xochimilco? Frida tenía razón, por supuesto. Van no requería un atrapanovios para encontrar el verdadero amor. Ni Lev, al parecer. Se toma de la mano con Natalya y se paran juntos en la cubierta de este barco, que alberga amigos de confianza y cactos recién plantados, para ver el crepúsculo tras la alta barda que los cerca. Frida ha sido menos afortunada en amores, y en todo lo demás, y desde hace semanas se niega a salir de la cama. Su cuerpo amenaza con clausurar el negocio y librarse de todo de una buena vez, según dice, porque Diego ya no la quiere.

Van y su novia Bunny, de Estados Unidos, se casaron esta mañana en el registro civil, en la oficina cuya puerta está justamente debajo de los antiguos mayas que cosechan cacao en el mural de Diego, aunque es muy probable que los enamorados no se fijaran en ellos. El plan es mudarse pronto a un departamento de Nueva York. Natalya derramó algunas lágrimas, tan pequeñas y faltas de dramatismo como sus zapatos negros. Siempre supo que perdería a este hijo, igual que a los demás.

Lev está más jovial, felicita a los novios con formales brindis y poemas de amor rusos que recita de memoria. Bunny se puso una corona de flores engarzada, una idea importada del viejo mundo por Natalya, y alguien consiguió una bolsa del orozuz que tanto le gusta a Van como regalo de boda. Se paró en el patio junto a su esposa, descalzo por alguna razón, sus ojos tan azules, y hacía brindis disparatados. Cuando Bunny se paró de puntitas para coronarlo con las flores, Van sonrió tanto que hasta sus molares brillaban. Tan agradecido por su cariño. No tiene ni idea de que todo en él atrae los corazones: su gesto de niñito holandés al subir mucho los hombros y dejarlos caer. Sus hermosos pies blancos.

Las celebraciones son escasas en este lugar, y tal vez por eso más jubilosas. Y si el júbilo no incluyó a todos, al menos nadie tuvo que pasarse todo el día en la cocina.

Gran Bretaña entró en la guerra. Winston Churchill envió una Fuerza Expedicionaria a Francia, miles de soldados a defender la Línea Maginot para impedir que toda Europa sucumba ante Hitler. Todas las noches, después de limpiar la mesa, Lev enciende la radio y todos callan. Las vociferantes opiniones que suelen llenar el cuarto son acalladas por una vocecita temblorosa llegada desde el otro lado del mundo hasta este comedor pintado de amarillo. ¿Cómo puede Lev creer los reportes de la radio si todo lo demás le provoca dudas? Él mismo se lo pregunta. Pero está tan ávido de información que lanza su gran red y entresaca lo que pesca, intentando distinguir entre peces y basura.

Parece imposible que un solo hombre como Hitler haya podido meter al mundo entero en el enredo de sus ambiciones. Ahora solo queda saber en qué orden entrarán en él todas las naciones. Y con qué arreglos inesperados, ya que los países se encuentran unos con otros, hombro a hombro, cara a cara: canadienses en territorio francés, alemanes en Polonia, rusos y finlandeses en las costas del mar Báltico. A pesar del horror de la guerra, Lev se muestra optimista; dice que convertirá a todos en internacionalistas. El proletariado de hoy en día se unirá, pues la guerra beneficia a los ricos y mata a los pobres de manera muy palpable.

«Seguramente los obreros de las armerías francesas verán que su trabajo llena los bolsillos de los inversionistas de la ciudad de Londres.» Dice que los obreros de las fábricas y los campesinos de todas las naciones descubrirán que su enemigo común es el dueño de la fábrica que explota su fuerza de trabajo y los mantiene pobres e impotentes.

Pero el muchacho de una fábrica francesa o inglesa, con su delantal de cuero para fundir los contenedores de metal de las bombas, ¿qué puede ver? El objeto que vuela por los aires caerá a cientos de kilómetros y matará a otros muchachos con delantales de cuero en Alemania. Los reportes gritarán victoria o derrota, y los muchachos nunca sabrán qué tan parecidas fueron sus vidas.

Seva llegó de París, y es la primera vez que recuerda haber abrazado a sus abuelos. Cuando le dice a Lev «monsieur abuelo», a Natalya se le parte el corazón. Lo trajeron los Rosmer, que son sus amigos más antiguos: Alfred, francés casi de caricatura con su cuello largo, bigote y boina; y Marguerite, que abraza a todos contra su pecho. Lev cuenta que él y Alfred pelearon juntos contra Stalin desde Prinkipo. Los Rosmer se quedarán algunos meses en México y han rentado una casa. Ahora Francia es insegura, por decir lo menos, y el niño requiere tiempo para adaptarse. Ha vivido con los Rosmer casi desde la muerte de Zenaida, cuando Marguerite lo encontró en un orfelinato religioso. Lev nunca habla de esto, Zenaida era la mayor y su historia se va conociendo poco a poco: tuberculosis, salida de la Unión Soviética con su bebé para un tratamiento en Berlín. Visa cancelada por Stalin, su marido Platón desaparecido en un campo de prisioneros.

Seva tiene trece años, un muchacho alto con pantalón corto y sandalias de cuero. Habla ruso, francés y ni una palabra de español; camina con cuidado por el patio viendo los colibríes que zumban en las flores rojas. Marguerite pregunta cómo se llaman. En Francia, dijo, no hay nada semejante. Debe ser cierto, porque Seva se sonroja de emoción ante estas criaturas. Marguerite le dice que se calme para poder traducir lo que quiere. Quería una red o una funda de almohada, cualquier cosa, para atraparlos.

Natalya lo abraza fuerte, atormentada de remordimiento por el destino que rige a esta familia.

—No, Seva, no está permitido agarrarlos —dijo—. Tu abuelo defiende la libertad.

En tu partida

Bendita la vanguardia porque pregona tu nombre. Van, evanescente, vanagloria del avance, bendita sea cualquier palabra que pudiera contenerte. Bendita tu chaqueta que cuelga del perchero, alzando un hombro que tarda en olvidar al camarada que abrazó.

Bendito todo menos el punto de fuga donde te desvaneces ahora, sin separarte aún. Los recuerdos caen ya como golpes. Pero pronto serán atesorados como oro entre los dedos del avaro que hace cuentas: los años en el escritorio, codo a codo. El timbre flamenco de tus palabras, como el salto y la caída del carro de tu máquina de escribir, cada oración cuidada y luminosa, una biblioteca que contiene campos de amapolas. Las veces en que las tazas se confundían accidentalmente y la sorpresa de probar tu gusto de orozuz. La hermandad en los cuartitos de casas cerradas, el flujo muy quedo de las palabras que esperan el sueño, la inquietud que nos producen las infancias mezcladas: un pez capturado en una copa, el perro que huyó en un parque de Francia. Siempre fuiste el primero en irte. Verte caer como lluvia a tu sueño beatífico.

Bendita cada hora de insomnio que pasé en vela por tu resplandor. El sueño me hubiera robado más monedas de esta tienda, saqueada ahora por los vándalos.

HWS, octubre de 1939

Doblada en un sobre, esta fue otra carta que se dejó en la oficina para que alguien la viera, solo que esta vez no fue un accidente. Tenía fuera el nombre de Van, y luego, como una buena medida, también la dirección para que pareciera uno de los innumerables mensajes que llegan en la bolsa del cartero. Un memorándum que debía archivarse. Un disfraz cobarde, sí, ¿pero acaso alguien que haya escrito un poema de amor en este mundo quiere estar presente y sonrojándose mientras el amado lo lee? Estas cosas deben meterse al bolsillo de un saco, para que sean leídas en otro cuarto, en otro lado. Él y Bunny se van hoy en el tren nocturno.

Sus valijas están hechas y está decidido: parecía ya a medio camino hacia Nueva York cuando entró en la oficina buscando sus zapatos negros. Tomó su saco del perchero de junto a la puerta por última vez y se lo puso, acomodándolo sobre sus hombros como siempre, con un jalón. Encontró los zapatos que, de la manera más absurda, estaban encima del archivador. Tal vez Natalya los dejó allí al barrer.

—Bueno, camarada Shepherd. Incursionamos juntos en el mundo desde esta pequeña sede, ¿no es así?

—Así es. Y ha sido magnífico, Van. Aprendí muchas cosas. Es difícil decirte cuántas.

Alzó los hombros. Echó una ojeada al sobre del rincón del escritorio.

—Más que archivar. ¿En domingo?

—Creo que es anterior, tal vez del viernes.

—Pero es para mí. ¿Estás seguro? ¿No es del Comandante?

—Tiene tu nombre. Tal vez sean recortes de periódico o algo así. No debe de ser muy importante.

Sonrió y meneó la cabeza. Mirando hacia el comedor donde Lev se ocupaba con la cuota diaria de periódicos.

—Vivan la Revolución y el trabajo interminable. Pero yo ya he terminado con el mío aquí.

Tiró el sobre al bote de basura.

Pasaron las lluvias. Pronto regresarán del norte las aves migratorias.

El partido trotskista de Estados Unidos también sigue mandando inmigrantes, un flujo pequeño pero permanente de jóvenes ansiosos de trabajar con Lev. Son buenos muchachos llenos de voluntad y músculos que casi siempre mandan a la azotea como guardias o a la cocina. Son del Socialist Workers, y la mayor parte pertenecen a lo que ellos llaman la Rama Downtown de Nueva York. Jake y Charlie fueron los primeros en llegar, con un abultado sobre de dólares de contrabando, apoyo del movimiento mundial, y que tanta falta hacen en esta casa. Como la oportuna botella de coñac que sacaron a tiempo para la boda de Van.

El más nuevo es Harold, que «tiene catre» con Jake y Charlie, pues habla el mismo lenguaje: *sale* y *me cuadra* y *dándole*. A Mamá le hubieran encantado, aunque no tendría paciencia con el elogio que hacen del hombre común y corriente.

Las cartas y los borradores comienzan a apilarse en el inventario que Lev tiene en la cabeza desde que se fue Van, pero no permite que estos muchachos hagan mucho trabajo de oficina. Dice que se requiere una habilidad especial: el mejor secretario de un escritor es el escritor mismo («Hasta un novelista, tal vez», dice con un destello de complicidad). El escritorio de Lev está lleno de papeles, tinteros, cajas de cilindros del Ediphone. Cada mañana hay que excavar para llegar a la hoja del calendario y darle vuelta para enfrentar un nuevo día. Los libros se acumulan en pilas políglotas: francés, español e inglés en una sola torre; representan diferentes capas de su milagroso cerebro. Una capa por cada nuevo país de su travesía.

Ahora pretende añadir otro: Estados Unidos. Fue invitado como testigo, para presentarse ante el Congreso. Un hombre llamado Dies quiere que testifique contra el Partido Comunista de Estados Unidos. Lev tiene muchas ganas de ir. Hay que detener la devoción hacia Stalin, dice. Los comunistas todavía creen en los cargos que Stalin formuló contra Lev, pero cuando sepan la verdad, cambiarán su alianza hacia el movimiento socialdemócrata de la Unión Soviética. Cree que la Comisión Dies servirá para lograr que la guerra mundial se convierta en plataforma de la revolución internacional.

Jake y Charlie opinan que es una trampa, y Novack envía telegramas previniendo a Lev para que no cruce la frontera. Estados Unidos parece prepararse para entrar en la guerra contra Hitler, muy probablemente junto a Stalin. Qué obsequio de buena voluntad para negociar con Stalin, enviarle la cabeza de Lev Trotsky. Natalya está aterrorizada, la prensa de Estados Unidos considera unánimemente a Lev un monstruo. A pesar de todo, sigue con sus planes de ir. La Comisión Dies ha mandado los papeles y promete resguardo policial para el viaje. Pero no le dan la visa a Natalya ni a ningún acompañante mexicano.

Lev puede sortear cualquier obstáculo. Planea llevar a un secretario y traductor cuya condición legal no presente obstáculos y que nunca haya pertenecido a ningún partido; que tenga pasaporte de Estados Unidos porque su padre es ciudadano y trabaja en una oficina de contabilidad del gobierno. Lev supone incluso que el padre les albergará en Washington durante las audiencias, que durarán varias semanas.

Si acaso Papá reconociera al hijo cuando se presentara en su puerta, probablemente lo despacharía al catre de los «Cristos». Y si Stalin ofrece una recompensa por la cabeza de Lev, Papá la cobraría gustoso. Pero Lev no lo cree, porque a este hombre el afecto paternal le viene tan naturalmente como los latidos cardiacos. No hay palabra en el diccionario que logre hacer entender a Lev la distancia que existe entre un padre y un hijo. La partida se fija para el 19 de noviembre.

El equipaje está listo, lleno de papeles. Natalya tiene que recordarle a Lev que debería llevar ropa y un abrigo. Hará frío en el norte. Se han buscado los papeles importantes, los usados en la

Comisión Dewey, con los cuales Lev trabajó tanto para probar su inocencia. Su fe en la justicia arde tan vívida que cuesta confrontarla.

Lorenzo nos llevará a la estación de tren mañana en el coche. La policía mexicana proveerá los guardias hasta la frontera con Estados Unidos. Marguerite Rosmer hizo una fiesta *bon voyage* esta noche, Natalya considera que hay poco que celebrar. Pero Marguerite la anima siempre, al igual que la presencia de otros amigos: los Hansen, Frida y Diego, claro. Él y Lev se llevan de maravilla desde que ya no son amigos.

Y a Frida, si algo la levanta de la cama es una fiesta. Se presentó con un deslumbrante vestido de tehuana con huipil de listones y el pelo corto alisado hacia atrás con una onda, como una estrella de cine. Trajo a sus dos sobrinos, que adoran a Seva. Diego llegó tarde, con un sombrero de bandido. Los niños prendieron cohetes que casi matan de susto a Lorenzo, lo ponen muy nervioso los posibles ataques. Paró cuatro veces la fiesta, obligando a todos a despejar el patio y a entrar en la casa porque los guardias habían visto un vehículo sospechoso en la calle. Una vez, era el Buick que dejó a los Rosmer. El coche pertenece a Jacson, un joven belga de quien se han hecho amigos y que a veces los lleva a algunas partes. Marguerite contó en la fiesta la historia de cómo ese mismo joven persiguió a Frida por París. «No lo admite —dijo Marguerite—. Pero su novia Silvia dice que estaba enamorado. ¿Te acuerdas de él? Parece que te estuvo siguiendo durante días, intentando conocerte.»

—¿Cómo voy a acordarme de cuál era? —respondió Frida meneando la cabeza, haciendo que sus aretes de oro bailaran contra su pelo negro. No había ni sonrisa ni sorpresa, actuaba en su papel de taimada por costumbre, sin convicción.

—El día de la inauguración de tu exposición, parece que Jacson te esperó fuera de la galería toda la tarde con un ramo de flores enorme. Cuando por fin llegaste, le dijiste que se fuera al diablo y echaste las flores a la coladera.

—Pobre hombre —dijo Diego—. Frida destroza a cualquiera.

La mirada que entrecruzaron mostraba una tristeza terrible. Si cualquiera de los dos la hubiera pintado, la pared hubiera tenido que ser raspada.

Marguerite estaba aún empeñada con su historia, imaginándose al muchacho en la calle con las flores estropeadas.

—¡Es cierto! Tal vez ignoraba que estaba casada.

Frida dice que el divorcio será definitivo antes de fin de año.

Natalya está encantada, Lev esta furioso y todos los demás en alguna posición intermedia. No habrá ni viaje ni testimonio. Lev ni siquiera abordó el tren. Alguien de la Comisión Dies debe de haberse enterado de sus intenciones revolucionarias o al menos, sabiamente, debe de haberlas adivinado. En el último instante el Departamento de Estado telegrafió cancelando permanentemente la visa. *Nunca* se le permitirá entrar en Estados Unidos.

Y la historia ya circula en los periódicos. Entrevistaron a Lombardo Toledano y también al pintor Siqueiros, ahora aliado con él. En realidad, ninguno de los dos tiene más información sobre lo sucedido que los pollos de Lev. Aun así, tienen mucho que opinar: Lev fragua una conspiración internacional contra el pueblo financiada por los magnates petroleros y por el FBI de Estados Unidos.

El inglés de Alejandro mejora, a diferencia de su conversación. Su timidez lo sofoca como a un nonato. Pero, como cualquier niño, lucha por nacer, por aterrizar en una tribu de congéneres. Cuando están juntos, mea desde el techo tan lejos como cualquiera de los otros guardias. Jura su lealtad a la Cuarta Internacional y también a Jesús, sobre todo en Navidad y en otros días de guardar.

Lev aconseja a Lorenzo y a los otros guardias que sean benévolos, el muchacho adquiere disciplina revolucionaria. Denle tiempo. Alejandro no fue a la escuela, tiene miedo de cometer errores.

Febrero es el mes más duro para Lev. Demasiadas muertes dejaron su mancha en esos muros. A veces se hunde en sus recuerdos, visita a los fantasmas de tantos deudos —su joven primera esposa, amigos, hijos e hijas, colegas, camaradas— asesinados todos por Stalin sin más razón que la lucha de Lev. Él y Natalya hablan con franqueza acerca de qué harán si él es el siguiente. Joe y Reba afirman que pueden llevarla a Nueva York sana y salva; Van ya está allá, también. «Entiérrame allá —dice Lev—. Como un cadáver, seguro que me dejarán entrar en Estados Unidos.»

Qué grandioso tapiz había tejido en sesenta años de vida: cuerpos y mentes reunidos, ejércitos con manos enlazadas y juramentos comunes; y ahora, casi lo único que le queda de todo aquello es esta casa. Solamente unos cuantos podrán contar su historia de memoria cuando falte. Y es tan poca cosa, comparada con las montañas de fábulas periodísticas acerca del traidor en nuestro seno. ¿Qué encontrará la gente en las bibliotecas algún día, cuando vaya a buscarlo? Hay tan pocas esperanzas de que se le recuerde con honestidad. No hay historia futura para este hombre.

Hoy entregó una hoja manuscrita para que se escribiera a máquina. Parecía más privada que pública, algo que parece su última voluntad o su testamento. El encabezado solo decía: «27 de febrero de 1940».

«Fui revolucionario durante mis cuarenta y tres años de vida consciente, y durante cuarenta y dos luché bajo la bandera del marxismo. Si tuviera que comenzar todo de nuevo trataría, por supuesto, de evitar tal o cual error, pero en lo fundamental mi vida sería la misma. Moriré siendo un revolucionario proletario. Mi fe en el futuro comunista de la humanidad no es hoy menos ardiente, aunque sí más firme, que en mi juventud.

»Natalya se acerca a la ventana y la abre desde el patio para que entre más aire en mi habitación. Puedo ver la brillante franja de césped verde que se extiende tras el muro, arriba el cielo claro y azul, y el sol brilla por todas partes. La vida es hermosa. Que las futuras generaciones la libren de todo mal, opresión y violencia y la disfruten plenamente.»

Hoy, Natalya declaró que es hora de dar un «paseo». Es el término que usan ella y Lev para sus salidas: largas travesías por el campo donde Lev puede escarbar entre las barrancas llenas de cactos mientras ella tiende un sarape de picnic en un huerto de toronjas. «Necesita salir de este catafalco», dijo durante el desayuno, a pesar de que la angustia la enferma cada vez que salen de la fortaleza. Pero conoce sus añoranzas. Cada mes que pasa lejos de la sombra de Frida, Natalya recupera más su apariencia de persona y de esposa. La Casa Azul era como una enorme boca que se la tragaba. O una oscura necesidad por la que pasaron juntos.

Algunas palabras tienen peso en esta casa: perdón, confianza.

En su calidad de Comisaria de Picnic ordenó a las tropas de la cocina que empacaran la comida mientras el Comité de Movilización Exterior abría sobre la mesa de la cocina los mapas de reconocimiento. Sería más seguro mantenerse en carreteras poco frecuentadas. Se decidieron por Cuernavaca, tomando una ruta con buenas vistas del Popocatépetl y el Ixtlaccíhuatl. Debe hacerse notar que la facción estadounidense divertía a la mexicana intentando pronunciar estos nombres.

Se telefoneó a los Rosmer, ya que la incursión requería de dos vehículos: el viejo Ford, préstamo permanente de Diego, y el Buick de su amigo Jacson. Este se muestra dispuesto a llevar a sus amigos a cualquier parte sin previo aviso, tal vez porque le gusta ir dentro del enorme auto. Reba y Joe, miss Reed, Lorenzo, la comida, el vino, los sarapes y una ametralladora caben en el Buick, además de los Rosmer. En el Ford más pequeño, los guardias Alejandro y Melquiades van apretujados adelante con el chofer, que oculta su disgusto con el achacoso Ford. (Ah, el Chevrolet Roadster de Diego, con su poderoso motor y sus velocidades fáciles.) Lev y Natalya se sientan detrás con su entusiasmado nieto y el joven Sheldon, con ojos igualmente brillantes. Acaba de llegar como voluntario de Estados Unidos.

Lev mantiene la cabeza baja al salir, acostándose sobre los demás hasta que el coche está completamente fuera de la ciudad, trepando por caminos de terracería lejos del valle polvoso. Grandes extensiones de tierra sin labrar, poblados de plantas espinosas que defienden con fiereza un territorio que nadie reclama como propio. Rancheros con sombreros de ala ancha cabalgan por las veredas arriando a sus reses, las orejas tan grandes y caídas dan al paisaje inhóspito un toque de tristeza desesperanzada. El único atisbo de verdor lo brindan las nopaleras y un ocasional campo de cañas.

—Estaba pensando, Shepherd, que debemos tener siempre un segundo chofer en el coche. ¿Crees que puedas enseñarle a Melquiades? —dijo Lev cuando se consideró seguro que levantara la cabeza y mirara alrededor.

—Sí, señor. —Lev quiere decir: en caso de que el chofer sea alcanzado por un francotirador. Los pasajeros necesitarán dicha protección para huir. Es este el tipo de horrores que Lev debe anticipar y resolver cotidianamente, como otros suman los gastos o atornillan una bisagra floja.

Poco después, el camino se deslizaba por la falda de la montaña. Los campos de pasto amarillento y robles desaparecieron y se convirtieron en un bosque de pinos secos. El plan era evitar la ciudad de Cuernavaca, tomando caminos curveados por una barranca cercana a Amecameca. Era Jueves Santo, y todas las iglesias del lugar estaban cubiertas con lienzos morados, de luto por Cristo, que muy pronto habría de resucitar. Alejandro se persignaba todas y cada una de las veces que pasábamos por alguna iglesia. Lo hacía discretamente, tal vez avergonzado ante los acompañantes de esta ocasión: un leve movimiento de su mano curvada sobre el pecho. El gesto mínimo para que lo viera el ojo aguzado de Dios.

En ciertas curvas de la carretera el bosque se abría dejando ver magníficas vistas del Popocatépetl y el Ixtlaccíhuatl, asombrosos picos nevados y paralelos de los volcanes. «¡Fantástico!», suspiró Sheldon desde el asiento trasero. Este muchacho ya era conocido de Jake y Charlie cuando llegó de la Rama Downtown, pero nunca había salido de Nueva York. Ahora comentaba cada vista, con tanta precisión como la de Alejandro al persignarse. «Popo… po…» Sheldon se empeñaba y se rindió. Daba igual. Los otros se habían cansado de reírse.

—Intenta Cuernavaca —dijo Seva, en cuya boca el español y el inglés eran fluidos como agua salida de la llave, a partir del día en que lo trajeron los Rosmer.

—*Cornavaca*. ¡Gracias, amigo! Creo que ya terminé por hoy.

El muchachito está muy encariñado con Sheldon, y sale con premura en su defensa cuando los demás guardias se burlan de él. No es raro que Seva quiera andar con él por todas partes, Sheldon es muy buen tipo: el primero en aceptar los puestos de guardia, nunca toma a pecho las bromas, nunca agarra otro pan dulce del plato hasta que todos los demás se sirven. Esta es la primera gran aventura de Sheldon: México lo tiene con los ojos cuadrados. Dice que está *suave*.

—Los aztecas llamaban a la ciudad Cuauhnáhuac —explicó Lev—. Significa «junto a los bosques». —¿De dónde saca todo eso Lev? Lee cualquier cosa.

—Pero, abuelo, Cuernavaca quiere decir cuerno de vaca, ¿no? —preguntó Seva—. ¿Por qué le cambiaron el nombre los españoles?

Melquiades dice que los aztecas mismos la cambiaron de nombre, para no morirse de risa cuando escuchaban a los españoles tratando de decir Cuauhnáhuac.

El destino es una barranca boscosa con un pequeño valle sombreado y frío, con ríos para nadadores de corazón resistente. Lev llevó a su nieto a caminar, y regresaron triunfantes. Lev llevaba un costal de tela en el hombro con algo que parece un tronco grueso. Era su cactus favorito: un viejito, le llaman, porque tiene el pelo blanco y largo en vez de espinas. Melquiades y Lorenzo metieron juntos el cactus en la cajuela del Buick, y juraron que pesaba por lo menos treinta kilos. A pesar de Stalin y de la presión alta, Lev nos va a enterrar a todos.

La felicidad, cuando alcanza a Lev, es tan pura. Usa un viejo y ridículo sombrero de paja, que se pone solamente para estas salidas. Ya nadie recordaba cuándo lo había visto por última vez, ni semejante sonrisa. Ni la cámara. Para variar, este era un día digno de ser recordado, y Lev quería que se documentara todo: Natalya y Marguerite en el sarape al pie de los pinos, poniendo el pollo frito en los platos. Natalya con su sombrerito de ala corta, sentada en una piedra junto al río, sonriendo a la cámara. Los guardaespaldas payaseando. Seva en su traje de baño, posando como si fuera a echarse un clavado desde lo alto; nunca se lanzó por los gritos alarmados de Natalya en ruso. Sheldon tomó la cámara para que Lev apareciera en casi todas las tomas. En las diferentes escenas de ese día, lo más notable era el júbilo de Lev.

Una hora antes del crepúsculo, el partido eligió a un Comité Ejecutivo de Empaque y todo se subió a los coches. Una garza blanca picoteaba los restos pequeños de comida regados por el suelo. El ave había pasado toda la tarde cazando caracoles a orillas del río, ignorando las acrobacias de los guardaespaldas que brincaban desde las rocas, se sacaban el agua de los oídos, y se quejaban de tener helados los huevos. Se parecía al pájaro que se presentó de manera tan inusitada en el patio de la Casa Azul el día en que Lev la abandonó. Aquel día parecía la representación de algo triste y terrible: los Hijos de Dios expulsados del Paraíso. Pero no era un Edén: esa partida fue buena para Lev y para Natalya. Y claro, la garza de hoy se parecía a la de aquel día; todas las garzas son iguales.

Para colmo de extrañeza llegó una carta de Papá. Fechada en abril, llegó hoy, en mayo, el día del cumpleaños de Mamá por una extraña coincidencia. Es milagroso que llegara siquiera. Tenía la dirección de la casa de San Ángel, a cargo de Diego, y todo lo que está a su cargo puede terminar calzando una mesa que se bambolea o en un sándwich. Mamá debe de haberle mandado esa dirección hace años, cuando vivía.

Papá no tenía mucho que contar. Estuvo enfermo el año pasado, compró un automóvil. Lo describió a lo largo de dos párrafos, y apenas dedicó unas líneas a su enfermedad. Velocidades sincronizadas en el piso, palanca en el suelo y embrague y acelerador de pedal. Un Chevrolet Roadster, al parecer como el de Diego, pero de un modelo posterior, blanco. Cerraba con la esperanza de que la muerte de Mamá nos brindara la oportunidad de tener una relación más cercana como padre e hijo. Envió la dirección de su abogado, en la calle I de Washington, D. C., y no la suya, pues dice que tiene la intención de dejar pronto su departamento.

«Una relación más cercana» tal vez quiera decir una carta cada año bisiesto. Vale la pena ponderarlo.

24 de mayo

Debieron de haberse estacionado en la calle Viena, acercándose a la casa dos horas antes del alba. Los hombres usaban uniformes de policía, jura Lorenzo, así es que se confundió cuando se presentaron amistosos, como de costumbre. Le torcieron el brazo tras la espalda, amenazándolo y amordazándolo. Alejandro estaba cerca de la reja, del otro lado, y fue sorprendido de igual manera. Le pusieron una pistola en la cabeza y le preguntaron dónde estaban las líneas telefónicas. No se lo dijo, pero las encontraron y las cortaron rápidamente, igual que los cables de luz. Llamaron a la puerta, y Sheldon les abrió, sin entender el nerviosismo de Alejandro al darle la contraseña, a punta de pistola; o tal vez se le olvidó pedírsela. Alejandro no lo recuerda con claridad.

Los pistoleros corrieron por el patio, disparando contra la casa de guardias, donde el tableteo de las ametralladoras despertó a todos al instante. Una ráfaga tras otra cruzaba también las ventanas de la casa, y entraron en el dormitorio de Lev y Natalya. El tat-tat-tat siguió, tanto tiempo como el que toma meterse bajo las camas en la oscuridad, sentir el piso helado, pensar en el fin de la existencia. Afuera, en el patio, se veía un destello particular que no era ni la luna ni los postes de la calle. El aire olía a pólvora y luego llegó un olor a gas lacrimógeno (extraño recuerdo). Bombas incendiarias arrojadas contra la casa.

Natalya y Lev rodaron al piso y se quedaron en el suelo, acostados junto a la cama. Natalya cuenta que todo el tiempo tenía la mano contra el pecho de Lev, para verificar si le latía el corazón. La puerta que comunica su cuarto con el de Seva estaba incendiándose. La silueta de un hombre se recortó allí durante unos segundos. Lo vieron alzar una pistola y disparar cuatro veces contra los sarapes que estaban amontonados en la cama.

Seva, Seva, llamó cuando se fue el fantasma. Seva debe de haber muerto, o tal vez está secuestrado. Cuando el nieto gritó, la angustia fue terrible, pero hubo también un gran alivio. Natalya se arrastró hasta la puerta y vio que estaba bajo la cama; le sangraba un pie. Ya estaba metido allí, dijo, cuando vio los pies del hombre que entraba. El asaltante disparó contra sus camas. Una bala atravesó la de Seva y le hirió el pie.

Uno a uno, los cuerpos de la casa de guardias se levantaron del piso, tomaron su propio pulso y lucharon por volver a enfundarse la vida como si fuera ropa que se hubieran quitado. Todos vivos. Sobrevivimos. Solamente falta Sheldon. Alejandro cree que quizá lo mataron (cree haberlo visto caer junto a la puerta, tal vez los asaltantes lo jalaron). Seva no deja de preguntar por él. Si nosotros estamos vivos, insiste, también Shelton debería estar vivo.

Lorenzo dice que el hombre que casi le quebró el brazo es alguien que reconoció. Llevaba un bigote falso, pero es el muralista que era amigo de Diego antes y que ahora es su enemigo: Alfaro Siqueiros. Nadie lo puede creer. Pero Lorenzo no es dado a la fantasía y está seguro de ello.

Hoy vino la policía y sacó los restos de plomo de las paredes del cuarto de Lev con los cuchillos de la cocina. Setenta y seis balazos. La pared cacariza, descascarada —o lo que queda de ella—, parece la cara de un leproso. Marcas de disparos a unos cuantos centímetros de la almohada de Lev. Los oficiales trabajaron todo el día recolectando pruebas. Los sobrevivientes estaban parados en el patio en ruinas, parpadeando bajo el sol. Sus ojos no estaban preparados para ver con vida a quien estaba bajo su custodia.

La supervivencia, por sí misma, no es razón suficiente para alegrarse. Si la vida es una muda de ropa momentáneamente arrancada y devuelta, el jaloneo la estropea. Hoy es más difícil que ayer. La noche es peor que el día, y el día es malo. Nadie duerme. El silbido de la tetera sobresalta todos los corazones. Natalya tiene los brazos vendados, se los quemó al apagar el fuego de la cama de Seva. Se sienta en una silla con lágrimas en los ojos, los brazos hacia adelante como si se dispusiera a abrazar un fantasma. Lev pasea con la mente agitada. Tantos otros han muerto, que considera este asalto como un ensayo de lo inevitable. Todos los demás habitantes de la casa deben albergar deseos secretos de abandonarle. Estos sentimientos añaden la pena de la culpa a la pena del terror.

Lorenzo está fuera de sus casillas, y ahora repite tediosos simulacros de seguridad que ya todos conocen. «Tras el niño ahogado tapan el pozo —dice Lev taciturno—. La próxima vez no vendrán por la puerta principal.» Pero Lorenzo no puede contenerse, llevado por la furia o la vergüenza de su fracaso. «Cuando por la noche suene la campana para el cambio de guardia, el hombre de adentro dará solamente una vuelta al cerrojo. ¿Me escuchan? *Solo un giro* para abrir la escotilla y ver. Pedirá la contraseña. Si es la correcta, el visitante entrará *solamente en el vestíbulo*.» Pero el vestíbulo se controla con un botón eléctrico, y cortaron la electricidad. Alejandro está ciego de pánico. Y fuera cual fuera la razón por la que Sheldon abrió, no puede explicarla.

Los periódicos han reaccionado de forma indescriptible. Dicen que se trata de un montaje teatral de Trotsky para hacerse propaganda. La policía interrogó a todos los de la casa, y Alejandro estuvo dos días detenido: adivinaron su vulnerabilidad. No lo dejaron dormir, le apuntaban con un rifle por la espalda; en sus pesquisas, la policía insiste en un falso ataque. Si fue real, le repiten una y otra vez, ¿por qué no murió nadie? ¿Cómo es posible que de los setenta disparos todos hayan fallado?

En su desesperada defensa, Alejandro señala que Seva fue herido. Aunque fuera solamente un rozón en el dedo. Si se trataba de un falso atentado, ¿qué abuelo elegiría a su propio nieto como víctima?

La policía ha hecho públicas sus declaraciones, distorsionándolas previamente. *El terrible canalla elige a su nieto como víctima de esta pantomima.* En su prisa por reportar semejante difamación, algunos periódicos han dicho incluso que Seva había fallecido.

Alejandro está desconsolado. Cree que esas notas son por su culpa. Nunca tuvo facilidad de palabra, pero ahora ni siquiera puede pedir café en la mesa cuando desayuna. Está asqueado y atormentado porque sus palabras fueron envenenadas, y es posible que nunca vuelva a hablar.

28 de mayo

Los Rosmer partieron hacia su hogar, o lo que les espere en Europa. Marguerite parecía desconsolada por tener que dejar a sus amigos en estos momentos, menos preocupada por las catástrofes de Francia que por las de Natalya. Pero los boletos ya estaban comprados y no podían cambiarse. Sin embargo, hay buenas noticias. Cuando pasaron esta mañana por la casa a despedirse, lograron convencer a Natalya de que los acompañara hasta el puerto. Unas pequeñas vacaciones en la costa. Reba irá con ella, y regresarán en tren la próxima semana. Natalya ya casi sanó de las quemaduras. No quería dejar a Lev, pero él insistió. Es perfecto. Ni siquiera tendrán que volver en tren. Jacson se ofrece a traerlas de regreso, en su hermoso Buick por supuesto.

Las despedidas en el patio son largas e inclementes. Ahora cada beso entre Lev y Natalya va cargado de pesadumbre. Y Marguerite los abraza a todos dos veces. Para cuando terminó todo, el chofer no aparece. Por fin Jacson fue localizado dentro de la casa con Seva, jugando con un modelo de avioncito.

25 de junio

Sheldon Harte fue hallado en el pueblo de Tlalmanalco, en una casa propiedad de unos parientes de Siqueiros. Aún no se le ha informado a Seva, pero su amigo Sheldon no regresará. La policía lo halló en el fondo de un pozo, enterrado por más de un metro de cal viva.

Han sido arrestadas treinta personas, incluido Siqueiros, aunque probablemente le permitan salir del país. Los periódicos dicen que es un «pintor medio loco» o un «pirata irresponsable». La culpa y la sentencia del atentado ya habían sido pronunciadas. Se trataba de un simulacro montado por el mismo Trotsky. La aparición de los verdaderos culpables, por lo tanto, crea una situación incómoda. Por una rara extrapolación de su lógica, uno de los diarios sugiere que el pintor loco se había vendido a Trotsky para el autoatentado. «El autoatentado» ya no se considera una hipótesis, sino un hecho. Una vez que los periódicos determinan cuál es la verdad, ninguna otra es posible.

Sheldon era un buen compañero. Un amigo: otra palabra cuyo significado ha reverdecido en la casa de Trotsky.

Diego se fue, y ya está en San Francisco. Mientras la policía se encargaba de confundir todo rastro que apuntara hacia los sicarios estalinistas en sus pesquisas, acusaron a Diego de participar en el ataque. Ahora que Siqueiros se encuentra en custodia se desvanece el cargo, pero la prensa sigue entrampada en su propio frenesí: ¡El muy reconocido pintor un asesino! ¿Qué reportero puede contener su ímpetu ante semejante reportaje? Diego tuvo que partir sin despedirse. A lo largo de toda su relación, resalta la camaradería entre los dos hombres.

El que se comporta como un loco es Lorenzo: ha instalado puertas de metal de unos ocho centímetros de espesor en ambas entradas del cuarto de Lev y Natalya. Lev se burla; para acostarse a dormir debe entrar en un submarino. Lorenzo ha trazado planes para un refugio antibombas, tres nuevas torretas para vigilar la calle, alambre de púas y malla que soporten ataques con granadas.

Lev se muestra visiblemente cansado de repetir lo del pozo tapado. Dice que la próxima vez no procederán de la misma manera. «Lorenzo, amigo, si fueran tan tontos, no tendrías nada de que preocuparte.»

La tristeza todavía puede contrarrestarse. Por fin Natalya sacó sus vestidos de verano tras guardar sus viejos abrigos rusos con ribetes de piel. El clima de esta ciudad es igual todo el año, y la posibilidad de que llegue a llover es la única variante. Pero Natalya sigue las estaciones escrupulosamente, usando telas estampadas de colores claros en primavera y abrigos oscuros en otoño. Su sentido del orden se rige por el clima de París o de Moscú. Y es así como sobrevive. Lev sobrevive. El pasado es lo único que conocemos del futuro.

Otra buena señal: Natalya recibió visitas a tomar el té. Reba se encontró en el mercado Melchor al fiel chofer Jacson y a su novia Silvia. En un arrebato los invitó a que fueran a la casa para que Natalya pudiera dar las gracias a Jacson por llevarlos a todos hasta Veracruz. Reba estaba preocupada porque no sabía si era correcto hacerlo sin autorización de Lev, pero Natalya dijo que estaba bien, por supuesto, los Rosmer conocían a Silvia hacía años y Jacson había tenido mil atenciones durante los meses pasados. Natalya parecía disfrutar con la compañía de Silvia y Jacson. Les dijo que regresaran y llevaran un poco de alegría a la fortaleza.

Lev tenía una opinión diferente sobre la pareja. Se entretenía mucho tiempo con las gallinas antes de entrar a tomar el té con las visitas. Natalya se impacientó un poco y mandó un mensajero a traerlo.

—Perdón, señor, pero su esposa se pregunta por qué le ha tomado cuarenta y cinco minutos alimentar a once gallinas.

—Dile a Natalya que las gallinas son más entretenidas que sus visitas. No, no le digas eso, Jacson es un buen tipo. Pero se cree escritor.

—¿Qué escribe?

—Bueno, ese es el punto. No lo sabe. Me enseñó un borrador. Se supone que es algo así como un ensayo sobre la teoría de Schachtman acerca del Tercer Frente. Pero en realidad es confuso y aburrido. Me parece que sus ideas son muy superficiales, si es que puede llamárseles ideas.

—Ah.

—Y va a querer una crítica.

—Qué difícil.

—Difícil. Ah, hijo. He enfrentado a la GPU y el gulag. Y sin embargo, ahora no puedo enfrentar a este joven que ha sido tan amable con mi esposa para decirle: «Bueno, amigo, su mente es superficial. Y aburrida».

—¿Quiere que le diga a Natalya que las gallinas amanecieron muy hambrientas?

Suspiró haciendo sonar el recipiente del grano. Las gallinas levantaron la cabeza observando cada uno de sus movimientos.

—Fíjate nada más. En 1917 comandaba un ejército con cinco millones de hombres. Ahora estoy al frente de once gallinas. Y sin la colaboración siquiera de un solo gallo.

—La mayor parte de las veces, Comisario, son los gallos quienes causan los problemas.

Se rió.

—Si necesita un pretexto para quedarse afuera, señor, hay algo que quiero preguntarle. De cuando era comandante del Sóviet. He deseado preguntárselo hace mucho.

—Bueno, ya no esperes. Mi doctor opina que mi presión arterial está por las nubes. ¿Qué querías preguntarme?

—Diego me contó que era usted quien estaba destinado a suceder a Lenin. Usted era el segundo comando y tenía el apoyo popular. Podría haber encabezado la República Soviética Democrática.

—Así es.

—Y entonces, ¿por qué subió al poder Stalin y no usted? Los libros hablan de una «transición desestabilizadora» y cosas por el estilo, pero Diego me contó otra cosa.

—¿Que te dijo?

—Que fue un accidente histórico. Como un albur en el que ambas jugadas eran igualmente probables.

Lev guardó silencio por un lapso extremadamente largo. Era probable que Jacson y Silvia se retiraran antes de que la conversación se reanudara. Era una pregunta impertinente, tal vez hasta grosera. Van había dicho muchas veces que a Lev le costaba hablar sobre el asunto, se negaba a hacerlo.

Pero por fin se decidió:

—Vladimir Lenin murió en 1924, eso ya lo sabes. Tuvo un infarto poco después del Decimotercer Congreso del Partido. Estaba exhausto tras la conferencia, yo también. Había estado muchas semanas enfermo, y durante las sesiones me dio pulmonía. Natalya insistió en que después fuéramos al Cáucaso, para descansar. Tenía razón, si no lo hacía podría haber muerto. Terminó el congreso, abracé a mi amigo y camarada Vladimir antes de partir.

Se detuvo, se quitó los guantes y se frotó los ojos.

—Natalya y yo íbamos en el tren rumbo al Cáucaso, en el carro comedor, tomando una taza de té. Llegó el garrotero y nos entregó un telegrama: Lenin murió de un infarto, Stalin mandaba el telegrama. «Querido camarada Lev», decía, o algo así. Compartía mi pesar con amistad y solidaridad absolutas, y me daba detalles del entierro. Alegaba que por diversas razones, sobre todo para mantener la calma, la familia y el Comité Central se oponían a un gran funeral de Estado. El entierro sería privado, al día siguiente. No me daba tiempo de regresar, claro, pero Stalin me aseguraba que no debía preocuparme, la familia lo entendería. A su tiempo, me pedirían un elogio de Lenin en una ceremonia oficial.

—¿Y se fue al Cáucaso?

—Seguimos hacia el Cáucaso para descansar una semana. Antes de que pasara ese plazo, nos enteramos de que Stalin había mentido. La información del telegrama era falsa. El entierro no fue inmediato ni privado. Fue un funeral de Estado grandioso. Tres días después del telegrama. Podría haber regresado a tiempo, de haberlo sabido. Era yo quien debió haber pronunciado el discurso para calmar a la gente; porque los tiempos eran inciertos, caóticos, tras la muerte repentina de Lenin. La gente estaba desconcertada respecto al futuro.

—Y fue Stalin quien habló durante el funeral en vez de usted.

—Los periódicos anunciaron que me negaba a ir, que me negaba a ser molestado mientras vacacionaba. Contó esta historia, aunque no abiertamente, en la tribuna. En el funeral habló de liderazgo y de confianza. Su misión era resguardar la confianza del pueblo que otros habían rehusado… Y todos sabían a quién se refería.

—Pero le eran fieles unos días antes. ¿Eso no contó para nada?

—Tenían tanto miedo. En ese momento, su necesidad más

grande era apoyarse en alguien que pareciera firmemente plantado.

Sus ojos se fijaron en el cielo, tras las altas paredes que lo rodeaban. Ninguna herida del cuerpo le dolía tanto como ese recuerdo. Fue cruel sacarlo a relucir, Van tenía razón.

—Señor, usted no podía haberlo previsto, no fue su culpa.

—El error fue creerle. Aceptar condolencias de un amigo enviadas en un telegrama. Por supuesto que estaba muy enfermo, con fiebre, Natalya me lo recuerda. Y la pérdida era devastadora, nadie la esperaba tan de repente. Por tomarle la palabra a Stalin, mira lo que ha sucedido. Cientos de miles de muertos. Toda la Revolución traicionada.

—¿Cuánto tiempo le tomó regresar a Moscú?

—Demasiado. Es la pura verdad. Stalin se movió rápidamente para llenar los puestos burocráticos con hombres que le juraron serle leales. Eran cargos supuestamente neutrales, para hombres consagrados al servicio del Estado. Pero la lealtad a Stalin garantizaba su futuro con Stalin. Es difícil para una nación reponerse de tal relevo.

—Pero la gente quiere un gobierno justo. Usted lo dice constantemente.

—Y también quieren creer en héroes. Y en villanos. Sobre todo cuando están asustados. Es menos amenazante que confrontar la verdad.

Lev examinó la puerta del comedor. Los visitantes se retiraban. Saludó con el recipiente de granos en la mano. Jacson y Silvia saludaron de regreso. Natalya se quedó parada en el patio con un impermeable colocado sobre los hombros como una capa. El cielo estaba nublado, amenazaba lluvia.

—Así que ese fue el falso accidente. Un falso telegrama en un tren.

—No fue un accidente.

22 de agosto

No puede ser, es algo imposible. Algo que debió impedirse.

Por la mañana tenía el mejor ánimo. Trasplantó cuatro cactos a su nuevo jardín. Estaba complacido de haber inventado un nuevo método para plantarlos, con una hamaca de trapo, tela de gallinero y un contrapeso. «A partir de ahora, *todo* será más rápido», declaró, como si hubiera descubierto la combustión interna.

A la hora de la comida ya había terminado de revisar el penúltimo capítulo de su libro sobre Stalin. Por la tarde dictó un artículo sobre la movilización en Estados Unidos. Entre las tres y media y las cuatro llovió a cántaros, pero el día seguía nublado. A las cinco hizo una pausa para tomar el té con Natalya, como siempre, y después pidió ayuda con los conejos. Dos hembras habían tenido crías en la misma jaula. Necesitaba cambiar a una familia para que las madres no tuvieran conflictos con las crías ajenas; a veces muestran inclinación al canibalismo.

Lev tenía agarrada de la nuca a Minushka, la manchada y grande, cuando sin cita previa se acercó Jacson desde la puerta. Lev pasó la coneja con instrucciones de dónde poner a los gazapos. También Jacson tenía las manos ocupadas: una carpeta con papeles, su sombrero, su impermeable sobre el brazo. Pronto se iría a Nueva York, dijo. Pero había terminado el primer artículo. Por favor, ¿podía Lev hacerle una crítica franca?

Lev volteó, lanzando una mirada implorante, casi cómica: *¡Ayuda! Prefiero el gulag*. En cambio, dijo: «Claro, pase a mi oficina».

Entraron en la casa. Probablemente pidió a Natalya que ofreciera una taza de té al visitante, y siguieron hasta la oficina de Lev. Es fácil imaginarlo: Lev sentado, tras haber hecho un hueco para colocar las hojas y armándose de paciencia para leer y hacer algún comentario con tacto. El futuro espera. La Revolución mundial espera, mientras Trotsky concentra su atención en un sujeto superficial pero lleno de esperanzas, pues nada realmente bueno puede ocurrir en este mundo si no reposa sobre los hombros de la bondad.

Seguramente le pidió a Jacson que se sentara en el sillón, frente a él. Pero este se quedó parado, tal vez un poco nervioso de que el gran hombre examinara su lógica y su sintaxis. Agitándose, irritando a Lev sobremanera. Tocaba las cosas de su escritorio: el pisapapeles regalo de boda de Natalya, los casquillos que quedaron como recuerdo del atentado de Siqueiros en mayo, en la charola de plumas. Jacson colocó su impermeable sobre la mesa.

Escuchamos un bramido. Un grito o un sollozo, pero más bien un bramido de indignación.

Joe y Melquiades bajaron corriendo por la escalera de la azotea y salieron todos, de todas partes. Natalya gritó en la cocina: «¿Lev?». Dos conejos recién nacidos cayeron al piso, revolcándose en el polvo. En la ventana del estudio de Lev se vio una escena de lo más extraña: Lev parado, con los brazos alrededor de Jacson —parecía que abrazaba al hombre— y gritando. Había sangre.

Joe, Lorenzo y Natalya gritaban al mismo tiempo. Por alguna razón, Joe llegó primero, tal vez por sus largas piernas, y ya tenía a Jacson en el suelo. Natalya estaba blanca como la cal y cayó contra la puerta. Ahora Lev estaba sentado en su escritorio, sin lentes, la cara y las manos bañadas en sangre. En el suelo había un pico pequeño y extraño, con el mango recortado. No era un objeto de cocina, era otra cosa.

—Te vas a poner bien, viejo —dijo Natalya en voz baja. Melquiades tenía un rifle apuntando al hombre que se revolcaba en el piso. Joe estaba hincado sobre su pecho, intentando detener los brazos que lanzaban golpes.

Lev dijo:

—No dejen entrar a Seva. No debe ver esto. —Y luego ordenó a Joe o a Melquiades—: No lo maten.

—Lev —dijo Joe casi sollozando su nombre. Ya había inmovilizado las muñecas de Jacson, sus nudillos grandes y blancos lo detenían contra el piso manchado. Lorenzo sacó un Colt 38 del cajón del escritorio de Lev. Siempre estaba allí, con seis balas en el cargador. También había una 25 automática junto al dictáfono, en la mesa, al alcance de donde Lev leía el artículo de Jacson. Y la campana de alarma estaba conectada bajo el escritorio. La próxima vez no vendrán de la misma manera.

Melquiades no bajaba el rifle. Las dos pistolas retenían al hombre en el piso, apuntándole a la cabeza. Se retorcía y se incorporaba intermitentemente bajo las rodillas de Joe.

Lev se quitó las manos de la cara y se quedó mirando la sangre. Había mucha. Sus puños blancos estaban empapados como vendas. Caía sobre los papeles, sobre los borradores mecanografiados por la mañana. Muy despacio repitió: «No lo maten». Era un espectro imposible con requerimientos imposibles.

—No es tiempo para la clemencia —dijo Joe con voz extraña.

Lev cerró los ojos, evidentemente luchaba por hablar:

—No hay la menor esperanza de que… digan la verdad sobre todo esto. A menos… Mantengan al hombre vivo.

Cuando llegó la ambulancia de la Cruz Verde, Lev estaba vivo pero semiparalizado, su cuerpo parecía de pronto terriblemente flaco y extraño al tacto, más frío de un lado al levantarlo hacia la camilla. Reba, Alejandro y casi todos los demás se quedaron en la casa con Seva. Natalya viajó en la parte trasera de la ambulancia. Ya estaba oscuro. Habían prendido las luces de la calle. En el hospital, antes de que lo llevaran a cirugía, Lev comenzó a hablar primero en francés y luego en ruso. Los lenguajes se le caían, el largo exilio se le descascaraba como telas de cebolla.

Los cirujanos descubrieron que la hoja había roto el cráneo y penetrado siete centímetros en el cerebro. Murió al otro día sin recuperar el conocimiento. Ayer.

Su última frase en inglés había comenzado así: «No hay esperanza». Natalya hizo notar después que eran palabras extrañas, dichas por un hombre que había vivido durante décadas aferrado a la esperanza. Pero no tenía que ver ni con la esperanza ni con la clemencia. No tiene caso discutirlo con Natalya y Joe, pero las instrucciones eran claras. No hay esperanza de que digan la verdad, a menos que mantengan vivo a ese hombre.

Se refería a la prensa. Alguien que ataca, muerto, se convierte en cualquiera, él mismo es una víctima. Otro artista-loco contratado por Trotsky para un teatro fallido, un error de cálculo. Las mentiras son infinitas, y la verdad singular y pequeña.

Lev tenía razón, el hombre vive y el mundo sabrá quién es. Lo tiene ya la policía y ya siguen el mismo hilo terrible que nuestras memorias: Reba encontrándoselo hace una semana en el mercado, no fue por azar. Llevando a Natalya a Veracruz, no por capricho: todo era cálculo. Los regalos a Seva, el avioncito, una oportunidad de entrar en la casa y memorizar los cuartos. Su relación con Silvia, vieja amiga de los Rosmer, y luego su amistad con ellos. Llevándolos a todas partes en su elegante Buick. Hasta el que tuviera un Buick. ¿De dónde sacaba el dinero? A ninguno se le ocurrió preguntar.

Preso, admitió orgulloso e inmediatamente ser un agente entrenado por Stalin, pagado hacía años por la GPU. Jacson no es su único nombre ni el verdadero. ¿Cuántas veredas tuvo que intentar antes de encontrar una puerta entreabierta? El juicio debe retroceder años, incluso a París, donde seguía a Frida y la esperaba en la puerta de la galería con un ramo de flores. Un trabajo tan cuidado para tener la oportunidad de clavar una cuchilla en el cerebro de Lev Trotsky.

The New York Times, 25 de agosto de 1940

EE.UU. prohíbe la entrada del cuerpo de Trotsky

No se dan razones concretas, pero se cree que la causa es el miedo a manifestaciones

LOS SOVIÉTICOS DECLARAN QUE ES UN TRAIDOR

———

LA PRENSA CONSIDERA MERECIDO EL FIN DEL EXILIADO
EL ACUSADO DECLARA QUE NO TUVO CÓMPLICES

Especial para The New York Times

Washington, 25 ag. El Departamento de Estado anunció hoy que no permitirá que el cuerpo de Lev Trotsky sea llevado a Estados Unidos desde México.

No se adujeron razones, pero es de suponer que se anticipa la posibilidad de manifestaciones comunistas y anticomunistas en caso de permitir la entrada del cuerpo.

«En respuesta a la petición del cónsul americano en la ciudad de México, George P. Shaw —dice la nota—, el departamento le ha informado de que no ve ninguna razón para traer el cuerpo de Trotsky a Estados Unidos y que no lo juzga pertinente.»

Moscú, 24 ag. (AP). La prensa soviética informó apenas el día de hoy sobre la muerte de Lev Trotsky, acaecida en la ciudad de México el miércoles pasado, anunciando «el fin poco glorioso» de un «asesino, traidor y agente internacional».

Es la primera mención al ataque tras un breve despacho del jueves donde se reportaba que el líder comunista exiliado había sido víctima del atentado perpetrado por uno de sus seguidores.

Pravda, órgano del Partido Comunista, acusó a Trotsky de sabotaje al Ejército Rojo durante la guerra civil, complot para el asesinato de Lenin y Stalin en 1918, planificación del asesinato de Sergei Kiroff e intento de asesinato contra Maxim Gorki, así de como haber sido colaborador de los servicios secretos de Gran Bretaña, Francia, Alemania y Japón.

«Tras haber llegado a los límites de la degradación, Trotsky cayó víctima de sus propias maniobras al ser asesinado por uno de sus seguidores —escribe *Pravda*—. Así encuentra un fin oprobioso el odiado hombre que lleva sobre la frente la marca de asesino y agente internacional.»

———

Cuaderno de la estación de tren, agosto de 1940 (VB)

Hoy es domingo, el último de agosto. Este tren se mece al deslizarse hacia el norte. Son las cuatro de la tarde, y del lado izquierdo brilla el sol, engarzado como una nata de sal sobre las ventanas sucias, lo cual confirma que el tren viaja hacia el norte. Los últimos diez días son jirones en un costal de harapos. Nada de lo que se recuerde tiene sentido. Todo ha terminado, bolsillos llenos de ceniza.

Hasta el final, Lev tenía razón. La historia de Jacson Mornard es tan vil que hasta los periódicos se vieron obligados a contarla. El presidente Cárdenas condenó tanto a la Unión Soviética como a los Estados Unidos, poderes extranjeros aliados que deshonran a nuestro país con este atentado. Trescientos mil mexicanos marcharon con el cortejo fúnebre por el paseo de la Reforma, después de caminar desde minas y campos petrolíferos, desde Michoacán y Puebla. Más de la mitad hicieron la travesía descalzos. Una cuarta parte, tal vez, es incapaz de decir correctamente el nombre de Lev Davídovich Trotsky. Sabían solamente, como dijo el general, que era un comandante de la Revolución del Siglo. Un hombre repudiado por quienes se niegan a creer que el pueblo es capaz de triunfar.

¿Qué día fue el entierro? El asesinato fue el martes, la muerte el miércoles, y todo lo demás es confuso. Papeles, libros, ropa y cualquier apunte hecho alguna vez en un cuaderno. La policía se llevó todo lo que había en la casa de los guardias, lo confiscó como pruebas. La única manera de dilucidar algo es apuntándolo en este cuadernito. Comenzando hoy y avanzando hacia atrás: último día en México, el tren corre hacia el norte; el tren comienza a moverse; el tren se aborda en la estación de Buenavista; un paquete de sándwiches y un cuaderno con espiral de metal comprados en Sanborn's, cerca de la estación del Centro, con pesos que salieron de un portamonedas de Frida.

Lo demás es confuso. ¿Qué día entregó Frida el dinero y los documentos para pasar los contenedores por la frontera?

Fue después del asesinato, pero antes del entierro. Después del interrogatorio de la policía en la Delegación. Interrogaron incluso a Natalya durante dos horas. Frida quería comerse a los hombres que la obligaron a dormir en el camastro de un cuarto frío y apestoso. Ni siquiera andaba cerca el día del asesinato. La mejor declaración fue la de Joe, es quien mejor recuerda, a pesar de que estaba en la azotea cuando llegó Jacson y no lo vio entrar en el patio.

Lo que nadie más vio fue esto: su sonrisa nerviosa al pedir el favor, otra crítica del documento que había escrito. El impermeable sobre el brazo: el arma debe de haber estado debajo. Nadie más vio la mirada de Lev hacia atrás: *Prefiero enfrentar el gulag*. Su súplica. La única tarea de un secretario consiste en proteger al Comisario. Van lo hubiera hecho. Un pequeño contratiempo hubiera obligado a Jacson Mornard a retirarse. Lo siento, pero, como usted sabe, está muy ocupado. Debe terminar su artículo sobre la movilización en Estados Unidos. Tal vez podría dejar el artículo, y le echará un vistazo cuando tenga oportunidad. Podría haber ocurrido eso. Lev pudo haberse salvado.

En cambio, ahora miss Reed está sentada en la cama al lado de Natalya dándole la mano, sea martes o domingo, mañana o noche. Joe y Reba están en el estudio de Lev empacando papeles y archivos. La policía dejó cuanto había en ese cuarto. Tampoco se llevaron gran cosa de la casa. En cambio, acarrearon con todo lo que había en el ala de los guardias. Fue una sorpresa, tras haber estado en una celda blanca y pelona, ser regresado a la casa y ver los cactos de Lev aún de pie, como si nada hubiera pasado, las gallinas esperando su comida. Pero todas las puertas de la casa de los guardias estaban abiertas y, adentro, solo más celdas con paredes blancas y pelonas. Los catres de metal, los colchones. Los pisos limpios como en día de mudanza. Todavía estaba allí la mesa prestada por Lev, pero sin nada, ni siquiera la máquina de escribir. Los libros desaparecieron. El baúl y las cajas de abajo de la cama desaparecieron. Ropa, pasta de dientes, las pocas fotografías de Mamá. Y cada uno de los cuadernos; desde el principio, desde Isla Pixol. Y también la caja con hojas a máquina que había crecido hasta pesar casi lo mismo que un perro, y que tan fieles amigas fueron al terminar el día. La pila de páginas que día a día era más alta y certera. No importa. Nada de eso importa.

Frida dice que los policías son cucarachas imbéciles que confiscaron todo lo escrito en inglés porque no sabían lo que era, los idiotas ni se enteraron de que son solo diarios y cuentos. Los Escándalos de los Antiguos, que no son prueba de ningún crimen, como no sea el de una Identidad Equívoca: un joven poseído por la convicción de ser escritor. Tan ensimismado en su sueño que era un secretario negligente, de los que dejan las cartas en cualquier lado. O que deja al jefe a merced de un visitante aburrido, otro pedigüeño mortífero con un artículo mal escrito.

Joe y Reba empacarán lo que queda de Lev, sus pensamientos plasmados en el papel, para venderlos a alguna biblioteca y tener dinero suficiente para llevarse a Natalya a otra parte. Tal vez Van arregle la venta, si se le encuentra. Su última carta era de Baltimore, donde daba clases de francés. Tal vez ni siquiera se haya enterado de la muerte de Lev. Impensable. Todo esto es impensable, a pesar de lo mucho que Lev y Natalya lo hayan anticipado, imaginando la muerte con el amanecer de cada día. Pensarlo es diferente a verlo.

Natalya se acabará con los días la botella de Phanodorm, su mano aferrada a la de miss Reed hasta que pueda abrir los ojos, subir a un barco, irse. No la dejan entrar en Estados Unidos con Reba y Joe; París, entonces, con los Rosmer. Debe irse, Lorenzo cree que ahora el blanco es ella, un símbolo del esposo, estrictamente vigilada. El miedo de la GPU no la deja dormir, son los lobos que se le aparecen en sueños.

Frida irá a San Francisco, Diego está allá. Ya tiene un plan, como de costumbre: su amigo el doctor Eloesser la curará de todos sus males, y Diego volverá a quererla. Melquiades planea irse al sur con sus familiares, y tal vez Alejandro tome el mismo rumbo. San Francisco, París, Oaxaca: todos se dispersan por los cuatro rumbos. Los escritos de Lev estarán juntos en alguna parte, ¿pero y los secretarios que los escribieron, los que pusieron su granito de arena en este esquema? ¿Quién recordará la colaboración incluso de un buen desayuno para lanzarse con el estómago lleno a los más grandiosos planes? Han desaparecido los partidos de futbol en el patio, gringos contra mexicanos, la Casa Trotsky: como si nunca hubiera existido. Barrerán la casa y la venderán a otros dueños que derribarán las torretas, no sabrán qué hacer con los cactos, regalarán las gallinas (o se las comerán).

Los habitantes de esta casa son como un puñado de monedas que tintinearon juntas por un tiempo y ahora se ponen sobre el mostrador para comprar algo. Los bolsillos quedaron vacíos, las monedas regresaron a la circulación separadas, invisibles, sin posibilidad de ser rastreadas. Al parecer, ese conjunto de monedas carecía de significado, como no fuera pagar el precio de alguna cosa en particular. Tendría sentido real si alguien hubiera tomado nota de todo. Y ahora todas esas notas han desaparecido.

Frida dice que más nos vale quitarnos el polvo trotskista de los zapatos para comenzar a andar, lejos de aquí.

—Soli, tengo un plan para ti —dijo sentada en el pequeño escritorio de madera de su estudio. Había mandado a Perpetua con un recado urgente: «Frida quiere verlo ahorita»—. Debemos sacarte de aquí, no estás seguro. La policía se llevó todo lo que había en tu cuarto, hasta los calcetines. Por todo lo que estaba escrito. De seguro te vigilan.

La policía confiscó también muchas otras cosas de los demás, pero cree que las palabras son lo más peligroso. Dice que tal vez Diego tuviera razón, «tus malditos diarios», los cuadernos confiscados que ponen en peligro a su autor.

Pero ya tiene un plan. Necesita mandar ocho cuadros a Nueva York para su exposición en el Museo de Arte Moderno. *Veinte siglos de arte mexicano*. Y después otra que se está preparando: *Retratos del siglo XX*. Frida se ha convertido en emblema de su siglo. La Galería Levi también podría estar interesada.

—Necesito un encargado de consignación, o como se diga en inglés. —Lo buscará en los documentos. *Shipping Shepherd*, le llama, «pastor de consignación», agente autorizado para acompañar en el tren las pinturas hasta Nueva York—. Ya tienes tu pasaporte en orden. Te ibas a ir con Lev a la audiencia el otoño pasado.

—Frida, la policía no permitirá que nadie emigre mientras la investigación del asesinato siga abierta.

—¿Y quién dijo que ibas a emigrar? Ya hablé con ellos de eso. No hay problema si sales del país por un lapso breve, ni siquiera eres sospechoso. Les dije que eres mi agente de exportación.

—¿Ya hablaste con la policía?

—Claro. Les dije que tú tenías que encargarte de esta entrega porque no le tengo confianza a nadie más —dijo golpeteando con el lápiz contra el escritorio de madera. En su cabeza, el plan no entrañaba la menor complicación, salvo la de elegir cuáles retratos mandaría a la exposición.

—¿Y entonces?

—Nada de *entonces*. Vas a llevarte todos estos formularios de la aduana, uno para cada cuadro. Se los enseñas en la frontera y te los sellan. Declaraciones de precios y demás. Debes de tener mucho cuidado de no perder los recibos del resguardo.

—¿Resguardo?

—No te apures, no te estoy mandando a la cárcel.

Su pelo había vuelto a crecer, pero apenas alcanzaba a coronarla nuevamente, con ayuda de muchos listones. ¿Cuándo se lo había cortado? La conversación de aquella mañana desapareció, los cuadernos desaparecieron. Es una nueva pérdida cuando se piensa, cada vez. Ahora Frida tiene en su estudio, exactamente donde se sentaba Van a tomar dictado frente a la ventana, un atril con un retrato a medio terminar: Frida en traje de hombre, cortándose el pelo. *Escribir tus malditos diarios*, pero sus cuadros son otra versión de lo mismo.

Hoy parecía una sonaja llena de semillas, hablando y meneando todas las cosas de su escritorio.

—Está bien. El jefe de garroteros de la estación hará que los cargadores metan los contenedores en una parte especial del carro de equipaje, donde tienen las jaulas. Tú los sigues, ves que los metan. Van a echarle llave a las cajas, y te van a dar un recibo para que los recojas.

—¿Jaulas?

—Ni que fuera una jaula de leones. Bueno, si los leones fueran caros, a lo mejor los zambuten allí.

Quería mostrarse alegre a toda costa. Agarraba los tubos de pintura, como si fueran puros grandes de plata con su etiqueta de papel café en la mitad. Luego tocó los pinceles, todos juntos en una taza. Tenía miedo. Tomó tiempo descubrir que eso era lo que le ocurría: miedo. No por ella, sino por su amigo, al que tantas veces antes había lanzado a los leones. Pero ahora, en cambio, lo quería salvar.

—Ah, entonces los cuadros no van en una maleta grande o algo así.

—No, por Dios. Espérate a que los veas. Les hicieron sus cajas de madera, a cada uno, para que viajen. Diego conoce a un tipo que las hace, es muy bueno. Los envuelve como momias en miles de capas de papel de estraza, y luego mete cada cuadro entre dos cajas de madera: una por fuera y otra por dentro. Y el espacio de en medio lo rellena de paja para que no se dañen cuando viajan. Las cajas son enormes. Hasta te podríamos meter en una de ellas.

Eso fue un viernes, porque Perpetua cocinaba pescado. ¿El día antes del entierro? ¿Cuánto tiempo tomaba hacer uno de esos contenedores?

La policía regresó algunas cosas, no mucho, ni siquiera la ropa. Conociendo a los muy cerdos, dijo Frida, seguro que robaron todo lo que servía y quemaron lo demás. Reba tuvo que pedirle a Natalya que abriera el ropero para repartir las camisas de Lev a los despojados guardias, que no tenían qué ponerse. Sus camisas eran tan conocidas. Verlas desde atrás caminando por el jardín sobresaltaba. De todos nosotros, al que mejor le quedaban era a Alejandro: al pequeño y devoto Alejandro. Nadie se hubiera imaginado que eran de la misma talla, Lev era mucho más grande que su cuerpo.

Frida contó que un día (¿cuál?) había ido a la comisaría a gritar, hasta que le regresaron las demás cosas. Es posible que los oficiales se hayan atrancado, aterrorizados, echándole todo por la ventana. Así es que tenía una valija pequeña con cosas que entregar, además de los documentos para el viaje a Nueva York. Eso fue ayer. En el comedor de la Casa Azul, después de un último vistazo al lugar, con las enloquecidas paredes azules y las sillas pintadas de amarillo. La grandiosa cocina. Abrazos a Belén y Perpetua.

—La policía ya había destruido muchas de tus cosas —dijo sin preámbulos al sacar la valija—. Aquí está lo que vas a necesitar para el viaje. Lo demás no te hace falta. Había ropa vieja y otras cosas, pero ahorita no vas a ocupar eso. Lo empaqué todo, y metí los baúles en la casa de Cristina.

—¿Otra cosa? ¿Papeles?

—Solo unos libros que me parece te había prestado Lev, así que se los regresé a Natalya. Tu cuarto estaba todo en una caja que decía C, a lo mejor fue la tercera que desbarataron. Supe que era el tuyo por la ropa. Casi no había nada más, solo revistas viejas. Te podemos mandar el baúl cuando ya tengas dirección en Gringolandia. Soli, ¡alégrate, hombre!, vas a ser gringo.

—¿Nada más?

Ella misma lo había empacado todo. Era difícil verlo: la insoportable persistencia de la esperanza. Claro que no había ni cuadernos ni manuscritos, solo camisas y pantalones. Un montón de suéteres de lana; Frida cree que el cielo de Nueva York avienta nieve todo el tiempo, hasta en agosto. También leche de magnesia, enjuague bucal y polvos Horlick para los nervios, pregonando la idea que tenía Frida de los gringos. Cepillo de dientes, rastrillo. Dice que no es buena idea llevar más. Una petaca grande despertaría sospechas.

—Acuérdate, no estás emigrando.

Y su abrazo fue como de un niño que se despide: dramática, desesperada. No quería soltarse.

—Bueno, fíjate. Te traje dos regalos. Uno es de Diego. Todavía ni se entera. Estoy segura de que te lo daría: para Soli, que andaba de una casa a otra. Por tu viaje. Mira, ¡el códice!

Era el códice, el libro antiguo de los aztecas donde se cuenta el viaje desde la tierra de los ancestros, y la peregrinación hasta encontrar su hogar. Era una copia, claro, y no el original, pero debía ser caro. Tal vez Diego no estuviera de acuerdo. Pero podría regresarse después.

Su cara se iluminó.

—El otro es el mío. ¡Te hice un cuadro!

Frida les da cuadros solamente a las personas que quiere. Fue inesperado, difícil, contener las lágrimas cuando trajo una caja desde el otro cuarto. Debe de ser un cuadro pequeño, la caja exterior es del tamaño de una maleta, y se puede manipular fácilmente como equipaje común. Pesa como un plomo, para su tamaño. Seguramente le ha puesto mucha pintura al lienzo.

—Lástima que no puedas verlo, ya está empacado. Espero que te guste. Luego me escribes diciéndome qué te parece. Pero tienes que esperar hasta que empiece tu nueva vida. Es importante, ¿sabes? No debes fisgonear. Es mi regalo, así que no me lleves la contra. No abras el pinche bulto hasta que llegues a la casa de tu padre o a donde vayas a quedarte. ¿Entendiste? Promételo.

—Claro. ¿Quien se atrevería a llevarle la contra?

—Y que no se te vaya a revolver con los demás. Te fijas. Les dije que le pusieran tu nombre en la caja para que vayas seguro. En la carpeta están los papeles para que lo pases por la aduana, igual que los demás. No se los vayas a dar al museo por equivocación.

—¿Está usted loca? No puede olvidárseme.

—Claro que estoy loca, ¿no te habías enterado? —Se quedó viendo la caja—. Fíjate, porque es como un agüero. Tú y yo salimos a la vida por la misma puerta y ahora tienes que cruzar esta. Hazlo por mí. Es tu destino.

—¿Por qué lo dice?

—Por tu nombre. Para mí eres nomás Soli. Se me olvidó que eras Shepherd. Era tu destino pastorearme esta entrega.

Ocho cuadros, una valija con calcetines de lana suave y leche de magnesia. Y dos regalos de personas cuyos rostros se pierden ya en el recuerdo mientras el tren se desliza hacia el norte.

Ah, el hombrecito robado. Hasta ahora olvidado. Incluso él quedó atrás, la policía debe de haberlo tirado con todo lo demás. Lástima. Tal vez lo que buscó durante miles de años era este tren. Un largo y estrecho canal en la oscuridad, un túnel en la tierra y en el tiempo. *Llévame a otro mundo.*

Muchos recuerdos afloran cada día. La caverna marina de Isla Pixol, el agua fría erizando una piel de niño. Imágenes, conversaciones, advertencias. Ver a Frida por primera vez en el mercado con Candelaria. ¿Qué llevaba puesto? Mamá en su departamento del callejón de Insurgentes. Billy Boorzai. Los primeros días en la ciudad de México, Isla Pixol, los nombres de los pueblos y de los árboles. Recetas y normas para la vida de Leandro. ¿Dónde estarán ahora? ¿A quién amó Mamá y por qué estaba tan feliz el día del aguacero? Y el arrecife lleno de peces, ¿de qué color era? ¿Qué había en el fondo de la cueva? ¿Cuánto tiempo tomaba cruzarla a nado, respirando sin ahogarse?

Los cuadernos desaparecieron. El final debe de haber sido igual para Lev, todo su pasado expropiado. Las vidas de la personas, sin la confirmación de presencias vivas, fotos o descripciones en cuadernos, no pueden sino perderse como fantasmas por los rincones. Son mutables como quimeras. Cuidadosas palabras de advertencia se convierten en lo opuesto, como las verdades y las notas de los periódicos: lo contrario. Una vida recordada imperfectamente es una traición inútil. Cada día más fragmentos del pasado pasan lentamente por las cámaras de un cerebro vacío, lanzando destellos de color, una frase o un aroma, algo que cambia y luego desaparece. Cae como una piedra al fondo de una cueva.

Después de este ya no habrá más cuadernos. No son necesarios. Ya no se apilarán las páginas. Ah, la infantil esperanza de todo. Como si la pila de páginas fuera a crecer tanto como para que el muchacho pudiera pararse encima de ellas y ser tan alto como Jack London o Dos Passos. He allí el bochorno más amargo: las horas esperanzadas, escribiendo borradores la noche entera, mientras las botas de Lorenzo resonaban en la azotea, rebosantes todos con la certidumbre de nuestros propósitos. Se acabó. Nunca otra máquina. Acumular palabras es oficio de charlatanes. ¿Qué tan importante puede ser algo que se convierte en cenizas en unos cuantos minutos? Metidos a un tambo para arder en la comisaría, quemándose en una noche fría de agosto (tal vez el policía se calentó las manos y de algo sirvieron). Mejor caminar sin pasado ni futuro, como las gallinas. Sin más ambición que calmar el hambre del presente; y picotear un escarabajo o una lagartija, tal vez, algún día, incluso una serpiente.

Harrison W. Shepherd deja México con los bolsillos llenos de ceniza. Un viajero emancipado.

CUARTA PARTE

Asheville, Carolina del Norte
1941-1947
(VB)

NOTA DE LA ARCHIVISTA

Mi nombre es Violet Brown. Más bien *lo fue*. Cuando lean esto ya no estaré con vida. Procedo a explicarlo a continuación.

A pesar de mi colorido nombre, yo no soy tal. Se trata solamente de dos nombres, otorgados por dos personas que jamás se conocieron. Primero, mi madre. Gustaba de las novelas románticas en que aparecieran «Violetas». Padecía tuberculosis, y falleció cuando yo era joven. El apellido se lo debo a mi marido, Freddy Brown, quien a su vez llegó y partió con premura: sus días terminaron con la gran inundación de 1916. Aquel año la crecida del río French Broad barrió Asheville casi por completo, cubriendo también la curtiduría Hijos de Rees donde él prestaba sus servicios. Enviudé el mismo año en que contraje nupcias, lo cual no impide que hasta ahora responda al nombre de señora Brown. Una mujer puede ser marcada por otros: *lacrada* sería un buen término (uno entre los muchos que adquirí del señor Shepherd). Me hizo notar, alguna vez, que había sido lacrada como envío, con nombres otorgados por personas que ignoraban el contenido y, no obstante, fueron quienes decidieron la forma de remitirlo.

Mi madre anhelaba verme casada antes de morir pero sucedió tras su deceso, cuando yo contaba apenas con quince años. Ahora soy mayor de lo que ella nunca llegó a ser, y puedo ver que otros senderos son tan válidos como el que ella deseó. He vivido en soltería y encontrado la felicidad, la cual incluye el haber sido la colaboradora de un hombre. Serví a la grandeza y no aspiro a más. He ahí el inicio y la conclusión de cuanto explicaré sobre mi persona. Mi propósito es dar a conocer la vida del señor Shepherd. Al abrir este volumen, él, como yo, habrá fallecido. Y nuestras diferencias, en caso de haber sido tales, se habrán resuelto.

Tendía a ser de temperamento reservado, lo cual se acentuó tras su huida de México. Interrumpió entonces sus diarios, y perdió toda fe en la palabra escrita y en sus consecuencias. Tal me dijo, más adelante. Todo lo que había escrito y anotado desde su niñez estaba perdido, y abandonó toda esperanza de convertirse en escritor. Fui testigo de ello, pues por entonces fue cuando nos conocimos, y si me hubiesen preguntado entonces qué futuro le auguraba, lo primero que se me hubiese ocurrido habría sido la cocina o algún oficio acorde con un joven que se explayaba tan poco. ¿Un autor de libros? No. Los leía, como hacíamos casi todos por entonces.

Nunca reinició los cuadernos tal y como había hecho antes, tal vez por los cambios en sus circunstancias vitales. Conservaba copias al carbón de sus cartas, y recortes de noticias que le interesaban. Aún escribía notas personales en cualquier ocasión que lo estimulara a ello. Le vi entrar en su estudio en estado frenético y escribir algún acontecimiento completo, de memoria. Supongo que, de haberse casado, hubiese procedido a relatarlo a su esposa. Pero como carecía de ella, fue la máquina de escribir la que le sirvió de interlocutora. A menudo anotaba conversaciones completas; su memoria para los diálogos era notable. Supongo que derivaba de haber tomado dictado de personas impacientes durante muchos años, pero debió haber tenido también una propensión previa. Tras hacerlo, archivaba lo escrito en una de sus carpetas de cuero y se olvidaba de ello. Podría llamárseles cartas a sí mismo o a Dios. Repetía el refrán: «Dios habla por el que calla». Debe de haber sido Aquel a quien contaba todo.

El señor Shepherd rara vez me permitió ver dichos escritos personales. Sabía cómo archivar por sí mismo. Si un hombre sabe cocinar, será también capaz de archivar. Era la persona más pudorosa que haya conocido, y le costaba mucho manifestar abiertamente sus sentimientos.

Nos conocimos poco después del mencionado viaje de México hacia Estados Unidos. El asesinato lo desequilibró, y algo en su interior quedó profundamente afectado; de eso, al menos, fui consciente entonces. Siempre rehusó hablar de ese periodo de su vida. Pasó algunos meses en la ciudad de Nueva York; lo sé porque cuando enfiló hacia el sur para radicarse aquí ya era invierno. Carezco de toda información sobre su vida en Nueva York, excepto que visitó al padre de Sheldon Harte, el joven muerto durante el asalto, para presentarle sus condolencias y contar al hombre los últimos días de su hijo. Nadie más hubiese podido hacerlo. Los reportes periodísticos fueron terribles, y se acusó al joven Sheldon de ser cómplice del «autoatentado», de haber traicionado a sus amigos, haber huido y cosas por el estilo.

Al señor Shepherd le preocupaba que no hubiese fotos de Sheldon Harte en México para dárselas al padre. Lo mencionaba con más frecuencia de lo que podría suponerse. El muchacho solía tomar la cámara en sus manos y pedía a los demás que posasen. He cavilado sobre las razones del interés del señor Shepherd en lo anterior, pues usaba sus cuadernos de forma semejante: retratando a otros sin aparecer nunca él mismo. Tras una gran lucha interior, y contra los deseos del señor Shepherd, me he valido del señor Sheldon Harte y de los sentimientos que le suscitaba para tomar esta determinación. Le entristecía que Sheldon hubiese muerto sin aparecer en las fotografías. Le parecía incorrecto que alguien se desvaneciera de la faz de la tierra.

Su misión en Nueva York consistía en entregar importantes cuadros a las galerías, lo cual llevó a cabo de manera satisfactoria. Tal vez esperó a que los cuadros se exhibiesen para poder informar de ello a la señora Kahlo Rivera. La amistad de ella fue su sostén durante un tiempo; en cambio ella, tratándose de una persona con tantas amistades, seguramente halló su propio sostén en otros sitios. Se trata de una opinión personal. Ella y el señor Rivera volvieron a casarse ese mismo año y regresaron a México, donde continuaron su vida previa. Nunca alentó al señor Shepherd, hasta donde tengo conocimiento, para que regresara a México. El único asomo de plan de este, al llegar al país en los cuarenta, fue dirigirse a Washington, D. C., con apenas la dirección de la oficina de un abogado para indagar dónde vivía su padre.

Casualmente, dicha oficina se encontraba en la misma calle donde años atrás había esquivado los gases lanzados contra los manifestantes. Alegaba que nunca lo consideró una señal. El padre había escrito que pronto se mudaría a otro lugar, y esa era la razón por la cual le enviaba la dirección del abogado. El hijo llegó con la intención de hacer las paces con él, puesto que era la única familia que le quedaba. Si todo iba bien, buscaría un lugar cercano a su padre y tal vez podría hacerse cargo de él durante su vejez.

Bueno, grande fue la sorpresa que encontraría en el bufete del abogado. Su padre se había mudado a la dulce posteridad. La enfermedad mencionada de pasada en la carta resultó ser maligna, intestinal, y nunca logró recuperarse. El abogado explicó que el hombre había acudido a él para arreglar sus asuntos mundanos, por lo cual tenía instrucciones sobre lo que procedía hacer. Había legado a su hijo un modesto capital y las llaves del automóvil mencionado en la carta. Un Chevrolet Roadster, el mismo modelo en el cual había aprendido a conducir en México el señor Shepherd. Blanco. Conservó el auto diez años. Lo conocí bien.

Y helo aquí. Si consideró lo anterior una señal, fue la que le ordenaba: «Conduce». Subió al automóvil, condujo. En aquellos tiempos las calles de Washington, D. C., estaban embotelladas de automóviles, pues era la época anterior a la guerra y la gasolina corría como el agua. El señor Shepherd siguió las indicaciones que señalaban la salida y enfiló hacia México, a falta de otro destino. Veinticuatro años de edad, ni un alma a la que pudiese llamar amiga, ni un sitio que pudiese considerar su hogar.

Lo que encontró fue la carretera que conducía a Blue Ridge. La tomó y la siguió hasta el final. Le gustó el nombre: Cordillera Azul. La recordaba, puesto que la familia había vivido en un valle al sur de la ciudad durante el lapso en que los padres estuvieron casados. Esperaba ver una cordillera azul perdiéndose en el horizonte, sus ojos infantiles la rememoraban como un océano. Pero en aquella ocasión condujo cientos de kilómetros sin hallar nada azul. Solo cielos grises, montañas pardas cubiertas de árboles desnudos y, de pronto, el fin de la carretera. Era un proyecto del gobierno, y la obra pública quedó sin fondos. Fue así como llegó a Asheville. Seguramente sería en noviembre, no tenía la menor idea de qué hacer. Se quedó aquí.

Asheville no fue mal lugar donde asentarse. Nuestro pueblo yace en las márgenes de las grandes cordilleras Smokey, circundado por altos picos y los bosques más antiguos de la región. Los ríos Swannonoa y French Broad unen sus cursos en este valle, y tal fue la razón para fundar aquí la ciudad. Posteriormente, el señor George Vanderbilt descubrió que era rentable segar los árboles de la montaña, aserrar la madera y valerse de los cauces para sacarla. Hizo una fortuna, como puede corroborarse al ver su casa, la Mansión Biltmore. Quien esté dispuesto a pagar cincuenta centavos por ver un millón de dólares, queda invitado a hacerlo cualquier día, excepto los domingos. Invaluables pinturas, biblioteca, cuarenta habitaciones y un tablero de ajedrez que perteneció a Napoleón. El señor Shepherd tuvo más tarde la oportunidad de prestar allí sus servicios, durante la guerra; nunca regresó a la mansión, empero, como visitante.

Como en cualquier otra ciudad, en la nuestra ha habido héroes y villanos. Cuando el Banco Central de Crédito quebró en noviembre de 1930, la ciudad tenía invertidos allí sus fondos. Mal asunto. Quienes vivíamos del presupuesto de la ciudad pasamos varios meses sin cobrar el salario. Por aquel entonces yo ejercía como mecanógrafa del Ayuntamiento, y la retribución era parca de por sí. Pero proseguiremos nuestras labores, puesto que nadie nos ofreció tampoco seguros de desempleo. Otros sufrieron pérdidas mayores; había casas cerradas y vacías en los barrios más elegantes de la ciudad: Grove Park, Beaucatcher Mountain, y hasta en las grandes residencias que bordeaban los bosques en Tunnel Road, donde desciende de la cordillera la carretera sinuosa.

Por ese camino enfiló el señor Shepherd hacia el pueblo: terminaba, sin más. Tras viajar de día y de noche entre altas montañas panorámicas, se encontró el largo túnel que atraviesa el río Swannonoa, y luego se abre desde la oscuridad hacia el valle. Paró ante una de las grandes mansiones de Tunnel Road que se había convertido en casa de asistencia. Pertenecía a la señora Bittle, viuda con hijos ya mayores que en 1934, viéndose con una mano delante y otra detrás, comenzó a recibir huéspedes. Yo fui la primera. Mandó hacer un letrero que colocaba en el patio siempre que tenía habitaciones disponibles: «Limpia. Se alquila con comidas. 10 dólares semanales. Solo gente Buena». Algo en la redacción atrajo al señor Shepherd. Esas palabras cambiaron su rumbo, poniendo fin a una larga travesía.

La señora Bittle le aceptó y permitió que el Roadster se estacionara en la cochera, sin costo adicional. Conservó ese automóvil durante muchos años, cuidándolo bien, aunque pronto su destino sería quedar varado, se sobrentiende. No se hicieron más automóviles durante la guerra ni hubo gasolina disponible para quienes ya tuviesen uno. La Chrysler dedicó sus plantas a fabricar carros de combate, y la Ford hacía motores Cyclone para los bombarderos; en consecuencia, la producción de automóviles se interrumpió completamente. Las vías férreas movilizaban hombres y armamento, en vez de madera de los Vanderbilt, y el aeropuerto Asheville-Hendersonville pasó a manos de las fuerzas armadas. Las buenas casas que quedaron vacías desde el gran *crash* albergaban ahora a familias de empleados del gobierno, pues tras el ataque japonés a las refinerías de Los Ángeles se supuso que habría más seguridad aquí que en la capital. Los nazis hundían nuestros buques petroleros ante las costas mismas de Carolina. Un día tras otro. Se temía que el próximo blanco fuesen los mármoles capitalinos. Por tal motivo, la National Gallery mandó muchos trenes con los tesoros de la nación hacia la Mansión Biltmore, para resguardarlos.

Nos enorgullecía ser custodios de tal tesoro. Nadie antes había solicitado a nuestra ciudad ninguna colaboración relevante. En un abrir y cerrar de ojos estuvimos listos. Todo se racionó: fajas, zapatos, horquillas para el pelo; no rechistamos. Las fuerzas armadas tomaron incluso nuestra plaza comercial del centro; tampoco protestamos puesto que ya no había mercancías en las tiendas. Nos enteramos de que el Hotel Grove Park albergaba prisioneros del Eje, de alto rango. Fantaseábamos con que el mismo Mussolini estaría encerrado allí, a piedra y lodo, bañándose en las enormes tinas antiguas o sentado en las sillas Roycroft disponiéndose, apesadumbrado, a recibir su merecido.

En la Mansión Woodfin había bailes de oficiales de las Fuerzas Armadas a los que yo no asistía. Un año antes de Pearl Harbor cumplí cuarenta años, y ya no estaba en edad de devaneos con soldados. Pero la guerra, en cierta manera, nos hacía sentir jóvenes (a todos sin excepción). El pueblo sacó los rieles del tranvía para las campañas de acopio de metal; luego quitaron ¡los postes metálicos de la cárcel! Estábamos convencidos de que ningún ciudadano infringiría la ley en tiempos de guerra. Todos enloquecimos un poco.

El señor Shepherd se empeñaba en pasar desapercibido. En la casa de huéspedes se planteó la interrogante de cuáles serían los acuerdos entre el señor Shepherd y la Oficina de Reclutamiento. Quienes vivíamos allí éramos todos mujeres sin familia y hombres que, por alguna circunstancia, no eran aptos para el servicio activo. Creíamos que el señor Shepherd tampoco había sido considerado apto, como tantos otros de su edad. Sus costumbres levemente inusuales y solitarias, y su complexión sumamente delgada, daban esa impresión: apenas tenía carne sobre los huesos. Muchos de los jóvenes que sufrieron las penurias de la Depresión reprobaron los exámenes cuando fueron llamados al servicio, diez años más tarde. Algo en su organismo —corazón, dientes o piernas— se había reblandecido a consecuencia del hambre excesiva que padeció durante los años formativos. Y no eran pocos. El treinta y nueve por ciento de los convocados. Yo lo sabía porque prestaba mis servicios como secretaria en dicha Oficina de Reclutamiento. Vi de todo y, a mi entender, el señor Shepherd se contaba entre aquellos. Más tarde fue llamado a servir en el Servicio de Fuerzas Civiles, pero ya llegaremos a eso.

Para ayudar a pagar el alquiler de la señora Bittle, cocinaba para los otros huéspedes y la patrona: seis en total. Desayunos, cenas y una sola comida los domingos a mediodía. Eso fue después de que comenzara la guerra. Tuvo el don de sacar partido de las cartillas de racionamiento todo el tiempo que duró el control. La señora Bittle había sido criada entre grandes lujos, y era incapaz de cualquier economía. Reunía las cartillas de todos los huéspedes para obtener cuanto necesitaba: pero, al finalizar la semana, esto se reducía a un frasco de mostaza y una caja de cereales Ralston. Nunca comprendió el mecanismo, por más que todos se lo explicásemos. Confundía las fichas de un punto con las estampillas de diez puntos. El señor Shepherd ofreció su ayuda, y era un mago: llevaba las estampillas A, B y C los lunes y añadía los puntos de todos para obtener antes que nadie las mejores cosas: carne y otras mercancías. Teníamos comida más que suficiente durante toda la semana.

Su secreto eran las frutas y verduras, que no estaban racionadas. Lo que escaseaba era todo aquello que podía mandarse al frente: víveres envasados, sopas, carnes enlatadas y otras cosas de ese tipo. Para ser francos, la señora Bittle probablemente pensaba que los guisantes crecían congelados en las plantas y que el queso provenía de un paquete marca Wej-Cut, en rebanadas, y no de una vaca. Pero el señor Shepherd afirmaba que cualquier cocinero mexicano se las arregla con lo que hay. Hacer salsa con un montón de jitomates le tomaba el mismo tiempo que a la señora Bittle abrir una lata. En primavera sembraba hortalizas, entreveradas con las dalias de la señora Bittle. Ella sentía cierto prurito al respecto. Los demás pensábamos que era una buena inversión.

Cuando escarbaba parecía un espantapájaros; Reg Borden, otro de los huéspedes, lo comentó alguna vez señalando hacia la ventana. El muchacho era así de alto y flaco; hasta macilento, podría decirse. Y en su interior, había un pavor que sobrepasaba la mera timidez. No era miedo a lo cotidiano, no. Corría a atrapar los ratones de la alacena con un traste, y una vez sacó a un gorrión que había entrado en la casa, obligando a la señora Bittle a subirse a una silla. Movía un tocador si se le solicitaba, y respondía ante todo esto de manera viril. Pero algunos hechos repentinos lo paralizaban. Le asustaba la sangre, y algún ruido fuerte e inesperado le provocaba un temblor de manos. Un cuchillo que caía al suelo lo espantaba de tal forma que uno volteaba buscando al fantasma que lo provocaba. En los meses de verano, sobre todo, había períodos en que apenas salía de su cuarto. La señora Bittle se veía obligada a cocinar, y todos lo tolerábamos comentando: «El pobre señor Shepherd está agripado nuevamente». Pero bien sabíamos que sus males no eran causados por ningún germen. No miento: podría ser por algo, por nada, o por la mera presencia de Reg Borden en la puerta con el impermeable puesto. No parecía haber razón ni detonante alguno.

Pero la mayor parte del tiempo era como cualquier otro muchacho de espaldas anchas, bien educado y de risa dulce. Tan elegante al hablar que le preguntábamos cosas solo para escuchar qué palabras elegiría al responder, puesto que nunca fueron las previstas. Su cara era hermosa como la de una muchacha, sobre todo los ojos, y tenía unas manos delicadas a pesar de su trabajo en la cocina; lo que algunos llamarían «manos de pianista», aunque nunca hizo sonar una sola nota en el piano de la señora Bittle.

La señorita McKellar estaba medio enamorada de él; pero a pesar de sus ofrecimientos de plancharle los cuellos, aparentemente nunca le puso las manos encima, como no fuera sobre su ropa (que yo sepa). Reg Borden se mostraba demasiado curioso respecto a las razones por las cuales no había sido movilizado. La explicación para Reginald era un ojo de cristal. Y el señor Judd era muy viejo, por supuesto. El pobre hombre nunca pudo dilucidar de qué guerra se trataba. Azuzaban al señor Shepherd por no ir al frente, y refunfuñaban a espaldas de él porque era extranjero, pero la señora Bittle sostenía que no era un extranjero de los malos: japonés o italiano. Respecto a los alemanes, su opinión era menos certera: debían ser malos, decía, pero siempre habían sido propietarios de la ferretería del centro y nadie opinaba que no debía comprárseles un clavo de diez centavos. En resumen, a los hombres y a la señora Bittle les gustaba su comida, y eso los convencía.

Lo atosigaban porque no tenía novia, dada su juventud y su vigor. El señor Borden traía el tema a colación durante la cena, para gran mortificación del señor Shepherd. Yo le defendía de tales cargos. Había pasado toda mi vida como soltera, a excepción de un año, y rebatía a los caballeros, alegando que comprendía sus razones. La señorita McKellar tenía sus teorías: un desengaño o una novia en México. Lo único que sabíamos realmente acerca de él era que había vivido antes en ese país y que su talento era la cocina, superado solamente por su habilidad para hacerse invisible.

Para ganar algo de dinero daba clases de español en la Normal de Maestras de Asheville, establecimiento de excelente reputación donde también trabajé hasta que se inició la guerra. Fui asistente de la administradora, y recomendé al señor Shepherd como persona de buenas costumbres, pues era cuanto podía decir a su favor. El español era menos socorrido que el francés, por lo cual impartía clases solamente dos veces por semana. No impresionó particularmente al personal de la oficina.

Su tercera virtud la ocultaba con celo. Durante tres años vivimos todos en la misma casa, nos cruzábamos en el vestíbulo de la planta alta al dirigirnos al baño, nos sentábamos en sillas que hacían juego los lunes por la tarde a escuchar *La Voz de Firestone* en la NBC. Y nunca lo vimos siquiera llenar una pluma de tinta. Si tenía una máquina de escribir, nunca la escuché, y es un sonido que no escapa a mi atención. Soy capaz de distinguir una Royal de una Smith Corona a ciegas, desde la habitación de al lado. En esos años no escribió nada. Lo sé porque me lo dijo más tarde. Su pasado lo había desencantado, y dejó de escribir diarios tras perder los anteriores.

Trajo de México una caja hecha para proteger un cuadro que le dio la señora Kahlo, pero nunca la abrió. Esto podrá extrañar a muchos, pero a mí no. No era susceptible al suspense como cualquiera de los mortales. Si se le daba un paquete diciéndole: «No lo abras hasta Navidad», ni siquiera lo zarandeaba. Algo en su natural le impedía esperar cosas buenas del futuro. Colocó la caja en su ropero, y permitía que la señora Bittle la limpiara con un plumero cuando hacía las faenas semanales. De nada nos servía tener cuadros, la señora Bittle no permitía los clavos. Todas las imágenes de la casa eran de su pertenencia; el finado señor Bittle prefería los paisajes. Por lo tanto, el cuadro del señor Shepherd nunca salió a la luz. Le pregunté si solía pensar en ello. Dijo que cuando llegaba a pensar en la caja imaginaba que había algo vivo dentro; temía no tener valor para volver a encerrarlo.

A finales de 1943 se mudó a su propia casa. Fue una gran celebración. La señorita McKellar y yo colgamos adornos de papel crepé en la sala y juntamos estampillas para conseguirle un juego de sábanas. Lo que había sucedido antes le permitió tal cambio: solicitaron los servicios del señor Shepherd para participar en la guerra. No, nunca estuvo expuesto ni a un disparo. Tenía la tarea más segura de todos los frentes, según decía: supervisar el traslado de muchos embarques de pinturas famosas de la galería de Washington, D. C., a la Mansión Biltmore. Las potencias del Eje no cesaban sus hostigamientos, hundiendo barcos y atacando nuestras costas. La seguridad de los tesoros nacionales era prioritaria.

El señor Shepherd nunca estuvo seguro de cómo lo había localizado el Tío Sam para desempeñar dicho cargo. Cuando se enroló en la Normal para Maestras y le preguntaron acerca de sus empleos anteriores, anotó «encargado de consignaciones, entrega de obras de arte para museos». Debió de haberle parecido más respetable que «cocinero», y una razón más convincente para explicar su llegada desde México (temía que lo tomaran por un bandido). Se enteraron, de alguna manera; en aquellos tiempos, la Junta de Guerra lo sabía todo sobre nosotros. Los oficiales indagaron en las galerías de Nueva York, y seguramente quedaron impresionados al enterarse de sus vínculos con el señor y la señora Rivera, muy reconocidos por aquel entonces. Así que Shepherd resultó el hombre indicado. Costó meses arreglarlo todo. Mientras tanto, sirvió con los Cuerpos Civiles, pero rara vez tuvo que viajar lejos, y nunca a ningún lugar más peligroso que alguna sala con estatuas desnudas.

El empleo le proporcionó los medios para dar el adelanto de una cabaña de dos pisos en la avenida Montford que había permanecido desocupada durante años. Estaba cerca de la parada del autobús local que lo llevaba a la biblioteca, y con frecuencia paseó hasta el final de esa calle, donde había un cementerio y un hospital para enfermos mentales con agradables jardines. La casa vacía le sedujo particularmente. Su aspecto le pareció atractivo, y por eso la eligió. Hasta ahora se había sentido un intruso en todas las casas que había habitado. Lo único que deseaba era paz y silencio.

Poco después de mudarse quitó los clavos del contenedor de la señora Kahlo para ver el regalo. Fue la caja de Pandora, podríamos decir ahora, vistas las consecuencias que desató. El cuadro mismo era apenas un bosquejo, tomado de la bodega para llevar a cabo su plan. El regalo era lo que venía alrededor del cuadro. Era una caja doble: una dentro de otra. El espacio entre ambas no estaba relleno de paja, sino de papel: todos los cuadernos y páginas a máquina robadas en su cuartito de México tras el asesinato. Cientos de hojas arrugadas, en espera de ser alisadas y ordenadas. Casi todo estaba allí.

Sin reconocerlo públicamente, el señor Shepherd había estado escribiendo hacía años un libro, y creyó que se había convertido en cenizas. Pero la señora Kahlo obligó a la policía a devolverlo. Era evidentemente una persona con poder. Luego ocultó las páginas de esta manera sin decirle al autor mismo cuál era el contenido de la carga. ¿Fue una treta contra su amigo o quiso protegerlo? No podría decirlo. Pero fue la primera en ver lo que el mundo constataría pronto, no bien lo arregló, completó las partes que faltaban, escribió, reescribió y lo dejó reposar hasta que ya no pudo guardarlo más. A su debido tiempo, llegó hasta la editorial Stratford and Sons de Nueva York. Era *Vasallos de Su Majestad*. Se publicó en 1945, antes de Navidad. Esto es del conocimiento público, o debiera serlo.

Tenía razón al decir que había algo vivo en la caja, a la espera de ser liberado. La señora Kahlo lo propició. Había renunciado por completo a una vida al abordar un tren hacia el siguiente mundo. Aunque no tuviese nada más, ella deseaba que se llevara sus propias palabras.

VB

8 de octubre de 1943
Asheville, Carolina del Norte
Gringolandia

Querida Frida:

Ha logrado un milagro. No hay palabras suficientes para agradecérselo. Palabras solamente, como si las hubiera traído el gato y se acumularan junto a los pies, como un montón de ratones fríos con las orejas mordisqueadas. Ha hecho renacer una vida. Verá por qué.

Esta mañana apareció en el patio trasero una gata blanca, y parece como si también fuera su emisaria. No maulló, se quedó callada como si esperara que sucediera algo ya previsto. El viento metía sus dedos en el pelaje de la criatura, intentando desabrocharle un traje estropeado y arrancárselo. Piense cómo podría pintarla: abierta en canal, el delicado costillar como un anillo alrededor de la joya sangrienta de un amor carnívoro. O eso parecía. Apenas se entreabrió la puerta entró, acurrucándose inmediatamente junto al fuego mientras sus ojos declaraban: «Ja, te creíste que era indefensa y ahora soy tu dueña». Es Frida, por supuesto.

Pero su nombre será Chispa. Es una musa, la chispa de la que habló alguna vez y que ahora brilla tranquilamente en este hogar. Por lo demás, la casa es callada y guarda sus secretos. Los pisos están hechos del centro de los árboles largos y angostos traídos de las altas faldas de las montañas, las chimeneas son de piedras amasadas como bollos por el río Swannanoa. Las ventanas de madera tienen travesaños cruzados como los de la casa de su padre, quebrados en varias partes, pero aún se sostienen. Los dinteles curvos de roble son como hondos marcos de cuadros, bordeando el paisaje perfecto del cuarto siguiente, donde la luz rebota sobre las paredes en las que tal vez la vida aguarda. La veta de la madera narra los años en la montaña, todas las lluvias y sequías que conducen a los orígenes, cuando fueron talados, pues la casa fue construida el mismo año en que nací.

Así pues, formamos una buena pareja: techo protector y alma solitaria rodeados por un bosque doméstico de olmos y maples. Las otras casas de la cuadra que está llena de hojas, también son cabañas con techos de vigas, aleros con ventanas; son de un estilo arquitectónico conocido aquí como «Arte y artesanía». Todo lo contrario al funcionalismo tan preciado para Diego, nada moderno ni del otro mundo. Tal vez les parecería aburrido. Ahora ya puede imaginarse a un viejo amigo en el lugar donde vive: haciendo tamales en una cocina propia, con azulejos relucientes y blancos rematado por un friso verde. Véalo caminar feliz en calcetines entre cuartos dorados con libreros empotrados en la pared y lámparas de color ámbar colgadas con cadenas del techo. Luego imagíneselo en la planta alta con su tesoro brillando ante los ojos, como los niños de los cuentos cuando abren el arcón mágico.

Carolina es un buen lugar, hecho de montañas y valles con ríos. ¿Recibió la postal? Los edificios altos del primer plano son bancos y panaderías, lo típico. Pero fíjese en la parte de atrás de la foto: montañas. Enmarcan completamente el paisaje, como una madre que ofrece un cobertor para arropar la vida cotidiana y protegerla de amenazas inútiles. En junio hay muros blancos de rododendros floridos. En otoño los bosques se encienden de colores. Hasta el invierno tiene sus encantos helados. Se negará a creer lo anterior, pero le gustaría la naturaleza siempre cambiante del lugar; su gente, que tienen la humildad de los mexicanos pueblerinos. Los patios traseros están divididos por cercas bajas de alambre, como granjas pequeñas, y las mujeres que los cuidan gritan sobre las cercas. «Aullar», dicen ellas, cuando comentan a gritos el clima. Cuelgan pantalones en los tendederos, y hablan un inglés de tiempos de Shakespeare. No es la Gringolandia que usted recuerda. Tal vez no le parecería tan deleznable como Nueva York.

Felicidades por su éxito allí, sobre todo por su exposición con la señorita Guggenheim. Haber sido seleccionada entre las treinta y una pintoras más famosas del siglo debe tener a Diego muy orgulloso y a usted muy celosa de las otras treinta. El hombre que escribió el artículo en *Vogue* es un idiota; por supuesto que no tiene usted complejos de inferioridad, obsesiones sanguinolentas, ni nada por el estilo. El hombre apenas se paró un cuarto de hora frente a los cuadros. ¿Puede hacerse un análisis psicológico de Henry Ford tras haber manejado sus coches durante quince minutos? Bueno, ya no piense en eso.

¿Ya decidió ser surrealista? Porque la Sociedad de Socorro Francés tiene la intención de incluir sus pinturas en su programa de apoyo a los surrealistas. Se preguntará cómo sabe su amigo semejantes cosas. Y ahora, ¿quién es el misterioso? ¿Cuánto tiempo mantendrá el suspenso? Poco. Estas son las noticias: su antiguo Pastor de Consignación tiene ahora un puesto en los Cuerpos Civiles, lejos del frente, para supervisar el traslado de los tesoros artísticos y las exposiciones patrocinadas por el gobierno en tiempos de guerra. El salario es de cuarenta dólares al mes, bienvenidos hasta el último centavo. Como ve se lo debo todo: este trabajo, esta casa. La deuda crece, y usted es la única acreedora.

Pero el propósito de esta carta es reconocer una deuda mucho más grande: por salvar mis cuadernos y mis papeles. Frida, siempre dijo que lo más importante de cualquier persona es lo que no sabemos acerca de ella. De igual forma, la parte más importante de una historia es la que falta. Lo que me otorgó es el todo. Un ser, el simple *yo soy*. Estoy salvado. Parecía ahogarme y se hizo la luz. Heme aquí, *soy*.

Lo descubrí apenas hace cuatro días. No había abierto el contenedor hasta entonces. Seguramente le habrá intrigado por qué no comenté nada en los telegramas desde Nueva York. Recuerdo haber mencionado el cuadro que me regaló, dándole las gracias de manera formal. Lo lamento. Debe de pensar que el regalo no me provocaba curiosidad. Si me mandó al diablo por eso hizo bien, pero por razones equívocas. La indiferencia ante su arte no es la falta, sus pinturas son extraordinarias. Mi falta es otra.

Lo que ha hecho se asimila con mucha dificultad, y tres años después me adueño de su resultado (había sido su dueño tres años sin saberlo). Durante tres días he despertado como quien espera el tren del cual bajará una visita maravillosa. Me visto, camino. No quiero ni imaginarme lo que hizo para sobornar a la policía. Me pregunto cuándo habrán tenido tiempo de leer, qué pensarían de mis escritos. Pero no puede pedirse más de lo que ha hecho ya. Mostró fe en mí como artista. No como muchacho, ni como sirviente sino como su igual. Se me agita el pulso nada más de pensar que ahora debo ganarme dicha confianza.

He aquí mis primeros pasos: me conseguí una máquina de escribir. Casi no tengo nada, por las restricciones de guerra. Mi ajuar es el triste despojo de la familia anterior, camas de niño a las que no les quedó más que un colchón estrecho, un sillón desvencijado con agujeros en los brazos. Una estufa eléctrica, una nevera de madera sin hielo (ya vendrá en invierno, me dicen). Pero mi guarida es un cuarto en la planta alta desde donde se ve la calle, bajo un alero con ventanas. Uso como mesa la puerta del baño que saqué del marco, colocada sobre dos consolas de radio viejas que encontré en un callejón (despojadas hasta del último alambre de cobre por las campañas de recogida de metal). Y mi tesoro: una máquina de escribir rescatada del cuarto de trebejos de la escuela donde doy clases de español. Es tal vez la última máquina de su tipo que hay en la ciudad, ya que todas las demás han sido fundidas para hacer balas, o enviadas como artículo urgente y prioritario al frente del Norte de África o el mar del Coral (como el azúcar, las cintas de celulosa y la gasolina). A mi reliquia solo le faltan algunas teclas, y con su auxilio pienso terminar el libro que rescató. Es la historia que le conté. Cortés en el imperio azteca. Los escándalos de la antigüedad saldrán a la luz.

Agradezco también la figurilla de piedra. La encontré a orillas del río, el día que fuimos de excursión a Teotihuacán, mientras usted dormía la siesta. Por favor, no me acuse ante el doctor Gamio ni ante Diego, pueden ponerse nacionalistas cuando se trata de despojos artísticos. (No sería una buena recomendación en mi actual empleo.) Este pequeño personaje rogó que lo llevara a un mundo nuevo, tras dos mil años de estar con el rostro enterrado en el lodo. Le concedió su deseo. Le manda su gratitud, mezclada a la mía, desde su sitio en mi escritorio, junto a la ventana, mirando el sorprendente paisaje de Carolina.

Su agradecido y asombrado amigo,

INSÓLITO

2 de noviembre de 1943

Querida Frida:

Un cascada oblicua y brillante pinta mi ventana. Algún Dios llegó a visitarnos a través de este oscuro túnel otoñal, como cuando Zeus se convierte en un rayo de luz para preñar a Dánae. No se trata realmente de luz centelleando, en este caso, sino de hojas de haya. Nunca ha visto nada tan ostentoso como estos árboles de Estados Unidos, muriendo con mil muertes. El haya gigante del terreno vecino pretende desprenderse de cada cerda de su pelaje. El mundo se despoja de su atuendo y queda desnudo. Las labores emprendidas por los árboles a lo largo del año están apiladas en capas planas y húmedas sobre las banquetas. La tierra huele a humo y a tempestades, clamando para que todo regrese a su seno originario, se eche, se someta a un retorno callado y mohoso. Así celebramos en Estados Unidos el Día de Muertos: alzamos los cuellos para resguardarnos del aroma de lombrices de tierra que nos llaman hacia el hogar primordial.

Como sabe, en mi cocina rige el sabor de México. El pan de

muertos reposa y crece, llenando la casa de un aroma amarillo que me recuerda el suyo, hecho en forma de calaveras espolvoreadas con azúcar. A mis vecinos no les gustaría tenerlas en sus platos. Aquí el Día de Muertos se celebra de manera extraña: hacen cabezas con calabazas con ojos relucientes, y los niños corren por el barrio pidiendo galletas. Pero los diablillos llegaron dos días antes. Ahora que ya están listas las galletas de los niños, ya todo terminó. Quebraron las calabazas contra las banquetas cubriéndolas con un masa anaranjada. Tal vez el gato tenga que ayudar a comer el pan de muertos. En memoria de los muertos, entre quienes hoy se cuenta uno más: su padre. El viejo Guillermo, ¿cómo puede faltar? Caminando lentamente por la casa, parpadeando al entrar en cada cuarto, sin ver ningún mueble, con sus ojos enormes fijos en los ángulos de la luz sobre el piso.

Su pesar es explicable, pero es terrible oírle decir que está fregada de la cabeza a las patas. Tuberculosis ósea: da escalofríos. Es como el último jitomate de la temporada que quedó esta semana en un traste de la cocina. Cuando quise rebanarlo se desinfló como un saco vacío, echando un líquido apestoso: tras la hermosa piel ocultaba su podredumbre. Frida, debe sentirse así, engañada por su propio cuerpo. Hasta las curas que le harán parecen enfermedades: electricidad, terapias de calcio. Pero tiene buenos médicos; el doctor E. de San Francisco, sobre todo, parece amable. De seguro que las operaciones serán un éxito. Tendrá muchos otros días como este para recordar, con innumerables abrazos de su amigo,

SOLI

21 de mayo de 1944

Querida Frida:

Este domingo por la mañana se cuelan hasta mi encierro solitario brillantes imágenes suyas, y me obligan a escribirle tras un largo silencio. Un extraño escarabajo entró y está atrapado junto a la ventana próxima al escritorio, se golpea la cabeza contra el vidrio distrayéndome mientras reviso un capítulo indomeñable: «Ataque a la fortaleza, todos los cráneos destrozados». El pequeño bombardero tiene un deslumbrante traje verde esmeralda con forro de color cobre en las alas y una trompa de lo más respetable. Mis palabras no le hacen justicia, sería mejor que lo viera, lo incluiría en algún cuadro.

Luego: todas las jóvenes que pasan por la calle para tomar el camión a Haywood (otra distracción). ¡Todas son Fridas! Desde que comenzó el calor usan ropa de campesinas, con faldas de colores y blusas con holanes en los hombros. No llevan faldas largas como las suyas porque eso va contra la ley, las multarían. Juro que es cierto, es por el decreto para ahorrar tela. No alcanza para los uniformes de todos los muchachos del frente. La Junta para la Producción en Tiempos de Guerra anunció también hace una semana que ninguna blusa debe tener más de un volante por manga. Pensé que le gustaría saberlo, ya que estará sentada en algún lado leyendo esto con mil holanes, mostrando sus dientes brillantes de oro (metal que sería útil en la aleación para algún casquillo de artillería, ahora que lo pienso). No puede venir acá, sería decomisada.

Se entiende su irritación por la guerra. En esta carta me dispongo a alegrarla con una visión distinta de lo mismo. Los gringos han abrazado de todo corazón la lucha contra el fascismo, y eso ha ser bueno, aunque algunos de sus amigos que fueron a luchar contra el fascismo en España consideren que llega con muchos años de retraso. Pero debería ver a los yanquis ahora, jurando solidaridad con otros pueblos como hacían usted y Diego, alzando los brazos y cantando *La Internacional*, mientras nosotros intentábamos recoger los platos. Siempre me pregunto qué hubiera pensado Lev de estos tiempos. La alianza amistosa entre el presidente Roosevelt y el mariscal Stalin le habría repugnado, mientras los dos países luchan hombro con hombro. ¿Pero hubiera estado de acuerdo con el presidente en hacer sacrificios para alcanzar un ideal? Nuestros soldados han rescatado al Estado soviético, literalmente, pasando toneladas de víveres a través del desierto Pérsico, para evitar que los rusos mueran de hambre. Y ahora, los ejércitos de Stalin retribuyen la ayuda atacando a Hitler en el Frente Oriental. Hace un año todo parecía perdido, no había manera de detener el avance del Eje sobre Europa y el Pacífico. Ahora, algunos opinan que hasta podría ganarse esta guerra.

De ser así, la victoria correspondería por igual a amas de casa y soldados, porque aquí todos participan en la lucha. La guerra le parece a usted una destrucción insensata, una partida que se juega sobre un aparato radiotransmisor; en cambio, aquí es el hilo rector de nuestros días. Si la tela escasea, las muchachas usan un solo holán, ni uno más, sin chistar. Si el año pasado el Eje hundió ocho millones de toneladas de buques de guerra, estas damas entregan, al parecer, ocho millones de toneladas de horquillas de pelo y dejan caer los mechones sueltos sin molestarse; y los niños del vecino sacan las bisagras de las puertas viejas con piedras para las campañas de colecta de metal; las novias de guerra entregan sus cubiertos y los viejos los casquillos de bronce de sus bastones. El sacrificio es un sacramento. ¡Y cómo voceamos cuando la nueva fábrica de Howard Hughes sacó un buque de guerra solo veinticuatro días después de tener lista la quilla! Mi madre murió por ir a ver a ese hombre cuando se detuvo en la ciudad de México, en su intrépido viaje; pero sin importar cuánto la extrañe, no le guardo rencor al verlo fundir el *John Fitch* con trozos del vecindario. Unidos como un solo hombre, con pasadores y clips, derrotamos a Hirohito y sus fábricas Mitsubishi de pertrechos.

La guerra aparece en cada página de cada revista. Hasta en los anuncios, que extrañamente no invitan a comprar, sino al contrario. Los fabricantes colocan una bandera «E» para mostrar que toda su producción es requerida en la guerra. No compre sino bonos de guerra, done sangre a la Cruz Roja. «Siga las instrucciones de su médico al pie de la letra y sea breve en las consultas», advierte la revista, porque la mitad de los médicos fueron reclutados, y los que se ocupan del frente doméstico tienen el doble de pacientes. Viaje solamente en caso de emergencia. Y nos ofrecen el mundo entero para cuando la guerra haya terminado: un nuevo modelo de radio, coches con ruedas de hule sintético, cosas nunca vistas por los ojos civilizados. Por el momento, ni siquiera vale la pena preguntar si hay broches de presión: se necesita mucha suerte para encontrar mantequilla o queso con las cartillas de racionamiento; el tocino ha desaparecido de nuestro territorio. Igual que los coches nuevos, pues no hay modelos para civiles este año y quienes tienen uno deben poner en el parabrisas un sello con la letra «A», que significa «Agotada, casi»: (la gasolina está racionada). El estiércol de caballo ha hecho un retorno triunfal a Pack Square. Un viejo de mi cuadra echó a andar un carro Stanley de vapor y volvió a circular por la calle. Pasó ayer, y una vecina se desmayó creyendo que se trataba de un ataque aéreo. La nueva consigna americana es *We make do with nothing new*: Seguimos adelante sin nada nuevo. No hay correas para reloj, camisas ni sábanas. El proyecto es igual que el de la Iglesia: aguanta tus sufrimientos y la posteridad te lo recompensará.

No se imagina con qué alegría acepta la gente estas carencias. Les hace sentirse valientes e importantes. Ricos y pobres, la esposa del banquero y la secretaria, usan la misma cartilla de racionamiento y obtienen los mismos productos en el mercado. Esto no es la Gringolandia burguesa que conoció, donde las mujeres hacían fiestas mientras afuera se morían de hambre quienes no tenían ni dónde vivir. Todos están de acuerdo ahora con su Rosa Luxemburgo: «El idealismo más puro para el interés común». Las mujeres de aquí aceptan incluso el racionamiento estricto de comida y zapatos para los niños. La familia vecina tiene siete hijos llamados Rómulo, Virgilio y demás por el estilo, que corren con zapatos de tela y juegan con lo que encuentran en el camino. La madre me grita todos los días: «Señor Shepherd, ¿verdad que la mañana es esplendorosa?». Otra vecina me trajo una «tarta de manzana» hecha solamente con galletas (teme que un soltero muera de hambre), y explica cómo debemos tender las camas: hay que poner el dobladillo de abajo hacia arriba cada semana, para que las sábanas se gasten parejas. Podemos ganar la guerra ¡mientras dormimos!

Esta manera de pensar puede fortalecernos. Ver el futuro como la casa que puede construirse con tablas y martillos, y no como una fruta madura que puede pudrirse por contingencias naturales inesperadas. Una vez me advirtió que no dejara que los escritores me enfriaran el corazón. ¿Recuerda? En el hospital. Hablábamos de *Los de abajo*, de la parte donde comparan la lucha revolucionaria con una roca que cae al barranco; la fuerza de gravedad como única motivación. Me dijo que si quería hacer una fiesta divertida no debía invitar a ningún escritor.

Pero los estadounidenses tienen antojo de una historia diferente: creen que la roca puede rodar montaña arriba. Tal vez ni siquiera desee escuchar todo esto, pero no es una mala manera de pensar. Aquí un escritor puede terminar un libro sin que le den ganas de beber veneno. Hasta en la historia de Cortés hay momentos en que aparece el tema de forjarse un destino propio. Por estos tiempos la gente está de humor para los corazones enardecidos y el estruendo de la guerra.

Me pregunto si por fin he encontrado mi hogar en este país, la casa paterna, como usted la llama. La tierra del trabajo duro y el trato justo, decía él. Por lo tanto, someto mis deseos y trabajo tecleando hasta que los dedos me quedan más tiesos que trozos de madera. Frida, tal vez aquí alguien quiera lo que Yo puedo dar. Vea cómo aparece el pronombre con su letra Y, sus brazos en alto y bien plantada. Lucho por una declaración enorme y desacostumbrada: Yo soy.

El paquete de páginas de contrabando ya casi es un libro. La vieja máquina rechina los dientes, la batalla está por terminar. Al final Cortés toma la ciudad, me apena confesarlo. Me vi tentado a modificar la historia para regresar la ciudad de México a los aztecas. Pero sin cuatrocientos años de opresión, ¿qué podría pintar Diego en sus murales? Decidí rescatar, sobre todo por ustedes, la necesidad posterior de una Revolución.

Ahora pido consejo. Me pregunto si usted o Diego conocerán a alguien en Nueva York que le eche un vistazo a mi pobre manuscrito una vez que termine esta lucha a muerte con él. Necesita ir a alguna parte. El revoltijo de papeles no puede quedarse aquí por más tiempo, propagándose por el piso como la viruela, para terror del gato. Debo vigilar atentamente, pues el libro amenaza con convertirse en dos.

Mando cariño para usted y para Diego. También a Perpetua, si aún se perpetúa. Si tiene noticias de Natalya y Seva, serán bienvenidas.

Su amigo,

INSÓLITO

30 de junio de 1944

Querida Frida:

Gracias por el nombre de su amigo en Nueva York. El señor Morrison se arrepentirá algún día de la indiscreción, pues es seguro que lo buscaré. Me preocupan los descalabros de Diego; su lucha por construir un templo-museo de rocas en el Pedregal suena más surrealista que cualquier cosa de su exposición francesa. Nada de lo que emprenda será nunca pequeño. Tomaré por buena la ausencia de noticias sobre su salud, y supongo que las operaciones de California fueron exitosas. Me apena que no se haya comunicado Natalya, pero debe de haber muchas razones, tomando en cuenta el lamentable estado de Francia y considerando que no hay correo directo entre ese país y México. Aun así, el movimiento socialdemócrata parece resurgir de sus cenizas, y los obreros protestan en París contra Vichy, si hemos de hacerles caso a las noticias. Lev habría encontrado la manera de mostrarse optimista, aun por la maltrecha Francia.

El tiempo con Lev y Natalya parece tan distante: me sobresalta cualquier rastro que sale a flote. Fíjese en esta foto que le mando y encontrará a dos de los muchachos que fueron guardias de Lev: Charlie y Jake. Se acordará de ellos. Casi brinqué cuando los vi, justamente en la página de enfrente estaba Mary Martin, sosteniendo polvos dentales Calox. Es la foto de un Foro de Paz en el Carnegie Music Hall, donde algunos centenares de personas se reunieron para exigir el armisticio. No mando el artículo, pero podrá suponer el estilo: «Con la asistencia de trotskistas, estibadores, profesores socialistas, y cuáqueros de la vieja guardia, los pendencieros usuales con la esperanza de provocar resistencia ante el reclutamiento y orando por una salida simple». Lo que hacen usted y sus amigos en una velada normal los viernes, en pocas palabras, aunque ustedes omiten las plegarias. La gente de aquí es como la de México, sus pasiones se disparan en todas direcciones. También la prensa. Ningún reportero digno de llamarse tal permite que los hechos interfieran con una buena nota.

Los noticieros que la asustaron en California eran del mismo tenor, estoy seguro. El propósito es aterrorizarnos. No les basta que un gorila gigante trepe a los rascacielos; suponen que el tranquilo japonés de la casa de al lado es capaz de las más ocultas traiciones. Si lo que vio era una estrella de cine advirtiendo, antes de la película, que el jardinero puede envenenar las hortalizas, no se trata sino de un corto para entretenerla antes del plato fuerte de diversión. Igual que cuando Diego come niñas. Conoce de sobra a los aulladores, porque su griterío ha resonado en sus oídos desde que se casó con un hombre famoso y, a pesar de eso, todavía hace lo que le da la gana. No haga caso de esas tonterías, Frida. La noticia de que encierran a los japoneses en campos de concentración es una fantasía. No debería preocuparle tanto.

Tenga fe en nuestro señor Roosevelt, que ha logrado que todos estén de su lado. La gente de aquí le saluda como si fuera la bandera, puesto que la mayor parte solo han conocido una bandera y un presidente. Imagínese, subió a la presidencia cuando yo estaba en la Academia. En ese tiempo su nombre era la burla de los muchachos, porque sonaba como a rosas. Pero ahora es el Lenin nacional, luchando por una nueva Revolución americana. Hasta los comunistas le apoyaron en las pasadas elecciones. Nadie puede oponerse a tener garantizados un trabajo útil y una pensión para una vejez dura. Ahora ha decretado incluso un impuesto para los hombres de negocios, para que no puedan enriquecerse con la guerra, y ha regulado los precios de los alimentos para que todos reciban la parte que les corresponde. ¡Nos subordinamos al bienestar de la nación!

Su viejo amigo,

INSÓLITO

Nipones merodean aún en la costa

Especial para Hearst News

Los puestos donde antes se vendían frutas y verduras están vacíos, las pilas se pudren, pero la contaminación aún no ha sido exterminada en nuestra ciudad. La Comisión Dies hizo público el día de hoy un informe donde se señala que todavía gozan de libertad 40.000 personas peligrosas un año después de la Orden 9066 del Mando de Defensa Occidental, que ordenaba el confinamiento de japoneses o japoneses-americanos nacidos en este país en campos de evacuación de los estados centrales. El reporte contiene pruebas de la existencia de redes de espionaje y de que muchos japoneses, por no decir todos, amparados en su condición de «pescadores» o «pequeños hortelanos», merodean cerca de las instalaciones estratégicas.

El comando militar custodia a más de 100.000 evacuados que viven actualmente en campos de detención, donde los observadores han notado que a los detenidos les resulta indiferente quién gane la guerra: nuestro país o Japón. El Departamento de Justicia considera aún la petición de liberar a algunos detenidos que profesan «lealtad» para que sirvan en tareas civiles. Los estados de Occidente se oponen unánimemente a tal medida. El senador Hiram Johnson juró ayer que el Departamento de Guerra no permitirá que ni un solo nipón vuelva a tener residencia en los estados costeros asegurando que, según opinión de la mayoría de los residentes de esta zona, debían ser deportados a Japón cuando termine la guerra.

Cualquier californiano tiene aún frescas en la memoria las bombas incendiarias lanzadas el año pasado contra Fort Stevens y los bosques del Pacífico, o los ataques contra la refinería Goleta, cuyas llamas aterrorizaron a la ciudad. Los buques de Dai Nippon merodeaban por las costas, distinguiéndose a simple vista, con pilotos dispuestos a lanzarse en «vuelo kamikaze» contra sus objetivos, sacrificando canallamente sus vidas por una promesa de inmortalidad. Sin embargo, pocos son conscientes de la cantidad de personas hostiles que viven aún en los estados del Pacífico, ocultas como civiles.

El general John L. DeWitt declaró hoy a *Hearst News*: «Ignorar el informe de la Comisión Dies sería luchar en contra nuestra». Al referirse al nefasto carácter de nuestros enemigos, dijo: «Las afinidades raciales no disminuyen con la emigración. Los japoneses son una raza enemiga, y si bien muchos de los que han nacido aquí se han "americanizado", sus marcas raciales no se han diluido». En una reciente reunión de la Secretaría de Guerra, DeWitt llamó la atención sobre indicios ocultos de una conspiración nipona para el ataque. El hecho de que aún no haya brotes violentos confirma que dichas acciones podrían materializarse pronto, aseguró.

Los nipones, sean extranjeros o nacidos en Estados Unidos, han sido retirados de la costa hasta que se consiga la derrota final. El destino que merecen todas estas personas es la detención en un lugar desolado, tierra adentro. Ante el rumor de una posible liberación, los voceros del gobierno prometieron salvaguardar plenamente la seguridad de los ciudadanos. «No daremos ninguna oportunidad a aquellos cuya presencia sea una amenaza para la seguridad pública. No tendremos tolerancia con ellos. Sus propiedades han sido confiscadas, sus contratos revocados y sus cuentas bancarias incautadas. Los agentes del FBI están en guardia para efectuar las investigaciones y confiscaciones de casas y negocios sospechosos de proteger a los extranjeros.»

Los ciudadanos de Estados Unidos consideran halagadora la noticia. Mientras los americanos enfrentan la muerte fuera del país ante las balas fascistas, el Departamento de Justicia da marcha atrás alegando proteger el derecho a la libre expresión en tiempos de guerra, permitiendo así el libre paso de quienes siembran mentiras y propaganda en nuestro territorio.

Esta nota fue enviada para su autorización a las Fuerzas Armadas y a la Marina.

2.541 extranjeros del Eje bajo custodia

Biddle declara que este total incluye 1.370 japoneses,
1.002 alemanes y 169 italianos.

Especial para The New York Times

Washington, dic. 12.— Hasta la noche del jueves el Departamento de Justicia había arrestado a 2.541 ciudadanos alemanes, japoneses e italianos en una redada de extranjeros perniciosos que se habían ocultado tras la declaración de guerra entre Estados Unidos y Japón, informó esta noche el secretario de Justicia Francis Biddle. De estos, 1.002 son alemanes, 1.370 japoneses y 169 italianos.

El señor Biddle declaró que, si bien se consideraba a estos «perniciosos para la paz y la seguridad de la nación», los sujetos arrestados pertenecientes al Eje «representan apenas la mínima parte de los 1.100.000 súbditos de aquellos países con residencia en Estados Unidos».

«Los arrestos incluyen solamente a un número limitado de personas, cuyas actividades son investigadas por el FBI hace tiempo», afirma el señor Biddle.

Aides declaró que ninguno de los prisioneros será detenido durante el lapso que dure la guerra sin tener «poderosas razones para temer por la seguridad interna de Estados Unidos».

El Departamento de Justicia advirtió que cualquier ciu-

dadano japonés, alemán o italiano al que se descubra en posesión de una cámara fotográfica, sea cual sea el uso al que
se destine, se expone a que el equipo le sea confiscado y a un
posible arresto. Antes ya se había comunicado a estos ciudadanos la prohibición absoluta de realizar viajes por avión.

26 EXTRANJEROS MÁS ARRESTADOS

Las redadas de posibles saboteadores, espías o enemigos extranjeros incluyeron ayer a veintiséis personas más. Dieciséis son alemanas, seis japonesas y cinco italianas. Los im-
plicados fueron conducidos a Ellis Island y entregados a la
Oficina de Inmigración y Naturalización. Como es su costumbre, los oficiales de la Oficina Federal de Investigaciones (FBI) se negaron a hacer comentarios.

El director adjunto de Inmigración y Naturalización,
William H. Marshall, dijo que a partir del domingo habían
sido arrestados 553 extranjeros enemigos. Este número incluye a los capturados en lugares cercanos a Nueva York.
La Autoridad de Aeronáutica Civil prohibió a todos los ciudadanos hostiles a abordar vuelos comerciales, del gobierno o privados.

El Departamento de Trabajo declaró que los aliados
enemigos no tienen derecho a recibir seguro de desempleo,
ya que la ley estipula que dichos pagos incluyen solamente a
personas «aptas para el trabajo».

Ayer fue cubierta una gran placa del Edificio Italiano,
en el 626 de la Quinta Avenida.

12 de septiembre de 1944

Querida Frida:

Gracias por enviarme los recortes. Perdóneme por haber dudado, las noticias son aterradoras y muy poco conocidas por acá. Si algo puede demostrar que no hay nada nuevo bajo el sol, son estos aulladores. Hay que asustar a la gente, a cualquier precio.

Su Insólito sigue siendo un amasijo confuso de dos países, residente por ahora en la casa paterna, intrigado por su construcción. De día entonamos *La Internacional* y abrazamos a los camaradas del otro extremo del mundo. Mi vecina teje calcetines para los huérfanos de Moscú. De noche el vecindario echa los cerrojos y se asoma debajo de las camas a ver si no se oculta allí una amenaza extranjera. Sin embargo, sostengo mi reclamo: estoy aquí porque debo estar en alguna parte. Pero parezco un niño que lucha por entender lo que el hijo del vecino sabe desde siempre, de oídas: a quién amar, a quién castigar.

La única certeza en mi casa es esta: he terminado la novela. Siento una tristeza peculiar, como si extrañara a un amigo vivaz y peleonero que se fue tras una larga visita. En estos días, me paro ante el espejo y hago muecas, preguntándome por qué a los otros hombres les parece imprescindible rasurarse, vestirse y salir de la casa todos los días.

Su amigo, el señor Morrison me recomendó a un editor que muestra visos de interés por ver esta cosa. Su respuesta me obligó a salir tres días seguidos, parpadeando como un búho, en busca de un sobre o algo con que empacar el manuscrito para enviarlo a Nueva York. La misión puede resultar más compleja que escribir un libro. Las papelerías ya no tienen ni siquiera papel común, y anuncian que ese producto va al frente. Tal vez el editor deba renunciar a su trabajo, dada la escasez de papel. Tal vez el manuscrito mismo sea decomisado en la próxima campaña de colecta de papel y sirva de lastre a un buque de guerra.

Le mando a mi vez dos recortes de principios de verano. El periódico local ha reducido sus tirajes a dos números por semana, pero este artículo vale su preciada fibra (fíjese en la fecha, nuestro cumpleaños en común). Como recordará, ya le había escrito de este escarabajo. El otro lo arranqué de una respetable revista (*Life*, ¡claro!), y lo incluyo sobre todo por las espectaculares fotografías. Como Cortés, informo a Su Majestad sobre un extraño portento del Nuevo Mundo. Feliz cumpleaños, amiga mía, desde Estados Unidos, donde *seguimos adelante sin nada nuevo*.

Abrazos,

SOLI

Revista *Life*, 17 de julio de 1944

Escarabajo japonés:
voraz, libidinoso, prolífico

por Anthony Standen

Los escarabajos japoneses, a diferencia de los japoneses mismos, no ocultan nada. Sin embargo, hay varias semejanzas entre ellos. Ambos son pequeños pero muy abundantes y prolíficos, así como ávidos, ambiciosos y devoradores. Los dos parecen tener metas fijas. Los dos son inescrutables, sobre todo los escarabajos, pues nadie puede explicar su atracción por el amarillo ya que su comida es casi toda verde, ni por qué atacan con tal voracidad a los geranios, puesto que les resultan venenosos (de hecho, el aroma de geranio se usa como cebo en las trampas). El escarabajo, sin embargo, está firmemente arraigado en nuestra costa atlántica media, donde come manzanas, duraznos, uvas, rosas, pastura y otros cultivos por un monto anual de 7.000.000 de dólares, amenazando con invadir una superficie mayor de nuestro país. Hace tiempo les declaramos la guerra, y aunque hay poca esperanza de una victoria final —que implicaría el exterminio de todos los escarabajos de nuestras costas—, podemos esperar un éxito limitado cuando los insectos perseguidos y atacados disminuyan hasta alcanzar una cantidad controlable, si bien su carácter nunca podrá ser modificado.

———

The Asheville Trumpet, 6 de julio de 1944

Peligro kamikaze llega a Asheville

por Carl Nicholas

Son pequeños, mañosos y se reproducen sin cesar. Tienen tendencia a volar malévolamente contra sus objetivos y a producir graves daños. Los escarabajos japoneses se han desplazado desde la costa y han llegado hasta nuestras puertas. Estos escarabajos verdes de tan extraño aspecto son una amenaza tanto para la vida vegetal como para la tranquilidad doméstica.

«Vuelan sobre mi ropa tendida», dice la señora Jimmie Hyder, ama de casa a quien vimos recientemente en la calle Charlotte preparando la ofensiva. Sus hijos Harold y Alter encabezaban la infantería con raquetas de bádminton, y la señora Hyder los seguía con una bomba de mano regando con insecticida el campo de batalla. Una rociada semanal puede ayudar a ganarle cierta ventaja al enemigo, pero la señora Hyder se queja: «Siguen lanzándose contra uno, al vuelo, sin razón aparente, todos y cada uno de ellos». Advierte a otras jardineras en lucha que este año se esperan grandes pérdidas a manos del enemigo, sobre todo de tomates y frijoles rastreadores.

Los científicos llaman a este ávido animal *Popillia japonica*. El Departamento de Agricultura cree que entraron al país cerca de Nueva Jersey, unos años antes de Pearl Harbor, ocultos en una caja de fruta. Los astutos polizontes se ocultan bajo la tierra en invierno y emergen durante los meses más cálidos, hambrientos y con la determinación de completar su destructiva misión. Y la diabólica misión ha llegado al oeste de Carolina del Norte y Carolina del Sur, amenazando las huertas con pérdidas de muchos miles de dólares.

¡Atención, mujeres y jardineros! A pesar de los golpes de raqueta en la calle Charlotte, el señor Wick Bentsen, del Servicio de Extensión del Condado, afirma que aún no se han encontrado armas capaces de impedir tal invasión japonesa.

Sr. Lincoln Barnes, editor
Editorial Stratford and Sons, Nueva York
11 de diciembre de 1944

Estimado Sr. Barnes:

La suma que ofrece es enormemente generosa.

Los cambios que me propone en la trama mejorarán mucho la historia. Sin embargo, no puedo referirme a las páginas señaladas, puesto que el libro está literalmente en sus manos. La única copia existente es la que tienen ustedes. (También el sobre es un ejemplar único en su clase.) Aquí el papel sigue escaso. Si hay reclamo alguno por carestía de dicho producto en el depósito de Alemania, ciertamente no incluye las campañas de colecta de papel o de materiales emprendidas en Asheville, Carolina del Norte. Dicho lo cual, sería de gran utilidad que me regresaran el manuscrito cuando les sea posible para hacer las correcciones pertinentes.

En su carta proponen enviarle futuras indicaciones a mi mecanógrafa asistente. Tengan la certeza de que mi mecanógrafa estará en íntimo contacto con el autor, así como con quien contesta el teléfono, cocina y se encarga de la limpieza, puesto que se trata del mismo sujeto, que calza ahora unos zapatos de cuatro dólares. Con la restricción a los cupones de ropa actual, dicha coincidencia es de lo más adecuada.

Con gratitud,

HARRISON W. SHEPHERD

21 de diciembre

Hoy Stalin cumple sesenta y cinco años. El locuaz locutor de radio dijo que es una mezcla rusa de Tom Paine y Paul Bunyan. Lev tendría hoy sesenta y cuatro, pero ya no cumple años. Las revoluciones se renuevan constantemente, solía decir, y los hombres como Stalin nunca mueren.

1 de febrero

Noticias de esta noche: los aliados rompieron los diques de la costa en los Países Bajos, permitiendo la entrada del mar y ahogando en la inundación a miles de soldados alemanes. Igual que los aztecas en Tenochtitlán, cuando rompieron los diques del lago para derrotar a Cortés y sus hombres. Pero la ficción es inventada y la guerra es real. Mañana, los granjeros de la isla de Walcheren verán la marea sobre sus sembradíos, los cadáveres de sus animales flotando y todos los árboles del lugar muriendo bajo el agua salobre que corroe las raíces. La gloria de la guerra con frecuencia se convierte en desencanto.

Aquí hay demasiada soledad preñada de fantasmas, y ni un lugar donde esconderse de ellos. En la calle, el hombre del camión que vende hielo usa un pico casi igual al que mató a Lev. Este es el mes que más temía. Sus visitaciones.

10 de febrero

Un día mejor. El manuscrito fue dejado de lado para hacer un trabajo honesto, como diría Lev: pintar el comedor. Un friso entre las tablas con pintura sobrante de la guerra, pero de un gris afranelado pasable. La vecina donó generosamente una mesa vieja de comedor que ya no usa y la ayuda dominical del hijo para pintar. Un Tom Sawyer cualquiera. Le di unas monedas, pero sospecho que hubiera preferido una rata muerta y cuerda para darle de vueltas en el aire.

5 de abril de 1945

Querida Frida:

Su carta es bienvenida, aunque las noticias no sean buenas. Es mucho mejor imaginarla tropezando por la calle arrastrando sus faldas que en una silla de ruedas: detestable solución. Esta semana usted y Diego saldrán a Paseo de la Reforma con pancartas, protestando contra la participación de México en la guerra.

Quienes vivimos aquí no salimos en los periódicos, como en la ciudad de México, pero algunos de estos titulares tal vez podrían parecerle entretenidos: Las líneas de producción de la Compañía de Ataúdes Asheville pararon hoy (¡silencio sepulcral!) porque los obreros se lanzaron a la huelga, faltando a sus deberes militares, en espera de negociaciones entre la Administración y el Sindicato de Tapiceros.

Siguiente: El escritor William Sidney Porter, o sus restos mortales, podrían ser exhumados del cementerio de este barrio para sus exequias en Greensboro, Alabama. La ciudad de Asheville elevó una protesta alegando que los restos del señor Porter deben permanecer aquí. Los tribunales lo decidirán. Se espera que en esta ocasión no requiera un ataúd retapizado.

El almirante Halsey llegó a una partida de caza en Grove Park, única historia donde no hubo bajas. Y la moda revive: Lilly Daché ha encontrado un método para hacer sombreros primaverales para civiles con las 76.000 gorras descontinuadas de las Fuerzas Armadas Femeninas, que han sido sustituidas por prendas de tela. Esto sucedió aquí el domingo pasado. Le gustaría la pascua gringa, pues hasta los gorrioncitos más grises se atreven a ser Fridas durante un día.

Pocas noticias personales: las glicinias que trepan por las paredes de la casa y se enredan en los aleros han abierto sus flores moradas, del mismo tono que las jacarandas. ¿Ha tenido alguna noticia de Van? Se hace la pregunta sin esperar realmente una respuesta. En la Normal de Maestras de acá, la profesora de francés, una tal miss Attwood, ha emprendido últimamente una ardua campaña para que la lleven al cine. Como todos los hombres presentables se encuentran en el frente, piensa que debo considerar parte de mis obligaciones el acompañar a una chica a ver *El retrato de Dorian Gray*. La perspectiva de una sala llena de gente me da escalofríos. A ratos, hasta salir a la calle resulta una temeridad; me acompaña siempre un desasosiego interior que nunca se apacigua. Pero no hay modo de rechazar a miss Attwood. Hurd Hatfield es un Dorian convincente, a pesar de su traición a Sibyl Vane y Gladys Hallward. Una vez cumplida la misión, «sin novedad en el frente» Attwood durante la semana.

Al final de este ciclo cerrará la Normal de Maestras. Su lengua dejará de ser maleada con acentos de Carolina. Su único defensor en Asheville se sentirá feliz de quedarse en la casa cubierta de enredaderas y sus antiguas alumnas de convertirse en empacadoras de paracaídas o algo parecido. Estas chicas se parecen tanto a Mamá, su confianza al tronar el chicle, su vocabulario salvaje:

¡Santa Cachucha! Qué plancha. Está hecho un mango. Pero ahora Mamá sería vieja, casi cincuenta años. ¿Cómo habría enfrentado todo esto si estuviera todavía por acá? Tal vez sea más piadoso que ya no viva.

Último punto: la editorial Stratford and Sons de Nueva York publicará el libro a fin de año. El señor Barnes, el editor, me lo confirmó ayer. Quiere que se llame *Vasallos de Su Majestad,* lo cual resulta algo tonto puesto que los personajes no son vasallos sino de la avaricia y la ambición. El título original era *A diez leguas de donde dormimos*, ya que se trata de hombres cuyas expectativas nunca se cumplen (ni las de los demás, lector incluido). Pero el señor Barnes dice que son muchas palabras para un título. No importa. Stratford me mandó por correo un cheque de doscientos dólares como anticipo de las regalías, y si se consigue el papel piensan hacer miles de ejemplares. Un terrible milagro. Estas palabras fueron escritas en cuartos oscuros y callados, ¿cómo les irá al enfrentarse a un mundo brillante y bullicioso?

Usted debe saberlo. Abre su piel y se plasma en un lienzo. Y luego deja que los encargados de las exposiciones arrastren sus entrañas por las salas, para desasosiego de las columnas de chismes. ¿Cómo puede sobrevivir?

Su amigo,

SOLI

13 de abril de 1945

Ha muerto Roosevelt. Un final inesperado. Pluma en mano: un instante después, desplomado en el piso ante su secretario (debe de haber sido como ver la luz de Lev apagándose). Es más bien como la muerte de Lenin: una persona en sintonía con los objetivos de la nación, abatida por una embolia; deja los objetivos de la nación desguarnecidos, preguntándose qué hacer ahora.

Ayer una multitud se reunió junto a las vías del sur de Asheville toda la noche y a pesar del frío, con la esperanza de ver pasar el catafalco y el ataúd en el tren iluminado del cortejo. Pensaron que la única ruta para que el presidente llegara desde Warm Springs hasta Washington sería atravesando nuestro valle. Pero el tren no pasó. Los noticieros de esta mañana anunciaron que viajaría por Greenville. Aun así, algunos siguieron esperando, en su mayoría mujeres con niños. Dicen que al oeste de Oteen gran número de negras que preparaban el terreno del tabaco para la siembra estuvieron hincadas allí desde ayer, con las manos extendidas hacia el tren, y que se negaron a retirarse.

Y Harry Truman ya asumió su cargo como presidente, con su corbata de moño con puntitos. Difícilmente tiene el aspecto de ser la «persona en sintonía con los objetivos de la nación». Dijo a los periodistas: «¿Alguna vez les ha caído encima un toro o una enorme paca de paja? Si les ha sucedido, sabrán lo que sentí anoche».

A veces la historia se quiebra por un momento y se detiene, desamparada, como cuando se parte un leño con un hacha y quedan suspendidos los dos trozos, todavía sin caer. Eso solía decir Lev. Fue así cuando Lenin murió, Lev en el tren rumbo al Cáucaso sin saber que el hacha ya había caído sobre su amigo, que Stalin montaba un escenario fúnebre para adueñarse de las masas presas del pánico. Este podría ser otro de los momentos en que la historia puede dirigirse hacia las tinieblas o hacia la luz. ¿Cuál de las fotografías de los diarios esconde el día de hoy una traición?

¿Trabajan los tiranos tras las bambalinas, enviando telegramas falsos a alguien que viaja en tren, para alejar a la razón mientras el poder mueve sus piezas? La gente está tremendamente dolida, dispuesta a creer en todo.

8 de mayo de 1945

No se acabó el mundo. O tal vez, solo para los alemanes. Todos aquí salieron a las 6:01 a escuchar la sirena que anuncia el alto el fuego oficial en Alemania a medianoche. Las mujeres, en los patios delanteros, se secan las manos en el delantal y ordenan a los niños que dejen de dispararse con palitos y se callen. En la calle Haywood los dependientes y vendedores que cerraban sus negocios se quedaron quietos, mirando el cielo mientras sonaba la sirena. Tras ellos brillaba el crepúsculo reflejado en los escaparates. Algunos pusieron la mano sobre el corazón, y todos miraban hacia el este: hacia Europa.

Nadie sabe qué hacer con esta paz. Cuando la sirena calló, todas las personas de Haywood, sin intercambiar palabra, voltearon hacia el otro lado. Japón.

El niño de la casa de al lado no se llama Tom Sawyer sino, peor aún, Rómulo. Recogió una flor extraña en los bosques de Montford Hill y me la trajo para que la identificara. Dice que a su mamá le parece la parte mala de algún animal, que no debe tocarse. Pero su papá asegura que se trata de una planta, pregúntale al tipo de al lado. Me creen muy instruido. Formamos una Fuerza Expedicionaria a la Biblioteca y salimos, temerarios. La Victoria fue nuestra. En *Flora de las Carolinas*, de Bartram, vimos muchas ilustraciones en color del ejemplar en cuestión. Es una orquídea: «Zapatilla de dama rosada». Rómulo se sintió grandemente decepcionado al escucharlo.

20 de agosto de 1945

Hoy se cumplen cinco años. Del día en que Lev vio la luz por última vez. O desde que pronunció la palabra *hijo* (fue el único en decirla). Su mirada traviesa al pasarme una novela recién descubierta. Su súplica final: ¡*Sálvenme de este tipo*!, al voltear hacia atrás antes de entrar con Jacson. Sus puños blancos empapados como vendas, gotas de sangre sobre el papel blanco, imágenes que ya se habían olvidado casi del todo. Pero aparecen y sorprenden, como cuando uno se cree solo y descubre a un extraño parado al fondo del cuarto. Los recuerdos no necesariamente se suavizan con el tiempo; algunos se afilan como cuchillos. Debía estar vivo. El asesinato lleva el peso de una deuda no saldada, la muerte deja algo inconcluso.

Ningún cuarto de la casa es seguro hoy, ni distrae la radio, que repite hasta la obscenidad un brutal asesinato al sur de la ciudad, en las curtidurías. La tetera, al hervir en la cocina, grita su nombre con la voz de Natalya. Dentro del cerebro, un sonido puede tergiversarse con exactitud.

La biblioteca parecía un lugar más seguro, pero no fue así. En la sala de arriba, la Hemeroteca, los bordes de los periódicos curvados se apilan en mesas repletas de libros. Su escritorio, todas las frases sin concluir. Los cilindros de cera que, en alguna parte, guardan todavía su voz. El calendario de la mesa, si aún está allí, abierto el 20 de agosto, último día en que volteó la hoja con las expectativas plenas y comunes de la vida. Pensar en todo esto provoca un pesar que desploma; hincado entre las pilas de la sala de arriba en espera de que algo estalle en mi interior e inunde el piso de roble. Y que la sangre oscura se escurra entre las duelas.

El infierno desciende desde los cielos. Un reportero del *Times* viajó en el avión para atestiguarlo, y a la hora cero se preguntó si debían entristecerlo los «pobres diablos que iban a morir». Decidió que no, era lo justo después de Pearl Harbor. El plan militar era arrojar la bomba esa mañana sobre otra ciudad japonesa, sobre un conglomerado diferente de hombres y perros y niños en edad escolar y madres, pero las densas nubes de la ciudad en cuestión se negaban a disiparse. Cansados de esperar y dar vueltas, los pilotos de los aviones enfilaron por el canal hacia el sur y eligieron Nagasaki por sus cielos despejados.

Se perdió el mercader por no tener qué vender, se perdió el mundo por no haber nubes por el rumbo.

Tu sangre por la mía. Sea de unos o de otros. La guerra es el problema matemático supremo. Los cerebros se afanan, pero logramos hacer las sumas y creemos haber incluido las cantidades más monstruosas en una ecuación ya balanceada.

2 de septiembre de 1945

Día V-J. Día de la Victoria sobre Japón. Si las máquinas de escribir no tuvieran esas dos letras, el día de hoy carecería de sentido. Los titulares solo podrían ser más grandes si hubieran escrito «RENDICIÓN NIPONA» a lo largo de la página, no a lo ancho. Aleluya, Hirohito cayó de rodillas.

Una niñita se ahogó en el Swannanoa durante uno de los múltiples picnics que hicieron las iglesias para celebrar la victoria. Rómulo vino esta tarde a sentarse en el columpio del corredor para contármelo, porque estuvo allí: la ausencia de la niñita de los moños blancos, las horas de búsqueda, el rescate del fondo arenoso del río, con aguas poco hondas. Lo contó todo, y después quedó callado. Se oía la música de una celebración que seguía en Pack Square. Rómulo dice que no sabe si fue un buen día o un mal día.

MacArthur afirma que la gran tragedia terminó. Prendimos la radio, y al parecer las voces certeras volvieron al niño a la realidad. Este hombre, MacArthur, alguna vez montaba a caballo mientras lo vitoreaba un grupo de niños casi de la misma edad que Rómulo. A veces jugaba a polo detrás de la Academia, otras daba las órdenes para que las bayonetas golpearan los pechos de los Manifestantes de los Bonos. Ahora dice: «La lluvia de muerte ha escampado de los cielos. Los hombres caminan a la luz del sol, y el mundo reposa en paz». MacArthur alega hablar en nombre de miles de bocas silenciosas, calladas para siempre entre la selva o en las hondas aguas del océano. ¿Pero cómo puede ser vocero de tantas bocas que yacen bajo el agua azul? De seguro que los pececillos las mordisquean ahora, nutriéndose de mundos de infortunio.

19 de noviembre

Querida Frida:

Aquí le mando un pequeño regalo, mi libro recién llegado de Nueva York. El señor Barnes dice que saldrá a la venta el viernes, pero me envió dos con una nota: «¡Un ejemplar adicional para su madre y su padre!». ¿Qué tal la portada, con los templos de Tlaloc y Huitzilopochtli al fondo? Las llamas y las mujeres apenas vestidas huyendo de los ejércitos conquistadores deberían compensar la inexactitud arqueológica. Este formato, me dicen, funcionó muy bien para *Lo que el viento se llevó*.

Nadie conoce aquí mi inminente condición de escritor publicado. Las vecinas consideran sospechosa mi falta de ambiciones y de familia. La señorita Attwood todavía llama; pocos soldados han sido repatriados, así que seguimos adelante sin nada nuevo. La semana pasada fuimos a un restaurante llamado Buck's, abierto apenas con desenfrenado entusiasmo, donde envuelven la comida como un paquete postal y la envían hasta el estacionamiento de grava donde uno espera. La idea es hacer una comida dentro del coche mientras miras a un desconocido con cátsup en la barbilla y servilletas colocadas sobre el volante. Se doblaría de risa. Le llaman *drive-in*. Ya se puede comprar gasolina, comida y pronto también tendremos autos nuevos. Así que, ¿por qué usarlo todo al mismo tiempo?

El fin de la guerra dejó a Estados Unidos una energía contenida que ahora no tiene ningún lugar donde ejercerse. Hay dinero de los bonos de guerra ahorrados, pero no tenemos nada en que gastarlos. A menos que se requieran tuberías huecas de plomo o botas de combate, pues las fábricas están montadas para hacer eso. Seguimos usando cupones de racionamiento para casi todo. Truman intenta controlar los precios hasta acabar con la carestía, pero los fabricantes ya olfatean el dinero ahorrado. Hacen manifestaciones ante el Congreso —hombres como sándwiches con pancartas sobre el cuerpo— para convencer a los legisladores de que el mercado libre es el camino correcto y de que Truman está en connivencia con Karl Marx. Las vecinas de por aquí apoyan con firmeza a Truman y a Karl Marx, pues saben que el control de precios es lo único que nos ampara de un trozo de carne a veinte dólares. Confieso que mi deseo de tener un refrigerador es poco patriótico, pero si apareciera por acá un Philco sin etiquetas de racionamiento de la Oficina de Control de Precios, pagaría a la señora Vanderbilt el equivalente de mi hipoteca.

Mientras tanto, los hombres casados entran en un mercado negro con más vericuetos que el *Códice Boturini*. Rómulo, mi joven informante, me cuenta que su padre fue a una agencia de coches para apartar un Ford nuevo, aunque aún no está legalmente a la venta. Le dijeron que si compraba el perro del vendedor a ochocientos dólares le darían gratis el vehículo para que se llevase a casa al cachorro. Rómulo está feliz. Por el perro.

Sin embargo, hay algo que sí puede comprarse sin cupones: mi libro. No se sienta obligada a leerlo, por favor, ya ha hecho más que suficiente. Solo mire la página de la dedicatoria y encontrará en ella un nombre conocido. Me disculpo por el título. El señor Barnes opina que *Vasallos de Su Majestad* suena como un libro que hay que leer y es su oficio saber esas cosas. ¿Que haría usted si un curador le dijera que sus cuadros debían llevar cortinitas de organdí rosa a los lados? Sí, ya me acuerdo, le picaría los ojos con el pincel y le diría que pusiera cortinitas de organdí sobre su cara de culo de perro.

Pero, careciendo de su valentía, evito desavenencias con la empresa que me da el diario sustento y tal vez un Philco. Me va bien, no me quejo de mi nuevo país, salvo que no hay aceitunas pasables ni pimientos para adultos. Este paquete contiene la prueba de mi inexplicable buena suerte. Úselo para que las corrientes no azoten sus puertas y tenga por sabido que soy

Su agradecido amigo,

H. W. SHEPHERD, *escritor*

5 de diciembre

La primera nevada del año cayó sobre una fila de doscientas mujeres que esperaban en la calle Haywood, tras el anuncio de los grandes almacenes Raye's: venderían medias de nailon, solo un par por cliente.

En la siguiente cuadra, un solo ejemplar de *Vasallos de Su Majestad* fue hojeado por varios clientes en el curso de la mañana. Todos examinaron atentamente la portada con la huida de las indias entre las llamas. No hubo colas en la calle, este año no habrá Philco.

Kingsport News, 12 de enero de 1946

Reseñas de libros

por United Press

El lector moderno se queja de que el drama ha sido acaparado por el cine. ¿Dónde encontrar algo sensacional, al modo tradicional, que nos subyugue? He aquí algo que cuadra con las expectativas: *Vasallos de Su Majestad*, de Harrison Shepherd (Editorial Stratford and Sons, 2,39 dólares) nos narra una Edad de Oro, cuando los conquistadores españoles luchaban por el Nuevo Mundo. Cortés aparece como un villano victorioso, llenándose los bolsillos en nombre de la Iglesia y de Su Majestad, sin prestar atención a las penurias sufridas por sus hombres. El emperador Moctezuma, de carácter débil, tampoco causa mejor impresión, entretenido con sus aves cautivas mientras sus caudillos sanguinarios hacen lo que se les antoja.

Los príncipes del cuento son los simples soldados, quienes empujados al límite muestran su verdadera cualidad humana. La extraña conclusión de la historia: los héroes pueden no ser tan heroicos, y quienes se llevan las palmas son los hombres comunes.

The Evening Post, 18 de enero de 1946

«Libros para pensar», por Sam Hall Mitchell

¡Ah! Lo que quiero es irme a casa

Si están agobiados por los juicios militares de Goering y Hess, cuyos tenebrosos detalles continúan, prueben estos, para variar: ¡jefes que arrancan corazones aún palpitantes a los prisioneros! El año es 1520. El lugar, una ciudad deslumbrante sobre un lago donde el último emperador azteca se enfrenta con Cortés, su mortal enemigo. El libro es *Vasallos de Su Majestad*, accesible *opera prima* del autor Harrison Shepherd. Espadazos en cada página en esta ingeniosa versión de la conquista del imperio más rico de México.

Si bien la acción es movida por la avaricia y la venganza, el verdadero tema es una tierna añoranza del hogar. La realeza española exige oro, pero los jóvenes empujados a las batallas solo quieren zapatos más adecuados entre las espinas del desierto o comer algo mejor que algunos nopales asados sobre la fogata. Estos soldados bien podrían entonar la canción que todos nuestros soldados se saben de memoria: *El café que nos ofrecen / dicen que es de lo mejor / ha de curar las heridas / porque sabe a alcanfor.* Mientras los líderes trazan el destino de las ciudades doradas, estos soldados temen que sus esposas busquen a otro tipo mientras están lejos. En un país de soldados que regresan y ciudadanos hartos de guerra, este libro dejará una profunda huella.

The Asheville Trumpet, 3 de febrero de 1946

Escritor de Asheville, sorpresa del año

por Carl Nicholas

Vasallos de Su Majestad, del artesano palabrero Harrison Shepherd, no tiene ni un fragmento que no sea absoluta fascinación. Parecería que la lectura de los hombres que vivieron hace cientos de años solamente es tarea de profesores con camisas almidonadas y largos cabellos. ¡Para nada! Todos los corazones se agitarán cuando el conquistador Cortés emprenda la batalla contra sus enemigos. El libro tiene de todo: traición, sangre y hasta asuntos del corazón. El pulso de las mujeres se acelera con el guapo príncipe indio, Cuautla. Con rapidez de locomotora, el libro se encamina a su épico fin. La señora Jack Cates, dueña de la librería Cates, confirma que vuela de los escaparates apenas llega.

Con los secretos del pasado en su pluma, Harrison Shepherd, quien reside en Asheville mismo, es un joven de apenas treinta años. Tras llamarle, confirmamos que vive en Montford Hills. Señoritas, tomen nota: nuestras fuentes informan de que es soltero.

The New York Weekly Review, 2 de febrero de 1946

Vasallos de Su Majestad, por Harrison W. Shepherd
Stratford and Sons, Nueva York

Nunca lejos del hogar

por Michael Reed

En la temporada literaria del atribulado rey de Siam y
Anna o la toma de Panamá en «Sin terror», de Teddy Roosevelt, el pacificado país parece tener antojo de relatos exó-
ticos sobre conflictos que se desarrollen en el extranjero.
Los lectores encontrarán muchas sugerencias en esta novela acerca de la astuta ambición de los sanguinarios conquistadores de México.

Los narradores de la historia son Cuautla, uno de los herederos del Imperio azteca, y el teniente Remedios, quien
debe obedecer las órdenes del forjador de otro notable imperio, Hernán Cortés. Los defensores de la historia deben
ser cautelosos, pues casi ninguno de los héroes de la narra-
ción sale a flote, sin alguna mancha en su honra. Cortés
muestra predilección por el licor mexicano, y está más interesado en su papel histórico que en los hombres que dan su
vida para que lo obtenga. El dulce y engañado rey Moctezuma deja todas las decisiones a un equipo despiadado que,
por su trato a los prisioneros, puede robar el sueño al lector.

Comenzando por su incisivo título, estamos ante una novela fácil, con pocas pretensiones de alta literatura. El exa-

gerado escenario de templos y almenas bañados en sangre parece titilar con las candilejas de una escenografía de Hollywood. Pero los personajes amenazan con quebrar los arquetipos. Los más humildes tienen una compleja manera de cumplir honorablemente con su cometido, mientras que los poderosos son presa de los conocidos descalabros políticos, revelándose como hombres comunes (no tan distintos de los actuales funcionarios, sean electos o nombrados). El autor propone que, a la larga, ningún desacuerdo entre los hombres nos resulta del todo ajeno.

(Muestra de las reseñas enviadas por los servicios de prensa de la editorial, doce en total, enero y febrero de 1946.)

10 de marzo de 1946

Querida Frida:

Gracias por la caja de chiles, qué sorpresa tan espectacular. Los ensarté en la cocina; una ristra roja que colocaré junto a las cebollas que trencé, y que cuelga cerca de la estufa. El niño de al lado sospecha que «guardo hechizos», pero a Perpetua le gustaría mi cocina. Racionaré los pasillas de Oaxaca por encima de todo, más que la gasolina.

Hay indicios primaverales en nuestra Carolina: los prados delanteros de las casas se llenan de florecitas amarillas, la ropa interior de lana abandona los tendederos. Ayer compré un trozo de carnero congelado en la carnicería y lo coloqué toda la noche en la caja de flores de afuera. Por la mañana estaba completamente descongelado. Hoy voy a frotarlo con ajo para una fiesta improvisada. La gata Chispa corrió la voz de mis erráticas extravagancias culinarias por el vecindario, y un vagabundo la siguió hasta la casa. Le llamé Chisme, pues eso fue lo que lo atrajo. Es negro como el diablo, y aficionado al cordero.

Pronto mis cortes de carne se hospedarán en un auténtico Philco. Los contables de la editorial preparan un cheque de regalías por los primeros 50.000 ejemplares de mi libro. No puede siquiera imaginar lo que dejó suelto en el mundo con una sola entrega de papel de contrabando. Debo enfrentar el desafío como caballero andante al salir de la casa. Dos jovencitas con tobilleras y pantalones arremangados pierden el tiempo en la acera de enfrente. Parecen reporteras de algún periódico escolar o simples cazadoras de autógrafos, atraídas por rumores bizarros y galopantes de que soy alguien interesante. Hasta mis vecinos traen el libro para que se lo firme, envuelto en tela como si fueran a hacerle honras fúnebres o a ahumarlo como un jamón. Rómulo dice que vio a unas chicas metiéndose por atrás para robar mis camisas del tendedero, pero que las corrió «gritando y aullando».

Estoy abochornado con esta admiración que pareciera dirigida a otra persona. Cómo me abuchearían estas chicas si me vieran realmente como soy, agachado sobre el lavadero, adornando el baño con mis trapos húmedos para que no se los roben o para que no se conviertan en tema de un trabajo de Inglés Avanzado. Mi nueva vida. Nadie ha dicho todavía que como carne humana con tortillas, pero me hago una idea de cómo deben haber alterado sus vidas tantos años de chismes. No puedo contestar el teléfono porque de seguro que se trata de un reportero haciendo preguntas: lugar de nacimiento, condición de los intestinos. No sé qué hacer con este alboroto.

Hoy por la mañana me han llegado por correo noticias de las regalías. El señor Barnes intentó localizarme toda la semana sin saber que no contesto el teléfono. Debo hacer algo con el correo, porque el buzón se llena todos los días con cartas de lectores. Hasta el momento, siete propuestas de matrimonio. Semejantes reclamos tienen que responderse amablemente, pero debo confesar que estoy apabullado. No tengo práctica en el oficio de ser admirado. Frida, a ratos me sube a la garganta un pánico ácido; la gente quiere algo que yo no soy, en absoluto. Como dije, las muchachas están desesperadas, pues los hombres todavía están en Francia reparando baches. Pobre Gran Bretaña, pobre Francia. Sus grandes reinos ya no son sino cuentos de hadas.

¿Salió en *El Diario* algo sobre el discurso de Churchill la semana pasada en Missouri? Los líderes europeos parecen aterrados ante la nueva perspectiva, atrapados entre Truman, que aún se sostiene, y Stalin. Puede entenderse que Churchill quiera impedir un apretón de manos (si Harry y el camarada Joe se acercan por encima del desastre, formarían juntos un imperio donde nunca se pone el sol). El señor Churchill parecía un niño provocando un pleito entre sus padres, de un dramatismo absurdo: «Hay una sombra en el escenario… Nadie sabe lo que pretende hacer la Unión Soviética», etc. Luego tal vez se irá a Moscú a decir algo parecido de nosotros.

Resulta extraño que este sea el momento de apertura esperado toda la vida por Lev. Con Estados Unidos rebosante de amor fraternal por los soviéticos, nuestros obreros en marcha. La Unión Soviética, con todo a su favor y, al parecer, en el momento adecuado para deshacerse de los burócratas de Stalin y terminar la revolución democrática y socialista planeada por Lenin. O podría suceder al contrario, los dos países apartándose como un leño partido por la mitad. Parece que es lo que busca el señor Churchill. «Desde el Báltico al Adriático ha caído sobre el continente una cortina de hierro.» Más tarde quiso suavizar el asunto agregando algo sobre su buena voluntad hacia los valerosos soviéticos y el camarada Stalin. Pero apenas escucharon la mención de esta extraña y novedosa cortina de hierro, los aulladores comenzaron su trabajo. Les emociona la imagen. Los caricaturistas dibujaron a los pobres soviéticos topándose de cabeza contra esta forja. Tal vez en unas semanas se olvidará, pero ahora es la sensación. Dos palabras colocadas juntas: *cortina* y *hierro*, han logrado su alquimia en la marmita de las mentes tibias y los corazones angustiados.

El poder de las palabras es terrible, Frida. A veces quisiera enterrar mi máquina de escribir entre cobertores. Y la radio lo empeora todo con su habilidad de amplificar los sonidos sordos. Dos palabras dichas de pasada pueden convertirse en la ley de un territorio. Y nunca se sabe cuáles. ¿Comprende ahora por qué nunca hablo con los periodistas?

Mi temor a veces es inexplicable. ¿Cómo tolera usted tantas miradas? Y qué insignificantes son mis preocupaciones comparadas con las suyas. Espero que la operación de injerto de huesos de la que me habla le haga la vida llevadera otra vez. Me preocupa su abatimiento, pero confío en su fuerza y con frecuencia veo sus pinturas en sueños.

Su amigo,

H. W. SHEPHERD

P. D. Le envío una reseña, para aclarar cualquier idea equívoca que se haya hecho sobre la novela.

El Eco, 28 de febrero de 1946

Este vuela de los estantes de las librerías, de costa a costa: *Vasallos de Su Majestad*, de Harrison W. Shepherd, con 50.000 ejemplares vendidos en el primer mes. Su desfile de nobles héroes y tremendos villanos sobrepasa los relatos de quienes ocuparon las doradas playas de la antigua Roma. Si se habían hartado ya del «corazón y alma del hombre común» de Roosevelt, he aquí hombres poco comunes en hazañas que conducen al lector al Sueño del Éxito que los anima. Damas y caballeros, definitivamente Harry Shepherd augura una muy buena lectura. Y ojo, chicas: ¡es soltero!

13 de marzo de 1946

Querido Shepherd:

¿Tú qué te traes ahora, demonio? ¿Me recuerdas? ¿Del Servicio Civil? (nadie olvida a este Gato-en-celo). Espero que las tengas todas contigo luego de servir juntos por última vez en Arte y Patria. Vaya a donde vaya, siempre me topo con alguien recién llegado de

Europa que cuenta cómo esquivó un balazo o salvó su avión, por un pelito y con un rezo. ¿Y a quién le importan los espeluznantes relatos del jodido ejército en la National Gallery? *A ti y a mí, carnal, un par de bombones cívicos. Es un bono falso, ¿qué no? Si estuviera aquí mi viejo carnal Shepherd, verías las hazañas de guerra que contaríamos, seguro. Y chupábamos tanto en el tren que estuvimos a punto de tirar de cabeza un Rodin de mármol en la estación de Asheville.*

Hijo, casi se me cae la baba al ver tu nombre en el Book Review. *¿Eres tú o es otro Harrison Shepherd? Nunca tuviste pinta de ser Shakespeare, para qué más que la verdad. A saber. Si eres tú de veras, mándame un recado.*

Te planto, luego te riego,

Tom Cuddy

29 de marzo de 1946

Querido Shepherd:

¡Válgame Dios, sí eras tú! Gracias por el telefonazo. Vaya, tú sí viste cómo hacerla.

Después de todo eso, esto te va a parecer una babosada, pero como me llegó esta propuesta, quiero mandarte el adelanto. Ahora el Departamento de Estado mete las narices en el Arte. No conformes con que tipos como nosotros empacáramos de ida y vuelta los tesoros de Estados Unidos hasta la casa de los Vanderbilt para resguardarlos de los nipones, ahora nos salen con que hay que hacer un nuevo envío de cuadros y pasearlos por los museos de Europa. El Tío Sam paga.

Una exposición especial de pintores estadounidenses que les demuestre a los parisinos que no somos un montón de lerdos. Alguien le soltó al Departamento de Estado el chisme de que los europeos nos odian. ¡Sorpresa! Para Jean-Pierre, el GI es un fodongo con la cara embarrada de chocolate. Aquí entre nos, creo que a los parisinos les importa un bledo, mientras les sigamos enladrillando los castillos. Pero al Congreso sí que le importa, y van a mandar este barco y a dispararlo.

Y allí es donde entramos nosotros. Llamaron para la chamba a mi antiguo jefe, Leroy Davidson, del Walker. Le dieron solamente cincuenta mil del águila para todo, pero ha trabajado como una mula. Él solito escogió todo. Está harto de que los europeos les hagan el feo a los paisajitos cursis y a las escenas americanas, y decidió dejarles el ojo cuadrado. Setenta y nueve cuadros, casi todos modernos: Stuart Davis, Marsden Hartley, Georgia O'Keeffe. Una bomba. Hasta Goodrich, del Whitney, lo reconoce. La estamos colgando en Nueva York para el verano y luego estará unas semanas en la National. Leroy dice que el Congreso debe ver lo que es el arte de Estados Unidos antes de mandarlo.

Ese es el cuento, capullito contento. Te vienes a D.C. en octubre. Ya estás en la lista de los aprobados por el Departamento de Estado; Leroy dice que te podemos contratar fácilmente para empacar y llevar la expo. Transatlántico. Si quieres, hasta puedes aprovechar el viaje. Ya terminó la guerra, carnal, y ahora nos mandan en primera, no con carga. Ya no iríamos trepados en las cajas de madera, que en honor a la verdad no era mal lugar para pasársela. (Como dice Hope: Thanks for the Memories.) Piénsalo, hombre, tú y yo en Europa. Colchones de plumas, la gran vida.

Porque según las noticias ya debes darte la gran vida. Échame un
telefonazo si estás dispuesto a ocupar París.
   Hasta pronto, carnal,

TOM CUDDY

3 de abril de 1946

   Querida Frida:
   Ha llegado su carta, y está abierta en mi escritorio, un espectro, sus orillas queman. El daño no es suyo, no es su culpa. El requerimiento de que el amigo, quien todo le debe, vaya a visitarla a Nueva York cuando le hagan el injerto de hueso, para poder pasar chiles rellenos de contrabando al hospital que le ayudarían a recuperarse es normal, es sensato. Pero el sueño no llegó en toda la noche; cavilando en la larga oscuridad el verano que habría de enfrentar, subir al tren, la mirada penetrante de los desconocidos. Llegar con sus amigos elegantes de Nueva York, estadounidenses al día en todo. Se puede anticipar con un pánico helado.
   Se trata de una confesión deleznable. Pero bastó una llamada por teléfono ayer a la estación preguntando por un boleto para producir este sentimiento, para encoger el estómago: estar dejado de la mano de Dios. Y dejado de su mano sin la menor seguridad o certeza. Aferrado al borde de la tina, acunado como un niño inútil, deseando la invisibilidad de la infancia. Todos los años, en agosto, rondan las ideas de muerte. Pero los días malos pueden llegar cualquier mes. Los ojos atraviesan el cráneo. No puedo siquiera pensar en un viaje a Nueva York si basta la mirada de

un desconocido en la tienda de la esquina para quedar paraliza-
do. Este terror no tiene nombre. Esta carrera hasta la casa, sin-
tiéndose una cortina fina, tatemada por una vela que la rozó de
cerca.

Perdone la cobardía. Si tiene fuerza para alzar la cabeza cuando pase por la Quinta Avenida, busque en los aparadores un libro
que será el sustituto de quien alguna vez fue su amigo y que lo
será en el futuro,

SOLI

The Asheville Trumpet, 28 de abril de 1946

Club Femenino promueve noche de reseñas

por Edwina Boudreaux

El Club Femenino de Asheville llevó a cabo su Noche Anual
de Reseñas de Libros el jueves a las 6 de la tarde en el audi-
torio del Instituto Lee H. Edwards. Se recaudaron 45 dólares para la Biblioteca de Asheville con los boletos de entrada, con un costo de veinticinco centavos cada uno. El tema
de la noche fue «México antiguo y actual».

La presidenta, la señora de Herb Lutheridge, abrió el
programa con el Juramento a la Nación, y presentó a las
participantes. La señorita Harriet Boudreaux comenzó el
acto con su reseña de *El pavo real abre su cola*, de Alice
Hobart. El libro trata del romance entre una muchacha mexicana y un diplomático americano, en la agitada turbulen-

cia actual de la ciudad de México. La señorita Boudreaux usó para la ocasión un vestido típico con falda y blusa bordados, propiedad de su tía, quien lo trajo del continente mexicano tras su viaje de bodas a dicho país.

La segunda presentadora, la señora Violet Brown, fue recibida por emocionadas jóvenes asistentes y reseñó *Vasallos de Su Majestad*, de Harrison Shepherd. La novela cuenta la emocionante conquista del México antiguo por el ejército español. Los acontecimientos cobraron vida en el relato de la señora Brown, y fueron seguidos por una animada discusión. Surgieron muchas preguntas acerca del autor, residente de Asheville, quien habita en el barrio Montford, pero fueron rechazadas por la conferencista, alegando que está familiarizada con el libro, mas no con su progenitor. En su participación de cuarenta y cinco minutos la señora Brown puso de relieve temas que podrían haber pasado por alto los lectores comunes como El Hombre contra la Naturaleza y El Hombre contra Sí Mismo.

La señora Alberta Blake, bibliotecaria, terminó la velada agradeciendo al público su asistencia en nombre del Comité Pro-Biblioteca, e informó de que se comprarán nuevos volúmenes con ese dinero. Aseguró a todos los asistentes que pronto los dos libros presentados, por duplicado, formarán parte de su acervo.

30 de abril de 1946

Sra. Violet Brown
Tunnel Road 4145, Bittle House
Entrega rural, Asheville, Carolina del Norte

Estimada señora Brown:

Este mensaje podrá sobresaltarla, perdone este grito desde el vacío. Una llamada ayer a la señora Bittle confirmó que el gremio original de pensionados de su casa es el mismo, a excepción mía. (Puedo pensar que ha mejorado, por lo tanto, puesto que su anuncio dice «Solo gente buena».) Y que, por lo tanto, podría escribírsele a esta dirección.

El propósito de esta carta es hacerle una petición: en contra de lo que se espera de un hombre capaz de hacer trabajo secretarial de cabo a rabo, incluyendo cambiar los carretes de la máquina, al parecer hoy requiero de una secretaria.

El sorprendente barco de la fortuna ha encallado en este puerto de la avenida Montford, trayendo un incesante flujo de correspondencia, llamadas de teléfono y atenciones de jóvenes damiselas. Cómo pueden continuar sus vidas quienes han recibido semejantes bendiciones es un enigma. De acuerdo con *El Eco*, el señor Sinatra recibe cinco mil cartas a la semana y, a pesar de ello, aparece en las fotografías como la imagen misma del optimismo. Aquí llegan solamente cien, más o menos, pero caen como montones de hojas en otoño dejando el ánimo húmedo y lleno de escarabajos que reptan nerviosos. ¿Qué hacer? Un viejo amigo me llamó recientemente, un tipo que trabajaba conmigo en la National Gallery durante la guerra, y me recomendó: «Fájate los pantalones, gato-viudo, y consíguete un canario que te sirva de estenógrafa». Tras traducir el consejo a mi habla común, la cuestión seguía pendiente. ¿Dónde se consigue semejante canario?

Y luego, el domingo, su nombre brotó con brío del *Asheville Trumpet*, señora Brown. Con mi libro en la mano, se mantuvo firme, enfrentando a la rijosa concurrencia en la función del Club Femenino. Aplicando la misma eficacia calmada que solía usar para lidiar con la señora Bittle y sus interminables enredos. Conservando la mano firme en el timón condujo la Noche de Reseñas hacia las aguas profundas del tema literario, aquietando la curiosidad de la señorita Bourdeaux con su adquisición del «continente mexicano». Las damas la presionaron para que diera detalles sobre el autor, y alegó ¡que no conocía a dicha persona! Imagínese la bulla si hubiese revelado la verdad: que usted y el autor vivieron alguna vez bajo el mismo techo, con una casera que a veces mezclaba su ropa sucia.

Señora Brown, querida señora, su discreción es prodigiosa. Resistió el canto de las sirenas del chisme. Las costuras de su temperamento deben de estar hechas con puntadas de acero. Si esta carta contuviera solamente mi infinita gratitud, ya estaría pagado con creces su porte de tres centavos. Pero contiene, además, una solicitud apremiante. Su conducta en la batalla del «México antiguo y actual» me lleva a pensar que usted sería la amanuense adecuada para enmendar una vida y también para auxiliarme a mecanografiar un segundo libro que preparo ahora.

Podría usted ser de otra opinión, naturalmente. Permítame enumerarle algunos detalles, antes de concluir, para que pueda ponderar mi oferta. Abogando, a mi favor, espero: aparentemente estoy en posición de poder aumentar su salario actual. Desventaja: mi lugar de trabajo y el de residencia son el mismo. Algunas damas juzgarían incómodo trabajar en la casa de un hombre soltero. He usado en esta carta las palabras *gato* y *canario* no porque los considere, en modo alguno, los términos adecuados para una secretaria. Señora Brown, tengo un extraño impedimento: el mundo, con sus prejuicios, pone atrevidas etiquetas, y yo, de alguna manera, paso entre ellas sin verlos. Es una falta personal, una ceguera. Sigo caminando por la calle, atontado como un becerro, con etiquetas colgando por todas partes. Pero en este caso espero ser menos ingenuo.

Un tercer punto a mi favor: como ya dejé entrever, yo mismo fui mecanógrafo durante años. En México trabajé para dos hombres diferentes, tanto más grandiosos de lo que yo nunca llegaré a ser. Pero, extrañamente, dicha experiencia no me preparó para la atención pública; sin embargo, entiendo la tarea del asistente profesional tal vez mejor que la mayoría. No tengo disposición hacia el autoritarismo.

Si cualquier parte de mi requerimiento le parece inconveniente, por favor ignórelo y acepte la alta estima en que tengo el haberla conocido. Pero si mi propuesta le resulta de interés, con gusto concertaré una entrevista en la fecha y hora que usted me indique.

Sinceramente,

HARRISON W. SHEPHERD

4 de mayo de 1946

Estimado señor Shepherd:

Su carta es lo que usted dice. Un grito desde el vacío. Y no el primero. Vi su nombre en la portada de un libro de la biblioteca circulante en enero. Mi primera reacción fue: bueno, qué coincidencia que haya dos Harrison Shepherd en el mundo. Luego, un artículo de periódico hablaba del libro y alegaba que el autor vivía en Montford. El tema era México, con el cual, como sabía, está usted familiarizado. La curiosidad mató al gato de la señora Bittle, y su sobrina confesó haber espiado al personaje, informando de que es alto como árbol y flaco como un riel. ¿Quién más?

Imagínese nuestra sorpresa. Durante años nos acomodamos uno junto a otro en una banca, comiendo lo que nos cocinaba un hombre que pronto saltaría a la fama. Ahora el viejo Judd dice: «¡Ni idea de lo que cocinaba el joven!». (Recordará sus malos chistes.) La señorita McKellar comenta que «cuando más hondas son las aguas, más quietas». Reg Borden rehúsa aún a creer que se trate de usted, pero quiere leer el libro de cualquier manera. Debe hacer una larga cola, pues la biblioteca tiene un solo ejemplar. Yo misma me vi obligada a esperar varias semanas, y tengo «modo» con la señora Lutheridge, puesto que fui miembro del Comité de Biblioteca más que nada para arreglar las tarjetas, que eran en un completo desaguisado.

Su libro es bueno. No habíamos tenido semejante sensación desde la publicación de El ángel que nos mira, *de Tommy Wolfe. Y tal sensación no resultó del agrado de todos. Muchos residentes de Asheville se sintieron ofendidos por no habérseles incluido en él y todos los demás acongojados por haberlo sido, merced a lo cual el escándalo fue* generalizado. *La biblioteca rehusó incluirlo en su acervo. Ya era yo miembro de Club Femenino (en calidad de secretaria de actas), y nuestra reunión coincidió con la semana de la aparición del libro. Dudo que tantas sales aromáticas se hubiesen usado nunca antes o a partir de entonces. Bastaba abrir la puerta de la sala de juntas para percibir una buena dosis de amoniaco.*

No puedo siquiera imaginar cómo se escribe un libro. Mas he aquí mi opinión: los lectores gustan de los pecados y errores, mas no si son los propios. Fue una sabia decisión ubicar sus personajes en un lugar distante, en vez de hacerlo en el «Altamont» como el señor Wolfe. Su «Dixieland» era la casa de huéspedes de su madre en la calle Spruce, y aquí todos lo sabíamos. Pocos escaparon de los golpes de pluma de Wolfe, su padre incluido, a quien yo misma recuerdo entrar trastabillando en la cafetería S & W, con hedor a alcohol, los lunes a mediodía. En opinión de muchos, tales asuntos no deben ventilarse en público, sobre todo tratándose de algún miembro de la familia.

Todo esto compete al tema de su carta. Gracias por considerarme cosida con hilo de acero, pero a mi juicio se trata de simple sentido común. Algunos autores cometen asesinatos y se libran usando palabras melosas en una trama amanerada que puede provocar pesar a personas reales. Usted procede de manera inversa: escribe sobre asuntos terribles comportándose como un caballero, en la acepción cívica. Por eso hablé en la Velada de las Reseñas como lo hice. Esas muchachas desquiciadas pretendían hacer de su libro otro escándalo local. Ya tuvimos aquí ese tipo de enredo, y de la madeja solo sacamos nudos ciegos. Señor Shepherd, usted situó su historia en México, ¿por qué sacar de allí el libro? Tal fue mi reflexión.

Sé que es usted un caballero. Usar su casa como lugar de trabajo no me parece descabellado. Una dama cuya vida ha transcurrido en el mundo laboral sabe que las actitudes cariñosas tienen su espacio, y a veces son menos relevantes que una taza de café. Durante la guerra, las secretarias vaciaban a veces las bacinicas, y algunos hombres, incluso en tiempos de paz, solicitan aún más que eso. Pero conociéndole como le conozco de la casa de la señora Bittle, sé que usted se muestra compasivo hasta con la gallina que se dispone a hornear.

Le advierto que tengo mis peculiaridades. Me gustan las máquinas con márgenes automáticos y con teclado separado del carro. Preferiría una Royal o una L. C. Smith. Son las que usábamos en la Oficina de Reclutamiento, y estoy habituada a ellas. Estaré en su casa para la entrevista el jueves a las seis y media. La dirección y el barrio están cerca del lugar donde laboro actualmente, vía autobús. Iré directamente después de mi jornada.

Sinceramente,

VIOLET BROWN

27 de mayo

El alma de mi madre puede descansar en paz: esta es la mujer de mi vida. La señora Brown con su redecilla de pelo color gris perla, cuarenta y seis años, confiable como harina para pan. Como personajes de cuento, nuestras vidas eran luceros separados que por fin se reúnen. Rescatará al héroe, responderá al teléfono, archivará las pilas de cartas, tal vez hasta amenazará a las ladronas de ropa empuñando una escoba. Y él podrá seguir adelante con su vida monacal y agujeros en la ropa interior. A la señora Brown no le importa.

En la primera entrevista, puso ante mis ojos sus defectos; o los habría puesto, dado que carece de ellos. No fuma, no bebe licores fuertes, no va a la iglesia, no apuesta. Ha trabajado para el Ayuntamiento, el ejército y, con más audacia aún, para el Club Femenino de Asheville. Treinta años viuda. Duda que el haber estado casada represente alguna diferencia en su vida.

Parecía extraño hablar sin subterfugios tras haber vivido esos años en casa de la señora Bittle: salir del baño con la mirada baja, sentarse a cenar mientras el viejo Judd voceaba sus extras de prensa amarillista. Ahora, parece que compartíamos un silencio cómplice, disimulando las sonrisas al escuchar que «Limburger» había cruzado el Atlántico. Pero tal vez todo esto sea inventado, como cuando los amantes reconstruyen los días *anteriores* a su encuentro, cuando toda mirada predecía su unión.

En todo caso ya está aquí, instalada en el comedor. Al principio me costó mostrarle el correo, acumulado en enormes cestos en una de las recámaras vacías. Ni siquiera parpadeó. Tomó cada uno de los cestos por las asas y los bajó, vaciándolos sobre la mesa de arce donde hizo un monte por cada mes. Con bravura se entierra en ellas, aun antes de que le consiga un archivero o la máquina aceptable (Royal o L. C. Smith). Regresaremos la puerta a las bisagras tan pronto como quite de su superficie las pilas y capítulos y encuentre un escritorio adecuado para mí. Por ahora, si alguno de los dos necesita usar el baño, el otro sale a la puerta trasera y finge llamar a los gatos. Tolera esto y más con una perfecta compostura.

La señora Brown es una fuerza: pequeña, sin ornamentos, sin disculpas. Sus cejas se arquean como un par de puentes sobre su frente ancha. Abrocha sus blusas hasta arriba, usa guantes blancos de algodón hasta en los días calurosos, y puede aquietar las aguas más agitadas con su calma austera y su peculiar gramática anticuada. Cada mañana, al llegar, toca a mi puerta delantera, asoma la cabeza y llama: ¿Señor Shepherd? ¿Quién vive?

Sus palabras parecen dictadas por Chaucer. Pone a los verbos una sílaba de más diciendo «desnudose» o «aprendiolo», pues añade los pronombres en enclítico. Un costal es una «talega». Al revisar las pilas de cartas declara: «Señor Shepherd, recibe usted cartas a granel». Dice «no hay tal» y «cualesquiera», y los chícharos que me trae son «alverjas», palabra usada por Shakespeare. Dice «mortificado» por molesto, como el rey Lear. Cuando se lo hice notar, responde: «Supongo que le asistían suficientes razones para mortificarse. ¿Por ventura no era un rey?».

Al preguntarle por su procedencia afirma que desciende de «blancos montañeses». Parece reticente a decir más, salvo que son «alteños» llegados de Inglaterra hace mucho, que optaron por quedarse allí. Y con ellos permaneció su dialecto intacto. Dice «suponer», en el sentido antiguo de poner por encima, antes de saber algo con certeza, lo cual es «aprehender».

Aún más sorprendente fue su aseveración: «Mi familia permanece allá, habitan una cabaña entre los infiernos». Se trata de un arbusto, evidentemente, un rododendro. «Crecen tan tupidos como les es dado. Si se perdiese allí, ni con un bastón saldría. Por tanto, llamóseles infiernos. Con las debidas disculpas, pues usada en tal contexto la palabra no resulta altisonante.»

Disculpas aceptadas. Su pasado no me incumbe, puede quedar perdido en los infiernos; tampoco los infiernos de mi infancia son de la incumbencia de ella. Es el futuro lo que sí nos concierne, y acordamos que ha de comenzar de inmediato, en mi comedor, tan pronto como presente una renuncia pertinente. Y hoy está aquí, organizando el desorden con papel carbón y una sonrisa inalterable.

28 de mayo

El consejo de la señora Brown respecto a las muchachas: no muerden. Le tomé la palabra y salí a caminar por primera vez en mucho tiempo, hasta el cementerio. Una salida postergada por el cumpleaños de Mamá; siempre me parece importante ir a algún lado, en su honor. Pero ya no está en ninguna parte, ya menos aún en el Cementerio Riverside. Hasta el escritor O. Henry podría haberse «elevado y partido», como dice la señora Brown. Quien aún está allí es Tom Wolfe, aunque el pueblo tenga todavía resquemores contra él. Muchas tumbas tienen hoy jarrones con flores que marchitan, pero el pobre Tom no tiene ni un capullo aunque falleció hace poco y, tristemente, en la cúspide de la fama, la cual escaló tras los zafarranchos iniciales. Tal vez la señora Brown le hubiese salvado.

Ejemplo de un día de correo, reenviado por Stratford and Sons, correspondiente al 6 de junio de 1946, seis meses después de la publicación de Vasallos de su Majestad. (Ortografía sic.) VB.

Querido señor Shepherd:
Su libro Vasallos de Su Majestad *está padre. Lloré como una loquita cientos de veces, sobre todo al final, cuando queman todos los loros del Rey. Mi mamá tiene un periquito llamado Mickey Rooney.*

Mi hermana mayor se burla de mí porque en las partes de miedo me paso la noche en blanco, muerta de susto. Cuando ella lo leyó, ¡no daba crédito! Creo que el teniente Remedios es un bizcocho, pero a ella le gusta más Cuautla. ¿Cuál se supone que es mejor? Yo también soy una escritora en siernes. *Por favor, mándeme una foto firmada y siga así. (Mi hermana dice que 2, ¡por favor!)*

¡Gracias!

LINDSAY PARKS

Querido señor Shepherd:

Le escribo por su libro que trata de la guerra en México. Por lo general, me mantengo al margen y no discuto con la gente ni intento decirles cómo ver las cosas. El horror de la guerra es parte de la vida desde que comenzó a escribirse la historia. Pero su libro nos muestra lo que de veras sienten los hombres cuando son soldados. Yo serví en el 12º Regimiento de Infantería, compañía F. Uno de los pocos que logró llegar a Berdorf. Leí su libro en el Hospital Militar de Van Wyck. Los diez compañeros de mi sala leyeron también el libro, y eso que casi ninguno podía sostenerlo o ver bien para leer. Todo en la guerra es tan malo como dice usted. Algunos apostamos a que usted era soldado de Infantería.

Atentamente,

GEORGE M. COOK

Querido señor Shepherd:

Mi nombre es Eleanor White, residente de Springfield, Missouri. Actualmente curso el bachillerato en el Instituto Femenino Webster. Aunque no soy una buena lectora, debo decir que con su libro me da ganas de leer más y más, más. Ahora miro con nuevos ojos a los conquistadores mexicanos. Le voy a recomendar su libro a mi profesora de Historia para que lo lea. ¡Me quito el sombrero!

Suya sinceramente,

ELEANOR WHITE

Querido señor Harrison:

Mi nombre es Gary Duncan, y vivo en California. Mi novia me castigó con la ley del hielo, hasta que no leyera su libro Vasallos de Su Majestad. *En una palabra: «estimulante». Sus destripciones me parecen muy provocadoras para pensar, aunque no creo que sea el mejor libro que se haya escrito. Pero no voy a decirle eso a Shelly, ¿verdad?*

Me llevaría las palmas si logro que le mande una foto. Ya pronto va a ser su cumpleaños, el 14 de junio. Su nombre es Shelley, y su apellido el mismo que el suyo, Harrison. ¿Puede mandársela?

Su amigo,

GARY

Querido señor Shepherd:

Me gustaría darle las gracias. Su libro es un gran aliciente para todos, al menos es lo que yo siento. Su libro me conmovió cuando me di cuenta de que los muchachos de los dos bandos de la guerra eran humanos, fueran los españoles o los mexicanos. Todas las personas son humanas, hasta los nipones, y sus mamás igual deben haber derramado lágrimas por ellos. Eso me dio que pensar. Por favor, siga escribiendo más libros.

Sinceramente,

ALICE KENDALL

Toda la correspondencia se contestaba con una breve nota, sin fotografías ni envíos. VB

6 de julio de 1946

Querido Diego:

Espero que Frida siga recuperándose de su operación en Nueva York. No tengo la dirección de allá, pero no quise dejar pasar de largo su cumpleaños. Supongo que debe estar enojada todavía porque no fui a visitarla. Por favor, envíele mis saludos y dígale que este día nunca dejo de hornear un pastel en su honor, esté aquí para comérselo o no.

En vísperas de elecciones, comparto su emoción y su temor ante lo que decidirá México para sí mismo y para su Revolución. Aquí las noticias son escasas, por lo que le agradeceré me envíe alguna. Leí sobre el Premio Nacional para las Artes y las Ciencias de Frida, y los felicito a ambos. Su esposa, en sí, es un Premio Nacional; usted, mejor que nadie, puede constatarlo.

Las noticias de acá son las que cabría esperar. No le gustaría la comida: no hay empanadas dulces, y dudo que por el momento siquiera haya una cucharada de azúcar en todo Asheville. (Mi pastel de hoy, con azúcar moreno y puré de manzana, es el triste y prieto pariente de los anteriores.) Pero ya casi nada está racionado. Los precios suben como la espuma, y todos nos lanzamos como niños a la piñata para saciar nuestras necesidades materiales. Estados Unidos cree en las gabardinas a prueba de agua y las vitaminas Vimm en cápsulas. Las amas de casa que mandaron durante años su mantequilla al frente quieren su recompensa celestial aquí y ahora. Para obtener todo lo que se fabrica, los obreros deben sacrificarse permanentemente: trabajaron como esclavos durante la guerra, y todavía no reciben ni un aumento. Esta primavera, cuando los sindicatos lo pararon todo, podía escucharse hasta el vuelo de una mosca en Pack Square. Pero Truman requisó los trenes y reclutó a los obreros para obligarlos a volver al trabajo.

He aquí el informe solicitado, no del todo favorable. La mayor parte de los periodistas atacó esta «rebelión obrera». La política acá parece una guerra entre niños. A falta de una consigna que los unifique («Ganemos la guerra»), los partidos rivales se atacan con pronunciamientos y creen que tienen un enorme peso. ¡Esos son ahora sus proyectiles! Los reporteros se lanzan tras cualquier cosa, aunque todo es por el estilo de «cuatro de cada cinco consumidores saben que este es el mejor pepinillo encurtido con eneldo». Afirmaciones que no pueden constatarse, pero que forjan opinión. «Bailar para las masas» es la nueva orden, y los reporteros conducen a los políticos como si fueran osos, con una argolla en la nariz. Las convicciones verdaderas serían un estorbo. Y la radio está en el fondo de todo esto. Su regla es: *Que no haya un minuto de silencio, nunca.* Cuando sucede algo, el comentarista debe hablar sin detenerse a pensar sensatamente. La falsedad y la banalidad son preferibles al silencio. No puede ni imaginarse el efecto. Quienes hablan sobre quienes piensan.

Para ser consistente con mis aversiones, terminaré este devaneo. Pero antes debo confesar algo. Hace seis años, el día que salí de México, Frida me dio su copia del *Códice Boturini.* Me dijo que era un regalo de usted y lo acepté gustoso. Pero me pregunto si se lo pidió o si le dijo simplemente que lo habían robado. Se ha descubierto al culpable: el cocinero. Se lo mando con esta carta, restituyéndolo honradamente. Recordará cuánto me fascinaba el códice que algún día me mostró en su biblioteca. Me parecía algo así como la Biblia de los Desarraigados. Y sus dibujitos de gente, sin embargo, me recordaban las revistas de los muchachos de la escuela aunque, me abochorna confesarlo, el códice me afectó más que Sally Rand desnuda. Cuando Frida puso en mis manos el lienzo doblado, no pude resistirme. Debí de haber preguntado si usted estaba informado de semejante generosidad. Pero como tenía tantas ganas de tenerlo, lo tomé por una sola razón: mi experiencia me dice que la penitencia logra más que los permisos.

Espero que le complazca saber que le di buen uso: mi segunda novela, *Donde el águila devora a la serpiente* (título provisional), ya está terminada, y es la historia del pueblo mexica rumbo a su nuevo hogar en el Valle prometido. La trama y el interés dramático derivan directamente del códice: las cabezas cercenadas en picas, los enemigos cubiertos de pieles, las águilas que bajan al rescate y entregan las armas. No tuve que inventar nada, fue como ser su mecanógrafo: solo bastaba permanecer alerta ante una presencia luminosa y hacer la transcripción adecuada.

Estoy en deuda con usted, por no decir nada del autor del códice, que se atribuye a Huitzilopochtli mismo. Pronto mandaré el manuscrito a mi editor y me enviará un avance en concepto de regalías. Si el Dios de la Cabeza Emplumada reclama su parte, debe contactarme inmediatamente.

Con cariño para todos los de la casa,

H. Shepherd

8 de julio de 1946

Hoy se envió el manuscrito. La señora Brown lo llevó al correo. Antes de cruzar la puerta volteó y mostró el abultado paquete café que lo contiene, reposando plano sobre sus dos manos con guantes blancos.

—Mire esto, señor Shepherd, una balsita con tantas esperanzas a bordo zarpa hacia Nueva York. No sabéis cuán ligero reposa entre mis manos.

Esta tarde descubrió que apenas había pasado mi cumpleaños. Estaba archivando papeles viejos, solicitudes de actas de nacimiento y demás, una vez terminado el frenesí mecanográfico. Dice ofendida:

—Un hombre cumple treinta años, es relevante —me regaña—. Y pensar que pasé el día entero sentada, ignorándolo.

No le dije lo que hubiera dicho Frida. Que no puede conocerse a la persona que está enfrente porque siempre falta algo; un cumpleaños, como una piñata invisible colgada sobre la cabeza, grande y silenciosa cuando se para uno en pantuflas a hervir el agua para el café. La pierna enjuta y llena de cicatrices bajo un ropaje de seda verde. Una esposa y un hijo en Francia. Algo que nunca se sabe. Tal es el meollo de la historia.

27 de agosto

Sueños asesinos acosan aun de día, recuerdos que obstruyen la visión. ¿Cómo puede sacarse de la cabeza la sangre de un amigo? Algunos lo consiguen. Regresan a su hogar tras la guerra, besan la tierra y siguen adelante con la misma facilidad con la que tomarían el autobús de Haywood hasta la biblioteca. Sin enfrentar el pánico y la humillación crecientes. Salir corriendo de la biblioteca sin libros ni sombrero, preferiblemente a terminar doblado tras la pila de periódicos viendo la sangre correr entre las duelas del piso.

La semana pasada, durante un día, incluso la recámara era insegura, con sus paredes movedizas y las ventanas cuyos reflejos permiten la entrada de un cielo nublado. La señora Brown pensó que se trataba de una gripe. Subió una charola con té y pan tostado.

Hoy, ciento diez pasos hasta el mercado de la esquina, uno tras otro, contados. Un automóvil pasa despacio por la calle. Un Buick. Dos mujeres se declararon admiradoras mías en el puesto de periódicos. Una de ellas volvía del mercado con un ramo de gladiolas envueltas en un cono de papel. No tenía mala intención, era una simple esposa joven que se dirigía a su casa para celebrar algo. No era Jacson Mornard acosando a Frida en París con los brazos llenos de flores; hasta el más tonto nota la diferencia. Pero cualquiera que sobresale, cualquier grandeza, atrae a quienes quieren cortarla de raíz. Y hasta el más tonto sabe eso también.

Cualquier día parece posible salir a la puerta. Esta vez, un paso afuera; pero el primer paso en la calle conduce a un puente suspendido sobre un precipicio. Y allí delante está Mamá, quitándose las zapatillas, avanzando sobre las tablas sobre la barranca hundida. No vengas, me esperas aquí. La araña de panza roja se mete en un agujero de las tablas. Cualquier hoyo puede albergar algo semejante en su interior.

Tal vez la señora Brown sabe más de lo que dice. Hay algo en la mirada sobre sus lentes mientras mira a su maltrecho y cautivo jefe que, desde la puerta, mira hacia afuera. «No muerden», dijo.

Pero no son las muchachas con tobilleras. Son las cosas que ya comenzaron y avanzan hacia su fin, un pedigüeño que debió haber sido despedido y no lo fue. El hombre de la puerta con un sombrero en la mano y un piolet bajo la gabardina.

2 de septiembre

Ni una palabra de Frida, que sigue enojada. Ni de Diego, ni siquiera una maldición por el códice robado, aunque también era de esperar. No se acordaba de escribir ni cuando era el presidente general del Comité de Correspondencia de Lev. El mundo es un tren que avanza con personas como Diego y Frida delante y los demás atrás, asustados por el bramido.

De todos los que se han ido, es a Frida a la que más extraño. No porque me haya ofrecido verdadero afecto; solo su versión del mismo: el juego del gato y el ratón.

3 de septiembre

He aquí la razón para extrañar a Frida: escribir cartas. ¿Quién disfruta como ella mis noticias? Un vecino llamado Rómulo, y ahora una hermana llamada Parthenia.

—No permita que le mortifique, se trata de mi hermana Parthenia Goins —dijo la señora Brown, casi sin alzar la vista de la página que tecleaba—. También están allá afuera su esposo Ottie, según veo, y algunos sobrinos.

Acababa de comunicarle que una tribu de gitanos había terminado su jornada por la avenida Montford y acampaban en el patio delantero. Muy atribulado de enterarme que se trataba de la familia de la señora Brown, llegada al pueblo desde «los infiernos». Acontecimiento que ocurre dos veces al año, durante la «marea de Pascua» y el Día del Trabajo, para comprar abarrotes y verificar el desarrollo moral de la Hermana Violet. El viaje les toma casi todo el día, a pesar de que viven solamente a unos kilómetros de distancia, por el rumbo de Mount Mitchell. Pero el camino es «terriblemente detestable».

Llegaron acá a mediodía, en un Ford modelo T más antiguo que Dios Padre, aunque más dispuesto a soltar su eje. El hombre del manubrio abrió la puerta para estirar las piernas, mostrando una barba que le llegaba a la hebilla del cinturón. Encogida en la parte de atrás, una mujer que parecía vieja y un rebaño móvil de niños con pinta de bueyes. Se quedaron en el coche durante horas, hasta que el calor los empujó hacia la sombra del maple del patio. No mostraron el menor indicio de acercarse a la puerta. La señora Brown dice que lo más probable es que hayan venido a recogerla para llevarla a casa de la señora Bittle y esperan a que termine con su jornada.

—¿No debíamos invitarlos a pasar?

—No entrarían.

—Entonces, debería irse.

—No he concluido aún. No les hará mella aguardar.

—¿*Horas*? —Me asomaba a la cortina—. ¿No pueden hacer sus encargos y volver, para ahorrarse tiempo?

—Señor Shepherd, en caso de que tuviesen dinero o algo semejante, ciertamente lo ahorrarían. Pero el tiempo les sobra. Y les gusta gastarlo, dondequiera que se hallen.

Dándome cuenta de que tal vez vinieron a investigar la situación de la Hermana Violet, insistí en invitarlos a pasar. La Hermana Mayor aceptó por fin, pero los varones permanecieron fuera, fumando todos ellos sendas pipas. La señora Brown nos presentó y rogó que le concediéramos unos cuantos minutos más para concluir el trabajo de la semana. La hermana. ¡Parthenia! Extraña criatura que oteaba por la sala como Colón entre los hombres cobrizos de La Española. Se sentó en una silla de la sala con los pies juntos, las manos sobre el regazo, el pelo cubierto por un pañuelo negro, un vestido colgado que no dejaba ver más que sus botas. Ni siquiera Frida hubiera podido sacar provecho de tan peculiar estilo campesino. Negó mi oferta de té con la vehemencia de quien suele ser envenenado por desconocidos. Nos sentamos uno frente a otro en un silencio demoledor.

Por fin.

—¿De dónde, por ventura, proviniereis?

—Perdón.

—¿Quiénes son vuestros progenitores?

—Mi padre y mi madre están muertos. No tengo familia.

Lo tomó con lentitud de serpiente que digiere la presa. Luego:

—¿Contáis con cuántos años?

—Treinta.

Tras estas preguntas, otras esperaban en fila, hasta que por fin eran espetadas; mientras aguardaban, se frotaban las manos y acomodaban la postura.

—Afirma Violet que procedéis de Me-chi-có.

—Viví allí, pero nací en las afueras de Washington. Mi madre era mexicana; su padre hacía negocios con el gobierno y fue así como conoció a mi padre. Era muy joven. La familia la hesheredó cuando se casaron.

Para. Llenando el silencio con parloteo como locutor. No es eso lo que requiere una Parthenia.

—Y bien. —Pausa—. ¿Y qué os trajo a esta porción de vuestra heredad?

Buena pregunta. El intento de derivar la conversación hacia su familia resultó difícil, pero por fin Parthenia cedió con un fascinante diagnóstico sobre el afán de superación de la Hermana Violet:

—Nuestra madre leía los libros. Parécenos que fue la causa de su tisis.

Larga pausa.

—Igual Violet.

Otra pausa.

—En nuestra familia todos llegamos al mundo con sensatez. Mas Violet es la única que mortifícase o afánase por ilustrarse. —*Mortifícase, afánase*: allí estaba el dialecto de Violet en crudo, sin el barniz de veinte años de oficinista—. Temíamos que se convirtiese en una cosa similar a la predecesora. La dama médica llegada al mundo en estos lares.

—¿Elizabeth Blackwell?

—La misma. Violet leyose un libro acerca de ella. Mamá temía que partiese e instruyérase como médica.

—Hubiera sido una carrera interesante para su hermana.

—Ciertamente no. Pondríala en peligro del fuego infernal.

—¿La Escuela de Medicina?

—Instruirse en ciencias, sí señor. Aquellos que enmiendan la labor de Nuestro Creador.

En el comedor, tras el arco, los labios de la Hermana Violet permanecían sellados, pero mientras terminaba de archivar la correspondencia del día sus cejas llegaban casi al pico de viuda que entraba en su frente. Parthenia se la llevó entonces, evidentemente satisfecha de que el nuevo jefe no amenazara la virtud de la hermana ni mostrase interés alguno por la ciencia. Explica mucho de la señora Brown: su soledad en el mundo, tan lejos de su hogar en esta ciudad como cualquier muchacho mexicano. O tal vez más lejos, dado el terrible escarnio ante cualquier instrucción. Y sin embargo, lleva a cuestas su origen, revelado en el ritmo de sus palabras, en su capacidad para mantenerse sensata. Su inusitado respeto por el silencio. El silencio de Parthenia es siempre más duradero que sus oraciones, y connota mayor peso. ¿Cómo sobrevivirá semejante lengua, en un mundo donde los interlocutores se apresuran a pisotear cada pausa?

14 de septiembre

El señor Lincoln Barnes, mi señor Lincoln. Tiene buenas intenciones. Una segunda novela me convierte en «novelista», dice, y por tanto obligado a conocer a mi editor en Nueva York. No puede ni siquiera imaginarse qué tan imposible me resulta. Si me invitara a bailar ballet con ángeles estaría más dispuesto a hacerlo, en caso de que pudiese llevarlo a cabo sin salir de la casa. Pero si no lo hago, tendré que rendirme en cada batalla. Comenzando por el título: *Donde el águila devora a la serpiente*.

—Mal —sentenció ayer por teléfono—. La gente odia las serpientes.

Bien, ¿no se alegrarán entonces de que un águila posada en un nopal despedace a una? La camisa del libro ya está hecha.

Está empeñado en llamarlo *Peregrinos de Chapultepec*.

Para los estadounidenses, el «peregrino» es un colonizador con zapatones de hebilla y las manos unidas en puritana plegaria. Y el impronunciable final es tan dudoso como el jabón marca X.

La señora Brown propone que la próxima vez entregue el manuscrito con un título que me parezca abominable. Así estarían dispuestos a cambiarlo por algo más de mi gusto. Un truco que aprendió trabajando para el ejército de Estados Unidos.

26 de septiembre

La exposición *Arte americano de Vanguardia* avanza en estos momentos hacia la National Gallery, empacada en tren con Tom Cuddy como encargado de la consignación. Y aún no le he respondido. Tom, el muchacho de oro, con el buen porte de Van Heijenoort y una idea más precisa de cómo ha de utilizarse (tal vez nunca antes le han negado nada). Me presiona por teléfono. Dice que debo estar en Washington, necesita apoyo urgentemente, seguro que le esperan contratiempos. El Congreso hizo una audiencia especial para discutir la exposición después de verla. Y lo que dice Tom de la prensa de Hearst es cierto, la señora Brown trajo uno de los anuncios de sus revistas con la reproducción de los «horribles» cuadros y el siguiente pie de foto: «¡Compraste esto con tu dinero!». Adelantan la conclusión de las amas de casa que consumen jabón: mejor gastarse el dinero en jabón. Pero la propaganda no atinó con la señora Brown: ahora siente mucha curiosidad por ver la exposición.

París con Tommy, Dios mío, qué panorama (ya era bastante deslumbrador en la penumbra de un vagón de carga). Pero seguramente entenderá que hay mucho que hacer acá, la revisión de pruebas y galeras nos espera. Estará mucho menos dispuesto a entender por qué Washington es imposible. Echar un ojo a esos modernistas, tomar un trago con el viejo Tom, ayudarlo con el envío de los cuadros. La señora Brown espera con paciencia para enviar la respuesta: sí o no. Tal vez ya ha hecho un borrador de ambas y necesita solo esa palabra. Tal es su eficacia.

Esta tarde volvimos a discutirlo, más bien hablé yo. Justificaba mi miedo absurdo de viajar y ser visto con desprecio por todos. Mi cara debe de haber parecido el retrato de Dorian Gray. Al final, cuando se desploma.

Usó una voz tranquila que supongo viene de otros tiempos, tal vez de su infancia en un campo de infiernos.

—¿Teméis que ocurra algo?

No se oyó más respuesta que el reloj del vestíbulo: *tic, tic*.

—Señor Shepherd. No podéis impedir que vuestro cráneo albergue malos presagios. ¡Pero de eso a ofrecerles una silla o invitarles a pasar…!

2 de octubre

El asunto está decidido, la carta ya ha sido enviada. La señora Brown ofreció una solución: ella misma. Vendrá al viaje, lo arreglará todo. Reservará dos cuartos con nombres que nadie reconocerá. No habrá ninguna muchacha en tobilleras en los vestíbulos. Iremos en el Roadster, ella llevará el dinero y pagará la gasolina, no hay necesidad de hablar con ningún extraño en el camino. Solo con Tom, cuando lleguemos al museo.

La indispensable señora Brown. Todo el tiempo ha sabido que

el problema no era una gripe. Lo que no sabía era cómo su mano en mi brazo hacía posibles muchas cosas, incluyendo cruzar el dintel hacia puentes colgantes.

—Parecíame que requería apoyo —fue su dictamen.

12 de octubre

Pobre Tom. Y también los cuarenta y tantos artistas que pasaron por esto; pero quien más me preocupa, en cierto modo, es Tom. Tenía fe en su *Arte americano de Vanguardia*, y no solo por el viaje gratis a Europa. Ahora debe agachar la cabeza, llamar a París y Praga, explicar que la exposición no irá. La desmantelaron, rematarán los tesoros al primer postor para que el Departamento de Estado recupere el dinero de los contribuyentes. Y el jefe hace que Tom se encargue de lo peor. El O'Keeffe ya salió por cincuenta dólares, dice, echándole sal a la herida.

La señora Brown y yo nos apresuramos a poner distancia entre nuestras personas y la debacle. Pero el viaje de regreso fue largo. La carretera de las montañas es un extraño pasaje entre la ciudad y la naturaleza, cientos de kilómetros de bosques y valles deshabitados. A veces un huerto de manzanas, cercado con trozos de rieles cruzados, como un enorme trozo de algodón verde cortado con tijeras de zigzag. Manejar entre las cimas que se pierden, en la cuesta que baja la carretera y se diluye en la distancia en horizontes quebrados y brumosos, es como un pájaro que vuela. Las hojas son rojas, ocres, jade y oro poniendo parches en las laderas. «La mano de Dios colma de hermosura la brecha adelantada del invierno», cita la señora Brown. Pero parece como si Dios le hubiese subarrendado la tarea a un muralista mexicano.

La primera vez que recorrí esta ruta los bosques estaban desnudos. Se lo conté a la señora Brown. La muerte inesperada de Papá, y luego este paisaje infinito de naturaleza yerma. Creí que había llegado al país de los sepulcros.

—Luego llegó con la señora Bittle y lo supo de cierto.

—El viejo Judd ciertamente parecía momificado. Pero la señorita McKellar y usted, para nada.

Cada vez que parábamos por gasolina insistía en que también lleváramos café y sándwiches. «Alimentad el vehículo y alimentad al conductor», era su sucinto comentario. En las montañas, una masa de tormenta gris se agazapaba hacia el oeste, aguardando como un depredador. Por la tarde atacó, empapando la visibilidad y barriendo las hojas brillantes como una pasta húmeda hacia la carretera. La lluvia sobre el parabrisas era enceguecedora. El limpiador funcionaba dando vuelta a la manivela en intervalos de unos cuantos segundos. Manejar con solamente una mano era difícil. La señora Brown ofreció ayudar y darle vuelta al limpiador, pero como está localizado justamente por encima del conductor, era muy incómodo.

—El señor Ford debió haber pensado en eso y ponerlo acá, para que el pasajero pudiese brindar ayuda.

—Lo pensó bien. En los pasajes más húmedos de la vida, el conductor suele ir solo.

—Bien lo sé, heme aquí tejiendo calcetines a pesar de no tener descendencia.

—¿*Eso* es lo que tiene allí? Creí que era un puercoespín color añil.

Se rió de eso. Tiene once sobrinos y sobrinas, según me enteré, y se ha propuesto proveer a la tribu entera durante el viaje, trabajando los calcetines desde la caña de la pierna hacia la punta con una enorme bola de estambre azul. Las próximas fiestas serán llamadas «La Navidad de los calcetines azules de la tía Violet». Trabajaba en un pequeño cuadro con cuatro agujas que apuntaba en todas direcciones mientras tejía en redondo.

—¿Y no le da miedo picarse con eso?

—Señor Shepherd, si las mujeres les tuviesen a las agujas de tejer el mismo miedo que los varones, la humanidad andaría encuerada.

Lo ocurrido en Washington era un oprobio. Sin embargo, la vida suele avanzar casi siempre con un intercambio de galanterías sobre un puente estrecho que cuelga sobre el abismo de los oprobios.

—Allí está la montaña Abuelo. Vea su forma, un hombre acostado.

—¿No tiene frío? Podemos parar y sacar algunas frazadas de atrás.

—No, soy de sangre tibia.

—Es una suerte que haga frío. Este coche es conocido por calentarse en las subidas muy empinadas.

—¡No me diga!

Grandes hoteles blancos de tablones aparecían a cada tanto de la ruta. En los porches del frente se veían sobre todo mecedoras vacías. Al atardecer comenzaban a iluminarse con el resplandor de lámparas amarillentas. En uno, justamente cuando pasábamos, un negro con una chaqueta roja encendía las luces del pasillo una por una, agachándose con dificultad sobre un elegante hombre sentado que fumaba un puro. Castas de la Nación.

La señora Brown llenó por fin el vacío.

—*Puercoespín color añil* bien podría ser el título de alguna de las obras que contemplamos.

—Sí. *Puercoespín color azul se lanza al vacío*. Ese funcionaría.

—Bueno. No logro aprehender qué es lo que quieren decir. Es cierto que nunca había visto nada parecido, señor Shepherd. Pero agradezco profundamente haberlo visto.

—Yo no me decidía a ir hasta que se ofreció a acompañarme. Así es que soy yo quien debe agradecérselo.

—Por todo, quiero decir. Los cuadros, nuestra ciudad capital. Entrar directamente hasta la sala donde sesiona el Congreso.

—¿Nunca había ido a Washington?

—Esta es la primera vez que salgo del condado de Buncombe.

—¿De veras?

—Sí, señor. Leo *Geographics* desde que era una niña, como podrían corroborar mis hermanas. Me alistaba para viajar cual caballo recién ensillado, pero nunca creí que sucedería.

—Señora Brown, me abochorno. El mundo entero toca a mi puerta, y yo lo único que deseo es quedarme en casa.

—Es intrigante —dijo con tacto, tejiendo un diminuto calcetín.

—Bueno, es usted mucho más mundana que la mayor parte de los congresistas. Quieren ver a Norman Rockwell, estatuas de caballos musculosos y nada nuevo bajo el sol.

—Aun así, no hay razón para hablar con tanto encono. ¿Qué los irrita tanto?

—El miedo, tal vez. Un elemento extraño, eso cree Tom. Esperaban ir a la galería y toparse con viejos amigos; en vez de eso, se encontraron con desconocidos. Pinceladas de color y surrealismo. Los hizo sentirse poco cómodos.

—No dijeron «poco cómodos», dijeron «poco americanos». Eso no lo entiendo. Si lo pintó un americano, por fuerza es americano, ¿o no?

—No lo es, de acuerdo con el señor Rankin o el Congreso.

O Truman: *Si esto es arte, yo soy un hotentote*. Otros dijeron *vulgar, obsceno, demencial, pacifismo de pacotilla*. O *estalinista*, perfecta ironía viniendo de congresistas tan dispuestos como Stalin a coartar la creatividad de los artistas. La exposición los asusta tanto que los saca de sus casillas. La Sesión Especial fue una paliza.

—Debimos sacar a Tom de esa sesión. Fue humillante.

—Pobre de su amigo, trabajó tanto. Las pasará negras, ¿verdad?

—Ah, créamelo, Tom Cuddy tiene por esos cuadros los mismos sentimientos que usted por sus sobrinos. Si supiera hacerlo, tejería calcetines a Winslow Homer. Vi eso en él desde el Servicio Civil. Trasladar pinturas y esculturas para resguardarlas era *America the Beautiful* para Tom; eso era patriotismo.

—Bendito sea su corazón.

Bendito sea, ciertamente. Ya ha tenido que oír al Congreso declarar ahora que todo el mundo occidental se ve amenazado por unos lienzos y colores. Nuestros mejores pintores una amenaza. Uno de ellos fue particularmente criticado porque urgió a Roosevelt para que ayudara a la Unión Soviética y a Gran Bretaña tras los ataques de Hitler a la Unión Soviética. Que fue precisamente lo que hizo Roosevelt.

El sonido de las agujas de tejer, el del paso de las ruedas sobre las hojas abatidas. El espacio romboide dentro del automóvil lo hacía sorprendentemente seguro, como una casita moviéndose en un túnel de oscuridad. La señora Brown acabó su calcetín antes de volver a hablar.

—No todos los cuadros eran difíciles de entender. Algunos eran claros. Los que mostraban cementerios y casuchas miserables fueron los que más indignaron a la gente, en mi opinión. Más que los que parecían garabatos.

—El Guglielmi y esos.

—¿Usted qué piensa?

—El Congreso tiene que guardar las apariencias. Esos cuadros iban a dar la vuelta al mundo. No podemos mostrarles que tenemos conflictos raciales o casuchas miserables.

—Válgame, señor Shepherd. Europa está en escombros. En las noticias dijeron que Berlín recién cavó dos mil tumbas para quienes se espera morirán de hambre antes de la primavera.

Pasó un coche en dirección contraria. Dos ojos luminosos en la oscuridad.

—Tuvieron que cavar ahora, antes de que el suelo se congelara —añadió.

—Lo sé.

—Y Londres no está mejor. Leí que solo les autorizan poco más de cien gramos de lana cada año para tejer, y ni siquiera dos metros de tela para cubrir a cada miembro de la familia. Deben de andar casi desnudos. ¿Qué mal podría hacerles ver algunos de nuestros problemas?

—Bueno, cinco años de censura de guerra. Los viejos hábitos no mueren fácilmente. Nos hemos vuelto muy hábiles para fingir que acá va todo viento en popa, ¿no le parece?

—¿No me parece qué?

—Que es muy peligroso pregonar nuestros puntos débiles, Jerry y la Rosa de Tokio podrían estar escuchando. *Loose lips sink ships*: los bocasueltas hunden barcos.

—*Estaban* escuchando. Pero la guerra ya terminó.

—Cierto. Pero sirve para pintar bonito y para controlar el descontento de la gente, tal vez así tendrán ganas de una guerra cada cinco años.

—Señor Shepherd, qué vergüenza. No es tema que se preste a chanzas. No podemos afirmar siempre que en nuestra nación todo es perfecto. Porque aquí entre nos, señor, no lo es. —Las agujas sonaban en la oscuridad. Debe de haber leído las instrucciones con las yemas de los dedos.

—¿Se acuerda del primer consejo que me dio?

Parecía pensarlo.

—¿Sobre el puchero en casa de la señora Bittle?

—Consejo sobre escritura.

—¿Yo? Nunca.

—Ah, sí. En su primera carta. Me dijo que Tom Wolfe se metió en líos por sacar a relucir escándalos de Asheville, y que le parecía sensato que los míos se ubicaran en México. He aquí lo que me dijo: a los lectores les gustan los pecados y los errores, mas no los propios.

Lo pensó.

—Pero negar los pecados no es lo mismo que borrar los errores. ¿Cómo puede considerarse poco americano pintar un cuadro sobre la tristeza?

—No lo sé. Pero no quieren hacer olas en aguas domésticas.

Tejió su calcetín durante varios minutos, luchando evidentemente para no decir más. Por fin se dio por vencida:

—Si uno está parado sobre una pila de estiércol, es su obligación decir que apesta. Los congresistas nos recomiendan llamarla una pradera florida y no una cloaca. Hasta los artistas deben hacerlo.

—Bueno, pero suponga que la tarea de un artista se limite a tener a todos entretenidos. Para que no piensen en el olor, llamándole pradera florida. ¿Qué tiene de malo?

—Nadie bajará de la pila, *eso* tiene de malo. Se quedarán donde están, hundidos hasta la rodilla en la inmundicia, compitiendo a ver quién hace los mejores comentarios sobre la pradera florida.

—Bueno, yo escribo novelitas históricas. Temo desencantarla, pero cuando busque praderas y flores, allí me encontrará.

—Diantres, señor Shepherd. ¿Pensáis acaso que no os he aprehendido?

—¿Me conoce? Supongo que sí, bastante bien.

—Bastante bien. Es bueno con los niños cuyos padres no lo son. Tiene los gatos más desvalidos. Le descompone el trato hacia los negros. Lee más periódicos que el mismo señor Hearst, aunque le entristezcan infinitamente. Se mueve entre estas trampas para atrapar la gloria de un día. El encumbramiento del hombre pequeño en algún lugar, o la caída de un tirano.

—¿Eso es todo?

—Casi. Creo también que está a favor de los obreros sindicalizados.

—Bien, señora Brown. Puede leerme como a un libro.

Incluso en la oscuridad total podía sentir la luz de su mirada, su peligrosa fortaleza. Tenía esas agujas.

—Ponga o no su fotografía en las solapas: poco importa. De todos modos está usted allí, señor Shepherd, a plena vista. El primero era sobre lo abominable que es la guerra, todos lo señalaron. Cómo llena los bolsillos de los ricos y agravia a los pobres.

—Vaya.

—No debe escatimarse, señor Shepherd. Sus palabras son vuestros pequeños vástagos. No debe dejarlas en la orfandad. Debía levantarse con orgullo y proclamar: «¡Son mías!».

Pronto cruzamos el largo túnel en la Pequeña Suiza, una oscuridad más honda en la oscuridad azulosa de la noche, como una cueva en el mar. El tejido de la señora Brown reposaba en su regazo, como si ya no tolerara tocar a la mascota, extraño bulto azul con su armadura de agujas. Llegamos a la casa de la señora Bittle, se despidió, pero casi no habíamos vuelto a pronunciar ni una palabra. Tanto conductor como pasajera parecían necesitar toda su energía para hallar el camino, mirando la desolación y la lluvia.

15 de noviembre

Una carta de Frida, después de tanto tiempo, abierta con dedos temblorosos. Dentro del cuerpo, el miedo y la emoción son una misma cosa. Buenas noticias, su operación fue un éxito parcial aunque aún le duele. Parece que el guapo español que conoció en Nueva York es buena medicina, tal vez un lugar firme desde donde pueda perdonar. Su gramática era extraña, casi incoherente. La carta llegó el día del cumpleaños de Lev y el aniversario de la Revolución rusa, pero no menciona ninguno de los dos. Ya no hay claveles rojos para los amores pasados: el Viejo y la Democracia socialista. Diego ya está completamente del lado de los estalinistas. Y ella, tal vez, del lado de la morfina.

24 de diciembre

Un regalo: guantes tejidos de lana gris suave. Qué notable sensación, ponérselos, sentir que cada dedo cabe perfectamente en el espacio previsto.

—Noté que no tenía —dijo—. O que no los usaba. Pensé que tal vez no se estilaban en México.

—Compré tres pares al llegar, pero los dedos me quedaron chicos. Parezco siempre un pato con membranas entre los dedos.

—Pues verá, me lo preguntaba. Sus dedos son casi del doble de los que Dios concedió al resto de los mortales.

Alcé las dos manos enguantadas, admirado de tal perfección.

—¿Cómo logró hacerlos? ¿Me midió mientras dormía?

Sonrió.

—Una mancha de grasa en una de sus cartas. Debió de haberse recargado en la mesa tras ingerir un sándwich de tocino.

—Impresionante.

—Tomé una regla y medí todos los dedos.

Volteaba la mano, admirando la fila de puntadas oblicuas en el interior de cada pulgar.

—Pero no son azules, creí que su especialidad era el añil.

—Ah, lo dice por los calcetines. Ese estambre era torcido a mano, corriente. Propio para niños. Esta es lana virgen comprada en Belk. Con usted puede usarse la calidad; no tendrá intención de crecer pronto ni de hacerles hoyos a propósito.

—Espero no contradecirla.

Un recuerdo de la nieve. Un cerro con veredas cruzadas por las sombras azules de los árboles. Gritos. La emoción de perseguir a alguien. Algún adulto con bolas blancas, estruendo de cañón en cada disparo. Apretar la nieve dura que deja trozos de hielo en las palmas peludas. Mitones rojos con una greca de copos sobre los nudillos. Alguien los tejió. ¿La madre de mi padre? Ningún contacto posterior fue permitido. Mamá tomó la decisión de dejarlo todo: abuela, nieve. Toda la nieve regresó al seno de la tierra. Pero esos mitones descartados podrían estar todavía en algún lugar. Prueba de la existencia del niño.

Le dije a la señora Brown que era el primer regalo de Navidad que había recibido en más de diez años. En los muchos años que pasamos juntos, nunca se permitió mostrar una emoción como la que le provocó esta confesión:

—¡Diez años! ¿Y ni un alma le dio ni siquiera alguna friolera?

—Toda mi familia murió ya.

—Pero la *gente*. ¿Qué no trabajó en casas?

—Los últimos eran rusos, no le concedían mayor atención a la Navidad. El señor Trotsky nos hacía trabajar como cualquier otro día.

—¿No tenía apego por nuestro Señor?

—Era un buen hombre. Pero, no, no le tenía apego. Era de ascendencia judía.

—¿El que mataron?

—Sí.

—Y los anteriores, ¿también judíos?

—No. A la señora Rivera le encantaba la Navidad, siempre organizaba fiestas. Yo era el cocinero.

—Así que tenía que trabajar también.

—Así es.

—Señor Shepherd, lamento tener que irme la próxima semana.

—La verdad, me alegra que lo solicitara. Necesita ir a ver a su familia; y yo necesito que me recuerden cómo pasa sus vacaciones la gente normal.

—Bueno, ignoro si seremos normales. ¿Pero usted? No habrá nadie por acá para recordarle que es Navidad. ¿Qué es lo que haréis?

¿Qué hace una bellota que ha estado en la tierra y la lluvia ablanda su cáscara? ¿Puede crecer como una higuera?

—Tengo que terminar las galeras —dije.

—Mire, señor Shepherd, eso no es sino una excusa. Y ya terminó, bien lo sé.

—Me gustaría echarles un último vistazo. Luego escribiré algo nuevo.

Sus cejas se alzaron.

—¿Acerca de qué?

—No estoy seguro.

Recogió su bolsa y sus guantes, disponiéndose a salir. Todo el día había caído una nevada fina.

—El trabajo es virtud y el descanso salud, señor Shepherd.

—¿De veras? La salud es sosa.

—También es sosa.

—Tal vez no trabajaré en nada. Gracias por la pila de libros que me trajo de la biblioteca de Asheville. Atizaré el fuego y pasaré la Navidad con Hardy y Dickens. ¿Qué mejor? Y Tristram Shandy.

Los gatos esperan que hornee una pierna de carnero. Tal vez lo haga. Y estoy seguro de que el miércoles por la noche Eddie Cantor y Nora Martin me cantarán corales de temporada.

—Temo decirle que para quienes cantarán será para sus patrocinadores. Sal Hepática, según creo.

—Qué cruel, señora Brown. ¿Va a decirme ahora que todas las chicas del *hit parade* de Lucky Strike coquetean con cigarros y no conmigo?

Esperaba sentada con las manos sobre el bolso.

—Quiere decirme algo. Adelante.

—No es de mi incumbencia, señor Shepherd. Pero un hombre suele tener novia. O apegos. Aparte de los gatos y los libros.

Me quité los guantes y los doblé con cuidado.

—Bueno, aquí sí cabe aquello de «El comal le dijo a la olla». Treinta años son muchos de ser viuda.

—Tuve una probadita de matrimonio, alguna vez.

—Bueno, no se preocupe. Yo también he tenido probaditas. De apegos, como usted les llama.

—Si usted lo dice. Y ni un regalo, en diez años. Si estuviera apegado a algo, me parece que no debía haberse distanciado tanto.

—No, espere, se me olvidó. Me parece que la Navidad pasada Rómulo me trajo un pastel de jalea hecho por su mamá. De hecho, medio pastel. Dijeron que ya habían comido su parte.

—Benditos quienes sienten gratitud, señor Shepherd, pero medio pastel con señales de uso previo no vale en la cuenta como regalo.

Chispa entró en el cuarto por la puerta pegándose a la pared, aplastada como si la jalara de lado alguna fuerza, no la de la gravedad. Cruzó la parte inferior del librero de igual manera hasta el fondo del hogar, por la chimenea. Desdoblé los guantes. Estuve tentado a ponérmelos de nuevo y usarlos hasta mediados de mayo.

—No soy el tipo de persona a quien se le dan regalos.

—Señor Shepherd, ¿qué os hace creer cosa semejante? Abro sus cartas, contienen cuanto una persona pueda mandar. Inclusive pequeños bordados.

—Debía decir entonces que no soy un buen receptor. Cuando las personas no son buenas para relacionarse, suelen culpar a los demás, según he notado. Yo no.

—Nunca le he escuchado culpar a nadie de nada. Es una de sus cualidades, señor Shepherd. A tal grado, que a veces me pregunto si su madre lo soltó y cayó de cabeza.

—No, tal vez me metió en una valija, siempre estaba mudándose. Si me apegaba a alguien particularmente, desaparecía pronto. Gente de la casa, amigos. Así ha sido. O si no, ellos me han dejado a mí. Muriéndose, la mayoría.

—Bueno, yo no soy la persona más adecuada para hablar de aquellos a quienes la Parca arrebata.

—Bien dicho, señora Brown.

—Debería escribirlo. Sobre usted y sobre todos los que ya han partido.

—¿Qué? ¿Escribir mi vida? Como el pobre viejo Tristram Shandy, que intentaba recordarlo todo, de cabo a rabo.

—Usted recordaría más —dijo—. Porque ha tomado nota de cuanto ocurrió.

—¿Y quién leería semejantes trivialidades?

—Bueno, ¿entonces por qué escribirlas, para empezar? Porque toma nota. Y no es que esté fisgoneando, puesto que no se esconde para hacerlo, señor Shepherd. A mí me parece que si desease sacudirse de su historia no se tomaría el trabajo de asentarla por escrito. Y lo veo tan embebido en ello, que se olvida si es de día o de noche o de desayunar o de cenar.

—Soy escritor, es mi manera de pensar.

—Son sus apegos. Eso es lo que me parece a mí. Bien podría apegarse más a su propia persona además de imaginar historias de gente salida de la nada.

—¿Pero quién leería tal cosa?

Afuera oscurecía, y ahora el viento golpeaba violentamente contra la ventana. Cayeron trozos de nieve de los árboles que se estrellaban en el suelo.

—No debe perder el autobús de las cinco y cuarto.

Se puso un formidable sombrero tejido, se levantó. Estiró la mano para despedirse.

—Lo veo la semana próxima, señor Shepherd. Feliz Navidad.

—Feliz Navidad, señora Brown. Y gracias por el regalo.

Cerró la puerta y caminó hacia Haywood, dejando la casa callada como el inframundo. Chisme se metió en el cuarto, impelido por esa gravedad lateral desde la orilla de la pared hasta la chimenea. Y luego desistió, obedeciendo las inescrutables leyes de la atracción y la repulsión. El reloj del pasillo dividía la escena en lapsos crecientes: *tic, tic.*

¿Alguien leería todo esto?

Kingsport News, 2 de marzo de 1947

Reseña de libros

por United Press

Imagínense que pasa una dama, realmente despampanante, con brazaletes en los antebrazos y un tatuaje en el tobillo. Va de compras con un canasto amarrado a la espalda. Ese día puede elegir entre una iguana asada a la parrilla y un armadillo, tal vez. Tanto ella como sus compañeras usan cacao como moneda, o uno de esos artefactos que son la última moda en el México antiguo: una punta de dardo con dos filos llamada *atel-atel*.

Es así como comienza la primera escena de *Peregrinos de Chapultepec*, novela de Harrison Shepherd que se lee de un tirón. Esta antigua tribu se asentará solamente el tiempo que la vida tarde en perder su encanto por la viruela, invasiones, pillaje... (pueden contar con ello). Y vuelven a ponerse en marcha de nuevo, azuzados por un líder de ojos salvajes que asegura que los conducirá a la tierra prometida. ¿Cómo sabrán que la han hallado? Dice que los dioses le pidieron que buscara un águila sobre un nopal, devorando una serpiente.

Excepto por el título, que nos hace fruncir el ceño, el libro está hecho para complacernos: batallas espeluznantes, peligrosas fugas y aventuras que se acumulan en una historia sobre líderes obstinados y los hombres que los padecieron.

The Evening Post, 8 de marzo de 1947

«Libros para pensar», de Sam Hall Mitchell

Los vivos y los muertos

El talentoso, aunque retraído prodigio, Harrison Shepherd, quien el año pasado nos brindó *Vasallos de Su Majestad*, ha logrado otra exitosa obra basada en hechos históricos del México antiguo. El pueblo azteca de *Peregrinos de Chapultepec* sale de su hogar ancestral en un viaje con más vericuetos que un laberinto chino. Antes de llegar al final el autor ha recorrido los más insólitos temas, incluida la cuestión de la bomba atómica.

Durante décadas los peregrinos caminan dirigidos por un rey enloquecido que siempre les promete la felicidad al siguiente recodo. El *Studs Lonigan* de este autor es un joven llamado Poatlicue, celosamente vigilado por el rey, quien pone a prueba sus habilidades guerreras. A los trece años el héroe Poatlicue fue señalado por los dioses como portador del primer *atl-atl*, arma voladora con dos cortantes filos. Esta arma es llevada a manos del muchacho por un águila, el *Deus ex machina* del Nuevo Mundo.

El despiadado rey teme que lo destrone o inicie un levantamiento, y le ofrece un pacto: si Poatlicue jura lealtad absoluta, algún día le ayudará a gobernar la nación. Pero nunca llega «el día», y Poatlicue toma una actitud cínica, dudando de la necesidad de seguir a un líder tan errático. Por las noches se pregunta por qué lo eligieron los dioses: ¿para degollar al rey vociferante y reinar en su lugar?

Poatlicue cuestiona incluso el atractivo poder de su *atl-atl*. Sus coterráneos reverencian el arma como a un dios, se apresuran a hacer réplicas, le rinden culto en el altar, creyendo que les dará poder absoluto. Pero Poatlicue nota una reacción preocupante: no solamente los hombres de su tribu copian el diseño del arma, también lo hacen los enemigos. Tras perfeccionarla, lograron armas más poderosas. Cada vez hay más muertos en las batallas, las armas son cada vez más precisas.

Y tal y como ha advertido Bernard Baruch en su informe al Congreso, estos peregrinos han de elegir entre los vivos y los muertos cuando el destino pone en sus manos tan terrible poder sin la potestad de detener su amenazante uso. Baruch pidió que se renuncie a todas las bombas atómicas, mientras que el escritor Shepherd solo solicita al lector que responda a una pregunta, de la primera a la última página: ¿el arma sagrada salvó a quienes la empuñaron o los condenó?

The Asheville Trumpet, 8 de abril de 1947

Escritor de Asheville: un misterio

por Carl Nicholas

Desde aquí, donde el aire de las montañas es más prístino y los cielos son más próximos, nuestro escritor nos da a probar el sabor de lugares lejanos en *Peregrinos de Chaltipica*, nuevo volumen que vuela de los anaqueles de todas las librerías del país. La señora Jack Cates, de la Librería Cates, nos asegura que Harrison Shepherd conoce los gajes del oficio y que el libro no decepciona. «La semana en que llegó tuvimos un tumulto —dice—. Nadie quería leer otra cosa. Y les advierto que encontramos más piel desnuda que en un día de calor en el lago Beaver.»

El autor basa los libros en su propia experiencia de México, donde creció, aunque vive cerca del barrio Montford Hills desde 1941. No ha respondido a las llamadas de *Trumpet*. La señora Cates cree que tiene derecho a su intimidad, dado que es «el soltero más codiciado del pueblo, o incluso de toda Carolina del Norte».

En el Club de Patinaje de Asheville, que está situado junto a la librería, veintiuna chicas aceptaron con gusto participar en una encuesta sobre el tema, y quince dijeron estar definitivamente «a favor» de Shepherd. Seis opinan lo contrario; «espanta», «es frío» fueron algunas de las razones aducidas: nueve de las jovencitas dicen que tienen en su contra que no haya ido a la guerra por su condición de F-4, pero otras alegan que no fue su culpa tener un tímpano perforado, condición que comparte con el adorable Frank Sinatra. Todas se preguntan cómo pasa su tiempo un tipo soltero tan acaudalado, puesto que ha vendido casi un millón de ejemplares. Como dice el viejo dicho de Asheville: Nuestro aguardiente, el más tóxico. Nuestras historias, las más pícaras. Nuestros deportistas, los más hábiles. Y —al parecer— ¡nuestros solteros, los más púdicos!

El Eco, 26 de abril de 1947

Peregrinos de Chaplutepec, POR H. W. SHEPHERD
2,69 dólares, Stratford and Sons, Nueva York

No se fijen, pero este nuevo tipo llamado Harrison W. Shepherd es más popular que Wendell Wilkie. Su novela *Peregrinos de Chaplutepec* arrasa este mes en todo el país, y es seguro que lo traducirán en el extranjero. No se sorprendan si algún día escuchan que están leyendo a Harrison Shepherd en China.

El cine se lo va a arrebatar, así que léanlo antes de ver la película. México luce en cada página como un esplendoroso telón de fondo, el joven que acelera los corazones es guapo y con un arma secreta para atacar. Amigas, les romperá el corazón. ¿Nunca va a darnos el autor un final feliz?

Shepherd despliega emoción en sus páginas, pero en la vida real es un sujeto tímido que se cuida de no mostrar sus sentimientos. Un amigo que le conoce desde que iban a la universidad revela que esta reserva mental data de los días en que Shepherd usaba aún pantalones cortos y que se mostró frío como un témpano incluso en el entierro de su madre.

Sin embargo, revela nuestra fuente, su viejo amigo tiene una curiosa debilidad: «No puede ver a una mujer hermosa sin que le chifle».

30 de abril

Fue lo del tímpano perforado lo que sacó de sus casillas a la señora Brown. Y que les chiflara a las muchachas.

—¿Existe siquiera este amigo de la universidad? ¿Es una persona real?

—No lo creo, puesto que nunca fui a la universidad. Todas las personas de mi pasado murieron, desaparecieron, señora Brown, eso es cierto. *Billy Boorzai, sus grandes manos, los dos aguantando la risa tratando de quedarnos callados. Los pasos de un oficial en el pasillo. Corazones agitados, bochorno escarlata.*

—¿Quién iba a suponerlo? Los periódicos inventan cosas, de la nada.

—Tal vez encuentran algo nebuloso y lo atizan.

En la puerta titubea. Sus hombros rectos iluminados desde atrás en el pasillo, su traje de color claro. Zapatos de plataforma con correas en el tobillo. Dios, su pelo sin red prendido a los lados y rizado sobre los hombros, más largo de lo que recordaba. Parece una pequeña y solemne Jane Russell. Estos últimos días me he preguntado si habrá alguien. Toma un descanso a mediodía para hacer los encargos y comer un bocado en las cafeterías de Charlotte. Por lo que sé, hasta podría citarse con un marinero.

—Cuando la gente ve algo así impreso, señor Shepherd, cree que es cierto. Yo misma casi lo creí, y debía darme por enterada de que se trata de una falsedad. ¿Cómo pueden hacerlo?

—Lo logran, de un modo o de otro, todos los días del año. ¿Qué la sorprende? ¿Solo porque en este caso la víctima soy yo?

Se quedó en el umbral. No le gusta entrar en mi estudio, por temor a molestar.

—Señor Shepherd, ¿por qué nada mostráis? Algo indignante provoca indignación.

Algo indignante.

—No sabría ni cómo decirle lo que hicieron los periodistas con el hombre para el cual trabajaba en México. Una noche entraron en la casa unos pistoleros y le dispararon con ametralladoras, nos atacaron a todos, al personal y a la familia. Su nieto resultó herido. Teníamos terror de que regresaran. Y la prensa declaró que Lev había montado un autoatentado para atraer adeptos a su causa. Y consideraban esto como un hecho real.

—¡Válgame!

—De nada sirvió tener protección policiaca, déjeme decirle. Y este es solo un caso, algo que me vino a la mente. El otro hombre con quien trabajé comía carne humana, según los reporteros.

—Bueno, pero se trataba de periódicos mexicanos. Quisiéramos creer que los nuestros son mejores. Pero supongo que suceden cosas semejantes entre nosotros.

—Fue lo mismo en todas partes: Trotsky había montado el

ataque armado. Europa, Nueva York. Comienza con un periódico, esa es la fuente. Los demás lo recogen y lo difunden. Lev solía decir que hay dos clases de periódicos: los que mienten a diario y los que se reservan para campañas especiales, para tener más impacto.

—Pero un tímpano perforado. ¡Válgame! Es como dice usted, uno comienza y luego sigue. Aún no tocamos fondo con este.

—Como monos aulladores.

—El *Trumpet* es de aquí mismo. Podrían haberlo verificado.

—Si hubieran llamado, ¿qué les habría dicho?

Parecía una modelo posando para el retrato de la pesadumbre: los rectos hombros, las altas cejas fruncidas, las fuertes manos juntas.

—Les hubiera dicho lo que me ha pedido: «El señor Shepherd no tiene nada que comentar al respecto».

—Gracias.

—Pero...

—¿Pero...?

—Cuando no tienen nada, inventan. Si no se les detiene, inventan más. Es como si estuviera usted de acuerdo. Para su modo de pensar, el que calla otorga.

—¿Está diciendo usted que es mi responsabilidad impedir que otro hombre mienta?

—Bueno, no. Es él quien debe retenerse.

—Dios habla por el que calla.

—Si usted lo dice.

—«Sin comentarios» significa «sin comentarios». No quiere decir: «Me cuesta admitirlo pero sí, tiene un tímpano perforado».

—Bueno, eso es lo que cree la gente. Y jurar la Quinta Enmienda significa confesar que uno es culpable.

—Piense lo que piense, no es así. Un hueco sin responder en un cuestionario, una página que falte, un vacío, un hueco en el conocimiento, sin embargo, es *algo* real. Existe. No se llena con lo que sea. Me aferro a mis principios, señora Brown. Este país nos ofrece la presunción de inocencia.

—Tenemos *presunciones* de sobra, señor Shepherd. Nos salen hasta por las orejas.

—¿Y qué quiere que le diga? El señor Shepherd no tiene el tímpano perforado, no tiene un viejo amigo de la universidad, *mira* a las muchachas hermosas sin chiflar. Ah, esa es la trampa, ¿Dónde se detiene?

No tenía la respuesta.

—Si el *atl-atl* pasa como un símbolo de la bomba atómica, ¿no debemos darle al lector la oportunidad de descubrirlo por sí mismo?

—Bueno, sé a qué se refiere. Los reporteros lo meten todo en la licuadora y lo ofrecen a cucharadas, como un alimento para bebés.

—No creo que a los reporteros les importe siquiera saber nada acerca de mí. Se creen artistas. Prefieren dibujar sin modelo.

—Tienen preguntas.

—Lo sé. El tipo que quería interrogarme sobre Truman y su nueva política de contención a los soviéticos. ¿Se acuerda? *Collier's*, me parece.

—*New York Times*. Los de *Collier's* son los que dijeron que no sacarían ni una reseña a menos que hablara con ellos.

—¿Y la sacaron?

—Chica. No muy buena.

—Si hablara, les daría solamente más huecos que llenar. «¿Qué piensa de la nueva postura de Truman, señor Shepherd?» Sin comentarios. «Bette Davis es despampanante, ¿o no, señor Shepherd?» Sin comentarios.

—Así que el tímpano perforado, sin comentarios.

—Correcto.

—Pronto informarán de que está muerto.

—Imagínese cuánta paz y cuánto silencio.

Sonó el teléfono y corrió a contestarlo. Sus medias tenían costura por atrás. Intenté un chiflido de macho; fue débil, pero la escuché detenerse en las escaleras.

Muestra de correos recibidos el 15 de mayo de 1947, de un total de setenta y cinco cartas. Tras la publicación de *Peregrinos de Chapultepec*. Stratford and Sons mandaba las cartas en cajas, una o dos veces por semana. VB.

Querido señor Shepherd:

A la juvenil edad de setenta años, he aquí un tipo que se quita el sombrero. Durante años he releído a mis favoritos porque los autores nuevos no dan el ancho. Pero hace una semana fui a la librería, al no tener qué leer, y pedí que me recomendaran algo. El vendedor me pasó un par de Harrison W. Shepherd, nombre para mí desconocido. Leí los dos de corrido. Por supuesto que me sonrojo con las escenas de cópula y escándalo. Pero muestra usted que los tiempos pasados no son tan distintos de los modernos y que la gente es la misma, en todos los lugares. Yo estuve en el frente en la Primera Guerra y nunca llegó a

*gustarme, aunque algo me enseñó. Gracias por añadirle sabor a mi
vida. Buscaré sus próximas obras.*

Sinceramente,

COLLIN THOMAS

Querido señor Shepherd:

*A pesar de no haberlo conocido nunca, lo considero mi amigo. Me
conmueve y me alienta. Leí* Vasallos de Su Majestad *dos veces y ahora el nuevo. Le agradezco que haya puesto en palabras mi propio corazón. He deseado mostrarme valerosa como hacen sus personajes. Usted
nos muestra que los hombres de arriba no siempre son más listos que
nosotras. He estado pensando en mandar a mi jefe al diablo y buscar-
me algo mejor. (Secretaria.) Ahora tal vez logre alcanzar mi meta.*

Con admiración,

LYNNE HILL

Querido señor Shepherd:

*Tuve que leer su libro para la asignatura de historia en el Instituto
de Lancaster Valley. No leo muchos libros, pero el suyo está OK. El deseo de Paotlicue de ser un buen ciudadano y al final querer matar al rey
me dio mucho en que pensar. El profesor nos pidió que le preguntáramos tres cosas sobre el pasado de México para el trabajo. Mis preguntas:*

1. ¿Es cierto que el Águila les dio a las gentes la primera arma?

2. ¿Qué clase de gobierno era: democracia o dictadura?

3. ¿Alguna vez ha matado un venado deade veras?

Gracias. Mi trabajo es para el 12 de mayo.

Suyo atentamente,

WENDELL DIXON

Una de las 19 cartas incluidas en un solo paquete procedentes del Instituto Lancaster Valley, California. VB.

Estimado señor H. Shepherd:

Mi corazón rebosa de felicidad solo de pensar que tiene mi carta en sus manos. Gracias por ser escritor. Me ha sacado adelante de muchos ratos tristes, sobre todo cuando murió mamá. A veces concentro todos mis esfuerzos solamente en poder completar el día para acurrucarme de noche con mi libro favorito. Cuando la vida es un gran desorden o triste a secas, sé que usted me llevará a un lugar donde mis problemas se olvidan. Cuando responda mi carta se completará mi vida. Gracias, gracias.

Suya,

ROXANNE WILLS

Toda la correspondencia se responde la semana en que se recibe, de ser posible. No se mandan ni fotografías ni recortes. VB

6 de junio de 1947

Querida Frida:

El telegrama de Diego me asustó bastante. Parece estar convencido de que los médicos casi la matan, así que temo por todos ustedes. Sobre todo por usted. Hoy he resuelto mandarle una carta alegre, una excursión que la aleje de sus preocupaciones, tal y como usted ha hecho con frecuencia por mí. En este paquete va su regalo de cumpleaños. No se decepcione demasiado: se trata solamente de un nuevo libro que espero le entretenga. Si no lo logra, es su culpa, debió dejarme de cocinero.

Estoy tratando de comenzar una nueva historia sobre los mayas, creo, y la caída de las civilizaciones. Esta vez todos quieren un *happy end*, así que hacia allá debe enfilar este. Pero el proceso de escritura es lento cuando la vida está llena de distracciones emocionantes. Apenas la semana pasada compré un paquete de pinzas de ropa y una nueva cartera. (La chica de la tienda me comenta que tiene un compartimento secreto.) El Chevrolet y yo tenemos «cita de lubricación» cada treinta días en un garaje de la avenida Cox. ¡Han abierto una nueva tienda de aparatos eléctricos y demás en nuestra misma cuadra! Y ahora mismo espío desde la ventana de mi estudio a un pájaro carpintero gigantesco que hace un agujero en lo alto de las copas. Ojalá pudiera verlo. Una criatura de copete rojo levantado; se parece al mío, los lunes. Ay, Dios, las astillas vuelan, y es más grande que un toro. ¡Y le preocupa que mi vida sea sosa!

Nunca necesité compañía. El chico vecino Rómulo prefiere mi casa a la suya en verano, ahora ha obtenido su libertad condicional tras terminar el sexto año. Con las manos refundidas en los bolsillos de su overol deambula por la casa viéndolo todo, pero no es un ladrón. Pide. Quiere, sobre todo, el idolito labrado de Teotihuacán. No le he dicho que es robado. En vez de eso le doy una pluma fuente y un sombrero de fieltro viejo con el que se disfraza de periodista al estilo de Edward Murrow y entrevista con voz tenebrosa a los gatos. También le ofrecí un gato negro e inútil, pero no lo quiere.

Hace ya más de un año que mi secretaria viene de lunes a

viernes para responder a las cartas y al teléfono. Mi maravillosa amanuense trabaja en la mesa del comedor. Allí, con el correo nuevo de cada día apilado, rezamos: «Señor, te damos gracias por lo que estamos por recibir». Es una maga. La he visto revisar hasta cien cartas de lectores en una sentada y responder con una atenta notita cada una. Las lleva todas al correo en una enorme alforja de cuero que no sé dónde encontró, parecida a las que debió de haber usado el Pony Express: la cuelga de su hombro y sale. Tal hace Violet Brown. No puedo evitar pensar que le gustaría la ironía de su nombre, pues es un pajarito sin otro color que el gris-paloma. Y algo parecido a la madre que necesito, pues me ordena salir a tomar el aire por lo menos una vez al día, aunque sea por cigarros a la esquina. Últimamente avanzó en su programa: debo cumplir un paso en mi progreso social cada semana. Resulta aceptable ir una vez a la semana al cine. Solo. (La señora Brown está de acuerdo.) Y no es tan malo entrar a oscuras, cuando ya ha empezado la función. El propósito de tales salidas es sobreponerme al terror que me provocan el mundo y todas las cosas que hay en él. Ahora las revistas dicen que tengo un tímpano perforado, lo cual resulta útil. Si el mundo aúlla muy alto, puedo fingir que no lo oigo.

Por favor, dígame si se recupera. El telegrama de Diego era muy alarmante. Parecía extremadamente furioso no solo con los médicos, sino también con el mundo y con Cada Pinche Gringo que habita en él, lo cual me incluye. Puede notificarle que Truman no me consultó antes de prometer que derrocaría a los comunistas de Grecia y de Turquía. El secretario de Estado Marshall anunció un nuevo plan de asistencia a Europa que tampoco va a entusiasmar a su marido. Frida, usted entiende a los hombres. ¿En qué se distinguen estos líderes de los muchachos de la Academia, cuando intentaban formar sus equipos de fútbol? Antes de la guerra teníamos seis grandes jugadores en la cancha. Ahora solo quedan dos. Naturalmente, esos dos van a ser rivales y quieren alinear a los demás en su equipo. Y las monedas y los dulces de seguro que van a ayudarlos.

Intento de veras entender por qué Diego apoya ahora a Stalin, tras haber trabajado tan de cerca con Lev y saber cómo fue asesinado. ¿Qué motivos racionales hicieron cambiar a Diego? «Es una necesidad revolucionaria», dijo; pero, ¿eso qué significa? ¿La traición es el medio hacia un fin? Casi todos los días despierto apabullado por lo poco que entiendo al mundo. Tal vez Diego tenga razón y, a pesar de tantos años de servir a hombres brillantes, sigo siendo un gringo menso. Intentaré ceñirme y cumplir con lo que sé hacer: escribir historias para que la gente crea que si se avienta una piedra puede rodar cuesta arriba. Si su esposo dice que soy un idiota en materia de política, él sabrá por qué. Así que no me pregunten sobre el átomo pacífico ni sobre cómo elevar la tasa de natalidad en Francia.

Mando una reseña para que se divierta; de la serie pasada, es mi favorita. La considero la prueba de que no soy un gran escritor, pero según la señora Brown demuestra que mis libros tratan de Temas Importantes. Diego puede tomarlo como prueba documental de que, aparte de mí, alguien más se opone al terrible vuelco de Truman contra el proletariado que despierta. Pero, sobre todo, no demuestra nada. Conoce de sobra a los reseñistas: ellos mismos soplan el viento que mueve sus navíos. A mí me gustaría escribir solamente para una persona querida que se queda despierta en la cama mientras le duran las hojas y luego deja caer suavemente el libro sobre la cara, para que toque su sonrisa o beba sus lágrimas.

No soy valiente como usted. No importa qué tan quebrantada esté, se volverá a levantar. Con su vestido de tehuana en el jardín donde los granados abren sus flores rojas hacia usted. Sin importar lo que suceda, siempre estará en el centro del mundo.

Su amigo,

INSÓLITO

The New York Weekly Review, 26 de abril de 1947

Segundo tiro da en el blanco

por Donald Brewer

No confundan a Harrison Shepherd con algún gran escritor. Sus historias rebosan hasta el tope de jóvenes lujuriosos de torsos desnudos. Los escenarios son glamorosos, la trama quita el aliento. Aunque no se reconozca delante de los amigos, tienen algo que no nos permite abandonarlos.

Peregrinos de Chapultepec (Stratford and Sons), ubicada en el México anterior a la Conquista, cuenta las peregrinaciones de un pueblo expulsado de su hogar, destinado a seguir a un líder neurótico que lucha hasta con su sombra. Shepherd aboga por aquellos que se encuentran acorralados por malas políticas, preguntándose en qué demonios estará pensando su líder. El protagonista es un muchacho llamado Poatlicue, que intenta ser un ciudadano modelo, pero llega a entender que la larga marcha de su pueblo es un juego que el rey ganará a costa de todos los demás.

El autor Shepherd combina la acción tipo *El último mohicano* de Cooper con un *pathos* chaplinesco, como se ve en la escena de la cacería simbólica del venado. Poatlicue y su amigo despellejan al venado y se quejan del rey, mientras cortan la presa con tajos exactos. Su líder ha proclamado otro edicto infamante que anula el tratado de amistad con el clan vecino, decidiendo que ya no puede confiar en ellos. La tribu debe ponerse de nuevo en marcha durante una temporada de víveres escasos. Los jóvenes están resentidos. Poatlicue avienta a la tierra el par de testículos y los llama «la última gran esperanza del animal en tristes bolsitas».

Le dice a su compañero: «Nuestro jefe es un saco vacío. Bien podríamos derrocarlo, poner una cabeza con cuernos en una pica y seguirla como guía. Casi ninguno de nosotros decidió creer en la nación, pero no se nos ocurrió nada mejor. Tal vez sea una ley: la imaginación pública nunca será más grande que las patrañas de los líderes».

Tal vez el autor alude aquí al testimonio de Donald Benedict, el alumno de teología de Nueva York que se negó a registrarse durante el reclutamiento para la guerra. «No aceptamos que el pueblo de Estados Unidos haya elegido perversamente ser un terrible instrumento de guerra —dijo durante su juicio—, pero en semejante situación de incertidumbre, le faltó imaginación o fe religiosa para responder en forma diferente.»

¿Pretende Shepherd terminar en uno de los campos para quienes evadieron el reclutamiento? Uno podría hacerle muchas preguntas a este novelista de astutas posiciones políticas. Para empezar, su opinión sobre el líder que ha encaminado a la nación hacia un abrupto cambio en política exterior: de lo que Truman llamó una cooperación amistosa a una «contención» de la Unión Soviética.

Solo podemos imaginarlo, pues Shepherd se niega a ser entrevistado. Pero esta semana, al alinearnos tras nuestro hombre de Washington que dedica 400 millones de dólares a combatir a quienes ayer fueron nuestros amigos porque «Toda nación debe elegir», podemos oír el ruido de algo que cae al polvo y preguntarnos si las grandes esperanzas del público caben en tan triste y pequeño saco.

11 de junio

Hoy volvió una vez más al tema de las memorias. Pensé que había fallecido de muerte natural pero no, sigue presionando. Aunque sea para aclarar la cuestión del tímpano perforado, supongo. En su opinión, el primer capítulo era muy bueno, y hoy ha confesado que desde el primer día en que se lo di viene al trabajo cada mañana con la esperanza de que le tenga lista la siguiente parte, para pasarla a máquina.

—Han transcurrido casi seis meses desde el primer capítulo, señor Shepherd. Si cada uno de los demás le toma el mismo tiempo, no va a sobrevivir su niñez.

Le dije que me contrariaba ir contra sus expectativas al llegar al trabajo y demás, pero que no habría un siguiente capítulo. Fue una idea completamente equívoca. Incluso hace varios meses, cuando consideraba posible el proyecto, el problema era un cuaderno que faltaba. El diario chico que seguía al primero; aún no se lo había dicho.

—Sin él, no puedo acordarme de ese año. Debí decírselo antes. Tenía la esperanza de que se le olvidara. Las memorias se derrumbaron antes de comenzarse siquiera.

—¿Qué quiere decir con *perdido*? —Su mirada se dirigía al anaquel. Sabe dónde los guardo. Debería quemarlos todos.

—Falta una parte crucial en el manuscrito. Hay una palabra para ello, usada por los historiadores: *lacuna*. Así que culpe al destino, o a la historia, si así lo desea.

—¿Lo tenía antes? ¿Cuando lo sacó todo de la caja?

—No se trata de un juego de llaves que ande por allí —le informé irritado—. No estaba con los demás, simplemente, cuando Frida empacó los cuadernos y mis papeles. Tal vez la policía lo quemó en la Delegación, o se cayó detrás de algún mueble. Es pequeño, recuerdo exactamente cómo era: un librito de cuentas encuadernado en cuero que le robé a la sirvienta. Como del tamaño de su mano. Ya no está. Olvídese de las memorias, ahora estoy trabajando en otra cosa. Debería quemar todos esos cuadernos para que deje de fastidiarme de una buena vez.

La señora Brown no es tonta:

—Si se acuerda de cómo era el cuaderno, podría acordarse bastante bien de su contenido.

23 de junio

Era solamente una carta, pero la llevó escaleras arriba como si se tratara de un costal de ladrillos.

—Lamento molestarlo. Pero indica que ha de responderse.

—¿Quién es?

—J. Parnell Thomas.

—¿Amigo o enemigo?

—Presidente. Comité de Actividades Antinorteamericanas, antes conocido como Comisión Dies.

—Dies, me recuerda algo. Ah, sí, conozco a esos señores. *Los Diez*, les decíamos en español. Organizaron un viaje a Estados Unidos para Lev, a Washington, y ya con las visas listas lo cancelaron en el último momento.

—¿Los conoce? —Parecía sorprendida.

—Bueno, sé lo que hacen. Llamaron de México a mi antiguo jefe para que atestiguara sobre las traiciones de Stalin. ¿Todavía existe?

Enseñó la carta.

—Se trata solamente de un formulario. Dice que lo mandan a todos los funcionarios del Departamento de Estado.

—No creo que le vaya a hacer más mudanzas de arte al gobierno.

—Actuales o anteriores, dice. Necesitan que firme una declaración de lealtad al gobierno de Estados Unidos.

—Vaya. ¿Y por qué hay que declararla?

Bajó los lentes de la cabeza y leyó: «Debido al fin de la cooperación de guerra entre Estados Unidos y la Unión Soviética, algunas áreas estratégicas del gobierno podrían haber quedado abiertas a simpatizantes comunistas. A partir del 21 de marzo de 1947 el presidente y el Congreso se han propuesto verificar la lealtad de todos los empleados de gobierno».

—Qué truculencia. ¿Dónde firmo?

Se aproximó como si fuera la tribuna del juez.

—¿Está seguro de que debe hacerlo, señor Shepherd? Si ha decidido que ya no va a trabajar con el gobierno, tal vez no necesita firmar.

—¿Duda acaso de mi lealtad?

Entregó la carta para que la firmara.

—Señora Brown, no tengo ni grandes odios ni grandes amores. Soy un hombre libre. Pero algo que sí me gusta es escribir libros para los estadounidenses. Mire esas cartas, toda esa bondad azul celeste, este país es un pan. Y José Stalin mató a mi amigo. Y hubiera hecho lo mismo conmigo, si me hubiera atravesado en su camino.

—Tal me ha contado, señor Shepherd. Sé que le perturba, sobre todo en agosto: no es para menos. Ver un asesinato sangriento no es algo de poca monta.

Firmé la carta y se la devolví.

—Es mi intención, en todo caso, no interferir en ningún camino. Si algún día me dieran a escoger, fácilmente sería un cobarde, con tal de salvar el pellejo.

—La gente es así —dijo—. Nuestro Señor nos hizo tal.

—No. He conocido hombres valientes. Lev vio morir a sus hijos y nunca se rindió. Incluso jóvenes como Sheldon Harte. Me aseguraron que amaban la vida aún más que yo, y que por eso se hicieron revolucionarios, murieron emboscados o terminaron en pozos con cal.

Se quedó parada. Esperando un final feliz, supongo.

—Lo que terminamos por llamar historia es una especie de cuchillo que rebana el tiempo. Hay pocos que son suficientemente duros para mellar su filo. Pero la mayoría, ni siquiera se acerca a la hoja. Yo soy de esos. No mellamos nada.

—Y sin embargo, lo logra. Mire, abajo tenemos cajas llenas de cartas, como bien dijo. Personas que opinan que les ayudó a librar el día. ¿Pensáis acaso que es común?

—Los entretengo. Unas cuantas horas para que olviden a una familia que les ha fallado, un jefe que es un tirano. Pero cuando terminan el libro, el conflicto sigue allí. No salvo a nadie.

Bajó las comisuras de la boca.

—Señor Shepherd, ese es su problema. Desconoce su propia fuerza.

3 de julio

El puesto de refrescos de Pack Square no estaría más cargada de banderas desplegadas si fuera el vagón presidencial. Rómulo quedó mudo ante una torre de bolas de helado con crema. La señora Brown sorbía su refresco de cola con un popote, muy sonrojada.

—Debía estar emocionado —dijo—. ¡Una película en Hollywood!

—No deja de repetirlo. Estoy emocionado.

—Vaya, pues apenas lo aparenta —dijo. Llevaba una boina Kerrybrook («¡Úselas en distintas formas!»), que anunciaba se trataba de una Incursión Social del más alto nivel.

—No lo parece —coincidió Rómulo.

—¿Te rindes? Los hombres debemos jalar juntos. No debemos mostrarlo todo, como ellas.

Volteó hacia atrás y se quitó un poco de crema blanca de la mejilla con el dorso de la mano.

—Todavía no está arreglado, para empezar. ¿De dónde voy a sacar un agente?

—¿Dijo el señor Lincoln que *debe* tenerlo o solo que sería útil tenerlo? ¿Qué dijo exactamente?

—Que encuentre quien prepare el contrato para la opción de la película. Él no puede. Es entre el autor y Hollywood. Lo usual es un agente. O un abogado.

—Bueno, abogados conozco varios que trabajan para el Ayuntamiento. Pero no podrían manejar un contrato de película.

Pasó un Cadillac verde chícharo como un animal de agua, con ventilas pequeñas y separadas, que parecen ojos muy juntos. Nunca harán otro coche que pueda competir con el Roadster gran turismo. La señora Brown nos sentó en un rincón cerca de la ventana para que no nos vieran quienes estaban en el lugar. Aun así, oí a un par de chicas del mostrador diciendo: «*Él. Sí es él. ¿O no?*».

La señora Brown chasqueó los dedos.

—¡Ya sé quién! Creo que su tarjeta está en mi joyero. —Por un momento parecía una chica moderna, una Gal Friday común.

Y otra vez salvó la situación. O lo hará, ya veremos. Es un señor que conoció el año pasado, cuando llegó a preguntar por uno de los cuartos vacíos. Charlaron un buen rato mientras la señora Bittle regresaba del salón de belleza. Es de Nueva York, abogado, casi retirado. Se mudó a Asheville porque su mujer murió, y su hija Margaret vive aquí. Nietos. No estaba seguro de cómo le sentaría vivir en el corazón sureño, Dixieland, pero no se discute con una hija llamada Margaret. Hasta Harry Truman lo sabe, ja, ja. Tenían la radio encendida en la sala, y la señora Brown se preguntó en voz alta cómo serían las caras de quienes hablaban, válgame. Las voces daban cierta impresión, pero tal vez los actores eran menos atractivos de lo que sonaban. Era *La taberna de Duffy*. El caballero le dijo que, de hecho, la actriz que hace la voz de la hija de Duffy es una mujer madura, al menos de cuarenta años, aunque sonara como una niña. Shirley Booth. Y el otro, Cass Daley, tiene dientes tan salidos que parece una lagartija.

¿Cómo lo sabía? Los conocía, por eso. Es su ramo. Es abogado de radio y televisión.

Le pregunté a la señora Brown por qué no se había quedado con el cuarto.

—La señora Bittle no se lo rentó. Lo lamentaba. Parecía muy agradable.

—Ya veo: Solo gente buena. ¿Era negro?

—No.

—Solo demasiado yanqui.

Volteó a ver a Rómulo y luego a mí.

—Me dijo que en México usted trabajaba para… gente que no celebra la Navidad.

Ni siquiera la palabra *Navidad* movió un ápice el embeleso de Rómulo, con ojos de místico perdidos en el plato de sopa de helado manchado por la cereza ensangrentada. Intenté resolver el enigma.

—Ah, ¿es judío?

Arthur Gold. Un judío de Nueva York en Dixieland.

22 de julio

Pobre señora Brown: problemas con su Club Femenino. Hoy estaba tan distraída que tuvo que llamar dos veces al señor Gold para que le dijera cómo enviarle el contrato de la película. Al parecer está convencida de que las mujeres van a comérsela viva. No es la única culpable por ser una de las tres del Comité Cultural. Pero la idea de invitar niños fue suya.

La conferencista era una chica llamada Surya, y estaba pasando el verano con sus parientes de Asheville, libre ya del intercambio cultural de un semestre en Washington, D. C. La idea se le ocurrió a Genevieve Kohler (vecina de los parientes): debían invitar a esa chica rusa a hablar en sus Noches Culturales. Las damas se afanaron. *Decore con telas nuevas de plástico* canceló a última hora. A la señora Brown se le ocurrió entonces invitar a las muchachas del instituto del lugar; señaló que sería un intercambio estimulante. La chica había vivido la guerra. Había sorteado muchas dificultades para llegar al Festival de los Rododendros de Carolina.

La señora Brown dijo que tenía porte de lechera robusta, ojos café y hoyuelos, y que la charla estuvo bien y fue informativa. La pequeña Surya habló de su escuela en la Unión Soviética, del programa gratuito de salud y del plan de atención a los viejos. Comparó las instituciones gubernamentales de su país con el gobierno comunista recientemente electo en Polonia. Hizo comentarios favorables sobre la posición de las mujeres en la Unión Soviética actual y comentarios igualmente favorables de Carolina del Norte y Washington, D. C. La señora Brown dice que la muchacha era tan sencilla y agraciada que dudaba que esta criatura fuera capaz siquiera de quitarse una araña de la cara. Se armó un escándalo: la presidenta del Club Femenino, la vicepresidenta y las encargadas del orden se pararon juntas, interrumpieron a la conferencista pregonando su devoción por Estados Unidos y salieron. Algunos las siguieron. Las madres que habían traído a sus hijas, invitadas por un volante que se repartió en la escuela, salieron en fila arrastrando a las hijas, indignadas por el engaño.

—No las engañamos —insiste la señora Brown—. En el volante se decía que la joven venía de lo que antes se llamaba San Petersburgo, de intercambio con el extranjero.

—Tal vez pensaron que se refería a San Petersburgo, en la república de Florida. Justamente enfrente del continente mexicano, si bien lo recuerdo.

—Señor Shepherd, no es motivo de chanza.

—Estoy tratando de animarla. Tampoco es el desastre que se imagina.

The Asheville Trumpet, 23 de julio de 1947

La multitud se pronuncia contra los rojos

por Edwina Boudreaux

Según el presidente Truman: «Toda nación debe elegir entre modos de vida distintos», y la Noche Cultural del Club Femenino no es la excepción. Boletos vendidos a veinticinco centavos cada uno para una Conferencia Cultural de la señorita Surya Poldava de la Unión Soviética. La presidenta, la señora Herb Lutheridge, abrió con el juramento a la nación. La noche fue interrumpida por el disgusto del público y concluyó apresuradamente. El pastor Case Mabrey, de la Primera Iglesia Baptista de Coxe, cerró con una plegaria. La señora Lutheridge no estaba enterada de quién era la conferencista, y se disculpó con todos y cada uno de los asistentes. «El Comité Femenino se opone a la supresión de libertades personales y al modo de vida comunista.»

El inspector de escuelas Ron Stanley convocó ayer a una reunión para discutir el incidente que «conmocionó el sistema escolar». La naturaleza de la reunión repugnó a cuantos trabajamos con la juventud del condado de Buncombe», dijo Stanley, quien no asistió a la conferencia. «Es contraria a la filosofía de la educación por la cual nos regimos.» El Comité de Damas Patrióticas, cuya presidenta general es la señora Talmadge Rich, quien tampoco asistió, hizo constar sin embargo su repudio a la conferencia.

El Club Femenino revisará sus líneas de conducta para evitar semejantes percances en el futuro. El programa fue organizado por la señora Glen Kohler, de Haywood, y la señora Violet Brown, de Tunnel Road. Al localizar a la señora Kohler por teléfono se disculpó por el giro de los acontecimientos. La señora Brown, secretaria de una empresa privada, recalcó que se trataba de un programa informativo. «Hay todo tipo de pueblos en el mundo y no veo por qué debemos taponar con borra los oídos de nuestros hijos.» Brown, de 47 años, es viuda y sin hijos.

El Club Femenino reembolsará a todos los asistentes el precio de los boletos.

15 de agosto de 1947

Harrison W. Shepherd
Avenida Montford 30
Asheville, Carolina del Norte

Estimado señor Shepherd:

La Oficina Federal de Investigaciones (FBI) ha sido comisionada por el Congreso de Estados Unidos para conducir investigaciones rutinarias de todas las personas empleadas a la fecha o con anterioridad por el gobierno federal, a fin de asegurar su absoluta e inquebrantable lealtad hacia Estados Unidos. Requerimos para ello nos proporcione a la brevedad posible y por escrito la siguiente información: todos los lugares de residencia previos; personas con las que ha laborado anteriormente; escuelas y universidades a las que ha asistido; organizaciones, asociaciones o grupos de los cuales haya sido miembro el empleado.

Esta investigación está dirigida por la Comité de Actividades Antinorteamericanas (antes conocido como Comisión Dies), e incluirá referencias a los archivos de la Comisión de Servicios Civiles, historiales de inteligencia militar y naval, entrevistas de la Comisión Dies con otros empleados si han lugar y archivos de infracciones a la ley. Cualquier dato incriminador dará lugar a una investigación completa.

La Comisión de Servicios Civiles tiene una central de datos que incluye a todas las personas sujetas a investigaciones sobre lealtad desde el 1 de septiembre de 1939. La Junta de Revisión de Lealtad de Empleados Federales de Carolina del Norte tendrá acceso a los nombres de todos los individuos que se hayan asociado con dichas personas o con cualquier organización, movimiento o grupo que el fiscal general haya calificado como totalitaria, fascista, comunista o subversiva, o que abogue por el uso de la fuerza o la violencia, o que busque alterar la forma de gobierno de Estados Unidos por vías no constitucionales. La Junta de Revisión de Lealtad tendrá acceso también a todas las pruebas de sabotaje, espionaje, sedición o asociación voluntaria con espías. La Ley McCormak de Registro (Ley 631) obliga a toda persona que trabaje para organizaciones con fiscalización extranjera a registrarse ante el secretario de Estado. La Ley Voorhis (Ley 1201) obliga a toda organización política sujeta a control extranjero a registrarse ante el fiscal general.

La oficina espera su pronta y completa cooperación con esta investigación.

Atentamente,

J. EDGAR HOOVER, DIRECTOR
OFICINA FEDERAL DE INVESTIGACIONES

2 de septiembre

En persona, Arthur Gold parece un detective privado de Dashiell Hammett: camisa blanca, mangas arremangadas, ojos azul acero, corbata que estuvo de moda hace cinco años. Es el típico Sam Spade canoso, hasta por la oficinita ahumada en la parte alta del edificio Woolworth de la calle Henry, a la cual se sube por un angosto tramo de escaleras. El eterno cigarrillo, el desaliño épico. Si los modales de Violet Brown son ejemplo del «Hágase», los del señor Gold lo son del «No debe hacerse». Su cuerpo flaco se acomoda en la silla formando una S cuyos meridianos son la cabeza, el ombligo y las espinillas, todo lo demás arrellanado hacia adelante o hacia atrás. Al principio resultó difícil conciliar la postura de garabato con la voz avispada del teléfono. Pero bastaron unos cuantos minutos para que dejara en claro que se trata del mismo señor Gold, lanzando largas oraciones hacia un objetivo que alcanza invariablemente. Podría ser formidable ante una corte. Salvo que entre el sujeto y el predicado, nos distrae el cigarrillo y anticipamos el momento en que el gusano ceniza caerá por fin sobre la camisa.

—Felicidades por su exitosa carrera. —Se enderezó para ponerse en pie y estrechar mi mano—. Por favor, llámeme Artie. Por fin nos conocemos, siéntese, por favor. Es un placer hacer negocios con alguien que ha llegado tan alto en un lapso tan corto, relativamente, para este país, o si me permite decirlo, para este planeta. ¿Cuántos años tiene?

—Treinta y uno.

Entrecerró los ojos calculando.

—Sí. Bueno, los representa.

Miró la carta apenas unos segundos, antes de dejarla caer sobre su escritorio.

—Resumiendo: debe responderla. Si no, le mandarán otra. Es un formulario, he visto millones. Dígame, por favor, ¿qué le preocupa específicamente del requerimiento?

—La verdad, no me preocupa demasiado. No hay nada en la lista que me incrimine. Traición, sedición, derrocamiento violento…, francamente. Estoy cubierto, mientras no incluyan fumar en la cama.

Artie se rió, sacudiendo la cabeza sobre los hombros.

—Simplemente querría saber qué hay detrás de todo esto antes de responder. A veces uno se equivoca. Al parecer resulto ingenuo ante ciertas cosas.

—¿Como cuáles?

—Crecí en México durante la Revolución. Ser comunista era algo cotidiano y casero. Como comer pescado los viernes.

—Yo también crecí en un país así. Nueva York en los veinte. ¿Ha oído hablar de Eugene V. Debs?

—Creo que sí.

—Bueno. Creció en México pero es ciudadano de Estados Unidos, según sé por el contrato que preparé para su película. Nació aquí y se fue a México, a los doce años, si bien recuerdo. Y ¿cuándo regresó, exactamente?

—Septiembre de 1940. Antes de eso estuve aquí dos años, estudiando.

Tomaba nota.

—¿Dónde y cuándo?

—Academia Potomac, Washington, D. C., treinta y dos y treinta y tres.

—Distrito de Columbia, treinta y dos. El verano de los disturbios del Ejército de los Bonos.

—Ya sé. Estuve allí. Los gases lacrimógenos me causaron náuseas varias semanas.

Volteó.

—¿Estuvo en los disturbios del Ejército de los Bonos?

—Por accidente. Fui a hacer un pedido a domicilio en la tienda A & P.

—Dios nos ampare. No pondré eso en su expediente.

—No creo que vaya a tener problemas con el expediente.

—Señor Shepherd. ¿O puedo llamarle Harry?

—No. Shepherd a secas. Sin el señor.

—Shepherd. ¿Cómo describiría usted su expediente, en setenta y cinco palabras o menos?

—Vacío. Es la pura verdad. Me pasé casi la mitad de la vida sirviéndoles comida a los demás. Comía sus sobras, si acaso. Podría decirse que por eso mis simpatías se inclinan hacia el campo proletario. El control obrero de las fábricas me parece una idea correcta. Pero nunca he sido miembro de nada. ¿Completé las setenta y cinco palabras?

—Menos. Es usted conciso.

—Ni siquiera voto. Mi secretaria me lo reclama constantemente.

—¿Cree en la lucha de clases y no vota?

—Este país es un enigma. En México, hasta los más conservadores reconocen los derechos de los sindicatos. Pero aquí, cuando hay huelgas, hasta los más liberales califican al dirigente de los obreros mineros de tiznado hijo de Satanás. Los conservadores tal vez lo pinten como el Diablo Mayor. Republicanos, demócratas. El enjuague es poco claro.

—No voy a negárselo.

—Durante la guerra todos fueron amigos de Stalin, y en cambio ahora también le endilgan una parentela satánica. Con eso sí estoy de acuerdo. Solo intento entender la carta que recibí para no meterme en líos. Tengo tendencia a meterme en líos.

Se quedó sentado, mirándome. La ceniza de su cigarro era cada vez más larga y más blanca.

—Entiendo. ¿Esta carta le preocupa porque piensa que pueden alcanzarlo los gases lacrimógenos dirigidos a otros, camino de A & P?

—La carta me confunde. Sé lo que es el comunismo. Pero hace unas semanas, el Club Femenino de mi secretaria votó su expulsión porque invitó a una muchacha de la Unión Soviética a que diera una plática. ¡Una joven estudiante!

—Shepherd, amigo. Este mes, en algunos lugares, se quemaron ejemplares del *Graphic Survey* porque contenía fotos de la vida en la Unión Soviética. Fotos de granjas. Molinos de viento o lo que tengan las granjas de allá. Vacas rusas que incitan a encender fogatas.

—¿Usted por qué cree que tienen tanto miedo?

—Las noticias de Hearst. Si el periódico anuncia que esta temporada se usará el sombrero Lilly Daché en forma de armadillo, comprarán el sombrero. Si Hearst les vende el miedo a la Unión Soviética, también se lo comprarán.

—Si el sombrero es demasiado ridículo, no todos lo compran.

Por fin Artie sacudió su ceniza y se detuvo para prender otro cigarro con la colilla, que dejó encendida en el cenicero, tal vez para ambientar la escena. La S de su cuerpo cambió a una postura pensativa sobre el escritorio.

—¿Quiere que le diga cuál es mi teoría?

—Claro.

—Creo que tiene que ver con la bomba.

—¿La gente le tiene miedo a la bomba?

—Sí, creo que ese es el meollo del asunto. La bomba que explotó en Japón. La psicología del país cambió cuando vimos una ciudad completa convertirse en fuego y gas. Y cuando digo «psicología» hablo literalmente. ¿Sabe?, es la radio. La radio hace sentir lo mismo a todos, al mismo tiempo. En vez de un millón de pensamientos diversos, hay una sola gran fijación psicológica. La radio conduce nuestras respuestas viscerales. ¿Resulta claro?

—Sí, me consta.

—La bomba nos dio un susto tremebundo. Al enterarnos de que la habían usado, se nos encogió el corazón. Está bien, se terminó la guerra, se salvó la vida del país, lo que gusten y manden. Pero, en el fondo, todos se sienten culpables. Los niñitos japoneses convertidos en gas encendido, lo constatamos. ¿Cómo no sentirse mal?

—Y vaya que nos sentimos así.

—Bueno. Usamos bombas. Nos tuvimos que convencer de que somos un pueblo especial que logró usar esa bomba. En el mejor de los casos, nos gusta pensar que Dios nos la otorgó, que era para nuestro uso exclusivo, de nadie más. —Se repantingó, los ojos y el cigarro relumbrantes—. Usted escribió un libro sobre el tema, si no me equivoco.

—¿Ha leído mis libros?

—Claro que he leído sus libros. Es usted un cliente importante, he leído sus libros. Si alguien es capaz de entender esto, es usted. De pronto somos los elegidos de Dios, tenemos esta bomba y debemos estar muy seguros de que nadie más la tenga. Debemos limpiar nuestra casa a conciencia. ¿Puede imaginarse lo que sucedería si Gran Bretaña, Francia, Alemania, Japón o la Unión Soviética tuvieran la bomba? ¿Quién podría dormir tranquilo?

—Esos países están diezmados, con trabajo tienen ejércitos en pie. Menos la Unión Soviética.

—Bueno. La Unión Soviética. Ya va entendiendo.

—Creí que no había nada que temer sino el temor.

—¿Lo ve? Es lo que le estoy diciendo. La radio. Nos hizo una psicología. Esto es lo que le sucedió al miedo mismo. Winston Churchill dijo: «Cortina de Hierro». ¿Y vio cómo enloquecieron todos?

—Claro.

—Luego Truman: «Toda nación debe decidir». Estás de un lado de la cortina, amigo, o estás del otro. Y John Edgar Hoover. Dios mío, qué hombre. John Edgar Hoover dice que la cortina nos separa de Satanás y con suerte hasta nos protege de la lepra. ¿Logró escuchar su testimonio ante el Congreso?

—Leí una parte.

»"La desquiciada marcha del fascismo rojo sobre América. Inculcando a nuestra juventud una forma de vida que destruirá la santidad del hogar, el respeto hacia las autoridades. El comunismo no es un partido político, sino un modo de vida perverso y maligno." Esas fueron sus palabras. Un mal contagioso. Se requiere una cuarentena para evitar el contagio de la nación.

—La leí. Pero los periódicos exageran. No puedo creer del todo que dijera eso.

—Tiene razón. Bien podría no haberlo dicho. Pero en este caso sí lo dijo. Conseguí una transcripción de su testimonio porque compete a algunos de mis clientes.

—¿Por qué dijo eso? Quiero decir, ¿cuáles fueron sus motivaciones racionales?

—En este asunto no caben las motivaciones racionales. Es un hombre susceptible. Encabeza una agencia poderosa. Como dice usted, a los periódicos les encantan estas cosas. Es el momento histórico, amigo. Usted se pregunta por qué recibió esta carta. Intento aclararle el contexto.

—¿Y realmente la firmó él?

—No. Tienen una máquina. Según leí, también Frank Sinatra tiene una para sus autógrafos. Tal vez usted también necesite una. Bueno, ¿qué es lo que sabe sobre la Comisión Dies?

—He oído hablar de ella. Hace años se pusieron en contacto con mi jefe para que viniera a testificar. En México. El Departamento de Estado nos consiguió las visas, pero nunca prosperó.

—¿Su jefe mexicano tiene algo que decir acerca de las actividades antinorteamericanas?

—No era mexicano, estaba exiliado en México, amenazado de muerte por Stalin. Así que tenía bastante que decir contra dicho personaje. Fue antes de la guerra, cuando Estados Unidos se estaba poniendo muy amistoso con Stalin. Trotsky creyó que se le tendía una trampa encubierta a Estados Unidos. Debían enterarse de que Stalin era un traidor.

—¿Trotsky?

—Lev Trotsky. Era mi jefe.

La ceniza de su cigarro cayó al suelo. Por un momento pareció que él también caería. Se enderezó. Meneó lentamente la cabeza y alcanzó la carta del escritorio.

—Le voy a dar un consejo: nunca mencione que alguna vez fue empleado del líder de la Revolución bolchevique.

—Era su cocinero. Y se trataba de Trotsky. Odiaba a Stalin aún más que J. Edgar Hoover. Se pasó toda la vida intentando derrocar al Politburó soviético. El Partido Comunista de Estados Unidos lo abominaba.

—Déjeme solamente recordarle que semejantes sutilezas rebasan al Club Femenino de su secretaria y a la Comisión Dies. La mayor parte ignora lo que es el comunismo, no lo reconocerían aunque lo tuvieran enfrente. Lo único que conocen es el *anti*-comunismo. No hay relación entre uno y otro.

—¿Intenta decirme que no hay relación entre el anticomunismo y el comunismo? Parece un disparate.

—A usted podrá parecerle un disparate. Usted es un hombre de palabras, y por eso piensa que se trata de que guste el atún o se odie el atún, pero no se trata de eso, en absoluto. Hablamos de atún y de gripe española. —Buscó entre los papeles y sacó un par de anteojos—. «Todos los lugares de anterior residencia y empleos previos —leyó—. Escuelas y universidades a las que ha asistido, organizaciones a las cuales ha estado afiliado.»

—¿Qué debo escribir?

—Dígales exactamente lo que ya saben. Deben de saber muy poco de México. Conocen sus antecedentes militares. ¿Qué le tocó?

—Servicio Civil. Por eso me llegó esto. Ayudé al traslado de un sitio a otro de bienes del Departamento de Estado.

—Servicio Civil. ¿Así que fue F-4?

—Algo así.

Esperó. La mirada de este hombre es de una intensidad extraordinaria.

—Boleta azul —dije.

—Bueno. No apto para el servicio debido a su indiferencia por las hembras de su propia especie. Nunca entendí por qué habría de ser un impedimento.

—Me ofrecieron internarme en un hospital psiquiátrico para enmendarme. Pero de pronto, resultó que mis habilidades específicas eran útiles en otra esfera: evacuar tesoros artísticos de Washington. Ambas costas eran blanco de los enemigos, parecía muy urgente.

—¿Cuándo fue esto? ¿Cuarenta y dos?

—A finales del verano, justo cuando los japoneses desplegaron sus portaaviones desde un submarino que enviaron al río Columbia. Parecía el momento preciso de poner nuestros bienes a buen resguardo.

—Parece una broma. Si no hubiera sido porque Japón ataca Fort Stevens…

—Así es. Estaría con Zelda Fitzgerald en el Hospital Highlands. En cambio, vivo a unas cuadras, en una casa que compré con dinero del Tío Sam.

—¡Vaya! —exclamó Artie—. En la guerra y en el amor todo se vale.

—Créamelo, lo sé bien. Mejor que muchos.

—Bueno. Para bien o para mal, todo eso ya lo saben. ¿Qué más? ¿De la historia laboral que ya consta en el Departamento de Estado?

—No estoy seguro. Yo creo que mi nombre debe de haberles llegado por una galería de Nueva York, donde entregué un encargo de México. O de la escuela donde daba clases de español.

—Bueno. Menciónelos. Y cualquier otra cosa que conste en los expedientes laborales de esos lugares. Miembro de alguna iglesia o algo parecido, para abultar el historial. Aunque no fuera miembro, según dice. Ponga las primeras escuelas de México, la de Washington, D. C. El nombre del pintor que lo envió a Nueva York.

—¿Irán a investigar de veras con los instructores de la Academia Potomac?

—¿Y qué? Se enterarán de que fue estudiante. No quiero agobiarlo demasiado, pero sus travesuras de juventud son lo que menos debe preocuparle ahora.

3 de septiembre

Hoy desapareció Bull's Eye, y con él se llevó todo esto: travesuras escolares, promesas rotas, dormitorios, tareas secretas. Un muchacho invisible se revela, visto por primera vez por los ojos de otros, aunque sea por un lapso breve. Una ciudad con recuerdos de fuego y de gas, no cabe el menor remordimiento.

La señora Brown no toleró que el cuaderno se quemara en la chimenea. Por fin terminó haciéndolo ella misma, afuera, en el tonel donde se queman los desperdicios de papel. «Academia Potomac 1933» dejó este mundo.

Al principio se opuso.

—Necesita sus cuadernos —insistía. Tiene miedo de que, sin notas, las cosas se me revuelvan como a Tristram Shandy. Se niega todavía a creer que no escribiré mis memorias. Encontré su mirada y la sostuve.

—Mire, señora Brown, usted es una mujer práctica. Y me conoce. Así que no me pida imposibles. Ahora estoy trabajando en otro libro.

—Eso dice.

—Las memorias fueron una mala idea. Sacar a la luz pública

las entrañas. Para empezar, tampoco fueron idea mía, como recordará. Le dije que había renunciado cuando no encontré el diario de piel. La verdad es que debería quemarlo todo, para que deje ya de molestarme con eso. Y voy a comenzar con este.

Había llegado media hora antes; hoy, precisamente hoy, y me encontró con las manos en la masa. Me preguntaba cómo quemar aquel cuaderno forrado de trapo; el ejército suele hacer cosas indestructibles. Marcado claramente en la tapa: «Academia Potomac». Tal vez ella podía adivinar las figuras desnudas del interior, como si me hubiera encontrado con una de esas revistas. Tal vez me sonrojé.

—Si no me deja quemarlo ahora lo haré por la tarde, cuando se vaya.

—Haga lo que quiera, pero por la tarde. —Sin una palabra más se fue al comedor y aventó su trabajo sobre la mesa. Casi no habló durante todo el día. Pero a las cinco subió hasta la puerta de mi estudio—. Señor Shepherd, ¿me permitiría unas palabras?

—Sí, dígame.

—Es algo que le mortifica, ¿verdad? El cuaderno que desea quemar.

Ha tolerado tanto de su inconstante jefe. El pánico del mes pasado, por ejemplo. Mejor agosto que otros, pero aún deja su marca.

—Nada en particular, señora Brown. Me dispongo a terminar con mis días académicos.

—Cualquiera sentiría pruritos, con los federales metiéndose donde no les importa.

Reconocía que ya habría terminado todo si aquella mañana no hubiera tomado más temprano el autobús.

—Señor Shepherd, no es de mi incumbencia apartarle de sus intenciones y propósitos. Démelo y pasemos a otra cosa.

Lo llevó al patio. Yo la veía desde la ventana de arriba, preguntándome si le echaría una ojeada; es posible que la estuviera poniendo a prueba. Y no miró. Decidió quemarlo en el tonel con los sobres y las cartas desechadas y no en la chimenea.

—Mire, estamos en plena canícula. ¿Qué pensarán los vecinos si ven salir humo del tiro un día tan caluroso de septiembre?

Ahora está allá afuera. La basura de la semana en el tambo, el cuaderno con pastas de lona arde con viveza en el centro, las hojas ahumadas, intactas y delgadas rizándose y abriéndose antes de desintegrarse. Se alejó del calor del fuego, pero permaneció en su puesto hasta que estuvo totalmente quemado. Vista desde arriba es un extraño cuadro enmarcado por dos cercas: la señora Brown destruye la evidencia. Su sombrero, un platito azul, con manchas oscuras de humedad cuando comienza a caer una llovizna veraniega.

El trabajo ya está terminado.

8 de septiembre

Hoy comienza la labor de apaciguamiento. Tras un fin de semana reuniendo un revoltijo de notas hasta lograr verdadera prosa, tengo evidencia de un libro nuevo. No una excusa vaga para no escribir las memorias, sino las primeras versiones de dos capítulos de una novela que sucede en Yucatán, entregados a la señora Brown. Sin embargo, me cuesta mucho describir el escenario, puesto que nunca he estado en Yucatán. Necesito ver Chichén Itzá, las piedras de esos templos.

Las cejas de la señora Brown se alzan apenas escucha esos nombres dichos en voz alta. Conserva su impaciencia de niña. La niña que se oculta de su hermana Parthenia en algún gallinero y pasa soñadora las páginas del *Geographic*.

Le pedí que llamara al aeropuerto de Asheville-Hendersonville y preguntara cómo se puede volar con Pensilvania Central Airlines a Mérida. Tal vez lo mejor sea pasando por la ciudad de México. No, un boleto no. Dos.

22 de septiembre

Harrison W. Shepherd
Avenida Montford 30, Asheville, Carolina del Norte

Estimado señor Shepherd:
Permítame darle a conocer nuestros servicios. Aware, Inc. es una empresa privada de programas de lealtades, independiente de cualquier agencia gubernamental. Nuestra empresa publica un muy reconocido directorio, Defiéndete, *usado como auxiliar en muchos procedimientos de contratación relacionados con el espectáculo y similares. Los contratistas, de costa a costa, saben que nuestra información es fidedigna.*

Tenemos información que consideramos relevante respecto a la investigación federal en curso sobre su caso. Tenemos pruebas que indican que sus libros son leídos en China comunista y también que se opuso al uso de la bomba atómica. Tenemos una nota periodística que lo vincula con Charles Chaplin, de quien sabemos casi por seguro que es comunista. No estamos afirmando, de hecho, que sea usted comunista. En muchos casos, nuestros clientes han descubierto que se les ha calificado de tales por giros de palabras de alguien que sí es realmente comunista. Todos los días, personas inocentes de nuestro país se convierten en peones de la causa comunista, sometidas a sus siniestras manipulaciones. La extensión de sus redes es algo que, por desgracia, la mayoría subestima. El fiscal de la nación Clark nos ha dado una lista de 90 organizaciones que el Departamento de Justicia considera frentes comunistas. Casi todos nos hemos cruzado en nuestros caminos, accidentalmente, con alguien que trabaja en secreto para alguna de dichas organizaciones.

Por una cuota de 500 dólares le ofrecemos la invaluable oportunidad de desvincular su nombre de diversos cargos, incluidos los antes mencionados. Lo urgimos a ponerse en contacto con nosotros sin demora, para que discutamos la oportunidad de brindarle nuestros servicios.

Su seguro servidor,

LOREN MATUS, DIRECTOR
AWARE, INC.

23 de septiembre

—No va —dice Artie Gold—. Dígales eso, que su abogado dice que no va, para nada, ahí se ven. Esta carta ni siquiera tiene que contestarla.

Artie accede a una reunión urgente con la condición de invitar a su amigo Grant de doce años, ja, ja, como diría él. Grant's es un whisky escocés mezclado. Nos encontramos en el centro, en la avenida Patton, pero camino al bar debe hacer algunos encargos.

Primero, a la tienda Coleman's para varones por una camisa. («Margarita dice que si vuelvo a presentarme con facha de vagabundo me mete en un asilo. Por los suegros: son unos pretenciosos.») Luego al Hospital de calzado Reiser para conseguir unos zapatos con diseños calados que, de existir todavía, debían estar en un crematorio y no en un hospital. Luego a la casa de empeños Finkelstein.

—¿Es así como impresiona a los nuevos clientes?

Artie pasó su boleta entre los barrotes de hierro, y esperábamos la prenda.

—Ja, no se apure, todavía no vivo en Skid Row, no he llegado a eso —dijo—. Aunque me gustaría decir lo mismo de todos mis clientes. Esa boleta es un pago, un abrigo de camello muy bueno, según los informes, que puedo agenciarme por diez dólares. —Artie baja la voz—. Cuando el frío se ponga duro se lo regreso, pobre tipo.

El bar era Leo's, un localito en un extraño edificio triangular, adosado como en ángulo agudo a las calles Battery y Wall.

—¿Está bien para usted? ¿Le parece adecuado para impresionar a un cliente nuevo?

—Está bien. Discúlpeme, fue un chiste.

—Bueno, Leo's no es la gran cosa. Pero es un club en el cual me dejan entrar. —Dobló y apiló con cuidado su guardarropas en el banco de al lado: abrigo de camello, camisa, zapatos. Al cruzar el umbral, la muchacha del bar alcanzó una botella de Grant's y se acercó con dos vasitos metidos en la punta de los dedos, como si fueran dedales. Artie parecía distraído, vio que llenaban los vasos, se terminó su cigarro—. ¿Conoce el club de Bent Creek? Hace poco tuve un cliente de muy alta jerarquía que se vino para acá desde Hollywood; o prospecto de cliente, mejor dicho (y no voy a soltar nombres), que quería llevarme a cenar a su club, el Bent Creek. A celebrar, para conocernos. Señor Heston, le dije, ¿ya vio los anuncios? «Servimos a la mejor clase de clientes gentiles. Nos reservamos el derecho de negar el servicio a quienes consideremos incompatibles.» ¡*Incompatibles*!

—¿Charlton Heston es su cliente?

—Dadas las circunstancias, no lo es.

La camarera se retiró al otro extremo de la barra, limpiando los vasos con su trapo rojo y echándonos miradas todo el tiempo. Pestañas oscuras, pómulos, un listón rojo alrededor del pelo negro recogido por arriba. Una muchacha alta, de largo torso pero, en cierta manera, con algo de Frida. Su forma de llevar los vasos en los dedos. Tal vez sea una violación de las normas higiénicas, pero no se le tomaba a mal. Los hombres quieren posar la boca sobre aquellas puntas de los dedos.

—Oiga, ¿y qué me dice de Jackie Robinson? —preguntó Artie sin que viniera al caso. Su mente es rápida como un tren y avienta cosas desde las ventanas con una puntería sorprendente—. ¿Le gusta el béisbol, Shepherd?

—Debería disculparme por la cantidad de cosas que ignoro. Tal vez le parezca tan cabeza dura como el señor Heston. El béisbol es un gusto que se adquiere de los padres, supongo.

Enderezó la cabeza, afirmando. Aunque sabe hablar, Artie también escucha.

—No me crié en este país. La verdad, nunca me crié.

Artie soltó una risita, no exenta de simpatía, y lanzó a fondo el trago de Grant's—. Nunca se crió. Entonces, ¿qué? ¿Creció de una semilla?

El whisky era a la vez punzante y tranquilo como el humo de los puros. Doce años esperando este exabrupto en la garganta.

—No, Artie. En el fondo de las cocinas y en las minas de sal del mundo a los niños no se les cría, se les forja a martillazos para que sirvan. Sobreviven solamente por su utilidad.

—Sé que es cierto. Tiene razón. Muy bien dicho. Pero, en este caso y muy a pesar de la ausencia de padre, ¿sabe quién es Jackie Robinson?

—Leo los periódicos. Un jugador negro que dejaron jugar en las ligas.

—Lo vi jugar esta temporada en el estadio McCormick. Estuve allí.

—¿Y qué tal?

—Sensacional. Su segundo o tercer juego con los Dodgers, y jugó aquí, en Dixie. La sección negra estaba más llena que el último camión a Arnhem, y los demás lugares, vacíos. Como si alguien hubiera pregonado que ese día los gérmenes de la polio eran gratis para los blancos. Y déjeme que le diga, me tocó buen lugar.

—Le creo.

Desdobló la carta y la alisó en la barra. La anterior, de J. Edgar Hoover, apenas la miró, pero estudió esta con sumo cuidado. Y sin embargo el veredicto fue: no va.

—Mi secretaria quería que la quemara con la basura.

—Buena chica. Debería aumentarle el sueldo.

—Bueno, me la voy a llevar a México.

—*¿De veras?* —dijo con una sonrisa maliciosa.

—Como asistente, Artie. Para empezar, tiene cuarenta y siete años. Y para terminar con eso, no es mi tipo.

—Ah, sí, ya me acordé.

—Por cierto, usted es la tercera o cuarta persona que sabe eso de mí. El Servicio de Selección, Dios, usted. Y otros pocos. Seguro que mi madre ni siquiera se lo imaginó.

—Por favor, mi negocio es la discreción, y se lo digo sinceramente.

—La señora Brown es mi mano derecha. Es un viaje de investigación, y voy a quedarme dos meses. Le llamó para que le ayude con el pasaporte.

—Claro, recuerdo. Bueno, la opinión que tiene de esta carta, abro comillas cierro comillas, de Aware Incorporated es completamente acertada.

—Pero no es un formulario —señalé—. Tiene cosas muy precisas. Charles Chaplin. Los comunistas leyendo mis libros en China. Debo decirle que me deja estupefacto.

—Y esa era la intención, *estupefacerle*. ¿Se puede hacer un verbo, puede decirse así?

—Creo que no.

—Su método es tomar por sorpresa: dejar estupefacto. Con una mano sobre quinientos dólares.

—¿Y allí acaba el juego?

—No del todo. Las publicaciones de las que le hablan existen. Juntan los nombres de los presuntos rojos y sacan las listas, en directorios.

—¿Y quién lee eso?

—Los ejecutivos. Productores de radio, estudios de Hollywood, hasta cadenas de tiendas. Es cómodo, sin mayores complicaciones. Les aseguran a sus clientes que han tomado todas las providencias posibles para no contratar a un rojo.

—Pero me ofrecen quitarme de la lista por una cuota antes de ponerme en ella.

Artie abrió mucho las manos.

—Dios bendiga a Estados Unidos.

—Es un simple chantaje. Los que contratan deben saber que las listas no tienen sentido.

—Eso es lo que pensaría usted. Pero este tipo Matus tiene cierto caché. Fue miembro del Partido Comunista hace veinte años, cuando todos (la tía Frances incluida) eran miembros del Partido Comunista. Y ahora va al FBI, ofrece limpiarse. Y antes de que se entere está frente al CAA: así funciona. Se ha acordado, hasta ahora, de cientos de antiguos miembros que trabajan actualmente para el gobierno y los medios, y si le pagan más se acuerda de más. Según él, el *New York Times* es el que contrata más comunistas; también *Time* y *Life*. El tipo es una estrellita.

—Y aparte, tiene su negocio montado.

—Un empresario.

—Nadie puede tomárselo en serio.

La chica seguía mirándonos. Desde el otro extremo, recargándose de espaldas en la barra, jugueteando con el dije que colgaba de una cinta, en su cuello.

Artie suspiró.

—Tengo un cliente. Antes presidente de una prestigiosa universidad del sur. Sirvió al Departamento de Trabajos de Guerra. Actualmente es presidente de la Conferencia de Bienestar Huma no del Sur. Un tipo reconocido que saca casi todo su dinero de asesorías pagadas y conferencias. De pronto se queda sin ingresos. Tiene opositores. Se dice que preside uno de los dizque Frentes Comunistas disfrazado de antisegregacionista. Apareció en las listas del fiscal general, una de noventa organizaciones.

—¿Con qué autoridad? ¿La de Loren Matus?

—En su infinita sabiduría, el CAA ha diseñado algo que llama prueba de ácido para detectar el verdadero color de las organizaciones. ¿Quiere escuchar sus criterios? Cualquiera de los que siguen basta. Número uno: muestra una inquebrantable lealtad hacia la Unión Soviética. O dos: se niega a condenar a la Unión Soviética. O tres: ha recibido alabanzas de la prensa comunista. O cuatro: ha mostrado preferencias antiestadounidenses a pesar de sus juramentos de amor a Estados Unidos.

—Así es que, si se ama a Estados Unidos pero se detestan sus leyes segregacionistas…

—Sí. Eso podría considerarse una tendencia antiamericana. Deje que le haga una pregunta retórica: ¿la Sociedad Americana de Perros Poodle ha condenado explícitamente a la Unión Soviética? —Hizo una señal a la mesera, quien acudió de inmediato, como si la jalaran con una correa. Volvió a llenar los vasos, mirando hacia abajo con cuidado. Luego una sonrisa rápida, dientes fuertes y relucientes con una separación pequeñita en medio. Y tras eso se fue, desandando sobre su correa—. Déjeme preguntarle algo. Una pregunta personal, si me permite. Cuando ve a una muchacha bonita, ¿se fija en su belleza?

—Pregunta válida. ¿Cuando usted ve un buen cuadro se fija en su belleza? Se fija en el color y la forma, ¿no? Hermosura, porte, magnificencia. Tal vez hasta excitación. Pero no por eso se le antoja hacer el amor con el cuadro, ¿o sí, Artie?

—Disculpe. Mi interés no es morboso. Soy curioso. La curiosidad mató al gato, como decía muchas veces mi mujer.

—Bueno, la carta. ¿Me aconseja que la ignore?

—Se lo aconsejo —dijo despacio—. Le está acechando una culebra. Puede intentar llegar a un acuerdo. Ofrecerles dinero. Pero lo más probable es que de cualquier manera la serpiente lo muerda.

El whisky Grant's es un potente anestésico.

—Por suerte no importa, porque ahora no tengo que buscar trabajo. Tengo el único trabajo que siempre quise.

—Qué suerte, ser escritor. La editorial no tiene por qué complacer a patrocinadores, solo a lectores. Contratado por la imaginación de Estados Unidos.

—*Contratado por la imaginación de Estados Unidos.* Eso me gusta mucho.

—¿Y de veras están leyendo su libro en China?

—No, por Dios. Ni siquiera en Francia. Un reportero dijo: «No se sorprendan si el libro aparece en China», o algo así. También dijo que había en ellos algo chaplinesco.

—Bueno, muchos artistas no tienen tanta suerte, Chaplin entre otros. Estrellas de cine, directores, guionistas de televisión. Han de tener productores, patrocinadores. Se está convirtiendo en una industria muy lucrativa, al gusto de Aware Incorporated.

De pronto la muchacha regresó sin ser llamada:

—Tú eres el escritor, ¿verdad? Me encantan tus libros.

—¿Qué escritor?

—Harrison Shepherd.

—Qué raro, eres la segunda persona que me lo pregunta.

—Ah, perdón, me equivoqué. —Se alejó flotando, una balsa sin amarras, y desapareció por la puerta trasera.

Artie recargó su curva sigmoidea contra la barra, para ver a su aletargado compañero.

—¿Qué le pasa? Es un bombón.

—Lo sé. Lo agradezco. A todas las chicas, de veras.

—Bueno, podría haberle firmado una pinche servilleta de coctel y alegrarle el día.

—Eso es lo que no logro entender, Artie. Lo que la emocionó fue el libro. Al que quiere es al héroe y no a esta flauta flaca de la barra.

—Así que las conforma con una pizquita.

—¿Sabe lo que se siente al darse importancia? Como pagar con dinero falso. Mírela, es fantástica. ¿Mi nombre en una servilleta? Como si fuera el precio del patrón oro.

Artie volvió a acomodarse frente a la barra, sacando del bolsillo unos Old Gold.

—¿Así que la culebra Matus me buscó porque mi nombre le llamó la atención, por la posibilidad de la película?

—Ya sabe lo que dicen: cuando Dios quiere castigar a alguien, le concede lo que pide.

—Artie, yo nunca le pedí a Dios la película. Me resulta incómodo. No quiero atención.

—En ese caso, es rara su elección de oficio.

—Es lo que la gente cree. Que si alguien es famoso quiere estar ante los ojos del público. Para mí, escribir es una manera de ganarme la vida sin quitarme la piyama.

Artie meneó la cabeza pensativo.

—Sé lo que quiere decir. La gente cree que los abogados son bandoleros que degüellan, y yo no puedo cortarle la garganta ni a un pescado. Mi hija me recomienda que pesque. Pero pienso, ¿un viejo blandengue como yo? Y si llego a agarrar uno, ¿le pido perdón?

3 de octubre

Dos boletos de avión comprados, viaje aéreo a México y regreso por 191 dólares cada uno. La cantidad es para quitar el aliento, pero sea, en nombre del oficio. Arthur Gold opina que puede arreglarse que después los deduzcan de impuestos. Ayuda a la señora Brown con los trámites para el pasaporte. Se manda preguntar por un departamento en Mérida, un merecido aviso a Frida para que espere la visita, aunque es seguro que Diego estará fuera del país. Rómulo dará de comer a los gatos y cuidará la casa durante ocho semanas. Tengo que acordarme de traerle de regalo algo sensacional.

La señora Brown ya está lista y lo tiene todo empacado, aunque faltan todavía seis semanas. Tanto júbilo no tiene precio. Su emoción ante la aventura es algo que me gustaría mucho aprender de su ejemplo. Me hace extrañar al niño que alguna vez podía nadar millas bajo el agua en busca de tesoros.

Hoy me burlaba de ella; le pregunto si necesito cuidarme de alguien que se ponga furioso porque me la llevo. Parpadeó, desprevenida.

—Bueno, no sería tan raro —dije—. Soy consciente de que es usted una mujer atractiva. Y últimamente he notado que florece.

Se sonrojó de verdad. La formal señora Brown. Dijo que no

me preocupara, si algún hombre al que quisiera se mostraba interesado, yo sería el primero en enterarme.

The New York Times, 23 de octubre de 1947

79 de Hollywood subversivos, dice jefe de investigación

Pruebas de espionaje comunista serán presentadas la próxima semana, declara Thomas

Especial para el *New York Times*, por Samuel A. Tower

Washington, oct. 22. —Actores, escritores y demás de Hollywood fueron señalados hoy como miembros o simpatizantes del Partido Comunista. Los cargos fueron presentados por Robert Taylor, actor de cine, y por otras figuras de la pantalla ante el Comité de Actividades Antinorteamericanas en su tercer día de investigaciones sobre la infiltración comunista en la industria cinematográfica.

A su vez, la industria fílmica respondió a la persistente crítica del comité de que no se hacen películas anticomunistas, alegando que las sugerencias acerca del tipo de películas que deben rodarse es «un método de censura» y «violenta el principio de libertad de expresión», según su consejero, Paul V. McNutt.

El presidente del comité, representante J. Parnell Thomas, afirmó que dicho comité presentará en sus siguientes audiencias pruebas de que «al menos 79» personas de

Hollywood han participado en actividades subversivas. Tras una reunión ejecutiva vespertina, el comité anunció que la próxima semana presentará pruebas de espionaje comunista, con un testigo «sorpresa» que brindará otros testimonios respecto a datos confidenciales sobre un avión supersónico del Ejército que cayeron en manos de los comunistas con la ayuda de un agente literario de Hollywood.

Al llegar a la sesión vespertina, el señor Taylor fue recibido con un sonoro «ah» del público, mayoritariamente femenino, que llenaba la sala de audiencias. Fuera de la sala hubo conatos de disturbios porque quienes no pudieron entrar protestaban, empujando a la policía del Capitolio. En su testimonio declaró en un momento: «Personalmente, creo que se debería declarar ilegal al Partido Comunista. Si dependiera de mí, los mandaría a todos de regreso a Rusia». Esto arrancó el aplauso del público, y el presidente Thomas amonestó a los espectadores solicitando se abstuvieran de más demostraciones.

El señor Taylor aseguró que existen «más indicios» de actividad comunista en Hollywood durante los últimos cuatro o cinco años, pero no dio datos ni amplió su testimonio cuando el comité le pidió informes más específicos sobre actividades o personas. Declaró que, en su calidad de miembro del Gremio de Actores de Cine, tiene la convicción de que hay actores y actrices «que si bien no son comunistas trabajan con empeño para llegar a serlo», y cuya filosofía y tácticas le parecen muy cercanas a la línea del Partido Comunista. Este grupo constituye lo que llamó «una influencia disgregadora». El guapo actor declaró que la película *Canto a Rusia* era, a su parecer, propaganda comunista, y que por eso se opuso «vehementemente» a participar en ella. Añadió, sin embargo, que la industria de ese tiempo produjo un buen número de películas dirigidas a fortalecer los lazos del pueblo estadounidense con Rusia. El señor Taylor afirmó que no ha trabajado a sabiendas, ni lo hará, con ningún comunista. Tras veinticinco minutos en el estrado, el guapo actor se retiró, acompañado de aplausos y gritos de «Viva Robert Taylor» que lanzaba una mujer madura con un sombrero rojo.

Los miembros del comité preguntaron a James K. McGuiness, ejecutivo de la MGM, a cargo de los guiones del estudio: ¿Tiene la industria la voluntad de hacer películas anticomunistas? ¿Por qué no las ha hecho? ¿Por qué los estudios no hacen este tipo de películas para distribuirlas en las escuelas, tal y como hicieron con las películas patrióticas en tiempos de guerra?

El representante Emanuel Celler, del Distrito de Nueva York, atacó la investigación, pues considera que «haría avergonzarse a cualquier verdadero ciudadano». «Si la intención del presidente Thomas era aterrorizar a los magnates del cine, lo ha conseguido. Están temblando de miedo. Conviene tener presente algo que derivará de estas bufonadas: hoy es el cine, mañana podrían ser los periódicos y la radio. La amenaza a las libertades civiles es patente.»

31 de octubre

La experiencia me ha enseñado a tener las galletas listas desde antes. Los niños llegan a la puerta con disfraces para asustar.

Cuando sonó el timbre, justamente después de las cuatro, la señora Brown salió con un plato a la puerta. Pero era un hombre, se le oía claramente. Yo estaba trapeando en la cocina después de hornear ese día. La harina lo cubría todo como una helada temprana.

—No, no puede —dijo con voz agitada—: El señor Shepherd está indispuesto. —Su instinto de proteger al jefe es inquebrantable.

—¿Es usted la señora de la casa?

—Soy su mecanógrafa.

La asustó la placa, y no puede acordarse del nombre. FBI, eso sí lo recuerda. Había venido a hacerle unas cuantas preguntas al señor Shepherd, pero como estaba indispuesto, era obligación de la señora Brown responderle, hasta donde le fuera posible.

Cuando terminó todo y se fue, entró en el comedor y puso la cabeza sobre la mesa. Hice una jarra de café. Luego, juntos, recordamos y anotamos, para enseñárselo después a Artie.

—¿Cuántos años hace que vive en esta casa?

(Calculó que cinco.)

—No —dijo él—. El señor Shepherd compró la casa en octubre de 1943.

—¿Y entonces para qué pregunta? Válgame.

—¿Está hipotecada?

—Cuando se compra una casa, se compra una hipoteca. Es claro que ya conoce los detalles.

—¿Dónde vivía antes?

—Alquilaba un cuarto a Marian Bittle, en su pensión de la carretera a Black Mountain. Lo que llaman Tunnel Road.

—¿Y antes de venir a Asheville?

—No tengo ni idea. No creo que pueda contestarle más preguntas.

—Debe intentarlo. Orden Ejecutiva 9835.

—¿Qué significa eso?

—Quiere decir que debe intentarlo. Si el FBI pregunta, usted contesta. ¿De dónde sacó ese coche? Es un carro bastante caro. O lo fue, en sus tiempos.

—Me parece que el auto perteneció a su difunto padre.

—Vi una botella vacía de Remy en la basura. ¿El señor Shepherd bebe?

—No, en absoluto. Creo que terminamos. El abogado del señor Shepherd puede continuar con esto, de ser necesario.

—Mire, *seño'*, no se ponga así. Una investigación no significa que sea sospechoso. Estamos verificando en el lugar de los hechos.

—¿Qué hechos?

—Lo rutinario.

—¿Y podría decirme qué suponen que hizo el señor Shepherd?

—No, *seño'*, no podemos.

—¿Y si él estuviera, se lo dirían a él?

—No, *seño'*, ese tipo de cosas no se les dice a los acusados por razones de seguridad. ¿Sabe por casualidad cuánto gana?

—Por el amor de Dios. Es escritor. Ni siquiera él mismo podría decirles cuánto va a ganar mes a mes. ¿Acaso sabe usted qué libros leerá la gente el próximo año?

—¿Asiste a reuniones?

—No.

—Bueno, los vecinos dicen que sí. Lo ven tomar el autobús de

Haywood todos los jueves. Los demás días solo va a la tienda y al puesto de periódicos.

—El señor Shepherd asiste los jueves a la biblioteca.

—¿Por qué tan puntual?

—Le resulta cómodo seguir rutinas fijas.

—*Seño'*, ¿sabe usted qué revistas lee?

—Compra casi todas las que venden en el puesto de Haywood. Si lo desea, puede ir allá y hacer un listado.

—¿Sabe usted si por casualidad ha estudiado alguna vez a Karl Marx?

—Vaya usted a ver si venden a Karl Marx en el puesto de Haywood.

—¿Sabe cuál es la postura del señor Shepherd ante el arte abstracto?

—*Frente* a él, supongo, si quiere verlo bien.

—Muy chistosa. ¿Puede decirme el nombre de su gato?

—¿Los gatos también son sospechosos?

—Los vecinos afirman que lo han escuchado llamar al gato con una palabra obscena.

—Nunca he escuchado al señor Shepherd dirigirse a ninguna persona de manera obscena; y, desde luego, nunca a sus gatos.

—Bueno, pues ellos dicen eso. Dicen que usa una palabra muy vulgar para llamar al gato. Están preocupados por los pequeños. Dicen que su niño viene por acá.

—Válgame. ¿Cómo piensan que le dice a su gato?

—Con su perdón, *seño'*, es una palabra muy vulgar: semen, *Jism*, dicen.

—El nombre del gato, en español, es *Chisme*.

Mérida, península de Yucatán

Noviembre de 1947

Notas para una novela sobre el fin de un Imperio.

Cuando los hombres de Cortés llegaron aquí por primera vez preguntaron en español: «¿Cómo se llama este lugar?». Y los nativos mayas les respondían siempre lo mismo: «¡Yucatán!». En su lengua, la palabra significa: «No te entiendo».

El departamento es de muy buen tamaño, dos recámaras y una mesa grande para trabajar en el cuarto principal, con una ventana hacia la calle. La cocina y el baño son un desastre, pero no hay necesidad de cocinar. Resulta muy fácil bajar al restaurante del patio por las mañanas y por las noches. Los anteriores inquilinos deben de haber tenido la misma pereza, porque cuando llegamos asomaba en la coladera del fregadero un largo brote blancuzco de frijol. Me ofrecí a ponerlo en una maceta del balcón, y lo llamo nuestro huerto.

A la señora Brown no le hizo gracia el chiste. No accede a ejercer ni una pizca de tareas domésticas excepto poner el café, tal y como hacía en la casa. Nunca he visto el interior de su cuarto: elegimos desde el principio las puertas, y su cubil sigue siendo un misterio. Sale cada mañana con sus guantes y su sombrero Lilly Daché tan consistentes como las blusas bordadas y las faldas con bordes de encaje que usan las mujercitas mayas del mercado. Los guantes y el Lilly Daché de la señora Brown son su traje típico.

La máquina de escribir llegó ayer, y está en la mesa como signo certero de progreso. Un chofer y un coche para visitar los sitios antiguos tal vez también aparecerán pronto. La señora Brown se ha parado con aplomo sobre sus piernas bien plantadas y ya ha incursionado sola en las tiendas para conseguir algunas chucherías. Cada día se encarga de más cosas, sorteando los obstáculos de una lengua que no puede hablar. Mi consejo (que no sigue) es que responda «Yucatán», no entiendo, a todas las preguntas.

Un buen título para la novela: *El nombre de este lugar*.

Por el momento, el nombre de este lugar está enlodado. O eso ha de pensar la señora Brown cuando se ve forzada a tomar la vida en sus enguantadas manos. Se aferra con una al brazo del asiento agitado, mientras, detiene con la otra el sombrero sobre su cabeza cuando nos bamboleamos en la península sobre carreteras terribles, navegando con Jesús, nuestro temerario chofer. Después del trabajo que nos tomó encontrar la combinación de un vehículo y un chofer juntos, al mismo tiempo y en el mismo lugar, no me atrevo a preguntarle si tiene la edad requerida para manejar. Es apenas un muchachito, a pesar de la seriedad de su nariz maya y de su magnífico perfil. Y la terrible sorpresa no fue darme cuenta de su edad sino de la mía, pues debe considerarme un hombre que no merece la pena ser analizado, más o menos de la edad de su madre. Una sarta de instrucciones y un pago al final de la jornada.

Y sin embargo, es claro que ya ha vivido algunas cosas. Su camisa está tan gastada y rala que parece de periódico, y le falta la parte inferior de una oreja. Tardé en notarlo, es la izquierda, del otro lado del pasajero. Afirma con calma, cuando se le pregunta, que la mordió un jaguar. Así es que tiene, si no la experiencia, sí la imaginación para trabajar con un novelista. Puede disertar sobre cualquier cosa sin el menor titubeo. Hoy, rumbo a Chichén Itzá, el tema era la historia militar de su pueblo, los mayas. «Más valientes que diez ejércitos de federales», grita para hacerse oír por encima de los ejes y el rugido del motor de un Ford destartalado. O casi un Ford, porque una puerta y las salpicaderas delanteras son de otra carrocería. Corremos sobre un país mestizo en un auto de raza mixta.

—En este lugar, en Valladolid —anuncia Jesús por encima del traqueteo—, tuvo lugar la última rebelión maya. Hace cien años, los yucatecos les quitaron toda la península a los ladinos. Declaramos la independencia de México como Texas, la de Estados Unidos. Y casi logramos tener una nación maya de nuevo—. Excepto Mérida, confesó, donde los federales permanecieron durante toda la rebelión. Pero donde se decidió el destino fue en Valladolid. Se preparaba la victoria final sobre el ejército mexicano y, cuando los guerreros mayas se disponían a atacar, llegó un viejo chamán con noticias urgentes: el viejo calendario anunciaba que era tiempo de volver a los pueblos y de sembrar maíz. Bajaron las armas y regresaron a sus casas.

—Los dioses hablan al corazón de mi gente —dice el muchacho llamado Jesús, golpeándose el pecho mientras maneja, con la cabeza echada hacia atrás y tranquilidad en los ojos rasgados, aun cuando las llantas del coche caen a otro cráter de la carretera que levanta en vilo todo su cuerpo. Los mayas obedecieron las normas antiguas de sobrevivencia. Se alejaron del poder dejando la península en manos de los federales, y se la regresaron al gobierno mexicano.

En algún detalle de este discurso perdió el camino entre las veredas de terracería de la selva y fuimos a parar a su pueblo (a la hora del almuerzo, para más datos, qué casualidad). Estábamos bastante cerca de Chichén Itzá, veíamos la parte superior de uno de los templos cercanos al sitio asomar sobre los árboles, un monumento de la antigua prosperidad cuya sombra se recortaba sobre los techos de palma y los niños desnudos que se juntaron para ver quién salía de tan destartalada máquina. Para el caso, podríamos haber bajado de un platillo volador.

La madre de Jesús, con los mismos ojos almendrados, nos invitó a sentarnos en un tronco mientras sacaba frijoles de una olla que debe haber estado hirviendo eternamente sobre el fogón fuera de la choza. Su nombre: María, por supuesto. Su casa de tablas, como todas las demás del pueblo, tenía un techo alto y puntiagudo de palma, abierto en los cuatro costados para ventilarse. Tras la puerta abierta, un enredijo de piernas inmóviles, al parecer niños durmiendo, hundían una hamaca como una honda V, a la inversa del techo. Al lado de la casa crecía un huerto ralo, pero el frente era solamente tierra con los troncos en que nos posamos. Con su mano enguantada, la señora Brown enderezó el plato de metal so-

bre las rodillas cubiertas por una falda de tweed, las cejas muy levantadas y sus zapatones de piel de ternera colocados pulcramente sobre el polvo. A su alrededor florecían en desorden cien o más
orquídeas plantadas en latas de manteca oxidadas. Blancas, rosadas, amarillas, con pétalos pareados como mariposas sobre las raíces y las hojas.

Mis hermosuras, las llamaba María, arrimándose a quitar una
pavesa de la camisa raída del hijo y jalándole suavemente la oreja
buena.

—Lo único que cuenta es la hermosura.

La luz de la ventana es buena, y la vista una distracción placentera. La calle está llena a todas horas, pues el departamento está cerca de la plaza del centro, los mercados y la antigua catedral de piedra. Debe de ser la parte más vieja de Mérida, a juzgar por su
encanto y sus notorias fortificaciones.

Por la tarde, cuando el sol pega sobre los edificios enyesados
de la acera de enfrente, es posible contar una docena de colores de
pintura destiñéndose en las partes más altas de los muros: amarillo, ocre, ladrillo, sangre, cobalto, turquesa… El color típico de
México. Y el olor de México es una mezcla parecida: jazmín, orines de perro, cilantro, lima… México permite la entrada por un
hueco arqueado de piedra hasta el patio arbolado de su corazón,
donde los perros mean contra la pared y el mesero pasa a través de
una cortina de jazmines para servir un tazón de sopa de tortilla
que huele a cilantro y limón. Los gatos cazan lagartijas entre las
macetas de barro de alrededor de la fuente, las palomas se acomodan en las enredaderas floridas y zurean su plegaria de agradeci-

miento por que las lagartijas existen. Las plantas se desparraman en silencio sobre las macetas de barro. Como cuando los niños mexicanos se paran pacientes en los zapatos del año anterior, que ya les quedan chicos. Y la piedra lanzada a un barranco golpea y cae cuesta abajo.

La vida aquí es de olores fuertes, subyugantes. Hasta las palabras. Para ordenar el desayuno se requieren palabras como *toronja* —no pomelo—, con sus tres sílabas llenas de deseo, lágrimas y chisguetes en el ojo.

Nuestro joven señor Jesús encontró hoy el camino correcto a Chichén Itzá. Qué maravilla. El Templo de los Guerreros, el Juego de Pelota, la alta pirámide llamada El Castillo. Magníficos edificios de piedra caliza se miran uno a otro en silencio a través de una plaza cubierta de pasto. Todo aturde, blanco: arquitectura intemporal de piedra pálida. Elegante y remota. Sea lo que fuere lo que vine a buscar, se oculta reteniendo el aliento. Aquí no se presentan el crimen y el castigo para teñir de sangre los pasillos. A diferencia de los sombríos aztecas y sus dioses que sacan la lengua, los mayas parecen serenamente intocables. Lo que dejaron tras de sí es, en toda medida, tan grandioso y elegante como los templos griegos de mármol blanco.

A orillas de la selva que rodea la plaza encontramos más templos caídos sobre sí mismos en silencio, dormidos bajo las verdes frazadas de enredaderas. Como los restos de la selva de Isla Pixol, junto al hueco de agua, al final de la laguna. El de la calavera sonriente labrada en piedra. Desde aquí, caminos angostos se abren paso entre los árboles en todas direcciones, hacia otras partes de la ciudad parcialmente explorada: el mercado con sus columnas labradas. El baño de vapor en su densa arbolada: la oscura cámara de piedra como matriz, a la cual se entra por una puertita triangular. Encima, la alta bóveda como una V invertida, perforada en cada extremo por un pequeño agujero redondo para que salga el vapor. Tal vez la historia comience aquí, iluminada por un débil y difuso rayo de sol que penetra en el vapor por ese agujero: el escenario para una escena de amor o, mejor aún, un asesinato. Intriga política. Pero el lugar no parece sangriento.

La enorme pirámide central se eleva; alta y heroica, domina la plaza. Parece más alta que la Pirámide del Sol de Teotihuacán, aunque en cuestiones de heroicidad la memoria suele ser tramposa. Nos vemos obligados a subir las enormes escaleras de piedra hasta llegar arriba, como hizo Frida hace tantos años, arrastrando su pierna lisiada. Pero la señora Brown logró subir sin mandar al infierno ni siquiera a un alma.

Hoy fuimos en coche al sur, a pueblos de campesinos mayas cuyos nombres comienzan casi todos con X. X-puil, X-mal. Jesús nos revela el secreto, *Shh*, de la lengua maya. La X no marca un énfasis, sino un susurro. En el campo, todos los mayas hablan en su lengua, que suena a secretos susurrados. Las mujeres paradas en los umbrales susurran: *Shh, shh*. Padres e hijos caminan junto a la carretera cargados con azadones que parecen muy viejos y cuchichean planes: *Shh*.

Otro día en coche, ahora al este. Paramos en un pueblo, y caminamos por el lecho rocoso de un camino antiguo hacia una laguna. Cenote, le llaman aquí: un agujero hondo y redondo de agua azul bordeado por altos despeñaderos de piedra. Un martín pescador salió de la maleza gritando *quiljín, quiljín*. Daba vértigo mirar desde arriba la roca lisa sobre el agujero de agua, muy abajo y sin un barandal en la orilla que impidiera la caída. O deseos de nadar, zambullirse a ver qué hay en la hondura: el diablo o el mar.

Es agua dulce, a muchos kilómetros del mar. Los mayas fincaron sus pueblos y civilizaciones sobre estos cenotes, porque ninguna cosa sagrada es más santa que el agua. En toda la península de Yucatán no hay ni un río o arroyo que corra por la superficie, solo estas cavernas de agua que fluyen bajo la tierra abriendo en algunos lugares bocas redondas hacia la luz del cielo. *Chi-Chén* significa «boca del mundo», y así es, estas bocas que respiran son tan viejas como el pavor humano. Los antiguos las alimentaban como mejor podían, echándoles jade y ónix, vasijas de oro y restos humanos. Sin pensar lo que sucedería con el agua que bebían.

Jesús dice que han sido dragadas del cenote muchas cosas de valor, y que fueron llevadas a Harvard y al Museo Peabody. Dijo los nombres exactos de los lugares, así que debe de ser cierto. Saqueo colonial en la era científica.

En el camino de regreso por la selva buscamos, sin encontrarlos, rastros de los sembradíos o pueblos que deben haber existido por aquí. Miles de personas comunes vivieron en esta metrópoli, pero sus casas eran perecederas, de bajareque y palma, aplanadas con cal o lodo. Todo rastro de sus vidas ha regresado a la tierra, menos sus templos de piedra para el culto y el arte. Lo construido con ambición se eleva más alto que lo hecho con el pan nuestro de cada día.

Una multitud se acercó al vehículo que quedó estacionado en el pueblo. El muchachito más grande se presentó (Maximiliano), y exigió pago por haber cuidado el coche cuando no estábamos. «¿Cuidarlo de qué?», preguntamos, y Maximiliano señaló a la banda de pequeños maleantes que, según dijo, lo hubieran robado o hasta desmantelado. «Son muy hábiles», afirmó. Repartió el puñado de monedas del pago entre los vándalos inmediatamente, reforzando así su alianza. Hasta la moralidad es un asunto de oferta y de demanda.

Algunos niños mayores que se habían quedado atrás, distanciándose de los piratas, se acercaron a vender tallas de madera. Eran figuras de viejos guerreros con complejos tocados, muy parecidos a mi idolito de obsidiana. Era sorprendente cómo se parecían las caras anchas y talladas a las de los niños que las vendían. La señora Brown le pagó al tallador lo que le pidió: apenas un poco más cara que el chantaje anterior. Buen día para los muchachos que se ganan la vida, parados sobre las piedras y los huesos de sus antepasados.

Toda la gente venía a pasear cada tarde dando vueltas; la plaza está cerca del departamento. Los enamorados flotaban, conectados por dedos entrelazados. Los casados eran como barcos, sus niños como balsas amarradas tras el navío. Nadie iba solo. Hasta los vendedores sentados en las bancas de la periferia trabajan estrechamente conectados, señalando con la cabeza a los presuntos compradores, como máquinas que meten la aguja en la tela.

—Esto lo hacíamos en Isla Pixol —dije a la señora Brown—.

A mi madre le gustaba caminar en círculos. Siempre y cuando estrenara vestido.

Tras un día en el camino, la señora Brown, con su garbosa boina azul, hizo una disección del pescado frito durante la cena tardía. Pero la plaza apenas comenzaba a despabilarse. Dos hombres empujaban sobre ruedas una gran marimba para acercarla a las mesas de la cena y la descubrieron, disponiéndose a tocar.

Dijo:

—Se siente como en casa, acá. Es bueno constatarlo. Os hace bien.

—No me siento en casa en ningún lugar, que yo sepa.

—Bueno, concedo que puede ser usted quisquilloso. —Usaba el cuchillo para arrimar la cabeza y la cola tostados del pescado—. Siempre supe que era de México, nos lo dijo en casa de la señora Bittle. Pero figúrese, pensábamos meramente que era tímido. Nunca imaginamos que hubiera un país entero donde pudiese llamar al mesero en su propia lengua, ordenarle cualquier cosa, y que la hiciera. Ahora parece tonto.

—No, la entiendo. Pensaron «extranjero», pero no de un lugar en particular.

—Supongo que fue así. Todo el tiempo he sabido que existía esta gente, pero no podía visualizarla. Leo *Geographics*, pero no puedo imaginarme a la gente de dichos reportajes viva, respirando, que conoce cosas que uno ignora. Pero también eso suena tonto.

—No, yo creo que toda la gente es igual. Hasta que salen a otro lugar.

—Agradezco mi buena estrella, y se lo agradezco a usted, señor Shepherd, de veras. El ser alguien que salió a otro lugar.

Colocó las manos en su regazo y se dedicó a ver lo que sucedía con toda su atención, como la gente cuando va al teatro. Los vendedores comenzaron su trabajo con quienes cenaban. Si la comida duraba el tiempo suficiente, podía comprarse cualquier cosa: rosas, aros de goma, un armadillo barnizado. Una mujer y su hija, con faldas largas y rebozos, se movían de mesa en mesa mostrando sus bordados. Las alejé con un gesto mínimo que la señora Brown no vio. Se siente obligada a mirar todas y cada una de las cosas que le ofrecen, por no ofender al artesano.

—Me he estado preguntando de qué tratará su próxima novela —dijo—. Aparte del escenario.

—También yo. Creo que quiero escribir sobre el fin de las cosas. Cómo caen las civilizaciones y por qué llegan a eso. Cómo nos vinculamos con el pasado.

Para mi sorpresa, dijo:

—Yo no lo haría.

—Vaya, señora Brown. Es la segunda vez que me dice cómo debo escribir. La primera vez se disculpó.

—Bueno, nuevamente, lo lamento.

—¿Por qué dice eso?

—No es de mi incumbencia. Tal vez no debí haberlo dicho; no pude evitarlo… Algunos acontecimientos ocurridos en su casa me desasosiegan.

—A veces meto la pata, lo sé. Continúe.

—¿De veras?

—Por favor.

—Creo que a los lectores no les gustaría. No nos complace

considerarnos muy apegados al pasado. Más bien, preferimos empuñar unas tijeras y cortar con todo lo que nos ata a él.

—Entonces, estoy perdido. No escribo sino de historia.

—Personas con brazaletes de oro, sin embargo. Nada que pudiera sucederle a alguno de nosotros. Supongo que es por eso por lo que lo tomamos tan favorablemente.

—¿Debo intentar algo nuevo, entonces? ¿Qué pasó con el escritor que se levanta con orgullo? No dejar huérfanas las palabras, mis vástagos, como usted les llama.

—Lo sostengo aún. Pero no hay deshonra en un disfraz astuto. Para decir lo que piensa y al mismo tiempo evitarse problemas. Y hasta ahora, lo ha conseguido.

—Ah, ¿entonces cree que no me iría tan bien si mis historias sucedieran, por decir, en alguno de los campo de concentración de Texas o Georgia? ¿En los lugares adonde mandaron durante la guerra a los ciudadanos de origen japonés o alemán?

Parecía asustada.

—No, señor, no nos complacería leer eso. Ni siquiera sobre los otros japoneses, los que hundían barcos y atacaban nuestras costas. Se acabó, y más nos vale deshacernos rápidamente de todo ello.

La marimba tocó *La Llorona*, la más alegre muestra de un canto a la muerte. Espié al hombre que vendía el armadillo barnizado. Cuestión de tiempo, pues viene todas las noches.

—Si es así, ¿entonces para qué saca Estados Unidos artefactos históricos de México para ponerlos en…, dónde dijo, en el Museo Peabody?

—Pasa lo mismo que con sus libros, señor Shepherd. Los objetos de oro y las desventuras son ajenos. Si llenamos con eso los museos, no tenemos que ver a nuestros muertos en el fondo de los pozos.

—¿Y quiénes somos *nosotros*?

Se quedó pensándolo, las cejas bajas.

—Los estadounidenses comunes —dijo al fin—. Es la única clase de gente por la cual puedo responder. No como usted.

—¿Y hacen eso? ¿Empuñan unas tijeras y cortan el pasado?

—Yo ya lo hice. Mi familia podrá decirle que me fui del pueblo y que ya no soy la que ellos criaron. Es lo que Parthenia llamaría «moderno».

—¿Y cómo lo llamaría usted?

—Estadounidense, como dije. Las revistas nos muestran que somos especiales, distintos de quienes nos trajeron al mundo. Nuevecitos. Pintan el retrato de una campesina con chal en la cabeza para que uno tenga miedo de parecérsele, a menos de que compre harinas preparadas para pasteles o un congelador casero.

—Pero suena solitario. Andar por allí sin ancestros.

—No digo que sea bueno. Es lo que somos. Odio decir esto, pero la campesina del chal *es* mi hermana y no quiero ser ella. No puedo evitarlo.

Un hombre caminaba entre las mesas moviendo un títere; un esqueleto de cartón sonriente. Para regocijo de la familia que cenaba cerca, hizo que el esqueleto se acercara despacio, alzando mucho los pies de hueso, y que saltara de golpe a la mesa. Los niños gritaban mientras zapateaba entre los platos por las monedas que regalaría a su padre.

—Y la historia no es más que un cementerio —le dije a la señora Brown. El titiritero estaba detrás de ella y se había perdido la función.

—Es tal, precisamente. Para visitarse cuando estemos de ese humor o para no ir en absoluto. Dejar que crezca allí el césped.

—Aquí en México hay un día dedicado solamente a estar con los muertos. Se va a donde está enterrada la familia y se hace una gran fiesta, sobre la tumba misma.

—¿Es obligatorio? ¿Justamente encima de las tumbas? —Con los ojos muy abiertos parecía la niña que debió de haber sido antes de convertirse en la señora Brown.

—La gente lo disfruta tanto como disfruta de las bodas. En realidad, es una especie de boda con la gente del pasado. Se jura que todavía están con uno. Se cocina un banquete para celebrarlo, y se lleva comida suficiente para los muertos.

—Bueno, señor, eso es algo que no sucedería en el condado de Buncombe. Probablemente serían arrestados por la policía.

—Sí, tal vez tenga razón.

Tomó su vaso con agua de lima y chupó con un popote sin dejar de mirarme. Era desasosegante. El titiritero apareció en su campo visual y apartó los ojos de mí para dirigirlos al esqueleto. Al terminar con su vaso dijo:

—Usted sí entiende esas cosas, bodas en el camposanto. Es usted de otro país.

—Pero yo también quiero estar nuevecito. El país de la gente sin peso y los automóviles veloces me cuadra. Fue allí donde me hice escritor.

—Podría haberse quedado aquí y serlo en cualquier lugar.

—No lo creo. Lo he pensado. Debía dejar atrás a los fantasmas. Los escritores mexicanos, en general, luchan con sus fantasmas, me parece. Tal vez resulte más fácil decir lo que uno quiere en Estados Unidos, sin compromisos ancestrales que pesen como lápidas.

—Es más fácil mirar a los demás desde arriba.

—¿Quiere decir que eso hago?

—Señor Shepherd, usted no. Pero algunos sí. Miran a su alrededor y dicen: «Aquí estamos bien, aquello es malo», y queda decidido. Somos Estados Unidos, por lo cual todo aquello debe ser otra cosa, de cabo a rabo.

La señora Brown nunca dejará de sorprenderme.

—Eso es muy agudo. ¿Cree usted que tiene que cortarse el ancla del pasado?

—Sí. Porque si nos viéramos obligados a pararnos en una tumba para pensar en él, no podríamos decir: «Esto es Estados Unidos». Recordar a algún indio, a algún tipo que lanzó allí mismo su flecha. O al hombre que mató al indio, o al que dio latigazos a sus esclavos, o al que colgó a una mujer provocadora por brujería. No podríamos afirmar que todo es miel sobre hojuelas.

—Tal vez los lectores necesiten algo de eso. Vínculos con el pasado.

—Bajo advertencia no hay engaño —sentenció.

—Creí que era «regaño». Advertirle al regaño.

Se quedó mirando a lo lejos y no respondió.

Hoy fue el pueblo de Hoctún, que tiene el color del trigo y una pirámide colocada en el centro. Me recordó al pueblo con la gran cabeza en la plaza y al curandero de Mamá. Cada recodo del camino lleva al recuerdo. Isla Mujeres, ya desde el transbordador, fue casi intolerable. La señora Brown nota mi desasosiego y se preocupa, la saca de quicio, como diría ella. Me la imagino en el quicio de Dios, detenida y presa hasta encontrar de nuevo la puerta asignada. Dice que vino acá para preocuparse en mi lugar. Y hace bastante: pasa a máquina borradores de escenas que más tarde tiro a la basura. Arregla cosas. Se hizo amiga de alguien que habla inglés en la oficina de turismo, un periodista que la ayuda a negociar milagros. La burocracia mexicana no arrienda a la señora Brown; trabajó para el ejército de Estados Unidos.

Le informo de que ahora quiero estudiar de cerca la vida en los pueblos. Ya vimos suficientes pirámides, necesito chivos y fogones. Meterme en una choza, examinar uno de sus techos después de ver los arcos de medio punto en los templos de piedra. Su idea fue magnífica: regresar al pueblo de María, la madre de Jesús.

El caldero perpetuo de frijoles aún hervía. María estaba animada al servir la comida, contándonos que por la mañana habían pasado los madereros. Están talando los árboles de alrededor, llevándose los gigantes segados por el mismo camino de terracería por donde llegamos. Lo único que puede hacer ya es pararse en la carretera y detener los camiones, insistiendo en que le dejen buscar entre los troncos y sacar las orquídeas vivas de las ramas altas. Eso explica las flores que crecen en las latas de su patio: huérfanas rescatadas. Las flores pasaron toda su vida en lo alto del aire límpido, sin recibir una mirada, hasta que el sostén de sus raíces se derriba de pronto. Es un lugar precario, aquella altura, con los aulladores. Todos quieren que los árboles más altos caigan.

Pero María de las Orquídeas no tiene ese temor, en su casa del bosque primordial:

—Lo que cuenta es la hermosura —dice de nuevo, al alargar sus pequeñas manos hacia las copas de los árboles—. Hasta la muerte nos concede hermosura.

Otro viaje a Chichén Itzá mañana. El último. Luego empacaremos todo. Tenemos que tomar el tren a la ciudad de México el jueves o el viernes si queremos quedarnos allí desde Navidad hasta Año Nuevo, como pide Frida. Candelaria nos recogerá en la estación. Candelaria al volante es algo tan inverosímil como Jesús y sus viajes guiados. O la señora Brown con su sombrero y sus guantes junto a la flagrante Frida, tomando el té, sentada en una banca con relámpagos tonantes. Y al parecer, todo esto vendrá a su tiempo.

Chichén Itzá hoy es completamente diferente, tal vez por todo lo que hemos visto desde la primera visita. «Elegante y remota», apunté en mis notas aquélla vez, reacia a revelar su historia humana. Hoy, en cambio, la historia brotaba de cada superficie. Urgente y visible. Cada piedra llevaba labrada alguna imagen: las fauces del jaguar, la serpiente emplumada, el friso largo de peces nadando. Los emperadores erectos, de tamaño natural en estelas de piedra que brotaban de la plaza como enormes colmillos. Los mayas casi siempre esculpían la figura humana de perfil: el ojo almendrado, la frente aplanada cayendo hacia el exquisito arco de la nariz. No tenían por qué temer que se olvidara: el perfil es la viva imagen de Jesús y de muchos miles más, niños incluidos. Si se desea ser recordado, mejor hubiera sido labrar otra cosa: «Fui cruel con mi mejor amigo, pero se pasó por alto. Mi platillo favorito son los calamares en su tinta. A mi madre nunca le gustó del todo como soy».

Quedaban también rastros de color en las superficies: rojo, verde, azul. En su tiempo, todos estos edificios estuvieron pintados de colores brillantes. Qué sorpresa, darme cuenta de lo tonto que fui al dejarme engañar por la serenidad de las piedras pálidas. Como ver un esqueleto y pensar: qué callado y qué flaco era este hombre. Hoy Chichén Itzá voceaba la verdad de lo que había sido: adornado. Agitado y luminoso, lleno de orines y jazmín, ¿por qué no? Era México. O más bien, México sigue siendo lo que fue alguna vez.

Subimos por última vez a la alta pirámide, El Castillo. «No es necesario que lo haga, ¿sabe?», dije a la señora Brown, a la mitad. El día era tan claro y tan caluroso que tenía gusto a pólvora, y había dejado el sombrero en el coche, donde Jesús dormitaba. Se detuvo en un escalón de piedra poniendo la mano sobre los ojos, con el viento agitando su cabello hacia atrás; parecía la sirena de una proa de barco. Se había quitado los guantes para usar ambas manos al trepar, los escalones eran pavorosos. «Claro que sí —dijo jadeando profundamente—, es lo que hacen los hombres.» Es un hecho, los hombres lo hacen, no pueden resistir, por su naturaleza, el mismo impulso que los obligó a que esto se elevara: ambición insensata.

Pero la vista desde arriba nos convenció, valía el esfuerzo. Nos sentamos en un bloque de piedra mirando a los turistas de abajo, en la plaza, compadeciéndolos porque esas hormigas no estaban en lo alto y, si tenían la intención de llegar, debían pagar el precio.

Y en eso se resume burdamente todo: una insensata ambición. Sobre eso se construyen las civilizaciones (y sobre cenotes o manantiales).

—Imagínese este lugar repleto de reyes y de esclavos —dije.

—Diez mil esclavos por cada rey, debo suponer.

Y perros ladrando. Y madres preguntándose si los niños no se habrían caído a los pozos. Nos quedamos allí un buen rato, reconstruyendo la escena. Tenía curiosidad por saber cómo decide un escritor comenzar sus relatos.

—Por el principio— le contesté—, pero debe colocarse tan cerca del final como sea posible. Ese es el secreto.

—Pero, ¿cómo se sabe?

—Se decide nada más. Podría ser aquí mismo. En la primera claridad del día, el rey con un atuendo marrón y una pechera de oro se paró en lo alto de su templo, observando el caos de abajo. Comprendió con pesar que su imperio se estaba derrumbando. Hay que ir directamente a la acción, los lectores son impacientes. Si se entretiene uno, mejor prenden la radio y escuchan *La taberna de Duffy*, donde todo ocurre en una hora.

—¿Y cómo sabe el rey que su imperio se está derrumbando?

—Porque todo anda mal.

—¡Necedades! Todo está siempre mal, pero la gente dice: «Aguanta, basta salir de este mal paso».

—Muy cierto. Pero usted y yo sabemos lo que ocurrió porque ya lo leímos. Chichén Itzá fue el centro de un Imperio grande y poderoso, donde florecieron el arte y la arquitectura durante siglos. Y luego, alrededor del año 900 después de Cristo, se desvaneció misteriosamente.

—Un pueblo no se desvanece —protestó—. Hitler se mató, pero Alemania sigue allí. Por poner un ejemplo. La gente va a trabajar, cumple años, todo lo demás.

Muy cierto, y los mayas que habitan ahora en esta selva de seguro no se consideran una sociedad derruida. Construyen sus chozas al modo antiguo, hacen huertos, cantan a los niños para que se duerman. Los gobernantes y generales cambian sin que lo noten. Desde tiempos de Cortés, el gran Imperio español se colapsó hasta llegar a ser un pequeño territorio rocoso, con viñedos, la pequeña garra derecha de Europa. Sus provincias lejanas se perdieron, y sus millones de súbditos sometidos fueron liberados. España prohibió la esclavitud, construyó escuelas y hospitales. Sus poetas, quién lo creyera, compiten ahora por condenar la historia colonial de España. ¿Lo vio Cortés venir vertiginosamente, como si fuera un tren? ¿O Inglaterra? ¿O Francia? Todo ese impulso que avanza, marchas a las montañas, murales y las manos extendidas. ¿A qué parte nos referimos, al decir que se derrumbó?

—Una novela necesita un buen colapso —dije—. Éxito y fracaso. La gente lee para escapar de las incertidumbres de la vida. Y construyen pirámides que duran eternamente para tener dónde subirse y admirar todo desde lo alto.

—Usted debe saberlo —dijo ella—. Pero no tiene sentido admirar algo solamente porque dura. Mi hermano tuvo una vez un forúnculo en el trasero que le duró un año. Y no es algo que me gustaría ver en un fotograbado.

—Violet Brown, la poeta.

Se rió.

—Le recordaré el forúnculo la próxima vez que intente impedir la quema de cartas y cuadernos viejos.

No le gustó. Sacó sus guantes de algodón fino del cinturón, donde los había colgado. Se los puso y se sacudió la falda.

—Vale la pena recordar algunas cosas, otras no. Fue lo único que quise decir.

—¿Y cómo distingue unas de otras?

—No, no puedo. Pero poner roca sobre roca tal vez no sea lo que vale la pena. Tal vez lo que deberíamos admirar de este pueblo sea que vivió en esta selva sin dejar sobre ella ni una huella.

—¿Y cómo nos enteraríamos de su existencia mil años después?

—En mil años, señor Shepherd, hasta las mulas paren.

Y eso fue el punto final porque las nubes de tormenta se cernían con un color amenazador, obligándonos a bajar de nuestro nido de águilas. Los cielos se desataron cuando llegamos al suelo. Los niños que acechaban con sus maderas talladas y sus bordados desaparecieron en la selva, protegiéndose, y los turistas corrían a sus coches. Tras de nosotros, los templos se erguían contra una extraña luz amarilla mientras la lluvia ennegrecía las lozas disolviendo las piedras calizas partícula a partícula, cobrándole su cuota cotidiana a la historia.

QUINTA PARTE

Asheville, Carolina del Norte
1948-1950
(VB)

Star Week, 1 de febrero de 1948

Estrella sureña brilla
sobre el romance de Shepherd

Los jóvenes del Lugar del Cielo parecen preferir el sabor del vino añejo. Hace una década Tom Wolfe, joven escritor oriundo de Asheville, Carolina del Norte, saltó a la fama escapando de los escándalos del Sur hacia un permisivo y bohemio Manhattan, y hacia los brazos de una dama diecisiete años mayor que él. La familia del autor intentó romper sus lazos con Alice Bernstein —*señora* Bernstein—, guapa diseñadora teatral, y lo mismo hizo el señor Bernstein, queremos suponer. Pero Wolfe no pasó la estafeta hasta su muerte precoz.

Ahora Harrison Shepherd se lanza para comprobar que la historia se repite. Este escritor de Asheville llevó su pluma a la cima con *Vasallos de Su Majestad* y *Peregrinos de Chaltepec*, del año pasado, con más ventas que las que jamás tuviera Wolfe en vida. Gracias a sus hábitos reservados y a su bien conocido desprecio por los corresponsales de la prensa, el señor Shepherd había logrado dejarle la delantera a Wolfe en las habladurías del lugar. Pero en una jugada inspirada por completo por su tutor, el señor Shepherd se vincula ahora con una dama exactamente diecisiete años mayor. ¿Casada? Al menos alguna vez lo estuvo, afirman nuestras fuentes.

Es poco lo que sabemos de la misteriosa Violet Brown, pero la elegante dama de cabello castaño debe de tener algún encanto especial para haber pescado al soltero recalcitrante con dinero a montones. Podía escucharse cómo se rompían los corazones, a diestra y siniestra, cuando la pareja se embarcó en viaje prenupcial a México el mes pasado, donde el señor Shepherd pasó su niñez y donde aún vive su familia.

¿Aprobaría «mamacita» un romance ente primavera y verano? ¿Repican las campanas nupciales para Harrison Shepherd? Todavía no, dice el empleado del aeropuerto Jack Curtis, quien revisó los pasaportes de la pareja tras su reciente llegada a Asheville-Hendersonville. El señor es alto, más guapo que mandado a hacer, y no soltaba la mano de su modesta Violet, quien al menos hasta el 26 de enero sigue apareciendo como «viuda» en los registros. ¿Y él? Curtis aclara: «Todavía soltero».

6 de febrero

Cuando entró con la correspondencia y los periódicos entre los brazos, vaciando la pila sobre la mesa del comedor, mis primeros pensamientos fueron absolutamente egoístas. Dios mío, qué desorden. El mundo entra. Quería que se tomara más días tras nuestro regreso, con antojo de tiempo a solas, sin molestias. Quedarme en piyama hasta la hora de la cena, con las persianas cerradas, engarzando mi historia sobre el señor Itzá y sus conflictos. Una historia necesita una buena caída.

Comenzó a hablar desde antes de desabrocharse el abrigo, visiblemente alterada. No suele comportarse así, no llenaría el silencio con una charla inútil de lo que sucedió en casa de la señora Bittle durante nuestra ausencia. Y luego llegó la información sobre la muerte del señor Judd el día de Navidad.

Eso era, pensé. Le di el pésame.

—Bueno, le llegó su hora. Hasta Marian Bittle lo cree así, y no es muy dada a la filosofía. Dijo que el hijo llegó pronto y se encargó de todo, para que ella pudiera seguir adelante con su Navidad. Y fue eso lo que le puso los pies en la tierra. Antes de siquiera sepultar al muerto, nueve personas que leyeron la esquela ya habían llegado a preguntar por el cuarto. Algunos hasta con familia. ¿Puede imaginarse? Con intenciones de vivir todos en un cuarto, con esposa e hijos. No hay lugares disponibles por ningún lado. Son las bodas de guerra, y ahora todos los bebés en los que nadie pensó. La señora Bittle dice que un hombre compró un terreno donde sembraban papas, en las afueras del pueblo, y está haciendo doscientas casas allí. Solo casas, según dice, ni una tienda donde hacer las compras, supongo que van a tener que venir hasta el pueblo. Y casas todas iguales, tal vez una pequeña diferencia de color, pero la misma casa una y otra vez, alineadas en fila.

—Dios mío, suena como Moscú. ¿Y quién va a vivir en semejante lugar?

—Bueno, esa es la cosa. El plan es para doscientas casas, pero ya tienen setecientas familias formadas, dispuestas a comprarlas.

Luego se sentó en la mesa y comenzó a sollozar. Nunca había sucedido. El día que vino el agente se sintió débil después, y reposó la cabeza sobre la mesa, pero ahora se trataba de algo distinto. Sus hombros se sacudían. Dejaba escapar un lamento agudo y reiterado.

—Ya, no puede ser tan terrible. —Parecía dicho por un actor de teatro; entre dos actores que ni siquiera saben cuál es la obra que están representando. Seguía pensando que su pesadumbre tenía que ver con la escasez de vivienda.

Vio la primera de varias notas hace unos días, pero no me llamó para ahorrarme el bochorno por un tiempo. O si no, porque no sabía cómo decírmelo. Todas las historias que nos vinculaban; ella cargó a solas con aquel romance. Comentarios y miradas en la biblioteca y el mercado. Sé que es reconocida con frecuencia.

No pude leer mucho. Me hizo sentir desvalido, perdido en un paisaje de verdades asesinadas. Lev se hubiera portado muy científico, rastreando el camino de esta falsedad en particular, examinando sus ramificaciones y su origen. Tal vez *Star Week* o *El Eco*, aunque la historia llegó a periódicos más serios y, por supuesto, al *Trumpet*. Siempre comienza en algún lugar, un aullador despierta a los demás. Se la fueron pasando, embelleciéndola no por vena creativa, sino por pura pereza y por no verificar los hechos. Si los reporteros hicieron alguna llamada fue para conseguir algún desmentido. Como no se les dio, la lanzaron como cierta, destacando lo previo solamente para añadir una línea más. La dama es «recatada», luego «fatalmente recatada», luego tiene un «pasado trágico». Ahora estoy evidentemente metido en un pleito por mi derecho a continuar esta relación amorosa con mi «anticuada familia mexicana».

Solo al preparar un café noté que me temblaban las manos. He soñado que me disparan, veo manar la sangre, pienso si dolerá.

Puse la taza de café cerca de su codo, pero no pude sentarme delante de ella, como si fuera un esposo delante de su mujer a la hora de la comida. Hacíamos eso en casa de la señora Bittle, claro, cuando yo era el cocinero y ella una secretaria mundana. Pero desde entonces, ya llovió. Me paré.

Tras un rato se enderezó y miró en forma rara el café, como si lo hubieran traído las hadas. Solo entonces me di cuenta de lo que me estaba diciendo la señora Brown sobre la escasez de vivienda, me recorrió como una corriente de aire frío.

—¿Quiere echarla por esto?

—Me subió el alquiler. Dijo que debía hacerlo si quería quedarme. Por la publicidad.

—Es ridículo. Está usted en un apuro y ella quiere aprovecharse. ¿Quiere que la llame?

—¿Y qué parecería eso, señor Shepherd? Que me protege.

—No sé.

—Le pagaré. Sabe que no se encuentra otro cuarto en toda la ciudad, en estas circunstancias.

—¿Tan terrible es la escasez?

Claro que sale en los periódicos que sucede en todas partes. Pero no se me había ocurrido que todas partes fuera aquí.

—Hoy en día la gente lee las esquelas y los homicidios, señor Shepherd, para encontrar un cuarto que se alquile. Pero les tocan a las familias de los policías o a los de los servicios fúnebres. Los demás debemos conformarnos, supongo, con que nuestro próximo hospedaje sea un cajón de cedro.

—Por Dios, señora Brown. Me extraña de usted. —Ponderé: los cuartos que tengo, la riqueza inmerecida. Para un soltero que podría vivir fácilmente en una caja de cedro, y con frecuencia lo ha hecho.

—De todos modos, he vivido años con la señora Bittle sin aumentos —dijo—. El nuevo inquilino paga el doble. Tengo suerte de tener lo que tengo.

—Le subiré el salario para compensarla.

—No es necesario.

—Sí, lo haré. Y si encuentra un sitio más adecuado, dígame cuánto cuesta.

Fue al baño y abrió la llave para lavarse la cara, probablemente. Cuando regresó tomó la plegadera del cajón donde la guarda, como las actrices que sacan una pistola del buró. En vez de matar al villano, se sentó y comenzó a ordenar en pilas los sobres sin alzar la mirada.

—Mire, hablaré a la prensa acerca de esto, o mandaré una aclaración negando el romance. Lo que quiera, para defender su nombre.

—Yo no soy nadie. No tengo nombre, es en el suyo en el que debería pensar.

—Bueno, en ese caso no hay nada que hacer. Es solamente otro poco de lo mismo, era de esperar. Debí haberlo pensado antes de pedirle que me acompañara.

Comenzó a abrir los sobres con la plegadera. Una red sostenía su cabello, el suéter de lana abrochado hasta la garganta; parecía diez años más vieja que la última vez que la vi.

—Al menos ya no puede empeorar. Estamos alejándonos del naufragio. Eso suele suceder.

—¿Y *qué* es lo que suele suceder? —preguntó en tono particularmente abrupto.

—Del árbol caído todos hacen leña.

Volteó a verme.

—Señor Shepherd, ¿dónde caímos?

14 de febrero

Querido Shep:

¿Qué hay? ¿Quieres celebrar el día de los novios? Ahhh, te caché. Lo sé todo, por los periódicos. Bueno, mis respetos, manito, a mí también se me ha ocurrido agenciarme a una gallinita clueca. No se afanan tanto en que les «cumplan» y sirven para despistar. Pero, espero, le atinaste al avispero. Yo soy uno de los corazones rotos a diestra y siniestra. ¿Tenía que enterarme por El Eco?

¿Cuándo le caes a Nueva York? La chamba nueva del museo es fija, y consiste nomás en engatusar ricachones para que aflojen lana. Ya tengo un depa *en Lower East Side, muy* voot. *A veces se ve a Kerouac en el barrio, y en un antro de la esquina toca Artie Shaw. Deja tú el bebop, lo que es digno de verse es un cuate guapísimo llamado Frankie Laine. Tú le dices que* Gato-en-celo *te mandó.*

¿Eres la única noticia del día en Asheville? ¿Qué me cuentas de la ruca Zelda, crees que se casaría conmigo? Me enteré de que la cuidan los loqueros de tu hermosa ciudad. ¿Iba por allá Scott los días de visita, antes de estirar la pata? Necesitas tenerme al día de lo que se chis-

mea allá. ¿O ya la giras tan alto en tu cohete de la fama que no eres ni
para mandarle un saludo a un carnal? De ahora en adelante solo leeré
Star Week *para enterarme qué oop-pop-a-da con Harrison Shepherd.*

Te busco luego,

TOM CUDDY

11 de marzo de 1948

Querido Tom:

Es curioso que preguntaras por Zelda Fitzgerald. Murió hace
dos días en un incendio. Comenzó en la cocina del hospital y subió por los montacargas de la comida hacia su cuarto. Una tragedia pavorosa. No quiero ni imaginar lo que dirá la prensa nacional, pero te lo paso al costo, como pediste. Lo del montacargas se
lo oí decir al jefe de bomberos esta mañana en la tabaquería donde compro los periódicos. El Hospital Highland está al final de mi
calle. Hemos sido vecinos muchos años, pero no he pensado mucho en Zelda. Y ahora siento no haberlo hecho. Podría haber sido
cualquiera de nosotros, Tom.

Las demás noticias no son tan aparatosas. Voy bien con mi
nuevo libro y ya firmé el trámite para la película. No estoy casado,
qué va, ni metido en ningún romance secreto. Las historias son
puro chisme. La tal Violet Brown es mi secretaria. Usa guantes de
algodón dentro de la casa y, a no ser por algún engañoso o terrible
accidente, no ha compartido conmigo ni siquiera la taza de café
donde he puesto mis labios. Me acompañó en mi viaje de investigación a Yucatán, y los cazadores de noticias deben de haberse enterado, enamorándose de sus fantasías. La dama es casta, créeme-

lo. Esta última tanda de cuentos ha sido muy molesta, más para ella que para mí. A mí me sigue sorprendiendo que alguien crea las estupideces que hacen correr los periódicos. Sin embargo, se creen, una y otra vez. Tommy, tú debías saber que no soy de los que se casan. Ni de los que pertenecen al ejército, pues esquivamos juntos las balas dirigidas a la National Gallery. Así que pega de nuevo tu corazoncito roto, soldado, no te taché de ninguna lista de invitados a ninguna boda.

No pienso ir pronto a Nueva York, pero debías venir tú. Asheville ha cambiado desde la guerra, hasta se nos considera un destino turístico de primera. En Tunnel Road acaban de abrir un lugar nuevecito que te lava y te encera el coche sin que tengas que bajarte. Aquí también tenemos café en polvo y damas que manejan. ¿Somos *voot* o no? Deberías venir a verificarlo personalmente. Hasta entonces, como te habrás enterado, soy tu,

Todavía soltero,

SHEP

22 de marzo

Querido Shep:

Mis amigos están verdes de envidia porque soy carnal de Shep, más ahora que les hablé de la película. Uy, uy, uy, mis cumplidos. ¿No pueden darme un papel, aunque sea chiquito? Será el muchacho con taparrabos que se sienta en la roca a fumar caravanas de Camels durante la escena de la batalla, nomás para echarle un ojo a Robert Taylor. Y está más guapo que las castañuelas, lo juro. Y apuntándoles a los rojillos con el dedo, según leo en los periódicos.

Solicito consejo: parece que un amigo de por acá se metió en uno de esos líos. Trabaja para la radio, pero tiene pinta de televisión (portorriqueño, más o menos el sueño latino). Listo, el chico lee y está muy impresionado de que te conozca, por cierto. Hasta hace un año era un conquistador en forma. Pero ahora no logra que lo contraten. Hace siglos anduvo metido con los comunistas, y ahora el panorama de estos pobres tipos está gestanko, hasta los están deportando. Eso le pasó a una señora que conozco, del museo. Es una escritora negra que nos hacía las críticas para los periódicos de Harlem. Ni siquiera me había enterado de que era extranjera. Parece que la familia se vino de Trinidad en los veinte, cuando ella era muy chiquita. Un día estaba escribiendo una nota sobre artistas negros cuando le cayó el FBI y fue a dar a Ellis Island y luego hasta Trinidad. Así que imagínate cómo andará de preocupado este amigo de Puerto Rico. Tú también eres extranjero. Me pidió que te preguntara si conoces a alguien con influencias que le pueda echar una mano.

Pero, espero, le atinaste al avispero. ¿Así que ya hay café en polvo por allá? Debo ir a checar cómo va la acción. El jefe me manda a todos lados para que me trabaje a los ricachones y nos presten sus picassos para una expo importante. Últimamente he andado de lambiscón con los Vanderbilt, así que ponte al tiro, a lo mejor le caiga pronto.

Más tarde,

TOM CUDDY

23 de abril

Estimado señor Shepherd:

Las noticias son de lo más gratas. En Strantford and Sons todos estamos felices de que la novela vaya viento en popa. Leí los capítulos que me envió y me parecen, en todos los aspectos, del nivel esperado en nuestro joven Shepherd. Tal vez sea la mejor hasta ahora. En el contrato se explican las cláusulas que discutimos por teléfono. La fecha de entrega propuesta, a fines de verano, nos parece adecuada. Nuestro departamento de ventas se pondrá en contacto con usted para discutir el título, la camisa y demás. En esta ocasión están decididos a poner la foto del autor, así que por favor reconsidere esta solicitud. Me temo que el título El nombre de este lugar *no enganchará. Creo que* Cataclismo del Imperio *suena bien. Pero aún tenemos tiempo para decidirlo.*

Envío dos copias del contrato con esta, para que los firme. Por favor, fíjese en la última hoja anexa; es un juramento anticomunista que también debe firmarse, ante notario público. Como sabrá, es un trámite que exigen ahora en todos los contratos de películas, y se espera que pronto será también obligatorio para las publicaciones, por lo que nos adelantamos para tener nuestros trámites al día.

Mando saludos de mi miss Daley, quien tanto disfruta charlando con su señora Brown. Y una felicitación de la señorita James, del departamento de correspondencia, quien dice que las cartas perfumadas siguen acumulándose a pesar de los rumores sobre un compromiso. Muchos se sentirán felices de saber que pronto habrá otro libro suyo.

Sinceramente,

LINCOLN BARNES

4 de mayo

Artie propuso un desayuno en La Cocina Suiza, uno de sus hallazgos. Parecía un sitio para turistas, con un anuncio enorme de un niño vestido de tirolés (*Comida que merece un yodel*) y meseras con atuendos de lecheras. Artie, con sus anticuados pantalones de valenciana y un vago olor a hombre viejo, no permite que nada de eso lo abochorne.

—¿En qué consiste lo suizo? —pregunté mirando la carta.

—Mucha grasa. *Bratwurst*, que aquí se llaman salchichas. Comida alemana con neutralidad estricta.

Artie lleva la ironía hasta los límites de la indiferencia. Nada parece emocionarlo salvo la revelación de que trabajé para Lev Trotsky. Estudió el contrato para el nuevo libro tras una bruma de cigarros encendidos.

—Son buenos términos, en general. Lamento lo del anticomunismo.

—Lo firmo. Solo espero que no vayan a pedirme que renuncie a algo más difícil.

—¿Como qué?

—Café con demasiado azúcar, irritación demencial, urdir asesinatos que nunca me atrevería a cometer. Ese tipo de cosas.

—Esos crímenes son muy difíciles de condenar. Si no, todos estaríamos entambados; menos Eleanor Roosevelt.

Una de las meseras con trenzas rubias, gemela de la que nos había sentado en una mesa junto a la ventana, se dirigía hacia nosotros.

—Entambados —repetí.

—Tecnicismo legal para encarcelados, presos. ¿No se le da mucho el caló, verdad, para ser un hombre de letras?

—Nunca he podido usarlo con naturalidad. En su oficio debe ser muy común. Actores y músicos.

—Ah, sí. De esos clientes oigo: «Artie, ¿dónde esta la lana, la feria, la marmaja, la luz». Muchas palabras para la única cosa que hace falta en estos tiempos.

Nuestra lechera sacó del bolsillo una libretita y un lápiz y lo dejó caer, juraría que fue a propósito. Se hincó a recogerlo, todas las pestañas hacia abajo y el escote plegado y rebosante hasta el borde. Válgame, como diría la señora Brown. ¿De dónde salen esas criaturas preciosas? ¿Las atrae Artie?

—Muñeca, díganos cuáles son las sugerencias. Prométanos que le veremos la cara dentro de treinta segundos, sirviendo el café. Azúcar doble para mi amigo. —Sí, es Artie.

—Tiene una manera propia de hablar —dijo cuando la mesera se retiró—. Lo noté desde la primera vez que llamó por teléfono. Todas las palabras son perfectas, pero tiene cierto acento. Como el de Gary Cooper. No el de un bomboncito común.

—Lo mismo me dicen en México, que mi español tiene cierto acento. Soy extranjero permanente.

—Bueno, no lo corrija. Quiero decir, su modo con las palabras. Necesitamos ese ingreso.

—No es culpa de mi madre, ella era un as del caló. *Flapper* de primera. Hoy es su cumpleaños, por cierto. Siempre la llevaba a comer.

—Felicidades, señora Shepherd. ¿Cuántos cumple?

—Eternamente joven, murió en el 38.

—Mis condolencias. ¿Cómo?

—Un accidente de automóvil en la ciudad de México. Salía

con un corresponsal de prensa, iban muy rápido rumbo al aeropuerto, para ver a Howard Hughes.

—Bueno, eso es lo que llamaría una airosa salida. Con todo respeto.

—No, tiene razón. Fue airosa, tanto en la muerte como en la vida. La extraño.

—Mencionó apenas urdir asesinatos que no se atreve a consumar, ¿algo que deba saber en mi calidad de representante legal?

—Lo común. Reporteros. Rumores que alteraron a mi secretaria esta primavera. La gente que la maltrata. Incluso algunos de sus amigos han sido duros.

—Ese sí que es un tema: Libertad de Prensa para destruir a una persona sin que medie razón alguna.

Estudió el menú con la misma concentración que había concedido al contrato, leyendo hasta la letra más pequeña. Al terminar lo cerró.

—Por cierto, felicidades por su último libro. Como dije, los términos son excelentes. Buena suma. Ahora déjeme preguntarle algo un tanto personal. Pregunto en mi calidad profesional, es mi tarea protegerle y procurar su bienestar.

—Está bien, suéltelo.

—Sé que la señora Brown no es su tipo, en lo que se refiere a categorías. Una vez mencionó que soy uno de los pocos que lo sabe. Pero el Comité de Selección es otro de los que lo sabe. Lo que me pregunto, y espero que la respuesta sea sí, es: ¿hay *alguien* más que sepa?

—Alguien. No, hace tiempo que no. Parece haber una oferta en puerta, pero… No es fácil hablar de esto, Artie.

Alzó la mano, tomó un trago de café.

—No es mi intención hacerlo sentirse incómodo.

—¿Le preocupa mi seguridad?

—Que pueda estar en riesgo, digamos, de ser expuesto públicamente. El chantaje puede llegar desde lugares inesperados. No estoy hablando ahora de Aware Incorporated. Tengo clientes en su misma situación.

—Ah. Pues no. No creo que eso deba preocuparle. El amigo en cuestión tiene mucho que perder. Si fuera expuesto, como dice usted.

—¿No será otro bolchevique? Olvídelo, haga de cuenta que no pregunté eso.

Reí.

—No, no se preocupe. Este es *barras y estrellas* de arriba abajo. Trabajamos juntos en el Servicio Civil durante la guerra, trayendo cuadros de la National Gallery para resguardarlos. Y éramos bastantes trabajando para ellos, se sorprendería. El mundo del arte ya nunca será el mismo.

—¿De veras?

—Actualmente trabaja en un museo de Nueva York. Dejé de verlo durante años y ahora, de pronto, viene a verme. A decir verdad, no es fácil de asimilar. Ya estoy bastante asentado viviendo como un monje.

Artie manoteó para disipar una nube de humo.

—Sí, yo también. Desde que murió mi esposa, diría por presumir. Pero bajo juramento, tendría que declarar que desde mucho antes. ¿Quién tiene esa energía?

—Le sorprendería, Artie. Las meseras de los bares parecen revolotear a su alrededor como abejas.

—Para entretenerse, amigo. Música de fondo. A fin de cuentas, casi todos pasamos alrededor de quince minutos en encuentros pasionales y el resto del tiempo añorándolos, tarareando la tonada. No es mala negociación.

—Tal parece.

Prendió con cuidado un nuevo cigarrillo con el anterior.

—¿Y el *amor*?

—Sí. El amor es otro cuento.

—En eso sí lleva ventaja, amigo. Las multitudes lo aman. Damas y caballeros en fila, llenando las calles, esperando cada palabra suya.

Su opinión es la misma que tendrían de un tonto de remate, un «mono de cilindro», Frida dijo eso.

—Sí, tengo mucha suerte. Empleado por la imaginación de Estados Unidos, como dijo usted.

—Que Dios se lo conserve.

—Ahora soy yo quien va a preguntarle algo, Artie.

—¿Personal?

—No. Mi amigo de Nueva York me dice que allá están deportando a los extranjeros, por la menor sospecha. Luchar por los derechos de los negros y demás. Mi amigo es dado al drama, a exagerar.

—En este caso, su amigo no exagera.

—Es diabólico. Conseguir adeptos deportando a la oposición.

—Diabólico es una manera decente de decirlo.

—¿Están centrándose en quienes no son de aquí?

—El señor Hoover y el señor Watkin, del Servicio de Inmigración y Naturalización, se muestran muy entusiasmados con esta limpia doméstica. Algunos de los deportados han vivido aquí desde que Dios es Padre. Un tipo que conozco, Williamson, secretario de Trabajo del Partido Comunista, está preso en Ellis Island sin opción a fianza. Se le acusa de ser inmigrante. Él jura que nació en San Francisco. Tiene cuarenta y cinco años, familia, testigos. Pero todas las actas de nacimiento de la ciudad se perdieron durante el terremoto y en el incendio del 06.

—Dios mío.

—Shepherd, tiene acta de nacimiento, ¿verdad?

—Sí. Fue algo complicado con mis dos padres muertos, pero la localicé en el hospital. Tengo los dos pasaportes, el de Estados Unidos y el de México. Tuve que arreglarlo durante la guerra, como se imaginará. Cuando se es convocado por el Departamento de Estado, hay que mostrarlo todo.

—El pasaporte de Estados Unidos guárdelo con sus pistolas y su licor. Ese es mi consejo.

El desayuno fue bísquets con salsa, salchichas y huevos en muchos platos blancos y pesados. Artie lo arregló todo de nuevo para acomodar su cenicero y siguió fumando mientras comíamos. Con tanta grasa, recordé con temor la combustión espontánea.

—La señora Brown se afana en evitarme trabajo —le dije—. Alega que mi ideología es transparente. Pero todavía no tengo ni un delito en mi expediente.

—¿Y quién necesita delitos? Los de Inmigración tienen rebaños de testigos profesionales. Muy bien pagados, muy talentosos, dispuestos a atestiguar en todo momento. Si alguien no es comunista, prueban que lo es. Si lo es, lo pescan por «crear confusión e histeria»; lo tendrían detenido hasta que sea ilegal ser miembro del PC.

—¿Ilegal un partido político? ¿Qué país hace eso?

—El que usted habita. El partido se ha deslindado de la violencia, como usted sabe. El año pasado rompieron todo lazo con la Oficina de Inteligencia de la Unión Soviética para estar seguros, pero no hay modo de estar seguro. El Gran Jurado federal ha declarado que pertenecer al Partido Comunista representa una amenaza para la defensa civil. El Congreso trabaja ahora en la Ley Mundt-Nixon, que obliga a todos los miembros a registrarse. Así que negar la afiliación al Partido Comunista pronto será un delito también. La gente será condenada si lo reconoce, y también si no lo hace.

En el estacionamiento, bajo el alegre anuncio del restaurante y el niño tirolés cantando, se paró un coche de color oscuro y de él salió una pareja, en lo más álgido de un terrible pleito. El vidrio de la ventana sellada impedía que llegara cualquier sonido, pero la furia era visible. El hombre daba vueltas a la mujer para poder gritarle a la cara, pero ella se volteaba, balanceando su impermeable como una campana, girando sobre los zapatos de piso. Un niño miraba por el óvalo de la ventana de atrás, un pez confinado a su pecera.

—Bueno, al menos no soy miembro del partido.

—Señor Shepherd, tiene usted un pasado colorido. ¿Todavía sigue en contacto con sus amigos mexicanos?

—Con Frida. La señora Kahlo. De manera intermitente. Acaba de ingresar nuevamente en el Partido Comunista, tras un receso. Dice que allá todo se está fortaleciendo.

—Tal vez así sea. Es legal donde vive ella. Le sugiero discreción.

—¿No estará proponiendo que rompa con mis viejos amigos por miedo a la «asociación»?

—No, señor, no lo hago, y lo reconozco como a un hombre firme. Pero le sorprendería la cantidad de personas que hacen justamente lo que acaba de decir.

—Entiendo. Mi mecanógrafa diría: «Bajo advertencia no hay engaño».

—A eso se resume lo que yo pudiera proponerle, señor.

—Así es que guardar cartas viejas y demás en la casa tal vez no sea buena idea.

—Alguien con su fuerza y su inteligencia. ¡Bravo! Ahora, ¿qué me dice de nuestro amigo, el agente X que llegó a visitarle en octubre? ¿También él se mantiene en contacto?

—Ni rastro. Tiene que haber descubierto lo tieso y aburrido que soy.

—Tal vez. Sería una suerte para todos. Pero a esos hombres les importa poco quién sea usted. Ni lo que se proponga hacer, digan lo que digan. Son sabuesos. Lo que los pone sobre la pista es el olor de los lugares donde ha estado.

—Bueno, eso ya no puede cambiarse. Pasé años entre comunistas, lavando sus trastes mientras pensaban en programas de transición y trazaban las directrices del partido. ¿Sabe qué, Artie? Comen lo mismo que otras gentes, pintan sus comedores de amarillo, quieren a sus hijos. No dejo de preguntarme qué tienen contra los comunistas.

—Ya se lo dije: al «anticomunismo» le tiene sin cuidado el «comunismo».

—Eso dijo: atún y gripe española. Difícil de creer.

—Piense en la religión. Nacido de virgen. También es difícil de creer. Pero muchos lo consideran una prueba de que quienes propagan la indecencia están en todas partes.

La pareja que discutía afuera regresó a su coche y se fue. Una estación en la travesía.

—¿Comunistas? La mayor parte de la gente no tiene ni idea de lo que es eso —dijo Artie—. No exagero. Dé una vuelta por este restaurante y pregúntele a cualquiera de estos buenos ciudadanos: «Perdón, he estado pensando en algo, un grupo de personas que sea dueña de los medios de producción, ¿qué le parece?». ¿Sabe? Algunos estarían a favor.

—Pero creen que el comunismo es lo mismo que Stalin.

—Correcto. Y el béisbol son nueve hombres blancos y un palo. Ver para creer. El presidente nos dijo durante años: nadie tiene miedo. Hasta pusieron letreros en las oficinas de correos: «Tojo no nos asusta». Ahora cambiaron de programa. Pusieron un nuevo anuncio: «Huye, salva tu vida».

—Entiendo lo que dice.

—Según la última encuesta de Elmo Roper, el cuarenta por ciento de los estadounidenses están convencidos de que los judíos tienen demasiado poder en este país. Dígame, ¿cuántos judíos tenemos en el Congreso?

—Imagino que no muchos. Tal vez ni uno.

—¿Entonces cuál es el problema? Gente que suena extranjera, no es cristiana, no se disculpa por no serlo. Pueden tener opiniones propias. Significa una amenaza a la paz y la bonanza ganada con tanto esfuerzo. O armar tanto escándalo por la segregación de los negros, otro ejemplo.

—Eso es claro. El asunto no es el comunismo mismo.

Se inclinó hacia adelante, los ojos azules húmedos, parecía afiebrado. Alzó las dos manos juntas como si se dispusiera a tomar mi cara entre ellas.

—¿Sabe cuál es el asunto? ¿Quiere saberlo? Lo que estos tipos decidieron llamar *América*. Tienen el descaro de decir: «*Ei*, oigan, hijos de puta, ni se les ocurra tocarla. Se trata de un producto terminado».

—Pero cualquier país sigue haciéndose, *siempre*. Así es la historia, la gente debe darse cuenta.

Dejó caer las manos y se echó hacia atrás del asiento.

—Perdóneme la expresión, pero nadie va a darse cuenta de un carajo.

—Eso fue más o menos lo que me dijo mi secretaria, sin palabras que perdonar.

Artie había terminado su desayuno, hizo una pila de platos con el cenicero encima, se tranquilizó.

—Su señora Brown, una dama muy astuta. ¿Cómo está?

—Astuta, como dice. Y no es mía, que conste en actas. Está bien, me parece.

—Bien. —Dejó su cigarro, alisó el contrato sobre la mesa y lo metió en su sobre—. Puede firmarlo. Con todo y juramento, si así lo desea. No le diré que sí o que no. Pero lo que sí voy a decirle es cómo se hizo. Recuerde que la primera vez que lo escuchó fue de Artie Gold, sobre los platos con restos de desayuno. Esto se va a poner serio. Lo que estos hombres hacen podría ser permanente.

—¿Qué quiere decir?

De pronto pareció afligido.

—Se obliga a la gente a que deje de hacerse preguntas y, antes de que se den cuenta, se pierden los signos de interrogación, o se les malbarata. Ya no hay valentía. No hay buenas ideas acerca de cómo componer lo que está quebrado en el país. Porque al que se le ocurra decir que algo está mal, se le descalifica automáticamente.

—Bueno, eso es realmente darle demasiada importancia —dije—. Estados Unidos opera sobre extremos. La última novedad y un tanque de gasolina llevan casi a cualquier lugar. Se dice que hoy en día hay un movimiento mesiánico en el Kremlin y que «primero muertos que rojos». Mañana decidirán que el verdadero mal son los cigarros o el azúcar del café. La cultura se construye sobre hipérboles. —Quería hacerle sonreír—. ¿O de veras cree que esta comida merece los trinos de un *yodel*?

No sonrió.

—Soy viejo y he visto muchas cosas. Pero lo que estas gentes hacen es envenenar los prados. Matan las malas yerbas, es cierto, pero mucha materia más muere y queda allí durante mucho tiempo. Tal vez para siempre.

The Asheville Trumpet, 18 de junio de 1948

La ciudad cierra la puerta a la amenaza de polio

por Carl Nicholas

La Comisión de Salud de la ciudad prohibió esta semana toda reunión pública para atajar la ola de parálisis infantil que arrasa a nuestro Estado. La cuarentena comenzó el lunes a la una de la madrugada cerrando cines, pistas de patinaje, albercas y otros focos públicos de contagio. Todas las iglesias de la ciudad, excepto la católica romana, han pedido con vehemencia y sensatez a sus feligreses que recen desde la seguridad de sus hogares. La ciudad de 50.000 almas está callada como una tumba, puesto que las amas de casa no salen de compras; nuestros negocios y lugares de recreo ven cómo la epidemia les roba las ganancias.

El doctor Ken Malusa, entrevistado por teléfono en su oficina del Departamento de Salud, nos recuerda que ni el médico más prominente puede curar la polio con productos químicos. «El germen es hábil, no se le ve a simple vista ni a través de los mejores microscopios. Muchos lo han intentado, pero este tipo escurridizo no muestra la cara. La penicilina no lo ahuyenta, no sirve para nada. Mi consejo es que mantengan a los pequeños lejos de las multitudes, con quienes viaja el germen.»

Y lo mismo vale para señores y para damas, nadie está a salvo. Dice el doctor Malusa que el siete por ciento de las infortunadas víctimas mueren y casi todos los demás quedan lisiados. El buen doctor dice que no se ha podido explicar por qué la epidemia anual se da solamente en verano. Asheville tiene actualmente la tasa más alta de contagios de la nación, y en este estado ya han caído más de mil víctimas de la polio. El total nacional es de casi seis mil.

Los padres de familia han escrito una carta al obispo Vernon Reynolds en Raleigh, exigiéndole que dé permiso a los católicos de este lugar para apartarse de sus ritos.

Querida Frida:

Son las dos de la mañana y afuera todo está iluminado como si fuera de día. La calle pavimentada tiene un brillo acuoso, con árboles en ambas aceras como los canales de Xochimilco. La luna está casi llena: perfecta del lado izquierdo y un poco carcomida del derecho, así que es menguante. C como Cristo significa que comienza a morir. No podía dormir, así que me quedé en vela, esperando nuestro cumpleaños. Pero debo de haber cabeceado unos segundos porque justamente ahora la veía en mi cuarto, con su silla de ruedas y su pelo bien arreglado. Trabajando en su atril, de espaldas a mí. Le dije: «Frida, mire, las calles se han convertido en ríos. Vamos a tomar un bote, vámonos a algún lugar». Usted volteó con las cuencas vacías y contestó: «Ve tú, Soli, yo tengo que quedarme».

Tal vez me hicieron dormir las noticias de la radio. El bloqueo de Stalin a Berlín es un horror, pero no tan difícil imaginarlo desde aquí. Asheville también está sitiado por la cuarentena de la polio. Hoy fui al centro para depositarle a la señora Brown su sueldo en el banco, y no me encontré ni un alma en todo el camino. Los patios de las escuelas vacíos. En las barras de comida rápida donde se sirven almuerzos solo había bancos de aluminio vacíos. Esta ciudad es un cementerio. Mis únicos compatriotas en el día de hoy fueron los maniquíes de yeso en los aparadores, con sus falsos ojos ciegos y sus elegantes atuendos. El banco estaba cerrado, por supuesto.

Puedo imaginarla acá, cojeando por las calles y riéndose de

tanto miedo. Ya tuvo la polio, y su pierna lo confirma; sus penurias revolotean y su pasión, que nada puede encerrar. Es un don sobrevivir a la muerte, ¿verdad? Nos saca de la refriega. Qué extraño, incluirme en este plural, ¿qué querrá decir? Me pregunto: ¿cuál fue mi enfermedad infantil? El amor, tal vez. Era propenso a contagiarme de amor grave, sufrir los escalofríos y el delirio de ese mal.

Pero parece que ahora estoy a salvo, es poco probable otro contagio. Las ventajas de la inmunidad son palpables. La gente se estremece ante el horror que le da estar sola, y se compromete a cualquier cosa con tal de prevenirlo. Renunciar al amor es una gran libertad, para seguir con todo lo demás.

Mi todo lo demás, este verano, es esencialmente mi libro nuevo. Será serio, Frida, y valdrá la pena. Como sea, estará listo pronto; en otoño, espero. Procedo a paso lento porque tengo que pasarlo a máquina yo mismo. La eficacia de la señora Brown me ha maleado, y ahora no puede venir porque su casera está histérica por la epidemia. Amenazó a sus inquilinos: si salen a sitios públicos o toman el autobús, no vuelven a poner un pie en su casa. La señora Brown tolera de esa mujer lo intolerable. Stalin mismo podría aprender del estado de sitio puesto en práctica por la señora Bittle.

Me pregunto: ¿por qué no dejar que la señora Brown viva acá? Ya trabajamos juntos, y tengo una habitación vacía. Verá, cuando intento dilucidar las reglas de cosas semejantes soy más lerdo que un becerro. En México pueden vivir juntas todo tipo de personas sin empacho, la mitad mostrando sus sentimientos y la otra mitad disimulándolos. Todos juntos en la misma chalupa. Pero aquí no, no se puede. Hasta un becerro adquiere ese entendimiento tras golpearse muchas veces la cabeza. *El Eco* y *Star Week* sacarían nuestros trapitos al sol. Les dirían a los niños que cruzaran la calle al pasar frente a la casa.

Por fortuna, el correo está bajo control. La señora Brown pidió que se lo lleven a casa de la señora Bittle. Hasta que no se dé cuenta de la amenaza que representan tantos sobres lamidos por desconocidos. Mi casa está tan vacía como las cafeterías, la mesa de la señora Brown ordenada, como la dejó, el teléfono como un narciso negro que florea en la mesa, con el auricular columpiándose. Si quiero compañía puedo rebuscar en el correo que me reenvía aquí en cajas, después de contestarlo. Estas cartas me siguen sorprendiendo, y su flujo apenas cede. Ahora todas las chicas piden: «Por favor, señor Shepherd, ¡la próxima vez queremos que sean felices para siempre!». Como si se tuviera control sobre algo real, sobre títeres inventados. Las muchachas le han apostado a una mala jugada. Nadie debería contar conmigo para finales felices.

Nosotros somos iguales. ¿A usted le piden que borre los corazones y las dagas de sus cuadros para que sean más alegres? Pero México es distinto, ya lo sé. Allá se permiten las dagas y los corazones.

Nuestra visita de la Navidad sustenta mis recuerdos, aunque lo que dijo es cierto: se ha convertido en otra persona. Pero en lo que no le doy la razón es en que esté hecha un costal de huesos. Diego es un idiota, y María Félix una lagartija flaca, debía treparse en un árbol a comer hormigas. Para ser honesto, es su salud lo que me preocupa. Una de las cosas que me mantuvo hoy en vela es el miedo de no poder celebrar muchos cumpleaños juntos.

Lamento sobre todo las palabras agrias de nuestra visita. Entiendo su temperamento que, de alguna forma, es más poesía que verdad, y también que usted y la señora Brown no fueran capaces de llevarse bien. Tanto usted como ella son mujeres importantes en mi vida, y son muchos los cocineros que queman sus cocinas. Si hay algo que perdonar, la señora Brown y yo ya lo perdonamos. Estoy seguro de que ella le mandaría saludos, junto conmigo.

Abrazos a Diego, Candelaria, Belén, Carmen Alba, Perpetua, Alejandro y todos los demás de la casa, donde al parecer tengo más amigos que a lo largo y ancho de la ciudad donde vivo. Pero más que a nadie a usted, *querida*. Feliz cumpleaños.

SOLI

30 de julio

La señora Brown llamó esta mañana desencajada. Una segunda carta de Loren Matus, el escorpión de la empresa de lealtad. Una foto incriminadora, según dice, aunque no tiene pies ni cabeza. Le pedí que me leyera dos veces esa parte de la carta: «Una foto de Harrison Shepherd y su esposa en una reunión del Partido Comunista, en 1930». Debo pagar una cuota de quinientos dólares para poder verla.

Toma dictado por teléfono: Por qué esta foto no puede ser lo que usted dice. En 1930 Harrison Shepherd tenía catorce años y asistía a la escuela primaria de retrasados en la ciudad de México. Su tendencia política era recolectar gusanos en un frasco para soltarlos debajo del escritorio de la señora Bartolomé mientras rezaban. A partir de entonces no ha tenido ninguna motivación para casarse ni nadie lo ha contratado para dicho empleo, pero hubiera sido muy entretenido tener esposa en 1930. Mucha gente pagaría por verlo. Firmado, sinceramente, Harrison Shepherd. HS/VB.

11 de agosto

«Ábranla que ahí les voy. A *Castolina* del Norte», dice por teléfono Tom Cuddy. Tiene asuntos del museo con los Vanderbilt, se quedará tres noches en el Grove Park. Propone que nos encontremos allí. «Una comisión», le llama. Ah, Tom, Tom, hijo de la vanidad, esperando que llegue con el corazón agitado y el sombrero en la mano. A sabiendas de que eso será exactamente lo que haré.

La comisión

Milagro los ojos que te ven, dice el guapo canalla volteando desde su vaso de bebida, un *high-ball*. Un apretón firme, una silla que se arrima. El restaurante de la terraza del Grove Park es grandiosa, manteles blancos en las mesas y candelabros que parpadean, pero todas las demás sillas están vacías. Tom debe de ser el único huésped de todo el hotel.

—Qué valiente, permites que tu jefe te mande acá. ¿No se han enterado en Manhattan de la cuarentena? ¿O son tan sensacionales que la infección no los afecta?

—¿Quién le teme a un germencito de polio? —dijo—. Ayuda a fortalecer el carácter.

—No es un chiste, Tommy.

—¿Qué quieres para envenenarte? Este es un *sloe fizz* de ginebra, pero no es nada «lento», no te dejes engañar por el nombre: se sube rápido. El delantal de atrás de la barra tiene la mano pesada.

—Está bien. Un boleto de tren rápido, por favor.

Tom hizo una señal al mesero, que nos miraba constantemente desde lo más oscuro, donde se echaba una fumadita, fuese la entrada del patio o la orilla de la pared. Me pregunto si algún día lograré, como los demás, que los meseros me resulten invisibles. Me dieron ganas de ayudar a este muchacho, de traer yo mismo las bebidas y llevarle los platos a la cocina.

La brasa del cigarro brillaba, en movimiento constante.

—Ay, por favor. Mira lo que le hizo la polio a Roosevelt. Una pata coja te da votos de lástima; puedes ser más sentimental que cualquiera y todos enloquecen. «Detestable guerra, ¿no? Eleanor la detesta, y nuestro perrito Fala la detesta…», lo arremeda.

Aparecieron las bebidas, seguidas de cena, materializándose desde la oscuridad como Tom, tan poco reales como imágenes salidas de la pantalla de un cine. La crueldad no es sino un papel que representa, como Hurd Hatfield en el papel de Dorian Gray. A Tom le ha tocado presenciar algunos desastres. La exposición *moderna* que produjo el escarnio del Congreso y que se tomó tan a pecho. Y eso es tal vez lo de menos para un joven que se esfuerza tanto por encontrar acomodo, sin lograrlo nunca del todo.

Es difícil sacar a flote al verdadero Tom, aunque allí está, soterrado bajo una brillante superficie. El primer día que lo conocí en el tren, sentado sobre un contenedor con un Rodin, se quedó con la boca abierta cuando oyó el nombre de Rivera. Había estudiado sus murales en fotografías. Quería saberlo todo: cómo mezclaba el yeso, los pigmentos. Y Frida, ¿cómo ponía la pintura, con pinceles o con espátula? ¿Primero los colores cálidos y luego los fríos? ¿Tiene esa tristeza espectral que emana de sus cuadros al pintarlos? Tristeza espectral, esas fueron sus palabras. Tom ya ha manejado dos *Kahlos* en el tiempo que lleva en el museo.

Más tarde, acostados de espaldas en su cuarto, fumándonos en la oscuridad sus caravanas de Camels uno tras otro, sin camisa, hubiéramos podido estar en la Academia Potomac o en una pequeña barraca de casa de Lev. Pero tales sitios no hubieran arrendado a Tom Cuddy, pues es un hombre que lo puede todo. Sus preguntas no requieren respuesta, y de por sí difícil es saber qué es lo que pregunta, ¿Quién ganará el pulso: Frankie Laine o Perry Como? ¿Se deschavetó Christian Dior o se trepó al vagón de los genios?

—¿Por qué? ¿Qué hizo Dior?

—Les quitó a las muchachas el relleno de las hombreras para metérselo en el brassier.

Está pensando dejar la galería y el mundo del arte por completo. Para dedicarse a los anuncios.

—¿Qué? ¿Para escribir estribillos? ¿Decir Lucky Strike es decir buen tabaco?

—No, tarado. Dirección de arte. Crear el *look* de mañana.

—Creí que lo que te gustaba era el museo, Kandinsky y Edward Hopper. ¿Y ahora quieres ser Llewelyn Evans en *Los Hucksters*, vendiéndoles jabón de belleza a las amas de casa desprevenidas?

—Jabón no, *glamour*. Sexo, Dios y la *Patri-ah*. —Tommy exhaló un anillo de humo casi exacto y lo vio elevarse hacia el techo—. En el séptimo día Tom Cuddy hizo América. Y Tom Cuddy dijo: «Gato, eso está bien».

—Si fuera un hombre devoto, me levantaría de esta cama antes de que me cayera un rayo.

—Ya verás, amigo Shep. Llegará un día en que los candidatos a la presidencia usarán anunciadores

—Tom, ahora sí que te patina el coco.

—No estoy vacilando. ¿Sabes cuántos canales de tele existen?

—Seis o siete, me parece.

—Veinte.

—¿Y tu amigo, por cierto? El Romeo latino con cara de televisión.

La pregunta cambió el humor de Tom, volviéndolo petulante. Ramiro se fue. No a Puerto Rico, sino de la ciudad, lejos de las candilejas glamorosas. Tal vez vende cepillos de puerta en puerta. Resulta difícil no desconfiar de los calendarios de Tom Cuddy: el crepúsculo de Ramiro, el alba de Harrison Shepherd. El gran compromiso contra la soledad. Tom dice que regresará por acá el próximo mes, y después otras veces, quizá. A *Cashville*, como le llama. Comisiones frecuentes con gastos pagados en el Grove Park si mantiene contentos a los Vanderbilt, como hasta ahora.

—Tienes suerte de vivir acá.

—¿Qué? ¿En *Castolina* del Norte? ¿En cuarentena?

—Bueno, Shep, aquí o en cualquier pinche lugar que escojas. Escribiendo lo que quieres, sin que nadie te vigile. En la ciudad, parecemos hormigas debajo de una lupa, con el sol tatemándonos.

—Hormigas tatemadas. Qué dramático.

Me levanté de la cama. Me costó, mucho *sloe* en coctel de ginebra dentro del cuerpo, pero necesitaba dar unos pasos por el cuarto. La energía de Tommy salía de su cuerpo como electricidad. Me paré junto a la ventana redonda en la oscuridad.

—*Soy* dramático. Deberías oír a los del sangriento oficio. A los de los canales de radio y televisión. Los productores son como esos pequeños monstruos de la primaria que se juntan en rueda a ver cómo arden las hormigas. Acusaciones de conspiración, audiencias a *extranjeros*. ¿Sabes cuántos neoyorquinos son de *otra* parte? La ciudad va a quedarse más desolada que este hotel.

Por alguna rara circunstancia se quedó sin palabras. Se escuchaba cómo respira este lugar, el quejido de las vigas, el lento tránsito del agua por los tubos.

Tommy prendió otro Camel.

—Ni siquiera tienen que acusarte. Un día nomás comienzas a sentir el calor y sabes que están encima de ti, arrodillados en rueda viendo cómo te retuerces. Tu nombre quedó en una lista. Todos se callan cuando entras en un cuarto. ¿Crees que no sabemos lo que es una epidemia?

—Son solamente productores de televisión, Tommy. No son jefes de Estado con policía secreta a su disposición. Solo hombres que se levantan por la mañana, se ponen sus trajes de Sears Roebuck y salen de su oficina para decidir a quién le toca ese día el pastelazo en la cara. Es difícil conjeturar que sean tan monstruosos.

—Difícil conjeturar. —Tom chasqueó la lengua sin que se supiera si era por la prosa del autor o por su ingenuidad—. Mi «pastorcito», ¿qué voy a hacer contigo?

2 de septiembre

Las estrellas y los planetas vuelven a ser propicios. Regresó la señora Brown, alegre como la que más durante toda la semana, con un blusa nueva con volantes en la cintura. El Club Femenino la ha aceptado nuevamente en el Comité de Programación, sobre todo porque lo mantuvo en pie desde el teléfono y por correo a lo largo de la cuarentena. La mayor parte de las damas estaban postradas de aburrición.

Estamos en marcha para terminar el nuevo borrador de la novela a fin de mes. La señora Brown dice que es la mejor, pero todavía no ve el final. El título es otra batalla. La editorial, como siempre, quiere un título que suene a platillos de orquesta: *La caída de los poderosos* o *Cenizas del Imperio*. Esperaba cuando menos un pizca de metáfora. La señora Brown se sentó pensativa en su mesa, con un lápiz contra la mejilla, y luego propuso:

—¿Se acuerda del último día en Chichén Itzá, en lo alto de la pirámide? Todo era brillante, y luego la tormenta le dio una nueva luz. Era la misma vista, las mismas cosas, pero de pronto daba miedo. Eso es lo que quiere, ¿verdad? ¿Hay algún nombre para eso?

—Sí. J. Edgar Hoover.

Pidió permiso para salir temprano con el fin de ir a una reunión relámpago de Truman en su campaña de reelección. Va a pasar por Asheville, y hablará desde la plataforma detrás de Fernando Magallanes. Es el mismo tren que la gente esperó toda la noche cuando llevaba a Roosevelt a su casa. Y nunca pasó.

15 de septiembre

El Grove Park, lugar que inspira confianza. Todo acomodado, todos esos muebles estilo Misión con las patas bien plantadas en el piso. Sus enormes chimeneas de piedra; los relojes anticuados de madera, hasta los techos distantes y redondeados como los tejados de los cuentos de hadas; sus curvaturas como cejas en las ventanas del último piso. Son las que más le gustan a Tom, se siente como un artista en su buhardilla. Insiste en que Scott Fitzgerald siempre ocupaba uno de los cuartos de más arriba cuando venía a visitar a Zelda.

—Pregúntale si no al botones, lo *dije*, es cierto. Tal vez hasta escribió *Gatsby* en el cuarto donde estoy quedándome ahorita.

—Yo creo que más bien *El Crack-Up*. En caso de que estuviera aquí por las razones que dices.

Tom movió la cabeza dándole vueltas.

—Ah, *El Crack-Up*, ¡bien dicho!

Se mueve como un actor, con empeño físico, consciente de su mejor ángulo. Hoy tenía mejor público. La terraza estaba repleta, gente que salió a disfrutar el sol de otoño. Volvió la ola turística, todas las vacaciones pospuestas deben completarse antes de que llegue el frío, como una escapada de última hora al banco. Tom está en su papel de descuartizar-a-los-huéspedes.

—Ese debe usar calcetines con figuritas. Te apuesto lo que quieras. Ve y pídele que levante la pierna del pantalón.

—No sé de qué hablas. ¿Figuritas en los calcetines?

—Quiere decir —se agachó hacia enfrente y habló en voz baja— que el coche que le dejó al *valet* tiene una cola de zorro en la antena. *Huba, huba*. Tú no conoces a esos universitarios, yo los reconocería a oscuras.

El *sloe* de ginebra no le pareció hoy suficientemente rápido, así que tomaba Brisa-Marina, un menjurje que le explicó al cantinero. Instrucciones complicadas que se resumen en ginebra con jugo de naranja.

—Los de allá, esa pareja. Parisinos: un *jasper* y su chica *zazz*, *très* ver-ná-culo.

—¿De veras?

No hay modo de entender lo que dice Tommy, ya renuncié.

—En París puedo distinguir a los americanos muy fácilmente, ¡*ping, ping!* —Con un ojo cerrado fingía apuntar con una pistola—. Un francés, es *así*. —Acercó los hombros a las orejas—. Parece que les echaron un hielo en el cuello. Y un *brit*, todo lo contrario: hombros hacia atrás, diría: «Un poco de hielo en el viejo cuello. ¡Diantres! No hay problema».

—¿Y los de Estados Unidos?

Tommy se recargó en la silla, con las rodillas muy abiertas y las manos enlazadas tras la cabeza dorada, dijo con vocales rotundas:

—¿Hielo, para qué? Yo tomo el mío sin añadirle nada.

Y el mexicano: *Cargué hasta acá el hielo en mi espalda, lo partí con el machete y tal vez no lo hice bien.* Tommy levantó dos dedos, indicando otra ronda.

—Para mí, ya no —le dije—. Todavía abrigo la ridícula esperanza de poder trabajar un poco en la noche. Coca-Cola, por favor.

El mesero asintió. Todos los meseros del lugar son de piel oscura, y todos los huéspedes blancos. Me siento en una zona ocupada tras el cese al fuego, dos bandos distintos habitando un solo lugar: una tribu relajada y vocinglera sentada en las sillas con descuido, con atuendos coloridos, y otro de pie, callado, con ropa almidonada, cuellos blancos tiesos contra la piel negra. En México, generalmente se sirve la mesa a los de cuellos duros, y los sirvientes son quienes usan telas floridas.

Tommy me comunica que la Coca-Cola vende cincuenta millones de botellas al día.

—¿Qué, eres de encuestas Elmo Roper?

—Suficiente para poner a flote un buque. De veras, literalmente, si lo piensas bien. La Asamblea Nacional de Francia acaba de poner un veto a la Coca-Cola: no comprarla ni venderla en ningún lugar de su imperio. ¿Cuál es el *ruido*?

—Tal vez no quieran que se las echen al cuello.

—¿Te vas a ir a trabajar a tu casa *esta noche*?

Sus ojos son tan claros y pálidos, en realidad toda su piel: parece emanar luz y no absorberla. Las polillas deben volar alrededor de su flama y morir felices.

—Puedo quedarme por la tarde. Pero ya me acerco al final. Cuesta trabajo pensar en otra cosa.

—Ay, el chico *se va* a poner soso.

—La carne se pone sosa, si he de hacerle caso a mi estenógrafa.

Se arrimó hacia enfrente y me pellizcó la piel del brazo, chasqueando la lengua. Luego volvió a recargarse en la silla. Parecía en el entretiempo de una pelea.

—¿Y qué tal el runrún de Cooper?

Lo pensé.

—Me doy.

—Tu película.

—Ah. No estoy seguro. En Hollywood las cosas cambian, van y vienen.

—Escúchame. Yo puedo venderla. Hacer que tu película sea *el* tema de la temporada.

—Pensé que lo que te interesaba era echarle un ojo a Robert Taylor. ¿Ahora vas a venderla?

—Gato, no me estás escuchando. Yo voy a ser un agente de publicidad. La semana pasada me entrevistó una empresa.

—Sí te escucho. Vas a vender candidatos presidenciales. ¿Sabes? Te están necesitando ahorita. Los cuatro.

—¡Tú lo dijiste, eh! Cuatro hombres compiten y no se ve a ningún ganador. Corte celestial, líbranos del pazguato de Tom Dewey con su bigote de cepillo de dientes.

—Tal vez no te libres. Los periódicos dicen que ya es un hecho. Con los demócratas divididos en tres bandos, a Dewey solo le falta que lo confirmen. Los editoriales dicen que el gabinete de Truman debe renunciar ya, para dejarles vía libre.

—No *puede* ser. Dewey ni siquiera tiene pinta de republicano, parece más bien un vendedor de revistas.

—¡Y vaya vendedor! Ni siquiera hace campaña. Dice *America the Beautiful* y esa es su única plataforma. Supongo que no quiere rebajarse al nivel de Truman, eso sería mostrar falta de confianza.

Tommy se cubrió la cara con las manos.

—¡No, Tom Dewey bigote de cepillo! Por favor, esa cara en todas las fotos, cuatro años.

—¿Preferirías ver la de Strom Thurmond cuatro años?

—Qué monserga.

Una mujer gorda con un peto de tirantes y alpargatas cruzó la terraza. Supongo que en México se la hubiera considerado una belleza, pero aquí no. Los ojos de Tommy la siguieron con exageración, como los de Chaplin en *La quimera del oro*.

—Tal vez Scarlett O'Hara venga a hacer campaña —dije—.

Y Rhett Butler, silbando Dixieland, para que salgan los sureños racistas.

Tom volteó a verme con ojos muy abiertos.

—Bueno, *esa* sí es una imagen de campaña. ¡Se te da! Y en el otro equipo: Henry Wallace como el flautista de Hamelín y los liberales saltando detrás de él.

—Pobre Truman, ya no le queda nadie. Leí que les pidió a algunos hombres que sean vicepresidentes y todos se negaron. ¿Crees que sea cierto?

—No puede reelegirse, ¿para qué pierden el tiempo?

Una pareja joven se escurrió hasta la mesa de junto, provocando a Tom, que dijo: «Joyas como para mandar traer a la patrulla». El tipo era un Adonis, más o menos como Tommy en modelo más reciente. La muchacha llevaba un traje de tenista y un brazalete de diamantes.

—Mi secretaria fue a ver a Truman, a un mitin relámpago que hubo aquí, hace un par de semanas. Es de la Liga por el Sufragio Femenino. Ahí tienes una con la que sí cuenta.

—Uy, mira, un hombrecito con voz de pito y chistes de granjero en el cabús de un tren.

—Dice que juntó bastante gente.

—Nooo, sería la primera vez en dos años que lo logra.

—No es justo. Los republicanos le vetan todas las leyes en el Congreso. No se ocupan del salario mínimo, las ayudas para la vivienda; y en cambio se amontonan en las audiencias de los comunistas a ver cómo se acusa de espionaje a Alger Hiss.

Tom cantó unas cuantas notas de *I'm just mad about Harry* con ademanes de jazz y estilo *vamp*.

—Es cierto, Tommy. Si leyeras algo además del *Eco* estarías enterado.

—Bueno, ya. Harry Truman tiene *dos* votos.

—Yo no voto. Nunca he votado.

—*¿De veras?* Descontón. Pensé que eras del tipo de Henry Wallace. El ascenso del hombre común y corriente y demás. Es lo que dicen de ti las reseñas.

—En este país la política nunca es lo que parece. No me siento bastante… ¿qué? Con derecho.

Parecía sinceramente sorprendido.

—*¿Con derecho? Gato*, esto es *América*, aquí dejan votar a cualquiera. Ladrones, locos y hasta loquitas. Y tal vez perros y gatos —cantó—. No lleves a Fido a las urnas, puedes perder por su culpa.

—Bueno, ese es el asunto, es demasiado. Muy rápido. Yo necesito pensar las cosas despacio.

Ladeó la cabeza con gesto de lástima:

—Triste extranjero en esta tierra feliz.

The New York Times, 26 de septiembre de 1948

Scott vincula a Truman con los rojos

Especial para *The New York Times*

Boston, Mass., 25 de sept. — Hugh D. Scott Jr., vocero de la Comisión Nacional Republicana, dijo hoy ante los republicanos de Massachusetts que el Partido Comunista apoyó la vicepresidencia de Truman en 1944 y, como resultado, ahora el presidente «muestra poca preocupación por la penetración comunista en el país». El señor Scott se lanzó contra la descalificación del presidente a las investigaciones como «farsa roja», y durante un discurso clave en la convención estatal del partido dijo que lo anterior podía explicarse haciendo un poco de historia.

The Daily Worker de Nueva York, órgano oficial del Partido Comunista de Estados Unidos, apoyó con entusiasmo al señor Truman el 12 de agosto de 1944: «El apoyo fue suscrito por Eugene Dennis, secretario del Partido Comunista, quien ha sido citado para comparecer ante la Cámara de Representantes por negarse a dar testimonio sobre sus actividades subversivas en nuestro país».

El señor Scott citó al señor Dennis, quien escribió respecto a los candidatos del Partido Demócrata en 1944: «Es una boleta que no solamente representa al Partido Demócrata, sino a un sector importante y más amplio del frente de unidad nacional».

El señor Scott dice que hay otro vínculo entre el presidente y *The Daily Worker*. Se trata de una carta escrita en papelería del Senado y firmada por Harry S. Truman, fechada el 14 de agosto de 1944. En esta nota agradece a Samuel Barron, director de relaciones públicas de *The Daily Worker*, la copia de un artículo aparecido en sus páginas.

El señor Scott pide una campaña completa para expulsar a los subversivos del gobierno. Dijo: «Una vez que entre la Administración Dewy-Warren, veremos en Washington una limpia total, comparable solamente a la que hizo san Patricio cuando sacó a todas las culebras de Ir-landa».

El senador Henry Cabot Lodge Jr. fue presidente de la convención, que decidió que su plataforma no hablaría de temas controvertidos como el control de la natalidad y los sindicatos obreros.

1 de noviembre

Este día extraño. Nieve temprana y la visita del FBI.

La nieve caía en copos grandes y suaves que se posaban con cuidado sobre todo, hasta en las ramas más delgadas y los cables de teléfonos. Ponía gorros blancos a las tomas de agua, cubría los charcos de lodo y las aceras cuarteadas. Una bendición para el Día de Muertos. O tal vez eran los últimos rituales de un mundo ago-biado por todas sus faltas que accede a acostarse con un suspiro para que una mortaja lo cubra. «Bendito el día.» Apenas había pensado esas palabras cuando llegó caminando fatigado por la ca-lle y dejando detrás el rastro de las huellas de sus zapatos de cue-ro. Vaciló en la entrada, mirando en varias direcciones antes de tomar mi vereda. Parecía un instructivo para bailar de Arthur Mu-rray.

Se llama Myers. Esta vez me aseguré de recordarlo, Melvin C. Myers, agente especial de la Oficina Federal de Investigaciones. No es el mismo que vino la vez anterior; inmediatamente supe por la voz que se trataba de otro. Este señor Myers es un hombre con más rango, evidentemente, pero casi parece disculparse. Ya muy viejo para semejantes pleitos, lamenta que la vida tenga que llegar a esto.

No podía dejarlo parado allí con la nieve cayéndole en el sombrero. Tenía fuego en el hogar y café preparado, anticipando un día solitario. La señora Brown no vino por el mal tiempo: cancelaron su ruta de autobús. Así que le traje café a Myers, aticé el fuego, y parecía en todo como si se tratara de una visita. Bromeó sobre las próximas elecciones, y dijo que Truman tendría que buscar trabajo pronto. En la mesita había tres revistas semanales que acababa de comprar en el puesto, y en todas ellas aparecía el presidente Dewey en la portada: su nuevo y atrevido plan para la nación venía en las páginas interiores. Ni *Chispa* ni *Chisme* se dejaron engañar por aspecto amistoso del viejo: salieron de sus pozos de calor, se erizaron en silencio y se retiraron. Yo debí hacer lo propio.

Le parece que tengo un problema gordo, eso cree el señor Myers. Respecto a mi posición ante el Departamento de Estado, las cosas no parecen marchar tan bien. Estoy a punto de embarcarme en el mismo barco que Truman, me dijo. Buscando trabajo.

—Ah, vaya, qué mal. Parece que es mal de muchos.

Decidí mostrarme taimado para complacer a este tipo. No tenía por qué decirle que hace años que ya no trabajo en el Departamento de Estado y que no tenía la menor intención de hacerlo de nuevo.

—Para nosotros no —dijo con una risita—, por algo somos detectives. Nuestros trabajos son los mejores, muy seguros.

—Eso he escuchado. Las culebras de Irlanda y demás.

Tenía muchas ganas de mostrarme las pruebas en mi contra que traía en su portafolios y yo tenía curiosidad, sobre todo por la fotografía. Harrison Shepherd y su esposa, reunión del Partido Comunista en 1930. Fue una decepción total, no pude reconocer nada en la fotografía. Ningún conocido, ningún sitio donde hubiera estado alguna vez.

—¿Esta es la soga al cuello? No puedo ni siquiera adivinar cuál de esos hombres soy supuestamente yo. En esa época tenía catorce años y vivía en México. —Le devolví la fotografía y la colocó con sumo cuidado dentro de una carpeta y luego en el compartimento designado de su portafolios.

Dijo entonces:

—La foto es basura. Me di cuenta.

Este hombre era tan desarrapado y empeñoso que casi me disgustaba desengañarlo. Es probable que así respondieran todos: los vendedores al regresarle el cambio, el carnicero poniéndole unos gramos más en la balanza. Tal vez lo dejé entrar porque se parecía vagamente a Arthur Gold. Un Arthur Gold bajo, calvo, no judío. Viudo, a juzgar por la ropa y el escaso pelo largo que peinaba sobre la calva sin que nadie le dijera lo mal que le sentaba. Carecía absolutamente de la habilidad de Artie, pero parecía embarcado en lo mismo. Buscando un hombre honesto y algo harto de todo ese revoltijo.

—Ya sé que estaba en México —dijo—. Eso lo sabemos. Trabajó para un pintor de la ciudad de México, muy connotado rojillo. No me acuerdo de su nombre, pero está en el expediente. Eso es lo que vine a preguntarle hoy. Con este desorden, este clima terrible, hasta Carolina del Norte, sin llantas para nieve. —Suspiró.

—¿A preguntarme sobre mi trabajo con un pintor de México?

—Se resume más o menos así. Si quiere, puede negarlo. Casi todos lo niegan al principio. Pero para ser franco, de poco les sirve.

—¿Y por qué negarlo?

—Ese simple dato basta para quitarle su puesto federal. Es lo que sucedería si opta por no negar tal asociación. Con el tiempo habrá más. Pienso que tal vez recibirá una carta de McFarland.

—¿Y quién es McFarland?

—McFarland no es nadie. Pero recibir la carta es malo, porque allí sí habrá verdaderos cargos. Los de arriba me han informado de que están acumulando pruebas bastante contundentes en contra de usted.

—Entiendo. ¿Y quién les está dando tan contundentes pruebas?

—Señor Shepherd, sea razonable. Sabe que no puedo decirle eso. Si dejáramos que todos los acusados confrontaran a sus acusadores, nos quedaríamos sin informantes. Perjudicaría nuestras posibilidades de investigación.

—Sus posibilidades de investigación. Eso es lo importante.

—Correcto. Y en los tiempos que corren, tenemos la obligación de proteger a los ciudadanos. Y es un asunto muy precario. La gente no tiene ni idea. Debería estar agradecido, señor Shepherd.

—Eso resulta algo difícil, señor Myers. Estaba bastante cómodo aquí, antes de que llamara a mi puerta.

Me paré a echar más leña al fuego, un tronco de cedro que echó una lluvia de chispas al piso. Barrí la ceniza, no pasó a mayores. Pero parecía contagiado del ardor al que había llegado Myers.

—La mentalidad de los comunistas, les gustan los secretos —dijo—. La patria soviética debe salvaguardarse a cualquier costo. Hay que confundir a los enemigos.

Parecía citar fragmentos de un manual mientras hablaba frente al librero. Tal vez intentaba leer los títulos: *Dickens, Dostoievski, Dreiser*; el sospechoso tiene un orden alfabético, lo conserva a cualquier costo. Culpa de la señora Brown, esencialmente.

—No sabría decirle.

Me quedé donde estaba, junto al fuego. Era una especie de Jacson Mornard; llegó a mi puerta, sombrero en mano y arma bajo el abrigo. Lo dejé entrar, le di café. Como decía Lev: no lo veremos venir.

Volteó para enfrentarme.

—Para la mentalidad comunista, ningún contrincante tiene el menor mérito. Es un mal psicólogo. El comunista carece de lógica.

—Es un punto de vista. Pero me quedé pensando en lo que dijo, confrontar a mis acusadores. Pensé que la Constitución me otorgaba el derecho de saber de qué se me acusa y quién me acusa.

Myers terminó su café y se inclinó al frente para poner la taza en la mesa. Casi habíamos terminado, pude notarlo.

—Cada vez que oigo ese tipo de cosas —dijo—, cuando alguna persona reclama sus derechos constitucionales, la libertad de palabra y demás, pienso: «¿Cómo puede ponerse tan al tiro? Ahora estoy seguro de que el tipo es rojo». Solo un consejo, señor Shepherd. Un verdadero americano *simplemente* no dice esas cosas.

2 de noviembre

La señora Brown se fue temprano para votar. Dice que la escuela de la siguiente cuadra es donde me tocaría votar si me tomara la molestia de hacerlo. Le prometí que para la próxima sacaría mi tarjeta de elector. Mientras tanto, los niños del barrio tienen el día libre y pelean con la nieve, construyen fortalezas y hombres con ojos saltones. El de la puerta de al lado se parece al señor Myers: rotundo, de hombros caídos, nariz de papa, asomado a mi ventana con el sombrero de fieltro que le regalé a Rómulo en la cabeza.

3 de noviembre

A las nueve de la mañana llegó con la correspondencia y los periódicos de hoy, que anuncian todos que Dewey había ganado la presidencia con la tipografía más grande que se pueda imaginar. Pobre Tommy: el bigote de cepillo rebasa el doblez del centro. Pero los ojos de la señora Brown echan chispas. Zapateó un poco para quitarse la nieve de las botas en el umbral, se desenredó la bufanda. No le había visto tal fuego desde México.

—Parece que desayunó gallo.

—Hágase constar, señor Shepherd: Dewey aún no ha ganado. Encienda la radio.

Al principio las noticias eran sobre vuelos en Berlín; esa pobre gente lleva seis meses de bloqueo. Los pilotos de Estados Unidos les están llevando más comida que nunca, miles de toneladas y ahora también carbón, para que los berlineses no se congelen. La entrevista era con un hombre de la Fuerza Aérea que contó que el próximo mes los aviones soltarán dulces y juguetes en pequeños paracaídas. «Los niñitos alemanes tendrán su Santa Claus, quiéralo o no Joe Stalin», juró.

—Señor Shepherd, ¿qué os aqueja? —preguntó de pronto. Debía de haberle parecido enfermo.

Me soné para conservar la dignidad. Lloro por las razones más ridículas. Confesé:

—Estaba pensando en Lev Trotsky, mi antiguo jefe. Cómo le hubiera gustado la noticia. El triunfo de la compasión ante el puño férreo de Stalin. El pueblo triunfando con dulces y paracaídas.

—Nuestros muchachos les están ayudando a lograrlo —dijo, y contesté que así es, y quise bailar con la señora Brown, zapatear en el umbral. Este es mi país: *My country 'tis of thee*.

A las nueve y media las noticias volvieron a las elecciones. Despertaron a Truman en Missouri sacándolo de la cama, notificándole que tal vez todavía no comenzaban sus vacaciones. No se había quedado la noche anterior a escuchar los resultados, los demócratas de la campaña no habían alquilado un traje ni preparado la fiesta. No lo creyeron necesario. Y mientras la gente de Dewey descorchaba ruidosamente la champaña, Henry se puso su piyama, cenó un sándwich de jamón y se acostó temprano.

Ahora la carrera iba empatada, y aún quedaba el conteo de muchos estados. A media mañana Harry llevaba un poco de ventaja. No nos separábamos del aparato.

Poco antes de mediodía lo proclamaron: había ganado Harry Truman.

—Ah, señor Shepherd, he aquí un día memorable. Esos periodistas no lograron hacer que una cosa fuera cierta por el simple hecho de proclamarla. Solo lo que está vivo vive.

Entendí lo que quiso decir. El frío nos cala hasta los huesos, pero por más terrible que parezca el día, el invierno pasa. Prendí fuego en la sala. Un vecino del otro lado de la calle había deshecho su vieja cochera de madera y apilado la madera en la calle.

La señora Brown enrolló el *Washington Post* como un leño y lo agitó en alto, con sus ojos traviesos encendidos: «He aquí algo para avivar el fuego», propuso. Pronto los echamos todos, revistas incluidas, calentándonos las manos con las vocingleras y falsas profecías. Las revistas de color se retorcían en llamas verdiazules. Por la tarde la casa estaba tan caldeada que la señora Brown se quitó los guantes.

—No podemos renunciar —repetía sin cesar—. Uno cree saber que ya no hay esperanza, pero no es así, señor Shepherd. Uno no sabe.

10 de diciembre

Las Naciones Unidas firmaron la Declaración Universal de los Derechos Humanos. Lo pasaron hoy todo por radio, y hasta los aulladores tuvieron que adoptar un tono diferente: dieciocho artículos que proclaman que todos los seres humanos nacen libres e iguales en dignidad y derechos y que, dotados como están de razón y conciencia, deben comportarse fraternalmente unos con otros. Tal vez la señora Brown tenga razón: nunca se sabe dónde nos toparemos con una pequeña balsa de esperanza que alcance a salvarnos.

El artículo 18 declara: «Toda persona tiene derecho a la libertad de pensamiento, de conciencia, de religión y de creencias».

Señor Harrison W. Shepherd
Avenida Montford 30
Asheville, Carolina del Norte

Fecha: 13 de diciembre de 1948

Estimado señor Shepherd,

La evidencia muestra que en cierto momento a partir de <u>1930</u>
ha estado en asociación cercana con <u>Mr. Deigo Riveira</u> *persona*
o personas que han mostrado interés activo y solidario con el Partido
Comunista. Tenemos también evidencia de que su nombre ha apare-
cido en <u>Life Magazine, Look Magazine, Eco, Star Week, New</u>
<u>York Post, Kingsport News, New York Times, Weekly Review,</u>
<u>Chicago Times Book Review, Washington Post, National Review,</u>
<u>Kansas City Star, Memphis Star, Raleigh Spectator, Library</u>
<u>Review, The Daily Worker, Hollwood Weekly, Asheville Trumpet</u>
y de que usted ha hecho declaraciones que muestran que cree en el de-
rrocamiento del gobierno de Estados Unidos.

La anterior información indica que ha sido o es miembro, afilia-
do cercano o simpatizante del Partido Comunista y, por lo tanto, ex-
cluido permanentemente del servicio activo para el gobierno federal.
Toda pensión, remuneración o salarios adeudados, en caso de haber-
los, son reclamados a partir de ahora como propiedad del gobierno de
Estados Unidos.

Sinceramente,

J. EDGAR HOOVER, DIRECTOR
OFICINA FEDERAL DE INVESTIGACIONES

Escritor despedido por delitos

The Associated Press

Washington, D. C.— El autor Harrison Shepherd, escritor conocido en toda la nación por sus libros con tema mexicano, fue despedido esta semana de su empleo federal por antinorteamericanismo. El hombre de Asheville trabajaba para el Departamento de Estado desde 1943. No se ha precisado su tarea en ese lugar, pero Melvin C. Myers, investigador en jefe del caso, confirmó que bien podría tratarse de un puesto con acceso a información clasificada. Los delitos salieron a la luz tras una investigación en gran escala del Programa de Lealtad de Empleados Federales iniciada el año pasado y que a la fecha ha identificado cientos de casos de antiamericanismo, aunque no de espionaje. Myers dice que esto prueba que la campaña para eliminar a los presuntos espías ocultos en las filas gubernamentales funciona.

18 de diciembre

Los periodistas parecían tan emocionados al atacar. No antes, cuando no era nadie importante, sino hasta ahora. La señora Brown opina que los mueve la envidia.

—Los hay que no levantarían un dedo por lástima, pero echarían montañas de piedras sobre alguien a quien consideran demasiado afortunado. Creen que es su deber desquitarse por las miserias humanas.

—¿Me creen demasiado *afortunado*?

—Señor Shepherd, usted mismo lo ha dicho cientos de veces —dijo suspirando—: que no conocen toda la historia de una persona. Piensan que usted se sienta solamente en un cuartito, inventando cuentos y recibiendo talegas de dinero y ellos en cambio deben salir, llueva o relampaguee, y hablar con el señor Smith de la calle Charlotte para que les hable sobre un concurso de pasteles. La traen contra usted por tener una vida más fácil.

—Señora Brown, ¿alguien tiene una vida más fácil?

—Yo también me lo pregunto en ocasiones.

26 de enero de 1949

Una comisión. La primera del año nuevo. La atención de Tommy parece diluirse. Acostado sobre la espalda, exhala anillos de humo, no deja de mirar la ventana como un pájaro atrapado que busca una salida. Para no mirar el espectáculo que debo de darle, sentado en esta silla Morris, todo arropado en una larga bufanda tejida. Regalo de Navidad de la señora Brown. Si logro conservarla el tiempo suficiente, me arropará de pies a cabeza como un borreguito. Pensé sacar los guantes del año pasado y ponérmelos también; el cuartito es helado.

Tal vez la frialdad de Tommy sea solo mi imaginación. ¿Acaso sé algo sobre los corazones en invierno? Está cansado; eso, al menos, sí lo sé. Y decepcionado. Aún no tiene trabajo como publicitario y sigue como agente vendedor de arte; toda la semana pasada en Washington, antes de venir acá. Algo para la National Gallery.

—D. C. debe de haber sido caótica, con la toma de posesión.

—¿*Caótica*? —dijo—. *Gato*, ¿qué idioma hablas? Mi *abuela* decía caótico. Harry Truman dice caótico. Creo que fue uno de los temas de su discurso inaugural: «Compatriotas, enfrentamos una situación caótica».

—De hecho, el tema fue la falsa filosofía de los comunistas. Nos fajaremos los pantalones y los derrotaremos.

—Suena como una variante del caos.

—No es gracioso, Tommy. A mí no me lo parece. Esperaba otro tema.

—Vamos, anímate. Ya nunca podrás mudarle un Winslow Homer al Departamento, pobre. Tal vez la libres con tu pasatiempo favorito de escritor, que es una minita de oro.

—¿Tú crees que porque todavía tengo dinero no tengo problemas?

—Te ayudará cuando ya no tengas amigos, mi amigo.

—Eso dicen.

Tommy, por alguna razón, analizaba con atención la palma de su mano.

—Se acabó el trato para la película, por cierto. No dijeron por qué. Se están volviendo muy delicados por allá con el color rojo.

—¡Maldición! Ya no podré conocer a Robert Taylor.

—Tal vez puedas arreglarlo. Si te animas a ayudarlo en sus testimonios contra alguien. Me cuentan que hay muy buen dinero.

El frío literalmente escurría al cuarto. Podía sentirlo entrar como agua por las orillas de las ventanas. Tuve la extraña visión del hotel hundiéndose bajo el mar como un barco, entrando en el mundo de los peces.

—¿Sabes qué, Tommy? El próximo mes deberíamos reunirnos en mi casa. Sería bueno, de veras. Te preparo lomo adobado. Nunca has visto mi casa.

Alzó las cejas.

—Ah, ¿y qué van a pensar los vecinos?

—Pensarán que tengo un amigo, alguien que toca a mi puerta, una persona a quien no le pagamos ni yo ni el FBI. Es algo bastante común.

No contestó. Terminó de examinar su mano. Dio cuerda al reloj.

—¿No estás harto de los hoteles?

—Hasta el copete, por si quieres saberlo. Vamos abajo, al bar.

—Deberíamos ir a cenar. Sopa de cola de res, y te tomas un tónico Horlick's, es lo que necesitas. Permites que te exploten.

—Sopa de cola de res y tónico. *Gato*, ¿estás mal de la cabeza?

—Más bien cursi. Perdón. Mejor me voy.

Logró ponerse de pie sobre los calcetines negros, confrontándome.

—Perdón, carnal, estoy deshecho. Harto de hoteles, como dijiste. ¿Por qué tantos barrotes en todos los muebles? Me ponen de los nervios, como si fueran rejas.

—Es un estilo: Misión.

—¿*Misión*? ¡Y te mandan un monje que te trae el servicio en su cuarto? —Volvió a acostarse, se estiró para agarrar los barrotes verticales de la cabecera y por un momento los sacudió como un prisionero—. El hotel de D. C. tenía un asco de bar. En general, todo el lugar era *gestanko*. ¿Te conté la escenita que se armó?

—No.

—Anoche. No, la noche anterior. Vuelvo al hotel después de

todo un día de juntas con estos pesados. Estoy molido, tan cansado que no llego ni al elevador. Y la escenita ante la recepción. Este tipo de color, buen abrigo, sombrero, portafolios, todo, y lo están tacleando. Como futbol con los botones. Digo: lo tumbaron al piso, se le tiraron todos encima apenas entró. Es negro, ¿ves? Y en el hotel, ya lo sabrás, no admiten negros.

—¿Y qué pasó?

—Bueno, ahí te va esta: resulta que es el embajador de no sé qué país de África; Etiopía, por decir alguno. Y ya se lo explican todo. Que estaba bien, porque es extranjero, no es negro de Estados Unidos. ¿Cómo lo ves?

—Válgame Dios. No quiero ni imaginármelo. Ni siquiera los forasteros reciben una pizca de condescendencia en este país.

—Puede ser. Y parecía decente. Buen acento, como un inglés. Subimos juntos en el elevador, estaba en mi piso. Dijo que esperaba que no me molestara. Se ha quedado allí un montón de veces y siguen equivocándose.

—¿Dijo que esperaba que no te molestara? ¿Que no te molestara qué?

—Ni idea.

—¿Y qué sentiste, Tommy?

Se acostó sobre un codo, entrecerró los ojos.

—¿*Sentir*?

—En el elevador, con ese pobre hombre.

Se acostó de nuevo, mirando el techo.

—Sentí que subía.

11 de febrero

—Había una talega en su buzón —anunció la señora Brown al aparecer esta mañana en la puerta. Después de tantos años todavía me sorprende, aunque debía saber de qué me habla, puesto que la sostiene en una mano. Una talega es un saco, aunque en este caso el saco es una redecilla. Y es una red con asas como la que lleva la vecina a la tienda para traer sus compras. Contenido: un surtido de plumas fuente, el sombrero Fedora, cosas que le he regalado a Rómulo a lo largo de varios años, incluyendo un *atl-atl* de goma que le traje de México como recompensa por darle de comer a los gatos.

—Aquí está la nota —dijo la señora Brown, extrañada al verla—. Rómulo ya no debe venir para acá.

Por favor aléjese de mi hijo, rezaba la nota explicativa. El agente Myers aconsejó que no debe conservar ningún objeto que le haya sido obsequiado por un comunista.

—Le dictaré una carta, señora Brown. Dígale a la dama que debe ponerse en contacto inmediatamente con el general Eisenhower porque tiene en su poder un objeto comunista.

La señora Brown ante la máquina, las manos listas, esperaba alguna clave de que mis palabras serían más inteligibles. A veces espera todo el día.

—¿Cómo se llamaba? Ah, sí —dije chasqueando los dedos—. Mi memoria es buena, gracias… La Orden de la Victoria. Salió en la revista *Life* hace años, una foto de página entera. Una estrella de platino incrustada con diamantes. Se la dio Stalin en Yalta. Dígale que la próxima vez que el agente Myers llegue a verla, más vale que lo mande con Eisenhower. Que se asegure de que el general ponga esa cosa en otra red y se la devuelva a Stalin.

4 de marzo

Hoy estuve grosero con la señora Brown. No debió de haber sucedido, es buena como el pan. Fue a hacerme compras, pues ya casi no me atrevo a salir y apenas es marzo. Lo tolera, como de costumbre. Regresó con el cambio, las notas y alegres noticias sobre la primavera: en los patios de Montford hay azafrancillo, y las zapatillas de tenis están en oferta. Un paquete de lápices cuesta 29 centavos. Los encendedores Zippo subieron a seis dólares y contravino mi encargo, comprando cerillos, mucho más baratos. La regaño diciéndole que los cerillos no sirven para un carajo en la tina. Nunca había dicho una palabra altisonante en su presencia. Se puso pálida y se sentó, como si hubiera recibido un telegrama con malas noticias. Le tomó media hora responder.

—No debería fumar en el baño, señor Shepherd.

—¿Por qué? ¿Quemaría la casa?

Por la tarde, cuando subió las cartas que debía firmar a mi estudio, vi que sus uñas estaban maltratadas. También ella estaba nerviosa; los dos brincamos como muchachas de secundaria cuando suena el teléfono; esperamos que llame Lincoln Barnes. Hace meses que tiene el manuscrito y también las galeras corregidas. El título, el diseño de la camisa, todo lo que se requiere para la publicación. Falta la fecha.

—Sus historias se ubican todas en México —planteó la señora Brown, sin alegría aparente—. ¿Alguna vez ha pensado escribir para mexicanos?

—¿De dónde saca eso?

—Solo pregunto.

—No escribo en español, escribo en inglés. Si escribiera en español, tal vez tendría que escribir sobre los estadounidenses.

—Pero sé que habla español perfectamente, lo he escuchado.

—Ordenar un plato de pescado no es lo mismo que escribir una novela. Nunca sueño en español. Parece que no soy capaz de inventar nada en esa lengua. No me pida más explicaciones.

Debió de haber dicho *sí señor* y dado la vuelta sobre sus tacones Kerrybrooke. Es lo que hace la Gal Friday en las películas. Pero no, se quedó allí sin moverse, con su mirada de «Infierno o Tormenta».

—Podría aprenderlo —dijo—. Si se quedase más tiempo allá.

—¿No le parece suficiente haber vivido allí desde los años veinte hasta 1940? ¿Cree que podría lograrlo con unas décadas más de práctica?

—Vivir allá como un adulto, quise decir. Como escritor. Se acostumbraría.

—¿Es una recomendación?

No respondió. Solté mi libro y la miré fijamente.

—Mire, carezco del temperamento necesario. Los escritores mexicanos son todos taciturnos.

Ha estado ocultando el correo. Archivándolo en cajas del desván sin mostrármelo antes, como solía hacer. La descubrí y la obligué a mostrar lo que había estado ocultando. Insiste en que casi todas las cartas son más o menos iguales a las que recibía antes y solo unas cuantas «no tan buenas».

«Cebollazos a H. W. Shepherd» es el sentimiento generalizado. Shepherd, el escandaloso y patético traidor que defiende la libertad de expresión y el comunismo.

—Debe perdonar a la gente nefasta, considerando que un hombre odia lo que desconoce.

—¿Y quién dijo eso? ¿Jesús?

—Señor Shepherd, todavía hay muchas cartas agradables aquí, junto a las nefastas. Las buenas vienen de gente que ha leído sus libros y se congratula de ello. Las nefastas son de gente que no sabe nada acerca de usted. Es cuanto diré. Si quiere verlas, véalas. Fíjese si mencionan siquiera una palabra de lo que escribe.

Tiene razón, no las mencionan. Las remiten a una criatura de la que oyeron hablar por otros medios. Es de suponer que en los periódicos.

—Entiendo que pueda sentir lastimados sus sentimientos como hombre —dijo—. Pero no como escritor, puesto que no han leído sus libros. A juzgar por lo que se entrevé, diríase que jamás leyeron ningún otro.

Sin embargo, costaba trabajo dejarlas. Como un novelón deleznable. Ya se sabe cómo acabará, se sabe que es nauseabundo y se sigue leyendo. Había una docena, o más. «Su traidor comportamiento en el Departamento de Estado es solo golpes de ciego a la Vieja Gloria. A los americanos nos resulta difícil entender cómo los odiosos comunistas pueden vivir de sus grotescas hazañas.»

«Si la mayoría sintiera como usted, todos llevaríamos cadenas. El sustento de nuestro país es la libertad. Si no se defiende al país, no se merece la libertad.»

«Le aseguro que mis amigos y yo haremos todo lo posible para que todos se enteren del asqueroso odio que siente por su país, y lo convertiremos en una nota al pie en la historia de la literatura, peor de lo que ya es.»

«Me enferma pensar que usted y su vieja y demacrada esposa puedan criar otro niño que odie a América. Espero que ella sea estéril.»

«Regrésese a su cochino país. Cuando necesitemos la opinión de un mexicano sobre América ya se la pediremos.»

«Me llena de orgullo no tener su libro, si lo tuviera lo echaría a la chimenea.»

Bueno, esa me dio una punzada, naturalmente, tras nuestro festín de periódicos. Pero la señora Brown dijo: «Necedades», es común prender el fuego con los papeles que ya no se usan.

—Esto es algo diferente. No es civilizado. Imagínese decirle semejantes cosas a un ser humano.

—No, tiene razón. Son un conjunto fúrico.

Tomó las páginas de mis manos.

—Fúrico no es la palabra adecuada. Estos sujetos no tienen la menor noción de que usted es un hombre real. No le conceden la menor duda. Serían más amables, me parece, con el perro del vecino cuando los muerde.

—Sí, es cierto. La vecina de al lado al menos mandó una nota sobre Rómulo. Dijo «por favor» y regresó los regalos. Le concedo eso.

—Les da tanto gusto ver caer a los poderosos —fue su veredicto. Rompió las cartas, las echó al basurero y se sentó a escribir su cuota diaria. Incluso desde el cuarto de arriba se oye su Royal, y suena como una ametralladora Browning.

7 de abril

Conversaciones telefónicas exaltadas con Lincoln Barnes.

—Oiga, ¿nunca ha pensado en escribir piezas cortas? Como las que saca el Grupo Ficción Popular.

Historias *pulp*. Le pregunté por qué.

—Ah, nomás me preguntaba.

Mi opinión sobre esas historias, que compartía con Lincoln Barnes, es que están escritas todas por una sola persona que usa diferentes seudónimos. Su nombre verdadero bien podría ser Harriet Wheeler. Solo come chocolates y vive en los pisos de hasta arriba del Grove Park.

Debería ser un buen día, pues mañana viene Tommy. Y no es un viaje para los Vanderbilt. Quiere visitarme de pasada, va a Chattanooga para ver una escultura. Se quedará aquí, dice que quiere ver mi cueva; el puerco ya se está marinando, y la señora Brown salió temprano. Hervía los chiles con el ajo para mezclarlos con el vinagre y el orégano cuando sonó el teléfono. Meses sin llamadas, esperando a Tommy y a Lincoln Barnes, y ahora se aparecen los dos.

Barnes no quería hablar conmigo directamente, se notaba. Tenía la esperanza de dejar el recado a la señora Brown. No suelo contestar por las tardes. Lo que parece querer decirme es que no están seguros de publicar el libro. No sacarlo. El asunto comunista comienza a atarles las manos.

—Lo entiendo. Si fuera comunista. Pero por suerte para ustedes, no lo soy.

—Mire, yo sé que no es comunista. Todos los de aquí lo sabemos. Sabemos que es leal a Estados Unidos. Su nombre ni siquiera suena mexicano.

Tuve que ir a la cocina para apagar la olla, que se estaba derramando.

—Sucede que es usted polémico —dijo cuando regresé—. Y a los tipos que llevan la batuta no les fascina lo polémico, porque agita a la gente. Para la mayoría de los lectores, polémico es sinónimo de antinorteamericano.

—Barnes, es usted un hombre de letras, les concede importancia. ¿Por qué me dice eso? No le gusta lo polémico porque agita a la gente. Polémico *significa* algo que agita a la gente.

No respondió.

—Puede decir que no le gusta el cascarón porque dentro hay un huevo. ¿Por qué mejor no me dice que no le gustan los huevos?

Suspiró por el teléfono.

—Shepherd, estoy de su lado. No le hablé por teléfono para quitarle el tiempo. Lo que sugieren aquí es que publiquemos el libro con un seudónimo.

Buena idea. ¿Qué tal Harriet Wheeler? Es una locura. La novela está situada en México, está escrita en el mismo estilo que las dos anteriores, que han sido leídas prácticamente por toda la nación, niños de escuela incluidos. ¿Le parece que se creerán que se trata de la obra de otro autor?

Dijo que todas las editoriales de Nueva York se desviven por publicar libros situados en el México antiguo.

—¿Habla en serio?

—Por supuesto. Pronto va a tener cincuenta imitadores. ¿Por qué no formarse en la fila? Se colocaría entre los primeros.

La cosa se embrollaba. Habló de otras posibilidades. Usar a un escritor fantasma. No exactamente, sino una persona real. Le pagarían una cuota para usar su nombre. En caso de que me preocupe que la prensa descubra que el libro había sido realmente escrito por mí.

Descubrir. Mis palabras, yo, ¿como podrían separarnos?

—Usted es el editor, Barnes. Su mercancía son productos hechos por otra persona. Podríamos estar hablando de Polvos Stanback o de zapatos finos de piel. No importa. No sé, hablo al tanteo. Pero para mí es distinto. Soy la lengüeta de los zapatos; si me saca, todo el calzado se desarma.

8 de abril

Un día podría ser perfecto. Podría olvidarse por completo el miedo. O ya no importaría el miedo, pero es un océano y uno está dentro. Se aguanta la respiración, se nada hacia la luz.

A Tommy le pareció divertido que tuviera que convencer a Barnes de que pusiera mi nombre en el libro. O que al menos «lanzara esa idea como una forma de vender». Un chiste monstruoso. Pero me convenció de que aceptara. Tommy es persuasivo.

—Ah, Dios mío, podría lanzar esto al mercado: el nombre del autor en su libro. *¿Qué sigue?*

Dios solo podía apostar un día de abril, contra un coche bien afinado y un mundo donde en realidad no todo marcha tan mal, un lomo adobado que puede ser cocinado con tal perfección, comido hasta el exceso y repartido después entre un Philco y dos gatos felices e inútiles. Y todo olvidado, los platos en el fregadero. Ya han abierto la carretera del oeste hacia las montañas, un viaducto panorámico a las Great Smokies que han terminado solo para nosotros. Para Tommy y para mí. Estamos bastante seguros de eso.

Los túneles ya no son ciegos, todos llevan a alguna parte. Se sale del otro lado.

—Parecería como si el señor Barnes se tomara grandes riesgos conmigo. Soy un Moriarty cualquiera, mi amenaza se cierne, enorme. Dijo: «Espero que no tenga que arrepentirme de esto».

—Ah, diablo —dijo Tommy—. Que quieras tu nombre en los libros. Lo siguiente es que llamen a las cosas por su nombre.

—Decirle llama a la llama —propuse poniendo al máximo el Chevrolet Roadster en la carretera, dejando que las curvas lo jalaran con su peralte hacia afuera. El mundo se emborrona, los árboles de abril se alumbran como pálidas flamas verdes, las escenas centellean al pasarlas: agua que fluye, puentes colgantes tendidos entre barrancas de piedra. Las ventanas abiertas, las bocanadas de primavera de polvo con una nueva vida naciendo en el pecho, de lo que quedaba para los muertos, todo pasándonos. El pelo de Tommy centelleaba dorado en el aire. Es llama, una llama de brillo centelleante que llena el parabrisas, el destello y la gloria de Tommy. La mano de Tommy reposando dondequiera, como si casi no importara, me provocaba deseos de estrellar el carro. Encontrar la velocidad para hundirme en su hondura.

—Tú y yo: Gato, esto es vida —dijo. Y con Tommy es lo más que se obtiene en el terreno afectuoso—. Esto es vida, y tú lo sabes.

Páginas sueltas, Montford
Junio de 1949-enero de 1950
(VB)

La alarma se disparó cuando el FBI visitó a la señora Brown. Fue cuando reaccioné, qué estúpido he sido. No se me había ocurrido esto: que el FBI fuera a buscarla a casa de la señora Bittle. Supe entonces que debía quemarlo todo. Fue el 10 o el 11 de mayo. La quema. Dijo que llegaron el día 4, fecha inolvidable, pero no me lo dijo hasta una semana más tarde. Tampoco eso me lo esperaba. No era Myers, sino otros dos hombres, tras cualquier cosa que pudiera decirles. No solo desde que nos conocemos, sino algo anterior que supiera de mi pasado. Evasión de impuestos, problemas con la novia.

Vaya, espero que se lo haya dicho. Tengo terribles dificultades para encontrar novias.

No permitió que me lo tomara a la ligera. Le ofrecieron dinero si se acordaba de algo. Cinco mil dólares, dijeron. Me preguntó si sabía cuánto dinero es eso. Le contesté: «¿Cómo no voy a saberlo?». Estábamos sentados en la mesa verde de la cocina; solíamos almorzar juntos aquí, ya no le gusta ir a las barras. Ese día le hice un sándwich de puerco. Llovía. No, no llovía porque después estuvo en el patio de atrás mientras el fuego bramaba.

Lo que sí recuerdo con nitidez es cómo mordía el sándwich, lo dejaba, lo masticaba, lo mordía de nuevo. Casi ahogándose todo el tiempo. Lamento haberlo preparado, era obvio que no tenía hambre y se sentía obligada a comérselo. En México miraba cada pieza bordada que le mostraba alguna madre descalza y no fingía, examinaba de veras cada puntada, con conocimiento de causa. No puede zafarse así le vaya la vida en ello.

Por eso, cuando le pregunté por qué no tenía hambre, explicó el motivo. No había querido mortificarme con eso, pero los del FBI la habían ido a ver a casa de la señora Bittle. Para no preocuparme. *Cinco mil dólares.* Por primera vez comencé a entender el peligro que represento para ella. He sido tan necio, tan ingenuo.

Dijo que mientras los hombres estuvieron allí se sentía cubierta de inmundicia. Y la señora Bittle sacudiendo cada cornisa de la sala, con intención de escuchar. Puedo imaginármela, y la señora Brown afirmando que soy un buen ciudadano, defendiéndome; le dije que no debe hacerlo más. Mientras menos hablemos con esos hombres, mejor.

—Tal vez se equivoque —dijo—. Tal vez debamos darles de qué hablar.

—¿Por qué? ¿Qué importa que me pongan en su lista de comunistas?

—Para empezar, confirmaría que su presunto informante es fidedigno. Quien sea que esté inventando semejantes cosas. Ahora estos hombres revisarán su lista de comunistas y confirmarán que usted está incluido en ella. Verán quién lo acusó y dirán: «Vaya, bien, el hombre es de confianza. Le usaremos nuevamente».

Es cierto. Tiene razón. Su agudeza me humilla.

Quería agregar algo acerca del uso del chisme como su medio de confirmación. El Club Femenino no tiene ahora un comité para certificar el americanismo de los libros de texto escolares. La señora Brown considera que las cosas han llegado demasiado lejos. Es hora de que alguien muestre una pizca de verdadera enjundia. Esas fueron sus palabras. Retenía las lágrimas. Lo que yo retenía es mucho más difícil de nombrar. *Chispa* entró con la cola en alto, indiferente ante la crisis. Miró su plato a medio llenar junto al Philco, lo olisqueó y salió de la cocina. La vida sigue, y eso llena de furia. Los que no son golpeados siguen gozando de su suerte sin pensarlo siquiera, creyendo que la merecen.

Le dije a la señora Brown que debía pensar en conseguirse otro trabajo. Abrió mucho los ojos, el sándwich en ambas manos. Parecía un anuncio

—¿Me echa, señor Shepherd? ¿Por lo que he dicho?

Le contesté que no era eso. Que estaba muy preocupado porque podría acarrearle más problemas de los que ya le había causado. Se bebió medio vaso de agua, y fue al otro cuarto a buscar un pañuelo. La oí revolviendo la enorme alforja de cuero de las cartas. Alcé los platos, escondí el sándwich para que no se ahogara. Algunas lágrimas fluían en el comedor, a mi parecer, pero el torrente había cesado cuando volvió, aunque sus ojos estaban rojos.

—Señor Shepherd, ¿no leéis los periódicos? Me han convertido ya en su esposa secreta, en la meretriz de Babilonia, en cómplice de un crimen, en no sé qué más. La que protege a sus abejas, diría yo. ¿Adónde quiere que me vaya? ¡Válgame! Tal vez aún pueda aprender a cuidar abejas.

Eso fue lo que dijo, la que protege a sus abejas. Quise darle un abrazo de oso. Hubiera tenido que levantarla del suelo, es tan pequeña, me imaginé la escena. Tal vez ambos la imaginamos, uno delante del otro en la cocina de azulejos blancos, las manos abiertas a los lados, el abrazo desplegándose entre nosotros, como una escena de película que hace silbar y aventar palomitas. Optamos por quedarnos nada más parados y verla.

Hicimos entonces un trato. Seguiría contratada con algunas condiciones; debía encargarse de muchas cosas, del resto de los cuadernos. Tantos nombres y fechas. No he hecho nada malo, y eso lo sabe, pero ambos entendemos cuál es la posición en la que se encuentra. Pueden requisarlos y usar algo de lo que contienen para implicarla.

Le dije que ya era hora, se lo digo continuamente. Ya es hora. He estado aplazando esto hace más de un año, desde que echamos al fuego a Billy Boorzai. Primero muerto que leído, le dije. Esperaba oposición pero, extrañamente, no la hubo. Ni siquiera de Violet la desafiante, que insiste siempre: *Son sus palabras, reclámelas. No deje huérfanas a las palabras, a sus vástagos.* También ella se siente derrotada. Quiso hacerlo ella misma. Se paró viendo cómo sacaba todo el contenido del anaquel, de principio a fin. Parecía tan impaciente como yo de terminar con todo, de tomarse la medicina.

Bajó con la primera brazada mientras yo esculcaba los cajones de mi escritorio. A veces escribía el día a máquina y olvidaba archivarlo con lo demás. Y cartas. Hace tiempo que me deshice de las de Frida —eran de ella, para empezar—, pero me costó más trabajo separarme de mis copias al carbón. Ya encarrerado, junté todo eso con recortes sueltos que guardaba. Para entonces ya había encendido el fuego en el tonel de afuera y yo revolvía la casa en busca de otros cuadernos perdidos que quedaran escondidos en algún rincón, como la botella de ginebra de un borracho. A veces se siente lo mismo, idéntica desesperación.

Me quedé como ido. Cuando se fue, pasé toda la tarde fumando un cigarro tras otro para no sentarme y escribir la escena, tan fresca en la memoria. Una semana, treinta paquetes de cigarros. Semanas. Sin garabatear nada más de la historia, sin escribir nada más que quemar, como tejiendo el final de una prenda que se desteje constantemente desde el principio. Qué indefenso me siento ante el flujo de palabras, qué ridículo. Cien veces traté de cerrar el flujo. Las órdenes de Mamá, de Frida y Diego, con los brazos cruzados y los pies impacientes que golpetean en el piso. Para. En nombre de la ley. Deja de escribirlo todo, me pones nerviosa. Y algo en el interior del niño grita: *Solo hay dos opciones, leído o muerto.*

Esto parece una locura, pero es lo habitual: verano y polio. Volverse loco encerrado en una casa. Las glicinias enredadas bloquean las ventanas. Vea a donde vea, las mismas hojas palmeadas, las manos verdes frente a mis ojos. El vecino solía traer sus tijeras y hacerme el favor de podar. Pero Myers debe de haberle aconsejado que no pode enredaderas comunistas. Tampoco ha podado las suyas, por lo visto. La casa parece replegarse tras su propia maleza. Y así están todas las de la cuadra, encortinadas y encerradas. Cuarentena. El bloqueo de Berlín terminó el 12 de mayo, por fin quitaron las barricadas. Pero las de aquí parecen igual de altas que antes.

Tommy no puede confrontar el contagio.

—Cálmate —dice. La señora Brown lo haría si le fuera posible, estoy seguro.

Lincoln Barnes dice:

—No se altere. Arthur Gold le comunicó que romper el contrato puede resultarle costoso y que sería sensato sacar el libro en los tiempos acordados por las partes. Debe haber sido muy convincente, Barnes dijo que, si no lo hacemos a la sorda, el libro saldrá discretamente, escondido en la lista de lecturas de verano.

Estados Unidos ha sufrido un cambio de administración. Se ve claramente en los anuncios de las revistas. Hoy llegaron los números de julio. ¿Dónde quedaron las jóvenes madres con hombreras que daban a los niños Ovaltine (mamá siempre sabe lo que es bueno)? ¿La que sonríe con recriminación y sacude el dedo ante el marido que no usa el tónico de pelo adecuado? Despedidos. Ahora aparecen científicos, batas blancas de laboratorio y reportes que demuestran que lo común no puede compararse con su marca. Válgame Dios, pueden demostrar cualquier cosa: piel más suave, alivio más rápido. Extraño a las mamás. Si no le gustaba a uno el sabor de Ovaltine podía zafarse lloriqueando. Pero con las nuevas eminencias no hay la menor posibilidad.

«Lecturas de verano» ya llegó, y hasta ahora ninguna reseña de *Sin presagios*. Ventas nulas, reporta Barnes. Las librerías no lo eligen como a otros de la lista. Campaña de rumores, como lo temía. *Espero que no tengamos que arrepentirnos de esto.*

Necesita contratar a algunos de esos científicos. Nuestros estudios muestran que Harrison Shepherd proporciona una lectura más feliz y acelera un catorce por ciento el pulso del lector. Esta mañana encontré el anuncio de una serie de libros condensados: son libros comunes con todas las partes superfluas recortadas, para terminar más pronto. «El doctor Georges Gallup reveló recientemente en sus encuestas que un porcentaje sorprendentemente alto de los egresados de las universidades del país *ya no leen libros.* La razón es obvia: dados sus niveles de educación, tienen puestos que los mantienen siempre ocupados, ocupados, ocupados.»

Le diré a Barnes que debe ser eso. No una campaña de rumores, no son los comunistas peludos ni los maricas que andan por allí: es que están todos muy ocupados.

La biblioteca abre ya dos veces por semana. Es indudable que los gérmenes de polio descansan los lunes y los viernes. Bueno, tres vivas a las valientes damas que presiden voluntariamente esta cripta. Ni un alma en el lugar, oportunidad perfecta para caminar libremente y llevarse *Mira hacia el hogar, Ángel* y *Trópico de Cáncer* sin que alcen las cejas. Todo Henry Miller, de hecho cargué con toda la pila. Y también Kinsey.

Qué bueno es el extraordinario doctor Kinsey. Otro hombre con bata blanca y pruebas. Todo lo que nos atrevíamos a pensar de los hombres y del sexo resulta cierto. El ciento por ciento de los hombres son homosexuales el cuatro por ciento de su vida (los Billy Boorzais) y el cuatro por ciento son homosexuales el ciento por ciento de su vida (los Tommy Cuddys). Lo más curioso es que nadie haya sacado antes este libro de la biblioteca, ni una sola vez. La tarjeta no tiene ni un nombre, a pesar de que el lomo está bastante quebrado y cada página está doblada en la esquina o marcada.

Ahora todas las noticias se parecen. La Asociación Nacional de Educación, en su convención anual de Boston, se lanza contra el comunismo: «El comunista no es un profesor adecuado». Ni un carnicero, panadero, candelillero, pordiosero o ladrón, para el caso. Han dado en llamar al cantante Paul Robeson el Stalin negro.

¿Se ha detenido la tierra sobre su eje? No lo parece, pues las ruedas de México rechinan mientras su Revolución avanza lentamente. Europa se levanta de las cenizas y extiende la mano hacia sus pobres y desvalidos. Pero si Truman pide un cambio, reformas educativas o seguridad social, un coro lo acalla: estados corporativos, colectivismo, conspiración. Qué estado de cosas tan extraordinario, somos un producto terminado. La roca echada al barranco no rueda ni para arriba ni para abajo, queda congelada en el mismo sitio.

5 de agosto

China nacionalista cae ante los ejércitos de Mao. O ya cayó. Acheson anuncia públicamente el colapso. El coro está en pleno aullido. Truman preside el partido de la traición, él y sus compinches demócratas han arrojado a los chinos a las fauces de los perros comunistas. ¿No le recomendaron todos que mandara más pólvora para ayudar a Chiang Kai-shek? *Espero que no tengamos que arrepentirnos de esto. Ya lo estamos, ahora paga.*

23 de septiembre

La Unión Soviética tiene la bomba. Todos los programas radiofónicos de la tarde se interrumpen, los cantantes sentimentales doblaron su hoja de música ante los micrófonos, los tipos listos que se reían en *La taberna de Duffy* dejaron los tarros con cuidado sobre el mostrador, quedaron con la boca abierta, se atragantaron. El fino entramado de la nación rasgado para revelar al desnudo nuestra vulnerabilidad. En la Unión Soviética hubo una explosión atómica. Truman lo informó tan lacónicamente como le fue posible. Ahora dos naciones tienen la bomba.

Esta mañana mataron a balazos a un hombre en Oteen. Hay pánico en estas tierras, las multitudes están enardecidas. Alguien les dio a los soviéticos la bomba; no la hicieron ellos porque no tienen la conciencia, la paciencia ni la ciencia, tiene que haber sido Alger Hiss, pero bien pudo haber sido cualquiera: Paul Robeson, Harrison Shepherd, siempre trabajan juntos. Eso hacen.

Es imposible salir, caminar al aire libre. La furia desatada de tal forma encuentra sus víctimas. El hombre de Oteen fue asesinado por alguien que vivía en la misma calle, el guardia de seguridad de una bodega. Tras una larga noche de reflexión, en vez de dirigirse a su casa, cruzó una puerta sin llave gritando: «¡Malditos rusos!», y mató al vecino en ropa interior. La esposa y los hijos estaban presentes.

Son eslavos, a juzgar por el nombre, tal vez emigraron para escapar de Stalin. El hombre se enteró de la familia por el hijo. Los niños iban juntos a la escuela.

El terrible concierto de Peekskill con Robeson. Canciones de obreros, espirituales negros y asistentes ferozmente golpeados al terminar. Solamente una vía de la carretera para salir del sitio. Las familias deben de haberse sentido atrapadas: hileras de gente armada, policía y ciudadanos dispuestos a apedrear los autobuses en las esquinas. Manos aplastadas contra las ventanillas, coches volteados, familias que sacaron y golpearon, sin importarles el color. Está en la revista *Life*, foto y pie: «Al programar el concierto, los dirigentes del partido esperaban una oportunidad como esta para hacerse propaganda con sus mártires, por lo cual la opinión generalizada concluyó: "Se lo buscaron". Los comunistas tuvieron más apoyo de los vándalos que apedreaban los camiones que de sus compañeros de viaje».

Igual que la prensa mexicana tras el ataque a Lev. Nos buscamos las armas que disparaban, las bombas incendiarias, los gritos de pánico, a Seva herido. Lev lo montó todo. Ahora estamos haciendo lo mismo aquí, los unos a los otros.

The Evening Post, 6 de octubre de 1949

«Libros para pensar», por Sam Hall Mitchell

Presagio del fin

Harrison W. Shepherd es uno de esos fenómenos del siglo XX: el comunista internacional. A pesar de su rechazo vehemente de toda publicidad, una persistente campaña para desenmascararlo ha sacado recientemente a la luz pública sus vínculos con los comunistas mexicanos. Su vida ha sido oscura, pero no inofensiva, ya que miles de norteamericanos fueron atraídos por su mensaje, sobre todo los más jóvenes e impresionables, ya que sus escritos se abrieron paso hasta los salones de las clases.

Ahora tenemos el último, que es el más pernicioso de todos. *Sin presagios* cuenta la historia de los últimos días de un imperio que se derrumba, mientras que los que ejercen el poder se mantienen indiferentes ante el colapso. El libro tiene una visión ciertamente pesimista de la humanidad, donde no caben ni un liderazgo sensato ni un patriotismo enérgico. No puede esperarse otra cosa de Harrison Shepherd, cuya cita en el *New York Weekly Review* (marzo de 1947) dice textualmente: «Nuestro jefe es un saco vacío. Bien podríamos derrocarlo, poner una cabeza con cuernos en una pica y seguir a esa guía. Casi ninguno de nosotros decidió creer en la nación, pero no se nos ocurrió nada mejor».

A principios de este año Shepherd fue despedido de su puesto en la Administración por actividades comunistas. No puede culparse ahora al público por querer secundar unánimemente tal medida, eliminando los escritos del bribón de bibliotecas, de librerías y de los hogares.

La señora Brown está en pie de guerra:

—Señor Shepherd, fue un personaje de un libro quien dijo eso. ¿Colgarían a Charles Dickens por ladrón, solo porque el viejo Fagín mandaba a los niños a robar por las calles?

—En las circunstancias actuales, bien hace Dickens con estar muerto. —Lo cual no la complació.

Verdadera enjundia, la de la señora Brown. Marcha hasta acá a trabajar a pesar de la prohibición de la señora Bittle, quien ya no se preocupa por la polio, sino por otros contagios. La señora Brown dice que si la corre se irá a vivir con su sobrina. Una de las hijas de Parthenia «de aquí, casada con un urbano». Se llevan bien, tía y sobrina. La casa de la pareja es tan chica que parece de juguete, pero puede dormir en el sillón, cuidar al bebé y ayudar un poco.

Esperábamos que el teléfono sonara sin descanso. Otros periódicos retomarán esto, es muy emocionante para dejarlo pasar. Se paró junto al aparato con los brazos cruzados, dispuesta a golpearme sin rastro de duda si intentaba interferir.

—Puede seguir haciendo su trabajo y dejarme esto, señor Shepherd. Si alguien habla para confirmar la cita, tendrá que hablar conmigo y me va a oír.

Acepté. No parece haber otra opción. Debemos aclarar este asunto: las palabras fueron dichas por el personaje de un libro, de nombre Poatlicue, descontento con un rey azteca desquiciado.

Lo buscamos para cotejar el fragmento. Es de *Peregrinos de Chapultepec*, ambos lo reconocimos (una escena más o menos hacia la mitad, durante el cuarto éxodo forzoso, cuando los dos muchachos desollaban al venado). Ciertamente lo copió palabra por palabra, el tal Sam Hall Mitchell, ¿pero por qué esa línea, dando a entender que era una entrevista? La señora Brown revisó los archivos y confirmó que la copió de *Weekly Review*, como había dicho, donde la reseña citaba ese fragmento. Tenía varias copias en el archivero y tal vez le mandé una a Frida. La reseña nos gustó: hablaba de varios temas incluyendo la contención de los soviéticos, doctrina novedosa por aquel entonces. Pobre hombre, ahora deben de andar también tras él. La última línea de la cita de mi libro fue eliminada de su nota por el señor Mitchell, para bien o para mal, donde Poatlicue dice: «Tal vez sea una ley: la imaginación pública nunca será más grande que las patrañas de los líderes».

No hubo ni una llamada. Un día raro y callado. El teléfono no sonó ni una vez.

19 de octubre

De todo lo que no habíamos imaginado, esto es lo peor. Harrison Shepherd lanza un disparo que resuena en todo el mundo. La cita está en todas partes, hasta en otros países: la pusieron en *Stars and Stripes* para las fuerzas armadas en el exterior. «Esto es lo que piensa un tipo cobarde allá en nuestro país y, ténganlo por seguro, Harrison Shepherd no estuvo en el servicio activo. "Nuestro jefe es un saco vacío. Bien podríamos derrocarlo, poner una cabeza con cuernos en una pica y seguir a esa guía. Casi ninguno de nosotros decidió creer en la nación, pero no se nos ocurrió nada mejor."»

Republic Digest: palabras del más peligroso de la nación. Harrison Shepherd encabeza ahora la lista, por encima de Alger Hiss y de los Diez de Hollywood. La oficina de recopilación de prensa de la editorial ha contado sesenta y un periódicos y revistas donde ha aparecido la cita, y todavía faltan las publicaciones mensuales. Estas palabras parecen provocar cierta forma de locura que se queda en la mente, como un estribillo infantil. El jefe es un saco vacío, el jefe es un saco vacío, cabeza con cuernos en una pica, cabeza con cuernos en una pica, nuestra guía.

Es extraño que la editorial tuviera que llamar a la señora Brown con la demoledora cifra de su oficina de recortes. ¿Será que están complacidos puesto que ya se libraron de mí? Las recepcionistas de Stratford and Sons están boquiabiertas ante las dimensiones de mi infamia, no tienen capacidad para resistirla. El alcance de la cita sobrepasa con mucho a mis lectores, cientos, llenando de júbilo a quienes antes no sabían nada acerca de mis proezas. Se abre paso en el tiempo. A un hombre puede deleitarle difamar.

La señora Brown está tan afectada que no puede ni escribir una carta. Se pasó casi toda la mañana junto a la ventana de enfrente tejiendo un chal para bebé. Se le van los puntos, encuentra errores, deshace, comienza de nuevo. Sus ojos se dirigen a la calle. Nunca la había visto tan asustada. Más peligroso que Alger Hiss, cuyo juicio por traición está a punto de terminar.

«Casi ninguno de nosotros decidió creer en la nación, pero no se nos ocurrió nada mejor.» Las palabras más profusamente publicadas de cuantas haya escrito Harrison Shepherd.

El Eco, 21 de octubre de 1949

Secretos de espía entre pastas duras

Harrison Shepherd ha ocultado una larga carrera de tretas comunistas bajo su disfraz de escritor de mente pausada, escribiendo novelas fáciles del gusto sobre todo de intelectuales y peludos. Pero ahora salta de entre las pastas con su última sarta de insolencias, declarando por escrito: «Nuestro jefe es un saco vacío. Bien podríamos derrocarlo, poner una cabeza con cuernos en una pica y seguir a esa guía».

La amenaza de un derrocamiento violento es motivo de indignación pública. ¿Que hay tras esa mente retorcida? Su vida familiar lo dice todo: nacido en Lychgate, Virginia, Shepherd es hijo de divorciados. Su padre fue contador durante la Administración de Hoover, y su madre una Mata Hari sin capital que cambió varias veces su nombre para acercarse a hombres del gobierno en ambos lados de la frontera mexicana. Un psiquiatra de Nueva York, Nathan Leonard, a quien se pidió que evaluara este inquietante caso, nos dijo: «El efecto psicológico de un ejemplo materno tan devastador no puede eludirse».

El hijo dejó la escuela para volverse simpatizante de los comunistas, y trabajó en casa de prominentes funcionarios del estalinismo en la ciudad de México. De allí pasó a una vida tan intrigante que casi todos fueron engañados: contrabandista de arte, seductor de mujeres, correo del Departamento de Estado usando al menos dos seudónimos en dos continentes. Y todo esto con un aspecto físico tan desagradable que en toda su vida los fotógrafos no han logrado cazarlo. Tan notables hazañas de conquista y espionaje, llevadas a cabo por un hombre tan poco agraciado, encendieron falsas esperanzas de tener entre nosotros a un Walter Mitty. Pero Harrison Shepherd no está hecho de una materia tan común.

Entre los últimos cargos: reveló secretos a los chinos comunistas que derrocaron a Chiang Kai-shek. Como todos los enemigos de América, suscribe el plan de mandar ayuda y consuelo a nuestros enemigos. Hace un año dijo al *Evening Post* que estaba de acuerdo con Bernard Baruch: que debían echarse a la basura las armas atómicas. Ahora ha encontrado una mejor forma de ponernos en manos de los comunistas: los expertos confirman que se halló un ejemplar de su libro con algunos fragmentos subrayados, tal vez una clave cifrada de la bomba atómica. Por fortuna, en este país hay un remedio para mentes tan desquiciadas. Se le conoce como silla eléctrica.

De acuerdo con United Press, el Comité de Actividades Antinorteamericanas ha documentado ya innumerables planes para contrabandear los secretos de la bomba a la Unión Soviética y a China. Tras cinco años de investigación fue dado a conocer la semana pasada un informe de 384 páginas. El comité saca a la luz detalles sobre las técnicas usadas por los comunistas de Estados Unidos para mandar mensajes cifrados a Moscú: «Los objetos donde se esconden dichos mensajes pueden ser collares, cajas con cerillos cortados con diferentes muescas, dentaduras postizas, marcas en timbres postales, cigarreras labradas, pañuelos bordados, encuadernaciones especiales de libros y pequeños compartimentos en los discos para fonógrafos». El informe reveló que se halló un ejemplar de *El discípulo del diablo* de Bernard Shaw, con un mensaje cifrado en ruso que subrayaba ciertas palabras con tinta invisible.

Ahora otro discípulo del diablo, disfrazado como Harrison Shepherd, escritor, ha sacado un último tomo: *Sin presagios*. Ante tan terrible título, podemos añadir una nota al pie: ¡Compradores, cuidado!

7 de noviembre

La señora Brown fue a la librería a echar una ojeada. No quería ir, y cuando regresó no quería contarme nada. Dios me perdone, la obligué a que fuera a espiar. Pusieron un letrero en el aparador: «Prohíban a Harrison Shepherd». No estoy solo, encontraron varios libros escritos por comunistas.

El letrero decía: «¿Compraría usted un libro si supiera que su dinero va al Partido Comunista?». Bajo la pregunta había dos espacios vacíos para un sí o un no, y un recipiente con lápices para facilitar el plebiscito.

¿Qué más me quitarán? Pregunté a la señora Brown qué querían. Lo que quieren casi todos, fue lo único que pudo responder: seguridad. Esto y gracia. No saben lo que hacen. Tal vez tiempo atrás todos aspiraban a llegar al cielo, pero han perdido el camino.

¿Qué es eso, *gracia*?

Dice: Creer que eres especial y resguardado del mal. En la mano de Dios.

Bueno, mi necedad es esa, nunca supe desear lo que todos los demás deseaban. Solo pensaba en buscar un hogar, un lugar donde me acogieran. Entregué un corazón maltrecho para ver cómo lo arrojan al cesto de la basura, siempre. Pero aquí, en Estados Unidos, contestaban mis cartas con amor.

22 de diciembre de 1949

    Querido Shepherd:

    Bueno, carnal, por favor, no te descompongas. Tal vez esto no sea el saludo que esperas: Feliz Navidad y demás. Las cosas han cambiado por acá, no puede remediarse. Conseguí la chamba en publicidad. ¡No es una echada! Estoy allí, en una oficina llena de corbatas, y déjame decirte que estos gatos son deslumbrantes. No quiero ser el pesado que no esté a la altura.

    Mira, fue de veras un descolón ver lo que escribes sobre el país. Me apena que pienses así, tal parece que no te conocía tan bien como creí. Los gatos bromean, pero yo soy uno de esos que todavía cree en la Patria, y lamento que tú no puedas afirmar lo mismo. Supongo que tendrás tus razones, por ser extranjero.

    No te vas a poner perro por esto, ¿verdad? Fue bueno conocerte, pero las cosas cambian. Lo mejor para los dos es pararla, ni una carta más. Nadie en mi nuevo trabajo sabe que te conozco.

    Nos vemos,

TOM CUDDY

Enero de 1950

    Los periódicos se hunden bajo titulares apocalípticos. VEREDICTO. ALGER HISS: ESPÍA Y PERJURO. Tipos más grandes todavía que los usados el Día de la Victoria; es claro que los enemigos actuales son peores que los japoneses. Los falsos liberales venden sus almas con los secretos que resguardaban a nuestra nación. Stalin lleva la voz cantante. Lamen las suelas de sus patrones moscovitas. Aquí, Henry Wallace también está en la mira, atestiguando ante el Comité de Actividades Antinorteamericanas. Henry Wallace, vicepresidente de Roosevelt, candidato liberal de las últimas elecciones y ahora en juicio, bajo los titulares: WALLACE NIEGA HABER ENVIADO URANIO A LOS SOVIÉTICOS. Que Dios lo ampare, hoy se lanzó contra la prensa: «El sabio Salomón debió haber listado, entre las cosas que escapan al entendimiento humano, esto: ¿por qué publican los periódicos las cosas que publican?».

La señora Brown hizo notar que Wallace leía como prueba de su diario durante las audiencias, al responder sobre lo que había dicho en las reuniones sobre el uranio que se investigan ahora. «Es bueno que haya escrito un diario», dice parada en la puerta con una camisa de vestir de cuadritos rojos y blancos. Con ella no hay modo de saber: puede ser la última moda o algo hecho con un mantel, o ambas. La señora Brown es prueba de que las damas elegantes aún *pueden ahorrar hasta en lo más trivial*.

Cree que me tomo las cosas como si fueran solo en mi contra. Me trae artículos sobre Wallace, Robeson, Trumbo y los escritores de Hollywood, sindicalistas, maestros, contadores, el carnicero, el panadero que, a fin de cuentas, no consuelan a ninguno. No es solo usted, dice. Sacan a la gente de su trabajo, se burlan de los niños en las escuelas. A los niños a cuyo padre mataron en Oteen. ¿Y qué puede aprender hoy en día un niño —se pregunta—, sino a temerle al vasto mundo y todo lo que contiene?

—Señor Shepherd, es en medio de esto donde viven. ¿Cómo crecerán todos?

Escritor de Asheville se enfrenta a duras preguntas

por Carl Nicholas

A través de una carta enviada esta semana al *Asheville Trumpet* por el investigador federal Melvin C. Myers nos enteramos de que el escritor de la localidad Harrison Shepherd confronta muchos cargos relacionados con su comunismo. El más relevante es el de falso testimonio, por firmar un juramento donde asienta que nunca fue comunista. Se le acusa, sobre todo, de falsificar información para servir como maestro. El comunicado de prensa de Myers indica que pronto se enviará a Shepherd un citatorio con indicaciones de lo que debe hacer respecto a una audiencia en Washington, D. C., ante el Comité de Actividades Antinorteamericanas.

Los conciudadanos de Asheville no podríamos afirmar que le deseamos suerte. No es motivo de orgullo para nuestra ciudad que sirva de hogar a uno de los muchos comunistas que, como sabemos ahora, se han infiltrado en el gobierno, tal y como lo denunció el senador Joseph McCarthy en una reunión del Club Femenino de Manejo de Ohio, en Virginia Occidental.

La señora Herb Lutheridge, presidenta del Club Femenino de Asheville, confirma que el discurso iba a pronunciarse aquí, cuando el recién nombrado congresista contactó por primera vez con el Comité de Programas, con la esperanza de que nuestra ciudad fuera la primera de su campaña de reelección en el Sur y el Oeste. La señora Lutheridge dijo que ya se programaba los honorarios cuando la oficina del senador le notificó que sus primeros pasos serían por Virginia Occidental. La señora Lutheridge lamenta la confusión, pero declara: «Lo esencial es que nos enorgullece que este joven vaya a Washington para derrocar a cuantos tengan tendencias sovietizantes».

El boletín de prensa respecto al señor Shepherd indica que el Comité de Actividades Antinorteamericanas tiene plena autoridad para citar a un sospechoso e interrogarlo para que quede constancia pública. Si las audiencias lo ameritan, seguirán los cargos. El subcomité está encargado de la investigación de comunistas bajo sus múltiples facetas, incluyendo la «educación» en el caso de Harrison Shepherd, ya que muchos niños leen sus libros sobre las civilizaciones mexicanas. Para finalizar, la carta dice: «Aunque se trata de un simple interrogatorio, de preguntas y respuestas, el testigo puede demostrar su inocencia o ampararse en la Quinta Enmienda».

El *New York Times* informó este mes de que los Partidos Comunistas alrededor del mundo han alcanzado la cifra récord de 26 millones de personas.

The Wheeling Intelligencer, 10 de febrero de 1950

McCarthy acusa a rojos con empleos públicos

El senador de Wisconsin dice en el festejo a Lincoln:
«Muestren su juego»

por Frank Desmond, del equipo de Intelligencer

Joseph McCarthy, novel senador de Estados Unidos por Wisconsin, recibió anoche una sonora ovación cuando declaró abiertamente, como invitado del Club de Mujeres Republicanas del Condado de Ohio, que el destino del mundo depende del choque entre el ateísmo de Moscú y el espíritu cristiano que prevalece en otras partes del mundo.

Más de 275 distinguidos caballeros y damas republicanos asistieron entusiastas a la lucida cena para celebrar el Día de Lincoln organizado por las mujeres del valle, que tuvo lugar en la columnata del Hotel McLure.

La charla de McCarthy, alejada de florilegios oratorios, fue íntima, casera y no exenta de momentos de humor. Pero en su vena seria, sacó a la luz muchas asperezas del actual panorama del Departamento de Estado, de la negativa del presidente Truman para presionar las investigaciones de «enemigos domésticos» y otros asuntos pertinentes… Añadió, sin embargo: «La moral de nuestra gente no ha sido destruida. Existe todavía y, tras una capa de aletargamiento y apatía, solo requiere una chispa para avivarse nuevamente».

Refiriéndose directamente al Departamento de Estado, declaró: «No perderé el tiempo nombrando a todos los hombres del Departamento de Estado que ya han sido identificados como miembros del Partido Comunista y de una red de espionaje. Tengo en la mano una lista de 205 personas que siguen trabajando en el Departamento de Estado y trazando las directrices políticas en la Secretaría de Estado, a pesar de que es bien sabido que son miembros del Partido Comunista».

El orador habló ampliamente del caso de Alger Hiss, y mencionó el nombre de algunos otros que, según se ha descubierto a lo largo de unos cuantos años, abrazan ideas subversivas pero aún tienen cargos de gran responsabilidad en el gobierno. «Al oír esta historia de alta traición —dijo—, sé que muchos se preguntarán por qué el Congreso no hace nada al respecto.

»De hecho, damas y caballeros, la razón para que exista el fraude, la corrupción, la deslealtad, la traición en altos cargos del gobierno, y la razón por la cual continúa, es la creciente falta de moral entre 140 millones de americanos. Esto no es difícil de explicar a la luz de la historia. Es el resultado de la cruda emocional y del retroceso moral temporal que se dan tras cualquier guerra. Es la apatía ante el mal que padece la gente que ha estado sometida a los terribles males provocados por la guerra.

»La gente se aletarga y se vuelve apática al ver a los pueblos del mundo contemplar los asesinatos masivos, la destrucción de pueblos indefensos e inocentes y los crímenes y la inmoralidad que acompañan a la guerra. Sucede siempre después de las guerras.»

En otro momento declaró: «Hoy emprendemos una batalla final entre el ateísmo comunista y la cristiandad. Los defensores actuales del comunismo han elegido este momento y, damas y caballeros, ahora se muestra el juego, realmente se muestra».

En una ronda de preguntas informales con el público, el senador contestó a muchas cuestiones relacionadas con el plan del secretario de Agricultura Brannan de destruir millones de toneladas de papas, huevos, mantequilla y frutas; dio esclarecedoras opiniones sobre los problemas de la vejez, la seguridad social y muchos temas más...

Presidió la reunión la señora A. E. Eberhard, presidenta del Grupo de Mujeres. El senador del estado, William Hanning, encabezó un grupo coral. La plegaria estuvo a cargo del reverendo Philip Goertz, pastor de la Segunda Iglesia Presbiteriana, y la bendición fue impartida por el reverendo W. Carroll Thorn, de la Iglesia Episcopaliana de San Lucas.

(página sin fecha, diario de HWS)

Declaración universal de los derechos de los aulladores
Artículo 1. Todos los humanos tienen el derecho otorgado por Dios de hacer leña del árbol caído. Artículo 2. Sirve cualquier árbol. Si es muy alto, debe cortarse en trozos. La calidad de la madera no importa, el árbol se lo buscó por crecer tan

alto. El público decente ovacionará la tala. Artículo 3. Las reglas de la bondad normal no incluyen a una persona célebre. Artículo. 4. Toda persona puede aspirar a ser célebre. Artículo 5. Es más importante hablar que pensar. El único peligro es el silencio. Artículo 6. El aullador deberá elegir entre dos opciones: mentir cotidianamente o hacerlo solo en ocasiones importantes para ser más convincente (el lema de Trotsky).

AUDIENCIA RESPECTO A LA INFILTRACIÓN COMUNISTA EN EL
GOBIERNO DE ESTADOS UNIDOS Y EN SUS INSTITUCIONES
EDUCATIVAS.

CÁMARA DE REPRESENTANTES DE ESTADOS UNIDOS
SUBCOMITÉ ESPECIAL DEL COMITÉ DE ACTIVIDADES
ANTINORTEAMERICANAS
AUDIENCIA PÚBLICA, MARTES 7 DE MARZO DE 1950

TRANSCRIPCIÓN: DIRECCIÓN DE IMPRESIÓN DEL GOBIERNO DE
ESTADOS UNIDOS

COMITÉ DE ACTIVIDADES ANTINORTEAMERICANAS
CÁMARA DE REPRESENTANTES DE ESTADOS UNIDOS:
PRESIDENTE: JOHN S. WOOD, *Georgia*;
FRANCIS E. WALTER, *Pensilvania*; RICHARD M. NIXON, *California*;
BURR P. HARRISON, *Virginia*; FRANCIS CASE, *Dakota del Sur*;
JOHN MCSWEENEY, *Ohio*; HAROLD H. VELDE, *Illinois*;
MORGAN M. MOULDER, *Missouri*; BERNARD W. KEARNEY, *Nueva York*

FRANK L. RAVENNER, CONSEJERO
MELVIN C. MYERS, INVESTIGADOR EN JEFE

El subcomité del Comité de Actividades Antinorteamericanas se reúne en sesión pública tras haber sido citado a las 9:35 de la mañana en la sala 226 del viejo edificio de oficinas, bajo la presidencia del honorable John S. Wood. Miembros del comité presentes: Representantes: John S. Wood (presidente), Francis E. Walter, John McSweeney, Richard M. Nixon (llega según se indica) y Harold H. Velde. Empleados presentes: Frank L. Ravenner, consejero; Melvin C. Myers, investigador en jefe.

SR. WOOD: La minuta apuntará que esta es una audiencia del Comité de Actividades Antinorteamericanas en la ciudad de Washington, Distrito de Columbia. Están presentes, además del comité y empleados, una secretaria que transcribe y visitantes de la prensa en la galería trasera de la sala. El señor Harrison Shepherd está sentado ante nosotros con dos personas que le acompañan. El comité procederá con orden.

Señor Shepherd, por favor, alce la mano derecha y haga el juramento. ¿Jura solemnemente que el testimonio que dará a este comité es la verdad, toda la verdad y nada más que la verdad, con la ayuda de Dios?

SR. SHEPHERD: Sí.

SR. WOOD: ¿Puede asentar su nombre completo?

SR. SHEPHERD: Harrison William Shepherd.

SR. WOOD: ¿Cuándo y dónde nació?

SR. SHEPHERD: Lychgate, Virginia, 6 de julio de 1916.

SR. WOOD: ¿Tiene alguna objeción a que le tomen fotografías?

SR. SHEPHERD: Preferiría que no lo hicieran.

SR. WOOD: Bien, caballeros, ya lo han escuchado, actúen a su criterio, como es rutinario.

(*Cuchicheos y risas en la galería. Flashes de fotos.*)

SR. RAVENNER: Honorable presidente, antes de comenzar el interrogatorio, ¿puedo pedir a los amigos o asesores del señor Shepherd que se identifiquen?

SR. SHEPHERD: Este es el señor Arthur Gold, mi abogado, y la señora Brown, mi estenógrafa.

SR. WOOD: Señor Shepherd, el comité incluye una secretaria de minutas que hará una transcripción exacta de estas diligencias. Señora Ward, ¿haría el favor de identificarse?

(*Se identifica.*)

SR. SHEPHERD: Señores, la señora Brown y el señor Gold se encuentran aquí en calidad de amigos.

SR. RAVENNER: Bien. Entonces, señor Shepherd, el propósito de esta reunión es que el comité determine la verdad o la falsedad de algunas declaraciones que ha hecho en relación con su membresía o asociación con el Partido Comunista. ¿Lo entiende?

SR. SHEPHERD: Sí.

SR. RAVENNER: Bien, no tomará todo el día, caballeros, saldremos a tiempo para el almuerzo. Señor Shepherd, ¿puede decirnos su lugar actual de residencia y ocupación?

SR. SHEPHERD: Vivo en Asheville, Carolina del Norte, y soy autor de libros.

SR. RAVENNER: ¿Hace cuánto que vive allí y qué empleos ha tenido en ese lapso?

SR. SHEPHERD: Desde 1940. No he tenido muchos empleos en

Asheville, además de escribir. Fui profesor de español en la Normal de Maestras durante la guerra.

SR. RAVENNER: ¿Tuvo oportunidad de reclutar a sus alumnas al modo de pensar comunista, cuando enseñaba lenguas extranjeras en la Normal?

SR. SHEPHERD: Dios mío, lo dudo. No podía reclutarlas para que tiraran el chicle a la basura antes de pararse a conjugar. A veces se les caía de la boca en el plural de la tercera persona.

(Risas en la galería.)

SR. RAVENNER: Responda ahora a la pregunta. ¿Alguna de sus alumnas se afilió al Partido Comunista?

SR. SHEPHERD: Sinceramente, ignoro lo que hacían después de clase.

SR. RAVENNER: Durante esos años, y siendo un joven apto para el frente, ¿estuvo en las Fuerzas Armadas?

SR. SHEPHERD: Desgraciadamente no se me consideró apto para el frente. En cambio, me llamaron para hacer trabajos especiales en la National Gallery of Art de Washington, D. C.

SR. RAVENNER: ¿Por qué razones se le consideró no apto para el frente, señor Shepherd?

SR. SHEPHERD: Por razones psicológicas.

SR. RAVENNER: Se le declaró no apto porque tenía usted desviaciones mentales o sexuales, ¿no es así?

SR. SHEPHERD: Se me consideró suficientemente cuerdo para ingresar en Servicios Civiles, señor. Mis capacidades mentales se consideraron adecuadas para manejar los tesoros artísticos más relevantes del país. Tal fue la decisión de la Junta del Servicio de Selección.

(En este punto entró en la audiencia el señor Nixon, y tomó asiento junto al señor Velde. Breve discusión entre el señor Nixon y el señor Velde.)

SR. RAVENNER: ¿Creyó o no creyó en ese tiempo que la pertenencia al Partido Comunista era adversa a los intereses de Estados Unidos?

SR. SHEPHERD: Francamente, señor, creo que carecía de una opinión al respecto. Nunca he conocido a ningún miembro del Partido Comunista de este país.

SR. RAVENNER: ¿Puede responder *sí* o *no*?

SR. SHEPHERD: ¿Puede un ciudadano abrigar dudas mientras no esté más informado?

SR. RAVENNER: Permítame informarle. Un miembro del Partido Comunista es aquel que busca derrocar el gobierno de Estados Unidos mediante la fuerza y la violencia dentro del país. ¿Está usted de acuerdo con eso?

SR. SHEPHERD: Nunca he deseado derrocar al gobierno de Estados Unidos. ¿Eso responde su pregunta?

SR. RAVENNER: En cierta manera. Ahora bien, tengo entendido que nació en Estados Unidos y optó por vivir en otro país la mayor parte de su vida. ¿Es eso correcto?

SR. SHEPHERD: Mi madre era mexicana. Nos fuimos a México cuando yo tenía doce años. Me amenazó con dejarme en las vías del tren si protestaba. Por lo tanto, señor, sí, opté por irme.

SR. RAVENNER: Después de tantos años, ¿por qué quiso vivir nuevamente aquí?

SR. SHEPHERD: La pregunta es compleja. Me tomaría mucho tiempo responderla, y dijo usted que esto terminaría rápido.

SR. RAVENNER: Bueno, entonces permítame hacerle una pregunta más sencilla. ¿Estuvo usted asociado a comunistas cuando vivió en México?

(Un largo titubeo del testigo antes de contestar.)

SR. SHEPHERD: No es una pregunta más sencilla. Requeriría, asimismo, algunas explicaciones.

SR. RAVENNER: Déjeme ponérselo aún más fácil. Tenemos documentos que demuestran que se le concedieron papeles para viajar en noviembre de 1939, como compañero de viaje y asistente de un hombre a quien se convocó para dar testimonio ante este comité. La Comisión Dies, como se llamaba entonces. Nuestros documentos dicen que Harrison Shepherd, nacido en 1916 en Lychgate, Virginia, era miembro de un grupo al que se le concedieron visas para viajar. ¿Es usted ese Harrison Shepherd?

SR. SHEPHERD: Lo soy.

SR. RAVENNER: Entonces, puede presumirse que estos documentos se refieren a usted. Que vivió en las oficinas mexicanas del muy conocido líder comunista de la Revolución bolchevique de Stalin, *Leonadovich* Trotsky.

SR. SHEPHERD: ¿Perdón?

SR. RAVENNER: Responda la pregunta.

SR. SHEPHERD: Solamente quiero aclarar algo. ¿Se refiere a Lev Davídovich Trotsky, que encabezó un movimiento a nivel mundial de oposición a Stalin? Fui convocado por la comisión en calidad de testigo amistoso, señor.

SR. RAVENNER: Limítese a responder. ¿Trabajó usted para el tal Trotsky?

SR. SHEPHERD: Sí.

SR. RAVENNER: ¿En carácter de qué?

SR. SHEPHERD: Fui su cocinero, su secretario-mecanógrafo y a veces hasta aseador de sus jaulas de conejos. Aunque el comisario prefería sacar él mismo los excrementos.

SR. WOOD: ¡Llamo al orden!

SR. RAVENNER: Dice que fue su secretario, ¿quiere decir que le ayudaba a preparar documentos cuyo propósito era la incitación a la insurrección comunista?

(El testigo no responde.)

SR. VELDE: Señor Shepherd, si lo desea puede ampararse en la Quinta Enmienda.

SR. SHEPHERD: No sé cómo responder cuando pregunta «ayudaba a preparar documentos». Era mecanógrafo. A veces no entendía siquiera las palabras que contenían. Carezco de toda habilidad política.

SR. NIXON: ¿El soldador de una bomba reclama que no es culpable de la destrucción que causa solo porque no entiende de física?

SR. SHEPHERD: Es una muy buena pregunta. Nuestras plantas de armamento hacen pertrechos que se venden a casi todos los países. ¿Participamos ahora en los dos bandos de esas guerras?

SR. RAVENNER: Señor Shepherd, se le solicita que responda *sí* o *no* a todas las preguntas subsecuentes. Cualquier otro exabrupto resultará en un desacato a esta cámara. ¿Ayudó a este Trotsky, líder de la Revolución bolchevique a preparar documentos comunistas?

SR. SHEPHERD: Sí.

SR. RAVENNER: ¿Y sigue usted en contacto con el camarada Trotsky?

(Una pausa muy larga.)

SR. SHEPHERD: No.

SR. RAVENNER: ¿Vino usted directamente de ese empleo a Estados Unidos?

(Pausa.)

SR. RAVENNER: ¿Sí o no?

SR. SHEPHERD: Perdón, ¿puede aclarar la pregunta?

SR. RAVENNER: ¿Sí o no? Su última dirección antes de entrar a Estados Unidos en septiembre de 1940 era la Sede de la Revolución Mundial Trotskista en la calle de Morelos, Coyoacán, en las afueras de la ciudad de México.

SR. SHEPHERD: Sí.

SR. RAVENNER: ¿Es verdad que en ese lugar se cometieron algunos actos extremos de espionaje y violencia, vinculados directamente con la policía secreta de Joseph Stalin?

SR. SHEPHERD: Sí. En contra nuestra.

SR. RAVENNER: Como dice que la cabeza no le ayuda en asuntos políticos, procure concentrar sus capacidades, por favor, en una simple pregunta. De esa sede, ¿vino aquí con un programa para derrocar al gobierno en Estados Unidos, por mal que lo comprenda? Quiero una sola palabra, señor. Sí o no.

SR. SHEPHERD: No.

SR. RAVENNER: ¿Entonces con qué propósito vino a Estados Unidos?

(Pausa.)

SR. SHEPHERD: ¿Sí o no?

SR. RAVENNER: En este caso puede explayarse.

SR. SHEPHERD: Vine a entregar cuadros a museos de la ciudad de Nueva York.

SR. NIXON: Vaya, buen trabajo de entrega porque sigue aquí diez años después. Ni siquiera a los almacenes Sears Roebuck les toma tanto tiempo, por lo general.

(Risas en la galería.)

SR. RAVENNER: Dígame, ¿de qué eran dichos cuadros?

SR. SHEPHERD: Eran pinturas al óleo sobre tela.

(Risas en la galería.)

SR. RAVENNER: Señor Shepherd, no somos tontos. Nos damos cuenta de que se burla de esta audiencia. Es la última vez que le advierto que debe contestar tan directamente como le sea posible. ¿Qué clase de pinturas contrabandeó a Estados Unidos?

SR. SHEPHERD: Surrealistas. Transportadas legalmente con documentos aduaneros. Espero que los papeles se conserven aún en los archivos del museo.

SR. RAVENNER: ¿Y eran esos cuadros del pintor mexicano Diego Rivera, bien conocido como peligroso agitador comunista?

SR. SHEPHERD: No.

SR. RAVENNER: ¿No?

SR. WOOD: Recuerde, señor Shepherd, que está usted bajo juramento.

SR. SHEPHERD: No eran cuadros del señor Rivera. No.

(Los congresistas Wood y Verne pasan unos instantes consultando con el señor Ravenner y mirando documentos.)

SR. RAVENNER: ¿Se trataba de cuadros de la casa de Diego Rivera o de su propiedad? Conteste eso con amplitud.

SR. SHEPHERD: Los pintó su esposa, la artista Frida Kahlo.

SR. RAVENNER: Entonces admite que se asoció, con pleno conocimiento de causa, con los militantes comunistas señor y señora Diego Rivera.

SR. SHEPHERD: Sí.

SR. RAVENNER: ¿Con qué propósito?

SR. SHEPHERD: En el que mencionaron: supervisar el traslado de sus cuadros a las salas de Nueva York.

SR. RAVENNER: ¿Lo contrataron para cargar contenedores a través de la frontera con Estados Unidos? Ha permanecido aquí casi diez años. Mis documentos dicen que eran ocho contenedores en total, algunos tan grandes que era imposible que los cargara solo un hombre.

SR. SHEPHERD: Así es. Usamos montacargas manuales para bajarlos del tren.

SR. RAVENNER: ¿Sabía exactamente lo que transportaba? ¿Usted mismo los empacó?

SR. SHEPHERD: No. Tenía la lista con los nombres de los cuadros.

SR. RAVENNER: ¿Pasó de contrabando a este país enormes cajas con contenido desconocido? Desde la sede de uno de los comunistas más peligrosos de cualquier país que limite con nosotros. ¿Es cierto eso?

(El acusado consulta brevemente con su amigo identificado como Arthur Gold.)

SR. SHEPHERD: Señores congresistas, nada explotó.

SR. WOOD: ¿Qué dijo?

SR. SHEPHERD: Entregué obras de arte. Alegan un delito que no se cometió.

SR. WOOD: Señor Shepherd, déjeme plantearle entonces otra pregunta. ¿Podría considerarse a las así llamadas obras de arte propaganda comunista?

SR. SHEPHERD: ¿En mi opinión, señor? El arte adquiere su significación ante los ojos del espectador.

SR. RAVENNER: ¿Puede decirlo en lenguaje claro? ¿Cuál era la intención de los objetos ocultos que transportó a este país?

SR. SHEPHERD: ¿Puedo dar una respuesta amplia?

SR. RAVENNER: En sus propias palabras. Está bien, sí.

SR. SHEPHERD: El propósito del arte es elevar el espíritu o pagar la cuenta del médico. O, realmente, los dos. Puede ayudar a cualquiera a olvidar o a recordar. Si una casa no tiene muchas ventanas, puede colgarse un cuadro para ver un paisaje. O un país entero, si se quiere. Si su pareja es poco agraciada, puede verse un hermoso rostro sin tener problemas.

(Risas en la galería.)

La pintura puede estar en un muro público o encerrada en una residencia. Las primeras pinturas que vendió Frida Kahlo las compró una reconocida estrella de cine, Edward G. Robinson. El arte es algo sobre lo que sí sé. Un libro tiene los mismos usos que he mencionado, sobre todo para las casas sin suficientes ventanas. El arte en sí mismo no es nada hasta que llega a esa casa. La gente de aquí quería los cuadros de Frida Kahlo, y yo los traje.

(Silencio en la galería.)

Me preguntan por qué me quedé aquí tanto tiempo. Voy a intentar decirlo. En México la gente tiene mucho color y canciones, más arte que esperanzas, me parece a menudo. Aquí me encontré con personas con mucha esperanza y pocas canciones. No cantan, prenden la radio. Querían historias, más que ninguna otra cosa. Así que intenté hacer arte para los esperanzados. Porque no sabía hacer lo otro, fabricar esperanzas para quienes tienen arte. Estados Unidos era el lugar más esperanzador que pudiera imaginarse. Mis vecinos daban horquillas de pelo y bisagras para fundir y construir el buen barco de esta nación. Yo también quise darle algo. Y me quedé.

(Silencio en la galería por un tiempo. Un silencio inusual, de esos en los que se oye volar una mosca.)

SR. RAVENNER: ¿Dice que Edward G. Robinson está asociado con los comunistas?

SR. SHEPHERD: Lo siento, tal vez cometí un error. Fue hace mucho. Creo que fue J. Edgar Hoover quien lo compró.

(Risas sonoras en la galería.)

SR. WOOD: Orden.

SR. RAVENNER: Verá. Si sigue burlándose de esta audiencia, lo detendremos por desacato al Congreso. Le voy a hacer una serie de preguntas a las que debe responder *sí* o *no*. Una palabra además de estas y será llevado a prisión. ¿Me entiende?

SR. SHEPHERD: Sí.

SR. RAVENNER: ¿Trabaja o trabajó alguna vez para comunistas en México?

SR. SHEPHERD: Sí.

SR. RAVENNER: ¿Ha escrito trabajos sobre gente extranjera, hombres desleales a sus gobernantes, con intención de que sean distribuidos profusamente en Estados Unidos?

(Pausa.)

SR. SHEPHERD: Sí.

SR. RAVENNER: ¿Ha tenido contacto con revolucionarios comunistas desde su llegada a Estados Unidos?

SR. SHEPHERD: Sí.

SR. RAVENNER: Tengo aquí bastantes pruebas *impresas*, artículos periodísticos y demás que indican que sus libros se leen en la China comunista. Que se opuso al uso de la bomba atómica. Tengo pruebas de que ha hecho la siguiente declaración. Quiero que escuche con atención y luego confirme o niegue. Cito al señor Shepherd: «Nuestro jefe es un saco vacío. Bien podríamos derrocarlo, poner una cabeza con cuernos en una pica y seguir a esa guía. Casi ninguno de nosotros decidió creer en la nación, pero no se nos ocurrió nada mejor». Señor Shepherd, ¿son suyas esas palabras?

SR. SHEPHERD: Entre muchas otras, sí. Son de una novela.

SR. RAVENNER: Señor Shepherd, le hice una pregunta simple. ¿Escribió usted esas palabras? Solo le pido que lo confirme o lo niegue.

SR. SHEPHERD: Sí, son mis palabras.

SR. RAVENNER: Señor Wood, caballeros, eso es todo. Se da por terminada esta audiencia.

Posfacio, 1959

por Violet Brown

The Asheville Trumpet, 16 de julio de 1951

Obituario

Harrison Shepherd murió el 29 de junio cuando nadaba en el mar, cerca de la ciudad de México, a los 34 años de edad. Residente en Asheville, el finado viajó a México con un nombre falso cuando era sujeto a investigaciones por delitos que llevaron a su despido del Departamento de Estado por actos de traición, falsificación de méritos y fraude. Escribió dos libros, no sirvió en las Fuerzas Armadas y fue un muy reconocido comunista. Las autoridades no reportaron nada irregular, por lo que creen que se suicidó. Criado en un hogar roto, Shepherd no deja herederos. No habrá ninguna ceremonia.

La parte más importante de una historia es la que se desconoce. Con frecuencia lo dijo. No sería una sorpresa que lo eligiese como epitafio, en caso de requerir alguno. Es allí donde se hace visible el relato. Allí reposa. Y aún queda algo por descubrir.

Se cree que algo carece de esperanza. Se cree que el libro se quemó, pero las palabras persisten. En este caso sucedió dos veces: la primera en México, cuando la policía se llevó sus cuadernos y borradores para quemarlos tras el asesinato, para destruirlos; fueron providencialmente salvados. Luego me fueron entregados para que los quemara yo, y no los quemé. Se cree que una vida termina, pero los periodistas no logran que algo ocurra solo pregonándolo, por más que lo repitan muchas veces. Es morirse lo que mata, y vivir lo que da vida.

La salvación de todo, de la vida, de la historia de cualquiera: paso directamente a eso. Primero los cuadernos. Porque, verán, no los quemé el día que me lo pidió. Dijo que podría seguir trabajando con él solamente si nos deshacíamos de todas las palabras (de toda su vida, a mi parecer). Ese día supe lo que pretendía hacer y por qué. Creyó que los cuadernos serían una prueba que lo condenaría. Pero yo creía lo contrario: pensé que podrían ser la prueba que le salvaría. No tenía ni idea de lo que contenían, pero lo conocía a él.

Tomé lo que sacó ese día del anaquel y mientras rebuscaba en el cuarto de arriba lo metí todo en la alforja de cuero del correo. Con el corazón acongojado, puesto que carezco de valor para el delito. Pero ese día lo tuve. Cuando me miró desde la ventana de arriba ya había terminado con la mitad. Hubieran tenido que ver todo lo que eché al fuego: basura, anuncios impresos, toda la cesta de abajo de mi escritorio y más. Bastantes cartas nefastas que había separado. Cosas que merecían el fuego.

Y me llevé los cuadernos a casa de la señora Bittle, y allí estuvieron, en una caja de mi ropero, ocultos bajo la lana para tejer. Pueden venir a buscar si quieren, pensé, esos hombres no van a buscar con cuidado en una caja de lana con agujas. A casi todos los hombre les repelen. Pensé guardarlos solamente hasta que el señor Shepherd cambiara de opinión. O hasta que se necesitaran para probar que no había hecho mal alguno. Por lo visto, ese tiempo no llegó, y aún no tenía ni idea de lo que escribió en esos cuadernos cuando les dio uso. Nunca encontré valor para cometer el delito de meter las narices en el diario de un hombre vivo.

Y no lo hice, hasta que regresé de México. Al principio solo podía tolerar una ojeada, en busca de fechas y datos para hacer un obituario adecuado. Pero no ocurrió eso, por supuesto, ya que hicieron otro sin el menor valor, y yo carecía ya de pretextos para fisgonear. Pero seguí mirando: una hoja por aquí, otra por allá. Una y otra vez tomé sus cuadernos a sabiendas de que no debía hacerlo; pero seguía mirando por diversas razones, algunas de las cuales resultan ahora muy claras, estoy segura.

Ir a México fue idea mía. No quise decirlo después, por todo lo que ocurrió. Pero cuando se lo propuse, las cosas ya habían llegado al límite. Tras la audiencia dejó de escribir. Dijo que definitivamente. Y se compró un televisor, y permitió que esa tontería rigiese sus días. *Mook, el hombre de la Luna* a las cuatro, y así sucesivamente. Iba todavía a su casa dos veces por semana, pero no valía la pena contestar el correo que aún llegaba. No me interesaba conservar el salario, me conseguí otro trabajo. Podría haber renunciado, pero temía abandonarlo.

Un día se quedó mirando un anuncio, y declaró que odiaba el aspecto que tenía ahora Estados Unidos. Sofás y sillas con patas puntiagudas. Como una mujer con tacones, dijo, que camina y sonríe a pesar del dolor de espalda. Y esos sombreros de embudos metálicos en las lámparas de pie, dispuestos a electrocutarte. Echaba de menos la belleza.

Le pregunté por qué no se iba a México entonces, supongo que allá estará todo más bonito. Dijo que no podía, a menos que yo fuese con él. Creyó que así cancelaba el tema. Pero le contesté: «Está bien, llamaré ahora mismo al aeropuerto». ¿Qué me movía? No sabría decirlo.

Para entonces estaba muy cambiado, incluso en su aspecto. Aquello que aparecía diariamente en su trabajo interior, fuese lo que fuese, ahora se había retirado y con eso la luz. Echado como siempre en su silla, con pantalones de algodón grises y viejos, fumando, sin apartar la vista del aparato. Daban el *Capi-*

tán Vídeo, una banda de maleantes subacuáticos luchando. Entre todos tenían agarrado del cuello a Al Hodge, dispuestos a ahogarlo. Le pregunté si debíamos regresar a Mérida, ya que parecía haberle gustado tanto. No, dijo, vamos a Isla Pixol para que pueda bucear en el mar; eso fue lo único que me hacía feliz de niño. Ahora me doy cuenta de que fue un momento crucial, clave, de todo lo que siguió sin que yo tuviera el menor indicio. Pero él sí, al parecer. Tenía la pista.

Eso fue en abril, año y pico después de la audiencia. Un lunes o un jueves, porque eran los días en que trabajaba allí. Mes jubiloso si los hay, diríase. Hasta los plumeros ponen huevos en abril. Pero la nación ya no albergaba sentimientos tan generosos. Después de la audiencia no volvió a haber verdadero trabajo que me hiciera quedarme con el señor Shepherd, y comencé a buscar otras fuentes de ingresos, no deseaba resultarle una carga.

Cuando me negaron el trabajo en el Ayuntamiento puse los pies en la tierra. Ni en la oficina de la ciudad donde alguna vez mantuve todo a flote; ni en la biblioteca, donde fui voluntaria. No podía tener trabajo con el gobierno por haber estado asociada con un mal elemento, según dijeron. Consta todo por escrito, y no se podía hacer nada al respecto. Igual en la Normal para Maestras. Tras meses de búsqueda, ya odiosa en sí misma, una conocida del Club Femenino accedió a recomendarme como ayudante de contable en los grandes almacenes Raye's. Era un cargo bajo, de media jornada, y tenía que trabajar en una oficina del sótano. No podían arriesgarse a que algún cliente me viera.

Los tiempos duros no eran novedosos para mí. Mi padre decía que a todo se acostumbra uno menos al lazo de la horca, y lo mismo creo. Pero el señor Shepherd no. En su interior había un pozo de desencanto que borboteaba inundando sus días y su visión del futuro, si es que tenía alguna. Dijo que si los lectores consideraban sus libros tan deleznables, ya no les molestaría con otros. Era difícil contradecirle, pues el poco correo que todavía llegaba era horroroso. ¿Por qué gasta la gente un timbre, nada más para escupir su bilis sobre un desconocido? «Ahora nuestros muchachos van a Corea a que los maten y mutilen los comunistas. Así que si uno de ellos, Harrison Shepherd, muere de hambre, me complace enormemente.»

Ya le habían acusado antes, y lo toleró. Pero si a un hombre le roban sus palabras y estas se envenenan, es como si le envenenasen también a él. No podía hablar, pues su propia lengua le haría trampas. Las palabras lo eran todo para él. Sentí que presenciaba un asesinato, como el de su amigo en México. Solo que esta vez el cuerpo quedó vivo.

Ya no se prohibían sus libros, simplemente desaparecieron. Dijeron que había engañado a la editorial con un juramento falso de lealtad, por lo que tuvo que devolver el dinero adelantado y el libro ya no se volvió a editar. No quedaban muchas posibilidades de que Harrison Shepherd fuera singular viendo en su sala el Hombre de la Luna. Dijo que Artie Gold lo había pronosticado. Que a veces puede verse un imperio que se colapsa, que el señor Gold lo vio, toda la hierba verde de la nación se había marchitado para siempre. «¡Necedades! —dije—, la hierba crece hasta en los intersticios de las aceras, y el Señor ama aquello que no puede eliminar.»

Pero era un falso aliento, debí de haberlo sabido. Nada brotaba, ni un atisbo asomaba por ninguna parte que no fuese podado de inmediato por algún decreto. El Club de Mujeres se había convertido en algo terrible, su única preocupación era pronunciarse categóricamente: un hombre del Consejo de la Ciudad o un libro de texto de historia. Harriet Tubman y Frederick Douglass se consideraban impropios para niños por incitar con un mal ejemplo. Y es igual en todas partes. Basta mirarles la cara. En las cafeterías de la calle Charlotte se les ve alineados con un pavor terrible de no parecer tan americanos como su vecino. ¿Qué le pasa, señor?, tiene cara de haber visto a un comunista. La mera palabra, en boca de un niño, basta para que le laven la boca con jabón. Solía aparecer en *Geographics*, las leí de niña: «Vida cotidiana en Ucrania», y cosas por el estilo. Pero también a los periódicos y las revistas les han lavado la boca con jabón. Incluso ahora, años después de la audiencia del señor Shepherd. Sería tan válida ahora como lo fue entonces. La gente ya no se permite la menor crítica. Puede abandonarse el Club Femenino, pero no puede dejarse el ancho mundo.

Los primeros días de mayo, tras discutirlo con él, fui a ver a Arthur Gold y le planteé lo de irnos a México. Al señor Gold le pareció bien. Dijo que la presión aumentaría. Ahora que tenían lo que ellos consideraban evidencias contra el señor Shepherd, después de la audiencia, nada más era cuestión de papeleo para que presentaran cargos. Con una orden de los federales le quitarían el pasaporte. En realidad, el señor Gold no estaba seguro de por qué no lo habían hecho ya. Dijo que el señor Shepherd debía irse cuanto antes, ahora que todavía podía hacerlo.

Odiaba plantearlo, pero le pregunté si sería más sensato que se fuera a México y se quedara allí. El señor Gold reconoció que el señor Shepherd y él ya habían discutido eso tiempo atrás. No serviría de nada. Los agentes federales podían repatriarlo, una vez que se le acusara. El señor Gold mencionó que había muchos casos semejantes. Un hombre escapó de Ellis Island como polizón y lo siguieron hasta Francia. Van al fin del mundo para devolver a Estados Unidos a personas que, según ellos, no son aptas para vivir aquí. No tiene sentido. Es como las cartas resentidas de las personas que declaran que nunca han leído un libro del señor Shepherd. ¿Por qué no dejar el libro en paz y continuar con sus rutinas? No imaginaba cómo podían descuartizar a este pobre hombre, que lo único que había hecho durante toda su vida era trabajar para complacer a los demás. Con el debido respeto, dijo el señor Gold, muchos hombres buenos están sentados en la cárcel de Sing Sing. Y ahora el Congreso votaba para hacer que las leyes de traición durante la guerra fría fueran las mismas que las de la guerra activa. Quiere decir: algunos serán colgados.

Vaya. Eso atizó el fuego. Salí, compré los billetes y lo arreglé todo. El señor Gold sugirió que los comprara con otros nombres, como suelen hacer las estrellas. Luego, simplemente se da el verdadero nombre al partir. Elegí Ben Franklin y Betsy Ross. El señor Shepherd se mostró curioso. Comenzó a interesarse por las cosas. Dejó de fumar compulsivamente, y salía un poco más. Abrieron la alberca de Montford, cerrada los dos veranos anteriores por la epidemia, y comenzó a ir allí con frecuencia. De niño le gustaba mucho nadar. A veces iba con él a la alberca.

Me quedaba sentada, mirándolo, pues se transformaba en el agua: reluciente de limpio, y capaz de contener la respiración no sé cuánto tiempo. Quise decir como un pez, pero no es correcto. Atravesaba la alberca entera sin salir. Le pregunté, y contestó que su infancia fue así de divertida: aprendió a contener la respiración para entretenerse.

El vuelo era de la Compañía Mexicana de Aviación. En la ciudad de México, rumbo a la estación de tren, nos detuvo un terrible embotellamiento de tráfico. Con el equipaje entre nosotros, sudando por el calor, no pudimos abrir las ventanillas porque toda la ciudad olía a gases lacrimógenos. El chófer le contó al señor Shepherd que esos días había habido un enfrentamiento entre obreros y los policías que intentaban dispersarlos. Bien, dijo el señor Shepherd, todavía tienen deseos de luchar. Y mientras estuvimos detenidos, sentados allí, contó una historia de tiempo atrás, cuando estudiaba en Washington. Los veteranos de guerra empobrecidos exigían que se les pagaran sus bonos de guerra. Dijo que olía a lo mismo. El ejército usó gases y disparó contra la gente del campamento. Estadounidenses. Y los tipos eran tan atrevidos que no les importó: pelearon y murieron tratando de defenderse.

Tomamos el tren en Veracruz, luego un autobús, luego un transbordador. Como los marineros de Colón, sentí que alcanzaríamos las orillas del mundo y caeríamos. El señor Shepherd dijo que su madre se quejaba de que Isla Pixol estaba tan lejos de todo que había que gritar tres veces antes de que Dios oyera. Lo creí. El hotel del pueblo era antediluviano, y el ascensor no era más que una jaula con una cadena. El muchacho que subió el equipaje afirmó que era el hotel más antiguo del Nuevo Mundo. También lo creí.

A la primera oportunidad, el señor Shepherd alquiló un coche que nos llevara a la vieja hacienda donde había vivido. El lugar estaba en ruinas, pero no pareció decepcionarle. Regresó muchas veces, con frecuencia solo. Yo me las arreglaba por mi cuenta, comprando cositas de regalo para llevarles a mi sobrina y a los bebés. Un día el señor Shepherd regresó con un hombre que cenó con nosotros; se palmeaban la espalda y se llamaban «hermano» y «diablo». Los dos parecían sorprendidos de que el otro estuviese vivo. Se llamaba Leandro. Había otros en el pueblo, evidentemente, que recordaban al niño, pero no tenían la menor idea de que ahora fuera un hombre famoso o siquiera de que hubiera llegado a ser un hombre.

Lo único que el señor Shepherd quería hacer era bucear. Yo no participé en eso para nada; pero de oírlo, se diría que el océano era el cielo y los peces sus ángeles. Tenía un visor que compró en el pueblo, y era lo único que necesitaba: se quedaba todo el día en el agua y regresaba quemado por el sol. Creía que le saldrían agallas. Regresaba al mundo de los peces cada vez más, renunciando, al parecer, al de los hombres. Un día volvió a cenar con un calendario y me enseñó un día marcado con un círculo, dos semanas más adelante, más o menos. Quería quedarse hasta entonces. Bueno, eso significaba modificar el regreso, lo cual no era simple. No me mostré muy complacida. Había rogado que me dieran vacaciones sin sueldo en Raye's, y estarían felices de reemplazarme. Le pregunté si no tenía intención de volver a aplazar el regreso después de eso. Como un niño que no quiere irse a la cama. Dijo que no, que ese era el día, después de la luna llena. Algún significado tenía para él.

El último día se preparó para ir a la playa y quiso que lo acompañara. No me importaba sentarme ahí con un libro, ya lo había hecho antes. No bien llegamos, comenzó a comportarse de manera extraña. Se acercó un grupo de niñitos, y les dijo que les daría dinero si iban a verlo bucear, para que llevaran la cuenta de cuánto aguantaba debajo del agua. Parecían dispuestos a tomar las monedas aunque les pidiera que lo escucharan mientras silbaba una melodía. Así que echamos a andar todos por una vereda entre los arbustos.

El lugar donde pensaba zambullirse era una caleta pequeña con rocas detrás y una playa que se volvía más angosta con rapidez, porque entraba la marea. La mañana llegaba a su fin, y parecía impaciente por meterse en el agua. La marea era aún baja, pero entraba con fuerza, comiéndose la playa al subir. Me pregunté cuánto tiempo pretendería que me quedara allí. No sé lo que dijo antes de hundirse. No presté atención. Tal vez estaba algo resentida con él. Tenía mi libro. Tras un lapso de tiempo, miré hacia el agua y no lo vi. Esperé. Luego conté hasta cincuenta, luego hasta cien. No vi ningún lugar por donde hubiera podido salir de la caleta. Y entonces lo supe: se habría ahogado. Y también los niños lo sabían, parados en la orilla pero sin ver el agua, sino mirándome a mí. Parecían pensar que me correspondía a mí enmendar lo ocurrido.

¿Grité? No es mi carácter, así que no creo. Estoy segura de que me levanté, tiré el libro y me moví. Recuerdo haber pensado que no podía meterme en el agua porque se me estropearían los zapatos. Aún no me había enterado de que la vida, tal y como se presentaba, era mucho peor que unos zapatos estropeados. O cualquier cosa que hasta entonces hubiera conocido. Es cierto que había perdido a mi marido, Freddy Brown, en la inundación del río French Broad del dieciséis, y mi corazón de muchacha se rompió. Pero esto era peor. Mi corazón había envejecido, y tenía más cosas dentro que podían romperse. No puedo narrar esa tarde con palabras. Él hubiera encontrado la manera de expresar los sentimientos que abrigaba, pero yo solo encontraba los sentimientos.

Les dije a los niños, como pude, que fueran a pedir ayuda. Un grupo de hombres vino del pueblo y buscó en la caleta. Entre ellos, su amigo Leandro. Luego también llegó la policía. Al anochecer habría un ciento de personas en el lugar, esperando que bajara la marea; la playa crecía, permitiendo que la multitud se parara allí. Nunca oscureció del todo, porque cuando se puso el sol apareció una luna grande y llena. Creo que la mayoría de las personas solo tenían curiosidad por ver el cuerpo, pero regresaron aquella noche sin haberlo visto. No había cuerpo: simplemente desapareció.

Solo recuerdo partes del día, no todo. No supe cómo volví al hotel. La policía registró su cuarto en busca de una nota o una clave, pensando tal vez que el señor Shepherd había terminado intencionadamente con su vida. Yo era de otra opinión, pero en realidad no entendí nada. Me paré en la puerta viendo cómo vaciaban cajones y maletas, y pensaba: «Otra vez lo mismo, la policía buscando pruebas que no encontrarán». Vi algo en particular. El hombrecito de piedra que le gustaba llevar en el bolsillo. Dejó ordenado su cuarto, todo guardado, pero el hombrecito estaba en la mesa, ¡sonriéndome! O más bien aullaba, con esa boca redonda abierta como un hoyo en su cara. Me dieron ganas de aullar también, sin que me importara nada. Supe que estaba colocado allí por alguna razón, y que la razón era yo. Pero no entendí lo que quiso decirme.

Cuando regresé, me encargué de todo lo mejor que pude, que no fue mucho. Solo podía pensar en una cosa a la vez. Para empezar: levántate. Arthur Gold fue de gran ayuda; estaba también muy triste, pero menos sorprendido. Había hecho un testamento, por cierto. El señor Shepherd me lo dejó todo: su casa, las regalías de sus libros, en caso de que volviera a haberlas. Los gatos. El dinero no era mucho, pero más que las pensiones para viudas. Curiosamente, había enviado dinero a una cuenta de la ciudad de México, a nombre de la señora Kahlo. Fue un poco antes de emprender el viaje. No lo dijo. Pero decidí que no era sorprendente, pues la señora siempre anduvo escasa de fondos.

Con el testamento legal iba una carta dirigida a mí. Contenía algunas instrucciones sobre sus libros y otros artículos personales, agradecimiento por tantos años, cosas que no necesitan apuntarse aquí. Pero había dos pasajes que me impactaron: el primero, que tuvimos un gran amor. Eso dijo, con esas palabras. Nadie había sido nunca tan importante para él. Y también me pedía que no me afligiera. Su único remordimiento era haber afectado mi vida con la sombra de la suya y de su carácter. Quería que renunciara a todas esas preocupaciones. Dijo que era el final feliz que todos querían. Vaya, eso me enfureció. Renunciar a la vida y llamarlo felicidad.

Me mudé a su casa, adiós a la señora Bittle, pero no me detendré en eso. El trabajo de media jornada en Raye's me dejaba las tardes libres para ordenar la casa y contestar el correo que todavía llegaba. Mi primera tarea fue el obituario para el periódico de Asheville. No puedo explicar siquiera el cuidado que puse al hacerlo, ponderando cada palabra que escribí o que no incluí. Lo llevé a la oficina y hablé con un hombre que, en cuanto crucé la puerta, supongo lo echó a la basura. Y en su lugar sacaron otro. No tenían el menor deseo de publicar lo que este hombre hizo en vida; para eso hubieran necesitado testigos honestos. Lo más simple era recalcar lo que ya se había dicho.

En 1954 murió su amiga Frida Kahlo. La familia debió de vérselas con el revuelo usual, escoger las cosas acumuladas por un difunto, pues me mandaron un baúl con artículos que habían pertenecido al señor Shepherd. Ropa de joven pasada de moda hacía muchos años, unas cuantas fotos y ninguna otra cosa digna de mención. Pero dentro del baúl había una carta de la señora Kahlo, dirigida a mí; me pareció muy extraño. Nos habíamos visto solamente una vez. Pero allí estaba mi nombre, así que ese baúl no era algo abandonado, tenía la intención de que se me enviara, lo planeó antes de morir.

La carta era muy extraña. Un dibujo de una pirámide bosquejada con trazos morados y de color café, y encima un ojo amarillo con líneas, como rayos de sol. Sobre el ojo había escrito «Soli», que pensé que significaba sol. Una nota arriba, con caligrafía casi de niño decía: «Violet Brown. Su amigo gringo murió. Alguien más está aquí». En inglés. No entendí nada. Como el hombre en la luna.

Guardé las fotos, y pensaba regalar la ropa al Ejército de Salvación porque un hombre con frío se pone cualquier cosa. Tenía que lavarla antes, y se quedó varias semanas allí, hasta que me animé a hacerlo. Fue una suerte que revisara los bolsillos de los pantalones. Ahora me emociono. Con qué facilidad hubiera podido ser todo diferente. Pero sucedió así. Encontré el cuadernito.

Sabía lo que era, debo reconocerlo. Abrí la libretita encuadernada en piel y vi la escritura a lápiz de un niño quejándose de su madre y demás. Ah, lloré. Sentí como si hubiera encontrado a mi propio niño perdido. Me senté en el suelo donde escogía la ropa y lo leí. Mi corazón se aceleró con la cueva que encontró debajo del agua y su preocupación por la luna, aprendiendo a esperar el día en que la marea lo empujara al otro lado sin ahogarse. Era él, de cabo a rabo. El estudio paciente.

Lo leí todo. El final feliz, como lo llamó. Porque eso fue lo que hizo, en mis narices, mientras leía sentada. Nadó hacia la cueva para reposar entre los huesos o para salir del otro lado, caminando hacia la vida como otro hombre que no ha muerto.

Luchar o morir dependía de él. Sé qué eligió. La señora Kahlo debió de haberlo ocultado, ya metidos a eso, y debe haberle ayudado a comenzar de nuevo. Le encantaba ese tipo de cosas. Él ya había enviado el dinero. «Alguien más está aquí», escribió. Claro como el agua. Y también el nombre que usaba para él, olvidado hacía tanto tiempo. Fue idea suya que me mandara el mensaje, para tranquilizarme. Siento que también sé eso.

Tenía que sacar todos los demás cuadernos y volver a leerlos. Tres años antes los había leído todos con los ojos entrecerrados por el pesar y los había guardado, intentando olvidar hasta donde me fuera posible. Ahora, volví a sacar la caja. Los papeles cubrieron la mesa, un desorden como el de los tiempos idos. Con ese librito en su lugar, toda la historia era diferente. Por ese hueco entre la roca y el agua; *laguna*, le llamó. Esta vez lo leí con otro ánimo, entendiendo que el héroe estaba de pie, al final de su jornada. O al menos, vivo o muerto, entrevió una oportunidad y optó por arriesgarse. Lo que no se sabe no puede herirnos, dijo. Sí puede. Tantas cosas dependen de eso.

Él mismo podría haber hecho con estos escritos lo que hice yo. Poner su vida ante los demás como hubiera querido, para que la leyeran. Comenzó con el capítulo uno y ahí se quedó, diciendo que no podía continuar porque le faltaba un cuaderno. Yo podría decir: «Ya lo encontramos, así que el señor Shepherd hubiera querido continuar». Lo cual es una necedad, lo sé. Quiso guardar su juventud y no mostrarla. Dios habla por los que callan, ah, cuántas veces escuché esto. He luchado con mi conciencia, me ha costado caro. Aún me cuesta.

Pero un día decidí hacerlo. Estaba aquí en Montford, pues él me dio este lugar con la sola intención de que viviera en él. Duermo en otra habitación, por supuesto, y el único lugar en el que no entro es en su estudio bajo la cornisa. Pero cada mañana, en el baño, me miro en su espejo, ante el cual se afeitaba y respondía a Dios y a su conciencia. Ahora es una mujer la que se ve en el espejo, y una mañana le dije: «Mira, si Dios habla por el que calla, entonces tú, Violet Brown, serás Su instrumento».

No quiere decir que me diera prisa o que estuviera segura.

Tuve que pensarlo. Puedo mecanografiar un manuscrito. Su escritura es legible y con pocos errores. Ordenarlo no fue fácil, pero tampoco más difícil que las tarjetas que he ido ordenando en la biblioteca de Asheville. No eliminé nada salvo lo absolutamente ajeno: listas de mercado, números de teléfono o algunas cartas. He contado toda su historia, hasta cuando me resultaba dolorosa o incomprensible. Pero la primera pregunta era la que me pesaba aún: ¿Me era dado hacerlo?

Cualquier día sonaba el teléfono y mi corazón se sobresaltaba, pues creía que podría ser él pidiéndome que no lo hiciera. A pesar de ser una persona de mundo y de que ya habían pasado más de ocho años desde última vez que lo vi. Los años no borran el duelo. Señor Shepherd, ¿quién vive?, seguía preguntando. Y la respuesta está aquí, en esos libritos. Vivía allí. Podría hallársele, como las muchachas anhelantes que cantan en la radio a su amor perdido. Tal vez comencé a pasar los diarios por el placer de ser nuevamente su ayudante fiel. Y aunque sea eso, en la mitad la historia comenzó a avanzar más deprisa que el hombre. Debo decir que el señor Shepherd me convenció, contra su voluntad.

No con tantas palabras. Esperaba eso, alguna instrucción en el texto que me llevara de la mano. Bueno, válgame, la cosa era como en la Biblia: al buscar con cuidado entre sus páginas se encuentra lo que se busca, amar al prójimo o asesinarlo con una quijada de asno.

Igual aquí. Dijo claramente: Queme estas palabras. Dijo que los pueblos sin palabras dejan tras de sí una arquitectura grandiosa y ni un rastro siquiera de sus desgracias. Quienes vienen tras ellos quedarán impresionados por la majestuosidad. Tenía la intención de no dejar nada tras de sí salvo los monumentos de sus libros. Mientras vivió en el mundo cumplí sus deseos y me avine a ellos. Y luego vi tambalear los monumentos y los tiempos extraños y helados que nos tocaron vivir, cuando la gente hizo cuanto pudo para enterrar al hombre y echarlo al agujero que cavaron para él, con todo lo que había creado. Como una momia egipcia.

Su vida fue una maravilla, supiéralo o no. Su manera de ver un gato en el viento frío o los esqueletos aplanados contra el polvo. Un pez muerto en el bote de la basura. Podía llorar casi con cualquier cosa y hacerle un funeral correcto. Tenía tanto miedo de vivir y, sin embargo, vivió. Eso ya es en sí un monumento. Escribió sobre quienes le precedieron, dando vida a los deseos que tuvieron. Se vio compelido a hacerlo.

Y ahora, yo hago lo mismo por él. Aunque sepa, y lo sé, que del árbol caído todos hacen leña. A los profesores les gusta buscar algún pecado hasta en el mismo Shakespeare, y difundirlo como si fuera el secreto dorado de los estudiosos. No quiero que esto afecte al señor Shepherd, ni a sus seres queridos (ni siquiera a sus hijos, en caso de que los haya tenido). Le quiero dar tiempo. Que desaparezca toda la pintura y aparezca la piedra caliza desnuda.

Esa fue la razón para guardar eso y retenerlo. El señor Gold supo cómo proceder. La gente de los bancos se ocupa de eso, guardan los documentos y se fija una fecha antes de sacarlos de un lugar resguardado y entregarlos a los periódicos, o lo que sea. Dije que cincuenta años. Tuve que decidir, y era un número rotundo. El tiempo suficiente para asegurarnos de que todos estaríamos muertos. Pero no tanto como para que la gente ya no use zapatos y en cambio vaya andando por las nubes. Esa gente que tal vez quiera mirar atrás, hacia quienes trabajaron y dieron a luz los tiempos que ellos han heredado. Tal vez esté mal, y tal vez seamos un cementerio enyerbado que nadie desea visitar. Vosotros. Los tiempos que habéis heredado vosotros. Me pregunto: ¿Quiénes sois?

Me estremece hacer lo que estoy haciendo, colocar la vida de un hombre en un desolado pasadizo que lleva a otro lugar, esté lleno de luz o de oscuridad. Esta es mi pequeña balsa. Ignoro lo que espera al otro lado.

Nota
sobre las referencias históricas

Todos los artículos o fragmentos del *New York Times* utilizados en esta novela son citados textualmente y se reproducen con permiso:

Diego Rivera, «Rivera Stil Admires Trotsky; Regrets Their Views Clasched», 15 de abril de 1939.

«US Forbids Entry of Trotsky's Body; Soviet Calls Him Traitor», 25 de agosto de 1940.

«2,541 Axis Aliens Now in Custody», 13 de diciembre de 1941.

Samuel A. Tower, «79 in Hollywood Found Subversive, Inquiry Head Says», 23 de octubre de 1947.

«Truman Is Linked by Scott to Reds», 26 de septiembre de 1948.

Se reproducen también con autorización fragmentos de los siguientes artículos:

Anthony Standen «Japanese Beetle: Voracious, Libidinous, Prolific, He Is Eating His Way across The US», *Life*, 17 de julio de 1944.

«Peekskill Battle Lines», *Life*, 19 de septiembre de 1949.

Frank Desmond, «M'Carthy Charges Red Hold U.S. Jobs», *Wheeling Intelligencer*, 10 de febrero de 1950.

Los demás artículos periodísticos del libro son ficticios. Se ha partido de fuentes históricas para retratar o citar a los personajes históricos que aparecen en la novela, pero su relación y conversaciones con el personaje Harrison Shepherd son de mi pura invención. Esta obra es una novela.

La autora desea reconocer la utilidad de las siguientes obras: Alain Dugrand, *Trotsky in Mexico, 1937-1940* (Manchester, Reino Unido: Carcanet, 1992); Leon Trotsky, *My Life: An Attempt at an Autobiography* (Nueva York: Pathfinder Press, 1970); *The Diary of Frida Kahlo: An Intimate Self-Portrait* (Nueva York: Harry N. Abrams, 2005); Malka Drucker, *Frida Kahlo: Torment and Triumph* (Albuquerque: University of New Mexico Press, 1995); Hayden Herrera, *Frida: A Biography of Frida Kahlo* (Nueva York: Harper & Row, 1983); Walter Bernstein, *Inside Out: A Memoir of the Blacklist* (Da Capo, 2000); William Manchester, *The Glory and the Dream* (Boston: Little, Brown, 1973); Martha Norburn Mead, *Asheville: In Land of the Sky* (Richmond, Virginia: Dietz Press, 1942); y Hernando Cortés, *Five Letters of Cortés to the Emperor*, trad. J. Bayard Morris (Nueva York: Norton, 1969).

Asimismo desea agradecer a los fideicomisarios de Lev Trotsky, Dolores Olmedo, Frida Kahlo y Diego Rivera por abrir las puertas de sus casas y archivos. Gracias al Instituto Nacional de Antropología e Historia por su meticuloso cuidado del patrimonio histórico mexicano (los murales de Rivera, sobre todo) y por asegurar el uso público de los mismos. Finalmente, gracias a Maria Cristina Fontes, Judy Carmichael, Terry Karten, Montserrat Fontes, Sam Stoloff, Ellen Geiger, Frances Goldin, Matt McGowan, Sonya Norman, Jim Malusa, Fenton Johnson, Steven Hopp, Lily Kingsolver y Camille Kingsolver.

La traductora ha utilizado las versiones en español de *Historia de Nueva España, Facsimilares de las Cartas de Hernán Cortés*, edición de Francisco Antonio Lorenzana, SHCP, México, 1981; los documentos de Trotsky están basados de *La era de la revolución permanente (antología de escritos básicos)*, Juan Pablos Editor, 1973, con traducciones de Manuel Aguilar y Luis Aldama. De gran utilidad fueron también las siguientes fuentes: Olivia Gall, *Trotsky en México*, ERA, 1991; Jean Van Heijnoort, *Con Trotsky de Prinkipo a Coyoacán*, Nueva Imagen, 1979; Raquel Tibol editora de las cartas de Frida, *Escrituras de Frida Kahlo*, Lumen, 2007. Los informes completos de la Comisión Dewey, vídeos de Trotsky en México y otros documentos en español pueden consultarse en la página digital del Museo Trotsky de la ciudad de México: http://museotrotskymexico.org/es.